KB077519

악녀의 애완동물

하르넨 장편소설

2

하르넨 장편소설

악녀의 애완동물

D&C
BOOKS

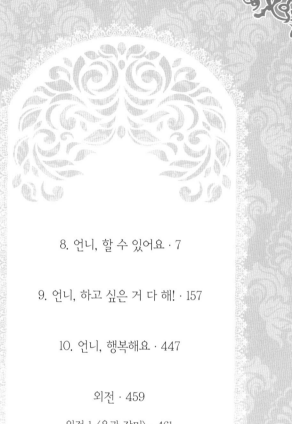

8. 언니, 할 수 있어요

8. 언니, 할 수 있어요

짧지만 길게 느껴졌던 여행이 드디어 끝나고, 샤샤는 수도로 돌아왔다.

이번 여행을 통해 샤샤는 휴식을 취했고, 자신을 돌아봤으며, 주변 사람들의 애정을 다시 한번 확인할 수 있었다. 정말 1분 1초가 소중하고 포근한 시간이었다. 물론 그렇다고 안 좋았던 기억을 완전히 털어 냈다는 얘기는 아니었다. 샤샤는 여전히 주변 사람들의 눈치를 보고, 무의식적으로 손톱을 입으로 가져갔다. 그리고 여전히 때때로 악몽을 꿨다.

"이 미친년이 어따 대고 눈깔을 희번덕거려?"

찰싹. 반팔 티셔츠를 걸친 샤샤는 묵묵히 부푼 뺨을 손으로 감싼 채 자신의 앞에 서 있는 엄마를 쳐다보았다. 이번엔 대학생 때의 기억인가. 대학생 때는 부모님과의 마찰이 적은 편이었다. 왜냐? 당장 집을 떠나 자취 생활을 했으니까.

운 좋게 성격 괜찮은 룸메이트를 구해서 대학 생활에만 집중할 수 있었다. 물론 완전히 집을 떠날 수는 없었다. 성인이 되었지만 그녀는 어디까지나 학생에 불과했고, 스펙을 쌓아 취직을 하려면 돈이 필요했다. 그래서 그녀는 돈을 조금이라도 아끼기 위해 먹을 게 떨어지거나 엄마에게 전화가 오면 집으로 내려가곤 했다. 쌀과 반찬을 챙기기 위해서였다. 물론 그때마다 부모님과 싸웠지만 안 챙길 수가 없었다. 굶어 죽을 수는 없었으니까.

"알바비로 생활비 좀 보태라는 게 그렇게 어려워? 번다면 얼마나 번다고."

"……그걸로 책 사야 돼. 그걸로 자격증 시험도 봐야 하고."

그때의 샤샤는 부모님께 용돈을 일절 받지 않았다. 가정 형편이 무척이나 어려웠으니까. 다른 아이들이 카페에서 차 마시고 쇼핑을 할 때 샤샤는 초면에 반말하는 사람들에게 웃으면서 물건을 팔아야 했다. 가난이란 것은 정말 지긋지긋했다. 다른 사람보다 더 비참하게 살아야 했으니까. 다른 애들은 엄마한테 용돈 조금만 더 보내 달라고 찡찡거리는데 나는 왜. 샤샤는 이를 악물었다.

"그깟 시험 좀 본다고 인생이 달라져? 그냥 엄마한테 보내라니까. 이번 달에 월급 받으면 돌려줄 테니까."

"그렇게 말하고 저번에도 안 돌려줬잖아. 그 돈이나 돌려주고 말—!"

짝. 엄마의 손이 한 번 더 샤샤의 뺨을 내리쳤다. 엄마는 샤샤의 얼굴에 침을 튀기며 외쳤다.

"얻다 대고 어른한테 큰 소리야!"

아, 또 나왔네. 자기 불리할 때만 나오는 꼰대 멘트. 샤샤는 속으로 욕지거리를 중얼거리며 자리에서 일어났다. 모처럼 같이 밥 먹자고 할 때부터 알아봤어야 했는데. 김치찌개 속 돼지고기는 몇 점 건져 먹지도 못했다. 엄마가 보란 듯이 밥을 퍼먹으며 중얼거리듯이 말했다.

"사람이 잘해 주면 너도 그만한 성의를 보여야 할 거 아냐. 엄마한테 큰 소리 치는 것 좀 봐, 예의도 없는 년."

웃기시네. 샤샤는 한쪽 입꼬리를 올리면서 방문을 잠갔다. 어쩌다 한번 발작하듯 상냥하게 대해 주는 게 잘해 주는 거라고? 성의 같은 소리 하고 있네. 샤샤는 방문을 잠그고 앞에 주저앉았다. 꿈이었지만 부은 뺨이 무척이나 쓰라렸다. 샤샤는 무릎에 얼굴을 묻었다. 분명 나아지려고 노력하는데, 어째서 계속 악몽을 꾸는 걸까. 그리고 더 분한 사실은, 꿈속에서도 그때처럼 엄마 아빠에게 말 한마디 못하고 당한다는 사실이다. 문 너머로 '미친년, 미친년'이라 중얼거리는 엄마의 목소리가 들려왔다. 샤샤는 손을 내려다보았다.

"누가 보면 내가 아무 노력도 안 하는 줄 알겠어."

사실은 정말 노력하고 있는데 말이야. 옛날엔 아무리 노력해 봤자 결과가 안 좋으면 아무 소용없다고 생각했다. 하지만 지금은 아니었다. 노력하는 나 자체가 자랑스러웠다. 그 미친 곳에서, 이 미친 곳에서 꼰대들에게 물들지 않고 꿋꿋하게 살아가고 있으니까 말이다.

샤샤는 계속해서 손을 내려다보았다. 살점까지 물어뜯어 너덜너덜했던 손톱은 정말 예쁘게 자라 있었다. 샤샤는 꿈속에서나 꿈에서 깼을 때나 수시로 손톱을 들여다보았다. 손톱을 들여다볼 때면 자신이 변하고 있다는 것을 알 수 있었다. 다른 사람들에겐 아주 사소한 거였지만 샤샤에겐 아주 특별한 일이었다. 샤샤는 손톱에 쪽쪽 입을 맞추면서 이젠 완전히 입에 붙어 버린 말을 중얼거렸다.

"나는 분명히 달라졌어."

절대 잊지 마. 조금씩, 조금씩, 앞으로 나아가다 보면 언젠가는 정말 내가 원하는 '나'가 될 수 있을 거야. 옛날 일에 얽매여 있지 마. 그러기엔 네가 너무 소중해. 차라리 그럴 시간에…….

'—샤샤.'

내 눈앞에 있는 것에 집중하는 게 좋아. 누군가가 샤샤의 볼을 건드리며 다정하게 속삭였다. 좋아, 오늘도 무사히 넘겼어! 칭찬해! 샤샤는 마구 머리를 셀프로 쓰다듬으면서 자리에서 일어났다. 문 너머에서 들려오던 엄마의 속삭임은 어느새 멎어 있었다. 샤샤는 문고리를 잡았다.

'이제 일어날 시간이에요, 샤샤.'

그래, 이제 일어날 시간이야. 샤샤는 활짝 웃으면서 문을 열었다.

"드디어 일어났네요."

샤샤는 눈을 비비면서 위를 올려다보았다. 녹색 머리칼과 분홍색 머리칼이 언젠가 정원에서 본 덩굴장미처럼 뒤엉켜 있었다.

"잘 잤나요?"

샤샤는 물끄러미 자신을 끌어안고 있는 사람, 아스의 맨얼굴을 뚫어져라 쳐다보았다. 역시 진정한 잘생김은 달라. 안경을 벗으나 안 벗으나 잘생겼잖아. 샤샤는 말했다.

"아침부터 눈 호강하네요."

"그거 기분 좋은 말이네요."

"우리 언제부터 껴안고 있었죠."

아스는 대답 대신 어깨를 으쓱였다. 예의 바른 아스가 허락
도 없이 샤샤를 껴안았을 리가 없다. 분명 자신이 잠결에 껴안
은 게 분명하다. 어휴, 벌써부터 이렇게 짐승 같아서 어떡해.
나중엔 어떻게 하려고. 샤샤는 자신의 머리를 콩 내리치면서
말했다.

"기분 나쁘진 않았죠?"

샤샤의 물음에 아스의 입꼬리가 올라갔다. 아스는 샤샤의
머리칼에 얼굴을 묻으면서 말했다.

"오히려 좋았는걸요."

그 따스한 온기에 샤샤의 입꼬리도 저절로 올라갔다. 그렇
다, 역시 그녀는 성장했다. 악몽을 꿔도 우는 대신, 당장 그것
을 잊어버리고 자신을 생각해 주는 사람의 품에서 안정을 취
할 수 있게 되었으니까. 샤샤는 기지개를 쭉 펴면서 침대에서
일어났고, 아스도 안경을 꼈다. 본의 아니게 한 침대에서 자
버렸네. 어제 아스가 밤새 읽어 준 민담 책 때문이다. 아스,
당신이란 남자는 너무 완벽해. 머리와 성격뿐만 아니라 목소
리까지 좋잖아.

아스와 샤샤는 거울 앞에 서서, 서로에게 머리끈을 쥐여 줬
다. 그리고 일부러 속도를 맞춰 각자의 머리칼을 그러쥐었다.
아스나 샤샤나 머리칼이 길었기에 가능한 일이었다. 머리를
다 정돈한 샤샤는 의아한 눈으로 책상 위에 펼쳐져 있는 편지

봉투와 양피지를 응시했다. 그리고 그중엔 흙이 묻은 작은 쪽지도 있었다.

"그건 뭐예요?"

아스는 붉은 잉크가 묻은 팔을 뒤로 숨기면서 말했다.

"별거 아니에요, 샤샤. 그나저나 전 다시 황궁으로 가 봐야할 것 같네요."

"아침도 못 먹고 가네. 오늘은 언제 돌아와요?"

"오늘은 좀 늦을 것 같습니다. 머저리를 도와 처리할 일들이 많거든요."

그렇게 사근사근하게 웃는 얼굴로 머저리라니⋯⋯! 샤샤는 주먹으로 벽을 쳤다. 너무 섹시하잖아! 어떻게 욕하는 얼굴도 섹시할 수가 있지! 이대로라면 폭발이 일어나 버린다. 어디에서? 내 심장에서! 아스는 샤샤의 머리를 쓰다듬은 후 달콤하게 속삭였다.

"그럼 나중에 만나요, 샤샤."

"네! 나중에 봐요, 아스!"

샤샤는 아스의 등에 대고 마구 팔을 흔들었다. 자, 그럼 나도 나가 볼까. 샤샤는 얇은 원피스 차림으로 쪼르르 주방으로 달려갔다.

"짜잔, 나 왔어염!"

"오오, 오셨군요, 샤샤 님!"

음음, 좋아. 재료가 미리 다 준비되어 있군. 샤샤는 조리대 위에 질서정연하게 놓여 있는 재료를 보면서 만족스럽게 손뼉을 쳤다. 재료들은 하나같이 신선해 보였다. 역시 레베카네 저택은 최고야, 전부 최고급만 쓰잖아. 특히 이 연어 좀 보소.

크으, 완벽한 주황 빛깔! 당장이라도 젓가락을 들어서 한 점 맛보고 싶구나. 샤샤는 손을 비비다가 일단 갓 구운 식빵을 칼로 썰었다. 그 옆에서 재료를 마저 손질하던 요리사가 물었다.

"오늘은 무엇을 만드시려고요?"

샤샤는 해맑게 외쳤다.

"연어 샌드위치!"

여행에서 돌아온 후, 샤샤는 새로운 취미가 생겼다. 바로 틈날 때마다 주방으로 쳐들어가 요리를 만드는 거였다. 갑자기 요리사가 되고 싶다든지, 현대 음식이 그립다든지, 그런 거창한 이유는 아니었다. 그저.

"레베카는 오늘도 연무장에서 훈련 중이지?"

"네, 새벽 댓바람부터 케론드 님과 나가셨습니다."

"그렇구나."

따악. 샤샤는 양배추를 칼로 내리치면서 생각했다. 그럼 아버님도 거기에 있겠네. 집무실까지 안 찾아가도 되겠어. 샤샤는 식빵 여섯 장을 쌓아 놓았다.

"남은 식빵은 남겨 둬. 나중에 또 만들어 줄 사람 있으니까."

그러자 요리사가 음흉하게 웃으면서 말했다.

"아, 아스 님 몫이요?"

샤샤는 수줍게 웃는 것으로 대답을 대신했다. 샤샤와 요리사는 식빵 위에 차례차례 재료를 얹으면서 수다를 떨었다.

"약혼식 날짜는 잡혔어요? 한창 바쁘시겠네요. 장소 정하랴, 예복 정하랴."

"뭐, 그렇지. 하지만 아스나 나나 한 가지에 정신 팔려서 모든 것을 잃긴 싫어."

"네?"

요리사는 이해가 안 간다는 표정을 지었다. 몰라도 돼. 샤샤는 그렇게 말하고 칼로 완성된 샌드위치를 잘랐다. 세 번째 샌드위치엔 연어 대신 햄과 고기를 잔뜩 넣어서 썰기도 힘들었다. 이제 샐러드와 과일 주스만 만들면 되겠네. 샌드위치를 가지런히 바구니에 넣고 있을 때였다.

"저, 그런데 말이에요, 샤샤 님."

"응? 왜?"

요리사는 머뭇거리다가 물었다.

"약혼하신다 해도 바로 저택을 나가진 않으실 거죠……?"

샤샤는 물끄러미 요리사를 응시했다. 요리사는 더듬거리면서 황급히 말을 이었다.

"저, 이, 이게 많이 건방진 질문이란 거 알아요."

샤샤의 약혼 상대인 아스가 레베카에게 호의적인 사람이었기에 가능한 질문이었다. 아니, 아스가 호의적이지 않아도 저런 질문을 했을 것이다. 누구나 자기를 중심으로 생각하니까. 요리사는 얼굴을 붉히며 괜히 손가락을 꼼지락거렸다.

"그냥 저 말고도 다른 사람들도 궁금해서, 샤샤 님 덕분에 저택 분위기가 무척이나 좋아졌거든요. 그래서 일하는 게 즐거워요. 케론드 님도 샤샤 님이 안 떠났으면 하는 분위기시고."

"—아까 말했잖아."

샤샤는 토마토를 잘게 썰어 양배추 위에 얹으면서 말했다.

"……네?"

"나나 아스나 한 가지에 정신 팔려서 모든 것을 잃고 싶진 않다고."

잠시 정적이 흘렀다. 그제야 요리사는 한 대 얻어맞은 듯한 표정을 지었다. 요리사는 괜히 치커리를 만지작거리면서 말했다.

"······괜히 걱정했네요. 보통 사람들은 약혼자가 생기면 결혼 계획을 짜느라 친구 관계가 많이 안 좋아진다고 들었거든요."

"그건 그렇지. 결혼이 장난은 아니니까."

"그런 의미에서 정말 대단하세요, 샤샤 님. 약혼자와 친구, 둘 다 놓치지 않는다는 거잖아요. 그게 정말 가능해요? 힘들 텐데."

샤샤는 허리에 손을 얹은 채 에헴거리며 말했다.

"당연히 불가능하지. 나랑 아스니까 가능한 일이야."

한 명은 제국 최고의 뇌섹남이고, 한 명은 제국 최고의 귀요미잖니. 샤샤가 머리칼을 넘기며 당당하게 말하자, 요리사의 표정이 썩어 들었다. 요리사는 음울하게 중얼거렸다.

"······그런 말을 하는 샤샤 님이 싫지만 그 말에 반박하지 못하는 저도 싫네요."

샤샤는 큭큭거리면서 요리사의 어깨를 툭 쳤다. 요리사는 투덜거리면서도 딸기 주스가 담긴 병을 바구니에 담아 주었다. 불과 조금 전만 해도 텅 비어 있던 바구니는 금방 묵직해졌다. 샤샤는 밀짚모자를 푹 눌러 쓰고 요리사에게 손을 흔들었다.

"오늘도 고마웠어~."

"네, 샤샤 님. 조심해서 가세요."

샤샤는 폴짝폴짝 발걸음을 옮겼다. 복도를 지나가던 시녀들이 인사를 건넸다. 샤샤는 그 인사를 일일이 받아 주면서 저택 밖으로 나섰다. 햇살이 무척이나 눈부셨다. 모자 쓰고 오길 잘

했네. 샤샤는 타박타박 정원을 가로질러 갔다. 연무장은 정원 한구석에 위치해 있었다. 벌써부터 저 멀리서 우렁찬 구호 소리가 들려왔다. 아르첸 가문을 상징하는 검은색 제복 차림의 남자들이 훈련을 하고 있었다. 샤샤는 잠시 발걸음을 멈춘 채 연무장을 쭉 훑어보았다. 케론드와 레베카가 서로를 마주 보면서 서 있었다.

"무리는 금물이다. 당분간은 계속 뛰기만 하렴."

"알고 있어요."

그렇게 말하는 레베카의 얼굴은 그늘이 드리워져 있었다. 샤샤는 바구니를 꼭 잡은 채 살금살금 그 둘에게 다가갔다. 케론드는 한숨을 쉬면서 말했다.

"레베카, 네 마음을 모르는 것은 아니야. 그냥 조금만 느긋하게—."

샤샤는 케론드와 레베카에게 어깨동무를 하면서 외쳤다.

"짜잔, 저 왔어요!"

케론드와 레베카의 얼굴이 조금이나마 밝아졌다. 샤샤는 그 둘, 특히 레베카를 응시하다가 바구니를 내밀었다.

"아침 식사 싸 왔으니까 먹어요."

"오늘도 고맙구나, 샤샤."

"고마워, 샤샤. 잘 먹을게."

샤샤는 그 둘에게 바구니를 넘긴 후 주변을 살폈다. 오늘은 또 어디 있을까, 특제 햄고기 더블 샌드위치를 싸 왔는데. 그때 레베카가 샤샤의 어깨를 툭툭 두드렸다. 샤샤의 눈이 동그랗게 떠진 순간, 레베카가 손가락을 입술로 가져갔다. 그리고 입 모양으로 말했다.

'저기 있어.'

레베카의 손끝은 나무를 가리키고 있었다. 오늘은 저기 있었구나. 샤샤는 레베카를 냉큼 끌어안으면서 말했다.

"고마워, 레베카."

레베카가 샤샤의 등을 토닥이면서 말했다.

"……이 정도로 뭘."

오늘도 덕분에 나스카에게 아침을 먹일 수 있겠군. 샤샤는 레베카에게 씨익 웃어 준 후 총총 나무로 다가갔다. 푸르른 나뭇잎 사이로 은빛 머리칼이 눈부시게 흩날렸다. 나스카는 나뭇가지에 앉은 채 멍하니 인간들을 내려다보고 있었다. 그 모습을 보면서 생각했다. 요즘 들어 많이 멍하네. 물론 평소에도 맹했지만. 보통 나스카는 샤샤를 졸졸 따라다니면서 맛집 탐방을 하거나 예절 공부를 하곤 했다. 그런데 요즘은 아니었다. 말도 없이 연무장에 있는 날이 많아졌다. 그 잠깐 사이에 무슨 심경의 변화가 생긴 건지. 샤샤는 한참 동안 나스카를 응시하다 두 손을 모으고 외쳤다.

"나스카, 이리 내려와요!"

짧지만 길게 느껴졌던 여행이 끝났다. 그리고 이제, 또 새로운 여행을 시작해야 한다. 어떤 게 튀어나올지 모르고, 어떤 일이 일어날지 모르지만, 계속 앞으로 나아가야 한다. 원하는 것을 찾기 위해서. 샤샤는 나스카가 올라탄 나무를 걷어차면서 재차 외쳤다.

"빨리 이리 와요, 나스카!"

내가 원하는 것은 단 하나야. 모두가 행복해지는 삶. 그리고 그 속에 내가 있는 것. 샤샤는 나스카에게 손을 흔들었다.

"대단합니다, 케론드 님!"

"무조건 이기세요, 케론드 님!"

샤샤는 나스카와 나란히 앉은 채 멍하니 연무장을 응시했다. 케론드와 한 기사가 한가운데에 검을 맞댄 채 서 있었고, 그 주변엔 수많은 기사들이 서 있었다. 기사들은 하나같이 팔을 거세게 흔들며 비명을 질러 대고 있었다. 케론드가 기사를 밀어붙일 때마다 기사들은 아예 자지러졌다. 역시 아버님, 마성의 남자. 샤샤는 주먹을 꼭 쥔 채 케론드를 응시했다. 초대 가주인 알렉산드로스가 전설적인 영웅이라면, 케론드는 살아 있는 영웅이었다.

모든 기사들의 귀감이자 아틀란타의 진정한 인재. 세간에서는 케론드를 그렇게 불렀다.

다른 나라에서도 케론드를 존경하는 사람들이 수두룩하다고 들었다. 은퇴를 한 지 제법 됐는데도 케론드의 인기는 식을 줄은 몰랐다. 전쟁터에서 활발하게 활동해도 인기가 없는 페인과 다르게 말이다. 아, 새삼 페인이 영고라는 게 느껴지네. 페인의 검술이라면 분명 전성기 시절 케론드보다 수준이 더 높을 텐데.

역시 윗대가리한테 미움받으면 정말 인생이 고달파지는구나. 이래서 사람은 줄을 잘 타야 한다니까. 샤샤는 그렇게 생각하면서 딸기 주스를 홀짝였다. 그때 케론드와 맞서고 있던 기사가 뒤로 넘어가면서 검을 놓쳤다. 귀가 찢어질 정도로 커다란 함성이 들려왔다. 이번에도 모든 사람들이 예상했듯, 케론드의 승리였다. 케론드는 이마에 흐르는 땀을 닦으면서 말했다.

"역시 나이는 못 속이는구나. 이 정도에 지치다니."

"아닙니다, 케론드 님! 정말 대단한 승부였어요!"

"다음번엔 저도 부탁드립니다, 케론드 님!"

마치 팬들에게 둘러싸여 있는 아이돌 같군. 기사들의 눈은 하나같이 존경심으로 반짝거리고 있었다. 그리고…… 샤샤는 구석진 곳에 서 있는 레베카를 쳐다보았다. 레베카도 다른 기사들과 마찬가지로 존경 어린 눈을 하고 있었으나, 어딘가 쓸쓸해 보였다. 쓸쓸할 수밖에 없지, 자기는 아무것도 하지 못하고 있는데 아버지는 은퇴 후에도 출중한 실력을 뽐내고 있으니. 샤샤가 일어서려는 순간이었다. 케론드가 기사들을 헤치면서 레베카에게 다가갔다.

"레베카, 잘 봤느냐?"

"……네."

"방금 본 것을 잘 기억해 둬라. 기사들의 대련을 보는 것도 중요한 공부니."

레베카의 고개가 끄덕여졌다. 케론드는 레베카의 어깨를 끄덕이면서 속삭였다.

"너도 계속 수련하다 보면 나보다 훌륭한 기사가 될 거다."

레베카는 다시 한번 힘 있게 고개를 끄덕였다. 케론드는 레베카의 어깨를 감싼 채 기사들에게 본래 위치로 돌아가라고 명령했다. 잘됐다, 레베카. 샤샤가 흐뭇한 얼굴로 주먹을 움켜쥐었다.

"왜 그렇게 좋아하지?"

나스카가 갑작스레 물었다. 샤샤는 눈을 깜빡이다가 흔쾌히 대답했다.

"저 둘, 옛날엔 사이가 안 좋았거든요. 아버님은 아주 좋은 분이시만 레베카에겐 무뚝뚝하셨어요. 그래서 정말 서먹서먹했는데."

샤샤의 볼이 불그스름하게 물들었다. 샤샤는 꽃받침을 한 채 밝게 말했다.

"지금은 레베카와 사이가 좋아서 너무 기뻐요."

"……."

"그런데 그건 갑자기 왜 물어요, 나스카?"

나스카는 대답 대신 얼굴을 돌렸다. 샤샤에게 괜히 징징거렸다며 하소연하던 레베카가 한심하게 느껴졌다. 샤샤가 약혼한다 해서 둘의 사이가 멀어질 리가 없었다. 잠깐이나마 동정했던 자신이 멍청하게 느껴졌다. 둘의 관계는 전혀 망가지지 않았다. 여전히 서로를 끔찍하게 생각하고, 하루 종일 붙어 다녔다. 나스카는 입술을 깨물었다. 레베카와 샤샤는 제법 오랜 시간을 보내왔다고 들었다. 그만큼 소중하고 친한 사이라고 들었다. 하지만.

"레베카가 검술을 금지당해서 큰일이에요."

자신은 레베카만큼 샤샤와 오랜 시간을 보내지 못했다. 그래서 레베카를 질투하는 건가? 아니, 그건 절대 아니었다. 그런데 왜 자꾸 이런 생각을 하느냐? 정답은 단 하나였다. 그저 무의식적으로 깨달은 것뿐이다. 오래 알고 지낸 레베카는 아무 문제없지만 나는……. 나스카는 조용히 팔을 들어 자신의 얼굴을 후려갈겼다. 케론드와 레베카에게 정신 팔려 있던 샤샤가 화들짝 놀랄 정도로 묵직한 소리가 울려 퍼졌다.

"뭐, 뭐예요, 갑자기?!"

나스카는 무뚝뚝하게 말했다.

"아무것도 아니다."

"……네?"

후, 나스카는 하늘을 올려다보면서 길게 한숨을 쉬었다. 어쩌다 모든 것들을 발아래에 둔 자신이 이런 생각을 하게 된 것인지 모르겠다. 동족들을 볼 낯이 없었다. 내가 하찮은 인간을. 나스카는 생각하던 것을 멈추고 다시 한번 자신의 얼굴을 후려갈겼다.

"도대체 왜 그래요?!"

"…….."

내가 인간을 뭐. 내가 하찮은 인간을 뭐. 나스카는 스스로에게 마구 캐물었다. 하지만 더 이상은 그럴듯한 답이 떠오르지 않았다. 그저 알 수 없는 열기가 몸에서 피어오를 뿐이었다. 나스카는 휙 샤샤를 돌아보았다. 역시 제일 먼저 눈에 띄는 것은 분홍색 머리칼이었다. 나스카는 뚫어져라 샤샤를 응시했다. 머리칼 말고도 오밀조밀한 이목구비와 새파란 눈동자가 차례로 눈에 들어왔다. 샤샤가 어색하게 말했다.

"뭐가 뭔지는 모르겠지만 기분이 안 좋아 보이네요. 재미있는 농담이라도 해 줄까요?"

인간은 딱히 이렇다 할 장점이 없다. 오히려 단점만 수두룩하다. 검술도 마법도 못하는 주제에 더럽게 남의 것만 탐낸다. 그렇다고 머리가 좋은 편도 아니었다. 그 안경잡이만 봐줄 만하지, 나머지는 전부 다 수준 이하였다. 지금만 해도 봐라.

"용이 지상에 내려간다, 를 네 글자로 줄이면?"

"하지 마."

난 분명히 경고했다. 하지 말라고. 나스카의 단호한 거부에도 불구하고 샤샤는 웃는 낯으로 외쳤다.

"내려가용!"

저런 걸 농담이라고 하고 앉았다. 머리가 나쁜 걸로도 모자라 뻔뻔하기 짝이 없다. 나스카는 살벌하게 말했다.

"분명 하지 말라고 했을 텐데."

눈치 빠른 샤샤의 이마에서 식은땀이 줄줄 흘러나왔다. 샤샤는 한쪽 눈을 찡긋하면서 말했다.

"나, 나 때릴 고얌?"

재차 말하지만 인간은 정말 보잘것없고 한심하다. 하지만 그럼에도 불구하고, 인간들의 곁을 떠나지 않는 이유는 단 하나였다.

그것은 바로.

나스카는 중얼거리듯이 말했다.

"응, 때릴 거야."

"갸아아아아아아악!"

바로, 눈앞의 인간이 이 모든 단점들을 덮을 만큼 사랑스럽다는 것.

재차 말하지만 인간은 하찮다. 하지만 그만큼 흥미롭고 사랑스러워서, 지켜볼 가치가 있다. 나스카는 벌떡 자리에서 일어나 도주하는 샤샤의 뒷모습을 응시하다가 피식 웃었다.

그 시각, 황궁에서 아스는 평소처럼 황제의 부름이 있을 때까지 응접실에 앉아 책을 읽고 있었다. 여기저기 헤진 티가 역력한 가죽 표지엔 '약초학'이란 글씨가 흘림체로 적혀 있었다. 아스는 안경을 올리면서 주의 깊게 페이지 한 장 한 장을 넘겼다. 내용은 이미 다 외운 지 오래였지만 상관없었다. 그만큼 유익한 내용이었으니까. 아스가 마지막 페이지를 손가락으로 짚었을 때였다.

"황제 폐하께서 들어오시랍니다."

기사가 들어와 아스에게 말했다. 아스는 고개를 끄덕이면서 몸을 일으켰다. 황제는 오늘도 변함없이 침대에 비스듬히 누워 어의에게 진찰을 받고 있었다. 어의는 주의 깊게 황제의 안색을 살폈다.

"요즘 몸은 어떠십니까? 여전히 잠은 푹 주무십니까?"

"여전히 잠이 너무 잘 와서 문제일세. 시도 때도 없이 졸음이 쏟아져."

"일어난 후는 어떠십니까?"

"가뿐하네. 잠을 푹 잔 덕분인지. 기분도 무척이나 좋아지고 말이지."

어의는 고개를 주억거리면서 일지를 기록했다. 진찰이 끝난 후, 황제는 기대에 찬 눈빛으로 물었다.

"그건 가져왔나?"

"네, 물론입니다. 오늘은 좀 넉넉하게 챙겨 왔습니다."

어의는 흰 종이 상자를 황제에게 건넸다. 황제는 입맛을 다시면서 당장 상자를 열어젖혔다.

"그럼 전 물러나겠습니다."

"그래, 오늘도 수고했네."

어의는 진찰 가방을 든 채 돌아서다가 아스와 눈이 마주쳤다. 아스의 고개가 비스듬히 기울어졌고, 어의는 애써 태연한 얼굴로 목례를 했다. 아스는 조용한 음성으로 말했다.

"폐하, 제가 왔습니다."

"오, 아스. 왔느냐?"

황제는 과자를 베어 물면서 어의에게 빨리 가 보라는 듯 손짓을 했다. 어의는 황급히 황제와 아스에게 고개를 숙여 보인 후 방을 빠져나갔다. 황제는 행복하다는 듯 입을 오물거리면서 말했다.

"이 과자가 정말 맛있단 말이야."

"그렇습니까?"

달콤한 꿀이 듬뿍 발라진 과자는 혀가 아릴 정도로 달아 보였다. 황제는 과자 하나를 아스에게 내밀면서 말했다.

"너도 먹겠느냐?"

아스는 고개를 저으면서 침대 근처에 있는 의자에 앉았다.

"아뇨, 단것은 별로인지라."

"내 주변 사람들은 전부 다 단거를 싫어하는구나, 외롭게시리. 허허."

황제는 과자를 꿀꺽 삼키고는 은근한 눈빛으로 아스를 쳐다보았다.

"사절단 준비는 잘되어 가고 있느냐?"

아스는 고개를 숙이면서 겸손하게 대답했다.

"그것은 저 말고 전하께 물어보셔야죠, 폐하. 이번 일은 전적으로 요하네스 전하께 맡기시지 않았습니까."

"그래, 그랬지. 하지만 영 불안해서 말이네. 그 아이는 아직 어린지라."

"폐하께선 그 나이 때 케론드 공작님과 전쟁터에 나가셨다고 들었습니다."

아스의 단호한 말에 황제의 얼굴이 쓸쓸해졌다. 황제는 괜히 앙상한 팔목을 쓸어내리면서 말했다.

"그렇지. 그런데 이상하게 그 아이는 과보호하게 되더군."

"……."

"요하네스는 내 첫 번째이자 마지막 자식일세. 이 세상의 그 어떤 것보다 소중한 존재야. 이해해 주게, 아스."

참으로 다정하면서도 잔인한 대답이군. 아스는 생각했다. 첫 번째란 말은 그렇다 쳐도 마지막이란 말은 너무했다. 완벽하게 페인을 무시하는 대답이 아닌가. 지금도 페인은 병법서를 들여다보면서 티그리스로 떠날 준비를 하고 있을 것이다. 릴리스가 옆에 있으니 한시름 놓았지만, 황제와 요하네스가 있는 한 페인은 완전해질 수 없을 것이다.

"하지만 믿어야겠지. 네 안목을."

그러니 역시 페인은……. 아스는 고개를 주억거렸다.

"물론입니다, 폐하. 저를 믿어 주시기 바랍니다. 요하네스 전하는 해내실 수 있을 겁니다."

"그래그래. 네 안목은 언제나 정확했으니까."

황제는 아스의 어깨를 두드리면서 껄껄 웃었다.

"약속했던 대로 난 이번 일에 관여하지 않으마. 요하네스에게 전적으로 맡기겠다. 그래도 충고 정도는 네가 해 줄 수 있지?"

"물론이죠, 폐하. 충고 정도는 얼마든지 해 드리겠습니다."

황제의 얼굴에 살았다는 미소가 어렸다.

"정말 믿음직스럽구나, 아스는."

판은 준비됐으니, 말을 움직이는 일만 남았다. 아스의 입꼬리가 부드럽게 올라갔다.

똑똑. 누군가가 문을 두드렸다. 양팔 가득 금박이 박힌 책을 들고 있던 아스는 고개를 돌리면서 들어오라고 외쳤다. 그러자 문이 열리면서 두 명의 남성이 방 안으로 들어왔다. 한 명은 붉은색 띠로 눈을 가리고 있었고, 다른 한 명은 손에 스태프를 쥐고 있었다. 아스의 눈이 가늘게 떠졌다.

"아스."

갑작스런 손님의 정체는 다름 아닌 페인과 헤레이스였다. 아스는 책을 마저 책꽂이에 꽂고 둘을 맞이했다.

"이런 누추하신 곳에 황자님이 어쩐 일이십니까. 보좌관까지 대동하시고."

"……."

페인은 아무 말 없이 헤레이스와 아스를 번갈아 쳐다보았다. 헤레이스의 이마를 타고 식은땀이 삐질삐질 흘렀다. 아스는 그런 헤레이스의 모습에 상황이 대충 파악됐다. 역시 전쟁터에서 살다시피 한 사람은 달랐다. 눈치 하나는 더럽게 빠르군. 그래서 마음에 든거지만. 아스는 찻주전자를 꺼내 들면서 말했다.

"일단 앉으시지요."

헤레이스가 쭈뼛쭈뼛 손을 들면서 말했다.

"아, 저, 저, 전 나가 있겠습니다. 편하게 얘기 나누세요."

"괜찮아요, 페인 님과 이곳에 계셔도 상관없습니다."

건조한 아스의 말에 헤레이스의 몸이 눈에 띄게 움찔거렸다. 하지만 아스는 태연한 동작으로 차를 준비할 뿐이었다. 헤레이스는 울상으로 페인을 돌아보았다. 페인은 말없이 문을 가리켰다. 감사합니다, 페인 님! 헤레이스는 후다닥 밖으로 뛰쳐나갔다. 그렇게 방 안엔 아스와 페인, 둘밖에 남지 않았다. 아스는 빈 의자를 가리키면서 재차 말했다.

"앉으시지요."

페인은 방금 아스가 정리한 책꽂이를 쳐다보면서 물었다.

"황궁의 책을 아주 산더미처럼 들고 있던데, 무겁지도 않나?"

"네, 익숙해져서 괜찮습니다."

"그런가."

페인은 순순히 그 자리에 앉았다. 아스는 페인 앞에 따끈한 차가 담긴 찻잔을 내려놓았다. 페인은 말없이 찻잔을 내려다보다가 말했다.

"본론으로 들어가지. 여행을 가기 전, 내 보좌관과 얘기를 나눴다고 들었다."

"그렇게 안 봤는데 입이 가볍군요."

"걱정 마라, 나 한정이니까. 헤레이스는 내게 과분할 만큼 귀한 부하다. 그리고……."

아스의 녹빛 눈동자가 페인을 훑어보았다.

"그리고?"

"황궁에 묘한 소문이 돌고 있다는 것도 들었다."

아스의 입꼬리가 올라갔다. 아스는 차를 한 모금 들이켜면서 대꾸했다.

"무슨 말씀이신지 모르겠군요."

"뻔뻔하군. 네가 뒤에서 일을 꾸미고 있다는 것쯤은 알고 있다."

"뻔뻔하다뇨, 당신은 제 제안을 받아들였습니다. 그리고 약속했죠. 제가 무슨 일을 하든 눈감아 주기로."

"물론 내가 네게 도움을 요청한 것은 사실이다. 그리고 그 대가를 치르겠다고 한 것도 사실이지. 하지만 분명 난 말했다. 반역에 관심 없다고."

페인의 손에 힘이 들어갔다. 페인은 이를 갈면서 말을 이었다.

"선을 넘으면 더 이상 눈감아 줄 수 없다. 그것도 계약 조건이었을 텐데."

아스는 태연하게 말할 뿐이었다.

"죄송하지만 단단히 오해를 하셨군요."

"시치미 떼지 마라. 이런 일을 벌일 사람이 너 말고 누가 있겠나!"

페인의 언성이 커질 대로 커졌다. 하지만 아스는 당황한 기색 하나 없었다. 오히려 예상했다는 듯 건조한 얼굴이었다. 아스는 안경을 올리면서 차분하게, 그러나 단호한 어조로 말했다.

"제가 언제 당신에게 반역을 강요했습니까? 당신에게 싫다는 대답을 들은 후로 전 한 번도 그 얘기를 꺼내지 않았습니다. 그리고 재차 말하지만 그 소문을 퍼뜨린 것은 제가 아닙니다."

아스의 말에 페인은 혼란스러워졌다. 소문을 퍼뜨린 게 아스가 아니라고? 페인은 멍청히 물었다.

"그럼 도대체 누가."

"그냥 신경 쓰지 마십시요. 어차피 언젠가는 알려질 일이었으니까. 당신을 모시는 시녀들이 무례하다는 것은 사실이지 않습니까?"

페인은 입술을 잘근잘근 깨물었다. 반박할 수 없다는 게 한없이 분했다. 아스는 의미심장하게 말했다.

"누누이 말하지만 황궁에서 위계질서는 매우 중요한 거랍니다."

"……."

"계속 시녀들을 풀어 놓았다간 분명 문제가 터질 거예요."

"상관없다."

아스는 어깨를 으쓱이면서 말했다.

"당신에게만 피해가 간다면 저도 이런 말을 하지 않았겠죠."

"뭐?"

"릴리스, 그녀까지 무시당하는 모습을 보고 싶습니까?"

잠시 정적이 흘렀다. 릴리스란 이름이 나오자, 페인의 몸이 흠칫 떨렸다. 페인은 애써 태연한 어조로 말했다.

"시녀들에게 미리 말을 해 뒀다. 릴리스를 잘 모시라고."

"과연 시녀들이 그 말을 들을까요."

"시녀들은 군인이 아냐. 처벌 없이도 얼마든지 설득시킬 수 있다."

역시 헤레이스의 말이 옳았다. 민간인들에겐 지나치게 올곧고 관대하다. 아스는 한숨을 푹 쉬었다.

"어쨌든 전 분명 경고했습니다. 메어리는 요즘 어떱니까?"

"눈에 띌 정도로 초조해하고 있다. 아직까지 답장이 오지 않은 모양이야. 조금 의외군. 즉각 반응이 올 거라고 생각했는데."

이제까지 아무 소식도 오지 않았다고? 아스는 턱을 쓰다듬었다. 릴리스의 어머니인 엔젤라가 몸이 안 좋다는 사실은 아스도 알고 있었다. 그렇다면…….

"건강이 악화된 건가."

"차라리 잘된 거라고 생각한다. 릴리스는 아직 그런 준비가―."

"페인 님, 누누이 말하지만 언젠가는 터질 문제입니다. 미뤄서 좋을 일은 하나도 없어요."

페인은 아무 말 없이 고개를 수그렸다. 아스는 갑자기 자리에서 일어나 책꽂이로 걸어갔다. 그리고 책 무더기 사이에 놓여 있는 체스 판을 집어 들었다.

"당신이 원하는 것은 단 하나입니다. 릴리스 님을 자유롭게 해 주는 것."

달그락. 페인 앞에 체스 판이 놓였다. 페인은 여전히 입을 다문 채 그런 아스를 쳐다보았다. 아스는 체스판 위에 기물들을 하나하나 내려놓았다.

"당신은 이 세상의 누구보다 릴리스 님을 사랑합니다. 제 말이 맞죠?"

페인은 고개를 작게 끄덕였다. 아스는 페인의 어깨에 손을 얹었다.

"하지만 당신은 너무나도 소극적입니다. 그 물렁한 성품 때문에 언젠가 민간인들에게 소중한 것을 잃을 확률이 높아요."

"……."

"페인 님, 여기는 황궁입니다. 자신의 이익을 위해서라면 무슨 일이든 저지를 괴물들이 우글거리는 곳이라고요."

당장 서점으로 가서 아무 역사책만 뽑아 들어도 알 수 있다. 피로 얼룩진 황실의 역사를. 황실은 철저한 적자생존이었다. 조금이라도 나약하거나 눈치가 늦으면 같은 핏줄에게도 살해당한다. 요하네스가 살아남을 수 있었던 것은 어디까지나 페인과 클로드가 황위에 관심이 없어서였다. 페인은 스스로를 죄인이라 생각했고, 클로드는 황후를 닮아 지나치게 상냥했다. 그래서 황실은 무척이나 평화로웠다. 하지만 그 평화가 언제까지나 계속된다는 보장은 없었다.

"당신은 황제에게 사랑받지 못하지만 엄연한 2황자입니다. 그리고 케론드 공작이 은퇴한 후, 제국 제일의 기사란 칭호를 물려받았죠. 당신의 존재는 너무나 위협적입니다."

"······나는 이 나라에서 황자가 아니라 황실의 신하일 뿐이다. 폐하도 그것을 알고 계신다."

하, 순진한 페인의 말에 아스는 조소를 터뜨렸다. 아스는 말 하나를 집어 들었다.

"폐하가 왜 주기적으로 공개적인 곳에서 당신에게 면박을 준다고 생각하십니까?"

"그거야 내가 부족해서······."

"당신이 부족하다면 요하네스 전하는 뭡니까."

어떡하지. 페인의 이마를 타고 식은땀이 흘러나왔다. 할 말을 잃어선 안 되는 상황인데, 바로 반박해야 하는 상황인데 아무 생각도 떠오르지 않았다. 그만큼 아스의 말은 비참할 정도로 정곡을 찔렀다. 아스는 피식 웃음을 터뜨리면서 말했다.

"부정하지 말고 현실을 직시하시죠. 그건 아직도 당신을 믿지 못한다는 뜻입니다."

"······."

"폐하는 당신을 완전히 무너뜨리기 전까진 안심하지 않을 겁니다. 어떻게든 꼬투리를 잡으려 할 거라고요. 그런데 왜 당신은 여기 있는 겁니까."

빨리 릴리스를 데리고 티그리스로 떠나도 모자랄 판인데. 아스는 혀를 차며 페인을 쳐다보았다. 페인은 아스의 시선을 괜히 피하면서 중얼거리듯이 말했다.

"카낙타의 사절단이 방문할 동안만 머무를 생각이다."

"그렇게 당하고도 폐하와 요하네스 전하를 위하고 싶습니까?"

"폐하와 요하네스 전하 때문에 이곳에 남는 게 아니다. 어디까지나 백성들을 위해서야. 카낙타는 위협적인 나라야. 무슨 일이 일어나면 나라도 수습을 해야 한다."

아스는 침착하게 눈을 감고 아까 읽었던 약초학 책 241쪽의 내용을 떠올렸다. 샤샤가 예전의 자신이나 레베카와 얘기를 나눌 때마다 뒷골을 부여잡은 이유를 이제야 알 것 같다. 샤샤가 우리를 볼 때마다 이런 느낌을 받았구나. 아스는 무표정으로 페인을 응시했다. 도대체 요하네스는 전생에 무슨 선행을 했기에 다른 사람들이 뒷수습을 자처하는지 모르겠다. 기껏 자신과 레베카가 정신 차리면 뭐 하나, 페인이 그대로인데. 답답해 미치겠다. 아스는 지끈거리는 이마를 주무르며 말했다.

"그럴 시간에 릴리스 님이나 신경 쓰시길 바랍니다. 여러모로 불안해하고 있을 테니까."

"……너나 잘해."

아스는 안경을 올리면서 싸늘하게 말했다.

"전 잘하고 있습니다만?"

"……."

또 반박할 수 없다는 사실이 한없이 분했다. 괜히 제국 최고의 두뇌가 아니었다. 어쩜 저렇게 맞는 말만 골라서 하는지. 페인의 몸이 부들부들 떨렸다. 그때 아스가 페인의 손바닥에 무언가를 내려놓았다.

"릴리스를 정녕으로 행복하게 해 주고 싶다면, 이 나라를 정녕으로 위한다면 당신이 할 일은 단 하나입니다."

페인은 손바닥 위에 올려진 조그만 체스 말을 말없이 내려다보았다.

"다음에 만날 땐 당신의 생각이 변해 있기를 바라죠."

말은 작은 왕관을 쓰고 있었다. 그것이 의미하는 것은 너무나 뻔했다. 킹King. 페인은 작게 발음했다. 페인은 중얼거렸다.

"릴리스, 난 도대체 어떻게 해야 할까."

내가 원하는 것은 단 하나야. 바로, 내게 한없이 다정한 그대가 행복해지는 것. 체스 말을 쥐고 있던 페인의 손에 힘이 들어갔다.

"문 열어! 당장 열지 못해?!"

쾅, 쾅, 쾅. 연신 둔탁한 소음이 울려 퍼졌다. 그 앞을 지키고 서 있던 시녀들이 몸을 떨었다. 이마의 땀을 닦고 있던 의사가 단호한 어조로 말했다.

"절대 문을 열면 안 됩니다. 환자는 지금 심각한 상태니까요."

의사 옆에 서 있던 알버트가 안절부절못하며 말했다.

"그, 그래도 문을 잠그는 것은 너무 잔인한 처사가 아닌가? 밀폐된 공간은 환자에게 좋지 않을 텐데."

"잔인하다고요? 엔젤라 님의 남편분이시니 누구보다 잘 알고 계실 텐데요. 밖에 나갔다간 어떤 일을 벌일지 모릅니다. 엔젤라 님은 제정신이 아니에요."

의사는 처방전을 알버트에게 내밀었다. 알버트는 처방전을 받아 들면서 고개를 저었다.

"내 아내는 그냥 조금, 신경이 날카로운 것뿐일세."

의사의 표정이 싸늘해졌다. 의사는 가방을 챙기면서 알버트를 지나쳤다.

"엔젤라 님의 상태가 악화된 이유를 알 것 같군요."

"……."

도대체 왜 이러는 거야, 엔젤라. 알버트는 울상을 지었다. 문 너머에선 여전히 쿵쿵거리는 소리가 들려왔다. 엔젤라가 히스테릭하게 소리를 질렀다.

"문 열어. 문 열어. 문 열라고!"

찢어지는 그 목소리에 알버트는 겁에 질린 표정을 지었다. 그는 문에 이마를 댄 채 중얼거렸다.

"미안, 엔젤라. 미안해, 엔젤라."

당분간만 방 안에 있어 줘. 그렇게 속삭인 알버트는 문에서 떨어졌다. 그리고 시녀들에게 잘 지키고 있으라고 당부했다. 이번만큼은 자신도 엔젤라를 마주할 자신이 없었다. 알버트는 연신 굳게 닫힌 문을 돌아보면서 자신의 방으로 돌아갔다. 불행 중 다행으로, 쿵쿵거리는 소리는 더 이상 들려오지 않았다.

어두컴컴하고 물건들이 너저분하게 흩어져 있는 방 안, 그곳에서 한 여인이 바닥에 주저앉아 있었다. 여인은 온통 헝클어진 머리를 한 채 손톱으로 문을 북북 긁어 댔다. 손톱이 갈라지고 피가 났지만, 여인은 개의치 않고 계속 문을 긁어 댔다. 여인은 중얼거렸다.

"릴리스, 그년이 날 배신했어. 원작을 배신했다고."

망할 년, 사지를 뜯어 버려도 시원찮을 년. 엔젤라는 키득키득 웃으면서 쉴 새 없이 중얼거렸다. 핏발 선 눈이 한없이 섬뜩했다.

황궁이 시끄러워지기 시작했다. 카낙타가 사절단을 보내기로 한 날짜가 조금씩 가까워졌기 때문이다. 카낙타는 수시로 아틀란타와 마찰을 빚는 나라였지만, 현 술탄은 아틀란타에 호의적인 태도를 보였다.

그래서 수시로 사절단을 보냈는데, 귀한 향유와 사금 등 귀한 선물들도 함께였다. 이에 현 황제도 경계심을 풀고 카낙타를 반갑게 맞이하게 됐다. 카낙타의 사절단이 도착하면 며칠 내내 호화로운 파티가 열리는데, 이번엔 샤샤도 참석할 예정이었다.

물론 그것은 어디까지나 레베카와 아스 덕분이었다. 듣보잡 가문 출신의 딸이 사절단 축하 파티에 낄 수 있을 리가 없다. 하지만 개국 공신 가문의 딸의 하나뿐인 친구이자 황태자 보좌관의 예비 약혼녀라면 어떨까?! 그렇다면 샤샤는 듣보잡 가문의 딸이 아닌, 귀빈으로 대접받게 될 것이다. 이것은 크나큰 가문의 영광이요, 찬란한 추억으로 남을 것이다. 하지만.

"이번 파티는 말 그대로 언제 터질지 모르는 폭탄일 거예요."

샤샤는 아스가 가져다준 황금빛 초대장을 내려다보면서 말했다. 옆에 앉아 예절 백서를 읽고 있던 나스카가 물었다.

"왜지?"

"흐흥~ 그야 요하네스가 사절단 담당이니까요!"

그렇게 말한 샤샤는 정말 즐겁다는 듯이 방글방글 웃고 있었다. 사절단 접대를 담당하는 사람은 말 그대로 모든 것을 담당하게 된다. 사절단이 묵게 될 곳, 사절단이 먹을 음식 하나하나 전부 다 말이다. 또한 파티장도 꾸며야 할 텐데, 요하네스가 카낙타의 취향을 알고 있을지나 궁금하다. 여자들 만나려고 수업을 밥 먹듯이 빼먹었다는데.

샤샤는 콧노래를 불렀다. 접대는 정말 상상 이상으로 어렵고, 복잡한 일이다. 아무 생각 없이 받아들였다가 머리를 쥐어짜고 있을 요하네스의 모습이 안 봐도 상상이 갔다.

아, 역시 아스는 천재야. 샤샤는 허공에 건배하는 시늉을 하며 수박 주스를 꿀꺽꿀꺽 들이켰다. 주스가 오늘따라 달았다. 샤샤는 입가를 훔치고 얼른 나스카에게도 잔을 들라고 손짓했다. 나스카는 물끄러미 그런 샤샤를 응시하다 물었다.

"너는 그 남자가 그렇게 싫은가?"

"당연하죠, 쓰레기 중의 쓰레기예요."

"……."

그 쓰레기 때문에 원작에서 레베카 언냐가 얼마나 고통받았는데. 샤샤는 정말 오랜만에 원작에 대해 떠올렸다. 샤샤는 넓고 아름다운 레베카의 저택을 생각했다. 자신이 아니었다면, 레베카가 계속 고통받았더라면 이 저택은 불타오르고 식솔들

은 모두 죽임당했을 것이다. 그리고 아스는…… 자세한 설명
은 생략한다. 샤샤는 나스카에게 말했다.

"당신은 제게 고맙다고 해야 해요."

"갑자기 무슨 개소리지."

내가 아니었다면 넌 단짠의 법칙도 몰랐을 테고, 수도의 맛
집들도 몰랐을 거야. 원작의 릴리스가 그런 것을 가르쳐 줄 수
있겠어? 샤샤는 피식 웃으면서 수박 주스를 마저 들이켰다.

"요하네스는 탯줄 잘 잡아서 황태자가 된 거예요. 누가 봐도
황제감은 아니지만 어쩌겠어요. 요즘은 부모 잘 만나는 것도
실력인데."

"갑자기 무슨 또 개소리냐."

"하여튼 그놈 때문에 레베카가 정말 고생을 했어요. 약혼녀
가 있는데도 대놓고 다른 여자들을 만나고 다녔거든요. 황제
폐하와 황후마마도 워낙 아들 바보셔서, 제대로 제지를 안 하
셨어요."

샤샤는 쯧쯧 혀를 찼다. 한 나라의 지도자가 방관도 죄라는
사실을 몰라서 어쩌자는 건지……. 황제와 황후도 요하네스가
그렇게 망가진 것에 엄연한 책임이 있었다. 하지만 그 둘은 그
사실을 죽어도 모를 것이다.

"게다가 여자들 만난다고 황태자로서 받아야 할 수업도 수
시로 빼먹었대요. 솔직히 요하네스는 정말 아스와 레베카에게
절해야 돼요. 그 둘이 뒷수습해 주지 않았더라면 미운털 좀 박
혔을걸요."

"뒷수습?"

"네, 그때 그 둘이 좀…… 아씨, 이런 말 하면 안 되지만 호

구란 말 빼고 그 둘을 표현할 수 있는 단어가 없네요. 진짜 이런 말 하기 싫은데."

잠시 정적이 흘렀다. 레베카와 아스가? 나스카는 말없이 샤샤를 응시했다. 나스카가 지금껏 본 모습들에 의하면 그 둘은 인간들 중에서 가장 철두철미했다. 내가 손해를 입을 바엔 남을 손해 입히겠다고 달려들 정도로 말이다. 게다가 그 둘은 요하네스란 남자에게 시종일관 싸늘한 태도를 유지했다. 그런데 그런 둘이 예전엔 호구였다? 나스카는 물었다.

"왜지? 자신의 위치 때문인가?"

"그렇다 치죠."

"뭐냐 그 대답은."

절대 입이 찢겨 죽는다 해도 레베카가 그 남자를 사랑했다고 말 못해. 레베카는 아직도 가끔 과거를 떠올리며 부들부들 떤다. 자신이 미쳐도 단단히 미쳐 있었다고, 어떻게 사랑해도 그딴 쓰레기를 사랑할 수 있냐면서 말이다. 남의 흑역사는 공개하지 않고 비밀로 해 주는 게 당연한 매너다.

아, 지금 생각해도 치가 떨리네.

그딴 똥차를 사랑한다고 눈물을 글썽거리던 레베카의 모습을 떠올리면 저절로 뒷골이 땡겨 온다. 내가 그때 그 둘 호구 인생에서 탈출시키려고 얼마나 생고생을 했더라. 샤샤는 헛웃음을 지었다.

"물론 지금은 분에 넘치도록 잘해 주니 상관없지만."

"뭐라고?"

"아니에요."

"……."

나스카는 말없이 샤샤를 응시했다. 그 둘이 자신보다 샤샤와 더 많은 시간을 보냈다는 것은 알고 있다. 그리고 인간들은 짧은 삶을 사는 종족답게 단 하루도 그냥 보내지 않는다. 조금의 무료함도 참지 못해 어떻게든 즐거움을 찾으려고 애쓴다. 그리고 아마 그 둘도 그랬을 것이다. 샤샤와 어떻게든 즐거움을 찾기 위해 사방을 돌아다녔을 것이다. 나스카는 문득 이런 생각이 들었다.

그 둘은 샤샤와 얼마나 많은 것을 공유하고 있을까.

그리고 그것들은 하나같이 나스카는 알지 못하는 것들일 것이다. 나스카가 저도 모르게 입술을 깨문 순간이었다. 샤샤가 손가락을 흔들며 유쾌하게 말했다.

"너무 복잡하게 생각하지 말아요. 여기서 중요한 것은 단 하나니까요."

나스카는 그 말에 괜히 치부를 들킨 듯한 느낌이 들었다. 그래, 괜히 엉뚱한 생각하지 말자. 지금 저 인간 옆에 있는 것은 다름 아닌 나니까. 나스카는 급히 표정을 수습하고 물었다.

"그게 뭔데."

샤샤는 진지한 얼굴로 대답했다.

"요하네스는 개쓰레기."

기대한 내가 멍청이지. 나스카는 한숨을 쉬면서 고개를 돌렸다. 하지만 지금은 그냥 받아 주자. 나스카는 중얼거리듯이 말했다.

"……그 사실은 이미 옛날 옛적부터 알고 있었다."

읭. 샤샤는 의외라는 표정을 지었다.

"진짜요?"

"벌써 잊었나? 그 인간 때문에 바닥에 솜사탕이 떨어졌다."

"……잊을 리가 없잖아요."

전설의 솜사탕 사건을. 샤샤는 중얼거렸다. 눈 까뒤집힌 드래곤이 기사와 황태자를 한꺼번에 쓰러트린 그 사건을 어떻게 잊을 수 있겠어. 아마 평생 잊을 수 없을 것이다.

"어쨌든 나스카도 알고 있다니 다행이네요. 요하네스 전하가 쓰레기란 사실을. 하지만 앞에서 쓰레기라 칭하면 안 돼요. 저희들 모두 목이 따일 테니까."

샤샤는 말을 많이 해서 목이 마른지, 빈 잔에 다시 수박 주스를 따랐다.

"요하네스 같은 인간은 절대 피해야 해요. 레베카나 나 같은 귀요미나 아스 같은 인간은 무조건 잡아야 하고. 알겠죠?"

"방금 이상한 말을 들은 것 같은데."

"착각이얌!"

그렇게 상큼하게 외친 샤샤는 수박 주스를 원 샷 했다. 나스카는 지나가듯이 물었다.

"레베카와 아스가 그렇게 좋나?"

당연한 것을 왜 묻는 거지. 샤샤는 진심으로 모르겠다는 얼굴로 나스카를 쳐다봤다. 하지만 나스카는 자신의 질문을 철회하지 않았다.

"당연하죠. 그 둘은 제 인생의 구원자예요."

"……."

"애완동물 노릇하던 것도 그 둘 덕분에 그만뒀어요. 특히 아스와 약혼 예정이라고 발표하자마자, 절 멸시하던 영애들이 바로 태도를 고쳤어요."

약혼. 그 단어가 유독 나스카에게 선명하게 들렸다. 참 웃기지 않는가. 전지전능한 자신이 끼어들 틈이 없다는 게. 나스카는 샤샤를, 특히 불그스름하게 달아오른 그 토실한 뺨을 쳐다보다가 충동적으로 물었다.

"행복한가?"

샤샤는 망설임 없이 대답했다.

"네, 행복해요."

"……."

"솔직히, 행복하지 않은 게 이상하죠. 아스가 얼마나 다정하고 똑똑한 사람인데. 무슨 일이 있어도 저한테 화를 내지 않는다고요."

"화 안 내는 것은 사실이지만 은근 말 막 하던데."

그 무미건조한 얼굴로 '요하네스는 머저리'라 중얼거리던 아스의 모습이 눈앞에 선했다. 하지만 샤샤는 두 손을 내저으면서 유쾌하게 말할 뿐이었다.

"그래도 싼 인간들 한정이랍니다. 요하네스라든가 황제라든가. 그러니까 안심해도 돼요."

정말 죽어도 감싸는군. 나스카는 팩 고개를 돌렸다. 하지만 샤샤의 말은 사실이었다. 아스는 한 번도 이성을 잃은 적이 없었다. 아무리 무례한 사람 앞에서도 고요하게 일을 처리했다. 게다가 샤샤를 끔찍하게 아꼈다. 샤샤에게 심한 말을 할 바엔 자신의 혀를 잘라 버릴 인간이었다. 나스카는 한없이 분했다. 그 사실 때문에 말이다. 짜증 나. 나스카는 저도 모르게 중얼거렸다. 알 수 없는 열기가 서서히 전신을 물들였다. 아무리 잘나 봤자 결국엔 인간에 불과하다. 백 년도 살지 못하고, 강한 힘을 가진 것도 아닌. '내가 왜 이러지'란 생각이 들면서도 생각을 멈출 수가 없었다. 나스카의 동공이 서서히 세로로 찢어졌다. 그러니까 차라리……. 그런데 바로 그때였다.

"맞다 맞다. 나스카."

아, 나스카는 흠칫하면서 샤샤를 쳐다보았다. 샤샤가 천진하게 손뼉을 치면서 말했다.

"물어보는 걸 깜빡했네요. 나스카도 사절단 축하 파티 갈래요? 물론 제 호위 신분으로 가게 되지만, 카낙타 쪽 사람들을 만날 수 있을 거예요. 그것도 아주 좋은 경험이라고요."

"……."

샤샤의 푸른 눈과 나스카의 샛노란 눈이 서로를 마주했다. 연신 조잘거리는 샤샤는 미치도록 천진했다. 나스카는 푹 한숨을 쉬었다.

"카낙타는 사막에서 왔기 때문에 저희들과 무척이나 달라요. 아주 흥미로울 거예요. 그러니까―."

나스카는 샤샤의 말이 채 끝나기도 전에 대답했다.

"좋아."

"오, 진짜요?!"

샤샤는 정말 기쁘다는 듯이 활짝 웃었다. 나스카는 건조한 눈으로 그녀를 응시하다, 괜히 후드를 푹 눌러썼다. 샤샤는 손을 뻗어 탁자 위에 놓아둔 책을 집었다.

"그럼 이거 나스카에게 빌려줄게요."

짜잔. 샤샤는 나스카에게 수박 주스 잔 옆에 놓여 있던 책을 건넸다.

"카낙타 얘기 듣고 아스에게 빌린 책이에요. 한번 읽어 봐요."

"지금 읽고 있는 예절 백서로도 모자라 이거까지 읽으라는 거냐."

"에이, 그래도 이건 재밌어요. 이거 읽으면 예절 백서 안 읽어도 되니까—."

"당장 읽겠다."

태세 전환 참 빠르다. 샤샤는 차게 식은 눈으로 나스카를 응시했다. 나스카는 즉시 예절 백서를 밀치고 샤샤가 건넨 책을 펼쳐 들었다. 그런 나스카의 모습을 지켜보고 있던 샤샤의 입에 장난스런 미소가 걸렸다.

"이왕이면 소리 내어 읽어 줄래요?"

"내가 왜."

"에이, 읽어 줘요. 이왕 공부하는 거, 같이하면 좋잖아요."

"내가 왜 너한테!"

그러고 보니 시녀들에게 들은 적이 있다. 언젠가부터 매일 밤 아스가 샤샤에게 책을 읽어 준다고. 역시 아스는 참 다정하다며 꺅꺅거리는 시녀들의 목소리가 귓가에 들리는 듯했다. 나스카는 망설이다가 입을 열었다.

"카낙타는 사계절 내내 덥고 건조한 나라다. 이 나라를 여행하다 보면 이곳 사람들이 강인한 이유를 알게 된다. 이런 곳에서 살다 보면 강인해질 수밖에 없다."

좋아 좋아, 목소리 좋고. 샤샤는 등을 쭉 펴고 나스카의 목소리에 귀를 기울였다. 나스카는 계속해서 책을 읽어 내려갔다.

"이 책을 쓰고 있는 지금도 '누구 하나 걸려 봐라'란 생각으로 깃펜을 휘갈기고 있다. 그 정도로 덥다. 더워서 미칠 것 같다. 동행인이 마법사라서 천만다행이다. 얼음 마법에 의존하고 있다."

뭐야, 이거. 나스카는 '모래 밑에 파묻힌 진실'이란 제목이 적힌 책을 쥔 채 눈을 찌푸렸다. 처음엔 그냥 평범한 책이라고 생각했는데, 갈수록 내용이 과격해진다.

"이곳 사람들은 타인과의 스킨십을 극도로 꺼린다. 땀 때문에 끈적거린다는 이유 때문이다. 팔 한번 스쳤다고 칼을 뽑아 드는 사람도 본 적 있다."

샤샤가 정말 안타깝다는 듯 탄식했다.

"와. 맙소사. 내겐 진짜 최악의 나라네."

나는 스킨십 없으면 시체라고. 이 복슬복슬한 머리칼을 아무도 쓰다듬어 주지 않다니, 너무 아깝잖아. 샤샤는 탐스러운 분홍빛 머리칼을 꼬면서 다리를 까딱였다. 설마 처음부터 끝까지 이런 내용인가. 나스카는 휘리릭 책을 넘겼다. 마지막 페이지는 특이하게도 붉은 잉크로 글씨가 적혀 있었다.

[더운 것을 싫어하는 사람은 절대 카낙타에 오지 말아야 한다. 아름다운 나라? 뜨거운 모래와 전사의 나라? 웃기시네. 이곳에 있으면 누구라도 강인해질 수밖에 없다. 경치가 아름다운 것은 인정하지만 그런 것이 눈에 들어오지 않을 정도로 덥다. 그러니 절대 오지 마라. 그리고 마지막으로, 내게 카낙타를 여행지로 추천해 준 친구에게 한마디 하겠다. 무슨 일이 있어도 내 앞에 나타나지 마라. 쥐도 새도 모르게 모래 밑에 파묻히기 싫으면.]

"……."

역시 인간들은 특이해. 나스카는 다시 한번 그 사실을 실감했다.

샤샤와 아스는 오늘, 약혼식 예복을 위해 살롱을 둘러보기로 했다. 레베카도 이번 사절단 환영 파티 때 입을 드레스가 필요하다면서 동행했고, 자연스레 나스카도 저택에 있는 것은 심심하다며 살롱에 따라왔다. 샤샤는 마차에서 내리자마자 손을 비비며 우리를 맞이하는 살롱 주인의 모습을 보면서 권력의 단맛을 음미했다. 살롱 주인은 연신 굽실거리면서 말했다.

"영광입니다. 레베카 님으로도 모자라 아스 님까지! 저희 후와르 살롱은 절대 고객님들을 실망시키지 않을 겁니다."

후와르 살롱은 주로 레이스나 프릴이 달린 최고급 드레스를 만드는 곳으로 유명했다. 아기자기한 것을 좋아하는 내 취향에 걸맞은 곳을 선정했군. 샤샤는 유리관 속에서 멋들어지게 빛나고 있는 드레스를 보면서 생각했다. 보면 볼수록 아스는 도대체 못하는 게 뭔지 궁금하다. 슬슬 약혼식장을 예약하고 예복을 맞춰야 한다는 샤샤의 말에 아스는 바로 의류에 관한 책을 들고 서재에 틀어박혔다. 그리고 단 이틀 만에 천, 색깔, 장식 종류에 대해 줄줄이 내뱉는 아스의 모습을 보고 샤샤는 두려움을 느꼈다. 아스는 요즘 귀족들을 대상으로 사기 치는 살롱이 많아졌다면서 기본 지식은 알고 가야 한다고 했다. 샤샤는 아스에게 조심스레 말했다.

―아스, 저 때문에 억지로 배우지 않아도 돼요. 이런 것에 관심 없잖아요. 옷에 대한 지식은 제게 어느 정도 있으니까―.

―관심이야 지금부터 가지면 됩니다.

그렇게 말한 아스는 그녀를 미치게 하려고 작정했는지 입꼬리까지 살짝 올렸다. 아스는 샤샤의 머리칼을 부드럽게 쓰다듬으면서 말했다.

―이걸 공부하면 당신과 제게 가장 어울리는 옷을 찾을 수 있을 겁니다. 당신에게만 의존하고 싶지 않아요.

그때만 생각하면 지금도 얼굴이 붉어진다. 아, 그때의 나를 칭찬해. 심장을 토하지 않았잖아. 너무 펄떡펄떡 뛰어 대서 내 입 밖으로 튀어나가는 줄 알았는데. 분명 처음엔 눈속임을 목적으로 하는 약혼이라고 생각했는데…… 시간이 지날수록 너무 설레고 두근거린다. 솔직히 이건 전적으로 아스 탓이다.

수시로 깜빡이 안 켜고 훅 들어오잖아. 샤샤는 매우 진지하게 진열된 드레스들을 살펴보고 있는 아스를 보면서 웃었다. 나스카가 옆에서 한심하단 눈으로 쳐다봤지만 어쩌라고. 아스가 저렇게 사랑스러운데. 아아, 진짜 이러다가 홀린 듯이 혼인 신고서에 도장 찍어 버릴 것 같아.

아스는 요즘 아예 작정을 했는지 샤샤에게 너무나 잘해 준다. 매일 밤마다 나란히 누워서 책을 읽어 주고 수시로 머리를 빗어 준다. 샤샤가 조금이라도 쉬고 싶은 눈치면 바로 무릎까지 내준다.

하지만 조금 이상하다. 황궁은 지금 카낙타 사절단 때문에 정신이 없는데 아스는 수시로 날 찾아올 만큼 여유롭다. 옛날엔 황궁이 바빠지면 같이 바빠졌는데, 요즘엔 그 반대다. 황궁이 여유로울 땐 혼자 바쁘고, 황궁이 바쁠 땐 혼자 여유롭다. 지금만 해도 봐라, 평소 같았으면 황궁에 있을 사람이 예비 약혼녀와 함께 코사지 색깔이나 고르고 있지 않은가.

"아스, 오늘은 황궁 안 가 봐도 돼요?"

샤샤의 질문에 아스는 연분홍색 장미 코사지를 집어 들면서 말했다.

"네, 아직까진 혼자서도 잘할 테니까요. 당분간은 여유롭게 행동해도 됩니다."

누가, 요하네스가? 그 자식이 절대 혼자서도 잘할 리가 없는데. 하지만 그 새끼는 좀 X 돼 봐야 하므로 샤샤는 얌전히 입을 다물었다. 아스는 조심스러운 손길로 샤샤의 머리에 장미 코사지를 달아 주었다. 샤샤는 만족스런 얼굴로 거울에 이리저리 모습을 비춰 보면서 말했다. 역시 머리는 꽃으로 장식하는 게 좋을 것 같다. 이런 코사지도 좋지만 생화도 생각해 봐야겠다. 샤샤는 붉은색 장미 코사지와 연두색 코사지, 흰색 코사지를 차례차례 집어 들었다. 그리고 저만치에 서 있는 레베카와 나스카에게 손짓했다.

"무슨 일이야, 샤샤?"

"왜 불러."

샤샤는 대답 대신 코사지를 내밀었다. 레베카는 알 만하다는 얼굴로 옅은 미소를 지으며 당장 붉은색 장미 코사지를 머리에 달았고, 나스카는 흰 코사지를 든 채 물었다.

"화관 같은 용도인가?"

"네! 바로 맞췄어요! 빨리 머리에 달아요!"

나스카는 한참 동안 코사지를 내밀어 보다가 중얼거리듯이 물었다.

"어떻게 다는 건데."

그래, 이래야 우리 드래곤답지. 샤샤는 과장스레 한숨을 푹 쉬면서 말했다.

"어휴, 우리 나스카는 이런 것도 못해서 어떡할까. 줘 봐요, 제가―."

아스가 나스카의 손에 들린 코사지를 잡아채면서 생긋 웃었다. 아스의 머리채엔 연두빛 코사지가 달려 있었다.

"제가 달아 드리도록 하겠습니다."

"오, 정말요? 그럼 부탁할게요, 아스."

"……."

아스는 허리를 숙이고 나스카의 머리에 아주 정성스레 코사지를 달아 주었다. 이렇게 보니까 키 차이 제법 나네. 샤샤는 신기한 눈으로 둘을 쳐다보았다. 나스카는 어린 소년의 모습을 하고 있고, 아스는 엄연한 성인 남자니 키 차이가 날 수밖에 없지만…… 저 정도로 차이 났구나. 물론 나스카가 본체화하면 게임 끝나지만. 샤샤가 그렇게 생각하고 있을 때 한 점원이 지나가면서 말했다.

"어머, 나란히 코사지를 꽂고 있으니 아주 귀엽네요. 동생분이신가요?"

풋. 그 말에 샤샤와 아스, 레베카는 즉시 웃음을 터뜨렸다. 동생이라니, 동생이라니, 천하의 나스카가 동생 취급당하다니! 몇백 살 먹은 드래곤이 겨우 몇십 년 산 인간의 동생 취급받았어. 그런데 솔직히 이건 어쩔 수 없었다. 다시 한번 말하지만 나스카는 어린 소년의 모습을 하고 있었고, 인간 세상에 대한 지식이 부족했다. 코사지 하나도 제 손으로 못 다니 어린 애 취급받을 만했다. 샤샤는 필사적으로 즉시 점원을 쫓아가려는 나스카의 앞을 가로막았다.

"차, 참아요. 전 이곳에서 쫓겨나기 싫단 말이에요. 여기 옷 완전 내 스타일이란 말이야."

나스카는 중얼거렸다.

"하찮은 인간 따위가."

"나가서 솜사탕 사 줄게요."

그리고 당장 나스카는 얌전해졌다. 뭐야, 역시 애 맞잖아. 샤샤는 그 말이 튀어나오려는 것을 애써 참았다. 정말이지 알 수가 없다. 나스카가 단순한 건지, 아님 솜사탕의 힘이 위대한 건지. 아, 둘 다일 가능성도 있구나. 샤샤는 얇은 레이스 끈도 집어 들었다. 코사지 옆에 이것도 달까? 그때 누군가의 시선이 느껴졌다. 고개를 돌리자 레베카가 그녀를 바라보고 있었다. 샤샤는 꽃받침을 하면서 물었다.

"어때?"

그런 샤샤의 모습에 레베카는 아까처럼 희미한 미소를 지으면서 말했다.

"누가 꽃인지 모르겠어."

예전에 레베카가 샤샤에게 했던 말이다. 레베카는 다시 그녀를 바라보다가 말을 이었다.

"되게 행복해 보인다."

샤샤는 고개를 끄덕이면서 대답했다.

"응, 행복해."

아스와 너, 그리고 나스카가 내 곁에 있어 줘서. 샤샤는 코사지를 하나씩 머리에 달고 내 곁에 서 있는 사람들을 올려다보면서 뿌듯하게 웃었다.

"아, 너무 좋다. 이렇게 다 함께 있으니까."

옛날이었더라면 꿈도 못 꿨을 텐데. 괜히 기분이 이상해졌다. 이번만큼은 여기가 현대가 아니라는 게 아쉬웠다. 사진 한 장 찍고 싶은데. 어쩔 수 없다. 지금 여기서 실컷 보는 수밖에. 샤샤는 거울 앞에서 연신 주변에 서 있는 사람들에게 손가락 하트를 날렸다. 나스카가 한심하다는 어조로 말했다.

"바보 같은 짓 그만해."

"에이, 그래도 귀엽잖아요☆."

늘 짜릿해, 늘 새로워. 역시 귀여운 게 최고야. 그렇게 말하면서 손가락 하트를 한 번 더 날리자, 나스카는 아예 입을 다물었다. 하핫, 역시 난 무적이야! 그때 문이 열리면서 두꺼운 책을 여러 개 든 사람들이 들어왔다. 드디어 예복을 디자인할 재봉사들이 도착한 모양이었다. 재봉사들은 숨을 몰아쉬면서 말했다.

"안녕하세요, 늦어서 죄송합니다. 보여 드릴 원단에 보풀이 생겨서."

"아니, 괜찮아. 구경하느라 시간 가는 줄 몰랐는걸."

"감사합니다. 레베카 님은 이쪽으로 오시지요. 사절단 축하 파티 때 입을 드레스를 원하신다고 하셨죠?"

재봉사들은 테이블 위에 원단 조각이 박힌 두꺼운 책과 얇은 종이들을 차례차례 내려놓았다. 와, 드디어 예복을! 샤샤는 가슴이 두근거리는 것을 느끼며 냉큼 소파에 안착했다. 재봉사들은 샤샤와 아스를 요모조모 뜯어보았다.

"약혼식 예복은 역시 맞춤 제작하실 거죠?"

당연하지. 일생에 단 한 번 있는 약혼식인데. 샤샤는 볼을 붉힌 채 열렬하게 고개를 끄덕였다.

"보통 다른 분들은 약혼식 예복은 간소화하고 결혼식 때 예복을 성대하게 하시는데, 혹시 두 분도 그러실 겁니까?"

결혼식. 그 단어에 샤샤는 멍해졌다. 약혼식도 부끄러워 죽겠는데 결혼식 예복이요? 결혼식 예복? 나중의 일을 벌써부터 생각하면! 그때 아스가 물었다.

"어떡할까요, 샤샤."

"네, 네네?"

아스는 턱을 쓰다듬으면서 말했다.

"확실히 다른 사람들은 보통 결혼식을 더 성대하게 하죠. 저희들도 그렇게 할까요?"

"자, 잠깐만요, 아스."

이 사람이 벌써부터 결혼 생각하면 어떡하자는 거야?! 물론 약혼을 하면 언젠가는 결혼을 해야 하지만! 나 쉬운 사람 아니거든! 그때 아스가 축 눈초리를 늘어뜨리며 말했다.

"아, 미안해요. 약혼식을 한다는 사실이 너무 기뻐서 벌써 결혼식까지 생각해 버렸네요."

쾅. 샤샤는 주먹으로 냅다 테이블을 내리쳤다. 재봉사들이 식겁하면서 쳐다봤지만, 샤샤는 개의치 않고 심호흡을 했다. 늘 방에서 책만 읽는 사람이 어디서 이런 것을 배워 오는지 모르겠다. 아무 생각 없이 자연스레 나온 행동이라면, 아스는 머리뿐만 아니라 연애 세포도 선천적으로 타고났다고 생각할 수밖에 없다. 요물도 이런 요물이 따로 없다. 샤샤는 '흠흠' 헛기침을 하면서 말했다.

"과하게 화려한 것보단 적당히 수수한 게 나아. 수수한 디자인이 좋겠어."

"아, 그 말은 저희가 말했던 대로 결혼식 예복을 화려하게ㅡ."

난 눈치 빠른 사람을 싫어해. 샤샤는 재봉사들을 노려보았다. 그러자 재봉사들은 알아서 입을 다물고 조용히 여러 장의 종이를 넘겼다. 종이엔 예쁜 드레스들이 스케치되어 있었다.

"저희 살롱에서 미리 준비한 디자인입니다. 사랑스러운 샤샤 님에 걸맞게 최대한 준비해 봤는데, 마음에 드시는지요?"

으음, 샤샤는 진지하게 스케치를 들여다보았다. 그리고 한 장의 종이를 재봉사들에게 내밀었다.

"이 드레스 치맛자락에 좀 더 장식을 넣었으면 좋겠어요."

"어떤 느낌의 장식을 원하십니까?"

"수수하게 맞추기로 했으니까 작은 자수나 물결 장식만 약간 넣어서."

샤샤와 디자이너들은 머리를 맞댄 채 기존 디자인에 수정을 가했다. 아스도 심각한 어조로 말했다.

"이 디자인엔 새틴이나 타프타가 어울릴 것 같군."

"네?"

"오간자 천도 괜찮겠지만 그건 조금 뻣뻣해서. 그리고 무게도 최대한 적게 나가는 게 좋다. 약혼식 내내 입고 있어야 할 테니까. 아님 아예 식이 끝난 후 축하연 때 간편하게 입을 수 있는 원피스도 추가 주문하거나."

디자인을 들여다보던 아스는 샤샤를 돌아보면서 물었다.

"샤샤, 원피스도 추가 주문하는 게 어떻습니까? 긴 옷을 내내 입고 있으면 불편할 게 뻔합니다."

전문가 포스 돋네. 샤샤와 재봉사들은 일제히 멍한 얼굴로 아스를 쳐다보았다. 소파 뒤편에 서 있는 나스카는 아예 알아먹지도 못한 얼굴이었다. 재봉사들은 어색하게 웃었다.

"아스 님이 의류 쪽에도 관심이 있는지는 몰랐습니다. 보통 이런 일엔 약혼녀분들만 관심을 가지는데."

아스는 무뚝뚝하게 말할 뿐이었다.

"세상엔 여러 사람이 있기 마련입니다."

그래, 세상엔 여러 사람이 있지. 하지만 연인을 위해서 전문적인 의류 공부를 하는 사람은 적지 않을까. 샤샤는 턱을 괸 채 아스를 올려다보았다. 아스는 샤샤와 눈이 마주치자마자 눈웃음을 지었다. 아, 샤샤는 저도 모르게 탄성을 내뱉었다. 이러다가 진짜 사랑에 빠지, 아니, 이미 빠져 버렸구나. 내가 언제 이런 남자를 또 만나겠어. 정말 스윗해. 초콜릿을 입안에 머금고 있는 듯한 기분이 들었다.

샤샤는 최종 결정된 드레스 디자인을 황홀한 눈으로 쳐다보았다. 드레스는 너무나 예뻤다. 스케치로도 이렇게 예쁜데 실제로 보면 얼마나 더 예쁠까. 샤샤는 스케치를 아스에게 내밀면서 말했다.

"이거 입고 더 사랑스러워지면 어떡하죠?"

아스는 재봉사들이 샘플로 놔두고 간 면사포를 샤샤의 머리에 씌워 주면서 생긋 웃었다.

"어떡하긴요, 바로 결혼식도 올려야죠."

아악, 아아악, 아아아악. 샤샤는 손으로 화끈거리는 얼굴을 감싼 채 소리 없는 비명을 질렀다.

"약혼식은 언제 올릴 생각이시죠?"

"앞서 말씀드렸던 대로 사절단이 떠나는 대로 바로 올릴 생각이다."

"흐음, 그럼 날짜가 촉박하네요. 추가금이 붙을 텐데, 괜찮으십니까?"

짤랑. 그와 동시에 테이블 위로 붉은색 비단 주머니가 떨어졌다. 재봉사는 잽싸게 주머니를 열었다. 황금빛 금화들이 잔뜩 들어 있었다. 아스는 차분하게 말했다.

"금액이야 얼마든지 지불하겠다. 최대한 빨리 부탁하지."

"걱정 마십시오, 신속한 일 처리 또한 저희들의 장점이니까요. 그럼 가봉에 들어가기 앞서, 저희 살롱의 드레스 몇 벌을 입어 보죠. 전체적인 느낌과 사이즈를 봐야 하니까요."

아스는 괜찮냐는 눈빛으로 샤샤를 쳐다봤다. 이 살롱이 마음에 들기에 샤샤는 열렬하게 고개를 끄덕였다. 아스는 샤샤에게 말했다.

"여기 드레스가 마음에 안 들면 언제든지 말해요. 당장 다른 살롱으로 데려가 드리겠습니다."

"아냐, 괜찮아요! 이곳 옷 진짜 좋아!"

"결혼식 예복을 맞출 때는 좀 더 많은 살롱을 둘러보기로 하죠."

"그건 너무 갔다!"

아스는 피식 웃으면서 샤샤의 머리를 쓰다듬었다. 샤샤는 어쩔 줄 몰라 하다 급히 점원을 따라가 버렸다. 아스는 그런 샤샤의 뒷모습을 말없이 지켜보다가 옆에 서 있는 나스카를 쳐다보았다. 나스카는 괜히 발끝으로 바닥을 툭툭 치고 있었다.

"왜 그렇게 성이 났습니까."

나스카는 부루퉁하게 대답했다.

"나도 몰라."

"……."

진짜 알다가도 모르겠다, 이 사람은. 아스는 차게 식은 눈으로 나스카를 쳐다보다가 고개를 돌렸다. 방 안에 침묵이 흐르기 시작했다. 레베카도 자리를 비운 상태라 어색할 수밖에 없었다. 둘은 친한 사이가 아니었다. 아스는 신원불명인 나스카를 여전히 경계하고 있었고, 나스카는 아예 아스에게 관심이 없었다. 지금까지는.

"야."

아스는 들여다보고 있던 드레스 팸플릿에서 눈을 뗐다. 나스카는 벽에 등을 기댄 채 아스를 언제부턴가 쳐다보고 있었다. 후드 아래로 금안이 고요하게 빛나고 있었다. 아스의 고개가 비스듬히 기울어졌다. 바로 얼마 전에 만난 헤레이스도 나스카와 같은 마법사였지만, 느낌 자체가 달랐다. 물론 헤레이스도 평범한 사람은 아니었다. 아스는 지금도 선명하게 떠올랐다. 응접실에서 대놓고 구운 감자를 먹던 헤레이스의 모습이. 파티장에서도 구운 감자를 따로 싸 가 먹을 정도로 구황작물에 환장한다고 들었다. 하지만 헤레이스는 적어도 신원이 확실했다. 아카데미 출신답게 지식도 많았고 말이다. 하지만 나스카는.

"진짜 결혼도 할 거냐?"

도대체 어디서 왔는지 자신들과 생각하는 방식 자체가 달랐

다. 게다가 경악할 정도로 기본 상식도 없었다. 처음엔 마차가
뭔지도 모른 데다, 귀족들에게 대놓고 반말까지 했으니 말이다.

지금의 나스카가 어느 정도의 상식과 예의를 갖추게 된 것
은 어디까지나 샤샤 덕분이었다. 하루 종일 붙어 다니면서 이
럴 땐 어떻게 해야 한다, 저것은 어디에 쓰는 물건이라고 가르
쳐 줬으니 말이다. 물론 반말을 하는 것은 여전했지만, 다들
기분 나빠하지 않으니 굳이 제지하지 않았다. 아스는 눈을 내
리깔면서 차분하게 대답했다.

"샤샤가 원한다면요."

"……."

게다가 후드를 벗지 않는 것도 수상했다. 뭔가 숨기고 있다
는 게 분명한데, 그게 뭔지 도저히 알 수 없었다. 말투와 행동
거지를 보면 신분을 숨기고 있는 것은 아닌 것 같았다. 혹시
다른 나라의 수배자가 아닌가, 라는 생각도 들었지만 샤샤 옆
에 오랫동안 붙어 있는 것을 보면 그것도 아닌 것 같다. 혹시
흉터를 가리기 위해 후드를 뒤집어쓰고 있는 건가? 아스는 턱
을 쓰다듬으면서 물었다.

"그런데 그것은 왜 묻는 거죠."

그러고 보니, 샤샤는 유난히 나스카를 자신의 옆에 두고 싶
어 했다. 샤샤는 눈치만큼 조심성도 많았다. 치고 빠질 때를
명확하게 알았다. 자기는 레베카를 위해서 인재를 데려온 거
라 변명했지만, 신원도 불분명한 자를 레베카 앞에 데려올 리
가 없다. 이상하단 생각이 들었지만 그가 귀한 인재란 것은 사
실인 데다, 샤샤가 너무 절박해 보여서 허락할 수밖에 없었다.

아스는 안경을 올리면서 나스카를 위아래로 훑어보았다. 나

스카는 자신의 질문에 아무 대답도 안 하고 있었다. 아니, 못 한다는 표현이 더 옳을 것이다. 뭔가를 말하고 싶은 눈치긴 한데……. 그때 나스카가 휙 등을 돌리면서 말했다.

"내가 왜 그걸 너한테 말해야 하지."

"……."

말 안 해도 대충 짐작이 갔다. 저렇게 티 내기도 힘들 텐데. 이러니 자신이 약혼식을 서두를 수밖에 없다. 아스는 한숨을 쉬면서 다시 드레스 팸플릿을 펼쳐 들었다.

자, 다시 생각해 보자. 기본적인 예의와 상식도 없는 데다, 후드를 뒤집어쓰고 다닌다. 뭔가를 숨기고 있는 게 분명한데 그게 신분은 아닌 것 같다. 혹시 숨기고 있는 게 성별이 아니냐는 생각도 들었지만, 울대뼈를 보면 그것도 아닌 것 같다. 물론 환각 마법을 사용했을 가능성도 존재하지만 그건 느낌상 확률이 낮았다. 소설에서나 나올 만한 전개였으니까.

그렇다면 혹시. 아스는 나스카와 처음 만났을 때를 떠올렸다. 그때의 나스카는 샤샤가 만든 떡볶이란 음식 때문에 불같이 화를 냈다. 나스카는 용서를 구하는 자신과 샤샤에게 하찮다는 듯이 말했다.

―고의로 한 일이 아니란 점을 생각해 주세요. 선처 부탁드립니다.

―그걸 내가 어떻게 알지? 인간은 겉과 속이 다른 더러운 종족이지 않나?

그리고 그런 나스카의 태도에 아스는 화가 나서 말했다.

―……꼭 자긴 인간이 아닌 것처럼 말씀하십니다?

―쓸데없는 소리 말고 그 인간이나 내놔.

그렇다, 나스카는 꼭 자기가 인간이 아닌 것처럼 말을 한다. 숨기고 있는 게 혹시 '종족'인가? 아스의 눈이 예리하게 빛났다. 그렇다면 모든 것이 딱딱 들어맞는다. 이상하다 싶을 정도로 부족한 상식과 예의, 신분에 연연해하지 않는 태도 모두 이해가 간다. 확실히 이종족은 인간과 담쌓은 존재니까.

이종족은 속세에 찌들어 있는 인간을 혐오해 인간의 손이 닿지 않는 숲이나 호수 쪽에서 모여 산다고 들었다. 그러고 보니, 나스카도 숲에서 왔다 했지? 아스는 더더욱 확신이 들었다. 아스는 계속 생각했다.

혹시 엘프인가, 아니, 엘프치곤 너무 성격이 더러워. 게다가 나스카는 샤샤만큼이나 고기를 잘 먹었다. 그리고 딱히 식물들을 좋아하는 것 같지도 않았다. 아스는 자신의 배경 지식을 되짚다가 인상을 찌푸렸다. 이종족에 관한 책은 무척이나 희귀해서 구하기도 힘들었다. 그러니 정보가 부족할 수밖에 없다. 시종들을 시켜 고서점을 둘러봐야겠군. 그런데 바로 그때였다.

"—어머, 이게 누구신가요?"

어디선가 상냥한 목소리가 들려왔다. 아스는 고개를 돌렸다. 보랏빛 드레스를 입은 이비가 우아하게 서 있었다. 이비는 친근하게 아스에게 물었다.

"새로운 드레스를 맞추러 왔다가 아스를 다 만나네요. 이곳은 웬일이신가요, 아스?"

"약혼식 예복을 맞추러 왔습니다."

"어머, 약혼식 예복……."

이비는 입을 가린 채 말끝을 흐리다가 생긋 웃었다.

"슬슬 맞출 때가 되긴 했죠."

"클로드 황자님은 잘 지내십니까?"

"물론이죠. 너무 잘 지내서 탈이에요. 저만 고생이라니까요."

"워낙 욕심이 없는 분이시니까요."

알 수 없는 말을 주고받은 아스와 이비는 쿡쿡 웃었다. 그 둘을 지켜보고 있던 나스카의 눈이 가늘게 떠졌다. 이비는 살롱의 드레스를 둘러보면서 말했다.

"약혼식 예물은 저희 영지에서 나는 자수정으로 맞추는 게 어떠신가요? 솜씨 있는 세공사들도 상시 대기 중인데."

"생각해 보죠."

"그래요, 천천히 생각해 보세요. 그런데 샤샤는?"

"드레스를 몇 벌 입어 보고 있습니다. 전체적인 느낌과 사이즈를 봐야 한대서."

"그렇군요."

그 말을 끝으로 이비는 말없이 아스를 응시했다. 어딘가 불만스러워 보이는 그 눈빛에, 아스는 가소롭다는 듯이 물었다.

"왜 그러십니까?"

"―레베카 영애가 황태자 전하와 결혼하시면 갈 곳이 없어질 거라 생각했어요."

갑작스런 이비의 말에 침묵이 흘렀다. 나스카처럼 아스의 눈도 가늘게 떠졌다. 하지만 이비는 눈 깜짝하지 않았다. 이비는 계속해서 말을 이었다.

"집으로 돌아간다 해도 나이 차 많은 노인에게 팔려 가듯 시집갈 거라고 생각했죠. 별 볼 일 없는 가문의 딸들은 죄다 그런 꼴이 나니까요."

이비는 그렇게 말하면서 자신의 손가락에 끼워진 자수정 반지를 내려다보았다. 이비는 입꼬리를 올리면서 말했다.

"그래서 제가 거두려 했어요."

"……."

이비는 물렁하다는 평가를 들을 만큼 상냥하다. 하지만 결코 만만한 사람이 아니었다. 저 상냥하게 웃는 얼굴로 사교계에서 몇 년 동안 자신의 위치를 굳게 지켜 왔다. 사교계의 난다 긴다 하는 영애들도 결코 이비를 함부로 대하지 않았다.

"제 가문도 아르첸 가문만큼은 아니지만 한창 명성을 떨치고 있으니까요. 영지에서 자수정 광산이 몇 개 더 발견됐대요. 그리고 저도 할머니처럼 저명한 예술가가 되기 위해 밤낮으로 바이올린도 연습하고 있고요."

샤샤가 만족할 만한 삶을 제공해 줄 수 있었다고요. 이비의 눈초리가 초승달처럼 가늘게 휘어졌다. 아스는 경멸 어린 어조로 내뱉었다.

"당신은 말 그대로 동물 취급하지 않았습니까."

이비는 눈 깜짝하지 않은 채 바로 받아쳤다.

"자신이 스스로 애완동물 노릇을 자처했잖아요. 전 그 방식대로 아껴 준 것뿐이에요."

"죄책감도 들지 않습니까?"

아스의 말에 이비의 한쪽 입꼬리가 올라갔다.

"샤샤도 사교계에서 살아남기 위해 저희들을 이용했어요."

별 볼 일 없는 가문의 샤샤가 어떻게 약혼자도 없이 사교계에서 버틸 수 있었을까? 그건 어디까지나 그녀를 비호해 준 수많은 영애들이 있기에 가능한 일이었다. 그래서 이비는 죄책감이 들지 않았다. 상호작용이라고 생각했기 때문이다. 이비는 등을 돌리면서 말했다.

"저도 샤샤를 아꼈다고요. 그건 분명한 사실이에요."

"……."

"그래서 클로드 대신 당신의 제안을 받아들인 게 아니겠어요?"

그때 복도가 소란스러워졌다. 샤샤의 들뜬 목소리와 천이 바닥에 쓸리는 소리가 들려왔다. 이비는 말없이 아스를 올려다보다가 등을 돌렸다.

"전 그냥 다른 살롱에서 드레스를 맞춰야겠네요."

샤샤에게 안부 전해 주세요. 그 말을 끝으로 이비는 망설임 없이 출구로 걸음을 옮겼다. 달칵, 문이 닫히자마자 나스카는 중얼거렸다.

"도대체 뭐야, 저 여자."

역시 보통 여자가 아니다. 그리고…… 아스는 나스카를 말없이 쳐다보다가 혀를 찼다. 그 알 수 없는 반응에 나스카가 발끈한 순간 문이 열리면서 샤샤가 들어왔다.

"짜잔. 나 어때요?!"

샤샤는 머리칼을 우아하게 틀어 올린 채 진주빛 머메이드 드레스 차림을 하고 나타났다. 치수를 재기 위해 일부러 달라붙는 드레스를 고른 모양이었다. 평소와 다른 차림이었지만 이런 드레스도 완벽하게 샤샤와 어울렸다. 아스는 당장 표정을 풀면서 샤샤에게 다가갔다.

"정말 잘 어울립니다. 샤샤."

"정말요? 약간 부끄러운데. 나스카, 저 어때요?"

나스카는 대답 없이 휙 등을 돌려 버렸다. 후드 사이로 붉게 물든 뺨이 얼핏 드러났다.

"여기에서 제일 가까운 다른 살롱으로."

이비는 마차에 올라타면서 마부에게 명령했다. 마부가 의아한 눈으로 이비를 쳐다보았다.

"이 살롱은 둘러보시지 않을 겁니까?"

"응, 별로 내 취향이 아니라서."

"그럼 바로 다른 살롱으로 모시겠습니다."

"그래, 최대한 빨리."

이비는 턱을 괸 채 창밖을 응시했다. 문득 샤샤와 처음 만났을 때가 떠올랐다. 타르트 가문에 어여쁜 딸이 있다는 말은 얼핏 들었지만, 그 딸은 사교계 활동에 서툴렀다.

제대로 인맥 하나 못 만들고 쩔쩔매는 모습을 보면서 이비는 생각했다. 얼마 안 가 홀아비에게나 시집갈 거라고. 안타까웠지만 어쩔 수 없었다. 그게 이 시대를 살아가는 돈 없고 권력 없는 여자들의 운명이었다.

샤샤 말고도 늙은이들한테 첩으로 팔려 가는 여자들은 많았다. 그래서 이비는 샤샤에게 관심을 가지지 않았다. 그런데 어느 날.

—이비 영애라 하셨죠? 바이올린을 무척이나 솜씨 있게 연주하신다 들었어요!

소심했던 영애가 완전히 뒤바뀌었다. 자신에게 말 한 번 붙이지 않고 늘 파티장 벽에 붙어 있던 그 소녀가 말이다.

소녀는 자연스레 영애들 틈에 스며 들었고, 자신의 사랑스러운 외모를 이용해 영애들에게 호감을 샀다. 처음 이비가 샤샤에게 흥미를 가진 것은 어디까지나 갑자기 변한 그녀의 성격 때문이다.

이비는 그녀와 지내면서 점차 그녀가 변한 이유를 알 수 있었다. 샤샤는 살아남기 위해 자신들에게 아양을 떠는 것이다. 애완동물 노릇을 하는 한이 있어도, 절대 늙은이에게 시집가지 않겠다는 의지가 뚜렷하게 드러났다. 그래서 이비는 동정심을 가지고 어울려 줬을 뿐이었다. 어디까지나, 정말 어디까지나 동정심 때문이다. 정말 레베카처럼 그녀를 소중하게 여겼더라면 애완동물로 취급했을 리가 없다. 이비는 중얼거렸다.

"……나도 참 바보 같아."

이제 와서 후회해 봤자 변하는 것은 없다. 이비는 끼고 있던 반지를 바닥에 집어던졌다.

"기대 이상이네요. 피부가 하얘서 어떤 색이든 무난하게 어울릴 거예요."

"머리 틀어 올린 것도 너무 어울리지 않나요? 물론 머릿결이 이렇게 좋으시니까 풀어 내리는 것도 예쁠 것 같고."

샤샤와 아스는 거울 앞에 나란히 섰다. 수많은 점원들이 그 둘을 둘러싼 채 쉴 새 없이 재잘거렸다.

"어쩜, 너무 잘 어울리는 한 쌍이에요. 이렇게 서 있으니까 꼭 한 송이의 장미꽃 같지 않나요?"

"듣고 보니 그러네요. 머리색 때문인가? 정말 어울려요."

머리색 따윈 얼마든지 마법으로 바꿀 수 있거든. 나스카는 뚱한 얼굴로 소파에 앉은 채 점원들을 응시했다. 그때 누군가가 조용히 나스카에게 다가왔다.

"왜 그렇게 성이 났어?"

방금도 이런 말 들은 것 같은데. 나스카는 말없이 레베카를 올려다보았다. 제법 시간이 걸린다더니, 왜 벌써 돌아온 거지. 게다가 레베카는 아까와 달라진 게 없는 모습이었다. 분명 사절단 환영 파티 때 입을 드레스가 필요하다는 이유로 따라왔으면서 말이다. 그런 나스카의 속마음을 아는지 레베카가 어깨를 으쓱이면서 말했다.

"드레스는 그냥 아무거나 구입해서 마차에 실어 놓았어."

한번 쇼핑할 땐 기본 5시간인 주제에. 나스카는 믿을 수 없다는 눈으로 레베카를 흘겨보았다. 그도 그럴 것이 나스카는 쇼핑 가는 샤샤와 레베카를 종종 따라갔었기 때문이다.

일단 한 살롱에 들어가서 수십 벌의 드레스를 둘러보고, 거기서 한 벌, 많으면 서너 벌의 드레스를 산다. 그리고 그다음엔 드레스에 어울리는 액세서리와 가방을 사야 한다며 또 다른 가게로 이동한다. 중간중간 레베카가 샤샤 배고프면 안 된다면서 카페나 식당에서 음식을 사 먹인다.

가방과 액세서리를 구입하면 역시 구두도 한 켤레 사는 게 좋다면서 마차를 타고 다른 거리로 이동한다. 그러니 시간이 자연스레 많이 걸릴 수밖에 없었다.

그냥 아무거나 사고 돌아가면 안 되냐고 하면, 매우 단호하게 '그 아무거나를 찾을 수 없어서 이러는 거 아니냐'라고 역으로 따졌다. 인간들은 역시 이해할 수 없다고 구시렁거리면서도 나스카는 그 둘을 따라다닐 수밖에 없었다. 오래 걸릴 것 같으니 먼저 마차를 타고 돌아가라 해도, 나스카는 그 둘 곁에 남아 있었다. 거창한 이유 따윈 없었다. 그저.

"그렇게 좋아하는 쿠키도 하나 안 먹었네. 점원들이 준 거지?"

"……신경 꺼."

자신이 붙어 있어야 할 인간이 그곳에 있었으니까. 그래서 나스카는 쇼핑 과정이 아무리 지루해도 그 둘 곁에 남아 있었다. 나스카는 어딜 가나 샤샤와 붙어 다녔다. 그리고 그동안은 아스와 레베카가 바빴기 때문에 단둘이 있는 경우가 많았다.

샤샤는 단둘이 있을 때 그에게 많은 것을 가르쳐 줬다. 인간들은 어떤 이동 수단을 타는지, 주로 어떤 곳에서 지루하지 않은 시간을 보낼 수 있는지, 한 손에 들고 먹을 수 있는 거리의 음식들이 얼마나 맛있는지. 그리고.

—사람은 무엇으로 사는가.

—뭐?

인간이 어떤 감정을 가지고 살아가는지도 가르쳐 줬다. 예절 백서를 들여다보면서 장난스레 웃던 샤샤의 얼굴이 눈앞에 선했다. 딱 한 번, 정말 딱 한 번 샤샤가 자신의 질문에 답해 주지 않은 적이 있었다. 나스카는 그날도 예절 백서를 읽다가 이해가 되지 않은 부분을 샤샤에게 물었다. 샤샤는 자신의 질문을 듣고 한참 동안 생각하다가 단 한마디를 했다. '사람은 무엇으로 사는가'. 나스카는 하라는 대답 대신 오히려 역으로 질문을 던지는 샤샤의 모습에 어이가 없었다.

—갑자기 쌩뚱맞게 그건 왜 묻지.

—제가 필독 도서라서 읽은 책 제목인데, 아, 이건 중요하지 않구나. 어쨌든 이게 제 답이에요. 이건 제가 말 몇 마디 해서 이해시킬 수 없으니까, 스스로 잘 생각해 봐요.

처음엔 아무리 머리를 굴려도 그 질문이 이해가 가지 않았다. 그래서 홧김에 생각하는 것을 그만두고 식당으로 내려가 간식이나 먹었다. 하지만 이제 조금쯤은 알 것 같, 아니, 절대 인정할 수 없다. 나스카는 격하게 고개를 저었다. 드래곤인 자신이 절대 그것을 알 리가 없다. 나스카는 턱을 괸 채 아직도 거울 앞에 서 있는 샤샤와 아스를 쳐다보면서 중얼거렸다.

"내가 정말 왜 이러는지 모르겠군."

나스카와 마찬가지로 그 둘을 말없이 쳐다보고 있던 레베카가 희미하게 웃었다. 정말 못 봐 주겠네. 레베카는 턱을 괸 채 말했다.

"그야 뻔하잖아."

"뭐가 말이냐?"

나스카가 본능적으로 불안함을 느낀 순간, 레베카가 간결하게 대답했다.

"네가 샤샤를 사랑한다는 거야."

잠시 정적이 흘렀다. 나스카는 말문이 막힌 얼굴로 레베카를 응시했고, 레베카는 뭐가 문제냐는 얼굴로 나스카를 마주 응시했다.

나스카는 10초 동안 이 맹랑하고 어리석은 인간을 어떻게 처리할지 매우 진지하게 고민했다. 하지만 바로 저 앞에 샤샤가 있다는 사실을 깨달았다. 애써 외면하고 있던 것과 정면으

로 부딪치게 되었다. 겨우 저 인간 때문에. 나스카는 헛웃음이
나왔다. 그것도 샤샤가 언젠가 자신에게 했던 질문을 생각하
고 있을 때 말이다. 참으로 기막힌 우연이었다. 왜냐하면.

"역시 인간들은 이해할 수 없어."

샤샤가 유일하게 자신에게 답해 주지 않았던 물음이, 바로
'사랑이 뭐지?'였으니까.

인간들은 참 사랑이란 단어를 좋아했다. 예절 백서에서 수
시로 '부모는 아이를 사랑한다, 부부는 서로를 사랑한다' 이런
말이 튀어나왔으니까. 당장 카페나 상점에 가도 사랑을 주제
로 만든 메뉴나 물건이 꼭 하나쯤은 있었다. 그래서 나스카는
샤샤에게 물을 수밖에 없었다.

─사랑이 뭐지?

잠시 침묵이 흘렀다. 침대 위에 늘어진 채 마카롱을 으적이
고 있던 샤샤는 갑자기 자신의 방으로 쳐들어온 나스카를 쳐
다보았다. 나스카는 예절 백서를 샤샤에게 내밀었다. 나스카
는 투덜거렸다.

─너희 인간들은 사랑이란 단어를 너무 많이 써.

얌. 샤샤는 나스카의 입에도 마카롱 하나를 물려 주면서 부
스스 상체를 일으켰다.

─예절 백서에서 사랑이란 단어가 많이 쓰인다니, 로맨스
소설 보면 미치시겠네요.

─뭐?

─아냐, 아무것도 아니에요.

이걸 어떻게 설명해야 한다. 샤샤는 예절 백서를 든 채 턱을

쓰다듬었다. 이건 다른 질문처럼 말 몇 마디로 이해시킬 수 있는 게 아니었다. 어떻게 얜 어려운 것만 콕콕 집어 물을까. 샤샤는 물끄러미 나스카를 쳐다보다가 입을 열었다.

—사람은 무엇으로 사는가.

—뭐?

나스카가 뭔 개소리냐는 듯 샤샤를 쳐다보았다. 샤샤는 키득거리면서 재차 말했다.

—사람은 무엇으로 사는가.

샤샤의 꿋꿋한 물음에 나스카는 일단 대답해 주기로 했다. 샤샤는 누가 뭐래도 그동안 많은 것을 가르쳐 줬다. 이번 한번쯤은 내가 대답해 주자. 나스카는 고민하다가 말했다.

—의식주.

—지극히 교과서적인 대답이긴 한데. 아냐, 그거.

뭐야, 아닌가. 나스카는 다시 고민에 잠겨 있다가 말했다.

—돈.

—아니라고.

하, 나스카는 어이없다는 눈으로 샤샤를 쳐다보았다.

—네가 분명 돈이면 웬만한 것은 다 해결된다고 하지 않았나?

그새 자본주의를 배운 드래곤이었다. 아니, 내가 그렇게 말하긴 했지만. 샤샤는 볼을 긁적였다.

—애초에 질문을 한 것은 나다. 도대체 뭐냐, 그 어이없는 질문은.

—예전에 필독 도서라서 읽은 책 제목인데, 아, 이건 중요하지 않구나. 어쨌든 이게 제 답이에요. 이건 제가 말 몇 마디 해서 이해시킬 수 없으니까, 스스로 잘 생각해 봐요.

—스스로 생각해 보라니. 그냥 말해 주면 그만인 것을.

얌. 샤샤는 나스카의 입에 마카롱을 한 개 더 물려 주면서 다리를 까딱였다. 샤샤는 예절 백서를 나스카의 손에 도로 쥐여 주었다.

—그만큼 어렵고 중요한 질문이란 뜻이에요. 제가 예전에 했던 말 기억나죠? 인간들은 짧은 삶을 살지만 무엇이든 될 수 있다고. 그게 다 어디까지나 사랑이 있어서 가능한 일이에요. 인간들을 잘 관찰해 봐요. 직접 해 보는 게 제일 좋겠지만.

직접 해 보라고? 알지도 못하는 것을 어떻게 해? 나스카는 어이가 없어서 샤샤를 흘겨보았다. 하지만 샤샤는 어깨를 으쓱일 뿐이었다. 나스카는 거칠게 후드를 잡아당기면서 말했다.

—인간들은 정말 이해할 수가 없어. 도대체 사랑이 뭐라고 툭하면 그 단어가 튀어나오는지 모르겠다.

—확실히 사람들이 사랑에 환장하긴 하는데.

샤샤는 머쓱하다는 듯이 머리칼을 긁적이면서 말했다.

—그만큼 사랑이란 감정이 대단하다는 생각은 안 들어요?

나스카는 뚱하게 대답했다.

—어, 안 들어.

그것은 정말 어디까지나 사랑을 몰랐기에 할 수 있었던 말이다.

이튿날 아침이었다. 황궁은 아침부터 무척이나 소란스러웠다. 여러 고급 살롱에서 초청된 재봉사들이 바쁘게 돌아다니고 있었기 때문이다. 예복을 스케치한 종이와 값비싼 비단이 이리저리 바닥을 굴러 다녔다. 재봉사들은 울상으로 요하네스에게 빌 듯이 말했다.

"요하네스 님, 빨리 결정해 주셔야 합니다. 오늘 정해 주시지 않으면 시간이 부족해요! 단체복이라서 시간이 부족하단 말입니다!"

아틀란타 제국은 속국으로 삼은 나라가 많은 만큼 외교를 중요시했다. 우호적인 나라도 많지만 그만큼 적대적인 나라도 많아서 언제나 외교에 각별한 주의를 기울였다. 특히 카낙타는 바로 몇 년 전까지만 해도 사이가 나빴다. 전쟁이 수차례 벌어질 정도로 말이다.

하지만 현 술탄이 즉위한 후 우호적인 태도를 보임으로써 관계가 많이 개선된 상태였다. 현 황제도 그것을 알고 있기에 아스의 제안대로 요하네스에게 카낙타 사절단 접대를 맡긴 것이다.

"요하네스 전하! 저희 말 안 들리십니까!"

재봉사의 눈에 다급함이 어렸다. 재봉사는 큰 소리로 외쳤다.

"요하네스 전하! 저희 말—!"

손수건으로 얼굴을 덮은 채 소파에 앉아 있던 요하네스는 이를 깨물었다. 요하네스는 냅다 손수건을 바닥에 내팽개치면서 외쳤다.

"어디서 감히 큰소리인가!"

재봉사들은 일제히 움찔했다. 요하네스는 지끈거리는 이마를 짚은 채 한숨을 쉬었다. 테이블 위엔 여전히 서류가 산더미처럼 쌓여 있었다. 가뜩이나 영애들과의 약속도 모두 취소한 지라 기분도 안 좋은 상태였다. 요하네스는 낮게 중얼거렸다.

"젠장, 뭐가 이렇게 할 게 많아."

게다가 하나같이 복잡한 일들뿐이었다. 사신들 숙소 선정이며 파티 예산 분배까지 일일이 다 자신이 정해야 했다. 평소 수업을 빼먹고 여자들과 놀러 다니던 요하네스가 그런 걸 할 수 있을 리가 없었다.

요하네스는 울음을 삼켰다. 페인도 하는 일이니 자신도 할 수 있을 거라 생각하고 호기롭게 받아들인 과거의 자신을 때려죽이고 싶었다. 내 한가롭고 즐거운 삶 돌려줘. 요하네스는 울상을 지었다.

"전하, 호위 기사들이 입을 단체복 예산을."

평소라면 영애들과 단란한 티타임을 벌였을 것이다. 그런데 하잘것없는 기사단 제복 색깔이나 정하고 있다니. 요하네스는 서류를 내던지며 대꾸했다.

"알아서 해."

"그럼 저번에 보여 드렸던 원단으로 맞출까요? 비단치고 질은 좀 떨어지지만 가격이 저렴한 편이라 여러 가지 장식을 넣을 수 있을 겁니다. 카낙타와 아틀란타를 상징하는 자수를 넣어서."

"알아서 하라고!"

요하네스는 냅다 소리를 질렀다. 재봉사들은 허겁지겁 원래 자리로 돌아갔다. 아, 머리 아파. 요하네스는 이마를 꾹꾹 누르다가 옆에 서 있는 기사에게 말했다.

"아스는 어디 있나."

인정하기 싫지만 이때만큼은 아스의 도움이 필요하다. 누가 뭐래도 그는 제국 최고 두뇌의 소유자였으니까. 아카데미 시절부터 모든 분야에 능통하다고 들었다. 보좌관은 이럴 때 써먹어야지. 요하네스는 기사에게 아스의 위치를 물었고 기사는 즉시 대답했다.

"거처에서 쉬고 계십니다."

나도 못 쉬고 있는데 자긴 왜 쉬고 있대. 요하네스는 투덜거리면서 자리에서 일어났다.

"그거 들고 따라와."

기사는 말없이 요하네스와 서류를 번갈아 쳐다보았다. 요하네스는 의아해졌다.

"왜 그러지?"

"설마 아스 님께 떠맡기시려는 건 아니겠죠?"

요하네스는 어깨를 으쓱이면서 대답했다.

"그야 당연히—."

"폐하께서 이번만큼은 전하 스스로 해결하라 명하셨습니다. 전하는 누가 뭐래도 곧 아틀란타의 기둥이 되실 분이니까요."

요하네스는 급히 말을 바꾸었다.

"당연히 그냥 조언만 구하는 거다, 조언만."

"아, 다행이군요. 그 정도는 괜찮습니다."

그 말을 끝으로 기사는 냉큼 서류 뭉텅이를 집어 들었다. 요하네스는 기사를 앞세운 채 성큼성큼 걸음을 옮겼다. 어떻게든 저놈 눈을 피해 떠넘겨야지. 어차피 아버지도 말만 그렇게 하셨을 뿐, 크게 제지는 안 하실 거야. 날 누구보다 사랑하시니까. 요하네스가 한창 궁리하고 있을 때였다.

"요하네스 전하."

요하네스는 고개를 돌렸다. 복도 저편에서 페인이 걸어오고 있었다. 페인은 요하네스에게 손을 뻗으면서 말했다.

"사절단 접대를 맡으셨다고 들었습니다. 제가 무슨 도와드릴 일이라도—."

쯧, 요하네스는 그의 말이 끝나기도 전에 단호하게 대답했다.

"네 도움 따윈 필요 없다."

"전하."

"그러니까 신경 쓰지 말거라."

아무리 바빠도 전쟁광의 손을 빌릴 수는 없지. 요하네스는 페인을 뒤로 하고 걸음을 옮겼다. 페인은 한동안 고개를 숙인 채 우두커니 서 있었다. 그때 어디선가 조용한 목소리가 들려왔다.

"제가 뭐라 했어요."

모퉁이에서 눈부신 백금발을 늘어뜨린 릴리스가 조용히 걸어 나왔다. 릴리스의 표정도 페인만큼이나 어두웠다.

"괜히 오지랖 부리지 말라 했잖아요."

"릴리스."

릴리스는 페인의 팔을 잡아끌었다.

"빨리 궁으로 돌아가서 차나 한잔해요."

"하지만."

릴리스는 단호한 어조로 말했다.

"필요 없다잖아요."

"……."

페인은 순순히 릴리스에게 이끌려 걸음을 옮겼다. 릴리스는 고개를 푹 숙인 채 중얼거리듯이 말했다.

"당신은 좀 더 자신을 소중히 여길 필요가 있어요."

페인은 릴리스에게 아무 말도 할 수 없었다.

카낙타 사절단 접대 준비 때문에 요하네스의 대부분의 스케줄이 취소됐다. 그래서 아스는 그 어느 때보다 한가로운 시간을 보낼 수 있었다. 아스는 요하네스의 스케줄 표에다가 깃펜으로 'X' 자를 친 후 책꽂이 앞에 섰다. 오늘은 딱히 할 일도 없으니 황궁 도서관에서 빌린 책들에 대해 연구하다가 샤샤나 만나야겠다. 아스가 책 무더기를 품에 앉은 채 걸음을 옮기려는 순간이었다.

"어이, 아스!"

쾅, 문이 열렸다. 아스는 흘깃 문 앞에 서 있는 요하네스와 기사를 쳐다보았다. 아스는 중얼거리듯이 말했다.

"이런 귀한 곳엔 어쩐 일이십니까."

"뭐라고?"

"아, 죄송합니다. 짐을 들고 있어선지라 말이 헛나왔군요. 어쩐 일이십니까, 전하. 오늘 스케줄은 취소됐다고 들었는데."

요하네스는 기사에게 턱짓을 했다. 기사는 서류 뭉텅이를 아스의 책상 위에 올려놓았다. 요하네스는 소파에 털썩 주저앉으면서 말했다.

"별건 아니고 조언 구할 게 있어서."

요하네스의 뻔뻔한 말에 아스는 건조하게 대답했다.

"하찮은 저한테 조언을 구하시다니, 그것 참 영광입니다."

"알면 잘하라고. 원래 이건 보좌관이 끼어들 만한 일이 아니니까."

저 사람 비꼬는 것 같은데. 아무리 봐도 비꼬는 것 같은데. 기사는 말없이 아스를 쳐다보았다. 아스는 서류 뭉텅이와 품에 안고 있는 책 무더기를 번갈아 쳐다보다가 기사에게 말했다.

"잠시 들어 주시겠습니까?"

"네, 얼마든, 으걱!"

아스는 기사에게 들고 있던 책 무더기를 떠넘기고 책상 앞에 앉았다. 뭐야, 이거? 기사는 후들거리는 다리에 애써 힘을 주면서 책 더미를 끌어안았다. 얼굴에 경악한 기색이 선명했다. 저런, 아스는 안경을 올리면서 말했다.

"들고 계시기 힘들면 그냥 테이블 위에 올려놓으세요."

기사는 안도하면서 말했다.

"아, 그래도 됩니까? 그럼―."

요하네스가 두 손을 내저으면서 말했다.

"에이, 기사한테 무슨 말을 하는 거야. 그거나 잘 확인해."

기사는 멍하니 요하네스를 쳐다보았다. 아스는 재차 안경을 올리면서 말했다.

"저 책들이 유난히 무거운 책이거든요. 오래된 책이라 사서가 표지를 일부러 튼튼한 소재로 바꿨다고 들었습니다."

"무거우면 얼마나 무겁길래. 황실에 겨우 책 몇 권도 못 드는 기사가 어디 있어."

"전하, 저 책은 아르첸 가문의 기사도―."

"야, 너."

요하네스는 아스의 말이 끝나기도 전에 소파에 편안하게 등을 기대면서 환하게 웃었다.

"아스도 드는 책을 기사인 네가 못 든다는 것은 아니겠지?"

기사는 마른침을 꿀꺽 삼키면서 고개를 끄덕였다.

"드, 들 수 있습니다."

"……."

아스는 말없이 요하네스를 쳐다보았다. 예전에도 성격이 좋은 편은 아니었으나 어째 갈수록 더 나빠지고 있다. 하지만 여기서 더 건드려 봤자 기사만 안 좋은 꼴을 당할 것이다. 그냥 입 다물 수밖에 없다. 그리고 어쩌면 이건 또 다른 기회일지도 모른다. 이 일 덕분에 기사들 사이에서 요하네스에 대한 뒷말이 나올 수도 있다. 기회가 왔으면 무조건 잡아야지. 아스는 그렇게 생각하면서 서류를 파르르 넘겼다. 요하네스가 뿌듯한 얼굴로 말했다.

"어때? 나름 잘하고 있지?"

이럴 수가. 아스는 무표정으로 서류를 응시했다. 분명 서류를 가져온 줄 알았는데, 자신의 예상을 깨고……. 꾸깃, 서류를 쥐고 있던 아스의 손에 힘이 들어갔다.

쓰레기를 가져오다니.

아스는 매우 진지하게 서류를 찢어 버릴까 고민하다가 이내 그만두었다. 못하면 못할수록 이득이긴 한데 이건 너무 못했다. 예산 분배가 엉망인 데다, 카낙타 사절단 도착 날짜는 착실하게 다가오는데 제대로 끝난 일이 하나도 없다. 파티장이랍시고 선정한 장소는 면적이 넓어도 너무 넓었다.

이 사람은 정말 '적당'이라는 개념도 모르나 보다. 아스는 일단 국어사전부터 읽으라는 주옥같은 충고를 건넬까 하다가 그만뒀다. 정말 모든 게 예상대로였다. 이대로만 가자. 아스는 그렇게 생각하면서 깃펜을 들었다.

"영애들과의 약속도 전부 다 취소하고 열심히 한 건데, 일이 전혀 줄어들지 않아."

사각사각, 아스의 손이 움직이기 시작했다. 요하네스는 눈부신 금발을 만지작거리면서 느긋하게 말했다.

"이렇게 어려울 줄 알았으면 맡지 말걸. 너무 힘들어."

"힘들어 하시면 안 되죠, 황제가 되실 몸인데."

요하네스는 태평스레 대꾸했다.

"그때 가서 열심히 하지 뭐."

"……."

그 말에 아스는 아무 말도 하지 않았다. 대신 서류를 작성하는 속도를 더 높일 뿐이었다. 아스는 계속해서 서류를 작성했다. 그리고 요하네스는 그런 아스의 모습을 구경하면서 느긋하게 다리를 까딱였다.

그래, 자신에겐 역시 나랏일이 어울리지 않았다. 나랏일 같은 것은 많이 해 본 사람이나 하는 거지. 요하네스는 손가락으로 테이블을 두드렸다. 자신이 생각해도 자신은 황제에 어울리지 않았다. 요하네스는 어디까지나 평생 아리따운 영애들과 함께 한가로운 시간을 보내고 싶었다. 물론 그렇다고 해서 황위를 포기할 거란 소리는 아니었다. 부모님을 생각해서라도 황위는 이어받을 것이다.

나랏일 같은 것은 그냥 아스나 레베카에게 맡겨 버리지 뭐. 요하네스는 생각했다. 아스만큼은 아니어도 레베카도 제법 똑똑하니까 괜찮을 것이다. 레베카와 사이가 안 좋은 게 마음에 걸리긴 하지만, 아버지의 말대로 결혼하고 아이가 생기면 상황은 달라질 것이다. 모성애란 것은 절대적인 거라고 배웠으니까 말이다. 그런데 바로 그때였다.

툭.

"응?"

요하네스는 의아해하면서 기사를 돌아보았다. 바닥에 책 한 권이 떨어져 있었다. 요하네스의 눈이 가늘게 휘어졌다.

"떨어뜨렸네?"

요하네스는 방글방글 웃으면서 기사를 올려다보았다. 기사의 팔은 아예 부들부들 떨리고 있었다. 기사는 마른침을 삼키면서 말했다.

"아, 아뇨. 그런 게 아니라 여러 권을 들고 있다 보니 실수로."

"전하, 너무 몰아세우지 마시지요."

아스가 서류에서 눈을 떼고 말했다. 또 고고한 척 시작이네. 요하네스의 미간이 좁혀졌다.

"아량을 베풀어 주시지요. 평소 영애들에게 상냥하다는 칭찬도 자주 듣는 분이."

요하네스는 딱 잘라 말했다.

"난 남자에게 안 잘해 줘."

그래서 평소 내 취급이 거지 같았던 거군. 아스는 수긍해 버리고 말았다.

"전하, 그러지 말고 넘어가 주시지요. 저 사람의 말대로 여러 권을 들고 있으니 한 권쯤은 떨어뜨릴 수밖에 없을 겁니다."

"그래도 일단 떨어뜨렸잖아. 황궁의 기사라면 떨어지기 전에 바로 주워야 하는 거 아냐? 그 정도 반사 신경도 없어? 황태자인 나도 그 정도 반사 신경은 있다고."

아스는 안경을 올리면서 건조하게 말했다.

"하지만 전하, 이 책은 정말 무겁습니다."

"참나, 무거우면 얼마나 무겁―."

쿵. 그때 책 한 권이 더 바닥에 떨어졌다. 요하네스는 멍하니 그 책을 응시했다. 척 봐도 두꺼워 보이는 붉은색 표지의 책은, 모서리 끝에 화려한 금세공이 들어가 있었다. 아스는 무표정으로 말했다.

"황궁의 도서관은 오랜 전통을 자랑하는 곳입니다."

어느 틈에 일어난 아스가 손을 뻗어 그 책을 집어 들면서 말했다.

"건국 초기 때부터 내려오고 있는 헌법서와 선대 왕들의 친필 서명이 적힌 일기장 등 매우 귀중한 고서들이 한자리에 모여 있는 곳이죠."

물론 전하는 도서관을 싫어하시니 모르시겠지만. 아스는 책을 쥔 채 몸을 일으켰다.

"저희 아틀란타 제국은 강대국인 만큼 역사를 중시합니다. 역사를 모르는 나라만큼 한심한 나라는 없으니까요. 그러니 자연스레 고서를 오랫동안 보관할 방법을 연구하게 됐죠. 그 중 하나가 바로……."

아스의 손가락이 금세공이 들어간 책 표지를 천천히 쓸어내렸다. 요하네스는 멍청히 아스를 올려다보았다.

"훼손된 표지를 떼어 내고, 금속 장식이 들어간 표지를 다는 겁니다. 특히 모서리 같은 부분은 닳기 쉬우니까요."

그렇게 말한 아스는 책을 펼쳐 들었다. 낡은 양피지에도 일

일이 뭔지 모를 금속 문양이 박혀 있었다.

"그리고 속지에도 일일이 마법 공식을 새겨 놓았죠. 찢어지거나 불에 타거나 얼룩이 생겨서 아틀란타의 귀중한 역사를 잃으면 안 되니까요."

요하네스는 흔들리는 눈으로 아스와 책을 계속 번갈아 쳐다보았다. 책이 바닥에 떨어질 때 들린 소리는 무척이나 묵직했다. 그런데 저런 책을, 한 권도 아닌 여러 권을 들고 있었다고? 요하네스는 믿을 수가 없었다. 분명 어렸을 적부터 도서관에 처박혀 살았다고 하지 않았나? 겉보기엔 비리비리해 보이는데! 요하네스는 더듬거리면서 말했다.

"그런데 넌, 도대체 어떻게."

아스는 선선히 대답했다.

"제 취미는 독서입니다, 전하. 보좌관으로 임명되자마자 하루가 멀다 하고 황궁 도서관에 방문했습니다. 그곳엔 정말, 서점에서도 구하지 못한 고서들이 넘쳐 나거든요. 한 권이라도 더 보고 싶은 마음에 늘 여러 권씩 가져오게 됩니다. 그리고 무엇보다."

잠시 말끝을 흐리던 아스의 입꼬리가 올라갔다. 아스는 어깨를 으쓱하면서 말했다.

"저도 곱게 자란 자식은 아니거든요."

누구와는 다르게. 아스는 뒷말은 생략한 채 요하네스를 내려다보았다. 안경 너머로 녹빛 눈이 섬뜩하게 빛났다.

"자세가 한 치도 흐트러지면 안 된다! 자세가 흐트러지면 바로 허리에 무리가 갈 테니까!"

오늘도 레베카는 열심이네. 샤샤는 연무장에서 훈련을 받고 있는 레베카와 케론드를 물끄러미 응시했다. 레베카는 천천히 심호흡을 하면서 팔굽혀펴기를 시작했고, 케론드는 샤샤에게 물었다.

"샤샤, 아스는 언제 오지?"

"저녁 전엔 올 거예요. 요즘은 할 일 없으니까."

"그래, 그럼 그때까지만 봐줘야겠군."

그 말을 끝으로 케론드는 다시 매의 눈으로 레베카의 자세를 살폈다. 샤샤 옆에 앉아 쿠키를 먹고 있던 나스카가 물었다.

"케론드 공작이 아스는 왜 찾는 거냐."

샤샤는 어깨를 으쓱이면서 대답했다.

"오늘은 아스가 훈련 봐주는 날이거든요."

그러고 보니 안경잡이 녀석, 수시로 레베카가 있는 연무장으로 찾아가곤 했다. 그땐 그냥 얘기 나누는 목적으로 가는 줄 알았는데. 나스카는 샤샤에게 재차 물었다.

"그 녀석이 검술도 할 줄 알았나?"

"아뇨, 이론은 어느 정도 알겠지만 실제로 검을 잡아 본 적은 없대요. 아스는 검술에 관심이 없거든요."

샤샤의 말에 나스카는 의아해졌다. 그럼 훈련을 봐줘도 아무 쓸모없는 거 아닌가? 그런 나스카의 마음을 눈치챈 샤샤가 말을 이었다.

"아스가 어디까지나 봐주는 것은 근력 운동 자세예요."

"뭐?"

"티 안 내서 그렇지 아스가 제법 반사 신경이 좋아요. 몸도 제법 단단하고. 아, 몸이 단단하다는 것은 저도 최근에 알았어요."

샤샤는 나스카와 처음 만난 날, 달려오는 마차에게서 자신을 구해 준 아스의 모습을 떠올렸다. 그땐 나스카에게 정신 팔려서 아무 생각 없었지만 지금 생각해 보니, 워후, 그때부터 박력이 넘쳤구나. 샤샤는 헤실헤실 웃었다. 하지만 나스카는 여전히 이해가 안 간다는 눈치였다. 나스카는 계속해서 물었다.

"어렸을 적부터 하루 종일 도서관에 박혀 책만 읽었다며."

"그렇죠."

"그런데 도대체 어떻게 체력이."

나스카의 말이 끝나기도 전에 샤샤가 잽싸게 말했다.

"어디까지나 체력이 받쳐 줬으니까 가능한 일이었죠."

"그게 도대체 무슨 말이지?"

나스카는 여전히 어리둥절한 얼굴이었다. 역시 드래곤은 인간을 모른다니까. 샤샤는 손가락을 흔들면서 경쾌하게 말했다.

"인간들의 공부는 체력 싸움이기도 하거든요."

꾹꾹. 아스는 책에서 눈을 돌려 자신의 팔 위에 얹어져 있는 샤샤의 손을 응시했다. 변함없이 한가로운 시간을 보내던 중, 갑자기 샤샤가 아스의 팔을 만져 보고 싶다고 부탁했다. 평소 샤샤가 스킨십을 좋아하는 것을 알고 있는 아스는 흔쾌히 허락했고 말이다. 아스는 샤샤의 정수리에 입을 맞추면서 물었다.

"왜 그러십니까?"

"아니, 예전에도 느꼈던 것 같지만."

샤샤는 한 번 더 아스의 팔을 눌렀다.

"아스, 의외로 몸이 단단하네요?"

아스는 다시 책으로 눈을 돌리면서 무심하게 말할 뿐이었다.

"실내에서도 할 수 있는 운동은 얼마든지 있으니까요. 시간이 넉넉할 땐 실외에서 가볍게 뛰기도 했습니다."

"공부할 시간도 부족하지 않았어요?"

"네, 오히려 운동을 한 덕분에 공부할 수 있는 시간이 늘어났습니다."

아스의 말에 샤샤의 눈이 동그랗게 떠졌다.

"하루 종일 방에 틀어박혀 공부만 하는 것은 몸에 안 좋은 일이니까요. 처음엔 힘들었지만, 금방 익숙해지더군요."

아스, 당신이란 사람은 도대체. 샤샤는 멍하니 아스를 쳐다보았다. 아스의 팔은 여전히 단단했다.

"물론 과한 운동은 절대 하지 않았습니다. 전 어디까지나 건강 유지를 목적으로 한 것뿐이니까요."

그래서 겉으로는 티가 나지 않았던 건가. 샤샤는 입을 틀어막았다. 모범생 타입의 아스에게 좋은 몸이 숨겨져 있을 줄은 꿈에도 몰랐다. 물론 가끔 섹시함을 발산하긴 했지만! 샤샤는 침대를 주먹으로 마구 내리쳤다.

아스, 도대체 당신은 못하는 것이 뭔가요. 이 정도면 밸붕 아닌가요. 작가가 미쳤네, 당신처럼 완벽한 캐릭터를 서브 남주로 설정하다니. 그것도 비중 없는!

원작을 파괴해서 정말 다행이다. 하마터면 아스 같은 귀한 사람을 요하네스의 셔틀로 남겨 둘 뻔했어. 아스 진짜 대단하다. 공부 오래 하기 위해 운동을 했다니, 도대체 얼마나 책을 좋아하는 거야! 나보다 좋아하면 안 되는데! 샤샤가 그렇게 생각한 순간이었다.

"그리고 무엇보다."

"네, 무엇보다?"

아스는 책을 덮으면서 말했다.

"저도 곱게 자란 자식은 아니니까요."

"……."

"빵이라도 한 조각 먹기 위해선 잡일을 도와야 했습니다."

샤샤는 멍하니 아스를 쳐다보았다. 아스가 평민 어머니와 술주정뱅이 아버지 때문에 고생했다는 사실은 알고 있었다. 천재로 태어났지만 애정 하나 못 받고 자란 아이, 그게 바로 아스였다. 시녀들은 천한 피가 흐른다는 이유로 아스를 무시했고, 아스는 아카데미에 입학하자마자 집안과 인연을 끊었다. 아스는 말을 이었다.

"학문을 좋아하지 않았더라도 몸을 단련했을 겁니다. 살아남기 위해서."

샤샤는 아무 말 없이 팔을 뻗어 아스를 끌어안았다. 아스도 샤샤의 등을 감싸 안았다. 한동안 둘은 서로를 가만히 끌어안은 채 앉아 있었다. 잠시 후, 아스와 샤샤는 나란히 침대에 누운 채로 천장을 올려다보았다. 샤샤는 가만가만히 아스의 팔을 쓰다듬으면서 말했다.

"그러고 보니 아카데미에서도 괴롭힘당했다 하지 않았어요? 그 애들은 아스가 몸 단련하는 거 몰라서 계속 건드렸던 거군요. 그 애들이랑 몸싸움한 적 있어요?"

"아뇨."

……응? 진짜 단 한 번도? 샤샤는 저절로 의아해졌다. 아카데미 시절 내내 참았다는 소리야? 보살인가? 샤샤가 그렇게 생각한 순간 아스가 말을 이었다.

"싸움 같은 비합리인 일은 제게 맞지 않습니다. 더 합리적인 방법이 있는데 싸움을 굳이 왜 합니까. 그냥 버티면서 무시하다가 적당한 때에 선생님들께 말씀드리면 끝입니다. 피해 보상금도 더 받을 수 있고요."

"……."

아카데미에 들어가자마자 집안과 연을 끊어서 돈이 궁할 수밖에 없는 아스였다. 아스는 샤샤의 머리칼에 얼굴을 비비면서 말했다.

"아, 성적으로 눌러 주는 것도 좋은 방법이더군요."

아스는 절대 적으로 돌리면 안 되겠다. 샤샤는 아스의 품에 안긴 채 푸슬푸슬 웃었다.

"아가씨는 어디 가고 오늘은 왜 혼자 왔냐?"

딸랑, 노점 주인의 손바닥 위에 동화 몇 개가 떨어졌다. 요즘 샤샤와 나스카 덕분에 장사가 잘되어서 인생이 활짝 핀 노점 주인은 동화를 주머니 속에 집어넣고 하얀 솜사탕을 내밀었다. 나스카는 솜사탕을 든 채 노점 앞에 털썩 주저앉았다. 노점 주인의 고개가 비스듬히 기울어졌다.

"아가씨는 어디 갔냐니까? 자리라도 비우셨나? 늘 아가씨랑 같이 오더니 무슨 일이야?"

진짜 귀찮게. 나스카는 노점 주인을 흘겨보다가 삐딱하게 말했다.

"알 게 뭐야, 그런 녀석."

"예끼, 이놈아! 아가씨한테 '녀석'이 뭐야, 녀석이!"

나스카는 고개를 팩 돌린 채 솜사탕을 우적거렸다. 그런 나스카를 말없이 쳐다보던 노점 주인은 피식 웃었다.

"싸웠냐?"

"아니거든."

"하긴, 네 성질을 생각해 보면 놀랄 만한 일이 아냐. 지금까지 아무 일 없었던 게 더 신기하다. 아가씨는 역시 천사──."

나스카는 버럭 소리를 질렀다.

"그런 거 아니라고!"

노점 주인은 말없이 나스카를 쳐다보았다. 참 오지랖도 넓어. 나스카는 씨근덕거리면서 솜사탕을 와구와구 먹기 시작했다. 역시 무슨 일 있었구만. 노점 주인은 끌끌 혀를 차면서 솜사탕 하나를 더 내밀었다. 나스카는 말없이 그것을 쳐다보았다. 노점 주인은 솜사탕을 흔들면서 말했다.

"뭐 해, 안 먹고? 돈 안 받을 테니까 줄 때 얼른 받아."

나스카는 그새 다 먹은 솜사탕 막대를 쓰레기통에 버리고 새 솜사탕에 손을 뻗었다. 노점 주인은 나스카의 손에 솜사탕을 꼭 쥐여 주었다. 나스카는 다시 솜사탕을 우물거리기 시작했다. 노점 주인은 턱을 괸 채 중얼거리듯이 말했다.

"아가씨가 오늘은 바쁘시나 보네. 널 여기 혼자 보내다니."

그 말에 나스카의 손이 멈췄다. 나스카는 눈을 내리깔면서 말했다.

"······바쁘긴 바쁘지."

걸려들었군. 노점 주인은 속으로 쾌재를 부르면서 말을 이었다.

"진짜 보통 바쁘신 게 아니나 보네? 평소엔 물가에 내놓은 애 같다고 절대 혼자 두지 않으셨는데."

"그건 또 뭔 소리야."

노점 주인은 정말 모르겠냐는 눈으로 나스카를 흘겨보았다.

"그만큼 불안하단 소리다, 이놈아. 지금 생각해도 헛웃음이 나와. 어떤 미친놈이 솜사탕 하나 사면서 금화를 내냐? 사기 당하려고 환장했지, 어휴."

나스카는 무표정으로 대꾸했다.

"치라 그래, 나는 모가지를 아예 비틀어 버릴 테니까."

하잘것없는 인간들 주제에 누굴 속여 먹겠다는 거야. 그렇게 중얼거린 나스카는 솜사탕을 다시 베어 물었다. 그리고 노점 주인은 앓는 소리를 냈다. 동화 건네는 거 보고 조금 나아졌다 싶었더니 아직도 한참 멀었구만. 아가씨가 가엾어지는 순간이었다. 주인은 거칠게 머리칼을 헤집었다.

"진짜 왜 그런 말을 하는지는 모르겠지만, '인간, 인간'거리지 말아 줄래? 기분 나빠."

"왜? 인간을 인간이라 부르는 것뿐인데."

진심으로 하는 소리인가. 정말 이 녀석은 아직도 한참 멀었다니까. 노점 주인은 바로 받아쳤다.

"엄청 기분 나쁘다고. 깔보는 것 같잖아. 솔직히 너 처음 봤을 때부터 되게 재수 없었다. 누가 보면 넌 인간 아닌 줄 알겠다."

환장할 노릇이다. 진짜 확 인간이 아니라고 밝혀 버릴 수도 없고…… . 나스카는 애꿎은 후드만 잡아당겼다. 노점 주인은 은근한 어조로 물었다.

"그래서, 이젠 슬슬 말해 줘도 되지 않냐? 무슨 일이 있었는지?"

"도대체 몇 번을 말해야 돼. 일 같은 거 없었다니까."

노점 주인은 식겁하면서 외쳤다.

"설마, 호위 일 그만뒀냐?"

더럽게 말귀 못 알아먹네. 나스카는 간결하게 대답했다.

"아니."

노점 주인은 화들짝 놀라면서 외쳤다.

"그럼, 아가씨가 싫어진 거야?!"

나스카는 땅을 주먹으로 내리치면서 발끈했다.

"미쳤다고 싫어졌겠냐!"

그 말을 끝으로 잠시 침묵이 흘렀다. 나스카는 황급히 입을 틀어막았고, 노점 주인의 눈은 수상하다는 듯이 가늘어졌다. 자, 천천히 생각해 보자. 자기보다 어른인 사람한테 반말하고, 솜사탕 하나 사면서 금화 내밀 정도로 세상 물정 모르고, 은근히 다혈질이라 거리에서 사건사고도 많이 쳤던 애가 저렇게 순진한 반응을 보이고 있다. 무슨 말을 해도 뚱하게 반응했던 애가 말이다. 그렇다는 것은……. 노점 주인은 입꼬리를 올리면서 말했다.

"너 혹시!"

"내가 분명 말했을 텐데?! 쓸데없는 말 하지 말라고!"

나스카는 노점 주인의 멱살을 휘어잡고 마구 흔들었다. 하지만 노점 주인은 어지럽지도 않다는 듯 낄낄 웃음을 터뜨렸다.

"확실히 아가씨 정도면 반할 수밖에 없지. 거리에 나올 때마다 사람들이 흘깃거릴 정도로 예쁘고, 너 같은 개차반도 데리고 다닐 정도로 다정다감하시니까."

아, 또 시작이다. 진짜 미치겠네. 나스카는 다시 가슴이 울렁거리는 것을 느끼면서 외쳤다.

"그런 거 아니라고!"

"그런 얼굴로 말해 봤자 하나도 설득력 없거든?"

"내가 무슨 얼굴을 하고 있다고!"

나스카는 홧김에 외쳤다가 아차 싶었다. 나스카는 그제야 제 얼굴이 화끈거리고 있다는 것을 깨달았다. 노점 주인의 멱살을 잡고 있던 나스카의 손에서 힘이 빠졌다.

"몸은 언제나 솔직한 법이라고, 친구."

노점 주인은 나스카의 어깨에 팔을 둘렀다. 그리고 나스카의 어깨를 쿡쿡 찌르면서 말했다.

"누가 봐도 '사랑에 빠진 얼굴'을 하고 있으면서 무슨 소리야."

사랑, 그 단어가 나스카의 가슴팍을 콱 찔렀다. 노점 주인은 다시 안으로 들어가면서 말했다.

"아가씨한테 잘 보이고 싶지? 솜사탕 두 개 더 만들어 줄 테니 저택에 가서 아가씨랑 하나씩 먹어라."

나스카는 아무 말 없이 고개를 떨구었다. 여전히 얼굴은 화끈거리고, 가슴도 울렁거렸다. 사랑이란 단어가 자꾸 귓가에서 맴돌았다.

"저번에도 말했지만 넌 진짜 아가씨한테 절해도 모자라. 무려 솜사탕 살 때 금화 내밀던 네놈을 동화 내미는 애로 탈바꿈시켜 줬잖아."

"……."

"물론 넌 아직도 고칠 점이 산더미지만 이 정도로 변한 게 어디냐. 아가씨랑 붙어 다니는 모습 볼 때마다 내가 얼마나 흐뭇했는데. 자, 가져가."

그렇다. 샤샤와 자신은 하루 종일 붙어 다녔다. 특히 예전엔 아스와 레베카가 붙어 다녀서 단둘이 있는 경우가 많았다. 그래서 나스카는 나름 샤샤와 많은 것을 공유하고 있다고 생각했다.

하지만 나스카가 한 가지 간과한 것이 있었다. 그 둘은 몇 년 전부터 이미 샤샤와 함께 지내고 있었다는 것을. 수명이 백 년도 안 되는 인간들에겐 그 몇 년이란 시간은 엄청 길고 소중한 시간이었다. 이제 막 나타난 자신과 비교가 될 리 없었다. 도대체, 도대체. 나스카는 입술을 깨물었다.

"자, 어서 가져가! 그리고 내 말 명심해! 아가씨한테 잘해 줘야 돼!"

노점 주인은 활짝 웃으면서 분홍색과 흰색 솜사탕을 하나씩 내밀었다. 나스카는 주먹을 쥔 채 말없이 그것을 응시했다. 노점 주인은 아까처럼 솜사탕을 흔들다가 심상치 않은 기색을 느끼고 물었다.

"왜 그래?"

왜 그러냐니, 오히려 자신이 하고 싶은 질문이었다. 나스카는 입술을 깨물었다.

"……않아."

"뭐?"

사랑. 인간을 얼마든지 변화시킬 수 있는 감정. 평범한 인간을 누군가의 가족, 친구, 반려자로 만드는 감정. 나스카는 울렁거리는 가슴팍을 꽉 쥐었다. 방에서 나란히 앉아 있던 샤샤와 아스의 모습이 선명하게 떠올랐다. 나스카는 재차 중얼거렸다.

"인정하고 싶지 않다고."

내가 지금 느끼고 있는 것을 인정하고 싶지 않아. 나스카는 계속해서 중얼거렸다. 무슨 일이 있어도 인정하고 싶지 않다고. 그 인간이 안 보이면 허전하고, 계속 옆에 있고 싶을 만큼 사랑스럽다는 것만은 분명하지만.

"절대 인정하고 싶지 않아."

인정하는 순간, 나는 비참해질 테니까. 그렇게 중얼거리는 나스카의 금안은 고요하게 일렁이고 있었다.

끼익. 커다란 문이 서서히 열렸다. 수건으로 땀을 닦고 있던 레베카가 고개를 돌렸다. 후드를 푹 뒤집어쓴 나스카가 터덜 터덜 저택 안으로 들어왔다.

"혼자서 어디 갔다 와?"

나스카는 대답 대신 양손에 하나씩 들고 있는 솜사탕을 들어 보였다. 레베카는 짧게 웃었다.

"그거 진짜 좋아하는구나."

"……."

"그런데 왜 두 개야? 하나는 샤샤 주려고?"

나스카는 아무 대답 없이 레베카를 지나쳤다. 그런 나스카의 모습에 레베카도 더 이상 말을 걸지 않고 수건으로 땀을 닦았다. 그런데 바로 그때, 계단을 올라가던 나스카의 발이 멈췄다.

"야."

"왜?"

레베카의 손이 멈췄다. 레베카는 계단 난간을 짚고 있는 나스카를 올려다보았다. 어두운 홀 안에서, 나스카의 금안이 빛났다. 마치 횃불처럼 고요하게 일렁이는 그 눈에, 레베카의 몸에 저절로 힘이 들어갔다. 비범하다는 것은 알고 있었지만 이 정도일 줄은 몰랐다. 도대체 이 녀석의 정체는 뭐지. 레베카는 아르첸 가문이란 지위 덕분에 황궁에서 마법사를 여러 번 만나 본 적이 있었다. 마법사들은 하나같이 성격이 특이했지만, 이 정도로 특이하진 않았다. 게다가 나스카는 이상하다 싶을 정도로 예의와 상식도 없다. 마치 사람을 아예 만나 본 적이 없는 것처럼. 그리고 결정적으로.

"도대체 어떻게 해야 되나, 이럴 땐. 너밖에 물을 인간이 없다."

"뭐가?"

감정을 이해하지 못했다. 처음 나스카가 레베카의 저택에 도착했을 땐 시종일관 맹하게 있다가 어쩌다 화를 내는 게 하루 일과의 전부였다. 하지만 그럼에도 불구하고 레베카가 그를 데리고 있었던 것은 그의 뛰어난 능력 때문이다.

나스카는 측정이 불가능할 정도로 뛰어난 신체 능력과 마법 실력을 가지고 있었다. 그래선지 지나치게 남을 하찮게 여겼다. 아스에게 들은 적이 있다. 나스카가 처음엔 샤샤를 죽이려 했었다고. 매운 음식을 먹였다면서 말이다. 다행히 샤샤가 몇 번이나 사죄를 해서 어찌어찌 위기를 넘겼다고 들었다. 다짜고짜 매운 음식을 먹인 것은 누가 뭐래도 샤샤의 잘못이다. 하지만 그런 일 가지고 사람을 죽이려 했다? 게다가 그거 하나만이 아니었다.

─하찮은 인간 따위가!

솜사탕을 바닥에 떨어뜨렸다 해서 바로 황태자와 기사를 날려 버리던 나스카의 모습이 아직도 눈앞에 선했다. 솔직히 그땐 통쾌했지만, 이상하다는 기분을 떨칠 수가 없었다. 그리고 며칠 지나지 않아 본능적으로 직감했다.

저 아이의 기준은 상당히 뒤틀려 있다고.

그래서 필요할 때를 제외하고 접촉하지 않았다. 하지만 샤샤는 아니었다. 나스카를 무서워하면서도 호위를 핑계로 저택 밖으로 나갈 때마다 그를 대동하고 끈질기게 말을 붙였다. 눈치 있게 치고 빠지긴 했지만, 나스카가 홧김에 샤샤를 위험하게 만들까 봐 겁이 났다. 그래서 언젠가는 그와 조금 거리를 두라고 말했지만 샤샤는 이렇게 말할 뿐이었다.

─그는 우리에게 꼭 필요한 존재야. 좀 괜찮다 싶은 실력의

마법사들은 죄다 황궁 소속이잖아. 아르첸 가문에도 마법사가 한 명쯤은 있어야지.

—하지만 샤샤, 저 사람이 우리와 다르다는 것은 알고 있잖아. 인재라 해도 저 사람은 너무 위험해.

레베카의 계속되는 설득에 샤샤의 눈이 깜빡거렸다. 샤샤는 그 새파란 눈으로 레베카를 올려다보면서 말했다.

—다르다고 해서 틀린 것은 아니잖아.

그 말에 레베카는 아무 말도 할 수 없었다.

—나스카 씨가 우리들에 대해 모른다면, 가르쳐 주면 그만이야.

샤샤는 '우리 아이가 꼭 배워야 할 예절 백서'란 책을 든 채 헤헤 웃었다. 그땐 샤샤의 웃는 얼굴이 너무 사랑스러워서 아무 말도 할 수 없었지만 불가능하다고 생각했다. 기준이 뒤틀려 있는 데다, 남을 하찮게 여기는 나스카가 그런 걸 읽을 리가 없다고 생각했다. 그런데.

—도대체 인간들은 왜 이런 것을 읽는 거냐.

—개념 있는 사람이 되기 위해서죠. 빨리 읽어요.

그 일이 실제로 일어났다. 레베카는 멍청히 민트색 소파에 파묻혀 나란히 책을 읽고 있는 샤샤와 나스카를 응시했다. 그리고 그 둘이서 나란히 간식을 나눠 먹거나 산책을 하는 모습도 목격했다. 처음의 나스카가 샤샤가 말을 걸어도 무시했더라면, 지금의 나스카는 샤샤가 말을 걸면 귀찮은 척하면서도 대답은 다 했다. 게다가 시녀들과도 제법 친해진 듯했다.

이번에도 샤샤가 옳았다. 다르다고 해서 틀린 것은 아니다. 나스카는 그저 몰랐던 것뿐이다. 남들과 어울리는 법을 말이다. 그래서 레베카도 그런 샤샤를 본받아 나스카를 친근하게 대해 주려고 노력했다. 독기가 빠진 나스카도 그런 레베카를 어느 정도 받아 줬고 말이다. 레베카는 알 수 있었다. 남을 그토록 하찮게 여기던 그가, 자신밖에 모르던 그가.

"어떻게 해야 비참해지지 않지?"

드디어 감정을 이해하고, 남에게 관심을 가지게 됐다는 것을. 그리고 그 관심의 대상과.

"다시 한번 말해 줄래? 뭐라고?"

"어떻게 해야 비참해지지 않냐고 물었다."

이뤄질 가능성이 없다는 것도 말이다. 레베카는 말없이 나스카를 올려다보았다. 두려울 정도로 고요하게 일렁이고 있던 금안에 파문이 일어나고 있었다. 그 눈과 마주한 순간, 레베카는 더 이상 그가 무섭지 않았다. 그저 얼마나 절박했으면 자신에게 이런 것을 묻냐는 생각이 들었다.

"일단 이것 하나만은 분명해, 나스카."

나스카는 그놈의 자존심 때문에 자신의 감정을 필사적으로 숨기고, 부정하며, 이해하지 않으려 했다. 하지만 최근 자신의 충고와 행복한 샤샤의 모습을 보고 무의식적으로 깨달았을 것이다. 마음을 드러내 봤자 가망이 없다는 것을. 오히려 관계가 망가질 가능성이 크다는 것을. 나스카는 아마 그게 두려울 것이다. 예전보다 많은 것을 알게 됐지만 아직도 한참 멀었다.

레베카는 이번에도 본능적으로 알 수 있었다. 그가 난생처음 겪는 감정 때문에 혼란스러워한다는 것을. 사람은 혼란스러워지면 무슨 짓을 저지를지 모르고, 나스카는 충분히 예측 불가능한 인물이었다. 그렇기에 레베카는 나스카에게 가르쳐 줘야 했다.

"네가 그 감정을 숨기면 숨길수록 더 고통스러워질 거야."

사랑이란 게 원래 그런 거니까. 요하네스를 사랑했던 한심한 순간들을 드러내는 게 한없이 치욕스러웠지만, 인정할 수밖에 없었다. 그때의 레베카는 한심해 빠진 요하네스를 진심으로 사랑했다. 그래서 사랑이 어떤 것인지 알고 있었다.

"아마 넌 아스와 함께 있는 샤샤를 볼 때마다 몇 번이고 생각할 거야. 내가 그 사람보다 못한 게 있나? 내가 그 사람보다 잘해 줄 자신 있는데, 도대체 왜 나를 보지 않아?"

그래서 레베카는 나스카에게 더더욱 가르쳐 줘야 했다. 그 빌어먹을 사랑에 대해, 그 빌어먹을 감정에 대해.

"고통스러워, 너무. 가슴이 찢어지는 것 같았어. 숨을 제대로 쉴 수 없었어. 앞을 보는 게 힘들 정도로 눈물이 흘러나왔어."

레베카는 나스카가 본 인간들 중에서 가장 강인하고 우아했다. 나스카는 어느 틈에 흑진주 같은 눈에서 눈물을 떨어뜨리는 레베카를 보면서 생각했다.

도대체 사랑이 뭐기에, 정말 감정이 뭐기에 저 인간으로도 모자라 자신까지 혼란스럽게 만드는 걸까.

가슴이 울렁거렸다. 이제는 익숙해질 법도 한데, 아직도 통증이 너무 낯설고 고통스러웠다. 나스카는 가슴팍을 꽉 그러쥐었다. 레베카의 말은 계속됐다.

"그 사람이 날 봐 주지 않는다는 게 너무 억울하고 비참해. 하지만 가망이 없다는 것을 알면서도 계속 매달리게 돼. 그 사람 곁에 있는 사람이 나였으면 했으니까."

외사랑은 괴로운 거였다. 그리고 요하네스는 쓰레기 중에 쓰레기였다. 평범한 외사랑도 가슴 아픈 판에, 요하네스를 사랑했으니 가슴이 상처투성이가 되는 것은 당연한 일이었다. 레베카의 턱을 타고 눈물이 계속해서 떨어졌다. 그때의 자신이 한없이 한심하면서도 불쌍해서였다. 하지만 레베카는 요하네스에게 버림받았을 때처럼 바닥에 주저앉지 않았다. 그저 평소처럼 등을 꼿꼿하게 편 채 입꼬리를 끌어올릴 뿐.

"하지만 어쩔 수 없잖아."

레베카는 나스카를 올려다보면서 미소 지었다. 어두운 홀 속에서도 나스카는 그 미소를 선명하게 볼 수 있었다. 너무나도 아름답지만 너무나도 비참한 그 미소를.

"내가 바라보는 사람이 다른 곳을 보고 있다 해서 억지로 고개를 돌리게 할 수는 없어. 신이 온다 해도 그건 불가능한 일이야."

나스카의 눈이 크게 뜨였다. 레베카는 천천히 계단을 올라가기 시작했다. 창문 틈으로 파르스름한 달빛이 레베카를 비췄다. 느슨하게 땋아 내린 레베카의 탐스런 머리채와 창백할 정도로 흰 피부, 반들거리는 검은색 눈동자, 말 그대로 모든 것을 말이다. 달빛 아래에 서 있는 레베카는 정말 아름다우면서도 어딘가 섬뜩했다. 드래곤인 나스카가 저도 모르게 흠칫할 정도로 말이다. 어째서지? 그때 레베카가 나스카의 어깨를 움켜잡으면서 말했다.

"억지로 나를 바라보게 하는 것은 사랑이 아냐."

'강요'에 불과할 뿐이지. 그렇게 말하는 레베카의 목소리에선 결코 거부할 수 없는 굳건함이 느껴졌다. 나스카는 입술을 깨물었다. 레베카는 여전히 나스카의 어깨를 움켜쥔 채 말을 이었다.

"그리고 샤샤는 강요를 싫어해. 지금까지 하도 강요당해 왔으니까. 그래서 나와 아스는 맹세했어. 우리들만이라도 샤샤의 선택을 존중해 주기로."

하, 나스카는 헛웃음을 토해 냈다. 사랑이 얼마나 제멋대로인 감정인지 열변을 토했으면서, 이제 와선 상대방의 마음을 존중하란다. 나스카는 레베카의 손을 뿌리치면서 말했다.

"너희 인간들은 이해할 수 없어."

하지만 레베카는 담담하게 받아칠 뿐이었다.

"인간인 우리도 이해할 수 없는 게 바로 인간이야. 나도 날 이해 못하겠는데, 넌 얼마나 이해가 안 되겠니."

나스카는 할 말이 없어졌다. 레베카는 그런 나스카에게 희미하게 웃어 준 뒤, 그를 지나쳐 계단을 올라갔다. 슬슬 방으로 돌아가기 위해서였다. 레베카는 계속해서 계단을 올라갔다. 언젠가 샤샤와 아버지와 함께 걸었던 계단을 말이다. 그런데 바로 그때였다.

"마지막으로 한 번만 더 묻겠다."

레베카는 고개를 돌려 나스카를 내려다보았다. 아까와는 상황이 정반대였다. 나스카는 고개를 떨군 상태로 물었다.

"정말 가망이 없나?"

레베카는 고개를 끄덕였다.

"분해 봤자 달라지는 것은 없어."

"달라지는 게 있을 수도 있다!"

"아니, 없어."

그렇게 말하는 레베카의 음성은 잔인하다고 느껴질 만큼 단호했다.

"네가 정녕 우리만큼 샤샤를 사랑한다면, 옆에서 바라보는 것만으로 만족해."

아아, 도대체 너희 인간이란 족속들은. 나스카는 그 대답에 절망을 느끼고 말았다. 나스카의 금안이 다시 일렁거리기 시작했다. 나스카는 가슴팍을 쥔 채 물었다.

"도대체 어떻게 그렇게 말할 수 있는 거지?"

이렇게 고통스러운데, 이렇게 참기 힘든데. 그렇게 말하는 나스카의 목소리는 한없이 떨리고 있었다. 레베카의 붉은 입술이 열렸다.

"말했잖아."

달빛이 이번엔 나스카를 비췄다. 나스카의 은빛 머리칼과 일그러진 얼굴, 가슴팍을 쥔 손 등 모든 것을 말이다. 레베카는 담담하게, 아주 고요하게 말을 이었다.

"사랑해도 어쩔 수 없는 건 어쩔 수 없는 거라고."

사락, 차가운 바람이 불어왔다. 샤샤는 숄을 두른 채 하늘을 올려다보았다. 검푸른 밤하늘 위로 새하얀 보름달이 고요하게 떠 있었다. 샤샤는 숄을 단단히 여민 채 중얼거렸다.

"오늘따라 달이 아름답네."

샤샤는 테라스에 선 채 멍하니 하늘을 올려다보았다. 오늘따라 마음이 무척이나 싱숭생숭했다. 약혼식 예복을 맞춰서인가, 그도 아니면……. 샤샤는 추운 것도 모르고 한동안 하늘을 올려다보았다. 그러다가 중얼거렸다.

"사람은 무엇으로 사는가."

현대에서 논술 때문에 읽었던 책 제목이자, 나스카에게 했던 질문이기도 했다. 왜 갑자기 이 질문이 떠오르는 걸까, 달 아래에 서 있어서일까? 괜히 감성적인 기분이 됐다. 샤샤는 생각했다.

사람을 계속 살아가게 해 주고, 누군가의 가족이나 친구, 반려자로 만들어 주는 것, 그것은 바로.

"바로 사랑. 사랑이지요."

그렇게 달에게 속삭인 샤샤는 눈을 감았다. 아무래도 오늘 밤은 잠을 이루지 못할 것 같다.

이 세상의 그 누구도 날 사랑하지 않아.
이 세상의 그 누구도 날 반겨 주지 않아.
이 세상의 그 누구도 날 감싸 주지 않아.

태어났을 때부터 나는 환영받지 못했던 존재지. 한 번도 온기를 느껴 본 적이 없네. 나의 어머니는 질투심 때문에 다른 여자를 살해하려다가 역으로 죽임을 당했다네. 그리고 나의 아버지는 그런 어머니 때문에 날 증오하시네. 하지만 난 아무렇지도 않지. 익숙하니까. 버림받는 일에, 상처 받는 일에, 외면 받는 일에 익숙하니까.

난 죄인이라네. 당장 단두대에 목이 잘려도 할 말 없는 죄인이라네.

태어났을 때부터 나는 그렇게 정해져 있었다네. 어머니의 은발과 적안을 타고났다는 이유로. 나의 어머니는 정말 아름다운 분이었지만 사랑을 받지 못해 괴물이 되었지. 하지만 난 아무렇지도 않지. 죽임당한 어머니 대신 죗값을 치르기 위해 바쁘게 움직이고 있으니까. 전쟁터에서 수많은 사람을 베고 앞으로 전진하지. 오직 나의 어머니를 위해. 오직 나의 나라를 위해.

난 멈추지 않네. 난 결코 멈추지 않아. 나란 존재가 용서받을 때까지 절대 멈추지 않을 거라네.

태어났을 때부터 나는 남에게 이용당하는 존재로 정해져 있었지. 한 번도 사랑을 받은 적이 없네. 그러던 어느 날, 그대가 바로 내 앞에 나타났지. 그대는 이 세상에서 제일 아름답고 순수한 존재지. 그대를 보자마자 매료당할 수밖에 없었지. 누가 감히 그대를 미워할 수 있을까. 아무도 그대를 미워하지 못하지.

난 그대를 사랑하네. 진심으로 사랑하네. 하지만 나는 그대를 사랑할 자격이 없지.

그대는 나 같은 죄인보단 더 고귀하고 찬란한 사람을 만나야 해. 태어났을 때부터 저주받은 삶을 살도록 정해져 있는 내가 아니라. 그리고 그 일은 실제로 이뤄졌지.

그대는 나의 형님과 사랑에 빠졌어. 나와 다르게 태어났을 때부터 모두에게 사랑받는 삶을 타고난 사람과. 그대의 눈빛을 보자마자 알 수 있었어. 가슴 한편이 쓰렸지만 진심으로 기뺐지. 이제 내가 할 일은 단 하나지.

그대가 지금처럼 행복하게 웃을 수 있게, 그대와 나의 형님을 지키는 것.

이용당한다 해도 상관없어. 나는 태어났을 때부터 그런 운명을 타고났으니까. 전쟁터에 나간다 해도 상관없지. 이 나라를 지키는 게 곧 그대를 지키는 일이니까. 그대를 위해서라면 얼마든지 이용당할 수 있어.

자, 이 달 아래에서 맹세하겠네. 그대를 위해서라면 무슨 짓이든지 하겠다고.

―『아틀란타의 연인』中

휘잉, 어디선가 차가운 바람이 느껴졌다. 릴리스는 깃펜에서 손을 떼고 고개를 돌렸다. 연분홍빛 커튼이 마구 팔락이고 있었다. 릴리스는 한동안 그것을 응시하다, 천천히 몸을 일으켰다. 릴리스는 홀린 듯이 테라스로 걸음을 옮겼다. 닫아 놓은 테라스 문이 바람 때문에 열렸는지 덜컹이고 있었다. 릴리스는 두 팔을 벌려 문을 완전히 열어젖혔다. 그리고 보았다.

"와."

새하얀 보름달이 창백하게 빛나고 있었다. 바람이 제법 쌀쌀했지만 릴리스는 다시 방 안으로 돌아가지 않았다. 메이 가문의 영지에서 봤던 달도 저렇게 아름다웠는데. 릴리스는 쓸쓸한 미소를 지었다. 분명 영지를 떠나 수도에서 보낸 시간은 얼마 되지 않았다. 그런데 이상하게 영지에서의 기억이 벌써부터 희미하게 느껴졌다.

"……."

메이 가문의 영지는 무척이나 소박한 곳이었다. 영지민들은 아침마다 콧노래를 부르며 논밭으로 나갔고, 아이들은 온몸이 흙투성이가 된 채 들판에서 뛰어놀았다. 그리고 밤엔 농부들이 서툴게 기타를 치며 농작물을 나누어 먹었다. 참 평화로운 곳이었다. 그래서 릴리스는 메이 가문의 영지를 사랑했다. 그곳보다 평화로운 곳은 없다고 생각했다. 지금도 가끔 그리울 정도였다. 하지만 다시 그때로 돌아가고 싶진 않았다. 릴리스는 희미하게 웃으면서 중얼거렸다.

　"일방적인 관계는 오래가지 않지."

　릴리스는 메이 가문의 영지를 사랑했다. 하지만 그곳에서의 즐거운 기억은 몇 가지 없었다. 알버트는 엔젤라를 사랑한다는 이유로 그녀가 어떤 짓을 하든 내버려 뒀다. 시녀들도 마찬가지였다. 하루 종일 엔젤라의 명을 따라 자신이 무슨 짓을 하는지 감시했으니 말이다. 그리고 영지민들은 릴리스가 누구보다 행복한 가정에서 살고 있다고 생각했다. 영지민들이야 저택 안 사정을 모르니 그렇다 쳐도, 시녀들과 알버트는 무슨 일이 있어도 용서할 수 없었다.

　릴리스는 엔젤라만큼이나 그들이 원망스러웠다. 엔젤라가 한 짓은 누가 뭐래도 학대였다. 사랑으로 아름답게 포장할 수 있는 게 아니었다. 자신은 옷 한 벌 골라 입을 수 없었고, 삼시 세끼 극소량의 음식만 먹어야 했다. 어쩌다 알버트가 엔젤라의 눈을 피해 케이크를 가져다 줬지만 그건 어디까지나 알량한 동정에 불과했다. 엔젤라를 이해해 달라고? 난간을 움켜쥔 릴리스의 손에 힘이 들어갔다.

　"웃기지 마."

당신이 직접 내 상황에 처해 보지그래? 당신은 내가 얼마나 고통받는지 모르잖아. 그러니 그딴 말을 내뱉을 수 있겠지. 릴리스의 눈에 서서히 눈물이 고였다.

"다신 그때로, 그곳으로 돌아가고 싶지 않아."

아무것도 선택하지 못하던 그때로 돌아가고 싶지 않다고. 릴리스는 눈물을 훔치면서 달을 올려다보았다. 마침 바람이 불어오면서 릴리스의 푸른 옷자락이 흩날렸다. 조용하고 평화로운 메이 가문의 영지는 그리웠지만 그런 곳은 마음만 먹으면 얼마든지 찾을 수 있을 것이다. 그리고 사실 황궁도 그리 나쁜 곳은 아니었다. 왜냐하면.

"릴리스."

자신을 진정으로 보듬어 주는 사람이 있으니까. 릴리스는 고개를 돌렸다. 달빛 아래에서 새하얀 은발이 눈부시게 빛났다. 페인은 갑옷 대신 가벼운 예복을 입고 있었지만 여전히 붉은색 띠로 눈을 가리고 있었다. 릴리스는 답답하지도 않냐며 자신의 앞에서나마 눈을 가리지 말라 했지만, 페인은 이제 눈을 가리지 않는 게 더 어색하다고 답할 뿐이었다. 하지만 릴리스는 알 수 있었다. 그게 핑계에 불과하다는 것을.

"페인."

페인도 자신과 마찬가지로 정상적인 가정을 가지지 못했다. 황제는 비겁하고 무책임한 사람이라 페인을 방치했고, 필요할 때만 부려 먹기 일쑤였다. 형인 요하네스도 페인을 전쟁광이라 갈구기만 할 뿐이지, 그에게 따뜻한 말 한 마디 건네지 않았다.

아마 페인은 그 둘이 눈 말고 머리칼에도 트집을 잡았더라면 당장 정수리에 먹물을 부었을 것이다. 3황자 클로드만이 유일하게 페인에게 상냥하게 굴었지만, 그는 이렇다 할 힘이 없었다. 릴리스는 황궁 사람들에게 휘말려 눈 하나 제대로 드러내지 못하는 페인이 진심으로 가여웠다. 릴리스는 페인의 품에 안긴 채 멍하니 하늘을 올려다보며 말했다.

"달이 참 아름답네요."

페인도 릴리스를 단단히 끌어안으면서 속삭였다.

"그래, 참 아름다워."

이제 더 이상 바람이 불어와도 춥지 않았다. 한동안 둘은 아무 말 없이 서 있었다. 시간이 얼마나 지났을까. 릴리스가 입을 열었다.

"있잖아요, 페인."

"왜 그러지, 릴리스?"

"왜 절 밀어내지 않으신 거죠?"

잠시 침묵이 흘렀다. 릴리스의 속눈썹이 파르르 떨렸다. 릴리스는 페인의 손을 꼭 잡으면서 말했다.

"제가 처음엔 불순한 의도로 당신에게 접근했다고 말했잖아요."

"……."

그렇다. 릴리스는 페인을 사랑하게 된 이후, 그에게 자신이 불순한 의도로 당신에게 접근했다고 고백했다. 자신이 엔젤라처럼 자신의 목적을 위해 남을 이용했다는 생각 때문이다. 물론 자세한 얘기는 하지 않았다. 그저 자신을 괴롭히는 가문에서 벗어나기 위해 황족인 페인에게 접근했다고 말했을 뿐.

하지만 페인은 그다지 배신당한 기색이 아니었다. 아니, 오히려 지나치게 멀쩡했다. 지금만 해도 못난 자신을 이렇게 단단하게 끌어안고 있지 않는가. 그때 페인의 입이 열렸다.

"누누이 말하지만 난 상관없어, 릴리스."

릴리스의 눈시울이 다시 붉어졌다. 이 사람은 왜 상관없다고 말하는 것인가. 누구도 아닌 자신의 일인데. 페인은 계속해서 속삭였다.

"솔직히 처음부터 의아하긴 했어. 당신처럼 눈부신 사람이 왜 나한테 다가올까."

"페인, 난 눈부시지 않아요."

당신을 이용하려 했다고요, 복수를 위해서. 릴리스는 입술을 깨물면서 고개를 숙였다. 페인의 눈과 마주할 자신이 없었다. 페인은 한없이 순수하고 따스한 사람이었다. 그런데 바로 그때였다.

"하지만 이젠 아니잖아."

페인의 손이 릴리스의 턱을 부드럽게 들어 올렸다. 페인은 릴리스의 이마에 입을 맞추면서 속삭였다.

"나는 당신을 사랑하고, 당신도 날 사랑해."

"그렇죠."

"그런데 왜 자꾸 옛날 일에 연연해하는 거야. 슬퍼하는 당신을 보고 싶진 않아."

"페인."

촉. 페인의 입술이 한 번 더 릴리스의 이마에 닿았다가 떨어졌다.

"그리고 당신이 정말 날 이용한다 해도 상관없어. 이용당하는 일엔 익숙하니까."

릴리스는 더 이상 참지 못하고 페인의 가슴팍에 얼굴을 묻었다. 이용당하는 일에 익숙하다니. 가슴이 찢어지는 것 같았다. 릴리스는 그제야 페인이 아무리 심한 일을 당해도 묵묵히 받아들이는 이유를 알 것 같았다. 페인은 너무나 익숙해져 있었다. 상처받는 일에. 릴리스는 페인과 이마를 마주한 채 속삭였다.

"전 당신이 행복해지길 바라요."

그러니까, 무슨 짓을 해서라도 당신을 옥죄고 있는 그 띠를 벗겨 드릴게요. 릴리스는 달 아래에서 그렇게 맹세했다.

"꼴깝을 떠네, 아주……."

탕, 메어리는 거칠게 찻잔과 주전자가 담긴 쟁반을 내려놓았다. 도대체 마님은 왜 아무 연락도 보내지 않는 거야. 아가씨에게 저런 남자는 절대 어울리지 않는데. 메어리는 테라스에 서 있는 둘의 뒷모습을 응시하면서 손톱을 잘근잘근 씹었다. 설마 답장 하나 보내지 못할 정도로 몸이 안 좋아지신 건가?

하지만 엔젤라가 겨우 몸 상태 때문에 답장을 안 보낼 리가 없다. 엔젤라는 자신의 몸보다 몇 배는 더 릴리스를 생각했다. 난 죽는 한이 있더라도 릴리스를 완벽하게 키울 거야. 그렇게 말하던 엔젤라의 모습이 눈앞에 선했다. 분명 무슨 일이 있는 게 분명했다. 메어리가 그렇게 생각한 순간이었다.

"……이건."

쟁반 옆에 고급스러운 편지 봉투가 놓여 있었다. 메어리는 멍하니 그것을 응시했다. 이건 분명. 메어리는 조심스레 이름 없는 초대장을 집어 들었다. 봉투엔 아틀란타와 카낙타를 상징하는 문장이 나란히 박혀 있었다. 이게 왜 아가씨의 탁자 위에. 메어리는 흘깃 페인을 응시했다. 저 남자가 가져다준 게 분명했다. 아가씨는 이걸 누구한테 주실까. 메어리는 봉투를 쥔 채 생각에 잠겼다.

요즘 친하게 지내시는 그 분홍 머리 영애한테 주실까? 하지만 그 영애는 황궁과 연줄이 있으니 이미 초대장을 받았을 것이다. 릴리스는 그 영애 외엔 친구가 아무도 없었다. 그렇다면 이건······.

메어리의 입꼬리가 천천히 올라갔다. 도둑질은 나쁜 짓이라는 것을 알고 있지만, 이건 어디까지나 릴리스를 위한 일이었다. 릴리스가 나중에 편지의 행방에 대해 묻겠지만 둘러대면 그만이다. 수도에 온 이후로 릴리스는 지나치게 자신에게 관대해졌으니 말이다.

"이거라면 가능할 거야."

다행히 봉투엔 아무 이름도 적혀 있지 않았다. 마님 말고 주인님도 수도로 불러 올 수 있겠어. 메어리는 편지를 품속에 감춘 채 황급히 방을 빠져나갔다.

"야호! 오랜만이에요, 릴리스!"

경쾌한 목소리가 울려 퍼졌다. 광장 한가운데에 있는 분수

앞에 서 있던 릴리스의 표정이 환해졌다. 샤샤가 여행에서 돌아온 후 처음으로 가지는 만남이었다. 릴리스는 뒤편에 서 있는 호위에게 따라오라는 손짓을 한 후 급히 샤샤에게 다가갔다. 저 멀리서 나스카와 샤샤가 나란히 걸어오고 있었다. 오늘의 샤샤는 밀짚모자에 가벼운 원피스 차림이었다. 릴리스는 샤샤의 손을 덥석 잡으면서 말했다.

"정말 오랜만이에요, 샤샤! 오늘도 사랑스럽네요!"

릴리스의 말에 샤샤는 에헴거리면서 말했다.

"그야 당연하죠. 사랑스러움이 곧 제 설정값인데."

"어머, 설정값이 뭔가요?"

"어, 대충 깨질 수 없는 법칙쯤이라 해 두죠. 그나저나 릴리스, 요즘 많이 바쁘셨나 봐요? 자꾸 약속도 미루시고."

"생각할 게 있어서 누굴 만날 기분이 아니었어요. 하지만 이젠 괜찮아요. 잘 정리됐거든요."

"그거 다행이네요. 오늘 재미있게 놀아요. 어, 그런데 뒤편에 서 있는 분은 누구예요?"

릴리스는 즉시 비켜서면서 말했다.

"아, 페인이 붙여 준 호위예요. 인사하세요, 헤레이스라고…… 아주 뛰어난 마법사래요. 헤레이스, 당신도 인사하세요. 이쪽은 제 친구—."

릴리스의 말이 뚝 끊겼다. 릴리스와 샤샤는 의아한 눈으로 뒤돌아선 채 어깨를 들썩이고 있는 남자를 쳐다보았다. 뭐야, 저 남자? 샤샤의 고개가 비스듬히 기울어졌다. 턱 선만 봐도 잘생김이 느껴지는데, 행동이 조금 이상했다. 릴리스는 어색하게 웃으면서 말했다.

"신경 쓰지 마세요. 페인이 그랬거든요. 겉으론 멀쩡한데 가끔 예상 못하는 짓을 저지르는 분이라고."

"그렇구나. 그래도 페인 님의 부하니 좋은 분이시겠죠?"

"당연하죠. 페인이 가장 아끼는 부하라도 해도 과언이 아니랍니다. 불의 마법이 특기인 사람이래요."

불의 마법? 샤샤의 눈이 즉시 반짝거렸다. 샤샤는 두 손을 모은 채 말했다.

"젊어 보이시는데 참 대단하네요. 마법이 쉬운 학문은 아닐 텐데ㅡ."

커흡. 그와 동시에 헤레이스가 아예 분수 옆에 세워져 있는 조각상에 얼굴을 쾅쾅 박기 시작했다. 젊은데 대단하대, 마법이 쉬운 학문은 아니래. 뭘 먹고 저렇게 귀여운 거야. 멀리서 볼 때도 귀여웠지만 가까이서 보니까 더 귀엽, 아냐, 미친. 무슨 소리를 하는 거야. 정신 차려라, 나 자신. 불순한 마음 품어선 안 된다. 저분은 이미 임자가 있는 분이다. 골키퍼 있다고 골 안 들어가냐는 소리는 헛소리에 불과하다. 골 들어간다 해도 골키퍼가 바뀌진 않는다. 무엇보다. 최소한의 개념과 예의를 소유하고 있다면 그냥 깔끔하게 포기하고 행복을 바라는 게 인지상정! 그런데 골기퍼가 뭐지. 골은 또 뭐고. 헤레이스가 그렇게 생각하고 있을 때였다.

"헤레이스, 오늘은 그냥 돌아갈래요? 페인한테는 제가 잘 말해 둘게요."

"네?"

헤레이스는 부스스 고개를 돌렸다. 릴리스와 샤샤가 경계심이 가득한 얼굴로 뒷걸음질 치고 있었다. 헤레이스는 그제야 여기가 사방이 탁 트인 공원이란 것을 깨달았다. 진정하자. 헤레이스는 심호흡을 했다. 저 사람은 내가 짝사랑하던 사람이 아니다. 그저 상사 애인의 친구일 뿐. 헤레이스의 눈이 결연하게 빛났다.

"정식으로 소개하겠습니다, 샤샤 타르트 양."

엥, 갑자기 정중해지네. 샤샤가 그렇게 생각한 순간 헤레이스가 허리를 숙이면서 말했다.

"헤레이스 펠릭스라고 합니다. 미흡한 실력이지만 페인 님을 보좌하고 있죠. 릴리스 님께 여러모로 얘기 많이 들었습니다. 이렇게 만나 뵙게 되어서 감사합니다."

샤샤는 물끄러미 릴리스를 쳐다보았다. 릴리스는 자신도 모르겠다는 듯 어깨를 으쓱였다. 샤샤는 볼을 긁적였다. 방금은 웬 미친놈이 있냐는 생각이 들었지만 지금은 한없이 멀쩡해 보였다. 페인처럼 보는 눈이 있는 사람이 이상한 사람을 옆에 둘 리가 없다. 무엇보다 나도 종종 주먹으로 벽을 후려치는 기행을 저질러서. 뭐, 눈빛이 맑은 게 나쁜 사람은 아닌 것 같아. 샤샤는 그렇게 결론 내리고 친근하게 말했다.

"좋아요, 오늘 하루 잘 부탁드려요."

잘 부탁드린대! 헤레이스는 즉시 입을 틀어막았다. 귀여운 걸로도 모자라 예의까지 있어! 헤레이스가 그렇게 생각한 순간이었다. 샤샤가 뒤편에 서 있는 소년을 잡아끌면서 말했다.

"그리고 이쪽은 제 호위인 나스카예요. 헤레이스와 같은 마법사예요."

오, 마법사라고? 헤레이스의 눈에 흥미가 어렸다. 샤샤와 체구가 비슷한 소년이 팔짱을 낀 채 헤레이스를 위아래로 훑어보고 있었다. 헤레이스는 손을 내밀면서 말했다.

"반갑네요. 어느 마법이 특기인가요?"

소년의 금안이 빤히 헤레이스를 응시했다. 뭐지, 이 아이는. 뭔지 모를 위압감에 헤레이스의 이마를 타고 식은땀이 흘렀다. 분명 나보다 어린 데다 체구도 작아 보이는데. 헤레이스가 마른침을 꿀꺽 삼켰을 때였다.

"인간치곤 제법 괜찮은 마력을 타고났군."

"네?"

"운도 좋아."

그 말을 끝으로 나스카는 휙 뒤돌았다. 헤레이스는 멍청히 두 눈을 깜빡였다. 나 방금 인사 씹히고 평가당한 거? 그것도 나보다 어린애한테? 헤레이스가 상황 파악이 되지 않아 어버버거리고 있을 때였다. 릴리스가 웃으면서 샤샤에게 말했다.

"나스카도 제법 부드러워졌네요. 옛날엔 사람을 소 닭 보듯 쳐다봤었는데, 이젠 처음 보는 사람한테 칭찬도 건네는군요."

"그죠? 교육의 힘이랍니다."

이게 부드러워진 거라고? 헤레이스는 멍청히 나스카를 응시했다. 나스카는 여전히 뚱한 얼굴로 샤샤 옆에 서 있었다. 헤레이스는 그 모습에 울컥하고 말았다. 나이도 어린 게 감히 건방지게! 샤샤 양 호위면 다냐?! 그때 샤샤가 익숙한 손놀림으로 나스카에게 솜사탕을 내밀면서 말했다.

"죄송해요, 헤레이스. 나스카가 좀 특이한 애거든요. 제가 대신 사과드릴게요."

그래, 다지. 분홍색 머리칼 사이로 조막만 한 샤샤의 얼굴을 보니 나던 화도 저절로 풀렸다. 헤레이스는 즉시 방글거리는 얼굴로 말했다.

"아뇨. 괜찮습니다. 저건 특이한 것도 아니에요. 샤샤 양도 알다시피 저희 마법사들은 죄다 어디 한구석이 이상하답니다."

와, 매너 좀 봐. 샤샤는 진심으로 감탄하면서 헤레이스를 올려다보았다. 처음에만 좀 이상하게 보였을 뿐이지, 지금은 무척이나 어른스럽고 멀쩡해 보인다. 게다가 이제 보니 옷차림도 무척이나 멋스럽고 단정하다. 그래, 역시 페인이 이상한 사람을 곁에 둘 리가 없다. 샤샤는 헤레이스와 릴리스에게 말했다.

"그럼 이제 슬슬 자리를 옮길까요? 여기에 계속 서 있는 것도 좀 그러니까."

릴리스는 당장 눈을 반짝이면서 샤샤 옆에 섰다.

"오늘은 어디 맛집으로 저희를 안내해 주실 건가요, 샤샤? 당신이 저번에 소개해 준 레스토랑도 너무너무 좋았어요."

"마음에 드셨다니 다행이네요. 오늘 소개해 드릴 곳은 조금 특별한 가게예요."

그렇게 말하는 샤샤의 손가락 끝은 연한 분홍빛 간판의 카페를 가리키고 있었다. 릴리스는 조심스레 문을 열어젖혔다. 귀족들이 주요 고객층인 가게인지 드레스와 정갈한 예복을 차려입은 사람들이 테이블에 앉아 스푼으로 무언가를 떠먹고 있었다. 샤샤는 계속해서 걸음을 옮기면서 말했다.

"이쪽은 얼마 전에 개업한 곳이에요. 고급 냉기 마법이 걸린 조리 기구 덕분에 언제든지 시원한 빙수를 먹을 수 있는 곳이에요."

"와, 빙수요?"

"저번에 나스카와 와 봤는데 엄청 맛있었어요. 게다가 토핑

종류도 엄청 많아요. 없는 게 없다니까요?"

"정말요?"

"네, 봐 봐요."

샤샤는 한쪽 눈을 찡긋하면서 얼음을 곱게 갈고 있던 점원에게 말했다.

"일반 얼음에다 복숭아 조각과 시럽을 얹어 주세요."

"네, 당장 준비해 드리겠습니다."

잠시 후, 점원은 연분홍빛 복숭아 조각이 수북하게 얹어진 빙수를 샤샤 앞에 대령했다. 릴리스의 눈에 감탄이 어렸다.

"역시 수도는 편리하네요. 이런 가게도 있고. 저희 영지는 아이스크림을 파는 곳도 찾기 어려웠는데."

"그쵸? 릴리스도 빨리 주문해 봐요. 정말 아무거나 말해도 돼요."

"음, 그래도 잘 모르겠네요. 이런 가게는 처음이라서."

"그럼 릴리스는 차를 좋아하니까 녹차는 어때요? 녹차 빙수도 무척이나 맛있거든요."

"녹차 빙수요? 맛있나요?"

"당연히 맛있죠! 자, 제가 대신 주문해 드릴게요."

테이블 위로 녹색 얼음 위에 바닐라 아이스크림과 연유를 듬뿍 얹은 빙수가 놓여졌다. 녹차라서 얼음 색깔이 녹색인 건가? 릴리스는 빙수를 한 스푼 떠먹었다. 릴리스의 얼굴이 금세 환해졌다.

"와, 정말 맛있네요!"

"그쵸, 제 말이 맞죠? 많이 먹어요."

"나중에 페인이랑도 와야겠어요."

그렇게 말한 릴리스는 빙수를 열심히 떠먹었다. 샤샤는 나스카 몫으로 초코 빙수를 추가 주문한 후, 헤레이스에게 말했다.

"당신도 얼른 주문하세요. 주문하기 어려우면 제가 대신 주문해 드릴까요?"

"아, 아닙니다. 제가 주문할 수 있어요."

"그럼 왜 안 시켜요?"

헤레이스는 머쓱하다는 듯이 머리칼을 긁적였다.

"제가 원하는 토핑이 정말 여기 있을까 해서."

"아까도 말했지만 정말 여긴 웬만한 것은 다 있어요."

"아, 그렇습니까? 그럼 안심할 수 있겠네요."

샤샤의 말에 헤레이스는 당장 점원에게 말했다.

"일반 얼음에다 감자 토핑으로 부탁드립니다."

잠시 정적이 흘렀다. 주문을 받아 적던 점원은 자신의 귀를 의심했고, 빙수를 퍼먹던 샤샤와 릴리스의 손도 멈췄다. 인간들은 빙수 위에 감자나 고구마도 얹어 먹는군. 나스카가 새로운 사실을 배웠다는 듯 중얼거렸다. 점원은 물었다.

"죄송하지만 방금 뭐라고."

헤레이스는 여전히 해맑은 얼굴로 말했다.

"일반 얼음에다 감자 토핑으로 부탁드립니다."

"……."

역시 저 사람도 평범한 사람은 아니었군. 샤샤는 말없이 헤레이스를 응시하면서 생각했다. 아니, 일단 나한테도 어느 정도 책임은 있구나. 웬만한 토핑은 다 있다고 자신만만하게 말했으니까. 빨리 수습하자. 샤샤는 침착하게 말했다.

"죄송해요, 헤레이스. 여긴 감자 토핑은 없어요."

헤레이스의 얼굴이 아쉬움이 깃들였다.

"없습니까?"

"네, 정말 여긴 별별 토핑이 다 있는데 딱 감자만 없어요. 다른 토핑은 어때요?"

샤샤의 말에 헤레이스는 잠시 생각에 잠겨 있다가 다시 점원에게 말했다.

"그럼 고구마로 하겠습니다."

"……."

다시 정적이 흘렀다. 결국 샤샤는 헤레이스에게 고구마 토핑도 없다고 말한 후, 자신과 똑같은 복숭아 빙수를 시켜 줬다. 헤레이스는 쑥스럽다는 얼굴로 말했다.

"죄송합니다, 샤샤 양. 제가 구황 작물을 무척이나 좋아하거든요."

"네, 정말 좋아하시나 봐요."

빙수 위에다 감자나 고구마를 얹어 달라고 하다니. 마법사들은 정말 다 특이하구나, 처음부터 어떤 토핑을 얹고 싶냐고 물어봤어야 했는데. 샤샤는 조용히 복숭아 조각을 씹었다. 그런 둘을 지켜보고 있던 릴리스는 분위기를 바꾸고 싶은지 조심스레 물었다.

"그러고 보니 샤샤, 여행은 즐거웠나요?"

다행히 릴리스의 질문은 효과가 있었다. 샤샤의 얼굴이 당장 환해졌으니 말이다. 샤샤는 흥분에 찬 얼굴로 외쳤다.

"네! 정말 즐거웠어요! 그런 아름다운 마을은 난생처음이었어요. 조용하고 아늑하고!"

"즐거웠다니 다행이네요."

"호수가 어찌나 아름답던지. 물이 맑아서 별별 물고기들이 다 살고 있더라고요. 그래서 매 끼니마다 생선 요리를 꼭 한 가지씩은 먹었어요."

그렇게 샤샤는 릴리스에게 여행을 하면서 겪었던 일들을 조잘조잘 내려놓았다. 여관 창문을 통해 보이는 푸르른 호수, 조각배를 탄 채 빵가루를 뿌리자 우르르 몰려오던 물고기들, 호수의 정령들에 대해 정리한 민담 책, 릴리스는 흥미로운 얼굴로 샤샤의 얘기를 경청했다.

시간이 얼마나 흘렀을까, 샤샤는 나스카에게 눈짓했다. 나스카는 자신의 옆에 올려놓은 가방을 집어 샤샤에게 내밀었다. 샤샤는 가방을 열면서 자랑하듯 말했다.

"릴리스 주려고 기념품도 잔뜩 사 왔어요."

"어머, 기뻐라."

가방 속에서 우르르 여러 가지 물건들이 튀어나왔다. 샤샤는 그 물건들을 하나하나 릴리스에게 넘겨주며 말했다.

"특산품인 물고기 빵이랑, 아까 말한 호수 정령 책, 그리고……."

짠. 푸른 꽃으로 장식한 자그만 펜던트가 샤샤의 손바닥에서 반짝였다. 샤샤는 장난스레 웃으면서 말했다.

"소원을 이뤄 주는 펜던트래요."

릴리스의 눈에 당장 감동이 어렸다. 샤샤는 릴리스의 손바닥에 펜던트를 놓아주면서 말했다.

"페인 님이랑 잘 지내길 바라는 마음에 구매해 봤어요."

"샤샤……."

"카낙타의 사절단이 돌아가면 릴리스도 페인 님이랑 바로 티그리스로 떠난다면서요. 거기서도 꼭 잘 지내야 해요?"

릴리스는 펜던트를 꼭 쥔 채 두 팔로 샤샤를 끌어안았다.

"정말 고마워요, 샤샤."

같은 빙의자인데 어쩜 이렇게 다를까. 릴리스는 계속 고맙다는 말을 속삭이며 샤샤의 부드러운 머리칼을 쓰다듬었다.

모두가 우려했던 것과 달리 사절단 준비는 그럭저럭 진행됐다. 사신들이 묵을 숙소엔 일반적인 침대 대신 카낙타 국민들이 애용하는 이국적인 침상이 배치됐고, 사절단을 호위할 기사들의 제복에도 카낙타의 상징 문양을 수놓았다고 한다. 강대국일수록 다른 나라를 포용하겠다는 자세를 보여야 반발이 적다면서 말이다. 하지만 이건…… 샤샤는 제복을 쥔 채 조심스레 말했다.

"좀, 촌스러운 것 같은데요?"

아스는 어깨를 으쓱이면서 말할 뿐이었다.

"윗사람이 무능력한 결과죠."

"어쩌다 이렇게 된 거예요?"

"제복을 맞출 예산이 늦게 정해졌거든요. 그래서 급하게 만들어질 수밖에 없었습니다."

"왜 늦게 정해졌는데요?"

"요하네스 전하가 일 때문에 바쁘셨습니다."

"일? 무슨 일이요?"

샤샤의 물음에 아스는 무표정으로 대답했다.

"책상 앞에 앉아 있으면 머리 아프다고 산책 나가는 일이요."

"……."

꼴불견이네, 어휴. 샤샤는 한숨을 쉬면서 제복을 내려놓았다. 어쩐지 그 머저리가 맡았는데도 너무 일이 잘 돌아가고 있다 했어. 요하네스는 도대체 전생에 무슨 선행을 베푼 거야, 이렇게 유능한 사람들이 도와주지 못해 안달이잖아. 물론 아스는 목적이 조금 불순하지만. 그때 아스가 샤샤에게 속삭이듯 말했다.

"그래도 요즘엔 예전처럼 막 대하진 않습니다."

샤샤는 한쪽 입꼬리를 올리는 아스를 쳐다보았다. 아스는 겉으로 보기엔 공부만 하는 학자 타입이지만, 사실 운동도 게을리하지 않는 완벽한 사람이었다. 막 대하고 싶어도 막 대할 수가 없다. 역시 대단하다니까, 아스는. 샤샤는 그렇게 생각하면서 아스의 어깨에 머리를 기댔다. 아스는 샤샤와 얘기를 나누는 내내 무언가를 작성하고 있었다.

"그건 뭐예요?"

"사절단 파티 때 초대할 귀족들의 명단입니다."

"그것도 아스가 관리해요?"

"전하는 저처럼 모든 귀족들의 이름을 다 외우고 다니지 않으니까요."

샤샤의 얼굴에 안쓰러움이 어렸다. 샤샤는 조심스레 물었다.

"제가 도와줄 만한 일은 없어요?"

"물론 있죠. 때가 되면 말씀드리겠습니다."

아스는 샤샤의 이마에 가볍게 입을 맞춘 후 마저 명단을 작성했다. 샤샤는 옆에서 그 모습을 지켜보다 물었다.

"폐하가 분명 이번 일은 전적으로 전하께 맡긴다고 하지 않았어요? 아스는 어디까지나 조언만 해 주는 역할이라고 들었던 것 같은데."

아스는 어깨를 으쓱이면서 대답할 뿐이었다.

"폐하께선 정말 전하를 아끼시니까요."

"……."

그래, 그동안 있었던 일을 생각하면 그렇게 놀랄 일도 아니었다. 그래도 이번만큼은 요하네스가 혼자 일을 해결하도록 내버려 둘 줄 알았는데. 아스에게 조언을 부탁했을 때부터 알아봤어야 했다.

"요하네스 전하도 그 점을 알고 계시기에 당당하게 서류를 들고 제 방에 쳐들어오신 거겠죠. 처음에만 눈치 봤다가 기사들이 자신에게 심한 제지는 안 한다는 것을 깨닫고 바로 예전으로 돌아가시더군요."

그렇게 말하는 아스의 손엔 미미하게 힘이 들어가 있었다. 샤샤는 조용히 아스의 손을 감쌌다.

"너무 신경 쓰지 말아요."

아스는 달콤한 눈으로 샤샤를 내려다보았다. 그리고 재차 이마에 입을 맞추면서 말했다.

"당신은 언제나 절 진정시켜 주네요."

샤샤의 얼굴이 발갛게 달아올랐다. 샤샤는 괜히 아스의 시선을 이리저리 피하면서 어색하게 대꾸했다.

"고마워할 필요 없어요. 이게 바로 유일한 제 특기니까요."

"남들은 가지지 못한 아주 귀중한 특기죠."

아…… 진짜 행복하다. 샤샤는 흐물흐물 녹아드는 것을 느끼며 아스의 품에 얼굴을 묻었다. 아스는 명단을 내려놓고 천천히 샤샤의 등을 토닥였다. 계획대로 일이 차근차근 진행되고 있다니 기쁘기 그지없었다. 게다가 릴리스와 페인은 날이 갈수록 관계가 돈독해지고 있는 것 같다. 원작을 탈출해 행복을 얻게 되었으니 얼마나 행복할까. 하지만 살짝 마음에 걸리는 것이 있었다.

"있잖아요, 아스."

"네, 샤샤."

바로 페인의 착한 성격 말이다. 그게 마음에 걸려서 릴리스에게 부적까지 사 줬다. 원래 일정대로라면 릴리스와 페인은 진작 티그리스로 떠나 있어야 했다. 하지만 페인이 요하네스가 걱정된 나머지 이곳에 남아 있겠다고 선언했다.

아틀란타의 백성 입장에서 생각해 보면 정말 고마운 일이긴 한데, 릴리스의 입장에서 생각해 보면 속이 뒤집어질 일이다. 세상 어떤 사람이 자신의 반쪽이 평소에는 무시당하다가 필요할 때만 쓰이는 도구 취급받는 것을 좋아하겠어. 물론 아스는.

"왜 불러 놓고 아무 말도 하지 않아요, 샤샤?"

"……."

도구 취급받을 바엔 다 갈아엎겠다는 주의니 아무 걱정 안 되지만. 샤샤는 턱을 쓰다듬었다. 페인은 착하다. 빈말이 아니라 너무너무 착해서 탈이다. 아니, 착할 수밖에 없나. 어렸을 적부터 그런 대접을 받는 게 너무 익숙해졌으니 말이다. 현대에서의 내 경험을 생각해서 하는 말인데, 계속 참다 보면 언젠가는 크게 터질 거야. 샤샤는 물었다.

"현 술탄은 정확히 어떤 사람이에요?"

아스는 선선히 대답했다.

"젊고 현명한 데다, 속이 새까만 사람이죠."

샤샤의 눈이 동그랗게 떠졌다.

"속이 새까맣다?"

"네, 왕족들은 대부분 속이 새까맣지만, 그는 특히 더 조심해야 할 인물입니다."

현 술탄인 아후라 카 마즈다는 하렘의 시녀와 전대 술탄 사이에서 태어났다. 늘 웃는 상인 데다 부드러운 말투를 사용해 손쉽게 수많은 이들의 호감을 샀지만, 속까지 호감형은 아니었다. 친하게 지내던 다른 형제들을 전부 살해하고 술탄 자리에 올랐으니 말이다.

"아틀란타에 호의적인 태도를 보이고 있지만, 웬만한 귀족들은 이미 그게 다 눈속임이란 것을 알고 있죠. 게다가 군대를 모으고 있다는 것을 들키자마자 즉시 티그리스를 협박해 우리의 시선을 끌게 했습니다. 티그리스에게 군대를 모으도록 협박하지 않았더라면 페인은 그곳 대신 카낙타로 떠날 준비를 하고 있었겠죠."

형제들도 살해했다면 정말 피도 눈물도 없다는 건데. 샤샤는 계속해서 생각했다. 의심을 피하기 위해 한 나라를 협박할 정도로 철저한 사람이라면 분명 사절단 인원도 한 명 한 명 엄선해서 정했겠지. 사절단에 내가 파고들 만한 사람이 있을까.

샤샤는 입꼬리를 올렸다. 낮은 신분이 한 번 더 도움이 됐다. 높은 위치에 있는 사람이 사절단과 함부로 접촉하는 것은 어리석은 일이지만, 샤샤에겐 아니었다. 샤샤처럼 듣보잡 가문의 영애가 접근해 봤자 눈에 띄지도 않을 것이다.

"물론 내 사랑스러움이라면 가능하지만."

수많은 사람들이 고양이 앞에서 집사 되듯, 사절단도 죄다 나의 포로로……. 샤샤는 앓는 소리를 냈다.

"아, 어떡하죠, 아스. 나 요즘 자신감이 엄청나게 오른 것 같아요. 옛날에도 이러긴 했지만 요즘 들어 이러는 횟수가……."

샤샤가 차마 말을 끝맺지 못하고 있을 때 아스가 어깨를 으쓱이면서 말했다.

"뭐 어떻습니까. 아주 좋은 현상인데."

"……그런가?"

아스의 눈초리가 수려하게 휘어졌다.

"그리고 무엇보다, 사실이잖아요."

쾅. 샤샤는 당장 테이블을 주먹으로 후려쳤다.

새하얀 대리석을 쌓아 올리고 비단 휘장이 늘어진 넓은 홀 안. 발목까지 내려오는 긴 옷을 입고 있는 사람들이 질서정연하게 서 있었다. 사람들은 하나같이 긴장한 기색으로 서로를 흘긋거리고 있었다. 그런데 바로 그때 문 앞에 서 있던 시종이 외쳤다.

"위대한 술탄 아후라 카 마즈다 님이 드십니다!"

사람들의 고개가 일제히 앞으로 돌아갔다. 문이 열리자 날카로운 눈빛의 표범이 낮은 울음소리를 냈다. 남성은 표범을 진정시키려는 듯 부드럽게 머리를 토닥이면서 홀 안으로 들어

섰다.

남성은 방글방글 웃는 얼굴로 자신의 충성스런 신하들을 훑어보았다. 신하들은 남성과 눈이 마주치자마자 일제히 흠칫하면서 황급히 고개를 숙였다. 그 모습에 남성은 재밌다는 낄낄거리면서 표범의 머리를 재차 토닥였다. 남성은 계단을 올라가, 호화로운 황금빛 옥좌에 걸터앉았다.

"—자, 나의 충성스러운 신하들이여."

낮으면서도 감미로운 목소리가 울려 퍼졌다. 남성은 한쪽 턱을 괸 채 눈초리를 휘었다.

"늦은 시간임에도 불구하고 날 위해 기꺼이 와 줘서 고맙다."

얇은 옷가지 아래로 남성의 근육질 상체와 허리춤에 찬 검이 고스란히 드러났다. 신하들은 떨리는 목소리로 '송구합니다, 술탄이시여'라고 외쳤다. 남성은 턱을 쓰다듬었다.

"오늘 이렇게 부른 이유는 사절단에 들어갈 신하들이 정해져서다."

딱, 남성이 가볍게 손가락을 튕기자 시종이 걸어 나와 한쪽 무릎을 꿇은 채 종이 두루마리를 내밀었다. 남성은 옥좌에서 일어나 두루마리를 펼쳐 들었다. 그리고 이름을 하나하나 부르기 시작했다. 모하스, 바르, 아베스타, 가르시 등 수많은 이름들이 남성의 입에서 튀어나왔다. 신하들은 초조한 얼굴로 남성을 응시했다. 이름이 하나씩 불릴 때마다 그들의 희비가 엇갈렸다. 남성은 두루마리를 접으면서 말했다.

"그리고 마지막으로, 사절단 호위대장은 칼리아로 한다."

"칼리아 말씀이십니까? 술탄이시여, 그건 좀."

크릉, 표범의 입속에서 낮은 울음소리가 흘러나왔다. 이의를 제기하려던 신하는 눈치 빠르게 입을 다물었다. 남성은 두루마리를 휙 바닥에 던지고 유쾌하게 말했다.

"일만 잘하면 그만이지. 안 그래?"

신하들은 조용히 고개를 숙일 뿐이었다. 그래, 이래야 나의 신하들답지. 남성은 만족스런 눈으로 홀을 둘러보았다. 그런데 바로 그때였다.

"위대한 술탄이시여. 질문 하나만 허락해 주시겠습니까?"

한 신하가 몸을 일으켰다. 남성은 뭐냐는 눈으로 신하를 응시했다.

"아베스타란 자가 누구입니까. 그런 이름을 가진 신하는 처음 듣습니다만."

그 신하의 말에 다른 신하들도 그제야 아차 싶은 얼굴을 했다. 남성은 말없이 신하를 응시하다, 다시 생긋 웃었다.

"그러게 말이다."

"네?"

톡톡. 남성의 흉터투성이 손이 옥좌의 팔걸이를 일정하게 두드렸다. 남성은 노래하듯 중얼거렸다.

"과연 누구일까?"

그렇게 말하는 남성은, 말 그대로 사냥감을 노리는 표범의 눈을 하고 있었다.

아침부터 시녀들이 부산스레 저택 안을 돌아 다녔다. 이리저리 뛰어 다니며 파우더를 가져오랴, 목욕물을 준비하랴, 서로에게 고래고래 소리를 질러 대는 시녀들의 모습에 예절 백서를 읽고 있던 나스카가 고개를 들었다.

"오늘따라 시끄럽군."

나스카의 중얼거림에 옆에서 정성스레 머리칼을 빗고 있던 샤샤가 생긋 웃었다. 샤샤는 머리빗을 내려놓으면서 말했다.

"그죠? 하지만 이해해 주세요. 오늘은 레베카가 오랜만에 황궁에 가는 날이거든요."

"황궁에?"

"요하네스 전하가 차를 마시고 싶다고, 몇 날 며칠을 끈질기게 초대장을 보내왔대요. 그러니 레베카도 어쩔 수 없이 승낙할 수밖에 없었대요."

일단 표면상 약혼 관계니까. 샤샤는 그렇게 말하면서 눈을 내리깔았다. 크고 동그란 푸른색 눈엔 슬픔이 가득했다. 나스카는 말없이 그 눈을 쳐다보다 물었다.

"그 남자는 사절단 접대 때문에 정신없다 하지 않았나?"

"그랬었죠."

"너희 인간들은 차를 주로 한가할 때 마신다고 들었는데."

역시 드래곤, 아주 예리해. 샤샤는 한숨을 푹 쉬었고, 나스카는 여전히 의문에 찬 눈으로 샤샤를 올려다보았다. 샤샤는 잠시 생각에 잠겨 있다가 나스카에게 다가가 말했다.

"분명 눈코 뜰 새도 없이 바쁜 시기인데, 윗사람들이 한가할 때가 있어요."

나스카의 눈이 점점 커졌다. 샤샤의 손이 나스카의 얼굴에 가까워진 것이다. 샤샤는 정말 아무 생각 없다는 얼굴로 나스카의 후드를 푹 씌워 주면서 말을 이었다.

"그럼 그만큼 아랫사람들이 고생하고 있는 거예요. 알겠죠, 나스카?"

나스카는 즉시 얼굴을 감싼 채 휙 뒤돌았다. 샤샤는 의아한 눈으로 나스카를 쳐다보았다.

"왜 그래요? 아슬아슬하게 벗겨져 있어서 씌워 준 건데. 이유는 모르겠지만 나스카 후드 벗겨지는 거 싫어하잖아요."

"……."

바보 같아. 나스카는 그렇게 생각하고 말았다. 감정이란 게 뭐라고 자신을 이렇게 만드는 건지 모르겠다. 겨우 손가락 하나 가까워졌다고 얼굴이 달아오르다니. 나스카는 천천히 심호흡을 하고 얼굴에서 손을 뗐다. 샤샤는 다행히 뒤돌아 마저 머리칼을 빗고 있었다.

요즘 샤샤는 부쩍 머릿결 관리에 더 공을 들였다. 툭하면 머리빗을 든 채 남들에게 머리칼을 빗어 달라고 부탁했는데, 그때마다 사람들은 좋아서 어쩔 줄 모르는 얼굴로 당장 머리빗을 집어 들었다.

샤샤는 남들이 머리를 빗어 줄 때마다 고양이처럼 길게 늘어져선 고롱고롱 소리를 냈다. 샤샤는 엄연한 인간이었지만 가끔 고양이와 분간이 안 될 때가 있었다. 남이 머리칼을 쓰다듬을 때는 당장 그 사람 무릎에 발라당 누워 애교를 부렸고, 배가 빵빵해지도록 간식을 먹은 후엔 소파 위에서 잠을 잤다. 그리고.

"1 더하기 1은?"

가끔 혼자 이해할 수 없는 짓을 한다. 나스카는 즉시 대답했다.

"2."

"하, 나스카에게 물은 거 아니거든요? 나 자신한테 물은 거야. 자, 샤샤. 1 더하기 1은?"

나스카의 눈이 차게 식었고, 샤샤는 거울을 들여다보면서 알 수 없는 짓을 계속했다. 도대체 왜 저런 짓을 하는지 이해가 되지 않는데, 정말 이해가 되지 않는데. 그때 샤샤가 허공에 손가락 총을 쏘면서 한쪽 눈을 찡긋했다.

"귀요미☆."

왜 자꾸 보고 싶은 건지 모르겠다. 정말 하찮고 한심한 짓인데 이상하게 계속 보고 싶어져. 자신이 진정으로 미친 게 분명했다. 불과 얼마 전만 해도 저런 짓을 할 때마다 열광하는 아스와 레베카가 이해되지 않았는데 말이다. 그때 샤샤가 고개를 획 돌리면서 말했다.

"어때요, 나스카? 제 비장의 무기가?!"

"……."

"되게 막막 귀엽지 않았어요? 깨물어 주고 싶지 않았어요? 네?"

나스카는 자신의 앞에서 호들갑을 떨어 대는 샤샤를 말없이 응시했다. 샤샤는 맹한 나스카도 알 수 있을 만큼 많이 밝아진 상태였다. 볼은 사과처럼 붉고, 눈은 아침 햇살이 비친 호수처럼 반짝거린다.

그리고 요즘 간식을 찾는 횟수가 눈에 띄게 줄었다. 물론 여전히 잘 먹지만, 어디까지나 남들과 함께 먹을 때뿐이었다. 옛날엔 앉은 자리에서 마카롱 몇 상자씩은 빠르게 먹어치웠는데, 요즘엔 한 상자만으로도 만족한다. 나스카는 괜히 삐딱하게 물었다.

"또 애완동물 노릇하려고 연습하는 거냐?"

"걱정 마요, 예전처럼 비참하게 쓰레기통 노릇까진 안 할 거니까. 이건 어디까지나 모두를 위해서 하는 짓이라고요."

"……."

나스카는 지금도 선명하게 생각났다. 이 저택에 온 지 얼마 안 됐을 때, 샤샤를 따라 우연히 티타임에 참석한 날이. 그날 샤샤는 외진 곳에서 한 영애의 손에 붙들려 화풀이 대상이 되어야 했다.

하지만 그때는 아무 생각 없었다. 짐승들에게 각자의 생존 방식이 있는 것처럼, 그게 바로 샤샤의 생존 방식이라고 생각했다. 샤샤도 자기 입으로 그렇게 말했고 말이다. 그래서 나스카는 샤샤에게 딱히 동정심이나 관심이 생기지 않았다. 하지만 샤샤에게 인간에 대해 배우면서 조금씩 달라졌다.

인간은 어리석고 복잡하다. 하지만 그만큼 예민하다.

그래서 자신을 웃는 얼굴 뒤편에 숨기고 또 숨긴다. 속은 고인 물처럼 썩어 있는 주제에 말이다. 언젠가 샤샤가 자신에게 했던 말이 떠올랐다. 당신은 날 이해하지 못한다고, 난 아무것도 가지고 있지 않으니까 이럴 수밖에 없다고.

그렇게 말하는 샤샤의 얼굴을 정말 비참하다는 듯이 일그러져 있었다. 바보처럼 느껴질 정도로 시종일관 환하게 웃던 그 인간이 말이다. 나스카는 그제야 인간이 어떤 종족인지 깨달았다.

인간들은 숨기는 게 많다. 그리고 힘이 없을수록 숨기는 게 더 많아진다.

권력, 부, 명예. 이 세 가지가 없는 인간들은 자신보다 더 큰 힘을 가지고 있는 사람의 발밑에서 빌 수밖에 없었다. 샤샤가 지금 이렇게 진심으로 행복하다는 듯이 웃을 수 있는 것도, 어디까지나 제법 큰 권력을 가지고 있는 아스와 레베카 덕분이었다.

"아스와 레베카에게 도움이 되고 싶어요. 요하네스 때문에 더 이상 고생하는 모습을 보고 싶지 않다고요."

그리고 그 두 인간은 더 큰 권력을 가지고 있는 요하네스란 인간에게 휘둘리고 있고 말이다. 나스카는 저도 모르게 중얼거렸다.

"인간들의 삶은 아주 답답하군."

"와, 아주 현명한 말이네요, 나스카."

인간들은 힘이 없으면 숨기는 게 많아지고, 남들에게 휘둘리며, 할 수 있는 일도 적어진다. 나스카는 마침 들어오는 레베카를 보면서 생각했다. 저택에선 늘 제복이나 간편한 와이셔츠 차림이었던 레베카는 머리부터 발끝까지 화려하게 치장한 상태였다. 레베카는 진주가 박힌 회색 드레스에 팔꿈치까지 올라오는 장갑을 끼고 있었다. 샤샤는 언제나 그랬듯이 레베카에게 안기다가 장갑을 가리키며 물었다.

"이게 뭐야? 너 장갑 잘 안 끼잖아."

"갈수록 굳은살과 흉터가 많아져서, 황궁에서는 숨기려고."

샤샤의 눈빛이 쓸쓸해졌다. 샤샤는 한참 동안 레베카의 손을 쓰다듬다가 다시 한번 힘 있게 레베카를 끌어안았다.

"조심해서 다녀와. 요하네스 전하 조심하고."

"응, 걱정 마. 별일 없을 거야."

레베카는 다정하게 속삭여 샤샤를 안심시켰다. 레베카는 장갑이 어색한지 연신 팔을 쓰다듬으며 저택을 나섰다. 레베카가 정문에서 막 마차에 올라타려고 할 때, 어디선가 누군가의 목소리가 들렸다.

"—귀찮지도 않나?"

레베카는 고개를 돌렸다. 어느 틈에 따라왔는지 나스카가 뚱한 얼굴로 서 있었다. 레베카와 나스카는 한동안 말없이 서로를 쳐다보았다. 레베카가 자신을 쳐다보기만 할 뿐, 아무 대답도 하지 않자 나스카는 질문을 고쳤다.

"검술이 그렇게 하고 싶나?"

그러자 레베카는 망설임 없이 당장 고개를 끄덕였다.

"왜지?"

"이렇게라도 해야 내가 원하는 것을 쥘 수 있거든."

그리고 몸을 움직이면 슬픈 생각이 들 틈도 없거든. 그 말을 끝으로 레베카는 마차에 올라탔다. 나스카는 조금씩 멀어지는 마차를 바라보면서 생각했다.

역시 인간들은 힘이 없으면 비참해지는군.

"요하네스, 카낙타 사절단을 맞이할 준비는 잘되어 가니?"

"물론이죠, 기대하셔도 좋아요. 아주 순조롭게 진행되고 있습니다."

요하네스의 유쾌한 대답에 황제와 황후의 눈에 당장 눈물이 고였다. 그런 둘의 모습에 레베카는 머저리를 쳐다볼 때 짓는 눈빛을 했다.

"네가 아주 자랑스럽구나. 나라의 미래가 밝아."

"어쩜, 우리 아들이 벌써 이렇게 크다니."

2황자 페인은 기사가 되자마자 적국으로 잠입해 군사 기밀을 훔쳐왔다. 성인이 된 후엔 아예 군대 선봉에 서서 수많은 전쟁을 승리로 이끌었고 말이다. 그런데 저 머저리는 사절단 준비 좀 하고 있다고 부모의 사랑을 아낌없이 받고 있다.

레베카는 황후가 티타임이 시작되자마자 자신에게 준 버터 크림 케이크를 밀어냈다. 가뜩이나 없던 입맛이 완전히 사라져 버렸다. 내가 도대체 여길 왜 왔을까. 레베카는 티스푼으로 애꿎은 홍차만 계속 저었다. 요하네스 혼자만 여기 있었다면 진작 자리를 박차고 나왔겠지만 황제와 황후가 동석해서 빠져나갈 수도 없었다. 일부러 예고도 없이 두 분을 모셔 온 건가. 레베카가 매서운 눈으로 요하네스를 흘겨보았을 때였다.

"레베카, 파티 때 입을 드레스는 맞췄니?"

황후가 따스한 말투로 물었다. 레베카는 재빠르게 표정을 수습하고 고개를 끄덕였다. 황제도 수염을 쓰다듬으면서 허허 웃었다.

"우리 예비 며늘아기는 무엇을 입어도 예쁠 거야."

"당연하죠, 제 약혼녀는 누가 뭐래도 제국 최고의 미녀가 아닙니까."

그 제국 최고의 미녀를 푸대접한 사람이 누구였더라. 레베카는 눈 깜짝하지 않고 건조하게 고개를 끄덕였다. 황제는 은근한 표정으로 말했다.

"벌써부터 팔불출 기질이 보이는구나, 요하네스. 결혼하면 더더욱 극성이겠어."

"당연하죠, 제가 얼마나 레베카를 사랑하는데요."

그렇게 말하면서 요하네스는 레베카의 손을 잡았다. 질척한 그 온기에 레베카의 팔에 오소소 소름이 돋았다. 레베카는 애써 웃으면서 황제 모르게 뒤로 손을 빼려 했지만, 요하네스는 레베카의 손을 놓아주지 않았다. 결국 레베카는 입술을 잘근잘근 깨물면서 가만히 있어야 했다.

"요즘 둘의 사이가 다시 좋아진 것 같아서 기쁘구나."

진심으로 기쁘다는 황제의 말에 요하네스는 능청스레 대꾸했다.

"하하, 아버지. 저흰 늘 사이가 좋았습니다. 레베카와 제가 얼마나 서로를 사랑하는데요. 그치, 레베카?"

오늘따라 왜 이렇게 달라붙지. 레베카는 거짓된 미소를 지으면서 건성으로 고개를 끄덕였다. 그러자 황제가 찻잔에 차를 한잔 더 따라 주면서 말했다.

"그럼 안심하고 슬슬 혼인 날짜를 잡을 수 있겠구나."

잠시 정적이 흘렀다. 또 무의식적으로 고개를 끄덕이려던 레베카의 몸이 그대로 굳었다. 방금 내가 뭐라고 들은 거지? 레베카는 믿을 수 없다는 눈으로 황제와 요하네스를 번갈아 쳐다보았다. 둘은 얄미울 정도로 싱글벙글 웃고 있었다. 레베카의 팔이 부들부들 떨리기 시작했다.

"내 몸도 예전 같지 않단다. 무엇보다 너와 요하네스는 결혼해서 가정을 꾸릴 나이가 아니니? 한 살이라도 젊을 때 아이를 낳아 놓아야 모두가 편하단다."

심장이 쿵쿵 뛰기 시작했다. 이러려고 아무 말 없이 티타임에 황제와 황후를 데려오고, 내게 잘해 준 건가. 레베카는 천천히 심호흡을 했다. 안 돼, 이성을 잃으면 안 돼. 여기서 이성을 잃었다간 더 돌이킬 수 없는 상황이 올 것이다. 레베카는 차분한 어조로 말했다.

"죄송하지만 폐하, 저흰 아직 그럴 준비가 되지 않았습니다."

"오, 레베카. 막상 하면 결혼도 별거 아니란다."

"하지만 폐하, 제 아버지께서—."

그때 레베카의 등에 황후의 손이 얹어졌다. 황후는 연신 레베카의 등을 쓰다듬으면서 말했다.

"내가 옆에서 많이 도와주마. 너희도 이제 단란한 가정을 꾸릴 때가 됐잖니."

"맞아, 우리처럼 말이다."

도와주겠다고? 단란한 가정? 레베카는 방금 자신이 무슨 말을 들었는지 이해가 가지 않았다. 그래, 처음엔 레베카도 저들이 단란한 가정이라고 생각했었다. 하지만 그것은 어디까지나 말라비틀어진 껍데기에 불과했다. 약혼녀가 있음에도 불구하고 당당히 바람을 피운 요하네스와 그것을 뻔히 알면서도 방관한 황제, 그리고 현명한 아내가 되라며 순종적인 태도를 운운하는 황후. 예전엔 몰랐지만 이제는 그 누구보다 잘 알고 있다.

"죽기 전에 귀여운 손주 녀석은 보고 가고 싶단다."

"아이는 몇 명이나 낳고 싶니? 적어도 둘은 낳아야겠지? 아이는 많이 낳을수록 좋단다."

"그건 레베카와 제가 알아서 할게요."

저들만큼 모순적인 사람은 없다는 것을. 레베카는 장갑을 낀 팔을 쓰다듬으면서 이를 갈았다.

"이게 레베카가 이번 환영 파티 때 입을 드레스야?"

샤샤의 물음에 시녀들의 고개가 끄덕여졌다. 샤샤와 아스가 약혼식 예복을 맞춘 후와르 살롱에서 산 거라 평소 레베카가 입는 드레스랑 분위기가 달랐다. 샤샤는 드레스를 꼼꼼히 살펴보았다. 밝은 색의 하늘거리는 재질에 솜사탕 같은 달콤한 분위기의 드레스였다. 객관적으로 보면 아주 예쁜 옷이지만 레베카의 취향엔 걸맞지 않았다. 점원들에게 물어보면 장식 없는 심플한 드레스를 몇 벌쯤은 찾을 수 있는데 말이다. 실제로 자신이 치수를 재기 위해 입었던 드레스도 심플한 드레스였다. 샤샤는 드레스를 이리저리 살펴보았다. 이건 그냥 아무거나 골라 담은 것 같잖아. 샤샤는 턱을 쓰다듬으면서 물었다.

"혹시 이 드레스 사면서 같이 고른 장신구 있어?"

시녀들은 동시에 고개를 저었다.

"그럼 구두는?"

이번에도 시녀들은 고개를 저었다. 평소엔 드레스 한 벌 살 때마다 꼭 장신구 같은 것도 몇 개씩은 샀었는데. 사절단을 맞이하기 위해 새로운 시도를 해 보려는 건가. 물론 레베카는 이런 스타일의 드레스도 아주 잘 어울릴 것이다. 레베카가 원한다면 이 드레스 입을 때 머리 모양 선정하는 거 도와줘야지. 샤샤가 그렇게 생각한 순간이었다.

"이거 꼭 입어야 해?"

커튼이 젖혀지면서 나스카가 모습을 드러냈다. 나스카는 평소 입던 옷 대신 세련된 예복 차림이었다. 새하얀 와이셔츠에 멋들어진 아르첸 가문의 문양이 새겨진 브로치를 착용하고, 후드가 달린 독특한 검은색 겉옷을 걸쳤다. 늘 아무렇게나 풀어 헤치고 다니던 은빛 머리칼도 샤샤가 시킨 대로 느슨하게 땋아내려 가슴팍 위로 늘어뜨린 상태였다. 잘 차려입으니 나스카도 제법 신분이 높아 보였다. 시녀들이 샤샤의 귀에 대고 소곤거렸다.

"너무 잘 어울려요, 아가씨."

"후드가 달린 예복이라니, 솔직히 말로만 들었을 때는 이상할 것 같았어요. 그런데 실제로 보니까 너무 독특하고 멋있네요."

샤샤도 만족스러운 얼굴로 중얼거렸다.

"그래, 이게 바로 유행 창조지."

예복에 후드를 장착한다니, 누가 감히 상상하겠어. 이 시대의 사람들은 절대 생각 못 할 것이다. 나스카는 투덜거렸다.

"답답해."

일부러 활동하기 편한 소재로 만든 예복인데, 역시 불편한 것은 어쩔 수 없나 보다. 샤샤는 나스카를 달래듯이 말했다.

"조금만 참아 줘요, 나스카. 파티장에 들어가려면 무조건 예복을 착용해야 한다고요."

나스카는 와이셔츠 단추를 느슨하게 풀어 내리면서 대꾸했다.

"그래도 답답한데."

"에이, 그러지 말고."

샤샤는 나스카를 거울 앞으로 이끌었다. 나스카는 말없이 거울에 비친 자신의 모습을 응시했다.

"사람은 상황에 걸맞은 옷을 입어야 하는 법이고, 입는 옷에 따라 분위기가 확확 달라진답니다."

"……."

"빈말이 아니라 정말 멋있어요, 나스카. 물론 평소에도 멋있었지만."

샤샤의 눈초리가 부드럽게 휘어졌다. 샤샤는 물었다.

"입어 줄 거죠?"

나스카는 한동안 그 기대에 찬 푸른 눈을 응시하다, 미미하게 고개를 끄덕였다.

"……그래."

"다행이네요. 사절단 방문 기간 동안 잘 부탁드려요. 브로치 안 불편하죠?"

"응."

샤샤는 행복하다는 듯이 웃으면서 시녀에게 손을 흔들었다. 시녀는 즉시 마카롱이 담긴 접시를 나스카 앞에 내려놓았다.

"그리고 내가 낮에 부탁했던 것도 가져와."

"네, 아가씨."

시녀가 방을 나서자 샤샤와 나스카는 나란히 앉아 마카롱을 하나씩 집었다. 바삭, 나스카는 쫀득한 마카롱을 한 입 가득 베어 물었다.

"아버님이 자꾸 호위 몇 명 더 데려가라 해서 고민이에요. 나스카 한 명만 데려가면 그만인데."

레베카야 대충 알고 있지만, 케론드는 나스카의 힘이 어느 정도인지 모른다. 아버님의 걱정도 이해가 가지만 정말 나스카 한 명이면 충분했다. 샤샤가 그렇게 생각하면서 말한 순간이었다.

"사절단이 너희에게 많이 위험한가?"

나스카가 마카롱을 먹다 말고 샤샤에게 물었다. 정말 예전에 비해 질문이 많이 섬세해졌단 말이야. 샤샤는 마카롱을 꿀꺽 삼키고 어깨를 으쓱였다.

"아뇨. 사절단은 안 위험해요. 그 사절단을 보낸 나라가 위험하지."

"카낙타가?"

"그렇죠."

나스카의 고개가 비스듬히 기울어졌다. 아, 맞다. 카낙타가 어떤 나라인지만 가르치고 우리와 어떤 일이 있었는지는 가르치지 않았구나. 샤샤는 카낙타와 아틀란타의 입장을 자세히 설명했다. 나스카는 종종 이해가 안 간다는 표정을 지었지만 카낙타가 대충 아틀란타에게 어떤 마음을 가지고 있는지는 완전히 파악했다.

"카낙타가 우리나라의 인재들을 노린다는 입장이거든요."

"인재?"

"예를 들면 페인이라든가, 페인이라든가, 페인이라든가."

중요한 거니 세 번 반복했다. 샤샤는 마카롱을 우물거리면서 생각에 잠겼다. 솔직히 카낙타가 페인을 노리는 것은 별로 놀랄 만한 일이 아니다. 페인 덕분에 아틀란타 제국이 자신의 위치를 유지할 수 있으니 말이다. 물론 케론드 공작도 노리고 있겠지만 그는 은퇴한 상태니 2순위로 밀려났을 것이다. 하지만 샤샤는 페인이 그리 걱정되지 않았다. 페인은 이 나라에서 푸대접을 받고 있지만, 애국심과 충성심이 강한 사람은 절대 그들의 말에 현혹되지 않을 것이다. 무엇보다 릴리스도 있으니까 말이다. 그래서 샤샤는 정말 걱정되지 않았다. 정말 걱정해야 하는 일은 따로 있었다. 아스의 계획이 순조롭게 진행되어야 할 텐데. 샤샤의 표정이 저절로 안 좋아지자 나스카가 물었다.

"왜 갑자기 표정이 안 좋아지는 거냐."

샤샤는 그저 희미하게 웃을 뿐이었다.

"별거 아니에요."

자세한 것은 말하지 말자. 애먼 나스카까지 끌어들이지 말아야지. 샤샤는 여전히 웃으면서 나스카와 시선을 마주했다. 그리고 생각했다.

만약 당신이 내가 당신의 정체를 알고 있다는 것을 알게 된다면, 한 발자국 더 나아가 당신을 이용하려고 했었던 것까지 알게 된다면.

당신은 어떤 반응을 보일까. 샤샤는 자신과 눈을 마주하자 괜히 시선을 이리저리 돌리는 나스카를 보면서 생각했다. 인간들은 역시 비열하다면서 분노하거나 실망하겠지. 그리고 우리들을 떠날 거야. 어떻게 보면 당연한 일이야.

나는 당신을 기만했으니까. 당신을 이용하려 했으니까.

하지만 이젠 아냐. 샤샤는 고개를 돌렸다. 시녀가 꽃을 한아름 안은 채 방으로 돌아오고 있었다. 나스카의 눈이 동그랗게 떠졌다. 샤샤는 나스카에게 말했다.

"오늘은 같이 화관이나 만들까요?"

우리와 함께 맛있는 것을 먹고, 우리와 함께 재밌는 것을 보고, 우리와 함께 안락하게 지냈으면 좋겠어. 당신이 좀 더 많은 것을 배우고 느꼈으면 좋겠어. 샤샤는 백합꽃 한 송이를 나스카의 예복 단추 구멍에 꽂아 주었다.

"갑자기 웬 화관이야."

"그래서, 싫어요?"

당신은 드래곤이야. 우리와 다른 종족이지. 하지만 뭐 어때? 당신도 외롭지 않을 권리가 있는데. 샤샤의 은근한 물음에 나스카는 고개를 푹 숙였다.

"진짜 너란 인간은."

샤샤는 까르륵 웃으면서 말했다.

"사랑스럽죠?"

"……."

나스카는 애꿎은 후드 자락만 잡아당길 뿐이었다.

무슨 정신으로 티타임을 끝마쳤는지 모르겠다. 레베카는 작별 인사를 나누는 황제와 요하네스를 싸늘한 눈으로 쳐다보았다. 요하네스는 황제를 끌어안은 채 말했다.

"그럼 전 곧바로 다시 일하러 가 볼게요."

"그래, 몸 상하지 않게 식사 잘 챙겨 먹으면서 하렴."

그 말을 끝으로 황제와 황후는 방을 나갔다. 요하네스는 당장 한숨을 쉬면서 소파에 발라당 드러누웠다. 요하네스는 앓는 소리를 내며 와이셔츠 단추를 느슨하게 풀어 헤쳤다.

"아, 피곤해."

피곤해? 피곤하다고? 지금 그런 말이 나와? 레베카는 어처구니가 없었다. 레베카는 당장 요하네스에게 따졌다.

"요하네스, 도대체 무슨 정신이에요?"

차분하게 행동하려고 했지만 저절로 험한 말이 튀어나왔다.

요하네스는 왜 소리를 지르냐는 얼굴로 레베카를 멀뚱히 쳐다보았다. 레베카는 소파 앞에 서서 외쳤다.

"멋대로 황제 폐하와 황후마마를 티타임에 부른 걸로도 모자라, 다짜고짜 결혼 날짜라니! 그게 말이 돼요?!"

하지만 요하네스는 여전히 아무것도 모른다는 얼굴이었다. 그 낯짝에 레베카는 더더욱 속이 터졌다.

"요하네스! 지금 제 말 듣고 있어요?!"

"듣고 있어. 레베카, 도대체 뭐가 문제야?"

요하네스는 상체를 일으키면서 어깨를 으쓱였다.

"우린 약혼한 사이잖아. 내가 내 약혼녀랑 결혼하겠다는 것뿐인데."

"적어도 저랑 상의를 했어야죠! 아무리 약혼한 사이라도 그 정도는 상의해야 하는 거 아닌가요?!"

"레베카, 난 정말 당신의 태도가 이해 안 돼. 당신도 뻔히 아버지의 건강이 안 좋다는 것을 알고 있잖아."

"그래도 이건 아니죠! 결혼이 장난인가요?! 결혼하는 것은 저랑 당신인데, 왜 그것을 다른 사람들과 상의하냐고요!"

다른 사람, 그 말에 요하네스의 얼굴이 차갑게 굳었다. 요하네스는 당장 레베카에게 외쳤다.

"레베카, 도대체 어떻게 그런 말을 할 수 있어? 그 두 분은 내 부모님이야! 남이 아니라고!"

"왜 남이 아니에요?! 제 부모님이 아니라 당신의 부모님인데!"

요하네스는 레베카의 어깨를 움켜쥐었다. 요하네스는 레베카의 흑진주 같은 눈을 똑바로 바라보면서 말했다.

"아직도 내 말이 이해가 가지 않아? 내 부모님은 곧 당신의 부모님이기도 해. 당신은 나와 결혼하는 즉시 '아르첸'이란 성 대신 황가의 성을 쓰게 될 거야. 아르첸 가문의 일원이 아닌, 황가의 일원이 될 거라고."

레베카의 눈에 충격이 어렸다. 레베카는 멍하니 요하네스를 쳐다보았다. 레베카는 지금까지 아르첸 가문의 일원이자, 엘리나와 케론드의 딸로 살아왔다. 그런데 결혼을 하면 아르첸 가문의 일원이 아니라, 황가의 일원이 된단다. 그것도 날 낳아 준 부모 대신 이 남자의 부모를 떠받들면서. 분노로 저절로 전신이 떨려 왔다. 어떻게 감히 그런 말을 할 수 있는 거지? 그것도 다른 사람도 아닌 당신이?

날 그렇게 상처 줬으면서, 날 그렇게 방치했으면서 날 아내로 맞이하겠다고?

웃기지 마. 레베카는 당장 요하네스의 손을 뿌리쳤다. 요하네스의 얼굴에 당황이 어렸다. 레베카는 쏘아 붙였다.

"그래 봤자 당신들과 제가 피 한 방울 안 섞였다는 사실은 변하지 않아요."

"……오, 레베카. 도대체 왜 이렇게 고집을 피우는 거야?"

"고집은 당신이 부리는 거겠죠. 당신도 알고 있잖아요. 제가 변했다는 것을."

자신은 더 이상 요하네스를 사랑하지 않는다. 아니, 이젠 그를 사랑했었다는 사실 자체가 수치스러웠다. 날 상처 주고 방치한 사람을 어떻게 사랑하겠냐고. 지금 이렇게 얼굴을 마주 보는 것만으로도 고통스러운데 말이다.

"제발 부탁이에요."

"레베카?"

이제 레베카는 아예 요하네스에게 호소하고 있었다. 레베카는 요하네스를 올려다보면서 말했다.

"절 그냥 놔둬요. 전 정말 당신과 결혼하고 싶지 않아요. 그러니까 멋대로 앞서 나가지 말아요. 날 조금이라도 존중한다면, 당신에게 조금이라도 양심이 남아 있다면 말이에요."

그 말을 끝으로 레베카는 고개를 돌려 요하네스를 외면했다. 둘 사이에 길고 긴 침묵이 흐르기 시작했다. 요하네스는 아무 행동도 취하지 않았다. 그저 충격 어린 얼굴로 레베카를 응시할 뿐이었다. 레베카는 자신이 한 발언이 더할 나위 없이 위험하고 어리석다는 것을 알고 있었다. 누가 봐도 황태자에게 할 말은 아니었다. 하지만 상관없었다. 지금 바로 이 자리에서 끌려간다 해도 상관없었다. 그 정도로 속이 후련했다. 이제 요하네스도 내 의사를 알았겠지. 레베카가 그렇게 생각한 순간이었다.

"도저히 들어 줄 수가 없군."

갑작스런 말에 레베카는 흠칫했다. 레베카는 고개를 돌려 요하네스를 응시했다. 요하네스는 주먹을 쥔 채 매섭게 레베카를 노려보고 있었다.

"그 계집 때문에 변한 것은 알고 있었지만 이 정도일 줄은 몰랐군."

그 계집이란 말에 레베카는 저절로 머리가 아파 왔다. 역시 사람은 고쳐 쓸 게 못 된다. 저 머저리는 아직도 이 문제의 요점을 모르고 있었다.

"도대체 몇 번이나 말해요! 이건 샤샤와 관계가 있는 게 아니라!"

요하네스는 레베카의 말이 끝나기도 전에 휙 그녀를 밀쳤다. 레베카는 비틀거리다가 맥없이 바닥에 주저앉았다. 요하네스는 문으로 뚜벅뚜벅 걸어가면서 말했다.

"하루라도 빨리 당신을 정신 차리게 만들어야겠어. 여자가 검술을 하겠다고 설칠 때부터 강하게 나갔어야 했는데."

"당신!"

"앞으로 무슨 일이 있어도 날 하루에 한 번씩은 만나러 와."

그렇게 말한 요하네스는 레베카의 대답도 기다리지 않고 문을 닫아 버렸다. 방 안에 홀로 남게 된 레베카는 말없이 닫힌 문을 응시하다가 주먹을 움켜쥐었다. 장갑을 낀 그 손으로 말이다.

"만세, 다 됐다!"

샤샤는 콧노래를 부르면서 테이블 위에 가득 쌓여 있는 화관을 이리저리 살펴보았다. 샤샤가 만든 화관은 시녀들이 감탄할 정도로 모양이 일정하고 예뻤지만, 나스카가 만든 화관은 너덜너덜함의 극치였다. 하지만 나스카는 만들었다는 것 자체에 초점을 맞췄는지 연신 화관을 만지작거리고 있었다. 샤샤는 피식 웃으면서 나스카에게 말했다.

"다음엔 더 잘 만들 수 있을 거예요."

"그래."

와, 진짜 귀여워. 샤샤는 나스카의 머리에 화관을 하나 씌워 주면서 짝짝 박수를 쳤다. 드래곤이 화관을 좋아한다는 것을 누가 알았겠어. 언젠가 운 좋게 본체 모습을 보게 된다면, 그 거대한 머리 위에 직접 씌워 주고 싶을 정도다. 물론 이 정도 크기의 화관으론 어림도 없겠지만. 드래곤 덩치에 걸맞은 화 관을 만들기 위해선 꽃이 엄청 많이 들어가겠지? 샤샤가 턱을 쓰다듬으면서 화관의 크기를 어림하고 있을 때였다.

"레베카 님이 돌아오셨습니다."

시녀의 말에 샤샤의 눈이 번쩍 뜨였다.

"진짜? 나스카, 빨리 일어나요! 레베카 마중 나가게!"

샤샤는 당장 안개꽃 화관 옆에 놓여 있던 붉은 장미 화관을 집어 들었다. 그리고 나스카와 함께 방을 뛰쳐나갔다. 샤샤는 넘어진다는 시녀들의 잔소리를 흘려들으면서 계단을 빠르게 내려갔다. 샤샤는 활짝 웃으면서 외쳤다.

"레베카! 왔어? 너 없는 동안!"

샤샤의 말이 뚝 멈췄다. 레베카는 저택에 들어서자마자 끼 고 있던 장갑을 벗어 바닥에 던졌다. 샤샤와 달리 느긋하게 계 단을 내려오고 있던 나스카는 의아한 눈으로 레베카를 쳐다보 았다. 샤샤는 화관을 옆에 서 있던 시녀에게 넘기고 급히 레베 카에게 다가갔다.

"레베카, 왜 그래? 응?"

레베카의 전신은 분노 때문인지 슬픔 때문인지 파들파들 떨 리고 있었다. 샤샤는 급히 레베카를 부축했다. 레베카는 중얼 거리듯이 말했다.

"폐하께서, 오늘 나보고 뭐라 한 줄 알아?"

"폐하라니, 너 오늘은 요하네스 전하만 만난다고 하지 않았어?"

검은색 머리칼 사이로 검은색의 눈이 매섭게 번뜩였다. 레베카는 빠득 이를 갈면서 말했다.

"그 개자식이 날 속였어."

"뭐?!"

샤샤의 얼굴이 창백해졌다. 샤샤는 급히 주변에 서 있던 시녀들을 물렸다. 샤샤는 레베카를 부축한 채 조심스레 계단을 올라갔다. 나스카가 뭐라 말하려 했지만, 샤샤가 급히 손가락을 자신의 입에 갖다 댔다. 나스카는 말없이 그런 둘의 뒷모습을 쳐다보다가 고개를 돌렸다.

"레베카, 괜찮아? 응?"

샤샤는 레베카를 소파에 앉히고 무릎을 꿇은 채 그녀를 올려다보았다. 레베카는 얼굴을 감싸 쥔 채 아무 대답도 하지 않았다. 황궁에서 도대체 무슨 일이 있었던 거야. 샤샤가 안절부절못하고 있을 때였다.

"……샤샤."

레베카의 입이 드디어 열렸다. 샤샤는 급히 고개를 끄덕이면서 말했다.

"응, 레베카. 나 여기 있어."

"나 정말 미치겠어."

샤샤의 눈이 슬프다는 듯 일렁거렸다. 샤샤는 레베카의 두 손을 마주 잡으면서 물었다.

"네가 슬퍼하는 모습을 보니 나도 마음이 아파. 도대체 무슨 일이 있었던 거야?"

"샤샤."

"난 언제든지 네 얘기를 들을 준비가 되어 있어. 그러니까 네가 원한다면 언제든지 털어놔 줘."

"⋯⋯."

샤샤의 말에 레베카의 입꼬리가 천천히 올라갔다. 레베카는 샤샤와 눈을 맞춘 채 속삭이듯 말했다.

"넌 정말 다정해."

네가 그렇게 말해 줄 때마다 마음이 무척이나 편안해져. 레베카는 샤샤를 온몸으로 끌어안았다. 이 다정함 덕분에, 이 사랑스러움 덕분에 아무리 힘들어도 이를 악물게 된다. 널 위해서라도 버티고 싶다는 생각에. 레베카는 속삭이듯 말했다.

"네가 없었다면 난 버티지 못했을 거야."

너 없이 이 미친 곳에서 살아남을 자신이 없으니까. 레베카는 부들부들한 샤샤의 머리칼을 쓰다듬었다. 샤샤도 약혼식 준비 때문에 정신없을 텐데, 한결같이 자신을 생각해 주는 게 너무 고마웠다. 너 같은 사람은 아마 또 없겠지. 아니, 있다 해도 네가 아니면 안 될 것 같아. 하지만 괜찮아. 자주 말했지만 그 미소를 옆에서 지켜보는 것만으로도 행복하니까.

"네가 언젠가 말했지."

네가 해 줬던 조언들, 네가 해 줬던 행동들. 난 그것을 전부 잊지 않아. 계속 기억하고 있을 거야. 왜냐하면 넌 모두가 '못해'라고 말할 때 유일하게 '할 수 있어'라고 말해 준 사람이니까. 레베카는 입을 열었다.

"결혼은 비슷한 사람끼리 해야 행복한 법이라고."

샤샤는 대답 대신 고개를 주억거렸다. 그렇게 말한 레베카는 샤샤의 머리칼 위에 뺨을 갖다 댔다. 부들부들한 촉감이 마음을 안정시켜 줬다. 레베카는 중얼거리듯이 말했다.

"그리고 이 제국, 아니, 이 세상에 나와 비슷한 급의 남자는 없어."

그러니까 난 무슨 일이 있어도 결혼하지 않을 거야. 레베카는 그렇게 맹세하며 눈을 감았다.

챙, 챙, 챙. 뜨거운 햇빛 아래로 날카로운 금속음이 울려 퍼졌다. 상의를 벗어던진 전사들이 신나게 검과 창을 맞부딪치고 있었다. 햇빛에 그을린 피부 위로 땀방울이 흘러내렸다. 멀찍이 떨어져서 그 모습을 지켜보고 있던 전령이 옆에 서 있는 시종에게 물었다.

"여기인가?"

"네, 바로 여기입니다."

"흠……."

전령은 턱수염을 쓰다듬으면서 전사들을 훑어보았다. 카낙타 특유의 살인적인 날씨에도 불구하고 전사들은 너무나 멀쩡하게 대련을 하고 있었다. 그 모습만으로도 저들이 얼마나 강한 체력을 가지고 있는지 알 수 있었다. 쯧, 전령은 혀를 차면서 중얼거렸다.

"하여간 괴물 같은 놈들."

"쉿, 대놓고 그러시면 안 됩니다. 청력도 뛰어나신 분들이니까요."

시종의 말에 전령은 뒤늦게 아차 싶은 얼굴을 하고 주변을 살펴보았다. 다행히 다들 훈련으로 정신이 없어 보여서 못 들은 듯했다. 카낙타의 전사들은 무식하다고 손가락질 받는 동시에 가장 위험하다고 알려져 있는 자들이었다. 그러니 조심할 수밖에 없었다. 전령은 조심스레 문을 밀어 젖히고 연무장 안으로 들어갔다. 전령은 눈에 띄지 않도록 조심하면서 전사들 사이를 돌아 다녔다. 다른 사람보다 큰 키가 특징이라 했으니 금방 찾을 거라고 생각했는데, 의외로 눈에 띄지 않았다. 게다가 코를 찌르는 땀 냄새 때문에 속까지 메슥거렸다. 전령은 결국 손수건으로 코를 틀어막은 채 아무 사람이나 붙잡고 물어야 했다.

"칼리아는 어디 있지?"

방패를 닦던 사내의 눈이 동그랗게 떠졌다.

"칼리아 님을 말하는 거냐?"

"그래, 그 칼리아 말이다."

사내의 눈에 경계가 깃들었다. 사내는 즉시 뒤로 물러나면서 전령에게 물었다.

"칼리아 님은 무슨 일로 찾는 거냐. 시답잖은 용건으로 온 거면 용서하지 않겠다."

전령은 대답 대신 두루마리를 내보였다. 두루마리엔 술탄의 낙인이 선명하게 찍혀 있었다. 사내는 그 낙인을 보자마자 즉시 한쪽 무릎을 꿇었다.

"술탄의 전령께 무례를 범해서 죄송합니다. 술탄에게 황금빛 영광 있으라! 즉시 칼리아 님께 안내하도록 하겠습니다."

"괜찮다."

요즘 현 술탄이 승승장구하고 있다는 것은 알지만 놀랍군.

전령은 태도가 180도 달라진 사내의 모습에 작게 휘파람을 불었다. 카낙타의 전사들은 신분에 그다지 동요하는 성격이 아닌데 말이다. 사내는 아까와는 비교도 안 될 정도로 공손한 태도로 전령을 한 막사로 안내했다.

"칼리아 님은 이곳에 계십니다. 전 이만 돌아가 볼 테니, 편안히 얘기 나누시기 바랍니다."

전령은 고개를 끄덕이며 휘장을 걷고 안으로 들어갔다. 막사는 낡은 겉모습과 다르게 제법 안락한 내부를 가지고 있었다. 이제 좀 살 것 같군. 전령은 서늘한 막사 안에서 손부채질을 하며 그물 침대로 다가갔다.

"네가 바로 칼리아인가?"

그물 침대엔 누군가가 수건으로 얼굴을 가린 채 길게 누워 있었다. 전령은 허리에 손을 얹으며 그 사람이 대답하길 기다렸다. 하지만 아무리 기다려도 대답은 나오지 않았다. 전령은 좀 더 큰 목소리로 외쳤다.

"어이, 네가 칼리아냐고 묻지 않느냐!"

챙. 그와 동시에 날카로운 단도가 전령의 목을 스치고 날아갔다. 전령이 본능적으로 입을 다문 순간, 그 사람이 천천히 몸을 일으켰다.

"귀찮게 조잘조잘, 시끄러워서 잠을 잘 수가 없잖아."

목덜미까지 내려오는 회색빛 머리칼이 찰랑였다. 그 사람은 얼굴을 덮고 있던 수건을 거칠게 바닥으로 던졌다. 전령은 여전히 아무 말도 할 수 없었다. 남성은 자리에서 일어나 흘러내린 겉옷을 끌어올렸다. 붉은색 겉옷 사이로 완벽하게 단련된 근육들이 드러났다. 남성은 노골적으로 귀찮다는 눈으로 전령을 위아래로 훑어보았다.

"누구냐, 넌? 응?"

척 봐도 전사나 자객은 아닌 것 같은데. 그렇게 말한 남성은 옆에 놓여 있던 수통의 물을 벌컥벌컥 들이켰다. 전령은 더듬거리면서 서신을 내밀었다.

"수, 술탄의 명을 받고."

피식. 남성의 한쪽 입꼬리가 올라갔다. 남성은 수통을 휙 바닥으로 던지면서 말했다.

"수—우—울—타—아—안?"

명백히 조롱하는 어조에 전령의 몸이 저절로 움츠러들었다. 남성은 낄낄 웃음을 터뜨렸다.

"누추하신 술탄의 신하님께서, 이 귀한 곳에는 왜 오셨을까?"

전령은 더듬거리면서 말했다.

"바, 바뀐 거."

"아니, 일부러 그렇게 말한 거야."

남성은 그물 침대 옆에 둔 창을 휙 신하의 목에 들이밀었다.

"이 귀한 곳에는 왜 왔냐고."

"저, 저 그게."

"셋 셀 동안 말하지 않으면 모가지 날아간다? 셋, 둘."

"마, 말할게요! 말하겠습니다!"

전령이 허둥지둥 두루마리를 풀어 헤치려던 순간이었다. 누군가가 버럭 외쳤다.

"내 막사에서 뭐 하는 거야!"

그 외침에 남성의 몸이 바로 굳었다. 응? 전령은 의아한 눈으로 남성을 쳐다보았다. 남성의 동공은 거세게 흔들리고 있었다. 누군가가 막사 안으로 들어오면서 말했다.

"또 훈련은 안 하고 농땡이 피우고 있었던 거야?"

"농땡이라니. 그냥 조금 쉬고 있었던 거—."

"변명은 집어치워!"

억센 손이 휙 남성의 귀를 잡아당겼다. 어? 어? 전령은 도저히 지금 상황이 이해가 가지 않아 멍하니 자신 앞에 서 있는 두 사람을 쳐다보았다. 똑같은 구릿빛 피부에다 회색 머리칼, 탄탄한 몸, 어디 하나 안 닮은 곳이 없었다. 아니, 키만큼은 여자 쪽이 훨씬 더 컸다. 잠깐, 큰 키? 전령의 눈이 동그랗게 떠진 순간, 여자가 냅다 남자를 바닥에 내동댕이쳤다. 실로 대단한 힘이었다. 전령이 입을 멍하니 벌렸을 때 여성이 그를 가리키면서 물었다.

"이 사람은 또 누구야?"

남성은 뒤통수를 문지르며 새된 목소리로 외쳤다.

"아, 나도 몰라!"

여성의 눈이 가늘게 떠졌다.

"너, 설마 또 내 흉내 내면서 이 사람 겁주고 있었던 것은 아니지?"

여성의 말에 남성은 찔끔한 표정을 지었다. 남성은 괜히 고개를 돌리면서 말했다.

"오, 오늘은 안 냈어. 정말이야."

"당장 가서 훈련이나 해!"

여성의 말에 남성은 즉시 막사를 뛰쳐나갔다. 여성은 '후' 한숨을 쉬면서 뒷목을 문질렀다. 짧은 상의 아래로 복근이 선명하게 박혀 있었다. 전령은 조심스레 물었다.

"다, 당신이 혹시 칼리아."

회색빛 눈동자가 위험하게 번뜩였다. 여성은 뒷목에서 손을 떼고 등에 메고 있던 창을 휙 들이밀었다. 아까와는 비교도 안 될 정도로 강한 위압감에 전령이 마른침을 삼켰다. 여성은 창을 쥔 채 말했다.

"그래, 내가 바로 칼리아다. 무슨 일이지?"

그렇게 말하는 여성의 눈은 흉흉하게 빛나고 있었다.

9. 언니, 하고 싶은 거 다 해!

9. 언니, 하고 싶은 거 다 해!

　사는 게 힘들 때마다, 스스로가 건조하다는 생각이 들 때마다 인기 많은 로맨스 판타지 소설을 하나씩 질러서 정독했다. 그리고 그중에서 제일 재밌었던 소설이 바로 『아틀란타의 연인』이었다. 천사 같은 여주인공, 매력 넘치는 남주인공들, 사이다, 꽃길 등 사람들이 좋아하는 코드를 죄다 집어넣었으니 재밌을 수밖에 없었다.

　사람들은 천사 같은 여주 릴리스에게 열광했고 악녀인 레베카에게 야유했다. 그래서일까? 사람들에게 사랑받은 릴리스는 아틀란타 제국의 황후가 되고, 사람들에게 미움받은 레베카는 가문이 멸문당하고 처형된다. 그 부분을 읽으면서 생각했다.

　현실이나 책 속 세상이나 참 불공평하다고.

　릴리스는 작가에게 선택받았다는 이유로 모든 것을 누리는 여주가 되었고, 레베카는 여주를 돋보이게 하는 사람이 필요하단 이유로 악녀가 되었으니까. 작가에게 선택당한 두 여자는 극과 극의 삶을 살았지만 딱 하나의 공통점이 있었다.

바로 자신의 삶을 누리지 못했다는 공통점이.

레베카는 황태자의 약혼녀로서 남들의 시선을 의식하면서 살아왔다. 어렸을 적부터 혹독한 교육을 받으며 울고 싶을 때도 울지 못하며 말이다. 그녀가 믿고 의지했던 것은 자신의 약혼자, 요하네스뿐이었다. 하지만 그 약혼자란 사람도 좋은 사람은 아니었다. 레베카를 두고 신나게 바람피우다가 여주인공과 운명적인 사랑에 빠졌으니 말이다. 그것에 충격을 받은 레베카는 고고했던 모습을 집어던지고 모두에게 손가락질 받는 악녀로 재탄생했다. 레베카도 처음부터 악녀는 아니었다. 그저 작가의 계략 때문에, 쓰레기 같은 남주 때문에 어쩔 수 없이 악녀가 된 것뿐이다.

그리고 릴리스도 마찬가지다. 여주인공인 덕분에 시골 출신 영애에서 아틀란타의 황후가 되는 영광을 누렸지만, 그녀가 정말 행복했을까? 물론 원작에선 '그들은 오래오래 행복하게 살았습니다'란 말로 끝나지만, 조금만 생각해 보면 그러지 못할 가능성이 높다. 왜냐하면 원작에서 그녀의 성품은 우유부단해서 황후의 자리에 걸맞지 않는다. 게다가 사람은 고쳐 쓰는 게 아니란 말이 있듯이, 요하네스의 쓰레기 같은 면모가 결혼 생활 중에 튀어나올 수도 있다. 샤샤는 그들에게 묻고 싶다.

당신이 원해서 여주나 악녀의 삶을 선택한 건가요?

그리고 그들은 답할 것이다. '아니요'라고. 현대에서 그들은 작가의 손에서 창조된 소설 속 인물들에 불과했다. 그저 재미를 위해 정해진 틀에 따라 움직이는, 그런 인물들 말이다. 하지만 적어도 이 세상에선 아니다. 이 세상에서만큼은 수많은 사람들이, 종이 속 인물이라 믿었던 자가 생생하게 살아 숨 쉬며 앞날에 대해 생각하고 있다. 살아 숨 쉬는 그들에게 여주인공과 악녀란 역할은 필요 없다. 그들이 원하는 것은 단 하나였다.

바로 자기 자신으로서 살아가는 것.

모두가 그러는 것처럼, 그들도 스스로가 선택한 삶을 걷고 싶어 한다. 누구에게도 강요당하지 않은, 자신이 직접 고른 길을 말이다. 그리고 그 삶에 작가나 원작은 필요 없다.

그저 그들의 의사만 필요할 뿐이지.

[사랑하는 레베카에게.

안녕, 레베카. 널 위해 아침 일찍부터 살금살금 편지를 써. 한 지붕 아래서 사는 사이인데 왜 말로 하지 않고 굳이 편지를 쓰냐고? 그야 때론 말보단 편지가 더 많은 것을 전해 주니까. 조금 낯간지럽지만 시작할게. 내가 하고 싶은 얘기들을.

있지, 레베카. 난 지금도 널 처음 만났을 때가 생생하게 떠올라. 그때의 넌 누구보다도 눈부시게 빛났지만 슬픈 표정을 짓고 있었어. 그 빌어먹을 개자식어차피 너만 읽을 거니까 과격한 표현을 쓸게 때문에 말이야. 그 개자식은 네게 잘못을 들켰어도 시종일관 싱글벙글 웃고 있었지. 제삼자인 내가 봐도 얄미워 속이 터질 것 같았는데, 넌 얼마나 속상할지 상상이 가지 않더라고. 그래선지 난 네게 눈을 뗄 수 없었어. 당장 달려가서 위로해 주고 싶을 정도로.

솔직히 다른 사람들이 내 마음을 알았더라면 비웃었을 거야. 나처럼 듣보잡 가문의 딸이 뭐 하러 개국 공신 가문의 딸을 위로해 주려 하냐고. 레베카 님은 완벽하니까 너나 앞으로 잘하라는 꾸지람도 들었겠지. 참나, 겉으론 멀쩡해도 속으론 상처받는 사람들이 얼마나 많은데. 역시 이 시대 사람들은 하나만 알고 둘은 모른다니까. 하긴, 그러니까 그 개자식을 황태자로 떠받들고 있는 거겠지.

너와 내가 만난 후 많은 시간이 지났지만, 개자식을 포함한 모든 사람들은 여전히 그대로야. 하나도 바뀌지 않았지. 하지만 너는 바뀌었어. 아주 좋은 쪽으로 말이야.

너는 요하네스가 개자식이란 사실을 깨달았고, 스스로를 위해 노력하기 시작했어. 매일 아침저녁으로 연무장에서 달리고 검술을 연마하는 널 볼 때마다 너무 자랑스러워. 하지만 네가 요즘 초조해하는 것 같아서 마음이 좋지 않아. 너는 내게 말했어. 변하고 싶다고. 그리고 그러기 위해서 노력할 거라고. 조금 쉬엄쉬엄하라고 말하고 싶어도, 시간이 부족하니 그렇게 말할 수가 없었어. 대신 다른 말을 했지.

레베카, 내가 여러 번 말했지만 넌 초조해하지 않아도 돼. 네가 그런 생각을 하고 있다는 것 자체가 네가 변했다는 증거니까.

바뀌지 않을 사람은 무슨 일이 있어도 절대 바뀌지 않아. 하지만 바뀔 수 있는 사람은 계기만 있으면 얼마든지 바뀌지. 그리고 넌 후자에 들어가. 그러니까 네 자신에겐 아무 문제없어. 주변 사람들이 문제일 뿐.

여자 주제에 검을 잡는다는 둥 내 약혼녀답지 못하는 둥 누군가는 반드시 그런 개소리를 지껄일 거야. 하지만 그런 말들은 진심도, 가치도,애정도 담고 있지 않으니까 그냥 한 귀로 듣고 흘려버려. 네가 하고 싶은 일을 해. 한번 사는 인생인데 그런 사람들 시선까지 신경 쓰면 시간이 너무 아깝잖아. 널 사랑해 주는 사람의 말만 들어. 예를 들면 아버님이라든가 나라든가 아스라든가 나스카라든가. 네 뒤에 언제나 우리가 있다는 것을 잊지 마. 우린 네가 무엇을 하든 언제든지 널 지지해 주고 응원할 거야.

그러니까 너무 힘들 땐 언제든지 우리에게 찾아와. 두 팔 벌려서 널 꼭 안아 줄 테니까.

언제나 널 생각하는 샤샤가.]

"좋아, 다 썼다!"

탁. 샤샤는 깃펜을 내던지고 신나게 외쳤다. 뒤편에서 예복에 달린 후드를 푹 뒤집어쓴 채 솜사탕을 우적이고 있던 나스카가 고개를 들었다.

"이제 다 썼냐?"

"네! 오래 기다리게 해서 미안해요."

그래도 시간 맞춰서 완성할 수 있어서 다행이다. 샤샤는 그렇게 생각하면서 편지를 작게 접었다.

"레베카는 뭐 하는지 알려 줄래요?"

나스카는 흘깃 드레스 룸을 살펴보았다. 화장대 앞에 앉아 있는 레베카를 둘러싼 시녀들이 분주하게 손을 놀리고 있었다. 나스카는 맹한 얼굴로 말했다.

"아직 준비 중이야."

"그렇군요, 다행이다."

샤샤는 옷걸이에 걸린 겉옷 주머니에 편지를 집어넣고 거울 앞에 섰다. 평소보다 코르셋을 조이지도, 화장을 진하게 하지도 않았다. 그저 적당히 꾸민 것뿐인데 무척이나 마음에 들었다. 샤샤는 땋아 내린 옆머리를 만지작거리다가 고개를 돌렸다. 레베카가 걸어 나오고 있었다. 와, 샤샤의 입에서 탄성이 나왔다.

"꼭 네레이드 같아. 바닷속 정령이라는."

"고마워, 샤샤."

레베카는 웨이브진 머리칼을 우아하게 늘어뜨리고, 가느다란 끈이 달린 검푸른 드레스를 입었다. 화려한 장식은 없었지만 천 자체가 매우 우아하고 하늘거려서 파도를 연상케 했다. 샤샤는 레베카에게 물었다.

"역시 후와르 살롱에서 맞춘 드레스는 안 입는 거야?"

"응, 어차피 드레스야 많으니까. 그 드레스는 그냥 수선해서 너 줄게."

"괜찮은데."

"받아 둬."

"너 설마, 처음부터 나 주려고 그런 드레스로 골랐던 거야?"

짧은 대화를 마친 레베카는 흘깃 나스카를 쳐다봤다. 나스카는 솜사탕을 뜯어먹느라 끈적이는 손을 시녀들이 가져다준 물로 씻고 있었다. 나스카는 뭐냐는 듯 레베카와 시선을 마주했다. 레베카는 한참 동안 나스카를 위아래로 훑어보다가 샤샤에게 귓속말로 말했다.

"의외로 불평 안 하네. 예복이 갑갑하다고 날뛸 줄 알았는데."

샤샤는 당장 손을 내저으면서 대꾸했다.

"에이, 왜 그래. 나스카도 철들었어."

"다른 예복도 맞춰 뒀지?"

"응, 혹시 모르니까 두세 벌 더 맞춰 뒀어. 이제 내려가자. 아버님이 기다리고 계실 거야."

셋은 나란히 문을 나섰다. 과연 케론드가 계단 밑에서 예복 소매를 정리하며 세 사람을 기다리고 있었다. 케론드는 회색 머리칼을 단정하게 넘기고 멋들어진 검은색 정장을 차려입었다. 케론드는 입꼬리를 올리면서 셋에게 손짓했다.

"어서 오렴."

역시 미중년……! 샤샤는 엄지손가락을 추켜세우며 고개를 끄덕였다. 저 얼굴에 내성이 없는 다른 사람들이었더라면 당장 품위고 뭐고 다 집어치우고 개처럼 뛰어 내려갔을 것이다. 그 정도로 케론드는 멋있었다. 그는 말없이 레베카를 응시하다가 조용히 말했다.

"정말 아름답구나."

레베카의 눈에 기쁨이 어렸다. 레베카는 살짝 고개를 숙인 채 말했다.

"감사해요, 아버지."

"빨리 가자, 황궁에서 아스가 기다리고 있을 거야."

그렇게 팔짱을 낀 케론드와 레베카가 먼저 문을 나섰다. 평소 타고 다니는 것보다 몇 배는 더 호화스런 마차가 문 앞에 대기하고 있었다. 카낙타의 사절단이 온다고 신경 좀 쓴 모양이었다. 케론드는 레베카와 샤샤가 마차를 타는 것을 도와주었다. 레베카는 마차에 올라타자마자 샤샤의 귀에 소곤거렸다.

"사절단 사람들을 조심해."

확실히 조심하긴 해야지. 샤샤는 선선히 고개를 끄덕였다. 원작을 읽은 샤샤조차도 카낙타의 사절단에 어떤 인물들이 있는지 알지 못하니까. 아쉽게도 원작에서 카낙타의 사절단은 그저 '강대국인 아틀란타도 안전한 것은 아니다, 급성장하는 나라가 있다'라는 것을 보여 주기 위한 장치에 불과했다. 게다가 책임감 없는 요하네스는 하라는 사절단 접대 대신 릴리스를 데리고 몰래 황궁에서 빠져나와 평민들의 축제를 즐기거든. 그래서 사절단에 어떤 인물들이 있는지 자세히 나올 틈이 없었다. 그러니까 최대한 조심스럽게, 치고 빠질 때를 수시로 계산하면서 접근해야 된다.

샤샤는 황궁 기사들이 마차를 수색하는 동안 차근차근 계획을 챙겼다. 일단 파티장 앞에서 그녀를 목 빠지게 기다리고 있을 아스에게 달려가 10분 동안 안겨 있은 뒤, 다른 영애들과 가벼운 인사를 나눈다. 그리고 홀로 서 있는 사절단 멤버에게 접근할 것이다. 보통 홀로 있는 사람이 신분이 낮을 가능성이 높으니까 말이다. 괜히 높은 사람에게 접근했다가 돌이킬 수 없는 실수를 저지르면 크나큰 망신이다. 그러니까 그 사람에게 접근해서 친분만 적당히 쌓은 뒤……. 그때 케론드가 창밖을 쳐다보면서 말했다.

"저기 카낙타 사람이 보이는구나. 그것도 호위 없이."

"뭐?! 진짜?!"

샤샤의 눈이 번쩍 뜨였다. 벌써부터 사절단 멤버가 혼자 돌아다니고 있다고?! 샤샤는 즉시 창밖으로 고개를 들이밀었다. 케론드는 고개를 갸웃거리면서 말했다.

"옷차림이 딱 카낙타 사람인데, 혼자서 뭐 하는 거지? 그것도 파티 전에."

레베카도 의아한 얼굴로 말했다.

"황궁을 구경하고 있는 게 아닐까요?"

"정말 그렇다면 대단한 배짱이구나. 요즘 카낙타와 아틀란
타의 사이가 개선되긴 했지만, 불과 몇 년 전만 해도 전쟁을
벌이는 사이였는데."

은은하게 빛나는 등불 아래로, 정말 아틀란타에선 볼 수 없
는 독특한 복식의 사람이 걸음을 옮기고 있었다. 레베카와 케
론드는 곧 흥미를 잃고 고개를 돌렸지만, 그녀는 계속 그 사람
을 관찰했다. 그녀가 원하는 조건에 딱 맞는 사람이었으므로.
뒷모습이라서 얼굴은 잘 보이지 않았지만 옷차림이라도 잘 기
억해 둬야겠다. 샤샤가 그렇게 생각한 순간이었다.

"엥?"

부스럭, 어둠 속에서 무언가가 갑자기 휙 튀어나왔다. 하지
만 남자는 놀라는 기색 없이 한쪽 무릎을 꿇고 '그것'에게 손
을 내밀었다. 샤샤의 눈이 저절로 동그랗게 떠졌다. 레베카가
물었다.

"왜 그래?"

'그것'은 딱 봐도 사람이 아니었다. 등불 아래에서 살랑이는
꼬리에 샤샤는 말을 더듬고 말았다.

"아니, 그게 아니라……."

남자는 혼자가 아니었다. 등불의 빛만으론 그것의 정체를
정확히 파악할 수는 없었지만 이것 하나만큼은 확실했다.

네 발 달린 짐승이 남자 곁에 맴돌고 있었다.

황궁은 말 그대로 축제 분위기였다. 사교계 활동을 기피하던 귀족들도 오늘만큼은 한껏 차려입은 채 궁을 돌아다니고 있었고, 벽엔 꽃들과 비단 휘장이 이리저리 걸려 있었다. 샤샤는 파티가 열리는 홀을 쭉 둘러보았다. 시종과 시녀들이 샴페인 잔이 담긴 쟁반을 든 채 돌아다니고, 테이블에 수시로 음식을 채워 넣고 있었다. 샤샤는 붉은색 소스를 뿌린 튀긴 빵을 살짝 베어 물었다.

"떡볶이보단 덜 맵네요. 그쵸?"

나스카도 입을 오물거리며 고개를 끄덕였다. 샤샤는 한참 동안 이것저것을 맛보다가 사람들 사이에 서 있는 아스를 발견하고 급히 외쳤다.

"아스!"

무표정한 얼굴로 사람들의 말에 답하던 아스의 얼굴이 즉시 환해졌다. 아스는 사람들에게 양해를 구한 후 자리에서 빠져나와 샤샤에게 다가갔다. 나스카는 즉시 음식 접시를 들고 휙 사람들 사이로 들어가 버렸다. 샤샤는 그런 나스카를 당황스런 눈으로 쳐다보다가 아스에게 손을 뻗었다. 흰 와이셔츠에 꽂은 에메랄드 브로치가 오묘하게 반짝거렸다. 샤샤는 검은색 예복을 차려입은 아스를 감탄 어린 얼굴로 훑어보다가 말했다.

"오늘 정말 멋있어요!"

"고마워요. 당신도 어제보다 더 사랑스러워요."

아스는 샤샤의 머리칼을 쓰다듬으면서 부드럽게 말했다. 샤샤와 아스는 한참 동안 서로를 쳐다보다 자리를 옮겼다. 테라스에서 아스는 샤샤의 어깨를 감싼 채 말했다.

"여기까지 오느라 수고하셨어요."

"에이, 수고했다뇨. 아스가 오히려 더 수고했죠. 이렇게 멋진 파티를 준비했잖아요."

아스는 고개를 절레절레 저었다.

"준비라뇨, 전 어디까지나 조언만 한 사람이랍니다."

샤샤의 눈에 동정심이 어렸다. 이제 요하네스를 볼 때마다 '이거 내 이름으로 올려도 되지?'라고 말하는 얄미운 상사가 떠오를 것 같다. 아스는 테라스 문을 닫으면서 말했다.

"어차피 기대도 안 했어요. 오히려 예상대로 움직여 준 폐하와 전하께 감사할 따름이랍니다."

"기회가 된다면 그 단단한 팔로 요하네스를 확 밀쳐 버려요."

"그거 참 반가운 소리네요."

샤샤는 아스의 등을 감싸 안았다.

"지금 뭐 하는 거예요?"

"충전시켜 주고 있는 거예요. 앞으로 조금 더 힘낼 수 있도록."

"벌써 힘이 나네요."

그렇게 말한 아스는 샤샤의 이마에 입을 맞췄다. 샤샤는 이마를 감싼 채 헤실헤실 웃었다.

"있죠, 아스."

"왜요?"

샤샤는 두 손을 모으고 소곤거렸다.

"다른 곳에다 해도 되는데."

흐음, 아스의 눈초리가 가늘게 휘어졌다. 아스는 샤샤의 머리칼을 쓸어내리면서 은근하게 물었다.

"예를 들면?"

"예를 들면."

아이 참, 그걸 굳이 내 입으로 말해야 하나. 샤샤가 연신 아스의 등을 쳐 대며 까르르 웃고 있을 때였다.

"─아스 님, 여기 계시나요?"

누군가가 테라스 문을 열고 빼꼼 고개를 내밀었다. 아스가 의아한 눈으로 물었다.

"무슨 일이지?"

"요하네스 전하께서 찾으십니다."

"……."

아스와 샤샤의 표정이 즉시 썩어 들었다. 또 왜 찾는데, 한창 좋은 시간 보내고 있었는데. 둘은 터덜터덜 테라스를 빠져나왔다.

"그냥 주변에서 음료라도 홀짝이고 있을게요."

요하네스 앞에서 대놓고 붙어 있을 수는 없다. 물론 웬만한 귀족들과 황제는 둘이 곧 약혼할 사이라는 것을 알고 있지만, 요하네스는 모른다. 아스가 입단속을 시킨 이유도 있지만 워낙 그런 것에 관심이 없기 때문이다. 자기 보좌관이 곧 약혼한다는 사실도 모른다는 게 조금 한심했지만 둘에겐 좋은 일이었다. 요하네스는 샤샤를 싫어했으니까. 샤샤는 어깨를 으쓱이면서 말했다.

"아마 그 사람은 평생 자신의 잘못을 모를 거예요."

"평생 그렇게 살라 그러죠."

그때 어디선가 유쾌한 웃음소리가 들려왔다. 요하네스의 금발이 샹들리에 아래에서 눈부시게 빛났다. 둘은 걸음을 멈춘 채 요하네스와 나란히 서 있는 레베카와 케론드 공작을 응시했다. 요하네스는 은근슬쩍 자신에게 아는 척을 하는 여인들에게 연신 손을 흔들고 있었고, 레베카와 케론드는 무어라 대화를 나누고 있었다. 아버님과 레베카가 친해져서 정말 다행이야. 샤샤는 그렇게 생각하면서 아스에게 말했다.

"그럼 힘내요."

"네."

그 말을 끝으로 아스는 사람들 사이에 끼어들었다. 요하네스의 과장 어린 목소리가 들려왔다.

"오, 아스! 나의 조언자가 왔구나!"

"네, 전하. 무슨 일이십니까."

"아, 잠깐 물어볼 게 있어서."

샤샤는 걸음을 옮겼다. 나스카는 벽 근처에 기댄 채 포크로 음식을 뒤적이고 있었다. 샤샤는 장난스레 물었다.

"나스카, 호위 기사가 그렇게 농땡이 피우고 있어도 돼요?"

나스카는 건조하게 대답했다.

"딱히 위험한 것은 없으니까."

그 말을 끝으로 침묵이 흘렀다. 샤샤는 나스카 옆에 섰다. 시간이 얼마나 흘렀을까, 샤샤는 입을 열었다.

"있잖아요."

"뭔데."

나스카는 계속 포크로 음식을 쿡쿡 찌르면서 대답했다. 샤샤는 괜히 입술을 오물거리다가 조심스레 물었다.

"그거 하나만 줄 수 있어요?"

"……그런 일로 쓸데없이 분위기 잡지 마."

순간 기대했잖아. 나스카는 차게 식은 눈으로 샤샤를 응시하다가 접시를 내밀었다. 샤샤는 웃으면서 접시에 담긴 빵을 입으로 가져갔다.

"나눠 먹는다는 것은 참 좋아요. 안 그래요?"

정말 즐겁다는 얼굴로 빵을 오물거리는 샤샤의 모습을 응시하던 나스카의 입꼬리도 희미하게 올라갔다. 나스카의 고개가 미미하게 끄덕여졌다.

"그래."

"이 음식 레시피 좀 알아볼까요? 저택에서도 해 먹게."

"마음대로 해."

그런데 바로 그때 홀의 문이 열리면서 붉은색 카페트가 깔렸다. 콧수염이 멋들어진 시종이 걸어 나오면서 외쳤다.

"카낙타의 사절단이 입장합니다!"

오. 드디어. 샤샤는 즉시 나스카를 잡아끌었다. 한 무리의 사신들이 발목까지 내려오는 옷자락을 펄럭이며 모습을 드러냈다.

"빨리 앞으로 가요."

"뭐 볼 게 있다고."

"어서 가자니까요."

나스카는 순순히 샤샤에게 끌려갔다. 아틀란타에선 볼 수 없는 이국적인 복식의 사람들이 파티장 안으로 들어왔다. 머리엔 주로 청금석이나 호박이 박힌 화려한 띠를 두르고, 긴 옷자락 사이로 건강하게 그을린 피부를 드러냈다. 역시 카낙타 사람들은 긴 하의와 짧은 상의가 특징이구나. 책에서 읽었던 내용 그대로였다. 샤샤가 그렇게 생각한 순간 요하네스가 앞으로 걸어 나오며 외쳤다.

"아틀란타 제국에 온 것을 환영합니다, 사막의 사신들이여!"

요하네스 뒤편엔 우아한 자태의 레베카와 차분한 얼굴의 아스가 서 있었다. 그냥 요하네스 말고 저 둘을 앞에 세우면 더 좋을 텐데. 샤샤는 아쉽다는 듯 입맛을 다셨다.

"저는 아틀란타의 황태자 요하네스 르 카롤로스라고 합니다. 우리 제국을 방문해 주신 것에 다시 한번 감사드리며, 부디 아틀란타에서 즐거운 시간을 보내길 바라겠습니다."

사절단 사람들도 일제히 한쪽 무릎을 꿇으면서 정중하게 인사를 건넸다. 맨 앞에 서 있던 사람이 웃는 얼굴로 말했다.

"이렇게 환대해 주셔서 정말 감사합니다, 요하네스 전하. 저는 이번 사절단의 대표를 맡게 된 모하스라고 합니다."

요하네스와 모하스는 가벼운 악수를 나눴다. 요하네스는 다정한 어조로 물었다.

"그래요, 모하스. 숙소는 마음에 드셨나요?"

"아주 마음에 들더군요. 특히 침상이 마음에 들었습니다."

"마음에 들었다니 다행이군요. 일부러 고른 보람이 있어요."

옥좌에 앉아 있던 황제와 황후의 얼굴에 감동이 어렸다. 좋아, 이렇게만 가자. 요하네스는 그렇게 생각하면서 말을 이었다.

"그리고 그대들을 호위하기 위해 궁에 실력 있는 기사들을 대기시켜 놓았습니다. 그러니 안심하고 아틀란타에서 즐거운 시간을 보내시면 됩니다."

그 말에 모하스는 만족스럽게 웃으면서 말했다.

"호위까지 준비해 주시다니. 저희들을 생각해 주셔서 정말 감사합니다. 저, 그런데 염치 불구하고 부탁 하나만 더 해도 괜찮겠습니까?"

"오, 얼마든지. 무슨 부탁이든지 들어 드리겠습니다."

"저희가 카낙타에서 데려온 전사들에게 연무장을 빌려 주셨으면 합니다."

그 말에 요하네스의 눈이 동그랗게 떠졌다.

"전사들을 데려오셨습니까?"

"네, 호위를 위해서요. 칼리아?"

모하스의 말에 유독 장신의 사람이 자리에서 일어났다. 무척이나 큰 키에 짧은 상의 아래로 선명하게 박혀 있는 복근이 인상적인 사람이었다. 하지만 목엔 목젖이 없었고, 그자가 입고 있는 옷은 어딜 보나 카낙타 여성의 복식이었다. 멍청히 칼리아를 응시하던 요하네스의 눈에 경악이 어렸다. 한참 동안이나 믿을 수 없다는 얼굴로 위아래로 칼리아를 훑어보던 요하네스는 중얼거리고 말았다.

"여자?!"

그 말을 끝으로 그대로 홀 안이 얼어붙었다. 칼리아라 불린 여성은 팔짱을 낀 채 매서운 눈으로 요하네스를 쳐다보았고, 사절단에 섞여 있던 다른 전사들의 눈도 일제히 가늘어졌다. 요하네스는 급히 자신의 입을 틀어막았지만 이미 늦은 후였다. 모하스가 애써 웃으면서 말했다.

"놀라시는 게 당연합니다. 아틀란타나 저희 카낙타에서나, 여전사는 흔치 않으니까요."

요하네스는 더듬거리면서 고개를 끄덕였다.

"아, 그, 그렇죠."

"하지만 칼리아는 정말 뛰어난 전사입니다. 저희 술탄께서 칼리아를 적극적으로 사절단 호위대장으로 추천하실 정도로요."

과연 칼리아의 등에선 기다란 창이 번쩍거리고 있었다. 요하네스는 넉살 좋게 칼리아에게 손을 내밀면서 말했다.

"아하, 그렇군요. 가녀린 여자의 몸으로 호위를 하시다니, 정말 대단합니다."

가녀리다는 말에 칼리아의 인상이 더더욱 찌푸려졌다. 그리고 그 모습을 지켜보던 샤샤는 생각했다. 이쯤 되면 요하네스에게 재능이 있다고 생각할 수밖에 없다. 사람을 불쾌하게 만드는 재능 말이다. 칼리아는 요하네스와 가벼운 악수를 나눈 후 다시 자리로 돌아갔다. 요하네스는 칼리아의 어깨에 선명하게 나 있는 흉터를 보고 더욱 질린 얼굴을 했다. 그리고 아스에게 소곤거렸다.

"저게 여자인가, 괴물이지."

"……."

"저런 여자는 내 취향 아냐."

그리 말한 요하네스는 진심으로 진저리 쳤고 아스와 레베카는 저 멀리서 필사적으로 손을 흔들고 있는 샤샤를 보면서 생각했다.

샤샤 덕분에 오늘도 참는다.

사절단의 소개가 끝나고 다시 홀엔 아름다운 음악이 흐르기 시작했다. 귀족들은 사교적인 태도로 사절단 사람들에게 다가

갔다. 사절단 사람들과 아틀란타의 귀족들은 점차 섞여 들었고, 요하네스는 본격적으로 모하스와 대화를 시작했다. 어딜 보나 황제와 황후의 시선을 의식하면서 하는 대화였지만, 아스가 옆에서 살짝살짝 도와준 덕분에 그럭저럭 대화가 이어질 수 있었다.

샤샤는 말없이 그 모습을 쳐다보다가 고개를 돌렸다. 소란스러운 틈을 타 한 남녀가 몰래 파티장에 입장하고 있었다. 시종이 큰 소리로 이름을 외치려 했지만, 남자가 고개를 저어 거부했다.

"페인 님, 릴리스."

샤샤는 즉시 그 둘에게 다가갔다. 페인은 오늘도 변함없이 검은 갑옷 차림에 붉은 띠로 눈을 가리고 있었고, 릴리스는 펄이 들어간 화려한 붉은색 드레스에 장미 코사지를 달고 있었다. 릴리스는 무언가를 찾는 듯 고개를 두리번거리면서 샤샤에게 고개를 까딱였다. 역시 오늘도 저 둘은 선남선녀구나. 샤샤는 둘에게 가볍게 인사를 올렸다.

"그런데 페인 님, 왜 조용히 들어오신 거예요? 시종에게 이름도 부르지 말라 하시고?"

의아한 샤샤의 물음에 페인은 작은 목소리로 대답했다.

"귀찮아질 게 분명하니까."

"네?"

페인은 대답 대신 턱으로 카낙타 사람들을 가리켰다. 아, 샤샤는 알겠다는 듯이 가볍게 고개를 끄덕였다. 하지만 차라리 이 상황엔 귀찮아지는 게 나을 듯한데. 카낙타 사람들에게 인기 많은 모습을 보면 제국 사람들도 조금쯤은 페인을 소중히 여길지도 모른다.

"그런데 페인 님."

"무슨 일이지."

샤샤는 흘깃 파티장 구석을 쳐다보았다. 카낙타의 전사들 중에서도 유독 회색 머리칼이 눈에 띄었다. 칼리아는 팔짱을 낀 채 전사들과 무어라 얘기를 나누고 있었다. 샤샤는 페인에게 물었다.

"칼리아란 이름 알아요?"

칼리아란 말에 페인의 고개가 비스듬히 기울어졌다.

"칼리아? 몇 번 들어 본 적이 있다. 카낙타의 아주 강력한 전사라고. 그런데 그 이름을 네가 어떻게."

"이번에 사절단 호위대장이 저 사람이래요."

샤샤는 엄지손가락으로 칼리아가 서 있는 방향을 가리켰다. 페인은 감탄 어린 어조로 말했다.

"여러모로 존경할 만한 사람이야. 어렸을 적부터 전사로 살아가기 위해 남들보다 배는 더 혹독한 훈련을 견뎌 냈다고 들었다."

"아, 정말요?"

그렇게 대단한 사람을 그 짧은 시간에 깔아뭉개다니, 역시 요하네스! 당신이란 사람은 참 한결같은 사람이야! 공개적으로 깔아뭉개도 아무 죄책감 없을 것 같은 사람은 네가 처음이야! 샤샤가 속으로 그렇게 생각하고 있을 때, 페인은 쓸쓸한 어조로 말했다.

"실력이 아무리 대단해도 무시를 자주 당하지. 카낙타나 여기에서나 검을 쓰는 여자는 흔치 않으니까 말이야."

그 말에 샤샤는 저절로 레베카가 떠올랐다. 만약 레베카가
검을 배운다는 사실이 황제와 황후에게 알려지고, 가주직까지
노리고 있다는 것을 알게 되면 어떻게 될까. 생각만 해도 끔찍
했다. 누구나 납득할 만한 공을 세우지 않는 한 누구도 인정하
지 않겠지. 샤샤의 낯빛이 저절로 어두워졌다. 페인은 계속해
서 말을 이었다.

"최근 파벌 싸움에서 밀려나 곤혹을 치르고 있다고 들었는데,
호위대장까지 맡은 걸 보니 잘 빠져나왔나 보군. 다행이야."

"와, 페인 님은 되게 잘 알고 계시네요?"

"전쟁터에 있다 보면 알고 싶지 않은 것도 저절로 알게 돼."

페인의 어깨에 기댄 채 릴리스도 덩달아 고개를 끄덕였다.
릴리스는 샤샤의 어깨를 토닥이면서 말했다.

"저희는 여기서 적당히 요하네스 전하가 하는 짓만 살펴보
고 갈 생각이에요. 페인이나 저나 파티보단 둘이서 보내는 시
간이 좋거든요."

"좋은 생각이에요. 둘이서 오붓하게 보내세요."

"샤샤는 파티를 즐길 거죠?"

샤샤는 사절단 사람들을 흘깃 쳐다보면서 고개를 끄덕였다.

"네, 뭐, 그렇죠."

"조심해서 놀다 가요. 아, 그런데 샤샤."

릴리스는 샤샤의 귀에 소곤거리듯 물었다.

"아스도 요하네스 전하 옆에 있죠?"

샤샤는 바로 고개를 끄덕였다. 궁금증이 풀린 릴리스는 즉
시 페인과 자리를 떠났고, 샤샤는 일단 영애들 사이에 끼어들
었다.

"정말 기대됩니다. 세 번째 파티 땐 3황자 클로드 전하의 약혼녀이신 이비 영애께서 카낙타 사람들을 위해 직접 연주를 한다고 했죠?"

"외할머니를 닮아 예술가의 자질이 엄청나다고 들었는데 말이죠."

샤샤는 입술을 오므리면서 황궁에 들어가기 전 발견했던 카낙타 사람을 찾았다. 옷에 마름모 모양 무늬가 수놓아져 있는 것은 기억해 뒀는데 쉽게 눈에 띄지 않았다. 아니면 그 동물을 데리고 다시 숙소로 돌아갔으려나? 보통 파티 땐 동물을 데려오지 않으니까 말이다.

그나저나 정말 그 동물은 뭐였지.

덩치가 보통 큰 게 아니었는데, 기회가 된다면 한번 밝은 곳에서 보고 싶었다. 종종 아틀란타의 귀족들이 맹수를 키운다는 소문을 들은 적이 있다. 아마 카낙타에서도 그런 취미를 가진 귀족이 있나 보다. 샤샤가 그렇게 생각한 순간이었다.

"어머, 저 남자 좀 보세요."

한 영애가 흥분에 가득 찬 어조로 속삭였다. 영애들의 눈이 일제히 영애가 부채 끝으로 가리키고 있는 남자에게로 향했다. 그 남자는 홀로 음식 테이블 앞에 앉아 샴페인 잔을 흔들고 있었다. 어깨까지 내려오는 검은색 머리칼에 신비로운 보랏빛 눈이 인상적인 미남이었다. 그 미남은 파티장에 돌아다니는 사람들을 미소 띤 얼굴로 바라보며 샴페인으로 가볍게 목을 축였다. 샤샤는 저 남자가 마름모꼴 무늬가 수놓아진 옷을 입고 있다는 것을 깨닫고 작은 감탄사를 냈다.

누군가 싶었는데 바로 저 사람이었구나.

겁도 없이 황궁을 홀로 돌아다니던 사람이. 그런데 생각했던 것과 다르게 귀티가 좔좔 흘렀다. 높은 신분이 아닐까, 라는 생각이 들었지만 여기서도 혼자인 것을 보면 신분은 확실히 낮아 보였다. 다른 사절단 사람들은 죄다 두세 명씩 붙어 다니는데 말이다. 보통 타지에서, 그것도 몇 년 전만 해도 적대 관계였던 나라에서 혼자 다니는 사람은 대략 세 가지 경우로 분류할 수 있다.

첫 번째, 말 그대로 혼자 다니는 것을 좋아한다.

두 번째, 뒷배경이 보잘것없거나 모종의 이유로 붙어 다닐 사람이 없다.

세 번째, 케론드의 말대로 정말 겁을 상실했다.

샤샤는 턱을 쓰다듬었다. 두 번째 이유가 확실하다고 생각했는데 밝은 곳에서 보니 첫 번째나 세 번째 이유가 유력하다는 생각이 들었다. 남자는 누가 뭐래도 영애들이 감탄할 정도로 엄청난 미남이었으니까. 게다가 이곳은 타지임에도 불구하고 무척이나 여유로워 보였다. 보통 배짱이 아니었다. 섣불리 접근했다간 잘생긴 사람한테 꼬리 친다고 오해를 살 위험이 있다. 샤샤는 뒤편에 서 있는 나스카에게 고개를 까딱였다.

"나스카, 우리 음식이나 더 먹죠."

그냥 천천히 다른 사람 찾아보자. 샤샤는 나스카를 데리고 음식 테이블로 향했다. 아까 그 빵 맛있던데, 또 먹어야지. 샤샤는 입맛을 다시며 집게를 들었다. 그리고 보았다.

티끌도 남지 않은 텅 빈 접시를.

"……."

"……."

샤샤와 나스카 사이에 무거운 침묵이 흐르기 시작했다. 가벼운 애피타이저 코너부터 꿈과 희망의 디저트 코너까지 싹 다 털려 있었다. 시녀들이 몸 둘 바를 모르며 최대한 빨리 음식을 가져오겠다고 했지만, 둘의 기분은 이미 상한 후였다. 샤샤는 어깨를 축 늘어뜨린 채 말했다.

"아까 미리 많이 먹어 둘걸 그랬어요."

"그러니까 사절단 놈들 볼 시간에 음식이나 먹지."

젠장, 레시피도 모르는 음식들이었는데. 샤샤가 그렇게 생각한 순간이었다. 근처에서 거칠게 음식을 씹는 소리가 들렸다.

"젠장, 내가 그딴 놈한테 평가받으려고 죽어라 훈련한 줄 아냐? 가녀린? 가─녀─린?"

"워워, 진정하세요. 칼리아 님."

"가녀리다니, 칼리아 님한테 그런 말 하는 사람 진짜 처음 봤어요."

"아틀란타의 황태자가 쓸모없다는 소문이 사실이었네요. 진짜 설마설마했는데."

"내가 말했잖아, 이 나라는 케론드와 페인 아니면 볼 게 없다니까."

카낙타의 전사들이 한자리에 모여 음식을 우적이고 있었다. 식사 예절이고 뭐고 하나도 없었지만 감히 누구도 그것을 지적하지도, 비웃지도 못하고 있었다. 그 정도로 기세가 살벌했기 때문이다. 옷자락 사이로 흉터와 잘 단련된 근육들이 고스란히 드러났다. 샤샤는 저도 모르게 멍하니 그들을 쳐다보았다. 그런데 바로 그때, 맨 상석에서 고기를 씹고 있던 칼리아가 확 고개를 들었다. 매를 닮은 날카로운 눈매가 번뜩였다.

칼리아는 샤샤와 나스카를 노려보면서 삐딱하게 말했다.

"뭘 봐?"

카나타의 전사들은 말 그대로 사막의 상징이자 뿌리이다. 그들이 없었다면 지금의 카나타는 없었을 거라는 말이 있을 정도로 말이다. 카나타의 전사들은 그 누구보다 순수한 왕족의 피를 타고났지만, 왕족으로서의 특권을 포기하고 스스로 궁에서 나와 사막에서 생활한다. 제대로 된 훈련과 자유를 박탈당했던 예전의 삶을 잊지 않기 위해서였다.

그들이 사막에서 추구하는 것은 어디까지나 순수한 강함이었다. 그들은 사막을 지키기 위해, 더 많은 것을 손에 넣기 위해 하루 종일 따가운 햇빛 아래에서 몸을 단련하고 단련했다. 그래서 왕실의 복잡한 예의와는 거리가 멀었지만, 아무도 그들을 무례하다고 함부로 대할 수가 없었다. 그들이 없으면 카나타는 바로 무너져 내릴 테니까.

"요하네스 전하는 참으로 재치 있는 분이시군요."

"하하, 칭찬 감사합니다."

전사들이라, 제법 흥미로운 존재지만 지금은 어디까지나 눈앞에 있는 모하스처럼 신분이 높은 사람들이 중요했다. 아스는 요하네스 앞에 서 있는 모하스를 응시했다. 하지만 필요에 따라선 저 전사들과도 접촉해야 할 것이다. 아는 사람은 많을수록 좋으니까. 그때 모하스가 말했다.

"그럼 전 이만 다른 분들과도 얘기를 나눠 보겠습니다. 참으로 즐거운 시간이었습니다, 전하."

어찌어찌 무사히 끝냈군. 요하네스는 안도의 기색이 역력한 얼굴로 모하스에게 손을 흔들었다.

"그래요, 조심히 들어가 보도록 하세요."

"네, 전하."

요하네스는 흘깃 뒤를 돌아보았다. 황제와 황후가 정말 잘했다는 듯이 허허 웃고 있었다. 후우, 황태자 짓도 참 어렵군. 요하네스가 그렇게 생각했을 때 아스가 말했다.

"전 이제 가 봐도 됩니까?"

"응? 다른 사람 올지도 모르니 좀 더 있다가."

아스는 지그시 요하네스를 쳐다보았다. 그 '책 사건' 이후로 아스를 예전처럼 무시하지 못하게 된 요하네스는 천천히 고개를 끄덕였다.

"가 봐."

"감사합니다, 전하."

아스는 망설임 없이 뒤돌았다. 아스는 요하네스의 눈을 피해 인파 사이로 끼어들었다. 샤샤는 어디 있지. 아스는 샴페인으로 목을 축이면서 솜사탕 같은 분홍색 머리칼을 찾았다. 그런데 바로 그때 누군가가 아스의 옷을 잡아끌었다.

"아스, 아스."

"아, 릴리스 님."

그 사람은 바로 릴리스였다. 릴리스는 페인에게 잠시 양해를 구하고 아스에게 온 상태였다. 릴리스는 주변 사람들의 눈치를 살피다가 조심스레 소곤거렸다.

"참석하겠다는 답장은 왔나요? 파티가 시작됐는데도 보이지 않네요."

아스는 대답 대신 고개를 저었다. 릴리스의 얼굴에 근심이 어렸다. 아스도 릴리스에게 소곤거렸다.

"답장은 이제까지 오지 않았습니다. 무슨 일이 있는 게 아닐까요?"

"그렇군요."

"어쩌면 파티가 끝날 때까지 오지 못할 수도 있습니다. 모든 가능성은 열어 둬야 한다는 말, 잊지 않으셨죠?"

아스의 의미심장한 말에 릴리스는 피식 웃으면서 고개를 저었다.

"그건 걱정 마세요, 무슨 일이 있어도 끝나기 전엔 올 테니까."

"릴리스 님."

"그 여자는 당신이 생각한 것 이상으로 저에 대한 집착이 심하니까. 그리고 무엇보다, 이 파티에 참석하는 것 자체가 큰 영광이잖아요? 답장이 없어도 초대장만 있으면 얼마든지 출입이 가능하다면서요."

그러니까 올 거예요, 무조건. 그 말을 끝으로 릴리스는 아스에게 꾸벅 고개를 숙였다. 페인 때문에 자리를 오래 비우지 못한다는 게 이유였다. 릴리스는 올 때처럼 황급히 자리를 떴고, 아스는 그녀의 뒷모습을 말없이 응시하다가 고개를 돌렸다. 자신도 릴리스처럼 불안해하는 대신 빨리 연인이나 찾으러 가야겠다.

"샤샤, 괜찮을까."

사절단 사람들과 친분을 만들겠다며 의지를 다지던 샤샤의 모습이 떠올랐다. 눈치가 빠르고 나스카가 옆에 있으니 알아서 위험한 사람들에겐 접근하지 않겠지만, 그래도 불안한 것은 어쩔 수 없다. 빨리 샤샤를 찾아야겠다. 붙어 있어야 안심이 될 것 같았다. 아스는 계속해서 사람들을 헤치며 샤샤를 찾았다. 하지만 샤샤는 쉬이 보이지 않았고, 대신 후드를 푹 뒤집어쓰고 있는 나스카가 눈에 들어왔다. 하지만 아스는 안도했다. 나스카는 늘 샤샤에게 찰싹 달라붙어 있으니, 그의 주변에 샤샤도 분명 있을 것이다. 아스는 나스카에게 다가갔다.

"나스카, 여기 있었—."

그와 동시에 누군가가 나스카의 어깨에 팔을 둘렀다. 그리고 쩌렁쩌렁하게 외쳤다.

"하핫, 꼬맹이! 정말 술은 안 마실 거야? 진—짜 시원하고 맛있는데!"

나스카는 마카롱을 포크로 푹 찌르며 살벌하게 대답했다.

"맛없어. 치워."

"에이, 깐깐하게 굴지 말고~ 한 잔만 받아 봐! 한 잔만!"

"치우라고."

아스의 걸음이 뚝 멈췄다. 단련된 몸이며, 황궁에 어울리지 않는 무례한 말투며, 어딜 보나 카낙타의 중심이자 뿌리, 사막의 전사들이 분명했다. 그런데 왜 나스카의 곁에, 샤샤는? 아스가 불길함을 느꼈을 때였다.

"허참, 이렇게 귀여운 게 어디서 굴러왔지? 응? 확 사막에 데려가 버리고 싶네."

술에 취해 몽롱해진 목소리가 어디선가 들려왔다. 아스는 급히 고개를 돌렸다. 그리고 보았다. 분홍빛 머리칼 위에 얹어져 있는 커다란 손을. 샤샤는 칼리아를 밀어내면서 단호하게 말했다.

"이런, 저 임자 있는데요."

"이런, 임자가 있어? 나보다 세?"

"음, 머리론 세계 최강이에요."

그냥 전사도 아닌 무려 호위대장의 위치에 있는 칼리아의 옆자리를 차지한 채 오물오물 케이크를 먹는 샤샤의 모습을 보면서 아스는 생각했다.

맙소사.

어쩌다 둘이 저렇게 친해졌을까. 상황은 몇 시간 전으로 거슬러 올라간다.

"뭘 봐?"

그 낮은 목소리에 잠시 정적이 흘렀다. 칼리아는 척 봐도 아까 전 요하네스의 무례 때문에 무척이나 짜증스러워 보였다. 나스카가 고개를 비스듬히 기울이며 앞으로 나서려는 순간, 샤샤가 팔로 그를 제지했다. 잠깐만요, 샤샤는 나스카에게 작게 소곤거린 후 잽싼 손놀림으로 옷매무새를 매만졌다. 샤샤는 고개를 꾸벅 숙이면서 말했다.

"죄송해요, 저도 모르게 빤히 쳐다보고 말았네요. 기분 나쁘셨다면 사과드릴게요."

샤샤의 정중한 사과에 칼리아가 김샜다는 얼굴을 했다. 칼리아는 술잔을 기울이면서 말했다.

"됐어, 빨리 가 봐."

"저, 그런데."

샤샤의 뺨이 사과처럼 붉어졌다. 그리고 손을 입술에 갖다 댄 채 수줍게 말했다.

"혹시, 아까 모하스 님이 호위대장이라 소개하신 칼리아 님이 아니신지요?"

칼리아는 건성으로 고개를 끄덕였다. 그리고 손을 휘휘 내저으며 말했다.

"귀찮게 하지 말고 빨리 가라 했다."

샤샤의 눈이 번쩍 뜨였다. 샤샤는 손뼉을 치면서 앙증맞게 외쳤다.

"역시 맞군요! 페인 님께 종종 얘기 들었어요! 정말 대단한 분이시라고!"

페인. 갑작스레 언급된 이름에 칼리아를 포함한 모든 전사들의 손이 뚝 멈췄다. 페인이 누군가. 카낙타가 아틀란타에 쳐들어오지 못하는 이유, 현 1위가 아닌가. 샤샤는 그 틈을 타한 발자국 칼리아에게 다가가면서 말했다.

"팬이에요. 싸인 좀, 아, 이게 아니지. 방금 제가 한 말은 그냥 무시해요. 그동안 정말 존경하고 있었어요."

칼리아는 일단 침착하게 술잔을 탁자에 내려놓았다. 그리고 믿을 수 없다는 어조로 말했다.

"페인이 내 얘기를 했다고?"

샤샤는 당장 고개를 끄덕였다.

"네, 정말 칭찬하시던데요?"

전사 한 명이 칼리아의 귀에 대고 소곤거렸다.

"역시 다른 나라에 관심이 많은 분이군요. 칼리아 님을 알고 계시다니."

"……그래, 정말 만만하게 볼 자가 아냐."

하아, 칼리아는 한숨을 푹 쉬면서 머리칼을 쓸어 올렸다. 그리고 흘깃 샤샤를 쳐다보았다. 샤샤는 칼리아와 눈이 마주치자마자 화들짝 놀라면서 고개를 숙였다. 뭐야, 저 반응은. 칼리아는 어이없다는 얼굴을 하고 있다가 입을 열었다.

"거기 너."

샤샤는 두 손을 모은 채 즉시 대답했다

"네……! 칼리아 님……!"

페인과 무슨 사이냐고 물어보려던 칼리아는 멈칫했다. 칼리아 '님'? 이 파티에 초대되었다면 분명 잘나가는 귀족일 텐데, 왜 그렇게 부르는 거지? 전사라는 이유로 카나타에서도 대접받는 경우가 드물었던 칼리아는 의아할 수밖에 없었다. 칼리아는 즉시 물었다.

"왜 그렇게 부르지? 그냥 칼리아라고 불러도 상관없다."

"왜 그렇게 부르냐니, 아까 말했잖아요."

풍성한 분홍색 머리칼 사이의 조막만 한 얼굴이 더더욱 붉어졌다. 아, 어떡해. 부끄러워. 샤샤는 두 손바닥으로 얼굴을 가렸다. 샤샤는 한참 동안이나 어쩔 줄 몰라 하다가, 여전히 손바닥으로 얼굴을 가린 채 칼리아를 쳐다보았다. 손가락 사이로 푸른 눈동자가 사막의 오아시스처럼 빛났다. 샤샤는 수줍게 말했다.

"칼리아 님을 그동안 존경하고 있었다고."

툭, 숨죽인 채 샤샤를 지켜보고 있던 전사들의 손에서 술잔이 떨어졌다. 그 말을 끝으로 무거운 침묵이 흐르기 시작했다. 하지만 샤샤는 여전히 두 손으로 얼굴을 가린 채 어쩔 줄 몰라 하고 있었다. 시간이 얼마나 지났을까, 한참 동안 샤샤를 응시하던 칼리아가 갑자기 전사들을 걷어차기 시작했다. 전사들이 밀려나 어느 정도 빈 공간이 생기자, 칼리아는 어색하게 말했다.

"그…… 여기 앉을래?"

샤샤의 얼굴이 바로 환해졌다. 샤샤는 냉큼 외쳤다.

"네! 좋아요!"

작전 성공. 영어론 미션 컴플리트☆

자기 존경한다는 사람을 누가 싫어하겠나요! 샤샤는 나스카에게 엄지손가락을 추켜든 후 쪼르르 칼리아의 옆에 앉았다. 그리고 마침 지나가던 시종을 불러 샴페인을 통째로 가져오게 했다. 샤샤는 그 작은 손으로 커다란 샴페인 병을 끌어안은 채 생글생글 웃었다.

"아틀란타의 샴페인은 카낙타의 술보다 심심하죠? 그래도 상큼하고 가벼워서 계속 들어간답니다! 자, 제가 따라 드릴 테니 한잔 더 하시죠!"

"그, 그래? 그럼 조금만 더 마셔 볼까?"

그 후론 일사천리였다. 우두머리인 칼리아가 옆자리를 허락하자, 다른 전사들도 앞다투어 샤샤에게 자신을 소개했다. 샤샤는 그들과 자연스레 섞여 왁자지껄 대화를 나눴다. 샤샤는 손을 번쩍 들고 외쳤다.

"나스카! 당신도 여기 와서 앉아요!"

"그래! 나스카랬나? 너도 여기 와서 한잔해!"

그리고 나스카는 그 모습을 지켜보면서 생각했다.

뭐지, 이것들은.

쾅. 술잔이 요란스레 테이블을 내리쳤다. 칼리아는 씨근덕거리다가 거칠게 외쳤다.

"정말 어이가 없었지! 가녀려? 가녀려?! 하, 내가 그딴 평가

들으려고 피터지게 훈련한 줄 알아?!"

"맞아요. 저희 전하가 당신에게 큰 실례를 범했다니까요. 자, 한잔 더 쭉 들이켜요."

샤샤는 칼리아의 잔에 샴페인을 다시 듬뿍 채워 주웠다. 역시 칼리아는 호탕하고 괄괄한 성격이었다. 처음에는 날을 세워도 한번 경계심을 풀면 자신의 모습을 그대로 보여 준다. 물론 다른 이유도 있겠지만. 취한 칼리아가 술잔을 치켜 들면서 외쳤다.

"가녀린 것은 오히려 그 황태자 녀석이 아닌가? 한 대 치면 억 하고 죽을 것 같더만!"

옳소, 옳소. 전사들 사이에서 낄낄 웃음소리가 흘러나왔다. 나스카는 테이블에 놓인 음식을 집어 먹으면서 그들을 관찰하듯 빤히 쳐다보고 있었다. 쓱쓱, 칼리아는 자신의 단단한 몸을 쓸어내리면서 말했다.

"내가 이 몸을 만든다고 얼마나 고생한 줄 알아?! 어렸을 적부터 피터지게 훈련하고 자로 잰 듯한 식단 지키면서 만든 몸이라고!"

"와, 어쩐지. 몸이 보통 좋은 게 아니시더라고요. 저 보자마자 감탄했잖아요."

진심이 듬뿍 담겨 있는 샤샤의 말에 칼리아가 소리 내어 웃음을 터뜨렸다. 칼리아는 샤샤의 어깨에 팔을 두르면서 말했다.

"어쩜 이렇게 예쁜 말만 골라서 할까. 너 진짜 마음에 든다. 아까 이름이 뭐랬지?"

"샤샤 타르트랍니다."

"그래그래, 이름도 귀엽네. 넌 뭐 먹고 싶은 거 없어?"

"그럼 저기 저 케이크."

"야, 케이크 먹고 싶단다!"

샤샤는 칼리아를 올려다보면서 생각했다. 작가가 잘못했네. 요하네스와 릴리스 데이트 장면 보여 주느라 이런 존멋 언니를 등장시키지 않았으니. 아, 더 이상 작가랑 원작 생각은 하지 않기로 했지. 반성하자, 나 자신. 샤샤는 그렇게 생각하면서 케이크를 포크로 쿡 찔렀다. 칼리아는 다른 손으로 테이블을 두드리면서 멍하니 말했다.

"내 기분 풀어 줘서 고맙다. 그런데 여기가 카낙타가 아니라서 내가 어떻게 보답해 줄 수가 없네."

"에이, 무슨 보답이에요. 신경 쓰실 필요 없어요."

"아니지, 너 아니었으면 아틀란타에서 내내 기분 더러웠을 거야. 그러니 작은 거라도 해 줘야 하는데, 아, 그렇지."

칼리아가 샤샤에게 바짝 얼굴을 들이대며 은근하게 말했다.

"내 복근이라도 만져 볼래?"

언니, 지금 나한테 작업 거는 고얌? 그런 고얌? 샤샤는 웃으면서 칼리아의 이마를 밀어냈다. 하지만 칼리아는 이미 얼큰하게 취했는지 낄낄 웃으면서 말했다.

"내가 방금 말했잖아. 피터지게 노력해서 만든 거라고. 어때? 응?"

샤샤는 웃으면서 고개를 절레절레 저었다.

"아니, 괜찮아요."

옛날이었더라면 '그럼 사양하지 않고.'라고 말하면서 당장 수락하겠지만 지금은 아니다. 임자가 있는 몸이라서. 나중에 아스한테 복근 만져도 되냐고 물어봐야지. 아스 복근이나 만져야지. 샤샤는 그렇게 생각하다가 멈칫하고 말았다.

헉, 그럼 진도가 갑자기 빨라지려나?

맞아, 진도가 갑자기 빨라지겠네. 복근을 만지려면 아스가 상의를 탈의해야 하니까. 쾅! 샤샤는 저도 모르게 테이블을 주먹으로 내리쳤다. 칼리아는 술을 한 잔 더 들이켜다 의아한 눈으로 샤샤를 쳐다보았다. 어떡해, 어떡해. 진도는 천천히 빼고 싶다고. 아직 키스도 못했는데! 이마 뽀뽀가 다였는데……! 사실 아까 입 맞출 수 있었는데 그 빌어먹을 요하네스가 분위기를 부숴 버렸다. 그때 칼리아가 물었다.

"그런데 그 둘은 뭐냐?"

"네?"

"그 찌, 아니, 황태자 뒤편에 서 있던 둘. 둘 다 신분이 제법 높아 보이던데. 분위기도 장난 아니고. 누구지?"

냠. 샤샤는 케이크를 오물거리면서 간결하게 대답했다.

"제 사랑이요."

"응?"

"아, 실수."

샤샤는 재빠르게 말을 정정했다.

"남자분은 요하네스 전하의 보좌관 아스 클라인 님이시고, 여자 분은 요하네스 전하의 약혼녀 레베카 폰 아르첸 님이에요."

아르첸이란 성에 칼리아의 눈에 흥미가 스쳐 지나갔다. 그리고 샤샤는 그 모습을 놓치지 않았다. 샤샤는 생크림을 혀로 핥으면서 생각했다. 페인 말고 레베카와도 아는 사이라고 하면 칼리아는 지금보다 몇 배는 더 친근하게 자신을 대할 것이다. 왜냐? 자신은 누가 뭐래도 카낙타의 관심 인물 투톱과 절

친한 인물이니까.

"그 케론드 공작의 외동딸이란 건가?"

"네."

"과연……."

그렇게 중얼거리면서 칼리아는 반대편에 서 있는 요하네스와 레베카를 쳐다보았다. 레베카는 우아하게 황제에게 고개를 숙였고, 그런 레베카를 황후가 냉큼 끌어안았다. 한없이 해맑은 황제, 황후와 달리 레베카의 얼굴은 무표정하기 그지없었다. 칼리아는 한참 동안 그 모습을 응시하다 샤샤에게 고개를 돌렸다. 샤샤는 칼리아와 눈이 마주치자마자 순진하게 웃어 보였다. 아무것도 모른다는 그 새하얀 모습에 칼리아는 양심이 쿡쿡 찔려 왔다. 하지만 어쩔 수 없었다. 칼리아는 샤샤에게 물었다.

"혹시 레베카와도 아는 사이인가?"

샤샤의 눈이 동그랗게 떠졌다.

"어? 어떻게 알았어요?"

칼리아와 전사들은 빠르게 눈빛을 주고받았다. 전사들은 당장 나스카에게 달라붙었고, 칼리아는 당장 샤샤를 끌어안으면서 말했다.

"허참, 이렇게 귀여운 게 어디서 굴러왔지? 응? 확 사막으로 데려가 버리고 싶네."

"이런, 저 임자 있는데요."

"이런, 임자가 있어? 나보다 세?"

"머리론 최강이에요."

칼리아와 샤샤가 얼굴을 마주 본 채 깔깔 웃음을 터뜨렸을 때였다. 어디선가 차분한 음성이 들려왔다.

"―샤샤."

샤샤의 얼굴이 즉시 환해졌다.

"아스!"

칼리아는 의아한 눈으로 녹색 머리칼의 남성을 쳐다보았다. 단정한 예복 차림의 남성은 한 손에 금색 문양이 박힌 책을 들고 있었다. 딱 봐도 지적인 분위기를 풍기는 그 모습에 칼리아의 고개가 비스듬히 기울어졌다. 요하네스의 뒤편에 서 있던 그 남자가 분명했다. 황태자의 보좌관인 아스 클라인이라 했지. 설마 보좌관과도 연줄이 있었던 건가. 칼리아가 그렇게 생각한 순간이었다.

"여기서 뭐 하십니까."

"아, 마침 잘 왔어요. 아스."

샤샤는 스스럼없이 아스의 팔짱을 낀 채 말했다.

"칼리아 님, 인사하세요."

"보좌관과도 아는 사이였나? 의외로 발이 넓군."

"아, 그러고 보니 제가 깜빡 잊고 말을 안 했네요. 아스와는 단순히 아는 사이가 아니에요. 무려."

샤샤는 아스의 가슴팍에 기댄 채 애교스럽게 말했다.

"제 예비 약혼자랍니다."

"네 약혼자라고?!"

"에이, 예비 약혼자라니까요. 아직 식 안 올렸어요."

샤샤의 말에 아스의 얼굴에 미소가 어렸다. 아스는 아까 칼리아가 그랬던 것처럼 샤샤의 어깨에 팔을 두른 채 말했다.

"그렇게 치면 예비 남편이기도 하네요. 아직 식 안 올렸으니까."

샤샤의 얼굴이 확 달아올랐다. 하지만 싫지는 않은지 두 볼을 감싼 채 수줍게 말할 뿐이었다.

"아이 참, 반박할 수 없네요."

까르륵까르륵. 아스와 투닥거리며 웃는 샤샤를 보면서 칼리아와 전사들은 생각했다.

얘 도대체 정체가 뭐야.

한 소녀가 있었다.

어렸을 적부터 남들과 반대로 행동하는 것을 좋아하는 청개구리 소녀가. 소녀는 남들과 다르게 행동해서 어른들의 잔소리를 들었고, 수시로 회초리를 맞았다. 하지만 그럼에도 불구하고 청개구리 짓을 멈추지 않았다. 대신 입버릇처럼 말할 뿐이었다.

—난 남들과 똑같이 살지 않을 거야. 특히 우리 어머니. 어머니처럼 살 바엔 그냥 콱 죽어 버리고 말거야.

수많은 사람들 앞에서 그렇게 선언할 만큼 소녀는 배짱이 있었고, 그만큼 어머니를 싫어했다. 소녀의 어머니는 하렘의 아리따운 여인들 중 한 명으로, 늘 방 안에 가만히 앉아 지내는 '아주 얌전한' 여인이었다. 소녀는 남들과 반대로 행동하면서 조금이라도 어머니를 닮지 않기 위해 노력했고, 실제로도 그렇게 됐다.

머리칼을 예쁘게 땋아 내린 어머니와 다르게 늘 산발머리를 하고 다녔고, 치렁치렁한 옷으로 곱게 단장한 어머니와 다르게 흙투성이의 짧은 옷을 즐겨 입은 데다, 늘 얌전하게 웃는 어머니와 다르게 호탕하게 웃고 다녔다.

하지만 소녀는 그것만으로도 만족하지 못했다. 더더욱 어머니와 다른 사람으로 자라나고 싶었다. 그래서 소녀는 궁리 끝에 사막으로 떠나기로 결정했다. 사막에서 카낙타의 안전과 자유를 위해 훈련한다는 전사들의 얘기에 큰 감명을 받았기 때문이다. 같은 궁에 사는 몇몇 소년들은 이미 전사가 되기 위해 왕족으로서의 신분을 포기하고 사막으로 떠난 후였다. 소녀는 말을 타고 떠나는 그들의 모습을 보면서 결심했다. '나도 이야기 속에 나오는 멋진 전사가 될 거야!'라고. 소녀는 자신이 그렇게 될 수 있으리라고 믿어 의심치 않았다. 왜냐하면 자신은 남들과, 특히 어머니와 달랐기 때문이다. 그래서 소녀는 저번처럼 수많은 사람들 앞에서 선언했다.

─나는 사막으로 가 전사가 될 거야! 그래서 이 나라를 지킬 거야!

그런데 어째서일까. 저번 선언 때는 그러려니 했던 사람들이 소녀의 말이 끝나자마자 일제히 웃음을 터뜨린 것이다. 그들은 입을 모아 절대로 불가능하다고 말했다. 하지만 소녀는 계속해서 말했다.

─알 게 뭐야! 난 전사가 될 거야!

─오, 그렇게 말해 봤자 전사들이 널 받아 줄 것 같아? 네가 검을 들고 싸울 수 있을 것 같냐고.

─왜 안 된다고 생각하는데?!

소녀의 악에 가까운 질문에 사람들은 잠시 서로를 쳐다보았다. 그리고 말했다.

　—넌 후궁의 '딸'이잖아. 네 자신이 여자란 사실도 잊어버린 거냐?

　그 말을 들은 순간 소녀는 충격을 받을 수밖에 없었다. 그녀의 딸? 여자? 그렇다. 소녀는 누가 뭐래도 그토록 혐오하던 여자의 딸에 불과했다. 소녀는 당장 그 자리를 박차고 뛰쳐나왔다. 철들 때부터 부정해 온 사실을 면전 앞에서 듣다니, 최악이었다.

　소녀는 한참을 달리고 또 달렸다. 숨이 찰 때까지 말이다. 소녀는 허공에 대고 비명을 질렀다. 아무리 그 여자와 반대로 행동해도, 그 여자와 다르게 행동해도, 그 여자의 핏줄을, 그 여자와 같은 성별을 타고났다는 사실이 사라지지 않는다는 것이 한없이 분했다. 소녀는 계속 악을 쓰며 마구 주변 나무를 걷어찼다. 하지만 여전히 분은 풀리지 않았다. 그래서 자신의 어머니인 여자의 거처로 찾아갔다. 소녀의 어머니는 오늘도 방 한가운데에 앉아 손바느질을 하고 있었다.

　—난 왜 당신의 딸로 태어난 거야?!

　손바느질을 하던 여인의 손이 멈췄다. 여인은 말없이 소녀를 쳐다보았다. 소녀는 서 있었고 여인은 앉아 있었기 때문에 눈높이가 얼추 비슷했다. 소녀는 아무 반응 없는 여인이 답답했는지 가슴팍을 쾅쾅 치며 방 안을 뛰쳐나갔고, 여인은 말없이 자신의 다리를 내려다보았다. 그리고 그날 밤, 여인은 사람을 시켜 소녀를 자신의 방으로 데려오게 했다. 소녀는 가기 싫다고 몸부림쳤지만, 성인 남자의 힘을 당해 낼 수 없었다. 시종은 소녀를 여인의 방에 패대기쳤고, 소녀는 씩씩거리면서 제 모친을 올려다보았다. 그때 여인이 소녀의 손에 무언가를 쥐여 주었다. 엉겁결에 주머니를 쥔 소녀는 멍하니 제 어머니를 올려다보았다. 여인은 차분한 어조로 말했다.

—그렇게 여기서 나가고 싶으면 나가렴.

그리고 또다시 말했다. 배웅 나가지 못하는 나를 용서해. 그 말을 끝으로 여인은 다시 고개를 숙여 아무 일도 없었던 양 손바느질을 하기 시작했다. 소녀는 멍청히 여인을 응시하다가 가볍게 주머니를 흔들었다. 무척이나 묵직했다. 패물이나 금화가 분명했다. 소녀는 한참 동안이나 주머니를 쥐고 있다가 눈물을 훔치며 방을 나갔다. 끝까지 바보 같은 자신의 어머니를, 배웅 하나 못하는 자신의 어머니를 원망하면서 말이다.

앞서 말했듯이, 소녀의 어머니는 하루 종일 방에서 앉아 지냈다. 그녀는 한 번도 몸을 일으키지 않고 계속 손바느질을 했다.

왜냐하면 여인은 사실, 하렘에 들어올 때 여자치곤 큰 키가 거슬린다는 이유로 술탄에 의해 발목이 잘렸기 때문이다. 하지만 너무나 얌전했기에 술탄에게 저항 한번 하지 않았다. 그저 어렸을 적부터 그랬듯이, 머리를 예쁘게 땋아 내리고 화려한 옷으로 치장을 한 뒤 방 안에 가만히 앉아 생활했다. 그리고 소녀는 그런 어머니의 삶을 질색했고 말이다. 소녀는 허리춤에 인형 대신 칼을, 화려한 비단신 대신 볼 넓은 신발을, 손에는 바느질 도구 대신 패물 주머니를 꼭 쥔 채 뒤도 돌아보지 않고 어머니를 떠났다. 그리고 황금빛 모래로 가득한 사막에 맹세했다.

난 절대 어머니처럼 살지 않을 거야.

"아까 그 여자 봤어, 레베카? 덩치도 진짜 소 같고 온몸에 흉터가 가득하더라고."

"……."

"다리라도 굽히고 다니지, 무슨 배짱으로 그렇게 다니는지 몰라."

파티 도중, 요하네스는 레베카를 끌고 홀에 딸린 호화스런 방으로 들어갔다. 파티에 참석한 귀족들이 중간중간 쉬기 위해 마련해 놓은 방이었다. 요하네스는 레베카의 허리에 팔을 두른 채 느긋하게 말했다. 레베카는 말없이 장갑을 낀 팔을 쓰다듬을 뿐이었다. 쩽, 유리잔 속의 얼음이 부드럽게 부딪쳤다. 요하네스는 과실주를 홀짝이면서 말했다.

"여자란 자고로 앙증맞고 청순한 맛이 있어야지."

레베카는 여전히 아무 말도 하지 않았다. 요하네스는 뒤늦게 아차 싶었는지 급히 레베카를 자신의 옆으로 끌어당기면서 달콤하게 속삭였다.

"그렇다고 그대가 싫다는 것은 아냐. 그대는 색다른 매력이 있으니까 말이야. 장미꽃처럼 고혹적인 매력이."

레베카의 눈이 빤히 요하네스를 올려다보았다. 요하네스의 입꼬리가 만족스럽다는 듯 호선을 그렸다. 억지로 주기적인 만남을 가진 보람이 있었다. 레베카가 많이 누그러졌기 때문이다. 그 계집은 나중에 어떻게든 벌을 줘야겠어, 생긴 것이 제법 취향이라 잘해 줬던 예전의 자신이 바보처럼 느껴졌다. 요하네스는 그렇게 생각하면서 시종들에게 턱짓을 했다. 시종들은 즉시 방을 나갔다. 주변은 무척이나 고요했고, 레베카도 자신을 밀어내지 않는다. 분위기가 아주 좋아. 요하네스는 그렇게 생각하면서 입을 열었다.

"레베카, 그동안 내가 그대에게 무심했던 것은 사과할게."

스륵, 요하네스의 손이 레베카의 머리칼을 부드럽게 쓸어내렸다.

"알다시피 내가 좀, 혈기가 왕성하잖아. 그래서 어쩔 수가 없었어. 하지만 이거 하나만큼은 알아줬으면 해."

"무엇을 말인가요."

쪽. 요하네스의 입술이 레베카의 머리칼에 닿았다가 떨어졌다. 요하네스는 꿀이 뚝뚝 떨어지는 눈으로 말했다.

"다른 여자와 있어도 난 언제나 마음에 그대를 품고 있었어."

"……."

"날 원망해도 괜찮아. 하지만 이 사실 하나만큼은 꼭 알아줘. 응?"

그 말을 끝으로 점점 요하네스의 얼굴이 레베카의 얼굴과 가까워졌다. 이럴 때는 눈을 감아야 하는 거야. 요하네스가 미소를 지으면서 속살거렸다. 둘의 얼굴이 맞닿으려는 순간, 레베카가 중얼거렸다.

"……진짜."

"응? 뭐라고, 레베카?"

레베카는 혐오스럽다는 얼굴로 말했다.

"진짜 못 들어 주겠네."

그 말을 끝으로 레베카는 찰싹 요하네스의 손을 뿌리쳤다. 입술을 내밀고 있던 요하네스의 눈에 당황이 어렸다. 지금까지 만났던 다른 여자들은 바로 눈을 감았는데? 요하네스가 다시 레베카의 어깨를 쥐려는 순간이었다.

"아까 저를 장미에 비유하셨죠?"

레베카는 부드럽게 몸을 일으켰다. 그리고 눈밭에 피어 있는 장미꽃 같은 그 입술로 말했다.

"당신이 한 가지 간과한 것이 있어요, 요하네스."

"레베카?"

레베카의 흑진주 같은 눈이 오만하게 요하네스를 내려다보았다. 레베카는 한쪽 입꼬리를 올린 채 말을 이었다.

"장미에겐 손을 대지 말아야죠. 누가 뭐래도 장미엔 가시가 있으니까요."

섣불리 움켜쥐었다간 당신의 손을 피투성이로 만들 거예요. 그렇게 속삭인 레베카는 미련 없이 뒤돌아 방을 나갔다. 파티는 아직도 성대하게 벌어지고 있었다. 레베카는 멍하니 파티장을 응시했다. 역시 이런 장소는 자신에게 맞지 않는다. 차라리 집무실에서 서류를 처리하거나 연무장에서 검을 휘두르는 게 몇 배는 더 재밌었다. 아까 칼리아를 보고 요하네스가 지껄였던 말이 떠올랐다. 레베카는 진저리치면서 중얼거렸다.

"멍청하다고 자랑하는 것도 아니고."

레베카는 잘근잘근 입술을 깨물었다. 큰 키? 흉터 많은 몸? 요하네스는 욕했지만 레베카는 한없이 그게 부러웠다. 칼리아는 누가 봐도 어렸을 적부터 훈련을 받은 탄탄한 몸을 가지고 있었다. 그렇기에 사절단 호위대장까지 맡은 거겠지. 아까 모하스도 말하지 않았던가, 무려 술탄이 적극적으로 추천한 전사라고. 레베카는 팔을 쓸어내리면서 생각했다. 자신은 칼리아 정도의 몸은 바라지도 않는다. 그저 요하네스만 이길 수 있는 정도만……. 그런데 바로 그때였다.

"레―베―카!"

멀리서 분홍빛 머리칼이 찰랑였다. 레베카의 얼굴이 즉시 부드럽게 풀어졌다.

"어디에 있었어? 한참 찾았잖아!"

세상에서 제일 사랑스러운 샤샤가 사람들 틈을 헤치며 걸어오고 있었다. 이젠 아예 존재만으로도 마음이 편안해진다니까. 레베카가 그렇게 생각하며 발을 움직이려는 순간이었다.

"죄송하지만 그 팔 좀."

"어허, 왜 이러실까. 내가 먼저 둘렀어."

아스도, 나스카도 아닌 사람이 샤샤의 어깨에 보란 듯이 팔을 두르고 있었다. 왼편에 선 채 샤샤의 손을 잡고 있는 아스가 안경을 올리면서 매섭게 그 사람을 노려보았다. 레베카는 샤샤의 어깨에 팔을 두르고 있는 사람이 누구인지 한눈에 알 수 있었다. 바로 조금 전까지만 해도 저 사람을 부러워하고 있었으니까. 그 사람은 바로.

"네가 바로 그 '레베카'냐?"

술탄의 전사이자 사절단 호위대장, 칼리아였다. 레베카는 말없이 칼리아를 올려다보다가 오만하게 대답했다.

"그렇다만."

호오. 칼리아의 눈이 재밌다는 듯 가늘어졌다.

"인사해, 레베카. 이쪽은 칼리아야. 이름은 알고 있지?"

"만나서 반갑다. 나는 칼리아―."

"다짜고짜 반말이라니, 예의가 없군."

칼리아의 말이 끝나기도 전에 레베카가 단호하게 말했다. 이것 봐라? 싱글벙글 웃고 있던 칼리아의 얼굴이 바로 굳었다. 하지만 반박할 수는 없었다. 칼리아는 왕족의 신분을 포기한 사막의 전사였고, 레베카는 그 케론드 공작의 하나뿐인 딸이자, 황태자의 약혼녀였다. 신분만큼은 레베카가 한참 위었다. 칼리아는 머쓱하다는 듯이 말했다.

"아, 미안. 사막에서 훈련만 해서 예의가 서툴러. 이해해 줄래?"

레베카는 짧게 대꾸했다.

"'요'."

"응?"

칼리아의 얼굴에 의아함이 깃들었다. 레베카는 팔짱을 낀 채 계속해서 말했다.

"이해해 줄 테니, '요'만 붙여."

"……."

난 내 주군한테도 존대 안 쓰는 사람이라고. 칼리아는 아무 말도 할 수 없었다. 하지만…… 칼리아는 가볍게 파티장을 둘러보았다. 이곳은 엄연한 적진이었다. 그냥 자존심 굽히고 저 여자가 원하는 대로 해 줄까. 칼리아는 레베카를 위아래로 훑어보았다. 게다가 다른 사람도 아닌 무려 그 케론드 공작의 딸이니 말이다. 칼리아는 마른침을 꿀꺽 삼켰다. 하지만 자존심이 있지, 술탄한테도 안 쓰는 존대를, 아, 그러면 되겠구나. 칼리아의 고개가 작게 끄덕여졌다. 그리고 말했다.

"알았다'요'."

그 말을 끝으로 침묵이 흘렀다. 샤샤는 속으로 감탄했다. 우와, 이 사람, 정말 레베카가 시키는 대로 했어. 그리고 칼리아는 거기서 끝나지 않았다.

"왜 그렇게 쳐다보냐'요'."

레베카는 다른 사람들이 쓰는 존대를 사용하란 뜻으로 그렇게 말한 건데, 이 사람은 정말 자신의 말끝에 '요'만 붙이면 그만인 줄 알고 있다. 도대체 얼마나 단순한 거야. 샤샤는 슬그머니 다른 사람들의 눈치를 살폈다. 아스와 레베카는 칼리아가 장난치는 줄 알았는지 싸늘한 눈빛을 하고 있었고, 나스카는 아무 관심 없다는 맹한 얼굴이었다. 칼리아는 눈을 가늘게 뜨면서 말했다.

"네가 원하는 대로 해 준 건데 뭐가 문제냐'요'."

그딴 말투로 분위기 잡아 봤자 하나도 안 무서워. 샤샤는 한숨을 푹 쉬면서 소곤거렸다.

"레베카의 말은 제가 당신에게 지금 쓰고 있는 존대를 사용하란 뜻이에요."

칼리아도 소곤거렸다.

"알아."

"네?"

"안다고."

아무리 케론드 공작의 딸이라 해도 나한테 존대를 시킬 수는 없다. 칼리아는 팔짱을 낀 채 껄껄 웃음을 터뜨렸다. 아, 난 역시 귀족은 상대 못하겠다. 칼리아는 그렇게 생각하면서 샤샤의 어깨에 두르고 있던 팔을 내렸다. 칼리아는 샤샤의 머리칼을 쓰다듬으면서 말했다.

"또 보자, 귀염둥이야."

"……"

그 말을 끝으로 칼리아는 손을 흔들고 뒤돌아 인파 속으로 사라졌다. 아스는 한숨을 쉬면서 말했다.

"샤샤, 당신이란 사람은…… 정말 감탄할 수밖에 없는 사람입니다."

하지만 샤샤는 어깨를 으쓱이면서 말할 뿐이었다.

"운이 여러모로 좋았어요. 페인 님이랑 레베카랑 친한 사이란 점을 들먹이면서 파고드니까 쉽더라고요."

"그렇습니까?"

샤샤는 고개를 끄덕이고 칼리아의 뒷모습을 바라보았다. 보통 사람보다 큰 키와 어깨에 있는 흉터 덕분에 다른 사람들과 섞여 있어도 쉽게 눈에 띄었다. 샤샤는 칼리아의 어깨 위에 큼지막하게 나 있는 흉터를 바라보면서 생각했다. 아마 저 흉터는 훈련이나 싸움을 하다가 생긴 거겠지. 전사들의 삶은 철저한 약육강식이라 들었으니까. 아마 칼리아는 이곳에 도달할 때까지 수많은 상처를 입었을 것이다. 레베카도 그 흉터가 눈에 띄었는지 중얼거렸다.

"공식 석상에서의 예의는 최악이지만 존경할 만한 사람이네."

샤샤의 얼굴이 밝아졌다. 샤샤는 레베카에게 재잘거렸다.

"그치? 나쁜 사람은 아닌 것 같아. 말하는 게 거칠 뿐이지."

그나저나 술탄한테도 존대를 쓰지 않는다니, 정말일까? 아틀란타에선 당장 끌려가도 할 말 없는데. 샤샤의 의문에 아스가 차분하게 말했다.

"예의 바르지만 속내 시커먼 신하보단, 조금 예의 없어도 단순한 신하가 지배자 입장에선 편하죠."

호오. 샤샤는 턱을 쓰다듬으면서 고개를 끄덕였다. 확실히 지배자 입장에선 언제 반란을 일으킬지 모르는 신하보단 단순하고 호쾌한 칼리아가 더 대하기 편할 것이다. 하지만 카낙타의 현 술탄이 다른 지배자들보다 파격적이란 사실은 변하지 않는다. 당장 오랜 전통과 화려한 역사를 자랑하는 아틀란타에서도 검을 쓰거나 가주 자리에 오른 귀족 여성은 없었으니까 말이다. 그 정도로 억압이 심한 시대였다.

그런데 현 술탄은 보란 듯이 칼리아를 사절단 호위대장으로 임명해 타국으로 보내는 파격적인 짓을 강행했다. 카낙타의 꼰대들, 그러니까 신하들이 그것을 두고 봤을 리가 없다. 죽어라 반대했을 것이다. 하지만 그럼에도 불구하고 굳이 칼리아를 보낸 것은.

"페인 님에게 보내는 일종의 메시지가 아닐까요."

"……."

샤샤의 푸른 눈이 요하네스를 사이에 둔 황제와 황후에게 향했다. 샤샤는 말을 이었다.

"나는 능력만 있으면 얼마든지 인정한다, 누구와는 다르게."

참 매력적인 메시지가 아닌가요? 샤샤는 그렇게 말하면서 슬그머니 둘의 눈치를 살폈다. 아스와 레베카는 입을 굳게 다물고 있었다.

"이거 정말 심각한데요."

이러다가 정말 큰일 나겠어. 샤샤는 요하네스를 떠올리면서 머리칼을 긁적이다가 아스에게 손짓을 했다. 아스는 즉시 허리를 구부렸고, 샤샤는 아스의 귀에 대고 무언가를 속삭였다.

파티가 끝났다. 입안에 쓸쓸함만 잔뜩 남긴 채. 아스와 레베카는 여전히 굳은 표정으로 샤샤에게 쉬라고 말한 후 어디론가 가 버렸다. 샤샤는 시녀들의 어땠냐는 말에 대충 대답하면서 드넓은 욕조에 몸을 담궜다. 샤샤의 흰 피부가 금세 장밋빛으로 물들었다. 샤샤는 멍하니 천장을 올려다보았다.

"물이 너무 뜨겁진 않죠?"

옆에서 목욕 시중을 들고 있던 시녀가 물었다. 샤샤는 퍼뜩 정신을 차리면서 말했다.

"응. 딱 좋아. 아, 그런데 있잖아."

"네."

"오늘은 혼자 목욕하고 싶으니까 나가 주라."

"그럼 문밖에서 대기하고 있을 테니까 필요한 게 있으면 언제든지 부르세요."

"응, 고마워."

시녀는 즉시 욕실을 나갔다. 샤샤는 물방울이 송골송골 맺힌 얼굴을 문질렀다. 눈앞이 한없이 뿌옇다. 샤샤는 한참 동안 괜히 물장구를 치다가, 무릎을 구부렸다.

"으아, 진짜 미치겠네."

샤샤는 앓는 소리를 냈다. 아까 칼리아를 보면서 레베카와 아스는 무슨 생각을 했는지 궁금했다. 그 둘이라면 눈치 못 챌 리가 없어서 마음 놓고 소리 내서 말한 건데. 샤샤는 입술을 오므렸다. 자신의 말이 끝나자마자 둘이 지었던 표정이 너무 마음에 걸렸다. 다른 사람의 눈엔 무표정으로 보였겠지만, 눈치 빠른 샤샤의 눈엔 아니었다. 샤샤는 분명히 보았다. 그 둘의 눈에 비참함이 스쳐 지나가는 것을. 하지만 샤샤는 아무 말도 할 수 없었다.

그 둘은 비참할 수밖에 없을 테니까.

한 명은 누가 봐도 가주로서의 조건을 가지고 태어났지만 여자란 이유로 가주 교육을 받지 못한다. 그리고 다른 한 명은 제국 최고의 머리를 타고났지만 핏줄 때문에 머저리 뒷수습이나 하고 있다. 차라리 우리 셋 다 카낙타에서 태어났더라면, 아냐, 지금 카낙타도 현 술탄 부임하고 나아졌다는 사실을 잊지 말자. 게다가 어떻게 보면 거기가 더 심하다. 카낙타의 하렘이란 제도만 봐도 그것을 알 수 있다. 샤샤는 천천히 심호흡을 했다.

일단 칼리아와 전사들을 집중적으로 공략하자. 그럼 자연스레 다른 사람들도 내게 관심을 가질 거야. 아스는 걱정하지 않아도 알아서 잘할 테고, 레베카는……

"……."

황궁에서 장갑을 낀 채 말없이 요하네스의 옆자리를 지키고 있던 레베카의 모습이 떠올랐다. 저절로 샤샤의 낯빛이 어두워졌다. 지금 당장은 레베카에게 해 줄 수 있는 게 없었다. 자신은 검술에 조예가 없는 데다, 황족들을 위협할 수 있는 높은 신분도 없으니 말이다. 그저 할 수 있는 거라곤.

"위로뿐이지."

무심코 중얼거린 샤샤는 화들짝 놀라면서 고개를 세차게 저었다. 아냐, 위로라도 해 줄 수 있는 게 어디야. 우울한 생각하지 말자. 샤샤는 욕조 물에 푹 얼굴을 담갔다. 시녀가 정성스레 데워 온 물은 아직도 따뜻했다. 샤샤는 미역처럼 늘어진 머리칼을 쓸어 올리면서 다시 심호흡을 했다. 초조해하지 마, 괜히 비교하지도 말고. 나만의 방식으로 도우면 그만이야, 그러니까 내가 할 일에만 집중하자. 샤샤는 그렇게 생각하면서 두 볼을 살살 문질렀다. 아까 파티장에서 아스에게 페인과 만나 보고 싶다고 했으니까, 어떻게든 만남을 주선해 줄 것이다.

물론 워낙 신념이 굳은 사람이라 자신은 없지만…….

"최대한 설득시켜 봐야지."

오직 나만이 할 수 있는 일이니까. 샤샤의 눈이 결연하게 빛났다.

부드러운 카페트 위, 황금빛 털의 표범 한 마리가 고롱고롱 소리를 내면서 꼬리를 살랑이고 있었다. 남성은 느릿느릿하게 표범의 머리를 쓰다듬으면서 창밖을 쳐다보았다. 은은한 등불 아래로 온갖 꽃들이 만발한 정원이 보였다. 쾅, 그때 거칠게 문이 열렸다. 남성은 고개를 돌렸다. 칼리아가 팔짱을 낀 채 서 있었다.

"무슨 일이지, 칼리아?"

남성은 턱을 치켜들며 온화한 어조로 물었다. 파티장에서 수많은 영애들이 감탄할 만큼 수려한 외모가 고스란히 드러났지만, 칼리아는 눈 한번 깜짝이지 않았다. 칼리아는 뚜벅뚜벅 방 안으로 들어왔다. 표범이 이를 드러낸 채 낮은 울음소리를 냈다. 남성은 이해해 달라는 어조로 말했다.

"우리 라카가 낯선 장소에 와서 그런지 조금 예민한 상태야. 언제 달려들지 모르는데, 괜찮겠어?"

칼리아도 턱을 치켜들며 오만한 어조로 말했다.

"당연하지, 내가 더 센데."

그 말에 남성의 얼굴에 진한 만족감이 어렸다. 남성은 짝짝 박수를 치면서 말했다.

"좋아, 이래야 내 신하답지."

칼리아는 목을 주무르며 그 남성을 노려보았다. 방금 파티에서 만났던 레베카만 하더라도 존대를 요구했는데 왜 이놈은…… 하여간, 정말 이상한 놈이야. 칼리아는 그렇게 생각하면서 한숨을 푹 쉬었다. 높으신 분들은 하나같이 꽉 막혀 있고 답답한 놈들이라고 생각했다.

그런데 이 남자는 아니었다. 시녀를 어머니로 둔 사람이라 그런지, 가볍고 거침이 없었다. 당장 가명까지 써 가며 이곳에 따라온 것만 봐도 그가 얼마나 대담한지 알 수 있었다. 칼리아가 그렇게 생각한 순간이었다. 남성이 능글맞게 말했다.

"그나저나 칼리아, 이런 야심한 밤에 내 방엔 웬일이야? 혹시 우리 라카처럼 낯선 곳이라 잠이 안 온다거—."

"헛소리 하지 마, 미친놈아."

물론 성격은 조금 이상하지만. 칼리아의 거침없는 욕설에 남성은 다시 껄껄 웃음을 터뜨렸다. 칼리아는 남성이 웃음이 그칠 때까지 기다렸다가 차분한 어조로 말했다.

"내가 여기에 온 것은 어디까지나 물어볼 게 있어서야."

"오, 나의 믿음직한 칼리아가 궁금한 거라면 뭐든지 답해 줄 자신 있어. 뭔데? 아, 설마 우리 라카의 앞발이 얼마나 말랑말랑한지 궁금—."

"그딴 거 안 궁금해!"

칼리아의 노성이 방 안에 울려 퍼졌다. 남성의 눈초리가 가늘어졌다. 남성은 손가락을 입술에 갖다 댔다. 아차, 여긴 카낙타가 아니라 아틀란타였지. 칼리아는 급히 달려가 문을 열어젖혔다. 다행히 늦은 시간이라 복도는 텅 비어 있었다. 다행이다. 칼리아는 다시 문을 닫고 남성을 돌아보았다. 남성은 여전히 표범, 라카의 앞발을 꾹꾹 누르며 놀고 있었다. 그 태평한 모습에 저절로 부아가 치밀어 올랐다. 칼리아는 이마를 부여잡으면서 말했다.

"도대체 왜 여기까지 따라온 거야, 아후라. 술탄이면 술탄답게 왕궁에 처박혀 있을 것이지. 들키면 난리가 날 거라고. 아무리 관계가 좋아졌다 해도 몇 년 전만 해도 치고 박고 싸웠던 사이인데⋯⋯."

칼리아의 말에 카낙타의 위대한 지배자, 아후라 카 마즈다는 라카의 앞발을 놓아주며 상체를 일으켰다. 선명한 자안이 매혹적으로 빛났다. 그는 유쾌하게 말했다.

"아후라란 이름으로 날 부르지 마. '아베스타'라 불러."

"⋯⋯."

아후라, 아니, 아베스타는 다리를 길게 뻗었다. 치렁치렁한 하의 사이로 잔근육이 고스란히 드러났다. 남성은 유쾌하게 말을 이었다.

"여기에선 누가 뭐래도 난 하급 신하에 불과한 몸이니까."

칼리아는 말없이 아베스타를 노려보았다. 하지만 그 찌를 듯한 시선에도 불구하고 아베스타는 계속 싱글벙글 웃고 있었다.

"왜 여기까지 왔냐고? 뻔하잖아."

적국 관찰 겸 인재 포섭. 아베스타는 느릿느릿하게 말을 이었다.

"난 아틀란타의 땅이 진심으로 탐난다고. 당장이라도 전쟁 일으키고 싶을 정도로—."

아베스타의 말이 끝나기도 전에 칼리아는 단호하게 말했다.

"네가 전쟁하냐? 나가서 싸우는 것은 어디까지나 우리들이 거든?"

"에이~ 지원 정도는 얼마든지 해 줄게."

하여간 정말 기분 나쁜 녀석. 칼리아는 속으로 투덜거렸다. 주변 사람들만 고생이지. 연신 식은땀을 뻘뻘 흘리며 아베스타의 눈치를 살피던 모하스의 모습이 아직도 눈앞에 선했다. 아무리 짜증 나도 일단은 지배자라 어쩔 수 없이 이곳까지 따라왔지만, 벌써부터 골치가 아파 왔다. 사고 하나라도 치면 바로 뒷덜미 잡아채고 카낙타로 돌아가야지. 칼리아가 그렇게 결심한 순간이었다.

"그나저나, 칼리아."

"뭐."

아베스타는 턱을 괸 채 생글생글 웃었다.

"아까 어떤 아틀란타의 귀족이랑 술판 벌이던데."

칼리아의 몸이 흠칫했다.

"누구야? 내 기억상 너는 처음 만난 사람이랑 술판 벌일 정도로 친화력이 좋은 편은 아니었는데."

"……."

"게다가 그때는 황태자 놈 때문에 기분이 평소보다 배는 더 안 좋았을 텐데. 도대체 누구길래 스스럼없이 어울린 거지?"

잠시 정적이 흘렀다. 칼리아의 얼굴이 확 달아올랐다. 저 귀신같은 놈. 자긴 아틀란타 귀족들 관찰하겠다며 소개 끝나자마자 사라졌으면서 언제 그걸 본 거야?! 칼리아는 괜히 말을 더듬거리면서 말했다.

"오, 오해하지 마라. 페인이랑 아는 사이라 해서 친근하게 대해 준 것뿐이라고."

"그래서 귀염둥이라 부르고 머리까지 쓰다듬어 준거야? 우리 라카한테도 안 해 준 짓을?"

우리 불쌍한 라카. 아베스타는 라카의 뺨에 자신의 얼굴을 비비면서 말끝을 흐렸다. 그 되도 않는 모습에 칼리아는 기가 찼다. 하지만 아베스타의 망언은 거기서 끝나지 않았다.

"조금 귀엽다 해서 바로 헬렐레 넘어간 거지? 이 줏대 없는 여자 같으니라고!"

"진심으로 말하는데 한 대 치기 전에 그만해라."

"아~ 정말 너무해. 솔직히 걔보다 라카나 내가 더 미인─."

작작 하라고. 칼리아는 주변에 있던 쿠션을 들고 냅다 아베스타에게 달려들었다.

"정말 어디까지나 페인이랑 아는 사이라서 잘해 준 것뿐이라고!"

"알았어, 알았다고! 내가 잘못했어!"

잠시 후, 아베스타는 볼을 문지르면서 투덜거렸다.

"너무해, 칼리아는. 오냐오냐해 주니까 점점 더 강도가 심해지네."

칼리아의 눈이 가늘게 떠졌다.

"웃기지 마, 오냐오냐해 주는 건 오히려 나거든."

내가 진심으로 후려쳤더라면 넌 목뼈 부려졌어. 칼리아의 살벌한 말에도 불구하고 아베스타는 꿋꿋이 말했다.

"이거 정말 어디까지나 나라서 봐주는 거다. 아틀란타 귀족들 앞에서 이렇게 행동하면 안 돼, 알았지?"

"내가 그 정도도 모르는 멍청이겠냐."

무례함을 받아 주는 사람과 받아 주지 않는 사람쯤은 얼마든지 구분할 수 있다고. 칼리아는 머리칼을 긁적이며 털썩 근처 소파에 주저앉았다. 아베스타는 계속해서 볼을 문지르다가 불쑥 말했다.

"그나저나, 의외네. 보잘것없어 보였는데 페인이랑 아는 사이라고?"

"어, 내 말이."

칼리아의 말에 아베스타의 고개가 더더욱 기울어졌다.

"신분은 낮아 보이던데? 칼리아 너한테 스스럼없이 '님' 자 붙였잖아."

"정말이야. 진짜 신분은 높은 편이 아니래. 오히려 발에 채일 정도로 보잘것없는 가문이라는데."

"진짜?"

"어, 그런데 황태자의 보좌관이랑 약혼할 사이래."

잠시 침묵이 흘렀다. 분명 높은 신분이 아니라 했으면서, 황태자의 보좌관과 약혼할 사이라고? 아베스타는 도저히 이해가 안 간다는 얼굴로 칼리아를 응시했다. 칼리아는 계속해서 말을 이었다.

"케론드 공작의 딸인 레베카랑도 아는 사이라는데. 걔 덕분에 레베카랑 안면도 틀 수 있었어."

그다지 좋은 만남은 아니었지만. 칼리아는 아까 전 상황을 떠올리면서 머쓱해졌다. 홧김에 저질렀지만 괜찮겠지, 어쨌든 난 원하는 대로 해 줬다. '요'자만 붙이라 했잖아. 칼리아가 애써 그렇게 생각하고 있을 때였다. 아베스타가 중얼거렸다.

"뭐지, 그 엄청난 인맥은?"

"내 말이."

"황태자의 보좌관과 약혼할 사이인 것으로도 모자라 페인, 케론드의 딸과 아는 사이라니."

아베스타의 눈이 흥미로 반짝거렸다. 또 시작이군. 칼리아는 진심으로 진저리 쳤다. 아베스타는 아예 몸을 일으키고 물었다.

"보잘것없는 가문 출신이라는 거, 혹시 거짓말이 아닐까?"

"아니, 거짓말은 아닌 것 같았어. 정말 스스럼없이 다가왔다고. 고위 귀족들이 자존심 강하다는 거 너도 알고 있잖아."

"흠, 그렇단 말이지."

그럼 뭔가가 있단 말인데……. 아베스타는 턱을 쓰다듬었다. 아베스타는 칼리아에게 재차 물었다.

"혹시 뭔가 특이한 점은 없었나?"

칼리아는 즉시 대답했다.

"어, 전혀 없었어."

"그러지 말고. 뭔가 조금이라도 생각나는 거 없어? 정말 사소한 거라도 괜찮으니까."

끄응, 칼리아는 턱을 쓰다듬으며 생각에 잠겼다. 특이한 점? 확실히 미인이긴 했지만 정말 그게 다였다. 그 정도 미인은 카낙타에도 몇 명 존재한다. 그냥, 조금 귀여웠다는 것밖에 생각나지 않는다.

하지만 그건 인맥과 아무 관계없겠지. 칼리아는 정말 없었다는 뜻으로 어깨를 으쓱였다.

에취. 샤샤는 급히 입을 틀어막았다. 왜 갑자기 재채기가 나오지? 샤샤는 잠시 의아해하다가 손뼉을 짝 쳤다.

"그러고 보니, 언젠가 들었는데 갑자기 재채기가 한 번 나오면 누군가가 제 칭찬을 하고 있는 거래요. 두 번 나오면 험담하는 거고."

"그래요? 그럼 샤샤는 한 번 했으니까 누군가가 칭찬을 하고 있다는 거네요."

"그러게. 잘됐네, 샤샤."

"인간들은 별걸 다 믿는군."

샤샤는 자신의 양옆에 앉아 머리칼을 쓰다듬는 아스와 레베카를 올려다보다가, 나스카에게 예절 백서를 내밀었다. 나스카는 투덜거리면서도 샤샤 발치에 앉아 책에 얼굴을 파묻었다. 샤샤는 자신을 둘러싼 셋의 온기를 느끼면서 눈을 감았다.

아, 평화로운 밤이다.

계속 이렇게 평화로웠으면 좋겠어. 샤샤는 조용히 미소 지었다.

와장창. 무언가가 바닥에 부딪쳐 깨지고, 누군가가 저택이 떠나가라 날카로운 비명을 질러 댔다. 비명 소리에 귀를 기울이던 의사는 믿을 수 없다는 눈으로 알버트를 올려다보았다. 알버트는 연신 손톱을 깨물면서 굳게 닫힌 문을 흘깃거리고 있었다. 그때 시녀들이 허둥지둥 뛰쳐나왔다.

"틀렸어요, 무리예요! 도저히 진정 시킬 수가 없어요!"

"미음이라도 좀 잡수시라 했더니 바로 그릇을 저희 얼굴에 내던지셨습니다."

시녀들의 말에 알버트의 얼굴이 더더욱 어두워졌다. 의사는 기가 차다는 어조로 알버트에게 말했다.

"지금…… 끼니 하나도 제대로 못 챙겨 드시는 분을 데리고 어딜 가신다고요?"

알버트는 면목 없다는 듯이 고개를 푹 숙였다. 알버트의 왼손엔 편지 봉투가 들려 있었는데, 척 봐도 재질이 무척이나 고급스러워 보였다. 알버트는 필사적으로 외쳤다.

"하, 하지만 어쩔 수 없네! 이건 가문의 큰 영광이라고! 엔젤라도 수도에서라면 더 체계적인 치료를 받을 수 있을 거야! 실제로 우리 딸이 수도에서 귀한 약재들을 보내 주지 않았나! 수도엔 없는 게 없!"

"그러니까 몇 번을 말했습니까, 알버트 님!"

의사는 정말 답답하다는 듯 마구 자신의 가슴을 쳐 댔다.

"엔젤라 님이 아픈 이유는 어디까지나 정신적인 이유 때문이라고요. 아무리 귀한 약재를 먹는다 해도 안정을 취하지 못한다면 다 쓸모없다고요!"

"……그, 그래도."

그래도? 의사의 눈이 가늘게 떠졌다. 어째 수상쩍다 싶더니 다른 이유가 있었던 모양이다. 의사는 알버트의 눈을 똑바로 쳐다보았다. 알버트의 눈은 마구 떨리고 있었다. 의사는 애써 침착하게 물었다.

"다른 이유가 있었군요. 무슨 이유입니까. 말해 주십시오."

알버트는 우물쭈물하다가 입을 열었다.

"엔젤라가 말했어."

"엔젤라 님이 무슨 말을 하셨는데요?"

"자기가 이렇게 아픈 이유는 릴리스 때문이라고."

의사의 눈이 동그랗게 떠졌다. 알버트는 조심스레 문을 다시 쳐다보았다. 엔젤라가 그새를 또 못 참고 문을 긁는지 기괴한 소리가 들렸다. 알버트의 얼굴에 연민이 어렸다.

"그 애가 어렸을 적부터 철이 없긴 했어. 어디까지나 저를 위해서 엔젤라가 화내는 건데, 그걸 이해하지 못하더라고."

"……."

"도대체 왜 황궁에서 우리 같은 가문에 초대장을 보냈는지는 알 수 없지만, 이 핑계로 우리 둘 다 수도로 올라갈 수 있겠지."

의사는 미간을 좁혔다. 한마디로 이 기회에 엔젤라가 마음껏 화낼 수 있도록 자기 딸을 희생시키겠다는 뜻이 아닌가. 알버트는 이게 문제였다. 선한 영주인 것은 분명했지만 가끔 너무 소심하고 답답했다. 특히 엔젤라 앞에선 가관이란 생각이 들 정도로 바보 같은 사람이 됐다.

"이해해 주게. 엔젤라의 몸을 낫게 할 방법은 이거밖에 없어. 절대 오래 머물지는 않겠네. 파티가 끝나는 대로 돌아올 테니까."

"릴리스 님의 얘기는 들어 보셨습니까."

의사의 갑작스런 말에 알버트가 의아해졌다.

"뭐?"

엔젤라가 저렇게 망가진 것은, 아니 원래도 몸 상태가 좋지 않았지만 저렇게 극도로 나빠진 것은 어디까지나 엔젤라의 시녀 메어리가 보낸 편지를 받은 후였다. 메어리가 보낸 편지에 무슨 내용이 적혀 있는지 직접 읽어 보진 못했다. 하지만 주변 시녀들의 말을 들어 보면 릴리스가 수도로 올라간 후 극도로 천박해졌다는 내용의 편지라 한다. 의사는 잠시 생각에 잠겨 있다가 말했다.

"그렇게 엔젤라 님을 수도로 데리고 가고 싶습니까?"

"그래, 무슨 일이 있어도."

"……."

알버트의 눈빛은 무척이나 결연했다. 의사는 말없이 알버트를 응시하다가 말을 이었다.

"그럼 일단 혼자 가시는 것을 추천합니다."

"잠깐. 나 혼자?"

"네. 그리고 일단 릴리스 님과 얘기를 하시고, 후에 엔젤라 님을 올라오게 하시는 게."

의사의 조심스런 제안에 알버트가 펄쩍 뛰었다.

"말이 되는 소리를 하게! 내가 릴리스와 왜 얘기를 해야 돼? 얘기가 필요한 것은 어디까지나 엔젤라와 릴리스인데!"

잠시 정적이 흘렀다. 의사는 진심으로 어이없다는 얼굴로 알버트를 응시했지만, 알버트는 정말 의사가 왜 이런 제안을 하는지 이해가 안 간다는 얼굴이었다. 의사는 조심스레 물었다.

"……두 분을 화해시키고 싶은 게 아니셨습니까?"

"그렇지! 화해시키고 싶지!"

"그럼 왜 도대체."

알버트가 어깨를 으쓱이면서 말했다.

"둘 문제에 끼어들고 싶지 않아. 내가 굳이 끼어들지 않아도 엔젤라가 알아서 해결할 거야."

"왜 그렇게 생각하십니까?"

"그야 난 내 아내를 믿으니까."

알버트의 얼굴에 미미한 홍조가 돌았다. 알버트는 약간 수줍게 말했다.

"엔젤라는 예전부터 무척이나 야무진 여자였거든. 그러니까 이번에도 알아서 잘 해결할 거야."

"……."

"그러니까 난 혼자선 올라가지 않을 거야. 무슨 일이 있어도 엔젤라와 함께 올라갈 걸세."

말 그대로 소귀에 경 읽기였다. 더 이상 떠들어 봤자 자기 입만 아프다는 사실을 이제야 깨달은 의사의 어깨가 축 늘어졌다.

"저번에도 말했지만 전 분명 경고했습니다."

"응?"

"지금 상태의 엔젤라 님을 방 밖으로 내보내신다면, 정말 무슨 일이 일어날지 모릅니다. 제 무덤 파는 짓이란 것을 잊지 마세요."

그 말을 끝으로 의사는 가방을 열었다. 그리고 청진기와 약재를 아무렇게나 쓸어 담았다. 누가 봐도 이곳에서 빨리 나가고 싶다는 듯 한없이 분주한 손놀림이었다. 의사는 짐을 다 챙긴 후, 알버트에게 말했다.

"그리고 다음부턴 저 말고 다른 의사를 불러 주시길 바랍니다."

"아니, 이 근방에서 자네 말고 또 다른 의사가 어디 있다고."

"아무리 가벼운 병이라도 처방을 따르지 않는다면 악화되는 법입니다."

"그건 또 무슨."

의사는 그 말을 끝으로 알버트에게 허리를 숙였다. 시녀들이 벌써 가냐며 의아한 눈으로 의사를 쳐다보았지만, 의사는 계속해서 걸음을 옮겼다. 집사가 마차를 불러 줄 테니 기다리라 했지만, 의사는 고개를 저을 뿐이었다. 의사는 저택 고용인들의 배웅을 받으며 저택을 나섰다. 메이 가문의 저택은 숲 근처에 세워져 있어서 주변 풍경이 무척이나 아름다웠다. 하지만 이미 모든 것을 알고 있는 의사의 눈엔 한없이 기괴하게 보였다. 의사는 잠시 걸음을 멈추고 저택을 돌아보았다.

"……."

처음엔 알지 못했다. 저곳에 살고 있는 사람들의 실체를. 불과 얼마 전만 해도 알버트는 선량한 영주라 생각했고, 엔젤라는 그런 알버트의 옆을 지키는 좋은 아내라 생각했다. 하지만 그게 아니었다. 저 저택에는 전부 나사가 하나 빠진 듯한 사람들뿐이었다. 알버트는 아무리 엔젤라가 미친 짓을 해도 잘못을 릴리스의 탓으로 돌렸고, 시녀들도 엔젤라가 물건을 내던져도 '다정한 마님'이라고 기계적으로 말할 뿐이었다. 그래서 의사는 엔젤라가 그만큼 좋은 여자였나 보다, 라고 생각했었다. 그 모습을 보기 전까진.

─꺄악! 마님! 잘못했어요!

평소와 다름없이 진료를 마친 순간이었다. 진료가 끝난 후 엔젤라가 씨근덕거리다가 다짜고짜 주변에 서 있던 어린 시녀의 머리채를 잡아챘다. 그리고 말 그대로 미친 듯이 패기 시작했다. 아무리 아픈 상태라도 저건 좀 아니라는 생각이 들어 말리려고 했다. 그런데 오히려 주변에 서 있던 시녀들이 그런 자신을 말렸다.

—놔둬요.

의사는 저절로 의아해졌다. 왜 말리지 않는 거지? 저 시녀가 무슨 잘못이라도 한 건가? 의사는 조심스레 물었다.

—아니, 저 애가 도대체 얼마나 큰 잘못을 했길래.

하지만 시녀들은 건조하게 말할 뿐이었다.

—생김새가 릴리스 님이랑 닮았거든요, 저 애.

—……뭐?

의사는 믿을 수 없다는 눈으로 시녀들을 돌아보았다. 고작 그런 이유로? 아니, 그전에 자기 딸과 닮았다고 애를 저렇게 때린다고? 분명 딸이랑 사이가 좋은 게 아니었나? 머릿속에 수많은 의문들이 떠올랐지만 의사는 현명하게도 그 질문들을 입 밖으로 내지 않았다.

—몸이 약해지신 이후로 자주 그러세요. 그냥 놔둬요.

—맞아요. 평소엔 아주 다정하시니까 괜찮아요.

—저 애만 얻어맞는 건데, 뭐 어때요.

귀족들은 어떤 짓을 해도 용서됐다. 그런 시대였다. 하지만 저만큼 용서하기 싫고, 기괴하게 느껴지는 귀족은 엔젤라가 처음이었다. 저 여자는 망가질 거면 자기 혼자 망가질 것이지, 주변 사람들도 죄다 망가뜨렸다. 의사는 마른침을 꿀꺽 삼켰다.

다신 이 저택에 오기 싫다.

저곳에 있다간 자신도 미쳐 버릴 것 같았다. 그 정도로 이상한 저택이었다. 아니, 어쩌면 이 영지 자체가 미친 곳일지도 모른다. 의사는 '후' 길게 한숨을 내쉬었다.

"다른 영지로 갈까."

조용하고 사람 없는 곳이라서 좋았는데, 이젠 정말 지긋지긋했다. 도대체 엔젤라란 여자가 뭐라고. 의사는 터덜터덜 걸음을 옮겼다.

"과자 먹을래요?"

"……."

여긴 어디, 난 누구. 칼리아는 말없이 옆에 앉아 해맑게 과자를 내미는 샤샤를 응시했다. 분명 어떻게든 페인을 만나려고 황궁 연무장에서 얼쩡거렸던 것까지는 기억이 난다. 그런데 엉뚱하게도 페인 대신 샤샤를 만나게 됐다. 페인의 연인인 릴리스와 약혼 예정자인 아스를 만나러 왔다가, 우연히 자신을 발견했다고 한다. 도대체 얼마나 발이 넓은 거야. 칼리아는 샤샤가 내민 과자를 입속에 집어넣었다.

"릴리스 님이 요즘 우울하신 것 같아서 깜짝 방문했는데 이미 페인 님이랑 데이트 나가셨대요. 헤레이스 씨가 다음에 만나러 오라면서 이거 줬어요. 아, 헤레이스 씨는 페인 님의 부하예요."

"그래."

"온 김에 그냥 아스만 만나고 돌아가려 했는데, 이렇게 칼리아 님도 만나게 됐네요. 오늘 운 너무 좋다."

어떻게 만난 지 얼마 안 된 사람 앞에서 그런 대사가 숨 쉬듯 자연스럽게 나올 수 있지. 칼리아는 샤샤를 쳐다보았다. 정말 친화력 하나는 엄청난 아이다. 게다가……. 샤샤의 하얗고 앙증맞은 손이 쿠키를 내밀었다.

"더 드실래요?"

귀엽기까지 하네. 샤샤는 그 푸른 눈을 곱게 휘며 말갛게 웃었다. 아, 물론 어디까지나 조금. 정말 조금 귀여워. 칼리아는 그렇게 생각하면서 고개를 저었다.

"아니, 하나면 충분해."

"그래요? 맛있는데. 나스카는 더 먹을 거죠?"

"응."

샤샤는 커다란 쿠키 통을 무릎에 얹은 채 나스카와 야금야금 과자를 집어 먹었다. 통이 제법 컸음에도 불구하고 순식간에 바닥이 드러났다. 칼리아는 물었다.

"그거 한 통 다 먹게?"

샤샤는 즉시 정색하면서 말했다.

"한번 시작했으면 끝을 봐야 하는 거 아닌가요?"

"……너 많이 먹는 편이구나."

"옛날엔 앉은 자리에서 세 통 다 먹었어요. 간식 많이 줄인 거예요."

진심으로 말하는 건가, 애. 칼리아는 말없이 나스카를 쳐다보았다. 나스카는 정말이라는 듯 고개를 끄덕였다. 칼리아는 물끄러미 나스카를 응시했다. 처음에도 느꼈지만 어째 범상치 않아 보인다. 마법사란 얘기는 그때 들었지만……. 칼리아는 턱을 쓰다듬으면서 물었다.

"넌 얘랑 무슨 관계냐?"

"호위."

나스카의 짤막한 대답에 칼리아는 경악했다. 그 귀한 마법사가 겨우 신분 낮은 영애의 호위 노릇이나 하고 있다고? 신분 높은 사람들도 고용하기 힘든 그 마법사를? 칼리아는 경악하면서 외쳤다.

"너 신분 낮다며!"

"넹. 저 신분 낮은데요."

"아니, 그런데 왜 귀한 마법사가!"

"레베카가 붙여 줬어요."

칼리아는 그대로 굳어 버렸다. 레베카와 아는 사이라는 것은 알고 있었다. 그런데 그 귀한 마법사를 호위로 붙여 줄 정도로 친한 사이일 줄은 몰랐다.

"도대체 무슨 사이길래 그 귀한 마법사를!"

"일단 진정하세요. 사람들 다 쳐다본다."

"어떻게 흥분하지 않겠어!"

도대체 이 애가 뭐라고! 칼리아가 그렇게 생각했을 때, 샤샤가 고개를 비스듬히 기울이면서 물었다.

"진정 안 할 고얌?"

응, 알 것 같네.

칼리아는 바로 마음이 안정되는 것을 느끼며 고개를 끄덕였다.

"그런데 여기서 뭐 하고 있었어요?"

칼리아는 '칫' 혀를 차면서 연무장에서 수련하고 있는 황궁의 기사들을 응시했다. 페인이 기사들의 수련을 도와준다 해서 여기 있으면 페인을 볼 수 있을 거라 생각했다. 그런데 여자와 데이트나 나갔다니, 속이 무척이나 쓰렸다. 하지만 칼리아는 애써 아무렇지 않은 척 간결하게 대답했다.

"수련."

페인 님 기다리고 있었구나. 순진한 귀족 아가씨일 거라는 칼리아의 생각과는 달리 눈치 백단인 샤샤였다. 샤샤는 그런 칼리아를 보면서 생글생글 웃었다.

"되게 부지런하시네요. 존경스러워요."

"뭐, 별로."

"아녜요, 정말 부지런한 거 맞아요. 그런데 훈련 다 끝났어요? 저랑 이렇게 얘기하고 있어도 괜찮아요?"

"상관없어. 너야말로 약혼자 보러 간다면서. 나랑 이러고 있어도 괜찮냐?"

칼리아의 말에 샤샤가 부끄러운 듯 볼을 붉혔다. 그리고 수줍게 말했다.

"아직 약혼자 아니라니까요. 약혼 예정자라고 해야죠."

"……."

노골적으로 그런 표정 짓지 말아 줄래. 칼리아의 표정이 썩어 들었다. 옆에 앉아 있던 나스카의 얼굴도 어느샌가 일그러져 있었다. 나스카는 고개를 돌린 채 통 속에 남아 있던 쿠키를 죄다 입속에 털어 넣었다. 아작아작, 쿠키를 씹는 소리가 무척이나 살벌했다. 샤샤는 그런 나스카에게 냅킨을 내밀었고, 나스카는 투덜거리면서도 그 냅킨으로 순순히 입을 닦았다. 샤샤는 말했다.

"칼리아 님 만나고 바로 아스 님 만나러 가면 돼요. 어차피 시간이야 많으니까."

"넌 되게 한가한가 보다?"

"말했잖아요, 신분 낮다고."

그 말에 칼리아는 양심이 찔리는 것을 느꼈다. 그 아르첸 가문의 무남독녀와 친한 사이고, 황태자의 보좌관과 약혼 예정인 데다, 마법사까지 호위로 데리고 다니는 모양을 보니, 아베스타 말대로 신분을 숨기고 있을 가능성이 있다고 생각했다. 하지만 저렇게까지 말하는 것을 보면……. 칼리아는 턱을 쓰다듬었다. 그리고 물었다.

"레베카와 무슨 사이냐?"

"그거 아까도 했던 질문이잖아요."

"하지만 대답 안 했잖아. 얼마나 친하길래 마법사까지 호위로 붙여 준 거야? 찾기도, 고용하기도 힘들었을 텐데?"

"……."

절대 길거리에서 주워다가 치킨으로 꼬드겼다고 말 못해. 샤샤는 어색하게 웃었다. 나스카는 어디까지나 다른 사람들의 눈을 피하기 위해 호위로 위장하고 있을 뿐이지, 정식으로 고용된 몸은 아니었다. 하지만 그것을 칼리아가 알 리가 없었다. 샤샤는 뛰어난 임기응변을 발휘해 대답했다.

"아르첸 가문의 힘을 칼리아 님도 알고 계시잖아요. 그런데 겨우 마법사 한 명 고용하지 못하겠어요?"

"호오, 역시 아르첸 가문이란 건가?"

"그렇죠, 역시 아르첸 가문이죠."

우윳빛깔 아르첸 가문, 사랑해요, 아르첸 가문. 우리 아틀란타 제국의 기둥! 샤샤는 주먹을 쥔 채 해맑게 외쳤을 때였다. 칼리아가 나스카에게 말했다.

"어이, 분명 나스카라 했지?"

"뭐."

"대련이라도 한판 할—."

텁. 그와 동시에 샤샤의 손이 칼리아의 입을 가로막았다. 자살에도 여러 가지 방법이 있다지만 그건 진짜 아냐, 언니야. 아예 종족이 다른데 어떻게 이기려고 그래. 샤샤는 급히 나스카의 눈치를 살폈다. 나스카는 다행히 관심 없다는 듯 무표정한 얼굴이었다. 다행이다. 샤샤가 안도의 한숨을 쉬었을 때였다.

"칼리아라 했나."

"어? 응."

"카낙타의 인간들은 다 이렇게 간이 부—."

샤샤의 다른 손이 나스카의 입을 틀어막았다. 하마터면 사람들 다 있는 데서 싸움이 일어날 뻔했다. 칼리아는 성격이 시원시원했지만 그만큼 자존심이 셌다. 만난 지 얼마 안 됐지만 알 수 있었다. 샤샤는 나스카에게 말했다.

"나스카, 나스카는 대련하고 싶어요?"

나스카는 물끄러미 샤샤를 응시하다가 조그맣게 대답했다.

"아니, 별로."

샤샤의 얼굴에 안도가 어렸다. 칼리아는 김샌다는 어조로 말했다.

"그래? 그럼 어쩔 수 없네. 마법사랑 한번쯤 일대일로 대련하고 싶었는데."

샤샤는 그런 칼리아를 보면서 생각했다. 한쪽이 일방적으로 밀리는 것을 대련이라 할 수 없는데. 내가 당신 목숨 살린 거야. 하지만 그것을 모르는 칼리아는 계속해서 말할 뿐이었다.

"그나저나, 그 애 네 말을 무척이나 잘 듣네. 아무리 고용됐다 하더라도 마법사들은 제멋대로인 존재라 다루기 힘들다고 들었거든."

"네?"

칼리아의 말이 맞았다. 마법사들은 희귀해서 그만큼 찾는 곳들이 많았다. 그래서 마법사들은 고용주가 조금이라도 마음에 안 들면 바로 계약을 파기한다. 어차피 다른 곳으로 떠나면 그만이니까 말이다. 샤샤는 말없이 나스카를 쳐다보았다. 처음에만 틱틱댔을 뿐이지, 인간인 자신한테도 잘해 주는 데다 이젠 눈치까지 제법 생겼다. 샤샤는 나스카를 따스한 눈으로 쳐다보면서 말했다.

"절 잘 따라 줘서 고마울 따름이에요."

그리고 그와 동시에 나스카의 얼굴이 확 달아올랐다. 나스카는 급히 후드를 잡아당기면서 아예 뒤돌아 앉아 버렸다. 칼리아는 흥미롭다는 얼굴로 샤샤를 쳐다보았다. 말을 나누면 나눌수록 흥미로운 모습이 튀어나오는 것이, 꼭 양파 같은 아이였다. 아후라, 아니, 아베스타한테 소개시켜 주면 어떨까? 아니, 그것은 별로 좋지 못한 생각이었다. 아베스타라면 어떻게든 샤샤를 이용해 먹으려고 할 것이다. 물론 자신도 이용해 먹기 위해 친한 척하긴 했다. 하지만 아베스타는 한번 건수를 잡으면 아예 등골까지 빼먹을 인간이었다. 저 작고 여린 아이가 그걸 감당할 수 있을 리가 없었다. 지금부터라도 거리를 둬야 하나, 칼리아가 그렇게 생각한 순간이었다.

"갑자기 표정이 안 좋아지셨네요. 안 좋은 생각이라도 떠올리셨나요?"

샤샤의 자그만 손이 칼리아의 투박한 손을 감쌌다. 그 온기에 칼리아가 흠칫한 순간, 샤샤가 눈을 깜빡이면서 말했다.

"제 머리라도 쓰다듬으실래요?"

"네가 무슨 개냐? 아니, 덩치로 치면 고양이란 말이 더 맞긴 한데."

"에이, 그러지 말고~."

샤샤는 배시시 웃으면서 칼리아의 손을 잡아당겼다. 솔직히 마음만 먹으면 바로 뿌리칠 수 있는데, 이상하게 거부할 수가 없었다. 칼리아는 홀린 듯이 샤샤의 머리 위에 손을 얹었다. 그리고 놀랄 수밖에 없었다.

사람의 머리칼이 이렇게 부드러울 수가 있나?

칼리아는 멍하니 샤샤의 머리칼을 쓰다듬었다. 웬만한 비단 저리가라 할 만큼 촉감이 무척이나 좋았다. 매끄럽고, 부드럽고, 따뜻하고. 삼박자를 완전히 갖추고 있었다. 이러면 안 된다는 생각이 들면서도 손이 저절로 움직였다.

"아틀란타 사람들은 머릿결이 이렇게 다 좋은 거냐?"

"에이, 아녜요. 제가 특별한 거예요."

매우 자연스럽게 자신을 추켜세운 샤샤는 아예 칼리아의 가슴팍에 이마를 기댔다. 새삼 샤샤의 작은 체구가 눈에 들어왔다. 조금만 힘을 주면 짓눌릴 것 같았다. 칼리아는 손에 최대한 힘을 뺀 채 샤샤의 머리칼을 쓸어내렸다. 뭔가 나스카가 경계 어린 눈으로 자신을 쳐다봤지만, 손이 멈추지 않았다. 시간이 얼마나 지났을까, 어디선가 골골거리는 소리가 났다. 칼리아는 어이없다는 눈으로 샤샤를 내려다보았다.

"이건 또 뭐야."

샤샤가 자신의 머리를 칼리아의 가슴에 비비며 골골거리고 있었다. 자기가 진짜 고양이인 줄 아나? 칼리아가 피식 웃으면서 샤샤의 머리를 가볍게 눌렀다. 순간 아베스타의 방에서 자고 있을 라카가 떠올랐지만 라카와 샤샤는 정반대였다. 라카는 아베스타를 제외한 사람에겐 무조건 이부터 드러냈지만, 샤샤는 누구에게나 친근하게 다가왔다. 애초에 사람인 샤샤가 표범인 라카와 비교가 될 리 없지만, 어쩔 수 없었다. 왜 이렇게 고양이 같지. 칼리아가 그렇게 생각했을 때였다.

"카낙타가 그렇게 덥다면서요?"

어느 틈에 칼리아의 무릎을 차지한 샤샤가 말했다. 칼리아는 순순히 고개를 끄덕였다.

"그래, 엄청 덥지. 체력이 웬만큼 없으면 바로 일사병으로 쓰러져."

"그래요? 그럼."

샤샤의 눈초리가 수려하게 휘어졌다. 샤샤는 칼리아의 손을 끌어안은 채 말했다.

"여기에서라도 편히 쉬세요."

아틀란타 제국은 기후가 온화한 편이니까. 어디선가 후광이 비치는 듯했다. 칼리아는 멍하니 샤샤를 응시했다.

"카낙타의 사절단은 숙소에 만족하는 눈치입니다. 특히 아틀란타에서만 사용하는 입욕제를 마음에 들어 하던 눈치더군요. 시녀들도 예의가 바르다며 칭찬하는 것도 들었습니다."

"그래도 혹시 모르니까 시녀들에게 다시 한번 단단히 주의를 줘라, 알겠지?"

"네, 요하네스 전하."

요하네스는 만족스러운 얼굴로 옆에서 서류를 들여다보고 있는 신하들을 응시했다. 처음엔 할 일이 많아 걱정했지만 막상 사절단이 오니 일이 술술 풀렸다. 역시 괴물 같지만 쓸모가 있단 말이야. 요하네스는 그렇게 생각하면서 뒤를 돌아보았다. 아스가 한 손에 책을 쥔 채 무표정으로 서 있었다.

"아, 그런데 한 시녀가 아베스타? 란 사신의 방엔 들어가기 싫다는군요. 커다란 짐승이 있다면서."

요하네스는 무슨 얘기냐는 듯 아스를 쳐다보았다. 아스는 한 걸음 앞으로 나오면서 말했다.

"숙소에 입장하기 전에 미리 얘기 들었습니다. 모하스 님이 말씀하시더군요. 사절단에 가족이나 마찬가지인 애완동물을 데리고 온 신하가 있다고."

"그래?"

"하지만 먼저 건드리지 않으면 결코 사람을 해하지 않는다고 들었습니다. 그러니 걱정하지 않아도 될 듯합니다."

아스의 말에 요하네스가 팔을 휘휘 저으면서 말했다.

"좋아. 그럼 상관없겠네."

"하지만 전하, 만약 그 짐승이 시녀들을 물면 어떻게 하죠? 보통 짐승도 아닌 무려 표범이던데."

요하네스는 여전히 팔을 휘휘 저으면서 말했다.

"먼저 건들지 않으면 안 문다잖아. 그리고 설령 진짜 물린다

해도 치료비 쥐여 주면 그만이지, 뭐."

　신하들의 얼굴에 일제히 경악이 어렸다. 개나 고양이 같은 동물도 아닌 표범 같은 맹수를 아틀란타의 궁에 데리고 온 것은 지극히 무례한 일이다. 이 일을 핑계로 카낙타에게 무언가를 요구하진 못할망정 그냥 넘기겠다고? 한 신하가 벌떡 일어나면서 외쳤다.

　"전하, 어떻게 그런 무책임한 말씀을!"

　"그래서, 불만인가?"

　신하의 목소리가 뚝 끊겼다. 신하는 어이없다는 얼굴로 요하네스를 응시했다. 요하네스는 귀찮다는 듯 하품을 하면서 자리에서 일어났다.

　"난 이만 가 보지."

　"전하, 아직 회의할 일들이."

　"알 게 뭐야, 난 준비하는 것만으로도 지쳤다고."

　개 버릇 남 못 준다더니, 또 여자들을 만나러 가는 모양이었다. 아스는 말없이 요하네스의 뒷모습을 쳐다보았다. 이윽고 문이 닫히자, 신하들은 일제히 이마를 감싸 안았다. 초반에 비해 태도가 많이 달라졌군. 아스는 신하들을 훑어보다가 책을 덮으며 말했다.

　"자리를 떠나신 요하네스 전하 대신 제가 대신 나머지 일들을 처리하겠습니다. 모두 알다시피 폐하껜 비밀로 해 주시기 바랍니다."

　"오오, 고맙네, 아스!"

　"자네가 없었더라면 이번 사절단 방문이 어떻게 됐을까. 아아, 상상도 하기 싫군!"

"그럼 다음 안건으로 넘어가죠. 다음 안건은."

그때 갑자기 아스의 인상이 확 굳어졌다. 신하들은 의아한 눈으로 아스를 쳐다보았다.

"갑자기 왜 그런가?"

아스는 어깨를 쓰다듬으면서 말했다.

"아뇨, 그냥 소름이 끼쳐서."

왜 갑자기 이렇게 불길하지, 누가 샤샤한테 수작이라도 부리고 있는 건가. 아스는 한없이 찜찜해졌다.

사람들은 말한다. 아틀란타와 카낙타만큼 차이점이 많은 나라도 흔치 않을 거라고. 아틀란타는 사계절 내내 기후가 온화하고. 카낙타는 사계절 내내 기후가 앙아치스럽다. 그리고 아틀란타는 치안과 복지 제도가 잘 정돈되어 있는 반면, 카낙타는 정치적인 면에선 아직 부족한 점들이 많다. 또한 황제란 칭호를 쓰는 아틀란타와 달리 카낙타는 술탄이란 독특한 칭호를 쓴다. 그리고 이것 외에도 크고 작은 차이점들이 수두룩하다. 그러니 사이가 안 좋을 수밖에 없었다.

하지만 두 나라 사이에도 공통점이 딱 하나 존재한다. 바로, 검을 쓰는 여자가 흔치 않다는 거. 사실 이건 두 나라뿐만 아니라 어느 나라에나 적용되는 공통점이었지만 말이다.

"야, 샤샤."

"네, 칼리아 님."

헛둘, 헛둘. 붉은색 제복을 입은 남성들이 구호를 외치며 연무장을 뛰어 다니고 있었다. 칼리아는 턱을 괸 채 그것을 멍하니 쳐다보다가, 자신의 옆구리에 끼어 있는 샤샤를 내려다보았다.

"아틀란타는 우리 카낙타보다 더 큰 나라지."

"네, 그렇죠."

"그런데 왜 안 보이냐."

"뭐가요?"

"나 같은 사람."

"……."

샤샤는 말없이 칼리아를 올려다보았다. 칼리아의 얼굴은 지독히도 무미건조했다. 칼리아는 계속해서 말했다.

"솔직히 이 제안을 받아들인 것도 그 녀석의 꼬임 때문이라고."

"그 녀석의 꼬임?"

"아틀란타는 분에 넘치게, 아니 아니, 아틀란타는 땅덩어리가 크니 나 같은 인재가 넘쳐 날 거라고 하더군. 어떤 인재가 있는지 궁금하지도 않냐면서."

샤샤는 칼리아의 팔을 조심스레 손바닥으로 눌렀다. 무척이나 단단한 데다, 흉터들이 빽빽하게 박혀 있었다. 소매가 없는 짧은 상의를 입고 있어 그것이 더 강조됐는데, 아틀란타에선, 아니, 요즘 시대에선 상상도 못할 일이었다. 당장 레베카만 하더라도 검 때문에 거칠어진 팔을 장갑으로 가리고 다녔으니 말이다.

"그래서 나 같은 인재가 한 명쯤은 있을 거라고 생각했는데, 헛수고였네."

아, 재미없어. 칼리아는 앓는 소리를 냈다. 황궁의 기사들 수준이 제 눈에 안 차는 모양이었다. 샤샤는 물었다.

"카낙타도 인재가 많은 편이라 들었는데, 아닌가요?"

"응? 아냐, 별로."

샤샤의 말에 칼리아는 당장 손을 내저었다. 샤샤는 칼리아의 어깨에 머리를 기대면서 말했다.

"에이, 사막의 전사들이 얼마나 대단한 존재라고 들었는데. 당장 칼리아 님과 함께 온 전사들만 하더라도 하나같이 수준이 대단해 보이던데요?"

"참나, 그놈들이? 그놈들은 무식하게 싸우는 방법밖에 몰라. 하나같이 그저 그런 놈들이야."

"무식하게 싸우는 법도 모르는 사람들이 얼마나 많은데요. 대단한 거 맞아요."

칼리아는 의아한 얼굴로 샤샤에게 물었다.

"그건 또 무슨 소리냐?"

"전사들이 싸우는 방식을 책에서 읽었어요. 그들은 정말 아무리 강한 적이 눈앞에 있어도 망설임 없이 달려들어서 싸운다고요. 오직 카낙타와 자유를 지키기 위해서 말이죠."

그렇게 말하는 샤샤의 눈은 진심이 흘러넘치고 있었다. 샤샤는 두 손을 쥔 채 말했다.

"칼리아 님이 무식하게 싸운다고 표현해서 그렇지, 그건 곧 자유를 위해서 물불 가리지 않고 싸운다, 라는 말이랑 같잖아요."

칼리아는 중얼거리듯이 말했다.

"너 진짜."

"진짜 뭐요?"

샤샤가 깜찍하게 고개를 기울이며 물었다. 칼리아는 말없이 그 모습을 쳐다보다가 다시 샤샤를 옆구리에 끼었다.

"아니다, 귀염둥이야."

뭔가 나스카가 뒤편에서 한심하단 눈초리로 자신을 쳐다보는 것 같았지만 상관없겠지. 칼리아는 그렇게 생각하면서 다시 기사들에게로 고개를 돌렸다. 기사들도 흘깃흘깃 칼리아를 곁눈질하고 있었다. 정확히는 칼리아가 메고 있는 커다란 창을. 샤샤는 그 창을 올려다보다가 물었다.

"이건 언제부터 메고 다녔어요?"

깃털과 늑대 이빨이 매달려 있는 창은 척 보기에도 오래된 티가 났다. 샤샤는 문득 레베카가 들고 다니는 검이 떠올랐다. 은빛으로 반짝거리는 검은 구매한 지 얼마 안 됐지만, 레베카가 제일 아끼는 보물 1위가 되었다. 그 검을 마른 수건으로 닦으며 미소 짓던 레베카의 얼굴이 떠올랐다. 칼리아도 이 창을 닦으면서 미소 지을까? 샤샤가 그렇게 생각한 순간이었다. 칼리아가 씨익 웃으면서 대답했다.

"10년은 거뜬히 넘었지. 내가 전사가 됐을 때부터 메고 다녔던 거니까. 구경해 볼래?"

"네!"

칼리아는 끈을 풀고 샤샤의 앞에 내밀었다. 샤샤는 조심스레 그것을 받아들였다. 그리고 당장 바닥에 떨어뜨릴 뻔했다. 무거워! 샤샤는 간신히 팔에 힘을 준 채 버텼다. 옆에 있던 나스카가 잽싸게 그것을 같이 들어 주었다. 호오, 칼리아의 눈이 동그랗게 떠졌다. 신체 강화 마법이라도 쓴 건가? 너무나도 가뿐하게 창을 드는 작은 소년의 모습은 무척이나 기묘했다. 하지만 지금은 그게 중요한 게 아니었다. 칼리아는 샤샤에게 자세히 살펴보라고 말했다. 샤샤는 창에 달린 이빨 장식을 손가락으로 건드리면서 물었다.

"어렸을 적부터 이렇게 무거운 걸 들고 다녔다고요?"

"꼰대들 때문이지."

"꼰대?"

"지금도 선명하게 떠오르네. 그 꼰대들, 일부러 어린아이한테 이렇게 큰 무기를 줬어. 알아서 포기하라고. 원래 갓 전사가 된 아이한테는 작은 단도를 쥐여 주거든."

샤샤는 창을 쥔 채 상상해 보았다. 작디작은 아이가 낑낑거리며 이 창을 짊어지고 다니는 모습을 말이다. 전사들한테 무기는 목숨이나 마찬가지니 어딜 가나 들고 다녔을 것이다. 훈련할 때도, 밥 먹을 때도, 잠잘 때도. 상상도 못할 만큼 힘들었을 것이다. 게다가 여자니 미움도 엄청나게 받았을 것이다. 검술을 하지 않는 샤샤도 알 수 있었다. 그동안 레베카를 옆에서 지켜봤으니 말이다. 당장 레베카만 하더라도 영애들에게 어차피 결혼하면 할 수 없을 텐데 왜 검술을 배우냐는 얘기를 듣고, 황제와 황후에게 검술을 배우는 게 들킬까 봐 노심초사하고 있다. 그래도 케론드와 주변 사람들이 감싸 줬으니 망정이지, 안 그랬더라면……. 그런데 바로 그때였다.

"하지만 난 버텼어."

칼리아가 샤샤의 귀에 대고 갑자기 속삭였다. 샤샤가 무슨 생각을 하고 있는지 꿰뚫어 본 것처럼 말이다. 샤샤의 눈이 동그랗게 떠졌다.

"주변이 날 미워하면 미워할수록 보란 듯이 버텼지. 나는 매우 절박했어."

때론 즐거움보단 절박함이 더 좋은 원동력이 되는 법이다. 칼리아는 따스한 눈으로 창을 쓰다듬었다.

"나는 어머니처럼 살기 싫었거든."

어머니처럼 살기 싫었다. 그 말에 샤샤는 많은 것을 느낄 수 있었다. 보통 사막의 전사들은 왕족의 지위를 포기하고 사막으로 떠난 이들이다. 칼리아도 한때는 왕족이었을 것이다. 그렇다면 칼리아의 어머니는.

"그동안 힘들었겠네요."

술탄의 여인이었을 확률이 높다. 카나타의 술탄은 예로부터 마음에 드는 여인들을 모아 '하렘'이란 곳을 만들었다. 여인들은 그곳에서 하루 종일 어여쁘게 몸단장을 한 채 술탄의 부름을 기다린다고 한다. 아마 그 여인들의 배에서 태어난 딸들도 자연스레 그와 비슷한 운명을 갖게 될 거고. 샤샤는 늙은 노인네에게 시집가는 일로 부모님과 말다툼을 했을 때가 떠올랐다.

"그리고 그 마음, 정말 공감해요."

칼리아의 얼굴에 의아함이 담겼다. 샤샤의 손에 힘이 들어갔다.

"아마 대부분의 사람들 모두 한번쯤은 그런 생각을 할 거예요. 어머니, 혹은 부모님처럼 살기 싫다."

"무슨 소리야, 그게? 넌 검 안 쓰잖아."

"그렇죠. 하지만 전 사람들에게 고운 시선을 받지 못했어요."

잠시 침묵이 흘렀다. 칼리아는 말없이 샤샤를 쳐다보았다. 솜사탕처럼 폭신한 머리칼과 호수처럼 파란색 눈, 그리고 분홍빛 입술. 샤샤는 누가 뭐래도 사랑스러운 외모의 소유자였다. 칼리아는 어색하게 물었다.

"네가?"

샤샤는 대답 대신 고개를 끄덕였다.

"전 신분이 낮아요. 그리고 저 정도 되는 미녀들은 제국에 넘쳐 나고요. 제가 이렇게 귀엽고 사랑스러운 것은 일종의 보호색이랄까, 하여튼 저만의 생존 본능이에요."

"잠깐만, 그걸 자기 입으로 말하냐?"

"왜요, 사실인데. 전 거짓말보단 사실을 밥 먹듯이 말하고 싶은 사람이라고요."

"……."

칼리아는 차게 식은 눈으로 샤샤를 응시했다. 하지만 샤샤는 굴하지 않고 말했다.

"어쨌든, 저희 어머니는 정말 평범한 사람이에요."

어린 나이에 낯선 곳으로 시집 와서 살림하다가 애 낳고, 무슨 일이 있어도 남편에게 순종하는 그런 평범한 여자. 샤샤도 자신의 어머니를 제법 좋아하는 편이었다. 하지만 한 가지 참을 수 없는 게 있었다.

"그런데 제게도 그 삶을 강요하더라고요."

그렇게 말하는 샤샤의 낯빛은 어두워져 있었다.

"어머니가 그렇게 사는 것은 상관이 없어요. 자신이 만족하니까. 그런데 제게 툭하면 자신 같은, 아니, 어쩌면 자신보다 더 못한 삶을 강요해요."

어떻게 결혼 상대로 하나같이 못난 놈들만 들이밀 수 있는지. 샤샤는 아르고 영식을 떠올리며 끌끌 혀를 찼다. 어머니 같은 삶이 나쁘다는 생각은 들지 않는다. 누가 뭐래도 자신만

만족하면 그만이니까. 하지만 샤샤는 그런 삶을 살고 싶지 않았다. 자신과는 맞지 않다고 생각했기 때문이다. 그런데 어머니는 그것을 이해하지 못했다.

"그래서 저도 어머니처럼 살기 싫어요. 어머니처럼 남 말에 순종했다간 아스 같은 남자는 만나지도 못하고 진작 늙은이한테 팔려 갔을걸요."

"……너도 그리 쉽게는 살지 못했나 보네."

샤샤는 대답 대신 웃을 뿐이었다. 참 이상하다. 칼리아는 물끄러미 샤샤를 응시했다. 원래 만난 지 얼마 안 된 사람과 이런 얘기를 하냐는 생각이 들었지만, 그만큼 마음이 편안했다. 진심으로 자신의 말을 경청해 주고 있다는 느낌이 들었다. 샤샤는 조용히 물었다.

"혹시 당신의 어머니도 그런 삶을 강요했나요?"

칼리아는 작게 고개를 저었다.

"아니. 내 어머니는 강요하진 않았어."

"그래요?"

"응, 바보 같을 정도로 착했거든. 그냥 날 보내 줬어. 정말 순순히. 나중엔 내 동생까지 보내 줬고."

동생이 있었구나. 샤샤는 새삼 신기한 눈으로 칼리아를 쳐다보았다. 칼리아는 잠시 망설이다가 말을 이었다.

"내 어머니는 하렘에서 가장 아름다운 여자였어. 나처럼 큰 키가 흠이었지만."

"큰 키가 왜 흠이에요."

"거기에선 흠이었어. 그래서 도망치고 싶었지. 거기에 있었다간 어머니 같은 꼴이 될 게 분명하니까."

사막은 안락한 왕궁과 달리 매우 불편한 곳이었다. 하지만 그만큼 안전했다. 칼리아는 그곳에서 자유로울 수 있었다. 피를 토할 정도로 단련하고, 지금이라도 왕궁으로 돌아가라는 꼰대들에게 수시로 저항하며 무기에 수십 번 살을 찢겼다. 하루하루가 매우 힘들었다. 하지만 그래서 더 좋았다. 몸이 고단해서인지 복잡한 생각이 들지 않았다. 오직.

"단순무식한 생각밖에 들지 않았어."

"무슨 생각이요?"

창을 쥔 칼리아의 손에 힘이 들어갔다. 칼리아는 그 단단한 팔로 창을 휘두르면서 씨익 웃었다.

"아무도 날 함부로 대할 수 없을 정도로 강해지고 싶단 생각."

미친, 존멋. 진짜 개존멋. 샤샤는 입을 살짝 벌린 채 칼리아를 올려다보았다. 칼리아도 그런 샤샤를 내려다보면서 뿌듯한 얼굴로 말했다.

"그리고 내가 열여덟 살이 됐을 때 모든 전사들이 날 드디어 인정해 줬지."

칼리아는 창을 한 번 더 휘두르며 기사들을 쳐다보았다. 칼리아와 눈이 마주친 기사들은 황급히 고개를 돌리고 하던 수련에 집중했다. 칼리아는 중얼거렸다.

"물론 아직도 뒤편에서 수군거리는 놈들이 있긴 해."

샤샤는 꽃받침을 한 채 애교스럽게 말했다.

"하지만 지금 모습에 만족하잖아요?"

"그렇지, 만족해."

그 말을 끝으로 샤샤와 칼리아는 마주 웃었다. 칼리아는 샤샤의 머리를 토닥이면서 말했다.

"있잖아, 우리. 제법 잘 맞는 것 같다. 앞으로 그냥 칼리아라 불러."

"네, 칼리아!"

불순한 의도로 접근했다가 좋은 친구가 생겼네. 샤샤와 칼리아는 동시에 생각했다. 칼리아는 샤샤에게 어깨동무를 한 채 물었다.

"사절단 숙소로 가서 차나 한잔할래?"

"저야 좋죠."

둘은 나란히 걸음을 옮겼다. 샤샤도 칼리아에게 어깨동무를 하려 했지만 키 차이 때문에 불가능했다. 사절단 숙소로 한창 향하고 있을 때 샤샤가 입을 열었다.

"그런데 있잖아요, 칼리아."

"왜?"

"아까 분명 아틀란타엔 당신 같은 인재가 없냐고 물었죠?"

그건 갑자기 왜? 칼리아는 의아한 얼굴로 샤샤를 쳐다보았다. 샤샤는 장난스러운 어조로 말했다.

"사실 있어요."

기회가 된다면 꼭 소개시켜 주고 싶네요. 샤샤는 칼리아를 올려다보면서 활짝 웃었다.

에취. 테이블 앞에 서서 차를 따르고 있던 셰스가 의아한 얼굴로 레베카를 쳐다보았다. 레베카는 어깨를 으쓱이고 검을 마저 닦았다. 셰스가 차를 레베카 앞에 내려놓으면서 물었다.

"감기 걸리셨나요?"

"아니."

누가 내 칭찬이라도 하고 있는 건가. 샤샤가 저번에 했던 얘기를 떠올리며 레베카가 중얼거렸다. 레베카는 반짝거리는 은빛의 검을 올려다보다가 셰스에게 고개를 돌렸다.

"장갑 손질은 잘해 놨지?"

"네."

셰스는 당장 레베카의 앞에 깔끔하게 손질된 여러 켤레의 장갑이 담긴 상자를 내려놓았다. 레베카는 검을 내려놓고, 말 없이 장갑을 쳐다보았다.

"아스, 나 왔어염!"

쾅. 문이 요란스레 열리면서 샤샤가 등장했다. 서류를 들여다보고 있던 아스는 즉시 자리에서 일어나 두 팔을 벌렸다. 샤샤는 도도도 달려가 아스를 부둥켜안았다. 오늘도 아스의 품은 무척이나 든든하고 따뜻했다. 샤샤는 바르작거리며 아스의 품에 더더욱 파고 들었다. 아스는 샤샤의 등을 쓸어내리면서 물었다.

"나스카는?"

"먼저 가 보겠다고 하던데요?"

"흐음."

요즘 들어 눈치가 많이 생겼군. 아스는 샤샤의 이마에 입을 맞췄다. 샤샤는 헤헤 웃다가 물었다.

"뭐 하고 있었어요?"

"일이요."

Ａ ㅏ. 샤샤는 말없이 아스의 책상 위에 산더미처럼 쌓여 있는 서류를 응시했다. 샤샤는 두 손으로 아스의 얼굴을 만지작거렸다. 어휴, 우리 아스 피부 거칠어지면 어떡, 어라, 매끈하네. 다행이다. 샤샤는 멍하니 아스를 응시했다. 아스는 작게 웃었다.

"왜 그렇게 봐요?"

"아스도 관리해요? 왜 이렇게 피부가 좋지?"

"아뇨, 딱히 관리하진 않는데요."

그런데 왜. 그때 샤샤의 눈에 아스의 책상이 들어왔다. 책상 위엔 작은 과일 몇 조각과 새파란 샐러드가 놓여 있었다. 아, 맞다. 아스도 레베카와 비슷한 종류의 사람이었지. 기름진 음식을 싫어하고 건강식을 선호하는. 샤샤는 가볍게 자신의 머리를 내리쳤다. 아스는 샤샤의 볼에 이마를 갖다 대면서 말했다.

"과자 먹었어요? 단내 나네요."

샤샤는 자랑스레 말했다.

"네, 생과일주스도 마셨어요."

"잘했어요."

아스는 샤샤를 소파로 이끌었다. 샤샤는 푹신한 소파에 앉자마자 아스의 어깨에 이마를 비볐다.

"오늘 황궁에선 저 말고 누구 만났죠?"

"저번에 만났던 칼리아요!"

"칼리아……."

어쩐지 기분이 찜찜하더라. 아스는 샤샤의 머리칼을 쓰다듬으면서 고개를 끄덕였다. 카낙타의 사절단과 친해진 것은 좋은데, 너무 친해지는 것도 곤란하다. 아스는 레베카와 이비를 떠올리면서 한숨을 쉬었다. '내 약혼 예정자가 너무 사랑스러워서 곤란하다'도 아니고 이게 도대체 뭐야. 아스는 샤샤를 끌어안은 채 천장을 올려다보았다. 분명 조금 전만 해도 일 때문에 피로했었는데, 샤샤를 끌어안은 순간 모든 것이 날아갔다. 아스는 속삭이듯 샤샤의 이름을 불렀다.

"샤샤."

아스의 팔에 꾹꾹이를 하던 샤샤가 반짝 고개를 들었다. 샤샤는 눈을 빛내면서 말했다.

"왜요, 아스?"

샤샤가 품에 안겨 있으면 원기회복제가 필요 없다. 아스는 심신이 가라앉는 것을 느끼며 눈을 감았다. 평생 아무것도 안 하고 이렇게 살고 싶다는 생각까지 들었다.

샤샤는 다시 아스의 팔에 꾹꾹이를 하기 시작했고, 아스는 그런 샤샤의 머리칼을 기계적으로 쓰다듬었다. 약혼하게 된다면 샤샤와 이런 시간을 더 많이 가질 수 있겠지. 못 가지게 된다면 엄청 좌절할 것 같은데. 아스는 말없이 샤샤를 쳐다보았다.

"샤샤."

"왜 자꾸 불러요, 아스."

아스의 눈초리가 휘어졌다. 아스는 샤샤의 이마에 다시 입을 맞추면서 말했다.

"제가 이러면 어떤 기분이 듭니까?"

잠시 정적이 흘렀다. 샤샤는 본능적으로 주먹을 휘두르려다가, 가까스로 멈췄다. 벽이나 테이블도 아닌 아스를 칠 수는 없는 노릇이었으니까. 샤샤는 두 손으로 두 볼을 부여잡았다.

아스는 다 좋은데 이게 문제야, 아무 예고 없이 훅 들어와서 문제라고. 심장에 너무 해롭다고……! 샤샤는 어쩔 줄 몰라 하다가 외쳤다.

"왜 갑자기!"

아스의 입술이 다시 샤샤의 이마에 닿았다.

"왜 그래요? 정말 궁금해서 묻는 건데?"

아악, 아아악. 샤샤는 소리 없는 비명을 지르며 주먹을 휘두르려다가 또 본능적으로 멈췄다. 재차 말하지만 벽이나 테이블도 아닌 아스를 칠 수는 없는 노릇이었으니까 말이다. 이 양반이 진짜! 머리뿐만 아니라 얼굴도 이렇게 잘 쓰면 어쩌려고! 그때 세 번째로 아스의 입술이 샤샤의 이마에 닿았다.

"왜 대답 안 해 줘요, 듣고 싶은데."

아아아아악. 샤샤는 애꿎은 얼굴만 마구 더듬으며 절규했다. 샤샤는 결국 빌 듯이 외쳤다.

"제, 제 얼굴 보면 모르겠나요?!"

그리고 아스도 당장 대꾸했다.

"아뇨, 알 것 같아요."

"그럼 왜 굳이 묻나요!"

촉. 입술이 닿았다. 무려 네 번째였다. 아스는 샤샤의 머리칼에 얼굴을 묻으면서 말했다.

"당신의 반응이 너무 사랑스러워서요."

샤샤는 더 이상 참지 못하고 아스의 어깨를 잡고 짤짤 흔들었다. 진짜 연애 경험도 없으면서 왜 이렇게 멘트가 능숙한 건데! 학창 시절에 공부만 했다며! 그때 아스가 샤샤의 등을 가볍게 눌렀다. 샤샤는 아스의 품에 털썩 얼굴을 묻고 말았다.

아스는 킥킥대면서 말했다.

"그렇게 버둥거리면 안고 있기 힘들어요, 샤샤."

짜증 나. 샤샤는 발버둥 치면서 생각했다. 당장 다시 몸을 일으켜서 화내고 싶은데, 얼굴에 닿는 가슴팍이 단단해서 화도 낼 수가 없었다. 운동도 어디까지나 공부하기 위해 한 거라면서! 그런데 왜 몸까지 좋아졌어! 너란 남자, 어디까지 완벽해질 건데! 샤샤는 따지듯이 물었다.

"진짜 연애 경험도 없으면서 왜 이렇게 멘트가 능숙해요⋯⋯!"

"누누이 말하지만 전 그저 사실만 말한 것뿐입니다."

"그럼 더 너무한 거 아니에요⋯⋯?! 벌써부터 이러면!"

약혼한 후엔 얼마나 더 내 심장 터뜨리려고! 지금만 해도 너무 두근거려서 심장 토할 뻔했다고. 샤샤는 엉엉 울면서 다시 아스의 멱살을 잡았다. 하지만 아스는 샤샤의 등을 토닥이면서 달래듯이 말할 뿐이었다.

"그래요, 그래요. 제가 잘못했습니다. 다 제 잘못이에요."

"알면 좀 예고하고 하란 말이에요! 제 심장 좀 지켜 주세요!"

"예고?"

"네!"

예고, 예고라. 아스는 잠시 생각에 잠겨 있다가 입을 열었다.

"흠, 그럼, 샤샤?"

"네!"

아스의 팔이 샤샤의 등허리를 감쌌다. 그리고 이마를 바짝 갖다 대면서 말했다.

"제가 당신이 너무 사랑스러워서 견딜 수가 없네요."

"아스?"

"그래서 표현을 좀 해야 할 것—."

이건 이거대로 심장이 안 좋네. 샤샤는 아스의 얼굴을 필사적으로 밀어내면서 피눈물을 흘렸다. 예고가 저렇게 진심으로 버무려져 있을 줄 누가 알았겠어. 너무 훅 들어와서 설렐 수밖에 없다. 하지만 이상하게, 부끄럽지만 기분 좋다.

어색하고 견딜 수가 없지만 너무 좋아.

사랑받는다는 것을 느낄 수 있다. 나도 연애라는 것을 해 보는구나, 이렇게 멋진 남자와. 현대에선 생활고 때문에 남에게 관심 가질 틈이 없었고, 여기에선 방심했다간 바로 이상한 사람한테 팔려 갈 게 분명해 영식들에게 눈길 하나 주지 않았다. 좋은 사람 만나지 못할 바엔 그냥 혼자 살다 죽을 거라고 맹세했던 게 아주 옛날 일로 느껴졌다.

샤샤는 아스의 얼굴을 이리저리 쓰다듬었다. 아스는 그 손길을 음미하듯 조용히 눈을 감았다. 손끝을 타고 온기가 느껴졌다. 행복해, 샤샤는 저도 모르게 중얼거렸다. 샤샤는 한참 동안 아스의 얼굴을 쓰다듬었다. 지금껏 누군가에게 쓰다듬기만 했지, 이렇게 남을 쓰다듬어 본 적은 없었던 것 같았다. 샤샤는 아스의 눈 코 입을 하나하나 만지작거리다가, 갑자기 눈시울이 뜨거워지는 것을 느꼈다. 아스가 눈을 반쯤 뜬 채 물었다.

"왜 그래요?"

아, 샤샤는 멍하니 눈가를 문질렀다. 눈물이 후두둑 떨어졌다. 내가 무슨 잘못이라도 한 건가. 아스는 말없이 샤샤를 내려다보았다. 샤샤는 눈물을 닦으면서 말했다.

"아뇨, 그냥 너무 행복해서."

아스의 눈이 크게 뜨였다. 아스는 손가락으로 샤샤의 눈물을 훔쳤다. 그리고 물었다.

"행복한가요?"

샤샤는 고개를 끄덕였다. 그래, 행복할 수밖에 없다. 아스처럼 멋진 사람이 자신과 약혼해 주고, 좋아한다고 마구 표현해 주고, 자신의 사람들을 위해 노력해 주고 있으니까. 샤샤는 거의 흐느끼듯이 말했다.

"네, 너무 행복해요."

"……."

그 대답에 아스의 표정이 허물어졌다. 아스도 샤샤를 쳐다보다가 희미하게 입꼬리를 올렸다.

"제 소원이 이뤄졌네요."

우리들이 당신 덕분에 행복해진 것처럼, 우리들 덕분에 당신이 행복해졌으면 좋겠다는 그 소원이 말이에요. 아스는 샤샤의 이마에 입을 맞췄다.

이걸로 다섯 번째 입맞춤이었다.

"아, 나스카 님이라 하셨죠? 저희가 레베카 님의 저택까지 편안하게 모셔 드리겠―."

나스카는 시종의 말이 끝나기도 전에 그를 지나쳤다. 시종은 당황해하면서 정문 앞에 대기하고 있는 마차를 가리켰지만, 나스카는 눈 깜짝도 하지 않았다. 그저 계속해서 걸음을 옮길 뿐이었다. 문 앞에서 보초를 서고 있던 황궁 기사들이 잘 가라는 인사를 건넸지만, 나스카는 입을 벙긋도 하지 않았다. 황궁은 들어오긴 복잡해도, 나가는 것은 쉬웠다. 나스카는 고개를 옆으로 돌렸다. 옆에서 아무도 걷고 있지 않았다. 이번엔 고개를 반대쪽으로 돌렸다. 역시, 옆에서 아무도 걷고 있지 않았다. 공허함이 천천히 가슴속에서 밀려 나왔다. 나스카는 손으로 가슴팍을 더듬으며 호흡을 몇 번 했다. '지금이라도 황궁으로 돌아갈까'란 생각이 들었지만 한창 붙어 있을 아스와 샤샤를 생각하면 바로 고개를 젓게 됐다.

먼저 아르첸 가문의 저택으로 돌아가겠다고 한 것은 샤샤를 위해서가 아니었다. 오직 자신만을 위해 먼저 길을 나선 거였다.

자신이 혼자 돌아가겠다고 했을 때 샤샤가 지었던 표정이 생생하게 떠올랐다. 당황과 미안함이 뒤섞인 표정. 나스카는 순식간에 샤샤가 무슨 생각을 하고 있는지 파악할 수 있었다. 샤샤는 몇 번이고 같이 돌아가자며 나스카를 말렸다. 그래서 조금은 기뻤다. 샤샤가 자신을 아끼고 있다는 게 느껴졌으니까. 하지만.

─그럼 마차 타고 가요. 마부에게 아르첸 가문의 저택이라고 하면 바로 알아먹을 거예요.

그게 다였다. 자신은 결코 아스 같은 존재가 될 수 없었다. 샤샤는 몇 번이고 자신을 돌아봤지만 붙잡진 않았다. 멀어져 가는 자신을 향해 손을 흔들었을 뿐이다. 목구멍까지 화가 치밀었지만 나스카는 그것을 드러내지 않았다. 그저 최대한 필사적으로 그것을 억눌렀을 뿐이다.

물론 이것도 샤샤를 위해 억누른 게 아니었다. 어디까지나 레베카와 나눴던 얘기가 떠올라서 억누른 거였다.

나스카는 다시 걸음을 옮겼다. 황궁 주변은 귀족들이 터를 잡고 살았기 때문이 무척이나 길이 잘 정돈되어 있었다. 나스카는 길가 울타리를 타고 자라난 덩굴장미와 우아하게 걷고 있는 몇몇 귀족들을 번갈아 쳐다보았다. 그러다가 중얼거렸다.

"재미없어."

분명 여기도 인간이 사는 곳인데 조용하기 그지없었다. 구경하는 맛도 없고, 재미있는 것도 없고. 나스카는 깊은 한숨을 쉬었다. 나스카는 고개를 숙인 채 길을 따라 걸었다. 샛노란 벽돌이 깔린 밋밋한 길이었다. 황궁과 레베카의 저택은 가까운 편에 속했기 때문에, 이 길을 따라 걷기만 하면 금방 도착할 것이다. 빨리 저택으로 돌아가자. 분명 요리사와 시녀들이 저녁을 차린 채 목 빠지게 자신을 기다리고 있을 것이다. 레베카네 저택에서 차려 주는 식사는 무척이나 맛이 훌륭했다. 하지만.

"……."

샤샤가 만든 그 튀긴 닭보다 맛있진 않았다. 그건 또 왜 갑자기 생각나는 거야. 나스카는 이를 빠득 갈다가 방향을 확 틀었다. 잘 닦인 길 사이에 나 있는 조그만 골목길로 말이다. 나스카는 거침없이 골목길을 걸었다. 쓰레기 틈 사이로 앉아 있던 길고양이들이 나스카를 보자마자 후다닥 어디론가 도망쳤다. 나스카의 샛노란 금안이 골목 이곳저곳을 헤집었다. 그런데 바로 그때였다.

"어이, 형씨."

나스카의 걸음이 멈췄다. 몇몇 사내가 킬킬거리며 나스카의 앞에 모습을 드러냈다. 한 사내가 입에 꼬나물고 있던 담배를 바닥에 뱉으면서 말했다.

"여기로 지나가려면 통행세가—."

짝. 나스카는 날벌레 잡듯이 가볍게 손바닥을 휘둘렀다. 그리고 그와 동시에 사내가 벽에 처박혔다. 나스카는 어쩔 거냐는 눈빛으로 나머지 사내들을 쳐다보았다. 그 사내들은 뒤도 안 돌아보고 즉시 골목 반대편으로 도망쳤다. 그리고 나스카는 그들을 보면서 생각했다.

역시 인간들은 약하고 비굴해.

아니, 굳이 인간들이 아니어도 누구나 자신 앞에선 도망칠 것이다. 짐승들도 본능적으로 자신이 위험하다는 것을 깨닫고 도망쳤으니까. 압도적인 힘 앞에선 누구나 겁을 먹는다. 샤샤가 자신에게 부럽다고 말한 것도 이해가 간다. 나스카는 말없이 자신의 손바닥을 내려다보았다.

만약에, 아주 만약에.

샤샤가 자신의 정체를 알면 어떤 반응을 보일까. 놀라워할까? 낯설어 할까? 그도 아니면, 두려워할까? 나스카는 완전히 실신해 버린 사내를 두고 다시 걸음을 옮겼다. 인간들의 세상은 힘과 권력, 돈으로 좌지우지된다. 힘? 차고 넘친다. 권력? 마음만 먹으면 나라 몇 개 정도는 손에 넣을 수 있다. 돈? 자신의 보금자리에 쌓여 있는 게 바로 금은보화다. 자신은 그야말로 모든 것을 갖추고 있었다. 정체만 드러내면 알아서 모든 인간들이 무릎을 꿇을 것이다. 하지만 이상하게 그건 내키지 않았다. 어째서일까, 나스카가 그렇게 생각한 순간이었다.

저 멀리서 웅성거리는 소리가 들렸다. 어느 틈에 골목길의 끝이 보였다. 나스카는 잠시 생각하던 것을 멈추고 앞을 응시했다. 여기저기 무너져 있는 길, 온갖 잡동사니를 든 채 걷고 있는 사람들, 덩굴장미는커녕 여기저기 훼손되어 있는 울타리. 모든 것이 정돈되어 있지 않았다.

하지만 이상하게, 여기 있는 사람들은 아까 귀족들과 다르게 진정으로 살아 있다는 느낌이 들었다. 나스카는 사람들 사이에 섞여 들었다. 참 신기한 일이지. 샤샤는 이 세상에서 힘과 권력, 돈만 있으면 뭐든지 손에 넣을 수 있다고 했다. 하지만 이것은 힘으로도, 권력으로도, 돈으로도 만들 수 없는 풍경이었다.

"거기 있는 오빠! 꽃 한 송이 사지 않으실래요? 한 송이에 동화 한 닢만 주면 되는데!"

오히려 셋 중 하나도 없기 때문에 가능한 풍경이지 않을까. 나스카는 양 갈래 머리 소녀를 응시하다, 주머니에 손을 넣었다. 소녀는 탐스런 장미 한 송이를 나스카의 손에 쥐여 준 후 춤추듯 다른 사람들에게 꽃을 내밀었다. 다른 사람들도 깔깔 웃으며 흔쾌히 동화를 내밀었다. 나스카는 근처 분수대에 털썩 주저앉은 채 장미꽃을 내려다보았다. 연분홍색 장미가 더할 나위 없이 싱그러웠다. 누군가가 옆에서 속삭이는 듯했다.

'참 아름답지 않아요?'

그래, 참 아름답네. 나스카는 손가락으로 장미꽃을 건드렸다. 한없이 얇은 꽃잎이 파르르 떨렸다. 힘을 조금이라도 줬다간 바로 짓눌려질 것이다. 그만큼 연약했다. 나스카는 한참 동안 장미꽃을 내려다보다가 그것을 쥔 채 걸음을 옮겼다. 시끌벅적한 사람들 덕분에 기분이 조금 나아졌다. 얼굴만 한 솜사탕을 사람들에게 내밀고 있던 노점 주인이 반갑게 나스카를 맞아 주었다.

"오늘도 혼자 왔네?"

나스카는 대답 대신 또 주머니에 손을 넣어 동화를 내밀었다. 하여간 성격하고는. 노점 주인은 피식 웃으며 나스카에게 솜사탕을 내밀었다. 그리고 은근하게 물었다.

"그런데 그 장미는 또 뭐야? 아가씨 줄 거야?"

"아니."

"그래?"

노점상 주인은 고개를 돌리고 다른 손님들한테 마저 솜사탕을 팔았다. 나스카는 언제나처럼 그 앞에 서서 솜사탕을 먹었고 말이다. 손님들이 어느 정도 줄어든 후, 주인은 나스카에게 물었다.

"오늘은 얼마나 여기 있다 갈래?"

주인의 물음에 나스카는 잠시 아무 말도 하지 않았다. 그저 손안에 쥔 솜사탕을 내려다볼 뿐이었다. 그런데 바로 그때였다.

"있잖아."

"왜?"

나스카는 장미꽃을 만지작거리면서 물었다.

"꽃의 줄기를 억지로 뜯어내면 어떻게 될까."

"그런 것을 갑자기 왜 물어?"

주인은 어깨를 으쓱이면서 말했다.

"당연히 시들지."

그 대답에 나스카의 금안이 순간적으로 흐릿해졌다. 나스카는 장미꽃에 얼굴을 묻은 채 피식 웃었다.

"그럴 줄 알았어."

인간들은 정말 연약하고 예민하니까. 나스카는 생각했다.

릴리스 메이.

어머니, 아니, 엔젤라가 손수 지어 준 이름이다. 자신을 가졌을 때 엔젤라는 한 떨기의 백합을 선물받는 꿈을 꿨다고 한다. 그래서 자신의 이름을 릴리스라고 지었다고 한다. 릴리스는 자신의 이름을 마음에 들어 했었다. 하지만 엔젤라의 본심을 알게 된 이후, 자신의 이름을 싫어하게 됐다. 자신이 태어나기 전, 그러니까 엔젤라가 이 세상이 책 속 세상이란 것을 깨달았을 때부터 정해져 있었던 이름이니까 말이다. 꿈 때문에 지은 이름이 아니었다. 태몽은 어디까지나 핑계에 불과했다. 무엇보다 이름만 정해져 있으면 말도 안 한다. 좋아하는 색, 체형, 피부색, 성격 등 모든 것이 정해져 있었다. 하물며 결혼 상대까지 말이다. 엔젤라는 '원작'이란 하나의 법칙이나 마찬가지라고 말했다. 아무리 발버둥을 쳐도 벗어날 수 없는 질긴 거미줄. 그게 바로 원작이었다.

릴리스는 어렸을 적부터 엔젤라가 원작이란 단어를 언급할 때마다 알 수 없는 거부감을 느꼈고, 모든 것을 알게 된 이후엔 더 거부감을 가지게 됐다. 자신의 새하얀 피부와 마른 몸, 흰색 드레스, 얌전하고 순수한 성격, 정말 모든 것을 싫어하게 됐다. 엔젤라는 말할 것도 없었다. 하지만 릴리스는 싫어도 엔젤라가 정해 준 방식을 따라야 했고, 원작에 어울리는 여주인공이 될 수 있도록 노력해야 했다. 하얗고 순수한 여주인공,

그것이 바로 '릴리스'였고 현재의 릴리스는 누가 봐도 매혹될 만큼 순백의 여자가 되어 있었다.

하지만 엔젤라가 한 가지 간과한 것이 있었다.

하얗고 깨끗할수록 다른 것에 물들기 쉬웠다. 그동안 노력했던 게 무색할 정도로, 정말 쉬웠다. 릴리스는 자신의 앞에 놓인 접시를 내려다보았다. 채소는 극히 적게 곁들여진 스테이크가 담겨 있었다. 기름방울이 송골송골하게 배어 있는.

—그런 기름진 것은 먹지 마. 그런 거 먹어 봤자 건강도 안 좋아지고 살만 붙을 테니까.

웃기지 마. 릴리스는 한쪽 입꼬리를 올린 채 나이프와 포크를 들고 큼직하게 스테이크를 썰었다. 그리고 보란 듯이 입속에 집어넣었다. 육질이 무척이나 부드러웠고, 소스도 무척이나 진했다. 릴리스는 천천히 입을 오물거렸다. 씹으면 씹을수록 스테이크의 진한 맛이 느껴졌다. 먹을수록 줄어드는 게 아쉬울 정도야. 릴리스는 행복스레 한쪽 볼을 감싼 채 스테이크를 꿀꺽 삼켰다. 옛날이었더라면 몇 조각 먹으면 바로 배불렀겠지만 위가 많이 늘어서 1인분은 해치울 수 있었다. 빵도 먹고 싶지만 그랬다간 스테이크를 다 못 먹겠지. 릴리스는 아쉬운 눈으로 바구니에 담긴 마늘빵을 응시하다가 다시 손을 움직였다. 릴리스는 절반 정도 스테이크를 먹어치우고, 고개를 들었다. 맞은편에 앉아 있는 페인이 턱을 괸 채 빤히 자신을 쳐다보고 있었다. 물론 띠로 눈을 가리고 있었지만, 이젠 어떻게든 알 수 있었다. 릴리스는 물었다.

"왜 그렇게 봐요?"

"아, 미안. 부담스러웠나?"

페인의 입꼬리가 올라갔다. 페인은 냅킨으로 릴리스의 입가를 닦아 준 후 수줍게 말했다.

"너무 보기 좋아서."

릴리스의 얼굴이 확 달아올랐다. 하긴, 옛날엔 채소 곁들인 스테이크가 아니라 고기 몇 점 곁들인 샐러드만 겨우 끼적거렸으니까. 식당에 갈 때마다 샐러드만 시킨 채 풀죽은 얼굴로 앉아 있는 자신을 보면서 페인도 많이 괴로워했다. 자신만 맛있는 것을 먹는 게 미안하다면서. 그래서 페인은 언젠가부터 소스나 치즈를 얹은 빵이나 스테이크를 아주 작게 잘라 연신 릴리스의 입에 넣어 주었다. 귀찮을 법도 한데, 한 번도 인상을 찌푸리지 않고 정말 꾸준히 입속에 넣어 주었다. 릴리스는 아기 새처럼 그것을 꾸준히 받아먹었고, 페인과 얼른 같은 것을 먹고 싶다는 생각을 가지게 되었다. 그러다 보니 자연스레 식욕이 늘어나서 이제 페인과 같은 음식을 먹을 수 있게 됐다. 페인은 이에 크게 기뻐하면서 시간이 날 때마다 릴리스를 데리고 바깥 외출을 했다. 장소는 주로 샤샤가 가르쳐 준 레스토랑이나 극장이었다. 샤샤가 가르쳐 준 레스토랑은 죄다 음식 맛이 좋았고, 추천해 준 연극도 죄다 재밌었다. 릴리스는 진정으로 사랑하는 사람을 옆에 둔 채, 하루 종일 웃고 떠들었다. 페인과 나누는 얘기라면 아무리 하찮은 주제라도 좋았다.

"디저트는 아직 무리지?"

"응, 그냥 물이면 돼요."

물론 시도 때도 없이 마음이 무거워질 때가 있었다. '언제까지 이 일상이 유지될 수 있을까'란 생각이 들어서. 페인과 릴리스는 디저트를 마다한 채 레스토랑을 나섰다. 릴리스는 조심스레 말했다.

"당신이라도 먹지."

"괜찮아, 나도 배불러."

릴리스는 페인에게 팔짱을 낀 채 걸음을 옮겼다. 수도의 저녁 거리는 사람으로 무척이나 복잡했다. 메이 가문의 영지와는 정반대였다. 메이 가문의 영지는 어딜 가든 텅텅 비어 있었다. 사람이 좀 밀집된 곳은 단체로 농사를 짓는 구역뿐이다.

"사람이 많으니까 좋네요."

"그렇지. 하지만 조심해야 돼. 그만큼 나쁜 사람들도 많으니까."

페인의 말에 릴리스는 고개를 저었다.

"때론 사람이 적어서 더 위험한 곳도 있어요."

"……."

페인은 말없이 릴리스의 어깨를 감싸 안았다. 투박한 손이지만 무척이나 든든했다. 릴리스와 페인은 걸음을 옮겼다. 릴리스의 화려한 붉은색 드레스 때문인지, 페인의 검은색 갑옷 때문인지 사람들이 알아서 길을 비켜 줬다. 페인은 물었다.

"어디 가고 싶어?"

"그냥 걷고 싶어요."

아무것도 정하지 않고. 그렇게 말한 릴리스는 페인의 가슴팍에 머리를 기댔다. 페인은 흔쾌히 고개를 끄덕였다.

"그래. 걷다 보면 가고 싶은 곳이 생기겠지."

"고마워요."

릴리스는 자신의 앞에 놓인 수많은 가게들을 훑어보면서 생각했다. 선택지가 셀 수도 없을 만큼 많았다. 언젠가 엔젤라가 했던 말이 떠올랐다.

―이건 다 널 위해서야. 누구보다 찬란한 미래를 쥘 수 있을 거라고.

　확실히 엔젤라가 정해 준 길은 안정적이었다. 누구에게나 사랑받는 천사 같은 여자가 되어서, 황태자와 사랑을 하고, 황후로서 살 수 있으니까. 하지만 자신은 그런 삶을 원하지 않았다. 한 번도 엔젤라에게 그렇게 살고 싶다고 말한 적이 없었다. 하지만 그럼에도 불구하고, 엔젤라는 당연히 릴리스가 그런 삶을 살고 싶을 거라 생각했다. 그리고 강요했다. 원작의 릴리스처럼 되기를. 자신의 의견은 하나도 묻지 않은 채. 릴리스는 입을 열었다.

　"페인."

　"왜 부르지, 릴리스."

　"절 사랑하나요?"

　릴리스는 페인을 올려다보았다. 붉은색 띠로 눈을 가리고, 전쟁터를 밥 먹듯이 돌아다녀 언제 죽을지 모르는 데다, 황궁에서 미움받는 비운의 기사. 종종 답답하다는 생각이 들 정도로 선량하게 살아가는 남자. 하지만 그럼에도 불구하고.

　"물론이지, 릴리스."

　릴리스는 이 남자를 사랑했다. 이 남자와 함께 선택지가 있는 삶을 살아가고 싶었다. 안정? 그런 것은 필요 없었다. 한 치 앞도 모르는 삶이지만, 바로 1분 후에 일어날 일도 알 수 없지만 상관없었다.

　"사랑해요, 정말요."

　릴리스의 붉은 입술이 페인의 볼에 닿았다. 페인은 말없이 릴리스를 내려다보다가 허리를 숙였다. 릴리스는 잠시 아무 말도 하지 않다가, 페인의 눈을 가리고 있는 띠 위에 손가락을 갖다 댔다. 그리고 가볍게 잡아당겼다. 사락, 부드러운 소리와 함께 띠가 풀려 나갔다.

"릴리스?"

페인은 갑작스런 릴리스의 행동에 당황한 눈치였지만 그렇다고 릴리스를 밀어내진 않았다. 릴리스는 한참 동안 페인의 얼굴을 두 손으로 감싼 채 그 붉은색 눈을 들여다보았다. 현 황제는 참으로 어리석은 인물이다. 이렇게 아름답고 선명한 붉은색의 눈을 악마 같다고 매도하다니. 릴리스는 속삭였다.

"당신의 눈은 정말 아름다워요."

그 말을 끝으로 릴리스는 페인의 입술에다 입을 맞췄다. 그리고 소원했다.

미래를 내 손으로 바꿀 수 있기를.

"엔젤라, 짐 다 챙겼어?"

똑똑. 알버트가 반쯤 열린 문을 두드리며 물었다. 창문 앞에 두 손을 모은 채 앉아 있던 여인의 몸이 작게 떨렸다. 시녀들은 여인의 주변에 놓여 있던 짐가방을 들고 방을 나갔다. 알버트는 조심스레 엔젤라에게 다가갔다. 얼마 전까지 발작을 일으켰던 환자라고 믿을 수 없을 만큼 아주 차분해 보였다. 그래, 이래야 엔젤라답지. 지금까지 난리를 쳤던 것은 큰 충격을 받아서 그런 것뿐이야. 알버트는 그렇게 생각하면서 엔젤라의 어깨를 감싸 안았다. 그동안 잘 먹지 못하고, 숙면을 취하지 못한 탓에 앙상하게 말라 있었다.

알버트의 눈시울이 저절로 붉어졌다. 그래, 충격받을 만하지. 그렇게 아꼈던 딸이 큰 잘못을 저질렀으니. 자세한 것은 모르겠지만 분명 전적으로 릴리스 탓일 거다. 그 앤 예전부터 제 어미를 이해하지 못했으니까. 그런데 바로 그때 엔젤라가 고개를 들었다. 머리에 뒤집어쓰고 있던 베일이 흘러내리면서 푸석푸석한 머리칼과 붉게 충혈된 눈이 고스란히 드러났다. 엔젤라는 알버트를 물끄러미 올려다보면서 쉴 새 없이 뭐라 중얼거리고 있었다. 알버트는 의아해졌다.

"무슨 말을 하는 거야?"

알버트는 엔젤라의 얼굴에 귀를 가까이 가져갔다. 하지만 너무 빠르게 중얼거려서 알아듣기 힘든 것은 마찬가지였다. 알버트는 최대한 엔젤라의 목소리에 집중했다. 그러니 조금씩 알아들을 수 있었다. 알버트는 엔젤라의 입 모양을 따라 중얼거렸다.

미래를 내 손으로 바로잡을 수 있기를.

엔젤라는 바로 그렇게 중얼거리고 있었다.

철컹. 작은 단도가 바닥에 떨어졌다. 초라한 감옥 구석에 박혀 있던 레베카의 눈이 번쩍 떠졌다. 레베카는 단도를 망연자실한 눈으로 쳐다보다가 고개를 들었다. 찬란한 금발이 제일 먼저 눈에 들어왔다. 곧 황제 자리에 오를 제국의 태양, 요하네스가 자신을 내려다보고 있었다. 차가운 겨울바람 같은 눈으로. 레베카는 바닥을 딛고 자리에서 일어났다. 여기저기 기운 누더기를 입고 있었지만 그녀의 아름다움은 전혀 녹슬지 않았다. 레베카는 요하네스에게 절을 올리며 말했다.

"여긴 어쩐 일이신가요, 전하."

그렇게 말하는 레베카의 음성은 평온하기 그지없었다. 요하네스는 기가 차단 얼굴로 레베카를 노려보았다. 하지만 레베카의 표정은 전혀 변하지 않았다. 요하네스는 말했다.

"그래, 이제 만족스러운 건가? 내게 관심을 받게 되어서?"

"……."

"경멸과 증오도 관심의 일종이지. 그렇지 않나? 응?"

레베카는 고개를 숙인 채 아무 말도 하지 않았다. 요하네스는 어깨를 으쓱였다.

"난 그대처럼 뻔뻔한 여자는 처음 봐. 내 사랑을 건드린 걸로도 모자라 반역까지 꾸몄잖아. 그런데 어떻게 뻣뻣하게 고개를 들 수 있는 거지?"

반역이란 단어에 레베카의 미간이 저절로 좁혀졌다. 레베카는 저도 모르게 고개를 쳐들며 외쳤다.

"전하, 제가 릴리스를 시기한 것은 사실이지만 반역만큼은!"

"그래서 반역이란 거야, 레베카."

요하네스는 레베카의 말을 단칼에 잘랐다. 레베카의 눈이 커질 대로 커졌다.

"감히 황태자의, 차기 황제의 여자를 건드린 게 반역이 아니고 뭐란 말이야? 릴리스만 건드리지 않았더라면 나도 이러지 않았을 거야."

"……."

"아아, 케론드 공작이 참 불쌍해. 그대 같은 딸을 가졌다는 이유로 반역자란 누명을 쓰고 죽임을 당했으니 말이야."

그렇게 속삭이는 요하네스의 어조는 달콤하기 그지없었다. 그 어조에 레베카는 더 이상 참지 못하고 이를 빠득 갈았다.

"하지만 전하, 저는 당신의 약혼녀였습니다! 제 분노는 정당한 분노였습니다! 저는 어렸을 적부터 당신만을 위해 모든 것을 바쳤는데!"

아아, 또 시작이다. 요하네스는 노골적으로 싫다는 표정으로 귀를 틀어막았다. 이젠 정말 지긋지긋하다. 레베카는 예전부터 이랬다. 요하네스가 뭘 하든 뒤쫓아 다니며 사사건건 간섭했다. 자신은 요하네스의 약혼녀라면서 말이다. 레베카 때문에 릴리스와 좋았던 분위기가 깨진 게 몇 번이더라. 옛날 일을 떠올리던 요하네스는 고개를 절레절레 저었다. 하지만 이젠 그냥 용서해 줘야겠다. 어차피 곧 죽을 테니까. 요하네스는 아까 떨어뜨렸던 단도를 집으며 물었다.

"이게 뭔 줄 알아?"

레베카는 눈물을 훔치며 입술을 깨물었다. 요하네스는 손바닥으로 레베카의 주먹을 감싸 쥐었다. 그리고 억지로 펴 단도를 쥐게 했다.

"이건 내가 주는 마지막 기회야."

"그게 무슨 소리죠?"

"당신 아버지가 죽기 전에 나한테 빌더군. 자식 교육을 잘못

시킨 자신이 죄인이라면서, 적어도 너만큼은 치욕스럽게 죽지 않게 해 달라고."

갑작스런 케론드 공작에 대한 언급에 레베카의 숨이 멎었다. 요하네스는 입맛을 쩝쩝 다셨다.

"지금 생각해도 참 아까운 인재였다니까. 아버지가 그렇게 슬퍼하셨던 것도 이해가 가."

케론드는 자신이 생각해도 참으로 올곧은 인물이었다. 저런 딸 때문에 가문이 망한 걸로도 모자라 죽게 됐는데, 끝까지 감싸다니 말이다. 요하네스는 턱짓으로 단도를 가리키며 말했다.

"그래서 특별히 아량을 베풀기로 했지."

레베카의 눈을 타고 눈물이 쉴 새 없이 떨어졌다. 뭘 잘했다고 우는 건지. 요하네스는 한쪽 입꼬리를 올렸다. 늘 자신을 가르치려 들고 어떻게든 릴리스를 끌어내리려 했던 여자가 눈물을 흘리는 모습은 제법 볼만했다. 요하네스는 명령했다.

"자결해. 백성들 앞에서 모욕스럽게 죽는 것보단 깔끔하게 자결하는 게 훨씬 낫잖아."

레베카는 한동안 아무 말 없이 흐느끼기만 했다. 처형당하기 전, 연신 자신에게 잘못했다고 말하던 케론드가 떠올랐다. 그리고 이제 불타 버린 아르첸의 거대한 저택과 툭 부러지던 고용인들 등 모든 것이 차례차례 떠올랐다. 옆에 있을 때는 당연한 것들이라 여기고 그들을 소중히 여기지 않았던 것이 한없이 후회스러웠다. 하지만 후회해 봤자 변하는 것은 없었다. 건국 초기 때부터 황궁에 충성을 맹세한 아르첸 가문은 이제 없다. 저택이 불타 버린 것과 동시에 사라졌다. 레베카에게 돌아갈 수 있는 곳이란 없었다. 할 수 있는 일도 없었다. 그리고.

"─아뇨, 요하네스."

고결하게 죽을 자격도 없었다. '전하'가 아닌 '요하네스'란 칭호에 요하네스의 미간이 좁혀졌다. 레베카는 고개를 저으며 쥐고 있던 단도를 바닥에 떨어뜨렸다. 그리고 말했다.

"전 아버지가 그랬던 것처럼, 백성들에게 손가락질당하며 죽을 겁니다."

그래야 제 죄가 조금이라도 사해지지 않겠어요? 그렇게 말하는 레베카의 얼굴은 지독히도 차분하고 아름다웠다. 한때 제국 제일의 미녀로 칭송받았던 그때처럼. 아니, 어쩌면 그때보다 더.

"여기까지 귀한 발걸음 해 주셔서 감사합니다, 요하네스. 이제 돌아가셔도 좋아요."

"이런 건방진!"

요하네스는 단도를 냅다 발로 걷어찼다. 단도가 벽에 부딪쳐 날카로운 금속음을 냈다. 그 모습에 레베카는 저절로 웃음이 나왔다. 내가 겨우 저런 남자 때문에 그토록 소중한 것들을 잃었단 말인가. 레베카는 계속해서 웃었다. 감옥 문 앞에 서 있던 아스가 고개를 내밀 정도로 크게 소리 내서 말이다. 얼마나 웃었을까, 레베카는 시를 낭송하듯 읊조렸다.

"당신을 평생 저주할 겁니다, 요하네스."

씩씩거리고 있던 요하네스의 몸이 굳었다. 레베카의 얼굴은 여전히 미소로 가득했다.

"아무리 릴리스에게 달콤하게 굴어 봤자 당신의 추악한 과거는 덮어지지 않을 거예요."

"과거라니, 그게 무슨!"

이번엔 레베카가 그의 말을 가로챘다.

"그동안 약혼녀인 절 내버려 두고, 수많은 여자들과 시시덕 거리던 과거가 말이죠."

요하네스는 도움을 청하듯 아스를 돌아보았다. 아스가 입을 떼려는 순간, 레베카가 단정 지으며 말했다.

"이것은 내가 그대에게 하는 마지막 충고이기도 해요."

그 말을 끝으로 레베카는 요하네스에게 다시 절을 올렸다. 아르첸 가문의 무남독녀로서 아주 우아하고 경건하게.

—『아틀란타의 연인』中

카낙타의 사절단을 맞이하는 두 번째 파티가 열렸다. 레베카는 오늘도 변함없이 요하네스의 옆을 지켰고, 아스도 마찬가지였다. 둘은 파티장 한쪽에 마련된 소파에 앉은 채 말없이 요하네스를 쳐다보았다. 요하네스는 황제와 황후와 나란히 선 채 깔깔거리며 얘기를 나누고 있었다. 참으로 화기애애한 가족이었다. 아스는 말했다.

"참으로 불공평하죠."

"무엇이?"

"재주는 곰이 부리는데 돈은 엉뚱한 사람이 버니까요."

레베카는 동감한다는 듯이 한쪽 입꼬리를 올렸다. 아스는 샴페인을 홀짝였다. 오늘따라 샴페인이 참 달고 차갑게 느껴졌다. 아스는 책을 무릎 위에 올려 둔 채 샴페인의 맛을 음미하다가 입을 열었다.

"요하네스 전하와 또 한바탕했다고 들었습니다."

"그새 또 일러바친 거야? 참 찌질하네."

"일러바치지 않아도 알 수 있습니다. 요하네스 님은 레베카 님과 안 좋은 일이 있을 때마다 방 안의 물건을 부수며 분풀이를 하셨으니까요. 그동안 시녀들 입단속시키느라 얼마나 힘들었는데요."

"어차피 이젠 안 시키잖아."

레베카의 장난기 어린 대답에 아스는 무표정으로 대꾸했다.

"이런, 어떻게 알았지."

"척하면 척이지."

레베카는 그렇게 말하면서 시종이 테이블 위에 올려놓은 샴페인 잔을 집어 들었다. 아스의 눈이 저절로 레베카의 팔에 닿았다. 오늘의 레베카는 검은색 장갑을 끼고 있었다. 레베카는 아스의 시선을 알아챘는지 팔을 쓰다듬으면서 말했다.

"시녀들이 한탄하더군."

"뭐라 한탄했죠?"

"곧 결혼할 여자 몸이 이게 뭐냐고."

"……"

아스는 아무 말 없이 레베카를 응시했다. 레베카는 어깨를 으쓱이면서 말할 뿐이었다.

"파티장에서 무슨 일이 있어도 장갑을 벗지 말래. 어차피 벗지 않을 생각이었지만 그런 말을 들으니까 갑자기 벗고 싶어지더라."

레베카는 샴페인 잔을 가볍게 흔들었다. 황금빛 액체가 찰랑였다.

"내가 시녀들에게 뭐라 했는 줄 알아?"

"뭐라고 하셨습니까."

"난 내 몸에 흉터가 있든 말든 상관없다고 했어."

어차피 난 결혼하지 않을 테니까. 레베카는 샴페인을 들이 켰다. 결혼은 급이 비슷한 사람끼리 하는 법이고, 이 세상엔 자신과 급이 맞는 남자가 없다. 자신과 급이 맞을 거라 망상하는 남자만 있을 뿐이지. 레베카는 요하네스를 노려보았다. 그렇게 당하고도 아무 일 없었던 것처럼 행동하는 낯짝이 한심하기 짝이 없었다. 아마 이번에도 요하네스는 자신이 한 말을 가벼운 앙탈이라 생각하고 넘길 것이다.

"검술 연마는 잘되어 가십니까?"

아스의 질문에 레베카의 표정에 착잡함이 어렸다. 레베카는 이마를 쓸어내렸다.

"오랜만에 잡으니까 감이 잘 안 잡혀."

"무엇이든지 오랜만에 하면 감이 안 잡히는 법입니다."

"체력도 다른 기사들보다 딸리고. 그래서 걱정이야."

하아, 아스는 한숨을 쉬었다. 부상 이후로 레베카는 검술에 대한 자신감이 예전보다 떨어졌다. 케론드는 하루라도 빨리 가문을 이을 후계자를 공식적으로 발표해야 하고, 황제와 황후는 빨리 레베카가 요하네스와 결혼하길 바란다. 그러니 초조해할 수밖에 없다. 하지만 초조해한다고 해서 변하는 것은 없다. 오히려 이런 때일수록 차분해야 한다. 아스는 말했다.

"레베카 님, 당신은 검을 잡은 지 얼마 되지 않았어요. 다른 기사들보다 못한 게 당연합니다. 그리고 케론드 공작님은 분명 말씀하셨습니다. 당신에게는 재능이 있다고."

"……."

"그리고 검을 못 쓴다 해도, 당신에겐 머리가 있습니다. 어렸을 적부터 케론드 공작의 일을 도울 정도로 명석한 두뇌가 말입니다."

레베카의 얼굴에 희미한 미소가 어렸다. 제국 최고의 두뇌에게 이런 칭찬을 듣다니, 기분이 무척이나 묘했다. 레베카는 아스의 손에서 잔을 뺏어 들면서 말했다.

"아무리 똑똑하다 해도 너만 하겠어? 그런 입에 발린 소리하지 마."

아스는 겸손하게 고개를 숙일 뿐이었다.

"하지만 제 말은 진심입니다. 레베카 님, 당신은 정말 현명한 사람이에요."

"내가 그 말에 기분이 좋아질 거라고 생각한다면 큰 착각이야. 나는 너도 질투하고 있으니까."

레베카는 그렇게 말하면서 아스의 어깨를 몇 번 토닥였다. 레베카의 붉은 입술이 움직였다.

"너도 내가 가지지 못한 것들을 많이 가지고 있잖아, 안 그래?"

"……."

그렇게 말하는 레베카에게선 미약한 살기가 흘러나오고 있었다. 자신을 올곧게 쳐다보는 레베카의 흑진주 같은 검은 눈동자에, 아스는 아무 말도 할 수 없었다. 예전부터 생각했지만 역시 보통 사람이 아니었다. 남자로 태어났더라면 진작 반역을 일으켜 모든 것을 거머쥐었을지도 모른다. 차라리 이런 분의 보좌관으로 일했더라면 좋았을 텐데. 아스는 그렇게 생각하면서 눈을 감았다. 레베카는 그런 아스의 어깨를 몇 번 토닥인 후, 소파에서 일어났다. 그리고 벽난로 앞으로 향했다. 아스도 따라 자리에서 일어나면서 물었다.

"정말 기사가 되고, 아르첸 가문의 가주가 되는 것만으로도 만족하십니까?"

"응, 그걸로 만족해."

"당신이라면 더 높은 위치에 오를 수 있을 겁니다."

레베카는 한쪽 입꼬리를 올린 채 말했다.

"내가 원하는 것은 여왕Queen이 아냐."

"그럼?"

"그냥 왕King이라면 모를까."

하지만 이 시대에서 왕은 될 수 없으니 그냥 기사Knight로 만족할래. 레베카는 샴페인을 휙 벽난로에 뿌렸다. 불길이 확 솟구쳐 올랐다. 레베카는 팔짱을 낀 채 말했다.

"난 이제 더 이상 뺏기고 싶지 않아."

레베카는 불을 무미건조한 눈으로 쳐다보았다. 활활 타오르는 그 새빨간 불을 말이다.

"여자란 이유로 뺏기는 것은 정말 지긋지긋해."

그 말을 끝으로 레베카는 고개를 돌렸다. 황제와 황후, 요하네스가 서 있는 곳을 향해. 황제가 반색을 하며 손을 흔들었다.

"아, 레베카! 이리 오렴!"

그러니까 이제 더 이상 빼앗기지 않을 거야. 레베카는 이를 악물었다. 레베카의 속을 모르는 황제는 계속해서 손을 흔들 뿐이었다.

"어서! 우리 며늘—!"

황제의 말이 갑자기 뚝 끊겼다. 옆에 서 있던 황후와 요하네스가 의아한 눈으로 그를 쳐다보았다. 황제의 주름진 손이 가슴팍을 움켜쥐었다. 요하네스가 조심스레 물었다.

"폐하, 갑자기 왜 그러시는—."

털썩. 그리고 그와 동시에 황제의 몸이 볼품없이 바닥에 쓰러졌다.

"폐하께서 쓰러지셨다!"

시종의 비명이 홀에 울려 퍼졌다. 홀에 있던 모든 사람들의 움직임이 멈췄다. 음악가들은 들고 있던 악기를 떨어뜨렸고, 춤을 추던 영식들과 영애들은 서로의 발을 밟았으며, 사절단은 파티를 구경하던 것을 멈췄다. 그들은 하나같이 믿을 수 없다는 얼굴로, 바닥에 쓰러져 경련하고 있는 황제를 응시했다. 황제는 새하얗게 질린 얼굴로 거품을 물고 있었다. 누가 봐도 고통스러운 기색이 역력했다. 황후가 급히 황제에게 달려가 무릎을 꿇었고, 요하네스는 외쳤다.

"암살이다! 암살이야! 누가 감히 이 나라의 태양을 살해하려 했—!"

"그럴 때가 아닙니다. 전하!"

요하네스의 말이 끝나기도 전에 아스가 버럭 외쳤다. 아스는 들고 있던 책을 내던지고 황제에게 달려갔다. 그리고 기사들에게 명령했다.

"모든 출입구를 봉쇄하라. 어의도 부르고."

"네!"

기사들은 아스의 명령을 즉시 실행했다. 아스는 황제의 얼굴을 더듬다가 혀를 끄집어냈다. 이런, 아스는 중얼거렸다. 혀가 무척이나 얼룩덜룩했다. 아스는 고개를 돌려 이곳을 둥글게 에워싼 사람들을 훑어보다가, 보란 듯이 손가락으로 혀를 길게 빼 냈다. 사람들의 웅성거림이 더더욱 커져 갔다. 아스는 차분하게 말했다.

"전하의 말이 맞습니다. 누가 독극물을 아틀란타의 폐하께 먹였군요."

사람들의 웅성거림이 더더욱 커졌다. 황후는 입을 틀어막은 채 흐느끼기 시작했다. 이윽고, 기사들에게 끌려오다시피 한 어의가 파티장에 들어섰다. 어의는 즉시 무릎을 꿇고 황제의 맥을 짚었다. 다행히 미약하게나마 맥이 뛰고 있었다. 어의는 큰 소리로 외쳤다.

"살아 계십니다, 아직!"

"뭣들 하느냐, 폐하를 어서 안으로 모셔라!"

이번엔 레베카였다. 레베카는 드레스 자락을 움켜쥔 채 시종들에게 명령했다. 시종들은 황제를 끌어안은 채 어의와 함께 파티장을 나섰다. 그리고 그 뒤를 아스와 레베카, 황후와 요하네스가 뒤따랐다. 귀족들은 신경질적으로 외쳤다.

"이게 도대체 무슨 일이야, 경사스러운 날에!"

"도대체 누가 폐하께 독극물을!"

누군가가 황제를 독살하려고 했다. 그리고 그 이유는 지독히도 뻔했다. 바로 '권력'. 그게 아니면 이유가 없었다. 황제는 말 그대로 아틀란타의 상징이요, 중심이었다. 그를 죽이면 아틀란타는 큰 혼란에 빠질 것이고, 그 틈을 타 누군가가 큰 권력을 취할 수 있다. 아마 황제를 독살하려고 한 사람은 자신이 권력을 쥐거나 자신이 모시는 사람이 권력을 쥐길 바라며 이 일을 벌였을 것이다.

황제 암살 시도는 바로 '반역'으로 직결됐다. 반역이야말로 황가가 제일 두려워하는 것이다. 반역이 한번 일어날 때마다 황족들과 귀족들이 죄인으로 취급받고, 줄줄이 처형장으로 끌려간다. 게다가 외부적인 문제도 존재했다. 호시탐탐 아틀란타의 땅을 노리는 다른 나라들이 이 혼란을 틈타 쳐들어올 가능성도 존재했다.

젠장, 귀족들은 동시에 욕지거리를 내뱉었다. 하필이면 카낙타의 사절단이 있는 공간에서 황제가 쓰러졌으니, 소문이 더 빠르게 퍼질 것이다. 잠깐, 카낙타? 귀족들의 웅성거림이 동시에 멈췄다. 귀족들의 머리가 빠르게 돌아갔다.

1. 황제는 누군가에 의해 독을 마셨다.

2. 그것도 카낙타의 사절단이 참가한 파티에서.

그렇다면…… 귀족들의 눈이 굴러 갔다. 그리고 샅샅이 잡아냈다. 자신들 주변에 서 있던 카낙타의 사신들을. 앞에서도 여러 번 언급됐지만 카낙타는 불과 몇 년 전만 해도 아틀란타를 밥 먹듯이 쳐들어온 나라다. 현 술탄이 호의적인 태도를 보이며 사절단을 여러 번 보냈어도, 그들이 예전에 자신들의 땅을 위협했다는 사실은 변하지 않았다. 아니, 어쩌면 그동안 호의적으로 군 것도 일종의 계략일지도 모른다. 오늘을 위한. 무엇보다 뒤편에서 군대를 모은다는 소문도 있었다. 사절단의 대표인 모하스가 불안하게 눈을 굴리며 말했다.

"잠깐, 도대체 이게 무슨."

"네놈들이냐?"

한 성미 급한 귀족이 앞으로 나섰다. 이런, 모하스는 급히 주변에 있던 카낙타의 신하들을 한곳으로 끌어모았다. 모하스는 사절단의 대표답게 머리가 잘 돌아가는 편이었다. 이런 상황에서 괜히 큰 소리 내서 자극할 필요는 없다. 침착하게 무죄를 주장해야 한다. 자신은 정말 그럴 의도로 오지 않았다고. 하지만 귀족들은 모하스가 입을 열기도 전에 외쳤다.

"당장 이놈들을 감옥으로 끌고 가게!"

기사들이 일제히 사절단을 둥글게 에워쌌다. 차분하던 모하스의 얼굴에 금이 갔다. 지금 진심으로 하는 소리인가? 모하스는 기가 차다는 얼굴로 외쳤다.

"우리들은 엄연한 손님이오! 자세한 조사도 없이 감옥으로 끌고 간다는 것은 크나큰 무례요!"

"지금 무례라고 했나? 우리들의 황제가 살해당한 판국에?!"

"당장 카낙타에 우리가 받은 치욕을 알릴 겁니다! 아무리 아틀란타라 해도 저희들을 죄인으로 몰아갈 수 없습니다!"

"여긴 아틀란타다! 아틀란타에 왔으면 아틀란타의 법을 따라야 한다!"

"아틀란타의 법은 조사도 없이 손님들을 다짜고짜 감옥으로 끌고 갈 수 있다는 겁니까?!"

모하스의 목청이 저절로 커져 갔다. 기사들은 그런 모하스를 진정시키려는 듯이 말했다.

"진정하십시오, 조사만 끝나면 바로 풀어 드리겠습니다."

"지금 그게 문제인가?! 조사가 끝나면 풀어 주겠다니, 순서가 반대이지 않나! 조사를 하고 잡아가든 말든 해야지!"

하지만 기사들은 결코 물러나지 않았다. 모하스가 자신의 일행들을 위해 앞으로 나서려는 순간, 단단한 팔이 모하스를 뒤로 밀어냈다. 칼리아였다. 칼리아는 앞으로 나서면서 말했다.

"아무도 우리들을 감옥으로 끌고 갈 수 없다."

칼리아의 팔이 등에 메고 있던 창으로 향했다.

"무엇보다, 우린 독살 같은 쩨쩨한 방법은 안 써. 모가지를 직접—."

옆에 서 있던 아베스타가 이럴 줄 알았다는 얼굴로 칼리아의 입을 틀어막았다. 가는 날이 장날이라더니, 하필이면 자신이 아틀란타에 있을 때 일이 터졌다. 조사라니, 자칫하면 자신의 신분이 들통날 수도 있다. 여기에서 자신은 사절단에 소속된 하급 신하에 불과했다. 자신의 발언은 결코 통하지 않을 것이고, 눈앞에서 황제가 쓰러진 귀족들은 쉽게 진정하지 않을 것이다. 이거 좋지 않은걸. 아베스타가 혀를 찬 순간이었다.

"—섣불리 판단 내리지 말게."

그때 누군가가 귀족들을 헤치고 걸어 나왔다. 페인이었다. 그리고 그 뒤편에선 불안한 얼굴의 릴리스와 샤샤가 따라오고 있었다. 샤샤는 겁먹은 눈망울로 연신 기사들과 사절단을 번갈아 보다가, 릴리스의 품에 파고 들었다. 주로 붙어 다니던 레베카와 아스가 요하네스 옆을 지켜야 해서, 릴리스와 함께 파티를 즐기고 있었던 것이다. 샤샤는 바들바들 떨면서 귀족들에게 말했다.

"큰 소리 치지 말아요, 무서워요."

그녀의 말에 귀족들이, 특히 귀족 영애들의 입이 다물어졌다. 아깐 우리가 아무리 소리 질러도 안 들어 처먹던 것들이? 모하스는 어이가 없었다. 페인은 그 틈을 타 차분하게 말했다.

"저들은 누가 뭐래도 우리들의 손님이다. 조사도 없이 다짜고짜 감옥에 처넣는 것은 무례하기 짝이 없는 일이다."

기사들은 코웃음을 치면서 페인의 가슴팍에 손을 대고 밀어내려 했다. 하지만 페인은 꿈쩍도 하지 않았다. 역시 아무리 무시당한다 해도, 페인은 제국 제일의 기사였다. 페인은 재차 말했다.

"저들은 우리들의 손님이라고 했다."

페인의 음성은 고요하고 부드러웠으나 단호했다. 기사들의 얼굴에 긴장이 어렸다. 기사들은 외쳤다.

"여긴 전쟁터가 아닙니다! 우리가 전하의 명령을 들을 이유는 없습—!"

"그래, 여긴 전쟁터가 아니지."

붉은 띠로 가려져 있으나 보이는 듯했다. 황제가 악마 같다고 이를 갈던 핏빛 눈이. 페인의 흰 손이 기사들을 밀어냈다. 기사들은 너무나도 손쉽게 떠밀렸다.

"그러니 내가 이렇게 그대들을 달래고 있지 않은가."

페인의 허리춤엔 칼이 빛나고 있었다.

"전쟁터였더라면 명령 불복종으로 내가 그대들에게 벌을 줬을 거야."

기사들의 입이 일제히 다물어졌다. 페인은 늘 부드러운 태도를 유지했지만, 전쟁터에서만큼은 무서운 사령관으로 돌변했다. 그리고 가끔 지나치다 싶을 정도로 규율을 중요시했다.

"그러니 물러나게. 내가 이렇게 부탁하고 있지 않은가."

"재차 말하지만 전하에겐 그럴 권한이—."

"나는 그저 모두가 평화롭게 살고 있는 이 나라를 지키고 싶을 뿐이야. 이 일을 빌미로 쳐들어오면 상당히 곤란해지니까 말이야."

아틀란타 제국이 현 위치를 지키고 있는 것은 누가 뭐래도 눈앞의 이 남자 덕분이었다. 기사들은 말했다.

"전하는 놀랍게도 침착하시군요."

"지금껏 전쟁터를 누빈 덕분이지."

단조롭게 대답한 페인은 사절단을 향해 고개를 돌렸다. 아베스타는 모하스에게 턱짓을 했다. 멍하니 페인을 응시하고 있던 모하스는 급히 정신을 차리고 한쪽 무릎을 꿇었다. 다른 사신들도 마찬가지였다.

"무례를 용서하시게. 폐하가 쓰러지셨으니 혼란스러울 수밖에 없었네."

"아닙니다, 전하. 오히려 이 혼란스러운 상황에서 저희들을 구해 주셔서 감사할 따름입니다."

"구해 주다니. 내가 감옥에 끌려가지 않도록 막아 준 것은 사실이지만 그대들은 여전히 조사를 받아야 해."

"감옥에 끌려가는 치욕을 당하지 않은 것만으로도 감사합니다."

그렇게 말하는 모하스의 얼굴은 존경심으로 가득했다. 페인은 복잡 미묘한 기분이 들었다.

"역시 전하의 명성은 결코 거짓된 게 아니었군요. 전쟁에 나갈 때마다—."

페인은 단호하게 모하스의 말을 잘랐다.

"그만. 그만하시고 일어나게."

모하스는 즉시 자리에서 일어났다. 페인은 홀을 쭉 둘러보았다. 명령을 할 만한 위치의 사람이 아무도 없었다. 황족들이 죄다 황제의 상태를 살피러 몰려갔기 때문이다. 황태자의 보좌관인 아스도 마찬가지였다. 출입구는 봉쇄한 지 오래였다. 언제까지고 이 사람들을 모두 가둬 놓을 수 없었다. 그때 릴리스가 페인의 손을 잡았다.

"당신이 움직여야 해요, 페인. 지금은 당신밖에 없어요."

"……."

어쩔 수 없다. 게다가 지금은 다른 사람도 아닌 황제가 쓰러져 있지 않은가. 자신은 어머니의 죄를 사하기 위해 황실에서 일해 왔다. 그리고 그것은 지금도 마찬가지였다. 페인은 홀을 둘러보면서 말했다.

"여기 있는 귀족들은 모두 조사를 받아야 한다. 거부했다간 폐하께 독을 주입한 범인이라고 생각하겠다."

귀족들은 고개를 끄덕일 수밖에 없었다. 페인은 계속해서 말을 이었다.

"그리고 너희들은 기사들을 있는 대로 풀어 파티장, 아니, 이 황실 전체의 출입구를 봉쇄하라. 창문 하나도 그냥 넘어가지 말고 꼭 걸어 잠가야 한다."

"네!"

권한이 없는데도 귀족들을 통솔한 벌은 나중에 받으면 된다. 지금은 위급 상황이니 움직일 수밖에 없다. 페인은 그렇게 합리화하면서 고개를 돌렸다. 릴리스가 여전히 샤샤를 끌어안은 채 서 있었다. 페인은 릴리스에게 다가가 말했다.

"릴리스, 겁먹지 마. 당신은 줄곧 내 옆에 있었으니까 그리 오래 조사받진 않을 거야."

"알아요, 페인. 괜찮아요."

페인은 릴리스의 등을 토닥인 후 샤샤에게로 고개를 돌렸다.

"그리고 샤샤, 그대도 마찬가지야. 너무 겁먹지 마."

새파란 눈이 빤히 페인을 올려다보았다. 왜 그렇게 쳐다보는 건지, 페인이 의아해진 순간 샤샤가 입을 열었다.

"역시 페인 님은 대단하세요."

"무엇이?"

"침착하시잖아요. 아버지가 쓰러지셨는데도."

분명 아까 기사가 한 것과 똑같은 질문인데, 느낌이 조금 달랐다. 페인은 잠시 망설이다 고개를 돌렸다.

"전쟁터에서 얻은 경험 덕분이지."

"그러고 보니 항상 페인 님은 가족들을 침착하게 대하셨죠. 그들이 페인 님께 어떤 짓을 해도."

페인의 몸이 작게나마 흠칫했다. 샤샤는 릴리스의 어깨에 이마를 기댄 채 소곤거렸다.

"아스에게서 제가 페인 님과 만나고 싶다는 거 들었죠?"

"그래."

"나중에 만나요, 우리."

그 말을 끝으로 샤샤는 릴리스와 함께 기사들의 안내를 받으며 다른 방으로 가 버렸다. 페인은 샤샤의 어깨를 잡아채고 싶었지만 차마 그럴 수가 없었다. 숨기고 있었던 치부를 들킨 것처럼 기분이 한없이 찜찜했다. 페인은 생각했다.

도대체 일이 어떻게 돌아가고 있는 건가. 황제를 독살하려는 사람은 도대체 누구고.

자연스레 한 인물이 머릿속에 떠올랐지만 그는 황궁에서 사랑받는 사람이다. 섣불리 건드렸다간 오히려 자신이 당할 것이다. 답답하군. 페인은 한숨을 쉬었다. 오늘따라 눈을 가린 띠가 갑갑하게 느껴졌다.

어의는 신중한 얼굴로 황제의 몸을 진찰했다. 그리고 황후는 그 곁에 무릎을 꿇은 채 신께 기도를 올리고 있었고, 요하네스는 그런 황후의 어깨를 위로하듯 토닥이고 있었다. 황제의 상태는 의학에 문외한 사람이라도 한눈에 알 수 있을 정도로 좋지 않았다. 얼굴이 창백하게 질린 채 가쁘게 숨을 몰아쉬고 있으니 말이다. 도대체 누가 감히 아틀란타의 황제에게 독을 먹인 거지. 요하네스가 빠득 이를 간 순간이었다. 어의가 굽히고 있던 허리를 펴면서 말했다.

"……진찰이 끝났습니다, 전하."

"폐하의 상태는 어떠시지?! 심각한 건가?!"

어의는 면목 없다는 얼굴이었다. 아아, 요하네스와 황후의 얼굴에 절망이 어렸다. 어의는 머뭇거리면서 겨우 입을 열었다.

"말씀드리기 송구하오나 가뜩이나 쇠약해진 몸이라서……상태가 좋지 않습니다. 이대로라면 얼마 가지 않아—."

요하네스는 어의의 어깨를 잡아채며 다그치듯 물었다.

"전하는 무슨 독에 당한 거지? 해독제가 없는 독인 건가?!"

어의의 몸이 저절로 움츠러들었다. 요하네스의 새파란 눈은 분노와 슬픔으로 이글거리고 있었다. 남들 앞이라서 일부러 이러는 건가. 어의는 이마에 맺힌 식은땀을 닦으며 생각했다.

"아뇨, 아주 가벼운 독입니다."

"그런데 왜 상태가 좋지 않다는 거냐!"

"아무리 가벼운 독이라도 장기간 섭취하면 심각한 법이니까요."

장기간이란 단어에 요하네스의 숨이 멎은 순간, 의사가 아예 못을 박았다.

"누군가가 폐하의 몸에 몇 달 전부터 독을 주입한 것 같습니다. 그것도 아주 치밀하게 말입니다. 평범한 독도 아닌 일정량이 체내에 쌓이면 그제서야 효과가 발휘되는 독을 썼습니다."

그 독 때문에 폐하께서 쓰러지신 것 같습니다. 그 말과 동시에 황후가 바닥에 쓰러졌다. 레베카가 급히 황후의 몸을 끌어안으면서 시녀들에게 손짓했다. 시녀들은 즉시 황후를 부축하고 방을 나섰다. 요하네스는 이마를 감싼 채 소파에 주저앉았다.

"가망은 정말 없는 건가?"

어의는 고개를 수그리면서 대답할 뿐이었다.

"최선을 다하겠습니다."

"……."

요하네스의 얼굴이 더더욱 참담해졌다. 어의는 머뭇거리다가 요하네스에게 가까이 다가갔다.

"저, 그런데 요하네스 전하."

"또 뭔가."

"저번에 제가 드린 쪽지 말인데ㅡ."

달칵. 그때 문이 열리면서 아스와 기사들이 들어섰다. 어의는 황급히 요하네스에게서 떨어졌다. 아스는 어의와 요하네스를 번갈아 쳐다보다가 고개를 비스듬히 기울였다.

"중요한 얘기 중이셨습니까."

"아, 아뇨. 막 끝난 참이었습니다."

어의는 황급히 고개를 저으며 절을 올렸다. 요하네스는 건성으로 손을 저어 어의를 방 밖으로 내보냈다. 아스는 물었다.

"폐하의 상태는 어떠십니까?"

"좋지 않아."

요하네스의 음성은 지독히도 가라앉아 있었다. 하긴, 예전부터 요하네스와 폐하는 무척이나 사이가 좋았으니까. 아스는 고개를 끄덕였다.

"어의가 뭐라 했습니까."

"지금 파티장에 있는 사람들은 아무 죄가 없어."

"죄가 없다뇨?"

아스는 의아한 눈으로 요하네스를 쳐다보았다. 요하네스는 팔로 얼굴을 가린 채 말을 이었다.

"몇 달 전부터 누군가가 독을 계속 주입했다더군."

아스의 얼굴이 저절로 창백해졌다. 아스는 더듬거리면서 말했다.

"그게 무슨."

"똑똑한 그대가 한 번에 알아 듣지 못하다니, 참 웃기는군."

요하네스는 버럭 소리 질렀다.

"내 말이 말 같지 않나?! 누가 몇 달 전부터 아버지께 독을 주입했다고 했다!"

아스 뒤편에 서 있던 기사들이 일제히 숨을 들이켰다. 요하네스의 손가락 사이로 눈물이 떨어졌다. 요하네스는 낮게 흐느꼈다.

"어의가 최선을 다해 보겠다고 했지만, 가능성은 없는 것 같아."

"……."

"가뜩이나 몸이 쇠약하신 분이셨어. 어떡하지? 너무 끔찍해.

무슨 일이 있어도 손주 녀석은 보고 돌아가신다고 했는데."

항상 단정하던 금발이 아무렇게나 흐트러져 있었다. 권력을 쥐기 위해 암살 시도를 하는 것은 신분이 높은 사람들 사이에서 흔히 일어나는 일이었다. 하지만 요하네스는 항상 온건하고 자유로운 분위기에서 살아왔다. 그도 그럴 것이 2황자 페인은 늘 황실에 절대 복종했고, 3황제 클로드는 무척이나 온화한 성품의 소유자였다. 그래서 요하네스는 늘 안전하게 살아올 수 있었다. 황제와 황후에게서 넘치는 사랑을 받으면서 말이다. 요하네스는 중얼거렸다.

"모르겠어. 이런 일은 한 번도 생각해 보지 않았어. 아버지가 돌아가신다면 난."

난생처음으로 자신이 한심하게 느껴졌다. 눈앞에서 아버지가 쓰러졌는데, 아무것도 할 수 없었다. 지금만 해도 어떤 일을 해야 할지 모르겠다. 분명 뭔가를 해야 한다는 사실만큼은 분명한데, 아무 짓도 할 수 없다. 머릿속이 온통 새하얗게 변했다. 도대체 어떻게 해야 하지? 요하네스가 그렇게 생각한 순간이었다.

"일단 진정하시지요, 전하."

아스의 손이 요하네스의 어깨 위로 내려앉았다. 요하네스는 멍하니 아스를 올려다보았다. 아스가 평소처럼 침착한 얼굴로 서 있었다. 아스는 얼굴만큼 차분한 음성으로 말했다.

"전하는 누가 뭐래도 이 나라의 황태자십니다. 다음 대의 황제로 즉위하실 몸이라고요."

"……."

"상심이 크시리라 생각합니다. 하지만 이럴수록 침착하셔야

합니다."

그렇게 말하는 아스의 눈은 고요하기 짝이 없었다. 요하네스는 헛웃음이 나왔다. 황제가 그토록 아스를 신용한 것도 이해가 갔다. 아스는 제국 제일의 두뇌였고, 언제나 이성적이었다. 처음 황제가 자신에게 아스를 소개했을 때가 떠올랐다.

—인사하렴, 요하네스. 이쪽은 우리 아틀란타의 자랑스러운 인재다.

그렇게 말하는 황제의 얼굴은 뿌듯함으로 가득 차 있었다. 황제는 늘 요하네스에게 입버릇처럼 말했다. 이 똑똑한 아이가 널 황제로 만들어 줄 거라고. 하지만 그때의 요하네스는 그 말을 신용하지 않았다. 머리가 좋다면 얼마나 좋겠냐고 생각하면서. 오히려 무슨 일이 있어도 무표정한 그를 괴물 같다고 생각했다. 그리고 그것은 지금도 마찬가지였다. 하지만.

"역시 그대는 괴물 같아."

오늘만큼은 그게 믿음직스럽게 느껴졌다. 요하네스가 얼굴을 가린 채 말했고, 아스는 무심하게 대꾸했다.

"자주 듣던 말이니 상관없습니다."

"……어떻게 그대는 이런 상황에서도 냉정할 수 있지?"

아스는 내뱉듯이 말했다.

"좋은 환경을 타고나지 못했으니까요."

방금 비웃은 것 같은데. 요하네스는 손에서 얼굴을 뗀 채 그를 올려다보았다. 하지만 아스는 여전히 무표정한 얼굴이었다. 내가 잘못 봤나. 하긴 괴물에게 표정이 있을 리가 없지. 요하네스는 그렇게 생각하면서 넘겨 버렸고, 아스는 계속해서 말했다.

"일단 폐하가 평소 먹던 음식부터 면밀하게 조사해야 합니다. 주방 일을 하는 모든 시녀들과 요리사들을 심문해야 해요."

음식이란 말에 요하네스는 정신이 번쩍 들었다. 요하네스는 급히 일어나 말했다.

"맞아, 어머니. 어머니도 당장 진찰을 받게 해야 해. 어머니는 아버지와 거의 매일마다 겸상을 하셨어."

"황후마마께도 당장 어의를 보내죠. 하지만 일단……."

"어머니도 잃을 수는 없어. 난 어머니께 가 보겠다."

요하네스는 아스의 말이 끝나기도 전에 대꾸한 후, 뚜벅뚜벅 문을 향해 걸어갔다. 아스는 뒤편에서 웅성거리는 기사들을 흘깃 응시한 후 물었다.

"조사는 어떻게 할까요?"

"네가 알아서 해. 어차피 이번 사절단 일도 네가 처리한 거나 마찬가지잖아."

그 말을 끝으로 요하네스는 방을 나가 버렸고, 기사들의 웅성거림은 더더욱 커졌다. 아스는 손을 들고 말했다.

"조용."

그 차분한 음성에 기사들은 본능적으로 입을 다물었다. 아스는 안경을 올리면서 물었다.

"파티에 참석한 사람들은 지금 어떻지? 일단 모든 출입구를 봉쇄하라고 했는데."

한 기사가 나서서 말했다.

"아, 페인 전하가 나서서 심문하고 있습니다."

"페인 님이? 그럼 그쪽은 안심해도 되겠군."

아스는 황제에게 가까이 다가갔다. 황제는 여전히 가쁜 숨을 몰아쉬고 있었다. 아스는 정말 비참하다는 듯 낮은 음성으로 말했다.

"도대체 누가 이런 끔찍한 짓을 했을까."

"무슨 일이 있어도 범인을 찾아내야 합니다!"

"맞습니다, 아스 님. 명령만 내려 주시면 어떤 짓이든 하겠습니다!"

기사들이 앞다투어 아스에게 외쳤다. 아스는 그들을 향해 몸을 돌리면서 말했다.

"내가 아까 했던 말 기억하나?"

"아까 했던 말씀이라면……."

"당장 폐하의 음식을 담당하는 주방장들과 시녀들을 불러모아. 내가 직접 심문하겠다."

"하, 한두 명이 아닌데 괜찮으시겠습니까?"

"폐하가 돌아가실지도 모른다. 사소한 것 하나라도 놓칠 수 없는 일이다."

기사들의 얼굴에 일제히 감동이 어렸다. 이 얼마나 놀라운 충성심인가! 과연 아직 젊은 나이임에도 불구하고 '제국 제일의 두뇌'란 칭호를 차지한 남자다웠다. 아스는 말했다.

"그럼 부탁하겠네."

"네!"

우렁차게 대답한 기사들은 우르르 방을 뛰쳐나갔다. 그렇게 방 안에 홀로 남겨진 아스는 조용히 황제를 돌아보았다. 황제의 몸은 땀으로 흠뻑 젖어 있었다. 아스는 언제나 그랬던 것처럼 한쪽 무릎을 꿇으면서 말했다.

"저와 나눴던 대화가 생각나십니까, 폐하?"

그 말을 끝으로 정적이 흘렀다. 황제는 아무 대답도 하지 않았다. 의식 불명이니 당연한 일이었다. 그러나 아스는 개의치 않고 말을 이었다.

"언젠가 당신은 제게 말씀하셨습니다. '페인은 황제의 재목이 아냐'라고. 그리고 전 대답했죠. 저도 그렇게 생각한다고."

그렇게 말하는 아스는 마치 남의 얘기를 하듯 지나치게 담담한 얼굴로 고백했다. 자신이 저지른 죄를.

"하지만 전 사실 그렇게 생각하지 않았습니다. 그건 거짓말이었어요."

전 누구와는 다르게 좋은 환경을 타고나지 못했거든요. 그래서 필요하다면 얼마든지 거짓말을 할 수 있습니다. 눈 하나 깜짝하지 않고요. 그 말을 끝으로 아스의 입꼬리가 호선을 그렸다.

"이제라도 당신에게 사실을 말할 수 있어 다행입니다."

아스는 자리에서 일어났다. 그의 와이셔츠 사이에서 에메랄드 브로치가 영롱하게 반짝였다. 아스는 절을 올리며 말했다.

"황제의 재목이 아닌 것은 페인이 아니라 요하네스, 그자입니다."

그런 자에게 어떻게 나라를 맡깁니까. 그 말을 끝으로 아스는 뒤돌았다. 한때는 은인으로 모셨던 황제를 남겨 둔 채, 뒤한 번 돌아보지 않고.

어의의 진찰 결과 발표로 카낙타의 사절단은 아무 죄가 없다는 것이 밝혀졌다. 오히려 아틀란타의 황족과 귀족이 범인일 확률이 높아졌다. 대놓고 카낙타의 사절단을 범인으로 몰아가던 귀족들은 뒤늦게나마 찾아와 사과를 건넸고, 사절단은 한껏 오만한 태도로 그것을 받아들였다.

하지만 그들도 그들 나름대로 충격을 받은 상태였다. 공개적인 장소에서 황제가 쓰러지다니, 게다가 들려오는 소문에 의하면 가망이 없다고 한다. 다음 대의 황제는 요하네스로 확정된 상태였지만 그는 완전히 충격에 빠져 있었다.

"야, 너 지금이라도 도망쳐."

카페트 위에 드러누운 채 라카의 발바닥을 누르고 있던 아베스타가 고개를 들었다. 칼리아가 팔짱을 낀 채 그를 내려다보고 있었다. 아베스타는 칼리아를 올려다보면서 천진하게 물었다.

"왜?"

칼리아의 주먹에 힘이 들어갔다. 칼리아는 외쳤다.

"그걸 몰라서 묻냐! 지금 상황이 얼마나 심각한데!"

강대국인 아틀란타의 황제가 독에 의해 쓰러졌다. 새로운 황제가 즉위하느냐, 마느냐로 다투고 있는데 카낙타의 왕이 사절단에 숨어 있다는 것을 알면 어떻게 되겠는가. 겨우 의심에서 벗어났는데 다시 꼬투리를 잡힐지도 모른다. 그것만이 아니다. 카낙타와 적대 관계인 나라에서 암살자를 보낼지도 모른다. 암살자들쯤이야 얼마든지 상대할 수 있지만 칼리아는 이를 악물었다.

"너 때문에 전쟁 일어나면 어쩔 건데!"

칼리아를 물끄러미 응시하던 아베스타의 한쪽 입꼬리가 올라갔다. 아베스타는 라카를 놓아주며 말했다.

"그럼 오히려 나야 잘됐지."

"뭐?"

"내가 바라던 바야."

아베스타는 몸을 일으키고 창문을 활짝 열었다. 휘잉, 기분 좋은 산들 바람이 불어왔다. 푸른 하늘과 따스한 햇빛, 그리고 수시로 내리는 단비. 아틀란타는 모든 것이 완벽했다. 식량도 풍부하고 인구도 많다. 양손 가득 먹거리가 담긴 쟁반을 든 채 지나가는 시녀들을 보면서 아베스타는 혀로 입술을 핥았다.

"이렇게 좋은 땅을 아틀란타만 독차지하는 것은 너무하잖아."

"……."

"이건 신이 내려 주신 절호의 기회야. 요하네스란 황태자는 어딜 봐도 좋은 지도자감이 아니잖아. 게다가 페인도 요하네스랑 사이가 안 좋다는 소문이 자자해."

이번에야말로 카낙타로 페인을 데려갈 수 있을지도 몰라. 그렇게 말하는 아베스타의 눈은 반짝반짝 빛나고 있었다. 그 모습에 칼리아는 앓는 소리를 내고 말았다. 저 기회주의자를 어떻게 한다. 아틀란타가 혼란스러운 틈을 타 한몫 잡으려는 마음이 뻔히 보였다. 물론 나라 차원에선 저런 왕이 좋긴 한데. 칼리아가 어색하게 볼을 긁적였다.

"표정이 왜 그래, 칼리아?"

그때 아베스타가 물었다. 칼리아는 고개를 돌리면서 말했다.

"아니, 그냥……."

"무슨 불만이라도 있어?"

경고를 해야 하나. 아냐, 아직 아무 일도 안 일어났는데. 하지만 아베스타가 저렇게 작정을 한 것을 보면……. 칼리아가 망설이고 있을 때였다. 똑똑, 누군가가 문을 두드렸다. 칼리아는 들어오라고 외쳤다. 시녀가 공손하게 들어왔다.

"잠시 실례하겠습니다. 손님이 찾아오셨는데, 어떻게 할까요?"

"손님?"

시녀는 고개를 끄덕이면서 말했다.

"네, 샤샤 타르트 영애십니다."

샤샤 타르트. 그 이름에 칼리아는 흠칫했고, 아베스타는 눈을 더욱더 반짝였다. 안 돼, 고양이 앞에 생선을 놓아줄 수는 없어. 칼리아는 급히 시녀에게 말했다.

"내가 나갈 테니 기다리라고―."

아베스타는 칼리아의 어깨를 잡으면서 말했다.

"아냐 아냐, 여기로 들여보내."

"알겠습니다."

시녀는 허리를 숙인 후 물러났다. 칼리아는 무슨 짓이냐는 듯 아베스타를 돌아보았고, 아베스타는 생글생글 웃을 뿐이었다.

"인맥은 이럴 때 사용해야지, 안 그래?"

"아니, 틀린 말은 아닌데."

아베스타의 눈초리가 가늘게 휘어졌다. 아베스타는 여전히 칼리아의 어깨를 잡은 채 말했다.

"왜 그러실까, 거침없고 용맹하기로 칭송받는 칼리아 님이."

"그 얘기가 왜 여기서 나오는데."

칼리아는 빠득 이를 갈면서 아베스타의 손을 쳐 냈다. 아베스타는 놀리듯 말했다.

"가능성은 딱 두 가지네. 네가 물렁해졌거나 그 애가 그만큼 친화력이 좋거나."

"……."

"내 생각엔 후자 같은데. 사람은 쉽게 변하지 않으니까. 넌 어떻게 생각해?"

칼리아가 입술을 깨물었을 때였다. 분홍색 머리칼을 찰랑이며 샤샤가 나스카와 함께 방 안으로 들어왔다. 오늘의 샤샤는 머리칼에 리본을 달고 연보랏빛 드레스 차림이었다. 샤샤는 드레스 자락을 쥔 채 평소와 다름없이 인사를 하려다, 뒤편에 서 있는 아베스타를 발견했다. 샤샤는 잠시 망설이다가 얌전하게 고개를 숙이면서 말했다.

"저 왔어요, 칼리아."

호오. 아베스타가 재밌다는 표정을 지었다. 칼리아는 즉시 아베스타의 이마를 밀어내고 샤샤에게 다가갔다.

"잘 왔어, 샤샤. 여기까진 웬일이야?"

"불미스러운 사건이 벌어졌잖아요. 그래서 와 봤어요."

라카가 몸을 바짝 웅크린 채 낮은 울음소리를 냈다. 아, 그때 봤던 동물이 표범이었구나. 샤샤는 신기하단 눈초리로 라카를 쳐다보았다. 물론 칼리아 뒤편에 숨은 채. 칼리아는 귀찮다는 얼굴로 아베스타에게 손을 휘저었다.

"그 표범 데리고 여기서 꺼져."

"무슨 그런 섭섭한 말씀을."

아베스타는 라카의 등을 진정시키듯 토닥였다. 라카는 즉시 으르렁거리는 것을 멈추고 아베스타의 가슴팍에 얼굴을 묻었다. 응? 오늘따라 말을 잘 듣네? 아베스타가 의아해졌을 때, 샤샤가 칼리아에게 물었다.

"누구예요?"

파티장에서 종종 봤지만 말을 나눈 적은 없었다. 칼리아는 망설이다가 대답했다.

"우리 사절단 소속인 아베스타야. 인사해."

샤샤는 고개를 숙이면서 말했다.

"샤샤 타르트라고 합니다. 그리고 이쪽은 제 호위, 나스카예요."

칼리아는 손을 내저으며 말했다.

"아아, 그렇게 격식 차리지 않아도 괜찮아. 하급 신하니까 편하게 대해."

"엥? 정말요?"

"하급 신하들 중에서도 제일 '하급'이야. 그러니까 괜찮아."

그렇게 안 보이는데. 샤샤는 뒷말은 생략한 채 아베스타를 요모조모 뜯어보았고, 아베스타는 묘하게 '하급'이란 말을 강조하는 칼리아를 차게 식은 눈으로 쳐다보았다. 칼리아는 아예 샤샤의 어깨에 보란 듯이 팔을 두르고 있었다.

"정말 편하게 대해도 돼요?"

"어, 그냥 대해. 아주 그냥 막 대해도 괜찮아."

아베스타는 이를 빠득 갈았다. 하지만 지금은 누가 뭐래도 자신은 하급 신하가 맞았다. 그래서 아베스타는 샤샤에게 고개를 숙일 수밖에 없었다.

"잘 부탁드립니다, 샤샤 영애. 전 아베스타라고 합니다. 정말 사랑스러우신 분이군요."

"칭찬 감사해요. 아, 저 그런데 말이에요."

"네, 영애."

샤샤의 눈이 아베스타에서 라카에게로 향했다. 라카는 두

발 사이에 얼굴을 묻은 채 엎드려 있었다. 샤샤는 라카를 가리키며 말했다.

"저 표범은 아베스타 씨의 애완동물인가요?"

"네, 이름은 라카예요. 참 귀엽죠?"

짱 무서운데 짱 귀여워. 샤샤의 눈이 반짝였다. 표범을 이렇게 가까운 위치에서 보는 것은 처음이다. 저 털 좀 봐, 진짜 윤기 난다. 샤샤는 라카를 가리키며 물었다.

"한번 만져 봐도 되나요?"

아베스타는 즉시 고개를 저었다.

"아뇨, 저희 라카가 다른 동물보다 배는 더 예민하고 낯을 가리거든요. 만져 보려다가 손이 물릴 수도 있어요."

샤샤가 아쉽다는 듯 입맛을 다셨다.

"하지만 진짜 만져 보고 싶은데."

그때 라카가 갑자기 자리에서 벌떡 일어났다. 응? 아베스타는 의아한 눈으로 라카를 응시했다. 라카는 빠르게 샤샤에게 달려들었다. 칼리아가 반사적으로 샤샤의 팔을 잡은 순간, 라카가 발라당 바닥에 드러누웠다. 샤샤가 두 볼을 감싸 쥔 채 환호했다.

"어떡해, 너무 귀여워!"

라카……? 아베스타는 어색한 눈으로 라카를 바라보았다. 라카는 배를 드러낸 채 애교를 부리듯 갸르릉거리는 소리를 냈다. 샤샤는 아베스타에게 열정적으로 물었다.

"저거 만져도 된다는 뜻이죠? 만져도 된다는 뜻 맞죠?!"

"하지만 라카는 정말 낯선 사람을 싫어하는데."

아베스타의 말이 끝나기도 전에 라카가 아예 샤샤의 손에 머리를 비볐다. 샤샤는 멈칫했다가 라카의 턱을 조심스레 토닥였다. 라카가 기분 좋다는 듯 눈을 감았다. 어휴, 귀여워. 샤샤는 라카의 머리에 볼을 비비며 외쳤다.

"덩치는 이렇게 큰데 하는 짓은 그냥 아기네. 아기! 너무 귀여워!"

도대체 이게 어떻게 된 일이지. 아베스타는 멍하니 라카를 응시했다. 분명 그간 주인 말고 다른 사람한테는 눈길 하나 주지 않았는데. 오늘따라 왜 이러지. 아베스타가 그렇게 생각한 순간 칼리아가 소곤거렸다.

'오늘따라 왜 이렇게 얌전하냐?'

'나도 몰라.'

'주인인 네가 그걸 모르면 어떡해?!'

그렇게 둘이 혼란스러워 하는 동안, 샤샤가 천진하게 외쳤다.

"나스카도 만져 봐요! 진짜 귀여워요!"

"아니, 난 됐어."

"그래요? 그럼 제가 나스카 대신 실컷 예뻐해 줄게요."

나스카는 팔짱을 낀 채 뚫어져라 라카를 내려다볼 뿐이었다. 라카는 더더욱 샤샤에게 달라붙었다. 잠시 후, 샤샤는 라카의 턱을 쓰다듬으면서 칼리아가 빼 준 의자에 앉았다. 샤샤는 라카의 앞발을 꾹꾹 누르면서 말했다.

"어휴, 내가 그렇게 좋아? 떨어질 생각을 안 하네."

캬릉. 라카는 아예 골골거리는 소리를 내며 샤샤의 가슴팍에 파고 들었고, 아베스타는 그런 라카를 배신감에 가득 찬 얼굴로 쳐다보았다. 칼리아는 매우 심각한 얼굴로 말했다.

"네 친화력은 동물에게도 통하냐?"

"네? 음, 글쎄요. 모르겠어요."

샤샤는 나스카에게 과자 접시를 내밀면서 대답했다. 라카는 그 틈을 타 뒤로 물러나려고 했지만, 나스카의 눈은 아직도 자신에게 고정되어 있었다. 결국 라카는 울며 겨자 먹기로 더더욱 샤샤의 다리에 찰싹 달라붙었다. 애가 진짜 왜 이런담. 아무것도 모르는 아베스타가 라카를 떼어 내려는 순간이었다.

"어쨌든 다시 본론으로 돌아갈게요, 칼리아."

샤샤는 들고 온 손가방에서 작은 케이스를 꺼내 내밀었다. 칼리아는 의아한 얼굴로 그 케이스를 응시했다.

"앞서 말했다시피, 불미스러운 사건에 휘말리셨잖아요. 이 나라의 손님이신데."

아베스타의 눈빛이 즉시 날카로워졌다. 샤샤는 칼리아의 손바닥에 그 케이스를 놓아주면서 말했다.

"아스는 이 일로 카낙타와 아틀란타의 사이가 상하는 것을 원치 않아요. 오늘 내로 사절단에 소속된 사람들에게 작은 선물이 하나씩 갈 거예요. 사절단 대표이신 모하스 님께는 아스가 직접 선물을 전달하고요."

"아스라면, 그 황태자의 보좌관을 말씀하시는 거죠?"

"네."

어쩐지 머리가 좋아 보이더라. 아베스타는 혀를 찼다. 뒷말이 나오기도 전에 발 빠르게 선물을 돌리다니. 게다가 모하스에겐 직접 선물을 전달한다고 했다. 아마 이 일로 사절단 사람들이 가진 불만을 어느 정도 해소할 수 있을 것이다. 일 처리가 참 신속하군. 아베스타가 그렇게 생각했을 때 샤샤가 말했다.

"칼리아 것은 제가 직접 골랐어요. 열어 보세요."

"이게 뭔데?"

달칵. 칼리아는 케이스를 열었다. 영롱한 보석이 두어 개 박힌 펜던트였다. 칼리아는 펜던트를 손가락으로 집었다. 이빨이 멋드러진 날렵한 늑대 모양의 펜던트였다. 샤샤는 수줍다는 듯이 말했다.

"창에 깃털과 이빨 장식이 달린 게 생각나서. 어때요? 마음에 들어요?"

잠시 펜던트를 들여다보던 칼리아는 씨익 웃었다.

"응, 아주 좋아. 마음에 들어."

"다행이다. 창 이리 주세요. 제가 달아 드릴게요."

"그래? 그럼 부탁할게."

샤샤는 칼리아의 창을 들고 조심스레 펜던트를 매달았고, 칼리아는 연신 펜던트를 손가락으로 쓰다듬었다. 아베스타는 그 모습을 보면서 생각했다.

참 단단히도 빠졌구만.

셋은 차를 마시며 도란도란 얘기를 나눴다. 샤샤는 카낙타에 대한 지식이 풍부한 편이었으므로 얘기를 나누는 데 아무 지장 없었다. 칼리아는 전사들과 지내면서 있던 일을 얘기해 줬고, 샤샤는 눈을 반짝이며 그 얘기를 경청했다. 얘기래 봤자 무기나 훈련에 관한 내용이 대부분이었다. 보통 귀족 영애들은 저런 얘기를 싫어하지. 아베스타는 그렇게 생각하면서 샤샤를 응시했다.

"一검을 쓸 땐 손목을 신경 써야 돼. 특히 우리 카낙타 전사들은 검을 크게 휘두르는 방식을 선호하거든. 그래서 숙련된 전사들도 손목 보호대만큼은 무슨 일이 있어도 착용해."

"손목 보호대요? 어떤 재질의?"

"우리 전사들은 주로 '아크만'이란 나무껍질을 벗겨서 만들어. 그것만큼 질기고 가벼운 것도 없거든."

참으로 적절한 질문과 제스처군. 아베스타는 속으로 휘파람을 불었다. 칼리아는 그런 샤샤의 모습에 아주 신이 난 모양이었다. 확실히 카낙타의 전사들은 말로 대화하는 것보단 몸으로 부딪치며 싸우는 방식을 선호했다. 그러니 샤샤처럼 진득하게 말을 들어주는 상태가 없었을 것이다. 홀딱 넘어간 것도 이해가 간다. 칼리아, 은근히 순진한 면이 있으니까. 아베스타는 찻잔을 흔들었다. 하루 종일 사막에서 대련만 한 탓이었다. 나라도 나서야겠군. 아베스타는 그렇게 생각하면서 입을 열었다.

"그나저나 상심이 참 크겠어요."

칼리아가 뭐냐는 뜻으로 아베스타를 쳐다보았다. 하지만 샤샤의 얼굴은 즉시 심각해졌다. 샤샤는 조심스레 찻잔을 내려놓으면서 길게 한숨을 쉬었다.

"맞아요. 너무 혼란스러워요. 폐하가 그렇게 쓰러지시다니."

아베스타는 턱을 쓰다듬었다. 반응과 제스처만 좋은 게 아니라 태세 전환도 정말 자연스럽다. 보잘것없는 가문의 영애가 귀한 인맥들을 잔뜩 거느리고 있다고 해서, 솔직히 신분을 숨기고 있다고 생각했다. 그런데 오늘 보니 꼭 그런 것도 아닌 것 같았다. 눈치가 보통이 아니었다. 자신의 말이 무슨 뜻인지 바로 파악하고 태세를 전환했으니 말이다. 좀 더 세게 찔러 볼까. 아베스타의 눈초리가 휘어졌다. 그래, 황제가 쓰러졌는데 사절단이나 만나러 왔냐고 물어봐야겠어. 아베스타가 그렇게 생각한 순간이었다.

"하필이면 여러분이 방문하고 있을 때 그런 일을 당하시다니, 괜히 여러분들까지 심란하게 만들까 봐 티 안 내려고 했는데 결국 이렇게 됐네요."

샤샤는 칼리아의 품에 파고들며 어깨를 잘게 떨었다. 칼리아는 즉시 싸늘한 얼굴로 아베스타를 노려보았다. 아베스타는 급히 말했다.

"죄송합니다, 영애. 그런 뜻으로 말했던 게 아니었어요. 전 그냥 정말 순수하게 영애가 걱정되어서."

"어떡하죠, 폐하가 너무 걱정돼요. 요하네스 전하도요. 아스가 최대한 힘쓰고 있지만 범인이 누구인지 알 수가 없대요."

"세상에."

칼리아는 자신의 품속에서 바르작거리는 샤샤의 등을 토닥였다. 누가 보면 카낙타 사람이 아니라 아틀란타 제국 사람인 줄 알겠어. 아베스타는 배신감에 부들부들 떨었다. 하지만 칼리아는 계속해서 샤샤의 등을 토닥일 뿐이었다. 완전히 찬밥 신세가 되어 버린 아베스타는 급히 주변을 둘러보았다. 말수가 적은 듯한 샤샤의 호위, 나스카가 과자를 세 번째로 리필하고 있었다. 그리고 라카는.

"……애가 도대체 왜 저러지."

쿠션 틈으로 기어 들어가 두 앞발 사이에 머리를 파묻고 있었다. 아베스타는 손짓으로 라카를 부르다가 한숨을 쉬었다. 내 편은 어느 곳에도 없군. 아베스타가 절망한 순간이었다.

"그래도 안심은 돼요."

이건 또 갑자기 무슨 말? 아베스타는 의아한 눈으로 샤샤를 쳐다보았다. 샤샤가 눈가를 훔치며 말했다.

"페인 님이 본격적으로 수사를 선언하셨거든요."

페인이? 아베스타와 칼리아는 서로를 쳐다보았다. 페인은 아틀란타 제국의 '미운 오리'였다. 페인에게 그럴 권한이 있을 리가 없다. 자신들을 구해 줬을 때만 해도 기사들과 입씨름을 벌이지 않았었는가. 샤샤는 두 손을 모은 채 말을 이었다.

"파티장에서 누구보다 침착하게 나선 모습이 귀족들에게 새로운 인상을 준 모양이에요."

"아, 확실히 그때 믿음직스럽긴 했지."

"게다가 요하네스 전하는 바쁘시거든요."

"뭐로 바쁘다는 거야? 수사도 페인이 떠맡은 마당에?"

"폐하께서 쓰러지신 것 때문에 황후마마께서도 큰 충격을 받으셨거든요. 그래서 옆에서 위로를 해 주시느라. 참 효자시죠?"

확실히 아들로선 잘한 일이긴 한데, 지도자로선 좋지 못한 행동이다. 당장 다음 대의 황제가 될 사람이 그렇게 중요한 일들을 남에게 떠맡겼으니 말이다. 그러고 보니 사신들에게 사과를 한 것도 그가 아니라 그의 보좌관인 아스였다.

"음, 요하네스 전하는 평소에도 이러시니?"

샤샤의 눈이 동그랗게 떠졌다. 샤샤는 천진하게 물었다.

"무슨 뜻이에요?"

"아니, 그게."

어떻게 질문을 하지. 노골적으로 '황태자가 평소에도 등신이니'라고 물을 수도 없고. 칼리아가 머리칼을 긁적이며 고민에 빠진 동안, 아베스타가 대신 질문했다.

"요하네스 전하가 평소에도 효자신가요?"

"네, 평소에도 황제 폐하와 황후마마만큼은 끔찍하게 생각하셨어요."

"와, 정말 존경하실 만한 분이네요. 황태자로서 활동하시면서 효도하기 쉽지 않으셨을 텐데. 해야 할 일들이 한두 가지가 아니잖아요."

아베스타의 천연덕스러운 말에 샤샤의 표정에 미미하게 금이 갔다. 그리고 아베스타의 눈은 그것을 놓치지 않았다.

"왜 그러신가요, 샤샤?"

"아, 아무것도 아니에요."

샤샤는 급히 차로 목을 축였다. 아베스타는 은근하게 물었다.

"무슨 고민이라도 있으신가요?"

"……."

샤샤의 낯빛이 더더욱 어두워졌다. 옳다구나. 아베스타는 칼리아에게 눈짓했다. 칼리아는 머뭇거리다가 샤샤에게 물었다.

"정말 무슨 고민이라도 있어?"

"저, 그게……."

샤샤는 우물거리다가 주변을 훑어보았다. 그 모습에 아베스타는 칼리아에게 재차 눈짓을 보냈다. 칼리아는 한숨을 쉬면서 말했다.

"여긴 우리뿐이야, 샤샤. 시녀들도 내보낸 지 오래잖아."

"……."

"만난 지 얼마 안 됐지만 너도 알잖아. 내가 입 가볍지 않다는 거. 그리고 무엇보다 난 전사야. 아베스타는 하급 신하에 불과하고. 어떤 말을 해도 비밀로 해 줄 수 있어."

샤샤의 눈에 다시 눈물이 고였다. 샤샤는 칼리아를 돌아보면서 말했다.

"정말이에요?"

"그래, 물론이지."

샤샤는 즉시 정색하면서 말했다.

"자신의 무기인 그 창을 걸고 맹세하세요."

"……그래, 맹세할게."

"아베스타 씨는 음…… 라카의 발바닥 젤리에 대고 맹세하세요."

"……좋아요, 맹세하죠."

은근히 철저하다니까. 칼리아와 아베스타는 고개를 끄덕였다. 샤샤는 고개를 푹 숙이면서 말했다.

"사실 너무 불안해요."

"뭐가?"

"요하네스 전하가 즉위하신 후가요……!"

그리고 그 말을 시작으로 샤샤는 요하네스에 대한 실체를 낱낱이 털어놓았다. 요하네스가 후계자 수업을 빼먹으며 영애들을 만나러 다닌 일, 페인을 평소에 무시했던 일, 카낙타 사절단을 홀로 담당하기로 했으면서 아스에게 떠맡긴 일, 정말 모든 일들을 말이다. 얘기를 듣는 내내 칼리아는 어쩜 사람이 그렇게 무책임하냐고 경악했고, 아베스타는 이번에야말로 아틀란타를 차지할 수 있겠다며 속으로 환호성을 질렀다. 샤샤는 아예 테이블을 주먹으로 내리치며 외쳤다.

"게다가 아주 예전엔 저한테도 작업을 거셨어요!"

칼리아도 테이블을 주먹으로 내리치며 외쳤다.

"세상에, 그런 인간 말종이 있나!"

"다행히 아스가 도와줘서 최악의 사태는 면했어요······! 하지만 정말 무서웠어요······!"

샤샤는 테이블에 얼굴을 묻은 채 엉엉 울음을 터뜨렸다. 그리고 칼리아는 그런 샤샤를 달래느라 정신을 쏟아부었고, 아베스타는 카낙타로 돌아가면 어떤 계획을 세울지 생각하며 속으로 웃음 지었다. 잠시 후, 샤샤는 차가운 손수건을 얼굴에 댄 채 눈물을 닦았다. 칼리아는 어두운 얼굴로 샤샤에게 말했다.

"우리를 믿고 어려운 얘기 해 줘서 고마워, 샤샤."

아베스타도 옆에서 거들었다.

"맞아요, 정말 듣기 힘든 얘기였어요. 그래도 너무 불안해하지 마세요. 제국 제일의 기사인 페인이 있으니 위험하진 않을 거예요."

지금 당장은 말이죠. 아베스타는 뒷말은 생략한 채 웃음 지었다. 아무리 그가 강력한 기사라 해도, 단 한 명이 나라의 운명을 끌어안을 수는 없다. 게다가 때론 외부의 적보다 내부의 적이 더 위험한 법이다. 요하네스가 페인을 가만히 둘 리가 없다. 요하네스는 정말 멍청하니까 말이다. 아베스타가 그렇게 생각한 순간이었다.

"아녜요, 오히려 저와 대화해 주셔서 너무 감사한걸요."

샤샤가 생긋 웃으면서 말했다. 칼리아는 의아해졌다.

"응? 감사하다니?"

"다음에 또 봐요, 칼리아. 아베스타씨도 잘 있어요. 이리 와요, 나스카. 슬슬 돌아가게."

나스카가 자리에서 일어나 고개를 끄덕였다. 아베스타는 친근하게 나스카의 어깨를 두드리며 말했다.

"나스카라 했나요? 당신도 잘 가세……."

나스카는 조용히 고개를 들었다. 후드 밑으로 금안이 선명하게 번뜩였다. 아베스타의 등골이 저절로 오싹해진 순간, 나스카가 등을 돌렸다. 그렇게 샤샤와 나스카는 나란히 문을 나섰고, 아베스타는 멍하니 중얼거렸다.

"이 나라는 대체 뭐야?"

다음 대 황제가 될 사람은 한심해 빠졌는데, 인재는 너무나도 많다. 아베스타는 소름이 돋은 팔을 신경질적으로 긁어 댔다.

덜컹, 문이 닫혔다. 샤샤는 문이 닫히자마자 가슴을 쓸어내리며 길게 숨을 내쉬었다. 눈치 빠른 인간들이었는데 자연스럽게 잘 대화한 것 같다. 역시 내 연기력……! 샤샤는 머리칼을 찰랑이며 자화자찬을 한 후, 나스카에게 말했다.

"이제 돌아가요, 나스카."

"그래."

그나저나 저 아베스타란 사람 아무리 봐도 하급 신하가 아닌 것 같은데. 샤샤는 심각한 얼굴로 닫힌 문을 응시했다. 자신은 서비스직 알바를 했던 경험 덕분에 사람 보는 눈만큼은 정말 뛰어나다. 레베카를 붙잡으라고 열렬하게 외쳤던 온몸의 세포가 다시 외치고 있었다. 저 사람은 평범한 사람이 아니라고. 일단 얼굴부터가 비범하지 않은가. 샤샤가 마른침을 꿀꺽 삼켰을 때였다.

"야."

나스카였다. 샤샤는 나스카를 돌아보았다.

"아까 했던 얘기 말인데."

나스카는 후드를 만지작거리며 질문했다.

"요하네스, 그 자식이 황위에 오르면 위험해지냐?"

샤샤는 말없이 나스카를 쳐다보았다.

"너희가 그 자식을 싫어한다는 것은 알고 있었지만 나라 전체가 위험해진다니, 그건 또 무슨 소리냐."

아, 이건 또 어떻게 설명을 해야 돼. 샤샤는 앓는 소리를 내며 얼굴을 감쌌다. 그리고 한참 동안 머리를 굴리다가 입을 열었다.

"만약 제가 제 신분에 요하네스처럼 행동했다고 생각해 봐요."

나스카는 의아한 눈으로 샤샤를 쳐다보았다.

"제가 제 신분에 요하네스처럼 무책임하게 행동하면, 제 주변에만 피해가 가요. 하지만 높은 신분을 가진 사람은 아니에요."

"……."

"높은 신분을 가진 사람이 요하네스처럼 행동하면, 나라 전체에 피해가 가요. 같은 행동을 해도 신분에 따라 완전히 파급력이 달라져요. 누가 뭐래도 황족들은 이 나라의 얼굴이나 마찬가지니까요. 행동 하나 잘못해도 바로 전쟁으로 이어질 수 있다는 뜻이에요. 이해가 가요?"

나스카는 건조하게 대답했다.

"그럭저럭."

아, 다행이다. 샤샤가 안도의 한숨을 쉰 순간, 후드를 만지작거리던 나스카의 손이 멈췄다. 나스카는 팔을 내리면서 물었다.

"너도 위험해지냐?"

"당연하죠. 전쟁 터지면 위험하지 않은 곳이 없어요."

나스카는 말없이 샤샤를 쳐다봤다. 뭐야, 갑자기 왜 또 그래. 샤샤는 피식 웃으면서 나스카를 이끌었다.

"하지만 그럴 걱정은 안 해도 돼요, 나스카. 페인 님도 있고 아스도 있으니까."

한때는 당신을 이용하려 했지만 지금은 아니야. 뒷말은 생략한 샤샤는 나스카를 이끌었다. 나스카는 그런 샤샤의 뒷모습을 응시하다가 다시 후드를 잡아당겼다.

무언가 잘못되어 가고 있다.

"그럼 저흰 이만 가 보겠습니다."

"그래, 가 보도록."

페인은 공손하게 자신을 향해 고개를 숙이는 귀족들을 말없이 쳐다보았다. 평소라면 자신을 거들떠보지도 않았던 사람들이 이렇게 예의 바르게 굴다니, 기분이 무척이나 이상했다. 하지만 한편으론 이해가 갔다. 수사를 맡은 자신에게 꼬투리 하나라도 잡혔다간 어떤 누명을 쓸지 모르니까. 이제 누가 조사를 받을 차례지? 페인이 그렇게 생각하면서 명단을 집은 순간이었다.

"조사를 도와 주셔서 감사합니다, 페인 님."

옆에 앉아 있던 아스가 말했다. 페인은 아스를 돌아보았다.

아스는 한없이 무표정한 얼굴로 깃펜을 움직이고 있었다. 귀족들이 한 말을 정리하고 있는 모양이었다. 아스는 계속해서 말했다.

"덕분에 살았어요. 꼼짝없이 저 혼자 수사를 맡게 되는 줄 알고 눈앞이 캄캄했는데."

페인이 기가 차다는 어조로 말했다.

"너 같은 천재가?"

"아무리 제가 천재라 해도 혼자 이 많은 것들을 처리할 수는 없답니다. 당장 주방 일을 맡고 있는 시녀들과 주방장들을 조사하는 것도 힘들었습니다."

"……."

"아무리 뛰어난 사람이라 해도 한계가 있는 법이죠."

그렇게 말한 아스는 종이 사이에 책갈피를 꽂았다. 말린 꽃잎으로 만든 책갈피였다. 아스는 그 책갈피를 만지작거리면서 생긋 웃었다.

"그렇지 않습니까?"

페인은 여전히 아무 말도 하지 않았다. 아스는 그런 페인을 흘깃 쳐다보다가 다시 깃펜을 움직였다. 페인도 다시 종이로 고개를 돌렸고 말이다. 그렇게 둘이 아무 말 없이 일만 하고 있을 때였다.

"너인가?"

페인의 입이 갑작스레 열렸다. 아스는 의아한 눈으로 페인을 쳐다보았다.

"네?"

"폐하에게 독을 주입한 사람 말이다."

언젠가는 물을 거라고 생각했지만 이렇게 노골적으로 물을 줄은 꿈에도 몰랐는데. 아스는 어이가 없어졌다.

"이거, 제가 화내도 되는 부분이죠? 어떻게 그렇게 무례한 질문을 하십니까."

"너라서 하는 질문이다."

흐음, 아스의 눈이 가늘게 떠졌다. 페인은 아스에게 가까이 다가가면서 말했다.

"네가 이 정도 질문에 불쾌해하지 않는다는 것을 알고 있거든."

"아뇨, 화납니다만."

"지금 네가 하고 있는 말이 농담인 것도 알고 있다."

역시 요하네스와 다르게 만만치 않군. 아스는 한쪽 입꼬리를 올렸다. 페인은 아틀란타 제국을 위해 수많은 전쟁터를 배회했다. 전쟁은 일종의 눈치 싸움이다. 조금이라도 방심했다간 바로 적들에게 속아 넘어가 목숨이 달아난다. 그래서 페인은 언제나 긴장을 풀지 않고 적들을 탐색했다. 그런 면에선 페인은 샤샤와 비슷하다고 할 수 있다. 주변 환경 때문에 억지로 눈치를 길러야 했으니까 말이다. 아스는 물었다.

"만약 제가 그렇다고 대답을 한다면 어떻게 하실 겁니까?"

페인은 허리춤에 찬 검을 가리키면서 물었다.

"당장 네 목을 쳐야겠지."

"당신에게 아무 이득도 없을 텐데요."

"상관없다. 이 나라를 위해서라면."

"이 나라를 위해서라면 제 목이 아니라 요하네스 전하의 목을 쳐야 합니다. 저 같은 인재가 죽는다면 크나큰 손해예요."

"이젠 아예 대놓고 악담을 하는군."

아스는 능청스럽게 받아쳤다.

"당신이 이 정도 말에 제 목을 베지 않는다는 것을 알고 있거든요."

"아니, 벨 거다."

"지금 당신이 하고 있는 말이 농담인 것도 알고 있습니다."

아까 페인이 했던 말을 그대로 흉내 낸 아스였다. 정말 한마디도 안 지는군. 페인은 진심으로 검을 뽑아 들지 말지 고민하다가 한숨을 쉬었다. 아스가 황궁에서 절대적인 신뢰만 받고 있지 않았더라면, 증거만 있었더라면 당장 잡아 들였을 것이다. 저 무표정한 얼굴 밑에 얼마나 시커먼 속내가 숨어 있는지 모두가 알아야 하는데. 페인은 재차 물었다.

"그래서 네가 했다는 거냐, 안 했다는 거냐."

아스는 즉시 대답했다.

"제가 한 짓이 아닙니다."

"거짓말하지 마."

"그러는 페인 님이야말로 이미 확신하고 있으면서 왜 굳이 질문을 합니까."

"……."

"절 잡아들이지도, 목을 베지도 않을 거면서."

아스의 말은 매우 정확하고 날카로웠다. 숨기고 있었던 치부를 한 방에 꿰뚫을 정도로. 그래서 인정할 수밖에 없다. 페인은 고개를 돌리면서 말했다.

"하지 않는다는 게 아냐. 못한다는 표현이 더 옳지."

정말 비참하기 그지없는 대답이었다. 아스는 눈을 내리깔았다.

"그렇군요."

"이번 일로 취급이 조금 나아졌긴 하지만, 내가 죄인이란 사실은 변하지 않아."

"당신이 왜 죄인입니까."

"너처럼 똑똑한 사람이 '연좌제'란 개념도 모르는가?"

"똑똑하니까 당신 같은 사람에게 연좌제란 개념을 적용하지 않은 겁니다. 솔직히 까놓고 말해서, 폐하가 당신에게 하신 말씀은 억지예요."

"대놓고 악담 좀 그만해, 제발. 일단 내 아버지야."

"그렇죠, 당신의 아버지죠. 당신을 전쟁터로 몰아넣은 장본인이기도 하고."

말이나 못하면 밉지도 않지. 페인이 앓는 소리를 내자, 아스는 고개를 비스듬히 기울였다.

"그런데 그거 아십니까?"

"네?"

"당신은 지금껏 제가 한 말에 부정도, 긍정도 하지 않았다는 거."

페인의 몸이 순간적으로 굳었다. 아스는 자신이 틀린 말을 했냐는 얼굴로 페인을 쳐다보았다. 페인은 급히 말했다.

"반응할 가치도 없어서 그런 것뿐이다."

"글쎄요, 어쩌면 당신도 무의식적으로 생각하고 있을지도 모르죠."

"……무엇을 말이지?"

아스는 고개를 저으면서 말했다.

"그건 제가 할 말이 아닌 것 같군요. 전 이런 일에 재주가 없어서."

"무슨 재주?"

아스가 대답 대신 어깨를 으쓱인 순간이었다. 똑똑, 누군가가 문을 두드렸다. 분홍빛의 소녀가 문틈으로 빼꼼 고개를 내밀었다.

"아스, 샌드위치 가져왔는데."

샤샤와 페인은 멀뚱히 서로를 쳐다보았다.

달칵. 샤샤는 당당하게 바구니를 열었다. 새우와 샐러드를 듬뿍 넣은 샌드위치가 들어 있었다. 샤샤는 스스럼없이 페인에게 샌드위치를 내밀면서 말했다.

"입맛에 맞으실지 모르겠네요."

"고맙군."

페인은 흘깃 아스를 쳐다보았다. 시녀가 어떤 음식을 내오든 항상 깨작거리는 아스가 샌드위치를 두 손 가득 든 채 우물거리고 있었다. 사랑의 힘이란 참 대단하군, 바늘로 찔러도 피 한 방울 안 나올 것 같은 그 냉혈한이……. 페인은 그렇게 생각하면서 샌드위치를 베어 물었다. 음? 페인은 천천히 샌드위치를 씹었다. 새우는 탱글탱글하고 소스도 산뜻한 게 무척이나 맛있었다. 페인이 그렇게 생각했을 때 샤샤가 물었다.

"맛있죠?"

페인은 대답 대신 고개를 작게 끄덕였다. 샤샤는 자랑했다.

"릴리스도 그 샌드위치 마음에 들어 했어요."

"릴리스도?"

"네. 저번에 가져다 줬거든요. 맛있다면서 두 조각이나 먹었어요."

릴리스란 이름에 저절로 페인의 분위기가 부드럽게 풀어졌다. 역시 사랑의 힘은 대단해. 샤샤는 생각했다. 그때 아스가 샤샤에게 말했다.

"정말 고마워요, 샤샤. 샌드위치 싸서 여기까지 와 주고."

"에이, 이 정도야 아무것도 아니죠. 일은 어떻게 되어 가요?"

"글쎄요. 방향이 잡히지 않아서."

아스는 말끝을 흐리면서 재차 샌드위치를 베어 물었다. 샤샤는 아예 바구니를 통째로 내밀면서 말했다.

"많이 먹어야 해요. 제가 직접 만든 거니까."

"당연하죠. 많이 먹을게요. 남으면 저녁에도 먹고."

직접 만든 거라고? 페인은 의아한 눈으로 샤샤를 쳐다보았다.

"직접 만든 건가?"

"네, 제 작은 취미 중 하나예요."

페인은 마지막 남은 샌드위치 조각을 입속에 밀어 넣었다. 역시 맛있었다. 페인은 진심으로 감탄했다.

"정말 대단하군. 귀족이 이런 취미 갖기 힘들 텐데."

오오, 좋은 반응. 다른 귀족들이라면 그냥 무시할 텐데. 샤샤는 손을 내저으면서 말했다.

"에이, 이 정도는 아무것도 아녜요. 아, 다음번엔 릴리스랑 함께 요리해 보기로 했어요."

"릴리스와 함께?"

페인의 분위기가 더더욱 밝아졌다.

"그대 덕분에 릴리스의 상태가 무척이나 좋아졌어. 항상 우울해서 걱정됐는데."

"저보단 페인 님의 덕이 더 크죠. 릴리스가 만날 때마다 얼마나 칭찬을 늘어놓으시는데."

"그래?"

"하지만 확실히 그만큼 걱정도 크신 것 같더라고요."

샌드위치 한 조각을 더 집으려던 페인의 손이 멈췄다. 페인은 멍하니 샤샤를 응시했다.

"뭐? 무슨 걱정?"

"음, 그러니까…… 아, 그럼 이렇게 하죠, 페인 님."

샤샤는 손바닥을 맞부딪치면서 말했다.

"우리 얘기하기로 한 거, 그냥 오늘 해 버려요."

"그럼 전 자리를 비켜 드리겠습니다. 편히 얘기 나누세요."

아스는 바구니를 품에 안은 채 고개를 숙였다.

"너무 오래 얘기 나누진 말아 주세요, 페인 님. 아직 조사할게 많이 남아 있으니까."

"그래."

그렇게 아스는 뒤돌아 다시 집무실로 돌아갔고, 샤샤는 주스 한 병을 페인에게 내밀었다. 페인은 엉겁결에 그것을 받아 들고 뚜껑을 열었다. 자몽 주스였다. 샤샤도 주스 병을 쥔 채 입을 열었다.

"막상 페인 님이 앞에 있으니까 어디서부터 얘기를 나눠야 할지 모르겠네요."

"그냥 편하게 말해라. 난 한낱 기사에 불과하니까."

"……."

샤샤는 턱을 괸 채 물끄러미 페인을 응시했다. 역시 붉은 띠로 눈을 가리고 있어서 정확한 표정을 알 수가 없었다. 분위기로 대충 기분을 파악할 수밖에 없었다. 역시 지금 당장 저 띠를 벗게 하는 것은 불가능한 일이었다. 자신은 릴리스만큼 페인에게 소중한 사람이 아니었으니까. 샤샤는 계속 생각했다. 아무리 앞이 보인다 해도 계속 저런 것을 착용하고 있으면 답답하지 않겠냐는 의문이 들었지만, 한편으론 안쓰러웠다. 어렸을 적에 악마로 멸시받았던 게 얼마나 충격적이었으면. 샤샤는 말했다.

"상냥하시네요, 페인 님은."

"갑자기 또 무슨 소리냐."

"릴리스가 그렇게 의지하는 것도 이해가 돼요."

페인은 부끄럽다는 듯 고개를 숙였다. 샤샤는 계속해서 말을 이었다.

"릴리스는 절 만날 때마다 늘 페인 님 칭찬을 늘어놓아요. 지금껏 자기가 만난 사람들 중에서 가장 상냥하고 올바른 사람이라고. 지금껏 불행했던 게 페인 님 같은 사람을 만나기 위해서인 것 같다고."

"릴리스가 그런 말을 했나."

"네. 그것도 엄청 자주 해요. 그런데 그만큼 불안하단 소리도 많이 해요. 이유가 뭐일 것 같아요?"

페인은 자신과 함께 있을 때 릴리스가 종종 지었던 표정을 떠올렸다. 릴리스는 깔깔 웃다가도 슬픈 표정을 짓곤 했다. 가족이 마음에 걸려서인가. 페인은 생각했다. 아스가 메어리를 미끼로 쓴다 했으니 곧 반응이 올 것이다. 페인은 릴리스가 원한다면 가문과의 인연을 완전히 끊게 해 줄 생각이었다. 그리고 릴리스가 원하는 날짜에 약혼식이든 결혼식이든 올릴 생각이었다. 물론 요하네스가 또 릴리스를 가지고 꼬투리를 잡겠지만 상관없었다. 그땐 자신도 가만있지 않을 테니까. 자신은 릴리스를 위해서라면 어떤 일이든 하겠다고 맹세한 몸이었다.
페인은 말했다.

"너무 걱정하지 않아도 된다고 전해 주겠나? 내가 어떻게든
릴리스를 자유롭게 해 줄 테니⋯⋯."

"하지만 당신은 자유롭지 못하잖아요."

샤샤의 푸른 눈이 페인을 똑바로 응시했다. 아, 또 그 눈빛
이다. 파티장에서도 저 눈빛에 중요한 것을 들킨 듯한 기분이
들었다.

"릴리스는 페인 님도 행복해지길 바라요. 그런데 평생 그러
지 못할 것 같아서 불안해하는 거예요."

"릴리스가 그런 고민을 했다고? 도대체 왜."

샤샤는 간결하게 대답했다.

"그야 당신을 사랑하니까."

아, 페인은 그 말에 목이 메었다. 릴리스가 자신을 사랑한다
는 것은 알고 있었지만, 이렇게 남의 입으로 들으니 괜히 기분
이 이상했다. 게다가 샤샤의 어조는 너무 확신에 차 있었다.
듣는 사람이 약간 부끄러워질 정도로. 갑자기 릴리스가 보고
싶어지는군. 페인은 급히 고개를 숙였다. 샤샤는 낮게 읊조리
듯 말했다.

"사랑하는 사람이 불행한데, 혼자만 행복해지면 기분이 어
떻겠나요."

"⋯⋯."

"반대로, 릴리스는 여전히 불행하고 페인 님만 행복해지신
다고 생각해 봐요."

페인의 몸이 눈에 띄게 경직됐다. 아, 이건 표정을 보지 않

아도 알 수 있었다. 생각만 해도 끔찍하다는 뜻이었다. 샤샤는
말을 이었다.

"혼자 행복해지는 일엔 의미가 없어요. 릴리스는 당신과 함
께 행복해지고 싶은 거예요."

뭐라 말하고 싶은데 할 말이 없다. 샤샤의 말은 구구절절 맞
는 내용이었으니까. 릴리스가 자신을 올려다보며 했던 말들이
떠올랐다. 릴리스는 그 붉은 입술로 자신에게 속삭였다. 사랑
해요, 매우 흔한 말이었지만 지금껏 그 누구도 자신에게 해 주
지 않았던 말이었다. 릴리스는 가끔 자신에게 애걸했다. 황궁
에서 나오라고, 다른 곳으로 떠나자고. 그들은 당신을 사랑하
지 않는다고 말했다. 가끔은 다른 사람보다 한 핏줄인 사람이
더하다면서. 하지만 페인은 그럴 수가 없었다. 자신은 죄인이
었으니까. 어머니인 페릴라의 죄를 갚기 전까진 이곳을 떠날
수가 없었다. 페인은 아무 말 없이 두 손바닥에 얼굴을 묻었
고, 샤샤는 계속해서 말했다.

"게다가 페인 님은 릴리스과의 관계를 매우 진지하게 생각
하고 계시잖아요. 페인 님과 결혼하면 릴리스도 정식으로 황
가의 성을 받게 될 거고, 그럼 문제는 더 심각해지겠죠."

페인은 여전히 손바닥에 얼굴을 묻은 채 물었다.

"그건 또 무슨 소리지. 황가의 성을 받게 되면 가문과의 인
연이 완전히 끊어질 텐데. 이것만큼은 장담할 수—!"

"페인 님도 알고 계시잖아요."

자신이 황족들에게 좋은 대접을 받고 있지 못한다는 거. 샤
샤의 속삭임에 페인의 숨이 멎었다.

"릴리스도 페인 님처럼 무시받게 될 거예요."

이번에도 샤샤의 말이 옳았다. 자신은 황족 말고도, 시녀들에게도 무시당하고 있는 몸이었다. 하지만 상관없었다. 멸시당하는 것은 익숙하니까 말이다. 굳이 바로잡고 싶다는 생각도 들지 않았다. 멸시당하는 것은 자신에게 숨 쉬듯 자연스러운 일이었다. 하지만.

"페인 님도 전쟁 때문에 수시로 자리를 비울 거잖아요. 제가 종종 찾아가긴 하겠지만, 24시간 황족들과 함께 있는 것은 릴리스예요."

릴리스까지 그런 취급을 받는다고 생각하니, 저절로 온몸이 떨려 왔다. 아냐, 괜찮아. 시녀들에게 릴리스를 잘 부탁한다고 말했다. 그들은 군인이 아니다. 그러니 억지로 통솔하지 않아도 괜찮을 것이다. 자신의 궁에서마저 전쟁터에서처럼 냉혹한 사람으로 행동할 수는 없다. 궁에서만큼은 최대한 아무 문제를 일으키지 않고 지내고 싶었다. 괜히 시녀들에게 화를 냈다가는 다른 황족들 눈에 띌 테니까. 그럼 또 황제에게 불려 갈 거고, 옆에서 요하네스가 비아냥거릴 것이다. 자신은 황족들 눈에 띄어선 안 된다. 왜냐하면, 페인은 저도 모르게 외쳤다.

"그분은 내 아버지야. 그리고 내 어머니는 그분에게 죄를 지었어. 그러니까!"

그리고 그와 동시에 샤샤의 손이 페인의 등에 닿았다. 샤샤는 규칙적으로 페인의 등을 토닥였다. 페인은 그 손길에 퍼뜩 정신을 차렸다. 페인은 천천히 심호흡을 하기 시작했다. 샤샤는 한동안 아무 말도 하지 않고 계속 페인의 등만 토닥여 주었다. 잠시 후, 페인이 눈에 띄게 진정하자 샤샤는 입을 열었다.

"이건 좀 예민한 말일지도 몰라요. 하지만 해야겠어요, 릴리스와 페인 님을 생각해서라도."

또 무슨 말을 하려는 거지. 페인의 고개가 샤샤를 향해 돌아갔다. 샤샤는 페인을, 아니, 페인의 눈을 가리고 있는 붉은색 띠를 내려다보면서 말했다.

"페인 님은 폐하께 어디까지나 의무적으로 충성하는 것 같아요."

페인은 주먹을 꽉 쥐었다. 어렸을 적부터 자신을 내려다보며 연좌제란 말을 운운하던 황제의 모습이 떠올랐다. 그리고 보란 듯이 그 곁에서 황후의 품에 안겨 있는 요하네스의 모습도. 어린 자신이 할 수 있는 일이라곤 아무것도 없었다. 그래서 그들 말에 무조건 고개를 숙여야 했다. 샤샤는 그런 페인의 생각을 눈치챈 듯 말했다.

"알아요. 페인 님에게 그것 외엔 아무 선택지도 없었다는 거. 그래서 어쩔 수 없었다는 것도요. 어렸을 적부터 그렇게 행동하도록 교육받아 왔으니까. 아니, 세뇌란 표현이 더 어울리려나."

실제로 페인은 황제가 눈앞에서 쓰러져도 이성을 잃지 않았다. 물론 전쟁터에서 얻은 경험 덕분도 있겠지만, 가족이 눈앞에서 쓰러져도 이성을 잃지 않는 사람은 극히 드물다. 아무리 숙련된 군인이라도 말이다. 샤샤는 아예 못을 박았다. 그들이 어떤 상태이든 페인은 그들의 명령에 따르기만 하면 그만이었다.

"그들은 페인 님을 사랑하지 않아요, 페인 님도 그들을 사랑하진 않고요. 그런데 그런 사람들을 위해 싸우는 것은 너무 힘든 일이잖아요."

스스로의 눈을 악마 같다고 생각하며 띠를 둘렀을 때가 떠올랐다. 그리고 자신의 입술에 입을 맞추며 사랑한다고 속삭이던 릴리스도 떠올랐다. 샤샤는 말했다.

"당신을 사랑해 주는 것은 릴리스예요."

그렇게 속삭인 샤샤는 몸을 낮췄다. 마치 황족에게 절을 할 때처럼 아주 정중하고 경건하게. 샤샤는 페인을 올려다보면서 말했다.

"그러니까 자신을 위해, 릴리스를 위해 움직여 주세요."

페인의 눈시울이 뜨거워졌다. 하지만 페인은 기어이 띠를 벗지 않았다. 그저 언제나 그랬듯이 눈물을 억누를 뿐이었다.

타닥. 벽난로에서 붉은 불꽃이 타올랐다. 릴리스는 그 앞에 앉아 멍하니 활활 타오르는 불을 응시했다. 아침부터 아무것도 먹지 않아 속이 제법 허전했다. 하지만 딱히 떠오르는 음식이 없었다. 릴리스는 부지깽이로 괜히 장작더미를 헤치다가, 샤샤가 저번에 가져온 샌드위치를 떠올렸다. 그거 정말 맛있었지. 기회가 된다면 샤샤에게 만드는 방법을 가르쳐 달라고 해야겠다. 릴리스가 그렇게 생각하면서 일어난 순간이었다. 시녀가 문을 열고 들어왔다.

"릴리스 님, 손님이 찾아왔어요."

"손님? 누구―."

릴리스의 말이 끝나기도 전에 시녀는 홱 뒤돌아 나가 버렸다. 그 무례함에 치가 떨렸지만 이곳은 엄연한 페인의 궁이었다. 괜히 남의 궁에서 이래라저래라 하는 것은 큰 실례였다. 페인은 정말 착해서 문제라니까. 릴리스는 한숨을 쉬면서 타박타박 방을 나섰다.

"그나저나 손님이라니. 도대체 누구지. 샤샤 말곤 찾아올 사람이—."

그런데 바로 그때 복도 저편에서 누군가가 다다다 달려오는 소리가 들렸다. 누군지는 모르겠지만 정말 급한 일이 있는 모양이었다. 빨리 응접실로 가야겠다. 릴리스가 다시 걸음을 옮기려는 순간이었다.

"이 미친년아!"

그리고 그와 동시에, 나뭇가지처럼 앙상한 팔이 릴리스의 머리채를 휘어잡았다.

"얘기는 잘 끝났습니까?"

샤샤는 몸을 웅크린 채 멍하니 차갑게 식은 샌드위치를 우물거리고 있었다.

잘 안 된 건가. 아스는 몸을 낮추면서 샤샤의 표정을 살폈다. 말 그대로 넋이 나간 얼굴이었다. 샤샤는 기계적으로 샌드위치를 우물거리다가 주스 뚜껑을 땄다. 그리고 꿀꺽꿀꺽 들이켰다. 후, 샤샤는 깊은 한숨을 쉬었다.

"그럭저럭 잘 끝난 것 같아요."

"그런데 표정이 왜 이럽니까."

"그야……."

"그야?"

샤샤는 턱을 괸 채 눈을 내리깔았다.

"너무 저랑 비슷한 것 같아서요."

"페인 님이?"

"아, 물론 어디까지나 자라 온 환경이요. 페인 님은 저와 비교도 안 될 정도로 훌륭한 검술의 소유자시고 전 할 줄 아는 게 아무것도 없는—."

"샤샤."

아, 나도 모르게 또. 샤샤는 자신의 머리를 주먹으로 가볍게 내리쳤다. 아스는 샤샤의 옆에 앉으면서 말했다.

"페인 님이 정말 훌륭한 사람인 것은 사실이지만 굳이 비교하면서 비하할 필요는 없어요."

"알아요, 저도. 잠깐 방심한 것뿐이에요."

시도 때도 없이 졸음이 오듯 자기혐오도 시도 때도 없이 찾아온다. 샤샤는 재차 한숨을 쉬었다. 조금만 방심하면 바로 올라온다니까. 앞으로 더 조심해야지. 샤샤는 천천히 심호흡을 했다.

"어쨌든 저랑 너무 비슷해서 불안해요."

"흠……."

"저러다가 확 터지면 위험할 텐데. 특히 페인 님은 저보다 인내심이 더 많은 것 같던데. 원래 인내심이 많은 사람이 한번 터지면 더 심각하잖아요."

아스는 손을 뻗어 부드럽게 샤샤를 자기 쪽으로 잡아당겼다. 샤샤는 풀썩 아스의 품에 안겼다. 아, 안정된다. 샤샤는 아스의 가슴팍에 기댄 채 눈을 감았다. 아스는 샤샤의 머리칼을 쓰다듬으면서 말했다.

"괜찮을 겁니다."

"그렇죠, 릴리스도 옆에 있으니까."

하지만 엔젤라가 영 마음에 걸린다. 자신과 같은 빙의자니까. 원작을 위해서 릴리스를 학대하고 억압한 사람이다. 저택에서 꼼짝 못할 정도로 몸이 쇠약해졌다고 들었지만, 그녀가 최악의 인간이란 사실은 변하지 않는다. 그리고 몸이 나으면 릴리스 앞에 나타날 가능성도 존재한다. 물론 엔젤라가 홧김에 이곳이 책 속 세상이라고 떠들어 댈 가능성도 존재하지만, 그건 별로 걱정되지 않는다. 아무도 그녀의 얘기를 믿어 주지 않을 테니까. 하지만 릴리스를 예전처럼 학대한다면 얘기가 달라진다.

릴리스가 그녀로부터 안전해지기 위해선 그녀와 완전히 인연을 끊어야 한다. 그리고 지금은 페인과 결혼하는 것밖에 방법이 없다.

하지만 결혼을 한 후에도 문제다. 릴리스가 황궁에서 따돌림을 받을 게 분명하니까. 당장 요하네스만 해도 그녀를 천박한 여자라고 조롱했다. 요하네스가 서열이 낮은 황족이면 상관이 없는데, 그놈이 차기 황제다. 아, 시발. 망했어요. 샤샤는 앓는 소리를 냈다.

애초에 엔젤라가 빙의자라 해도, 무조건 원작에만 집착하지 않고 원하는 대로 살았더라면 얘기가 달라졌을 것이다. 물론 그랬더라면 릴리스가 이 세상에 아예 태어나지 않았겠지. 아예 결혼하지 않거나 원작 사람이 아닌 다른 사람과 결혼했을 가능성이 높으니까. 하지만 차라리 그 편이 더 나을 것 같았다. 그럼 릴리스가 아예 학대 받지 않았을 테니까. 정말 끔찍하다. 부모 자격이 없는 사람들 밑에서 자란다는 것은. 샤샤는 입을 열었다.

"있잖아요, 아스."

"네, 샤샤."

샤샤는 비밀을 얘기하듯 소곤거리듯 말했다.

"전 부모님이 무서워요."

잠시 침묵이 흘렀다. 아스는 샤샤의 이마에 입을 맞추면서 조용히 동의했다.

"저도 무섭습니다."

"……."

"이걸로 또 공통점이 생겼네요."

샤샤와 아스는 눈을 마주하면서 서글픈 미소를 지었다.

가끔 꿈을 꾼다. 자신과 똑같은 은빛 머리칼을 늘어뜨린 여인이 구석에 처박혀 울고 있는 꿈을. 페인은 그 여인이 누구인지 한눈에 알 수 있었다. 아니, 모르려야 모를 수가 없었다. 그 여인은 바로 자신의 어머니인 페릴라였으니까. 페릴라는 계속 흐느끼면서 중얼거렸다.

─폐하, 어째서 절 보러 오지 않으시는 건가요? 분명 혼인 전엔 사랑한다고 했으면서. 절 이용하신 건가요, 폐하?

─어머니.

─당신은 어떻게 그렇게 잔인하실 수 있나요.

왜 페릴라가 자신의 꿈에 나오는지 알 수 없었다. 하지만 페인은 페릴라가 꿈속에 나올 때마다 한없이 서글픈 기분이 들었다. 주변 사람들은 전부 페릴라를 싫어했다. 그렇게 지독하고 나쁜 여자는 없을 거라고 말한다. 하지만 페인은 희미하게 떠올랐다. 흐느끼다가도 자신과 눈이 마주치면 애써 미소 짓던 페릴라의 모습이. 그 미소 때문에 페인은 지금도 매달 페릴라의 초라한 묘로 찾아가 꽃을 바쳤다. 그리고 어떻게든 어머니의 죄를 갚기 위해 노력했다. 그러나.

—그런데 폐하, 그 여자가 했던 말이 사실인가요? 정말 페릴라한테 사랑한다고 했어요?

—아아, 그건 그냥 한 말이지. 이안느의 왕족들 앞에선 잘 보여야 하지 않나. 아무리 신하들이 떠민 결혼이라 해도, 최소한의 예의는 지켜야 할 거 아냐.

가끔 한없이 맥이 빠졌다. 페인은 한쪽 무릎을 꿇은 채 도란도란 얘기를 나누는 황제와 황후를 응시했다. 황제는 황후의 어깨를 보란 듯이 감싼 채 말했다.

—어차피 자원도 원하는 만큼 얻었으니 상관없어. 오히려 이 일로 처리하게 돼서 다행이지.

—당신도 참, 페인이 들어요.

—상관없어. 난 당신만 있으면 돼.

페인은 페릴라가 가여웠다. 하지만 그녀가 황후를 독살하려 한 것은 엄연한 사실이었다. 페인은 결코 그것을 감쌀 생각도 없었고, 부정할 생각도 없었다. 그래서 사람들이 페릴라를 나쁜 여자, 악녀라 부를 때마다 아무 부정도 하지 않았다. 하지만 의문이 드는 것은 어쩔 수 없었다.

황후를 독살하려 했던 페릴라가 악녀라면, 그녀를 이용하고 그녀의 아들까지 이용하고 있는 황제는 뭐라고 불러야 하지?

페릴라는 이미 죽임을 당한 지 오래였고, 페인은 전쟁에 나갈 때마다 목숨이 간당간당했다. 하지만 아무도 황제에게 그것을 지적하지 않았다. 그저 나라에 충성해서 하루 빨리 어머니의 죄를 갚으라는 말만 할 뿐이지. 그들이 원하는 것은 어디까지나 말 잘 듣는 인형이었다. 페인의 의견이나 생각 같은 것은 필요 없었다. 그래서 페인은 언제나 입을 다문 채 움직였다.

그런데 오늘, 드디어 그것을 지적받았다. 자신의 부름에 급하게 꽃다발을 구해 온 헤레이스가 의아한 얼굴로 말했다.

"왜 그러십니까, 페인 님. 표정이 좋지 않으시네요."

"……."

항상 갖고 있는 의문이었지만, 막상 지적받으니 기분이 이상했다. 페인은 멍하니 발걸음을 옮겼다. 샤샤가 아까 했던 말이 계속 귓가에 맴돌았다. 페인은 헤레이스가 안겨 준 꽃다발을 내려다보았다. 새하얀 백합꽃이 향긋하게 피어 있었다. 그런 사람들 대신 자신과 릴리스를 위해 행동하라니, 한 번도 그렇게 생각해 본 적이 없었다. 왜냐하면 이미 적응해 버렸으니까. 이미 익숙해져 버렸으니까. 페인이 백합꽃에 얼굴을 묻은 순간이었다.

"아, 페인 님. 오셨습니까?"

빗자루를 들고 있는 노인이 페인에게 아는 척을 했다. 아, 페인은 급히 고개를 들었다. 노인은 상냥하게 말했다.

"청소 다 했습니다. 편히 있다 가세요."

"늘 고맙다."

"뭘요, 제가 해야 하는 일인걸요."

노인은 그렇게 말한 후 페인을 지나쳤다. 한없이 초라한 묘가 눈에 들어왔다. 황제가 적선하듯 관리인을 붙여 준 덕분에 늘 깔끔한 환경을 유지했지만, 한 나라의 공주이자 아틀란타의 후궁이 묻히기엔 너무 초라한 곳이었다. 페인은 묘를 향해 절을 올렸다. 황제는 약속했다. 죗값을 다 치르는 날엔 페릴라의 묘를 다른 곳으로 옮겨 주겠다고. 페인은 작게 페릴라를 불렀다. '어머니'라고. 페인은 띠를 쓰다듬으면서 속삭였다.

"당신이 저지른 짓 때문에 죄인이 되었지만, 상관없습니다."

이제 익숙해졌으니까요. 페인은 애써 입꼬리를 올렸다. 그리고 황제가 시키는 대로 움직이면, 이 나라와 백성들까지 지킬 수 있었다. 그것만으로 만족하자. 페인은 꽃다발을 묘 앞에 내려놓았다. 아까 샤샤가 했던 얘기는 잊어버리자. 페인은 고개를 끄덕였다. 지금 와서 달리 생각해 봤자 변하는 것은 없을 테니까. 페인이 그렇게 생각한 순간이었다.

"페인 님! 큰일 났습니다!"

누군가가 뒤에서 버럭 외쳤다. 페인의 고개가 뒤로 돌아갔다. 아스의 처소에서 종종 봤던 시종이 저편에서 헐레벌떡 뛰어오고 있었다. 여기엔 웬일이지? 의아해하는 페인의 앞에 시종이 숨을 몰아쉬면서 멈춰 섰다. 페인은 측은한 얼굴로 말했다.

"무슨 일 때문에 그렇게 급하게 오는 거지. 숨 좀 골라라."

페인의 걱정에도 불구하고 시종은 급히 외쳤다.

"지금 여기 있을 때가 아닙니다, 페인 전하!"

"무슨 일인지 모르겠지만, 일단 진정해라. 진정하고 얘기를."

"진정할 수 없는 상황이라니까요! 지금 전하의 궁에!"

시종은 횡설수설 얘기를 늘어놓았고, 얘기를 들은 페인은 그대로 굳어 버렸다.

약재를 달이는 알싸한 냄새가 방 안에 퍼졌다. 요하네스는 말없이 정성스레 약재를 달이는 시녀를 쳐다보다가 고개를 돌렸다. 황후가 황제의 침대 앞에 앉아 있었다. 잠잘 때를 제외하고 황후는 한 번도 황제의 침대에게서 떨어지지 않았다. 어렸을 적부터 둘의 화기애애한 모습을 지켜봐 온 요하네스에겐 무척이나 가슴 아픈 장면이었다. 그때 황후가 조심히 황제에게로 상체를 기울였다. 쌕쌕거리는 불규칙적인 숨소리가 들려왔다. 황후의 짓무른 눈가에 눈물이 고였다. 황후는 황제의 차가운 손을 쥔 채 말했다.

"나는 앞으로 도대체 어떻게 살아야 할지 모르겠구나."

"어머니."

"무슨 일이 있어도 네가 결혼하는 모습은 보고 가겠다고 했는데."

황후는 더 이상 말을 잇지 못하고 고개를 떨군 채 흐느끼기 시작했다. 요하네스는 급히 황후에게 다가가 어깨를 감싸 안았다.

"어떻게 하늘이 이럴 수가 있니. 우리가 무슨 죄를 지었다고."

"진정하세요, 어머니. 의사가 최선을 다하고 있다고 했습니다."

"최선을 다하면 뭐 해. 상태가 심각하단 얘긴 이미 귀에 못이 박히도록 들었다."

몇 달 전부터 주기적으로 독을 섭취한 탓에 체내에 이미 많은 독이 쌓여 있었다. 해독제를 쓴다 해도 이미 손쓸 도리도 없이 몸이 완전히 망가져 버린 것이다. 의식이라도 돌아오면 불행 중 다행일 텐데, 황제는 눈 한 번 뜨지 못했다. 도대체 왜 하필 독이야? 황후는 머리칼을 풀어 헤치면서 아예 통곡했다. 곁에 서 있던 시녀들이 황급히 황후를 진정시키려 했지만, 아무 소용도 없었다. 결국 요하네스가 아예 황후를 끌어안아야 했다.

요하네스의 예복이 순식간에 젖어 들었다. 하지만 요하네스는 황후를 달래는 것을 멈추지 않았다. 아버지가 쓰러진 지금, 어머니의 곁을 지켜야 하는 것은 바로 아들인 자신이었다. 사실 같은 여자이고, 곧 한 식구가 될 레베카가 황후 곁에 있어 줬으면 했지만, 레베카는 얼굴 한번 들이밀지 않았다. 정말 괘씸한 여자라니까. 요하네스는 입술을 깨물었다. 며느리라면 모름지기 지금부터라도 제 시어머니를 돌봐야 하는 게 아닌가. 게다가 저번엔 아예 제 남편이 될 사람을 깔보기까지 했다. 아르첸 가문의 여식만 아니었다면 당장 내쳤어. 요하네스가 그렇게 생각한 순간이었다.

"정말이지, 그 여자가 생각나서 끔찍하기 그지없구나!"

황후가 요하네스를 올려다보며 신경질적으로 외쳤다. 황후의 눈엔 어느덧 슬픔 대신 원망이 한가득 고여 있었다. 요하네스는 의아해졌다. 그 여자라니? 도대체 누굴 말하는 거지? 요하네스는 물었다.

"누굴 말씀하시는 겁니까."

"페릴라, 그 여자 말이다. 날 독살하려 한 그 여자!"

페릴라. 요하네스는 잠시 생각에 잠겨 있었다. 꼭 누구랑 비슷한 이름인데, 어째 자주 들어 본 듯한, 아, 기억났다. 페인의 어머니이자 자신의 어머니를 살해하려 했던 그 악독한 여자의 이름이 바로 '페릴라'였다. 페인의 가정사엔 하도 관심이 없어서 까먹고 있었다. 그런데 왜 그 여자의 이름이. 요하네스는 조심스레 물었다.

"페릴라는 갑자기 왜."

"지금도 난 그 여자를 잊을 수 없어! 아직도 가끔 악몽을 꿀 정도로 무서운 여자였으니까!"

"어머니."

"사랑한다는 말 몇 마디 했다고 홀라당 넘어가선, 폐하를 졸졸 따라다니며 애걸했지! 제발 자기 침소에 와 달라고!"

황후의 두 팔이 요하네스의 어깨를 휘어잡았다. 황후는 아예 요하네스를 흔들면서 외쳤다.

"그 여자 때문에 폐하가 얼마나 곤란해했는지 알기나 해?! 게다가 그 여자는 나까지 죽이려 했어! 지금과 똑같은 방법을 써서!"

같은 방법이란 말에 요하네스의 얼굴이 즉시 일그러졌다. 저절로 팔에 소름이 끼쳤다. 그러고 보니, 정말 방법이 동일했다. 페릴라도 황후를 죽이려고 독을 썼고, 이번 사태의 범인도 황제를 죽이려고 독을 썼다. 황후는 계속해서 말했다.

"하지만 그땐 다행히 주변 사람의 밀고로 실패로 그쳤지. 혹시, 그 여자가 저주를 건 게 아닐까?"

황후의 손가락이 부들부들 떨렸다. 요하네스의 어깨에 손톱이 파고 들었다.

"그래! 그 여자가 저주를 건 게 분명해! 그 여자는 자기가 지은 죄 때문에 죽으면서도 끝까지 나와 폐하를 원망했어! 지금도 선명하게 떠오르는구나!"

그 찰랑이던 은빛 머리칼을 엉망으로 헝클어뜨린 채, 상석에 앉아 있는 자신과 황제를 노려보던 페릴라의 모습이. 사실 페릴라는 평소에도 그 시뻘건 눈으로 자신을 노려봤었다. 그눈을 볼 때마다 황후는 저절로 몸이 굳었다. 페릴라의 눈이야말로 진정한 악마의 눈이었다. 황제도 종종 말했다. 그 여자야말로 진짜 악마라고. 게다가 대부분의 옛 이야기 속에서 나타나는 악마도 붉은 눈을 가지고 있었다. 그래서 황후는 페릴라가 죽을 때 그 누구보다 안심했었다. 그 독기 어린 여자가 다신 앞에 나타나지 않게 되었으니까. 그 시뻘건 눈을 다신 보지않게 되었으니까. 그러니 마음 편히 황제의 마음을 독차지할 수 있을 거라고 생각했다.

그런데 그게 아니었다.

악마는 쉽게 퇴치되지 않는다는 말이 정말이었다. 그녀는 자신의 아들 '페인'을 남겨 두고 떠났다. 페인은 진저리가 날 정도로 페릴라를 쏙 빼닮은 아이였다. 그 새하얀 은빛 머리칼과 붉은 눈, 창백할 정도로 하얀 피부까지. 누가 봐도 페릴라의 씨앗이란 것을 알 수 있었다. 처음엔 애한테 무슨 잘못이 있겠냐고 애써 좋은 쪽으로 생각했지만, 그 새빨간 눈만 봐도 화가 치밀어 올랐다. 그래서 페인을 막 대하는 황제를 말리지 않았다. 가끔 죄책감이 들긴 했지만 결코 아이를 돕진 않았다. 그런 자신에게 황제는 늘 말했다.

―저것도 죄라면 죄지. 어떻게 된 게 제 어미를 저렇게까지 빼

닮았을까. 조금이라도 사랑받고 싶었더라면 날 닮았을 것이지.

그리고 그 말은 정말이었다. 자신 말고도 모든 사람들이 페인을 싫어했다. 페인은 누구에게도 사랑받지 못했다. 황후는 그 모습에 죄책감을 덜 수 있었다.

그래, 내가 페인을 싫어하는 것은 이상한 일이 아니었어. 오히려 당연한 일이었지. 누가 뭐래도 저 아이의 어미는 날 독살하려 했으니까.

자신이 죄책감을 버리자 황제는 더욱더 페인을 막 대하기 시작했다. 다행히 페인은 성격만큼은 제 어머니와 비슷하지 않았다. 황자보단 기사로 대접받길 바라며, 아무리 위험한 일이라도 황제의 명이라면 바로 실행에 옮겼다. 그 불길한 눈까지 띠로 가리고 다녀서 더욱 마음이 안정되었다. 페인은 무슨 명령을 내려도 조용히 고개만 끄덕였다. 하지만.

"페인, 페인이 죽인 게 아닐까?"

자기 어머니를 죽인 우리를 원망하지 않을 리가 없잖아. 황후의 말에 요하네스가 그대로 굳어 버렸다. 겉으로만 고분고분하게 굴 뿐이지, 사실 속으로는 어떻게든 우리를 망가뜨릴 계략을 짜고 있었던 게 아닐까? 페릴라도 이안느에 있을 땐 얌전하고 순종적인 여인으로 유명했었다. 그리고 페인은 완전히 페릴라를 빼닮았고 말이다. 그러니까 이번 일도……. 황후는 다시 말했다.

"페인이 죽인 걸 거야."

파티장에서 홀로 평정심을 지키고 있던 페인이 떠올랐다. 제 아비가 눈앞에서 쓰러졌는데 어떻게 그럴 수가 있겠어. 지금껏 우리가 해 준 게 얼만데. 내쫓지 않은 것만으로도 감지덕지해야 하는 거 아냐? 황후는 완전히 확신에 찬 어조로 말했다.

"그 앤 악마잖아."

제 어미를 닮았으니까. 황후의 눈에서 눈물이 방울방울 떨어졌다.

아스와 샤샤는 팔짱을 낀 채 걸음을 옮겼다.

"이왕 온 거 릴리스 님도 보고 가시겠다고요?"

"네, 릴리스가 자주 놀러 오라 했거든요. 할 일이 없다고, 게다가 걱정되기도 하거든요."

페인의 궁 시녀들이 워낙 기세고 예의 없긴 하다. 아스는 알 만하다는 얼굴로 고개를 끄덕였다. 릴리스는 바쁜 페인과 다르게 하루 종일 궁에서 머물러야 한다. 그 기세고 예의 없는 시녀들과.

"분명 페인 님에게 경고를 했는데, 무책임하기 그지없네요."

"하지만 전 한편으론 이해가 가요. 전쟁터에서 살다시피 했으니까. 하루 종일 기사들에게 명령해야 하고, 작전 짜야 하고, 조금이라도 이성 잃으면 안 되고…… 힘들고 지치는 게 당연해요. 궁에서만큼은 좀 더 부드럽게 지내고 싶은 게 아닐까요."

아스는 건조하게 대꾸했다.

"그건 부드러운 게 아니라 바보 같은 거죠. 고용인들이 제 주인도 몰라보던데."

"음, 그건 반박할 수 없네요."

"분명 언젠가는 일이 크게 터질 겁니다. 그러니까 미리 예방해서 나쁠 것……."

아스의 말이 끝나기도 전에 어디선가 키득거리는 웃음소리가 들려왔다. 샤샤와 아스의 눈이 동그랗게 떠졌다.

"저게 무슨 추태니, 정말."

"그동안 별꼴 다 봤지만 저런 모습은 처음이다."

페인의 궁 시녀들이 한곳에 모여 있었다. 정모라도 하고 있는 건가. 둘은 시녀들에게 가까이 다가갔다.

"그런데 정말 안 말려도 괜찮은 거야? 약간 일이 심각한 것 같은데?"

"알 게 뭐야, 어차피 전하도 출타 중이신데. 안 그래도 꼴보기 싫었는데 잘됐어. 그 악마 자식 옆에서 염장 지르는 모습 되게 보기 싫었는데. 이참에 된통 망신당하고 나갔으면."

쨍그랑. 그와 동시에 무언가가 바닥에 부딪쳐 깨지는 소리와 함께 누군가가 신경질적으로 비명을 질렀다. 샤샤는 멍하니 서서 눈앞에 놓인 광경을 응시했다. 화려한 백금발이 사정없이 흩날리고 있었다. 깡마른 여자와 릴리스가 뒤엉켜 몸싸움을 벌이고 있었다.

"수첩은 얻다 팔아먹었어!"

"내가 그딴 걸 아직도 가지고 있을 거라 생각해?! 진작 불태워 버렸어!"

"이년이 보자 보자 하니까……!"

샤샤는 급히 시녀들을 밀치면서 외쳤다.

"릴리스!"

시녀들의 수군거림이 일제히 멎었다. 시녀들은 멍하니 샤샤와 아스를 번갈아 쳐다보다가 그들의 앞을 가로막았다.

"샤, 샤샤 님? 여긴 어떻게."

샤샤는 주먹을 꽉 쥔 채 외쳤다.

"너희야말로 뭐 하고 있는 거야! 이 난리가 될 때까지 뭐 했─!"

아스의 팔이 샤샤를 뒤로 밀어냈다. 샤샤는 무슨 짓이냐는 듯 아스를 올려다보았다. 아스는 침착하게 말했다.

"제가 말리겠습니다. 샤샤. 빨리 사람들을 불러 오세요. 이 궁 사람들은 글러 먹었으니까."

"사람들이라면!"

아스는 고개를 끄덕이고 즉시 릴리스와 깡마른 여자에게로 달려갔다. 그리고 샤샤는 시녀들이 어떻게 하기도 전에 날쌔게 궁을 뛰쳐나갔다.

툭. 체스판 위에 놓여 있던 검은색 말이 떨어졌다. 책상 위에 펼쳐져 있던 편지들을 들여다보고 있던 레베카는 의아한 눈으로 바닥에 떨어진 말을 응시했다. 레베카는 자리에서 일어나 말을 집어 들었다. 그 말엔 작은 왕관이 박혀 있었다.

"킹King인가."

그렇게 중얼거린 레베카는 다시 말을 체스판 위에 올려놓았다. 그리고 편지를 몽땅 모아 손에 쥐었다. 그리고 중얼거렸다.

"아무리 인내심이 많아도, 계속 참을 수는 없는 법이지."

언젠가는 터지기 마련이야. 레베카는 또각또각 복도를 걸어갔다.

"참 평화롭고 한가로운 날이야. 안 그래?"

"……어, 그래."

아베스타의 말에 칼리아는 건성으로 대꾸한 후 다시 눈을 감았다. 아베스타는 오늘도 변함없이 라카의 앞발을 꾹꾹 누르고 있었고, 칼리아는 푹신한 쿠션 위에 누워 낮잠을 청하고 있었다. 열린 창문 틈으로 살랑살랑 바람이 불어왔다. 테이블 위엔 달콤한 과자가 한가득 놓여 있었고, 방 한쪽에선 전사들이 노닥거리고 있었다. 날씨가 선선해서 그런지 저절로 졸음이 몰려왔다. 칼리아는 반쯤 감긴 눈으로 멍하니 천장을 올려다보았다. 화려한 크리스탈 샹들리에가 반짝거리고 있었다. 칼리아는 중얼거렸다.

"아무 일도 안 하고 이렇게 놀고먹다니, 양심에 좀 찔리는데."

아베스타는 어깨를 으쓱이면서 대꾸할 뿐이었다.

"뭐 어때, 지금 쉴 수 있을 때 푹 쉬어 둬. 나중에는 쉬지도 못할 테니까."

"……."

황제의 상태가 갈수록 심각해지고 있는 지금, 사절단은 완전히 그들의 관심 밖으로 밀려났다. 사절단은 한차례 조사만 받은 후 숙소에서 대기하게 되었다. 그들은 처음 왔을 때와는 비교도 안 될 정도로 극진한 대우를 받고 있었다. 그도 그럴 것이 아스가 파티장에서 다짜고짜 범인으로 몰아가는 무례를 저질러서 대단히 죄송하다며 숙소 시녀들에게 어느 때보다 극진한 대접을 하라고 강조했기 때문이다. 뭐가 먹고 싶다, 뭐가 불편하다, 말을 흘리기만 해도 시녀들은 즉시 무엇이든지 대령했다. 사막에서 하루 종일 수련, 수련, 수련만 하던 칼리아가 이 상황을 어색해하는 것도 무리가 아니었다. 사막에선 모든 것이 부족했다. 이렇게 안락한 방은 꿈도 꾸지 못했다. 뭔가 기분이 이상하네, 하루 종일 거친 사막에서 훈련만 하던 내가 이렇게 안락한 방에서 먹고 놀다니, 칼리아가 그렇게 생각한 순간이었다.

"그러니까 그냥 왕실로 들어오라니까. 왕실에서 사는 게 얼마나 안락한데."

아베스타가 그런 칼리아의 마음을 알아챈 듯 소곤거렸다. 이 자식은 툭하면 남 등골 빼먹는 궁리밖에 안 한다니까. 칼리아는 당치도 않다는 얼굴로 대답했다.

"싫어, 그럼 빼도 박도 못하게 네 부하가 되는 거잖아."

칼리아가 정식으로 왕궁으로 들어간다는 것은 곧 전사들의 우두머리가 정식으로 왕실에 속하게 된다는 뜻이나 마찬가지다. 아베스타는 계속 칼리아를 구슬렸다.

"이미 빼도 박도 못하게 내 부하지 않나? 사절단 호위대장으로 타국까지 왔으면서."

"웃기시네."

칼리아는 귀찮다는 듯 두 손을 저은 후 다시 눈을 감았다. 아베스타는 아예 칼리아의 귀에 대고 속살거렸다.

"왕실에선 라카처럼 귀여운 동물을 키울 수 있어."

"……그걸 유혹이라고 하냐?"

"당연히 유혹이지. 어차피 돌아가는 대로 아틀란타 침략 작전 세워야 하는데, 그냥 왕궁으로 들어오는 게 좋을 거야. 안 그래, 라카?"

크릉. 라카는 작게 울음소리를 냈다. 아베스타는 보란 듯이 라카의 턱을 간질였고 말이다. 칼리아는 차게 식은 눈으로 아베스타와 라카를 응시하다가 다시 눈을 감았다. 그래, 내가 이 놈들이랑 무슨 얘기를 하겠어. 그냥 자자. 칼리아가 그렇게 생각한 순간이었다.

'샤샤 님, 이러시면 안 됩니다! 저들은 엄연한 손님—!'

'하지만 지금은 이럴 때가 아니란 말이야!'

쾅. 문이 요란스레 열어젖혀졌다. 샤샤가 숨을 거칠게 몰아쉬면서 방 안으로 들어왔다. 전사들의 눈이 일제히 샤샤에게 꽂혔다. 아베스타가 생긋 웃으면서 말했다.

"웬일이십니까. 항상 예의범절만큼은 지키시던 영애가—."

칼리아는 아베스타의 말이 끝나기도 전에 자리에서 일어나면서 말했다.

"얼마나 애가 급했으면 허락도 없이 다짜고짜 들어왔겠냐. 비켜."

아무리 하급 신하로 위장하고 있다고 해도 이런 취급은 너무하다. 상하 관계를 똑바로 할 필요가 있을 것 같은데. 아베스타가 흠흠 헛기침을 하면서 말했다.

"미안하지만 칼리아, 넌 누가 뭐래도 카나타 사람—."

"알 게 뭐야. 왕실이 지금껏 내게 해 준 게 있었나."

한마디도 지지 않는 칼리아였다. 아베스타는 아예 칼리아의 발목에 매달리면서 애걸했다.

"이제부터라도 내가 잘할 테니까 제발."

"아, 비켜. 샤샤 얼굴 안 보이잖아."

조금도 왕 대접받지 못하는 아베스타였다. 칼리아는 아베스타를 밀어내며 걸음을 옮겼다. 칼리아는 두 팔을 벌리면서 말했다.

"샤샤, 도대체 무슨 일이야? 세상에 얼굴 좀 봐!"

"칼리아!"

아예 신파극을 찍으세요. 아베스타는 부루퉁한 얼굴로 서로를 끌어안은 칼리아와 샤샤를 응시했다. 샤샤는 외쳤다.

"무례를 용서하세요, 너무 급한 나머지!"

"아냐, 괜찮아. 왜 그래?"

샤샤는 눈물을 그렁그렁 매단 채 외쳤다.

"칼리아, 제발 도와주세요! 지금 페인 님의 궁에!"

페인? 칼리아와 아베스타는 의아한 눈으로 서로를 쳐다보았다.

헉헉, 거친 숨소리가 들려왔다. 헤레이스는 헐떡이면서 앞서 달려가고 있는 페인을 응시했다. 페인은 그 어느 때보다 빠른 속도로 자신을 앞서 나가고 있었다. 신체 능력이 좋다는 것은 알고 있었지만 이 정도로 좋을 줄은 꿈에도 몰랐다. 무거운 갑옷에다 검까지 차고 있는데 어떻게 저런 속도가 나올 수 있는 거지. 역시 제국 제일의 기사다웠다. 아, 도저히 못 쫓아가겠어. 헤레이스는 가슴팍을 감싼 채 철푸덕 바닥에 주저앉았다. 페인이 뒤를 돌아봤지만, 헤레이스는 얼른 가라는 뜻으로 손을 흔들었다.

"전 신경 쓰지 말고 가세요! 지금은 릴리스 님이 더 급하니까!"

페인은 고개를 끄덕이고 더더욱 속도를 올렸다. 자신의 궁에서 도대체 어떤 일들이 벌어지고 있는 건지 이해가 가지 않았다. 릴리스가 내가 도착하기 전까진 무사해야 할 텐데, 아니 그렇게 난리를 치고 있으면 시녀들 중 한 명쯤은 사태를 수습하지 않을까. 자신이 그동안 못되게 군 것도 아니니 말이다. 오히려 잘 대해 준 편에 속했다. 그러니까 괜찮을 거야. 페인은 애써 그렇게 자신을 다독이면서 뛰어갔다.

그때 저편에서 기사들이 떼로 몰려왔다. 무슨 일이지? 조사를 하다가 무슨 실마리라도 잡혔나 보다. 페인은 잠깐 망설여졌지만 이번만큼은 황궁보단 릴리스를 먼저 더 생각하기로 했다. 아주 잠깐 정도는 한눈팔아도 괜찮을 것이다. 페인이 그렇게 생각한 순간이었다. 한 기사가 손가락질을 하면서 외쳤다.

"찾았다! 페인 전하, 잠시 정지해 주시기 바랍니다!"

뭐? 페인은 기사들을 돌아보았다. 기사들의 분위기는 무척이나 흉흉했다. 그냥 실마리가 아니라 범인에 대한 결정적인 증거를 잡은 모양이었다. 하지만 페인은 외쳤다.

"지금은 물러나라! 딱 30분 후에 바로 찾아갈 테니!"

"그걸 누가 믿습니까! 지금 당장 정지하십시요!"

페인은 진심으로 미안하다는 듯 기사들에게 고개를 숙인 후 그들을 따돌렸다. 황제보단 릴리스가 몇십 배는 더 중요했다. 그렇게 페인은 겨우 자신의 궁으로 뛰어 들어갔다. 페인은 숨을 몰아쉬면서 홀을 둘러보았다. 시녀들이 한곳에 모여 소곤거리고 있었다. 페인은 급히 시녀들에게 다가갔다. 시녀들은 자기가 다가온 것도 모르고 까르륵 웃어 대고 있었다. 왜 저렇게 웃어 대는 거지? 페인은 조금 더 그들에게 가까이 다가갔다.

"아쉽다, 아스 님이 말리지 않았더라면 더 좋은 모습 보는 건데."

"그러게 평소 우리한테 이래라저래라, 그러래? 시골 영애 출신이면서."

"왜 말을 그렇게 하니. 보잘것없는 사람들끼리 잘 만났는데. 황자 대접 못 받는 남자랑 시골 출신 여자랑."

페인의 몸이 차갑게 식었다.

"저 여자도 가정환경이 안 좋긴 했나 봐? 얼마나 잘못을 했으면 제 어머니란 사람한테 머리채를 휘어잡혔ㅡ."

한 시녀가 급히 한창 떠들어 대던 다른 시녀의 팔을 꼬집었다.

"왜 그래, 한창 재미있ㅡ."

아, 시녀의 입에서 탄식이 튀어나왔다. 페인은 고개를 숙인 채 천천히 숨을 몰아쉬었다. 그리고 물었다.

"릴리스는?"

"ㅡ오셨습니까, 페인 님."

시녀들 뒤편에서 아스의 목소리가 들려왔다. 페인은 시녀들을 헤치고 앞으로 걸어 나갔다. 아스가 한 여자의 두 팔을 잡은 채 고개를 까딱였다. 안경은 어디에다 팔아먹었는지 보이지 않았다. 페인은 말없이 아스에게 붙잡혀 있는 여자를 쳐다보았다. 아스의 팔에 잡혀 있는 그 여자는 충혈된 눈으로 마구 퍼덕거리고 있었다. 마치 물 밖에 나온 생선처럼. 여자는 아스를 향해 외쳤다.

"이거 안 놔?! 한낱 조연 주제에!"

"무슨 뜻인지는 모르겠지만 기분 나쁜 말이라는 것은 알겠군요."

아스는 한숨을 푹 쉬었다. 페인은 아까 시녀들에게 했던 질문을 재차 했다.

"릴리스는?"

릴리스란 이름에 여자의 몸짓이 더더욱 거세졌다. 페인은 직감적으로 저 여자가 릴리스가 그토록 무서워하던 '엔젤라'라는 것을 알 수 있었다. 아스는 엔젤라를 더 단단히 붙잡으면서 턱짓으로 홀 한쪽을 가리켰다. 페인은 고개를 돌렸다. 그리고 보았다.

자신이 그토록 사랑하던 릴리스는 넋이 나간 얼굴로 멍하니 앉아 있었다. 그 곱던 머리칼은 아무렇게나 헝클어져 있었고, 장미 꽃잎 같던 드레스는 이리저리 찢겨져 있었다. 아스는 면목 없다는 얼굴로 말했다.

"죄송합니다. 저도 이 정도로 심한 사태가 벌어질 줄은 몰랐습니다."

페인은 시녀들과 릴리스를 번갈아 쳐다보았다. 그리고 더듬거리면서 물었다.

"아무도, 말리지 않은 거냐?"

"……."

아스는 아무 대답도 하지 않았다. 아아, 페인은 탄식하면서 바닥에 주저앉았다.

왜 아무도 말리지 않은 거지?

내가 이 나라를, 저들을 지키기 위해 얼마나 목숨을 걸고 싸웠는데. 그러니 내가 사랑하는 사람 정도는 지켜 줄 수도 있잖아. 페인은 이마를 감쌌다. 자신의 궁에서만큼은 강압적인 태도로 굴고 싶지 않아 풀어 준 것뿐이다. 아스 말대로 상하 관계를 똑바로 하지 않은 게 문제였을까? 아니, 직급을 떠나서 눈앞에서 사람이 맞고 있으면 도와줘야 하는 게 당연한 거 아닌가? 어떻게 아무도 안 나서고, 강 건너 불구경하듯 고소하다는 얘기만 수군거리고 있을 수 있지? 페인은 입술을 깨물다가 릴리스의 이름을 불렀다.

"릴리스."

릴리스의 한쪽 볼은 퉁퉁 부어 있었다. 흰 손등과 어깨 여기저기엔 긁힌 자국까지 나 있었고 말이다. 페인은 이리저리 릴리스의 상태를 살펴보다가 고개를 떨구었다.

"미안해, 릴리스."

"왜 당신이 미안해하는 거죠?"

페인은 잠시 우물거리다가 말을 이었다.

"아스에게 당신이 가문에서 벗어날 수 있는 방법을 물어봤어. 메어리를 미끼로 쓰라고 해서 일부러 그녀를 방치했는데, 이런 사태가 벌어질 줄은."

페인의 말이 끝나기도 전에 릴리스가 희미한 미소를 지었다. 릴리스는 페인의 볼을 쓰다듬으면서 말했다.

"괜찮아요, 어차피 언젠가는 겪을 일이었으니까."

"릴리스."

"미안해하지 말아요. 오히려 당신의 궁에서 이런 일을 벌여서 죄송해요."

"……."

페인은 두 팔을 벌려 릴리스를 끌어안았다. 릴리스의 마른 몸은 페인의 품에 쏙 들어왔다. 페인은 새삼 릴리스가 얼마나 가녀린지를 실감했다. 페인은 한참 동안 릴리스를 끌어안고 있다가 속삭이듯 말했다.

"이번 일은 전적으로 내 책임이야, 릴리스."

"아니라니까요, 죄책감 갖지 마세요."

"아냐, 지금이라도 바로잡아야겠어."

그렇게 말한 페인은 시녀들을 돌아보았다. 이번 일을 벌인 엔젤라만큼이나 시녀들이 원망스러웠다. 만약 시녀들이 엔젤라를 말렸더라면 릴리스가 이 정도로 다치진 않았을 것이다. 다시 한번 말하지만 자신은 전혀 시녀들을 막 대하지 않았다. 릴리스도 마찬가지였고 말이다. 시녀들은 그녀가 이래라저래라 했다고 하지만, 그것은 어디까지나 시녀로서 당연히 해야 할 일이었다. 페인은 아스에게 말했다.

"아스, 미안하지만 조금 더 그녀를 잡고 있어 주겠나?"

아스는 흔쾌히 고개를 끄덕였다. 그때 엔젤라가 눈을 희번덕거리면서 외쳤다.

"설마 네가 릴리스한테 바람을 넣은 거냐? 응?"

"......"

"원작에서 어떤 짓 당해도 찍소리 한번 못하는 놈이 어딜 감히!"

찍소리 한번 못했다라. 페인은 피식 웃고 말았다. 시골에서 살고 있는 하급 귀족이 이런 말을 할 정도면 자신이 얼마나 이 나라에서 무시받고 있는지 알 수 있었다. 원작이란 단어는 왜 사용하는지 알 수 없지만 말이다. 제정신이 아니란 말이 정말이었군. 페인이 그렇게 생각하면서 등을 돌렸다. 그리고 시녀들에게 다가갔다. 시녀들은 흠칫하면서도 고개를 빳빳이 들었다. 페인은 물었다.

"왜 말리지 않았느냐."

시녀들은 서로를 쳐다보았다. 지금껏 페인은 한 번도 자신들에게 지적을 한 적이 없었다. 그래서 시녀들은 페인이 어떤 짓을 당해도 묵묵히 넘어가는 답답한 성격의 소유자라고 생각했다. 애초에 황제와 황후가 아무리 무리한 요구를 해도 묵묵히 그것을 행하는 사람이니까 말이다. 페인이 한 번도 황실에 반발한 적이 없다는 것은 사람들이 다 아는 사실이었다. 게다가 그의 어머니인 페릴라는 황후를 독살하려 했던 죄인이었다. 페인은 황궁에서의 입지가 전혀 없었다. 그러니까 얼마든지 무시해도 되는 사람이야. 시녀들은 그렇게 생각하면서 입을 열었다.

"릴리스 님의 가정사이지 않습니까."

"게다가 오죽 잘못을 하셨으면 어머니께서 저런 짓을—."

시녀들의 말이 끝나기도 전에 페인이 기가 차다는 어조로 말했다.

"가정사면 그냥 방치해도 된다는 거냐?"

시녀들은 아무 말도 할 수 없었다. 페인은 다시 눈시울이 뜨거워지는 것을 애써 참았다.

"무엇보다 너희가 지금 모시고 있는 사람은 나와 릴리스다. 어떤 경우에서도 제가 모시는 사람이 위험에 처해 있다면 그것을 막거나 호위를 부르는 게 맞는 일이다."

지금껏 무슨 일이 있어도 이 나라와 백성들을 지켜 왔다. 시녀들에게도 잘 대해 줬는데, 돌아온 것은 기껏 이런 대접이란 말인가. 무시당하는 것은 익숙한 일이라 생각했는데, 그렇게 생각한 지 얼마나 됐다고 또 이런 일이 벌어지다니. 이번 일만큼은 절대 넘어갈 수 없다. 페인은 떨리는 음성으로 말했다.

"너희들은 지금 당장—."

"페인 전하!"

기사들이 헉헉거리면서 궁 안으로 뛰어 들어왔다. 여기까지 쫓아온 건가? 페인은 의아한 눈으로 기사들을 쳐다보았다. 분명 나중에 자신이 직접 찾아가겠다고 말했을 텐데. 페인은 기사들을 쳐다보았다. 기사들은 숨을 몰아 수다가 페인을 에워쌌다.

"지금 당장 저희와 가 주셔야겠습니다!"

또 무슨 일이야. 페인은 이마를 감싼 채 말없이 기사들을 쳐다보았다. 시녀들은 이 틈을 타 뒤로 물러났다. 정말이지, 되는 일이 하나도 없어. 그토록 나라를 위해 뼈 빠지게 일하다가 잠깐 한눈팔겠다는 건데, 아주 그냥 내가 동네북이지? 페인은 빠득 이를 갈면서 기사들을 노려보았다.

"도대체 얼마나 중요한 단서를 찾았길래 여기까지 찾아온 거냐."

"그게 아닙니다."

"그럼 뭐지?"

한 기사가 앞으로 걸어 나오면서 말했다.

"요하네스 전하께서 전하를 범인으로 지목하셨습니다."

"범인이라니, 무슨."

"그야 폐하께 독을 주입한 사건의 범인 말입니다."

잠시 정적이 흘렀다. 페인은 멍하니 기사들을 응시하다가, 인상을 찡그렸다.

"뭐?"

페인은 멍하니 흙바닥에 누운 채 하늘을 올려다보았다. 사방에서 피비린내와 탄내가 진동했다. 북부 야만족들은 예상한 것보다 훨씬 반항이 거셌다. 황제의 명으로 야만족들을 토벌하는 대신 오히려 자신의 군대가 토벌당할 뻔했다. 페인은 앓는 소리를 내면서 손에 쥐고 있던 검을 내려놓았다. 다행히 심한 부상은 입지 않았지만 몸을 무리하게 움직인 탓에 삭신이 쑤셨다. 페인은 손을 뻗어 쓰고 있던 투구까지 벗어 던졌다. 숨통이 조금이나마 트였다. 스태프에 몸을 의지한 채 겨우 서 있던 헤레이스가 물었다.

"괜찮습니까?"

"견딜 만하다. 너는?"

"아, 오늘에야말로 정말 죽는 줄 알았어요. 마력이 완전히 고갈됐습니다."

"무리하게 마법을 시켜서 미안하다. 빨리 막사로 돌아가자."

"지금은 못 돌아가요. 조금만 쉬었다 가요."

"그래."

헤레이스는 스태프를 내려놓고 페인 옆에 퍼질러 누웠다. 헤레이스와 페인은 나란히 누운 채 멍하니 하늘을 올려다보았다. 주변에 시체가 끔찍한 모습으로 나뒹굴고 있었지만, 둘은 눈 하나 깜짝 안 했다. 하도 전쟁터를 돌아다닌 탓에 무감각해진 것이다. 언제부터 같은 사람의 죽음에 익숙해졌을까. 페인은 발치에 놓여 있는 시체를 내려다보다가 다시 눈을 감았다. 헤레이스가 중얼거리듯이 말했다.

"감자 먹고 싶어요……."

이런 상황에서조차도 감자를 찾는 헤레이스의 모습에 페인은 어이가 없어졌다. 페인은 여전히 눈을 감은 채 대꾸했다.

"막사 돌아가면 몇 개 남아 있지 않나? 그거 먹어."

"떨어진 지가 언젠데, 이미 다 먹은 지 오래예요. 있는 것은 육포 쪼가리가 답니다."

하긴, 이번에 지급받은 군량미는 처음부터 양이 아슬아슬했었다. 어째 갈수록 지원이 줄어드는 것 같다. 하지만 식량이 떨어지기 전에 싸움이 끝났으니 상관없었다. 이제 끝이야. 페인은 가슴팍에 손을 갖다 댔다. 딱딱한 갑옷 때문에 들리지 않았지만 심장이 분명히 뛰고 있었다. 그렇기에 자신이 이렇게 숨을 쉬고 있는 거겠지. 이번에도 자신은 살아남았다. 그것도 사지 멀쩡하게. 페인은 말했다.

"괜찮아. 이제 아틀란타로 돌아갈 수 있으니까."

"……."

"감자든 뭐든 아틀란타에선 마음껏 먹을 수 있다. 돌아가자, 우리 고향으로."

그렇게 말하는 페인의 목소리는 밝기 그지없었다. 헤레이스는 말없이 페인을 쳐다보았다. 페인은 정말 아틀란타로 돌아갈 수 있다는 것이 기뻐 보였다. 바보 같아. 헤레이스는 그렇게 생각하고 말았다. 아틀란타에서 좋은 일 하나 없었으면서 왜 그렇게 나라를 사랑하는 건지 모르겠다. 헤레이스는 괜히 퉁명스런 어조로 말했다.

"돌아가 봤자 어차피 금방 또 떠나야 할 텐데요, 뭐."

"음, 그것도 그렇지."

"우리 이렇게 된 거 그냥 다른 나라에서 살면 안 됩니까? 스카웃 제의 엄청나게 오잖아요."

페인은 대답 대신 붉은색 띠를 만지작거렸다. 도대체 그 말을 몇 번이나 하는 건지 모르겠다. 처음엔 자신이 어떤 짓을 하든 군말 없이 따랐는데, 이젠 사사건건 하는 일에 트집을 잡는다. 그런데 하나같이 맞는 말만 해서 반박할 수가 없었다. 페인도 괜히 퉁명스런 어조로 말했다.

"부하라고 있는 게 그런 말밖에 못하는 거냐."

"부하라서 하는 겁니다."

참 말도 잘해. 페인은 끌끌 혀를 찼다. 헤레이스는 스태프로 쾅쾅 바닥을 두드리면서 따졌다.

"도대체 왜 이렇게 황실이 시키는 대로 움직이는 겁니까. 대접 하나 안 해 주고 싸움질만 시키는데."

"그야 당연히 어머니의 죄를 갚기 위해서지."

헤레이스는 당장 말도 안 된다는 표정을 지었다. 헤레이스는 상체를 벌떡 일으키면서 다그치듯 물었다.

"겨우 그것뿐?"

페인은 웃음을 터뜨렸다.

"설마 그럴 리가 있겠나. 사실 이유가 하나 더 있어."

"뭔데요."

페인은 간결하게 대답했다.

"내가 아틀란타를 사랑하거든."

그렇게 말하는 페인의 어조는 더할 나위 없이 진지했다. 하아, 또 시작이다. 헤레이스는 깊은 한숨을 쉬었다.

"참 눈물겨운 애국심이네요."

"칭찬 고맙다."

"재차 말하지만 아틀란타는 페인 님이 어렸을 적부터 대접 하나 안 해 주고 싸움질만 시키는 나라입니다. 도대체 그렇게 애국심이 높은 이유가 뭐예요?"

헤레이스의 물음에 페인은 생각에 잠겼다. 그러다가 실없이 웃음을 터뜨렸다.

"글쎄다. 그냥 내가 나고 자란 나라라서 그런 걸까? 나도 정확한 이유는 모르겠어."

헤레이스에겐 그렇게 둘러댔지만, 사실 알고 있었다. 정확한 이유를. 자신이 나고 자란 나라에서 다른 사람들도 똑같이 나고 자란다는 것이 너무나 신기했다. 그래서 황제가 아무리 무리한 요구를 내려도 기꺼이 움직일 수 있었다. 자신 하나만 고생하면 나라가 안전해졌으니까. 헤레이스가 뭐라 해도 상관없었다. 아틀란타를 계속 안전하게 지킬 수 있기만 하면 다른 소원이 없을 것 같았다.

그래, 그때는 분명히 그렇게 생각했다. 아틀란타를 위해서라면 페인은 모든 것을 기꺼이 인내해 왔었다. 하지만.

"잠시 조사를 위해 따라와 주셔야겠습니다."

"……."

"요하네스 전하 말고도 황후마마께서도 말씀하시더군요. 이번 일의 범인은 페인 전하가 확실하시다고."

페인은 홀 안에 서 있는 사람들을 쭉 훑어보았다. 기사들은 페인을 에워싸고 있었고, 시녀들은 그런 자신을 보며 다시 키득거리고 있었다. 그리고 릴리스는 그 지친 몸을 이끌고 어떻게든 자신에게 다가오려고 애쓰고 있었다. 미움받는 일은 익숙하다. 손가락질받는 일도 익숙하다. 망신당하는 일도 익숙하다. 하지만.

"……그토록 황실에 충성한 대가가 고작 이거인가."

지치는 것은 어쩔 수 없다. 페인은 천장을 올려다보면서 중얼거렸다. 기사들은 의아한 눈을 했다.

아무리 자신이 황자가 아니라 기사로 대접받고 있다 해도, 다짜고짜 끌고 가려 하다니. 그래서 페인은.

"이번 일만큼은 그냥 넘길 수 없군."

난생처음으로 그토록 충성하던 황실에게 '환멸'을 느꼈다. 아까 샤샤가 했던 말이 떠올랐다. 황실은 자신을 사랑하지 않고 자신도 황실을 사랑하지 않으니, 더 이상 그들을 위해 일할 필요가 없다고.

"도대체 페인을 어디로 끌고 가려는 거예요!"

"당신이 끼어들 일이 아닙니다!"

릴리스는 기사들에게 무자비하게 밀려나면서도 페인을 향해 애타게 손을 뻗고 있었다. 기사들은 그 크고 투박한 손으로 거칠게 릴리스를 뒤로 밀치고 있었다. 한없이 여린 릴리스는 짐짝처럼 폭풍을 만난 조각배처럼 떠밀렸다. 페인은 그 모습을 보면서 생각했다. 자신을 사랑해 주는 것은 릴리스뿐이고, 자신이 사랑하는 것도 릴리스뿐이었다. 그러니까.

"—물러나라."

챙. 페인은 허리춤에 차고 있던 검을 빼 들었다. 페인은 릴리스를 가로막고 있는 기사의 목에 검을 갖다 대면서 차갑게 말했다.

"내 발로 직접 형님께 가겠어."

이제부턴 무슨 일이 있어도 릴리스를 위해 행동하겠어. 페인은 한쪽 팔로 릴리스를 감싼 채 홀 안에 있는 사람들을 노려보았다.

"지금 저희들에게 검을 들이미신 겁니까, 전하?! 저희들은 어디까지나 폐하에게 독을 주입한 범인을 잡기 위해!"

페인은 단호한 어조로 대꾸했다.

"그건 나도 이미 알고 있으니까 굳이 말하지 않아도 된다."

"그런데 왜 이렇게 행동하시는 겁니까! 정말 당당하시다면 조사를 받으시면 됩니다! 범인이 아니란 것이 밝혀지면 바로 풀어 드릴 겁니다!"

"싫다."

"명령에 따르시고 당장 검을 집어넣으십시오……!"

"싫다고 말했다."

페인은 코웃음을 치면서 검을 든 손을 휙 앞으로 뻗었다. 기사가 질겁하면서 뒤로 물러났다. 릴리스는 겁먹은 눈으로 페인과 기사들을 번갈아 쳐다보다가, 이내 결연한 표정을 지었다. 페인은 건조하게 말했다.

"도저히 이해가 되지 않는군."

"무엇이 말이죠?"

"이번 사건의 수사를 지휘하고 있던 것은 다름 아닌 바로 나였다. 예전부터 그런 의심을 가지고 있었더라면 형님은 아예 내게 지휘를 맡기지 않았을 것이다. 그런데 왜 갑자기 날 범인으로 몰아가는지 모르겠군."

페인의 말에 기사들은 죄다 꿀 먹은 벙어리가 되었다. 페인은 계속해서 말을 이었다.

"수사를 지휘하고 있는 사람이 갑자기 용의자로 끌려가면 지금껏 진행하고 있던 수사가 죄다 엉망이 된다. 너희들도 그걸 모르지 않을 텐데. 정확한 증거가 나오지도 않았으면서 바로 태세 전환하는 꼴이 우습군. 조금도 날 믿어 주는 자가 보이지 않아. 이럴 거면 왜 나를 지휘관이라 부르고 충성했지?"

기사들은 머뭇거리면서 아스를 흘깃거렸다. 아스는 무슨 불만 있냐는 눈빛으로 기사들을 쳐다보았고 말이다. 기사 한 명이 조심스레 말했다.

"그거야 아스 님이 명하셨으니까요."

아스는 대답 대신 기사들을 향해 손짓했다. 기사들은 즉시 아스에게 몰려갔다. 요하네스의 무책임한 행동과 발언에 실망한 황궁 사람들은 대부분 아스에게 의지하고 있는 상태였다. 기사 두어 명이 나서서 아스 대신 엔젤라를 붙들었다. 안경이 어디 갔지. 아스는 바닥을 훑어보다가 한숨을 쉬었다.

"내 안경 좀 찾아 주겠나?"

"네!"

기사들은 즉시 바닥을 뒤지기 시작했고, 페인은 순식간에 태도가 바뀐 기사들을 말없이 쳐다보았다.

"아스 님, 안경 여기 있습니다."

"고맙군."

한 기사가 안경을 찾아 옷깃으로 깨끗하게 닦은 후, 아스에게 내밀었다. 누가 봐도 요하네스의 명령보단 아스의 명령을 중시하고 있었다. 아스는 안경을 끼고 물었다.

"릴리스 님, 저 여자는 어떻게 할까요?"

"……."

릴리스는 씩씩거리고 있는 엔젤라를 응시하다 말없이 페인의 가슴팍에 얼굴을 묻었다. 흐음, 아스는 생긋 웃으면서 물었다.

"제가 알아서 처리할까요?"

처리. 그 단어에 엔젤라가 표독스런 비명을 질렀다. 아스의 말이 모욕적으로 느껴진 모양이었다. 릴리스는 그 비명에 움찔했다가 급히 고개를 끄덕였다. 아스의 미소가 더더욱 짙어졌다. 아스는 페인과 눈을 맞추면서 말했다.

"페인 전하."

칭호가 '님'에서 '전하'로 바꼈다. 물론 아스도 처음엔 '전하'란 칭호를 썼다. 그리고 어느 정도 대화를 트자 자연스레 '님'이란 칭호를 썼고 말이다. 그런데 왜 또 갑자기……. 아, 페인은 주눅 든 기사들을 쳐다보았다. 그토록 존경하는 아스가 자신에게 깍듯이 대하는 모습에 동요한 모양이었다. 아스는 깊숙이 허리를 숙이면서 말했다.

"제가 전하의 궁에서 저 죄인을 처벌해도 괜찮겠습니까? 덤으로 감히 릴리스 님이 폭력을 당하고 있는데 방관한 저 시녀들도."

뒤편에 물러나 있던 시녀들이 움찔하면서 페인을 돌아보았다. 마음 착한 페인이 설마 저 말을 허락하겠냐는 얼굴이었다. 하지만 페인은 망설임 없이 고개를 끄덕였다.

"물론이다."

시녀들의 안색이 창백해졌다. 아스의 미소가 더더욱 짙어졌다. 아스는 기사들에게 명령했다.

"감옥으로 모두 끌고 가."

"하, 하지만 아스 님, 저흰 페인 전하를 데리러 온 건데."

"전하는 내가 직접 모셔 가겠다. 세 명만 남고 나머지는 전부 이들을 감옥으로 끌고 가."

"그건 너무 위험합니다. 페인 전하가 만약 아스 님께!"

아스는 고개를 비스듬히 기울였다.

"만약? 만약 뭐? 전하가 내게 무슨 해라도 입힌다는 뜻인가? 일개 기사 주제에 무례하기 짝이 없군. 감히 2황자를 모함하는 발언을 하다니."

기사들은 일제히 침묵했다.

"안심하고 저들이나 감옥으로 보내라. 내가 언제 너희한테 틀린 명령을 내린 적이 있던가?"

아스의 물음에 기사들은 동시에 고개를 저었다. 아스는 이런 상황에서도 이성을 잃지 않고 페인을 도와 수사를 진행하는 동시에, 혼란스러운 귀족들을 진정시키는 역할까지 훌륭히 도맡아 한창 기사들에게 높은 평가를 받고 있었다. 기사들은 시무룩하게 대답했다.

"없습니다."

"그럼 됐다. 어서 가."

그렇게 기사들은 페인 대신 엔젤라와 시녀들을 에워쌌다. 페인과 릴리스는 나란히 서서 엔젤라와 시녀들이 끌려가는 모습을 지켜보았다.

"절대 가만두지 않을 거야, 이 미친년아! 내가 가만있을 줄 알아? 이 세계에 대한 거 전부 말해 버릴 거야!"

알 게 뭐야. 어차피 아무도 믿어 주지 않을 텐데. 릴리스는 그렇게 생각하면서 엔젤라를 외면했다. 다른 시녀들도 일제히 외쳤다.

"잘못했습니다, 전하! 용서해 주세요!"

"다시는 이런 일이 없도록 하겠습니다! 제발 이번 한 번만 자비를……!"

분명 울며불며 끌려가는 모습을 보고 있는데, 전혀 마음이 불편하지 않았다. 오히려 언젠가는 해야 할 일들을 처리했다는 기분이 들었다. 마음이 무척이나 후련했다. 그런 그 둘의 생각을 꿰뚫어 본 듯 아스가 물었다.

"기분이 어떻습니까?"

둘은 잠시 아무 말도 할 수 없었다. 이윽고 릴리스가 머뭇거리다가 대답했다.

"살짝 허무하네요. 너무 쉽게 처리돼서."

아스는 이해한다는 얼굴로 고개를 끄덕였다. 그리고 페인의 어깨를 잡고 말했다.

"페인 님, 당신도 알고 있겠지만 여기에선 신분이 전부랍니다."

"……."

"황족들이 괜히 피 터지게 권력 다툼을 하는 게 아니에요. 권력만 쥐면 뭐든지 될 수 있고, 할 수 있는 곳이 바로 황궁이에요."

아스의 목소리가 확 낮아졌다. 아스는 페인의 귀에 대고 속삭였다.

"그리고 재차 말하지만, 당신에게도 그 싸움에 참여할 권한이 있죠. 제 제안을 다시 한번 생각해 봐야 할 거예요."

페인은 여전히 아무 말도 하지 않았다. 그저 옆에 서 있는 릴리스만 더 힘주어 끌어안을 뿐이었다. 페인의 표정을 살피던 아스는 출구를 가리켰다. 그리고 정중하게 말했다.

"자, 그럼 가실까요, 페인 전하?"

"그러지."

페인은 릴리스와 나란히 걸음을 옮겼다. 아스와 기사들은 그 뒤를 따라 걸음을 옮겼고 말이다. 그때 저 멀리에서 분홍색 머리칼의 소녀가 헐레벌떡 달려왔다. 샤샤. 아스의 얼굴이 즉시 환해졌다.

"아스!"

샤샤 뒤편에선 칼리아와 전사들이 달려오고 있었다. 아스는 꿀이 떨어지는 목소리로 두 팔을 벌렸다.

"샤샤."

샤샤는 아스의 품에 자연스레 안겼다. 멀리서부터 뛰어왔는지 얼굴이 땀범벅이었다. 아스는 샤샤의 머리칼을 쓰다듬으면서 칼리아에게 가벼운 목례를 했다. 칼리아는 의아한 눈으로 기사들과 페인을 번갈아 쳐다보면서 말했다.

"뭐야, 분위기가 평화로운데? 설마 벌써 일이 끝난 건가?"

"그러길래 말했잖아. 방에서 잠이나 자라고. 괜히 따라나—."

"넌 그 입 다물라."

칼리아는 가볍게 아베스타의 머리를 누른 후 아스의 인사를 받았다.

"무슨 일이었어? 샤샤가 위험하다길래 부랴부랴 온 건데. 벌써 끝난 거야?"

"아뇨, 정말 잘 왔습니다."

그렇게 말한 아스는 자신을 호위하기 위해 남은 세 명의 기사를 돌아보았다.

"이분들도 데려가지."

"네? 하지만 저 사람들은 카낙타인들인데."

"그렇지, 그리고 폐하는 저 카낙타인들 앞에서 쓰러지셨다."

"……."

"그러니 우리 아틀란타가 이 사태에 얼마나 침착하게 대응하는지 보여 줄 필요가 있어요."

그건 좀 억지 같은데. 기사들은 동시에 생각했지만 누구도 그 말을 입 밖으로 내지 못했다. 이 사람은 황태자의 보좌관에 불과했지만, 황제의 두터운 신임을 받고 있었다. 평소 행동거지가 문란한 요하네스와 다르게 학문 연구에 몰두하고, 이성적으로 자신이 할 일을 처리했다. 그런 사람이 괜한 말을 할리가 없었다. 분명 무언가 깊은 뜻이 있겠지. 기사들은 어쩔 수 없이 고개를 끄덕였다. 기사들을 설득시킨 아스는 칼리아에게 제안했다.

"시간이 괜찮으시다면 저희와 함께 가 주시겠습니까?"

"응? 어딜?"

"별건 아닙니다. 그냥 조사 현장일 뿐입니다."

"어차피 할 일 없어서 괜찮긴 한데……."

칼리아가 말끝을 흐렸을 때 샤샤가 간절한 얼굴로 그녀를 올려다보았다. 그런 눈으로 쳐다보지 마! 마음 약해지잖아……! 칼리아는 그런 샤샤를 앞에 두고 어쩔 줄 몰라 하다가 결국 고개를 끄덕였다. 아베스타도 그런 칼리아를 굳이 말리진 않았다. 아틀란타가 도대체 어떻게 조사를 진행하기에 이렇게 다른 나라 사람 앞에서도 당당한 건지 궁금했기 때문이다. 그렇게 일행은 훅 늘어났다. 페인과 릴리스는 여전히 앞장서서 걸음을 옮겼고, 나머지 사람들은 전부 그 뒤를 따랐다. 페인으로선 한 번도 겪어 보지 못한 일이었다. 페인은 계속 걸음을 옮겼다. 그리고 마침내 도착했다. 요하네스가 기다리고 있는 방에. 페인이 손을 뻗어서 문을 열려는 순간, 아스가 제지하면서 앞으로 걸어 나왔다. 아스는 문고리를 잡아당기면서 정중하게 페인에게 말했다.

"들어가시지요, 전하."

"……"

말없이 아스를 응시하던 페인의 고개가 끄덕여졌다. 페인은 몸을 바로 펴고 대답했다.

"그래."

끼익. 문이 열렸다. 페인은 그렇게 방으로 들어갔다. 평소라면 우중충하게 느껴졌을 검은 갑옷이 오늘만큼은 장엄하게 느껴졌다.

"어머니, 진정하세요. 기사들이 금방 잡아 올 겁니다."

"빠져나갈 틈을 주면 안 돼. 페릴라처럼 바로잡아다가 족쳐야……"

황후는 손톱을 잘근잘근 깨물면서 초초해하고 있었다. 요하네스는 그런 황후의 손을 붙잡은 채 안절부절못하고 있었다. 어머니가 너무 강경하게 나와서 일단 기사들을 시켜 잡아 오라 했는데, 그다음엔 어떤 일을 해야 할지 모르겠다. 평소 이런 일을 해 본 적이 있어야지. 최대한 빨리 시종들에게 아스를 찾아오라고 했는데 감감무소식이다. 도대체 아스는 어디 있는 거야, 이런 중요한 때에. 필요 없을 때는 잘만 참견했으면서. 요하네스가 그렇게 생각한 순간이었다.

"부르셨습니까, 형님."

문이 열리면서 차분한 음성이 들려왔다. 요하네스는 흠칫하면서 급히 자리에 바로 앉았다. 검은색 갑옷을 걸친 은빛 머리칼의 남성이 조용히, 그러나 허리를 곧게 편 채 걸어 들어왔다. 눈을 가린 붉은색의 띠가 유난히 눈에 띄었다. 페인은 잠시 방을 둘러보다가 상석에 앉아 있는 요하네스와 황후를 향해 다가갔다. 황후가 진저리를 치면서 요하네스에게 달라붙은 순간이었다.

"저희도 들어가도 괜찮겠습니까, 전하?"

문틈에서 아스 특유의 차분한 음성이 들려왔다. 다행히 시종이 늦지 않게 찾아온 모양이었다. 요하네스는 속으로 안도하면서 고개를 끄덕였다. 그런데 잠깐, '저희'라고? 요하네스가 의아해진 순간이었다. 문 앞에 서 있던 기사가 문을 크게 열었다. 그러자 드러났다.

"방문을 허락해 주셔서 감사합니다, 전하."

문 앞에 서 있는 아스와 수많은 카낙타인들이. 게다가 아스 옆엔 분홍빛 머리칼의 샤샤까지 서 있었다. 샤샤는 요하네스와 눈이 마주치자 즉시 아스 뒤편에 숨었다. 요하네스는 샤샤를 보자마자 왈칵 화가 났지만 방 안에 다른 사람들이 있다는 사실을 떠올렸다. 요하네스는 애써 화를 억누르면서 아스에게 말했다.

"저들은 왜 데리고 온 거냐."

아스는 카낙타인들에게 들어오라고 턱짓을 했다. 카낙타인들은 칼리아를 선두로 방 안에 들어왔다. 칼리아가 요하네스를 향해 한쪽 무릎을 꿇었다. 아스도 허리를 숙이면서 공손하게 말했다.

"어디까지나 필요에 의해서입니다, 전하."

"그래? 그럼 저 샤샤 타르트 영애도?"

아스는 고개를 끄덕였다. 그래, 백번 천번 양보해서 카낙타 인들은 그렇다 치자. 그런데 샤샤 타르트 영애는 도대체 왜? 애초에 하잘것없는 가문 출신인 데다 다른 영애들에게 애교 떨어서 겨우 살아남은 사람에 불과한데. 요하네스는 뒷목을 주무르면서 샤샤를 노려보았다. 샤샤는 흠칫하면서도 방을 나 가지 않았다. 요하네스는 빠득 이를 갈았다. 낄 데 안 낄 데 구분 못하는군, 뒤에서 레베카를 조종한 것도 마음에 들지 않 아 죽겠는데. 요하네스는 지금까지 레베카를 저 요망한 것에 게서 구출해 내려고 벌였던 모든 일들을 떠올렸다. 황궁에 하 루에 한 번씩 찾아오라고 명령하고, 아무리 사소한 것이라도 일일이 칭찬하면서, 자신의 어머니와 대화를 나누게 하기도 했다. 그런데 레베카는 이미 저 영애에게 단단히 홀린 후였다. 어떤 수를 써도 예전의 모습으로 돌아오지 않았다. 무슨 짓을 해도 용서해 주던 옛날의 레베카를 떠올리자 더더욱 화가 치 밀어 올랐다. 당장 잡아다가 주리를 틀어도 모자랄 판인데, 이 런 중요한 자리에 있는 것까지 내버려 두라고?

"말이 되는 소리를 해라, 아스 클라인!"

아스는 말없이 요하네스를 올려다보았다. 요하네스는 계속 해서 소리를 질렀다.

"당장 내쫓아! 샤샤와 카낙타인들 전부 다!"

아스는 대답 대신 방 안에 있는 신하들을 쭉 훑어보았다. 신 하들도 어리둥절한 눈치였지만 불쾌해 보이진 않았다. 아스의 한쪽 입꼬리가 올라갔다. 아스는 보란 듯이 카낙타인들을 가리키면서 말했다.

"증인은 많으면 많을수록 좋습니다, 전하."

"뭐?"

"요하네스 전하께서 이번 사건의 범인을 찾았다고 하셔서 말이죠."

아스는 방 안에 있던 기사들을 쭉 훑어보면서 말을 이었다.

"아틀란타가 이번 일로 전혀 동요하지 않은 데다, 얼마나 신속하게 사건을 해결하는지 사람들에게 보여 줘야 합니다."

"그래, 그건 상관없는데 왜 하필 샤샤 영애까지 데려왔냐고! 카낙타인들을 끌고 온 것도 어이가 없는데!"

"마침 제 눈에 띄어서입니다."

"그걸 말이라고 해!"

아스는 고개를 비스듬히 기울이면서 물었다.

"그럼 제가 이 사람들 대신 누구를 데려와야 했을까요? 현명하신 전하께서 가르쳐 주시지요."

그 질문에 요하네스는 말문이 막혔다. 애초에 이곳에 다른 사람을 떼거리로 데려왔다는 게 문제인 것 같은데, 그 이유를 정확하게 설명할 수가 없었다. 게다가 더욱 어이없는 것은 신하들의 태도였다. 이쯤 되면 신하들도 나서서 자신의 편을 들어야했는데, 아무도 아스를 제지하지 않았다. 다들 어리둥절해하면서도 '무언가 뜻이 있겠거니' 하는 얼굴이었다. 아스는 우물쭈물하는 요하네스를 가소롭다는 듯이 쳐다보다가 말했다.

"입막음은 제대로 하겠습니다. 걱정 마시길."

"아니, 그게 문제가 아니라!"

요하네스가 다시 버벅거렸다. 신하들의 눈에도 한심함이 어렸다. 이래서 평소 행실이 중요하지. 아스는 팔짱을 낀 채 피식 웃었다. 아스는 지금보다 어렸을 적부터 제국 최고의 영재로 불렸고, 나이를 먹은 후엔 황태자의 보좌관으로 활동했다. 황태자가 무슨 사고를 치든 완벽하게 수습했고, 카낙타의 사절단을 맞이하는 준비도 아스가 한 거나 마찬가지였다. 게다가 파티장에서도 하루 종일 요하네스 옆에 달라붙어 조언을 건네지 않았는가. 그가 하는 모든 일엔 합당한 이유가 있었고, 좋은 결과가 보장됐다. 그러니까 엉뚱한 짓을 몇 번 벌인다 해도 그 두터운 신뢰가 깨질 리 없다. 아스는 믿어 달라는 듯 신하들을 쳐다보았고, 신하들도 고개를 끄덕였다. 한 신하가 고개를 숙이면서 말했다.

"일단 허락하십시오, 전하."

"……뭐?"

"분명 무슨 이유가 있을 겁니다. 전하의 보좌관을 믿어 주십시오. 지금까지 그랬던 것처럼."

"……."

신하들까지 그렇게 나오자 요하네스는 할 말이 없어졌다. 요하네스는 한숨을 쉬면서 고개를 끄덕였다. 여기 있는 것을 허락받은 카낙타인들은 시종의 안내에 따라 벽 쪽에 놓여 있는 의자에 줄지어 앉았고, 샤샤도 그들 틈에 섞여 앉았다. 아베스타가 중얼거리듯이 말했다.

"이젠 대놓고 무시당하는군."

칼리아도 고개를 끄덕였다.

"확실히 그러네."

다른 나라 사람들 앞에서 이렇게 무시당하기도 쉽지 않은
데. 칼리아는 신하들과 요하네스를 번갈아 쳐다보았다. 신하
들은 영 못 미덥다는 눈으로 요하네스를 응시하고 있었다. 몇
몇 신하들이 나서서 분위기를 전환하려고 했지만, 이미 싸늘
해진 분위기는 쉽게 바뀌지 않았다. 칼리아는 샤샤의 어깨에
기댄 채 직감했다. 뭔가 흥미진진한 일이 벌어질 것 같다고.
　"자, 그럼 시작하죠. 전하."
　아스는 가볍게 손바닥을 맞부딪쳤다. 페인과 아스는 나란히
선 채 요하네스를 올려다보았다. 요하네스는 거칠게 의자 손
잡이를 손가락으로 두드렸다. 이번만큼은 눈치가 없는 자신도
알 수 있었다. 대화의 주도권이 저쪽으로 넘어갔다는 것을. 페
인은 황궁에서 인기가 없으니 순조로울 거라 생각했는데. 요
하네스는 아스에게 손짓을 했다. 일단 아스부터 저놈에게서
떨어뜨려야겠다. 어째선지 아스가 페인을 마음에 들어 하는
눈치라 불길함이 느껴졌다. 아스는 그런 요하네스의 모습에
입꼬리를 올렸다. 그리고 순순히 요하네스 뒤편에 섰다.
　"절 범인으로 지목하셨다고 들었습니다. 전하."
　먼저 입을 연 것은 페인이었다. 페인의 작지만 분명한 말
에 카낙타인들의 눈이 일제히 동그랗게 떠졌다. 성질 급한 전
사들은 이게 도대체 무슨 말이냐고 수군거리기 시작했고, 아
베스타는 속으로 쾌재를 불렀으며, 칼리아는 한숨을 푹 쉬었
다. 페인이 다짜고짜 범인이라니. 이게 무슨 말이야. 그가 아
틀란타의 충성스러운 신하라는 것은 만인이 알고 있는 사실이
었다. 다시 방 안이 소란스러워지자 요하네스가 신경질적으로
테이블을 내리쳤다. 방 안이 다시 조용해졌다.

"그래, 좀 더 정확하게 말하자면 황후마마께서 널 범인으로 지목하셨다."

황후가 고개를 격하게 끄덕였다. 황후의 모습은 척 봐도 제정신이 아니었다. 얼굴은 새하얗게 질려 있었고, 몸은 부들부들 떨리고 있었다. 그토록 사랑하던 황제가 쓰러졌으니 당연히 제정신이 아니겠지만, 그만큼 신빙성이 떨어졌다. 아무리 지금이 신분이면 다 되는 시대라지만 어느 정도 정당성과 현명함이 있어야 신뢰받는 법이다. '노블레스 오블리주'란 말이 괜히 나온 게 아니지. 샤샤가 고개를 끄덕인 순간이었다.

"이유를 여쭤 봐도 되겠습니까?"

잠시 정적이 흘렀다. 요하네스는 어떻게 말을 해야 할지 고민되는 듯했다. 요하네스는 황태자로서 제대로 교육을 받지 않은 탓에 충동적이고 책임감이 부족했다. 그래서 아스에게 일을 떠맡기고 여자들과 놀러 다니는 것이 일상이었다. 그래서 요하네스도 아스를 괴물이라 부르면서도 의지할 수밖에 없었다. 하지만 이번 일은 아스도 요하네스에게 도움을 주지 못했다. 아스와 상의하지 않고 요하네스가 독단적으로 벌인 일이었기 때문이다. 요하네스는 망설이다가 입을 열었다.

"어머니께서 말씀하셨다. 페릴라가 자신을 죽이려고 했을 때 지금 상황이 완전히 똑같다고."

페릴라란 이름에 페인의 얼굴이 더더욱 굳어졌다. 이번엔 신하들도 웅성거리기 시작했다. 칼리아는 샤샤의 귀에 대고 물었다.

"페릴라가 페인의 어머니지? 정말 폐하도 그때와 같은 수법으로 쓰러지신 거야?"

샤샤는 작게 고개를 저었다. 페릴라가 황후를 독살하려 했던 것은 사실이지만 가벼운 독을 몇 달 동안 주입하는 방법은 쓰지 않았다. 아주 강한 독을 써서 단번에 죽이려고 했지. 페인도 이해가 안 간다는 눈치였다.

"저희 어머니께서도 황후마마께 몇 달 동안 독을 주입하셨습니까? 제가 지금까지 들어온 얘기와 너무 다릅니다."

황후가 눈물을 닦으면서 악을 썼다.

"독을 썼다는 게 같잖아!"

"……."

다시 침묵이 흘렀다. 신하들은 이제 대놓고 기가 차다는 얼굴을 하고 있었고, 카낙타인들은 이제 아틀란타 제국도 끝이란 생각을 했다. 독을 사용했다는 이유로 다짜고짜 페인을 범인으로 몰아가는 황후나 그 말 한마디에 넘어가 정확한 증거도 없이 페인을 잡아 온 요하네스나 똑같았다.

"왜 아무 말도 하지 않는 거야?! 내 말이 맞잖아! 네 어미처럼 너도 내 가족을 파탄 내러 온 악마가 맞잖아!"

황후는 평소 자애롭고 상냥하기로 유명했다. 하지만 그토록 사랑하는 황제가 쓰러진 지금, 예전의 모습은 조금도 찾아볼 수 없었다. 어떻게 보면 당연한 일이었다. 하루아침에 남편이 의식불명이 됐으니. 우는 것만으론 분을 풀 수 없으니, 트집을 잡아 누구 한 명이라도 쥐 잡듯이 잡고 싶은 모양이었다. 황후는 계속해서 외쳤다.

"넌 태어났을 때부터 네 어미를 빼닮았어! 그 귀신 같은 하얀 피부도! 시뻘건 눈동자도! 말 그대로 악마 같았다고!"

페인은 붉은 띠를 만지작거리면서 황후를 쳐다보았다. 황후는 아예 페인을 손가락질하고 있었다.

"갑자기 황궁에 나타나 폐하를 귀찮게 만든 네 어미처럼 너도 사사건건 우리를 거슬리게 만들었어! 전쟁터에서 알아서 죽을 것이지, 왜 지금까지 살아남아선 이런 사태를 만든 거냐고!"

"황후마마."

"저주다! 이건 저주가 분명해! 빌어먹을 페릴라가 내린!"

황후는 고개를 젖힌 채 되는 대로 떠들어 대다가, 갑자기 몸을 굳혔다. 소름 끼쳐. 샤샤가 그렇게 생각했을 때 황후의 몸이 뒤로 넘어갔다. 기절한 것이다. 요하네스가 경악한 얼굴로 황후를 감쌌다.

"어머니!"

아스는 시종들에게 명령했다.

"황후마마를 안으로 모셔라."

"네."

시종들은 즉시 조심스레 황후를 끌어안은 채 방을 나갔다. 페인은 그 모습을 지켜보다가 중얼거렸다.

"결국 처음부터 당신들은 절 자유롭게 해 줄 생각이 없었군요."

공을 세워 어머니의 죄를 갚으라는 뜻으로 전쟁터에 내보내는 것이 아니라, 거슬리니 제발 죽어 버리라는 뜻으로 전쟁터에 내보낸 것이다. 자신이 죽어 봤자 그들이 손해 보는 것은 없었다. 페인이 죽지 않았다는 것은 곧 전쟁에서 승리했다는 뜻이니까. 어느 쪽이든 그들에게 이득이었을 것이다. 페인은 말없이 고개를 돌려 릴리스를 응시했다. 릴리스는 충격 어린 얼굴로 의자에 앉아 있었다. 그 얼굴에 페인은 저도 모르게 웃음이 나왔다. 이젠 정말 릴리스를 위해서 행동할 거라고 결심하길 잘했다. 백날 저들을 위해 움직여 봤자 돌아오는 것은 하나도 없으니까. 저들은 자신을 죄인이라고 하지만 그것은 어디까지나 핑계에 불과했다. 페릴라가 황후를 죽이려 하지 않았어도, 그녀는 미움받았을 것이다. 저들은 자기들밖에 모르는 이기적인 사람들이니까. 페인은 손을 들어 사람들을 조용히 시킨 후 입을 열었다.

"일단 단도직입적으로 말하겠습니다. 전 범인이 아닙니다."

페인의 어조는 완전히 생떼를 쓰는 아이를 달래는 어른의 것이다. 분명 요하네스가 형이고 페인이 동생인데, 완전히 관계가 뒤바뀌어 있었다. 칼리아는 저도 모르게 '풋' 웃음을 터뜨리고 말았다.

"차분하게 생각해 보십시오, 형님. 전 몇 달 동안 폐하의 몸에 독을 주입할 수 있을 만큼 시간이 많지 않았습니다. 이 방에 있는, 아니, 아틀란타의 백성들이라면 누구나 제가 수시로 다른 나라로 파견 나간다는 것을 알 것입니다."

요하네스는 어떻게 하냐는 뜻으로 아스를 돌아보았지만, 아스는 입을 다문 채 페인을 응시하고 있었다.

"물론 자리를 비운다 하더라도 다른 사람에게 맡기면 폐하께 독을 주입할 수 있겠지요. 하지만 제겐 그만큼 충성하는 신하가 없습니다. 황족들과 시종들은 전부 절 무시합니다. 형님도 소문을 들었을 겁니다. 제 궁의 시녀들이 절 무시한다는 얘기를요. 제게 절대 충성하는 사람은 보좌관인 헤레이스 단 한 명뿐입니다. 하지만 그 헤레이스마저 제가 파견 나갈 때마다 동행했죠. 그러니 이것도 불가능한 얘기입니다."

"……."

"그런데 증거 하나 없이 절 범인으로 지목하신 겁니까? 겨우 제가 제 어머니와 닮았다는 이유로?"

싸늘한 신하들의 눈빛이 요하네스에게 날아들었다. 하지만 페인의 말은 거기서 끝나지 않았다.

"형님, 폐하가 쓰러져서 혼란스러운 것은 이해합니다. 하지만 형님은 누가 뭐래도 다음 대의 황제가 되실 분입니다. 그러니 조금만 이성적으로 행동하시길 바랍—."

페인의 말이 끝나기도 전에 투명한 유리잔이 바닥에 내동댕이쳐졌다. 페인은 지그시 깨진 유리잔을 응시했다.

"어딜 감히 나한테 설교를 하는 거냐! 폐하가 쓰러지셨다고 막 나가겠다는 거냐?! 지금까지 무슨 짓을 당해도 찍소리도 못했던 주제에!"

페인의 주먹이 꽉 쥐어졌다. 오늘만 해도 벌써 두 번째로 듣는 말이었다. 확실히 자신은 그랬다. 지금까지 무슨 짓을 당해도 찍소리도 못하고 참기만 했다. 그런데 다른 사람도 아닌 요하네스에게 저런 말을 들으니 화가 치밀었다. 자신이 전쟁터에 나가 피터지게 싸우고 있는 동안 여자 끼고 탱자탱자 놀고 있던 한심한 놈에게 말이다. 페인도 요하네스의 행동거지를 모르는 것이 아니었다. 아니, 모를 리가 없었다. 요하네스가 건드린 여자가 한둘이 아니었으니까. 한때는 저 사람이 카낙타의 술탄만큼 지혜롭고 공평한 지배자가 되길 바랐다. 하지만 지금은 아니었다. 요하네스에겐 가망이 없었다. 황후의 말 몇 마디에 넘어가 자신을 범인으로 지목하질 않나, 다짜고짜 유리잔을 집어던지질 않나, 처음부터 끝까지 차기 황제의 행동이 아니었다. 페인은 애써 잠긴 목소리로 요하네스를 불렀다.

"형님, 그만하시지요."

하지만 요하네스는 멈추지 않았다. 요하네스는 아예 릴리스까지 손가락질을 하면서 한쪽 입꼬리를 올렸다.

"그도 아님, 저 천박한 여자가 널 꼬드긴 거냐? 내게 반항하라고! 어? 그래, 영식들 끌고 다니던 영애가 다짜고짜 보잘것없는 너와 만난다는 게 이해가 되지 않았다. 그러니까 이렇게 행동하는ㅡ."

페인은 버럭 소리를 질렀다.

"그만하라고 했습니다!"

아무리 모욕받아도 도통 커지지 않던 목소리가 갑작스레 커졌다. 요하네스는 저도 모르게 흠칫했다. 그만큼 페인의 기세는 살벌했다. 페인은 빠득 이를 갈면서 외쳤다.

"도대체 릴리스는 왜 갑자기 모욕하시는 겁니까? 아무리 전하라 해도 그녀를 모욕한다면 용서하지 않을 겁니다! 억지 써서 욕하는 것은 저 하나만으로도 충분하지 않습니까!"

드디어 폭발인가. 칼리아는 생각했다. 속 시원하긴 한데 나중엔 어떻게 생각하려고. 가뜩이나 미운 털 박혀 있는 사람이 저렇게 행동하면 큰일 나지 않나? 칼리아가 그렇게 생각했을 때였다.

"제발 억지 좀 그만 쓰십시오! 차기 황제란 사람이 어떻게 사람들 앞에서, 그것도 다른 나라 사람들 앞에서 이렇게 행동하실 수 있습니까! 재차 말하지만 당신은 이 나라의 차기 황제입니다!"

페인은 뚜벅뚜벅 요하네스에게 다가갔다. 요하네스는 급히 뒤로 물러났지만 페인은 계속해서 요하네스에게 다가갔다. 그리고 띠로 손을 가져갔다.

"너, 너 지금 뭐 하려는."

자신의 앞에서나마 편하게 있으라고 말하던 릴리스의 모습이 떠올랐다. 자신의 붉은색 눈이 석류 알 같아 예쁘다는 릴리스의 말도. 릴리스는 붉은색을 가장 좋아했다. 매일같이 붉은색 옷을 즐겨 입을 정도로. 그리고 자신은 그런 릴리스만을 위해 행동하기로 맹세했고 말이다. 악마로 모욕받는다 해도 상관없다. 어차피 자신은 무슨 짓을 해도 저들에게 악마일 테니까. 페인은 눈을 가리고 있던 붉은색 띠를 거칠게 풀었다.

"형님, 아니 요하네스 전하. 당신의 동생이기 전에 이 나라의 기사로서 충고 하나 드리겠습니다."

띠가 바닥에 나풀나풀 떨어졌다. 요하네스는 저도 모르게 숨을 들이켰고, 방 안에 있던 사람들이 일제히 탄식을 질렀다. 두르고 있던 띠보다 몇 배는 더 선명한 붉은색의 눈이 흉흉하게 빛나고 있었다. 페인은 허리를 숙여 요하네스와 시선을 맞추면서 속삭이듯 말했다.

"무능력한 가족은 제게만 민폐를 끼치지만 무능력한 지배자는 나라 전체에 민폐를 끼칩니다."

그 말을 끝으로 페인은 허리춤에 차고 있던 검을 빼 들어 테이블을 내리쳤다. 테이블은 단번에 박살 났다. 실로 굉장한 힘이었다. 요하네스는 겁에 질린 얼굴로 산산조각 난 테이블을 응시했다. 하지만 페인의 눈은 여전히 한 점의 흔들림도 없이 요하네스를 응시하고 있었다.

"제가 목숨 바쳐 지금까지 지켜 온 이 나라를 말아 드시려는 생각입니까? 제발 머리가 있으면 똑바로 행동하십시오."

"이, 이, 무례한!"

요하네스는 손가락질을 하면서 신하들에게 외쳤다.

"당장 이놈을 감옥에 처박아!"

그 모습을 지켜보고 있던 아스의 입꼬리가 올라갔다. 아스는 어깨를 으쓱이면서 보란 듯이 말했다.

"그건 안 될 얘기입니다, 전하."

그리고 그와 동시에 문이 단번에 쾅 열어젖혀졌다. 문 앞을 지키고 있던 시종들이 이게 무슨 무례냐며 막으려 했지만 역부족이었다. 하나로 묶인 검은색 머리칼이 탐스럽게 찰랑거렸다.

"정말이지, 역시 사람 속은 아무도 모른다니까."

저벅저벅. 높은 굽의 하이힐 대신 발목을 감싸는 튼튼한 부츠를 신은 발이 방 안으로 걸어 들어왔다. 레베카? 요하네스는 멍하니 레베카를 응시했다. 레베카는 요염하게 미소 지으면서 계속 걸음을 옮겼다. 화려한 드레스 대신 아르첸 가문의 문장이 박힌 검은색의 제복이 레베카의 늘씬한 몸을 감싸고 있었다. 레베카는 계속해서 말했다.

"요하네스 전하, 아니, 요하네스 르 카롤로스."

철컹. 뒤편으로 레베카와 같은 제복을 입은 케론드 공작과 검을 쥔 기사들이 차가운 얼굴로 서 있었다. 요하네스는 도무지 이 상황이 이해가 가지 않았다. 레베카로도 모자라 케론드 공작까지 왜 황궁으로 온 거지? 게다가 저 기사들은 뭐고? 요하네스가 의아해진 찰나, 레베카가 한쪽 입꼬리를 올리면서 물었다.

"내가 왜 이곳에 왔는지 도통 이해가 안 간다는 얼굴인데?"

그거야 당연하지. 연락도 없이 찾아온 건데. 요하네스의 눈이 동그랗게 떠졌다. 페인도 드물게 당황한 얼굴로 레베카를 돌아보았다. 레베카는 대답 대신 한 손에 들고 있던 편지를 허공에 내던졌다. 새하얀 종이가 사방에서 펄럭였다. 칼리아는 그 긴 팔을 뻗어 종이 한 장을 낚아챘다. 아베스타도 마찬가지였다. 잠시 편지를 들여다보던 둘의 얼굴이 경악으로 얼룩졌다. 하지만 레베카는 다른 사람들이 경악하든 말든 기사들에게 말했다.

"당장 이 개자식을 끌고 가."

그렇게 명령하는 레베카의 얼굴은 진심으로 즐거워 보였다.

편지들은 계속해서 허공에 흩날리다가 하나둘 나비처럼 사람들의 손 위에 안착했다. 샤샤와 릴리스의 손에도 마찬가지였다. 둘은 빠르게 편지를 읽어 내려갔다. 편지의 내용은 무척이나 간단했지만, 그만큼 충격적이었다. 편지를 읽고 있던 사람들의 눈이 서서히 요하네스에게로 몰려들었다. 갑자기 분위기가 왜 이렇게 싸늘해졌지? 요하네스는 어리둥절한 눈으로 사람들을 응시하다가 목을 가다듬으면서 말했다.

"흠, 흠. 레베카, 아무리 이건 내 약혼녀라 해도 용서 못할 일이야. 개자식이라니. 감히 황태자인 나한테 무슨 무례를 저지른 거지? 게다가 잡아넣으라니, 그건 또 무슨 소리인가."

하지만 사람들은 여전히 무례를 저지른 레베카 대신 요하네스를 응시하고 있었다. 그것도 아주 경멸 어린 눈으로. 요하네스는 어리둥절해하면서 말했다.

"갑자기 왜들 그래? 무례를 저지른 것은 레베카이지 않나? 왜 나를 쳐다보고 있지?"

페인은 한동안 편지와 요하네스를 번갈아 쳐다보다가 한숨을 푹 쉬었다. 그리고 뒤로 물러났다.

"요하네스 전하."

그때 아스가 입을 열었다. 요하네스는 의아한 눈으로 아스를 돌아보았다. 아스 역시 손에 편지 한 장을 쥐고 있었다. 안경 너머로 가라앉은 녹빛 눈이 보였다.

"이게 정말입니까?"

이제야 불길함을 느낀 요하네스는 급히 물었다.

"아니, 도대체 그게 뭐길래."

그때 샤샤가 편지를 더듬더듬 소리 내어 읽었다.

"내가 시키는 대로 움직여 줘서 고맙다. 앞서 말했지만 폐하는 단 음식이라면 사족을 못 쓰신다. 그러니 앞으로도 계속 폐하에게 독초를 넣은 과자를 갖다 주길 바란다."

편지 끝엔 '요하네스 르 카롤로스'이란 이름과 황궁의 붉은 인장이 박혀 있었다. 그때 레베카가 기사들을 향해 손가락을 가볍게 튕겼다. 그러자 기사들 사이에서 꽁꽁 묶인 한 남성이 비틀거리면서 걸어 나왔다. 요하네스는 그 남성이 누구인지 알 수 있었다. 바로 어제도 황제의 방에서 본 얼굴이었으니까. 남자는 바로, 황제를 매일같이 진찰하러 오는 어의였다. 어의는 저항하다가 몇 대 얻어맞았는지 얼굴이 퉁퉁 부어 있었다. 어의는 요하네스와 눈이 마주치자마자 면목 없다는 듯 고개를 숙였다. 저 어의는 왜 또 이런 꼴로 끌려온 거지? 아까 편지는 도대체 무슨 뜻이고. 요하네스는 여전히 상황 파악이 되지 않았다. 그때 케론드 공작이 걸어 나오면서 말했다.

"전하께서 직접 제 딸에게 명하셨다고 들었습니다. 궁으로 와서 무조건 하루에 한 번씩 자신을 만나라고요. 그래서 바로 며칠 전에도 제 딸은 전하의 방에서 전하가 오시길 기다리고 있었답니다."

"뭐?"

"그런데 전하의 책상 위에 이런 것이 펼쳐져 있었더군요."

케론드 공작의 손엔 아까 샤샤가 읽었던 편지가 들려 있었다. 케론드는 보란 듯이 편지를 펄럭거리면서 말했다.

"발신인은 요하네스 전하, 수신인은 저 어의. 그래서 레베카와 상의한 결과, 오늘 어의의 방도 수색해 봤습니다. 아니나 다를까, 서랍장을 열자마자 바로 튀어나오더군요. 당신과 이 남자가 주고받았던 이 편지들이."

요하네스는 한 번도 저 남자에게 편지를 쓴 적도, 받은 적도 없었다. 사람이 너무 어이없으면 말이 안 나온다는 말이 정말이었다. 갑자기 튀어나와, 갑자기 자신을 폐하에게 독을 주입한 범인으로 몰아가고 있다. 저 얼토당토 않는 말을 누가 믿어? 요하네스는 애써 그렇게 생각하면서 주변을 둘러보았다.

"어의가 자기 입으로 자백했습니다. 언젠가부터 황궁의 붉은 인장이 찍힌 편지가 자신의 방구석에 놓여 있었다고. 그리고 답장은 자신의 방 앞에 놓인 화분 앞에 놓아두면 언젠가 사라졌다고. 그런 식으로 여러 통의 편지를 주고받았다고 했습니다."

저 어의가 폐하께 정기적으로 몸에 좋다면서 약초 가루가 든 과자를 가져다주는 것은 웬만한 이들이라면 다 알고 있는 일이었다. 황제가 종종 요하네스와 황후에게도 그 과자를 권했지만 전부 거절당했었다. 둘은 황제와 다르게 단것을 좋아하지 않았기 때문이다. 매일 황제와 겸상을 하던 황후가 독에 당하지 않은 게 이해되는 순간이었다. 아스는 요하네스로부터 몇 걸음 물러났다. 요하네스는 필사적으로 말했다.

"이, 이건 누명이다. 이건 누명이야. 아스, 뭐라 말 좀—."

아스는 알 만하다는 얼굴로 중얼거렸다.

"과연, 이제야 이해가 갑니다."

아스의 손가락이 편지를 갈기갈기 찢었다. 아스는 고개를 들고 매섭게 요하네스를 올려다보았다. 신하들은 급히 아스에게 물었다.

"그게 무슨 말이지? 뭐가 이해가 간다는 거야?"

"폐하는 나이를 드시고 몸이 쇠약해진 덕분에 거의 매일같이 진찰을 받았습니다. 하지만 목숨이 위험할 정도로 독이 몸에 쌓일 때까지 아무 말도 나오지 않았습니다. 이상하지 않습니까? 매일같이 진찰을 받는데 독이 몸에 쌓이고 있다는 것을 아무도 몰랐다는 것이?"

신하들은 그제야 아차 싶은 얼굴을 했다.

"그리고 진찰을 담당한 것은 다름 아닌 저 어의였습니다. 하지만 저 어의는 요하네스 전하와 손을 잡은 상태였으니 일부러 상태가 악화되고 있다는 것을 함구하고, 계속해서 독이 든 과자를—."

아스의 말이 끝나기도 전에 요하네스가 거칠게 아스의 멱살을 휘어잡았다. 아스는 입을 다물고 요하네스를 응시했다. 요하네스의 얼굴은 새하얗게 질려 있었다.

"말이 되는 소리를 해라, 아스! 어디서 감히 그런 건방진 소리를 지껄이는 거야!"

참으로 어리석은 반응. 아스는 속으로 조소했다. 황태자면 황태자답게 침착하게 이 상황을 벗어날 생각을 해야지, 다짜고짜 남한테 달려들어 무턱대고 자긴 아니라고 우기기만 한다. 자기 무덤 파는 짓인지도 모르고. 역시 조금도 예상 범위에서 벗어나지 않아. 아스는 요하네스의 손목을 그러쥐었다.

"난 정말 저 어의에게 그런 명령을 한 적이 없어! 내가 도대체 뭐가 문제라서 내 아버지를 죽이겠나! 내 아버지는 누구보다 자애로우시고 날 사랑하시는 분이었—!"

아스는 표정 하나 바꾸지 않고 요하네스의 손목을 꺾었다. 정식으로 검을 배우지는 않지만 힘 하나만큼은 기사들 저리 가라 하는 아스였다. 요하네스의 말이 뚝 끊겼다. 아스는 무표정으로 입을 열었다.

"이제 황후마마의 말 한 마디에 넘어가 다짜고짜 페인 전하를 끌고 온 것도 이해가 갑니다. 자신이 한 짓이 밝혀지기 전에 누군가한테 어떻게든 누명을 씌우고 싶으셨던 거겠죠."

"아냐, 페인을 끌고 온 것은 어디까지나 어머니가 너무 흥분하셔서!"

"당신은 황태자입니다. 언제나 공정하고 정당하게 움직여야 하는 위치에 있는 몸이랍니다. 어머니가 너무 흥분하셨단 이유로 수사를 지휘하고 있는 페인 전하를 잡아 오셨다고요? 말이 되지 않습니다. 황후마마의 상태가 온전치 않다는 것은 모두가 알고 있는 사실이니까요."

아스의 논리정연한 말에 신하들의 고개가 저절로 끄덕여졌다. 확실히 이상하다 싶었다. 아무리 요하네스가 멍청하더라도 되도 않는 황후의 생떼에 넘어갈 정도로 멍청하진 않을 것이다. 정말 만에 하나 그 정도로 멍청하더라도 그건 그것대로 문제였다. 차기 황제가 자기 어머니 말 한마디에 넘어가 나라를 뒤흔들 정도로 큰 사건을 제멋대로 처리한다는 뜻이니 말이다. 아스는 요하네스의 귀에 대고 소곤거렸다.

"권력을 위해서라면 제 가족도 죽이는 곳이 바로 황궁입니다. 전하도 그걸 모르시는 게 아닐 텐데요."

신하들이 다시 수군거리기 시작했다. 카낙타인들은 아예 대놓고 '저런 멍청한 놈이 세상에 다 있구나'란 표정을 짓고 있었고 말이다. 요하네스의 다리가 바들바들 떨리기 시작했다. 이런 상황은 한 번도 생각해 보지도, 상상해 본 적도 없었다. 그저 황제와 황후에게 언제까지나 사랑받으면서 무탈하게 황위에 오를 거라고 생각했다. 황위에 오른다 해도 아무 문제없을 거라 생각했다. 든든한 아군인 아스와 레베카가 있었으니까. 아스는 제국 제일의 두뇌의 소유자였고 레베카도 여자치곤 똑똑하고 눈치가 빠른 편이었다. 요하네스에게 두 사람은 필수 요소나 마찬가지였다.

"그 정도로 황위가 탐났습니까? 지금도 충분히 제멋대로 행동하고 있으면서, 얼마나 더 제멋대로 행동하고 싶으신 겁니까."

그런데 그 두 사람은 모두 싸늘하게 자신을 쳐다보고 있었다. 분명 무어라 항변을 해야 하는데, 아무것도 떠오르지 않았다. 머릿속이 완전히 새하얀 백지 상태였다. 그동안 배운 거라곤 한 가지도 없었다. 지금껏 자신이 한 거라곤 황제의 비호 아래서 영애들과 시간을 보낸 것밖에 없었다. 요하네스는 이번에도 꼴사납게 말을 더듬거렸다.

"……나, 난 정말."

아스는 한숨을 쉬며 진심으로 탄식했다.

"어떻게 사람의 탈을 쓰고 그런 짓을 할 수 있습니까. 자신의 아버지에게 독을 주입하다니."

아스는 요하네스의 등을 밀쳤다. 요하네스는 맥없이 바닥에 쓰러졌고, 아르첸 가문의 기사들은 이때다 싶었는지 즉시 그를 에워쌌다. 그때 한 신하가 조심스레 입을 열었다.

"하지만 요하네스 전하의 말도 일리가 있네. 전하가 뭐가 부족해서 황제 폐하를 암살하려 했겠는가. 너무 섣불리 판단하지 말아야 하네."

"하지만 너무 앞뒤가 딱딱 맞아 떨어지지 않습니까. 사람은 겉만 보고 아무도 모르는 법입니다. 우리가 모르는 사이에 황제 폐하와 어떤 일이 있었는지 모릅니다."

"누군가가 요하네스 전하를 사칭할 가능성도 있지 않나? 일단 좀 더 상세히 조사를—."

"사칭은 아닙니다."

신하의 말이 끝나기도 전에 케론드가 입을 열었다. 독수리를 닮은 매서운 회색 눈이 신하들을 훑어보았다. 신하들은 왠지 모르게 주눅 든 채로 케론드를 응시했다. 케론드는 차분한 어조로 말했다.

"요하네스 전하가 이 어의의 방 근처에서 얼쩡거렸다는 것을 본 증인이 있으니까요."

"증인까지 있다고……?! 설마 당신네 가문 사람은 아니겠지?!"

"네, 아닙니다. 지금 바로 시종을 보내 모셔 오라 했으니, 믿으셔도 좋습니다."

그렇게 신하들은 꿀 먹은 벙어리가 되었다. 그 틈을 타 아스는 기사들에게 명령했다.

"감옥으로 끌고 가. 샅샅이 조사하겠다."

그 말을 끝으로 기사들은 요하네스를 끌고 방 밖으로 나갔다. 지금까지 아무 말 없이 상황을 방관하던 페인은 조금 당황한 기색이었지만, 그렇다고 그들을 말리지 않았다. 페인 본인도 바로 조금 전 자신의 입으로 요하네스는 황위에 어울리지 않다고 말했으니 말이다. 페인은 말없이 얼굴을 만지작거렸다. 띠를 착용하지 않아 조금 어색했지만……

"페인!"

상관없을 것 같았다. 페인은 자신에게 뛰어드는 릴리스를 끌어안았다. 릴리스는 감격에 찬 얼굴로 자신의 눈을 들여다보고 있었다.

"역시 당신의 눈은 너무나 예뻐요."

"그래, 릴리스."

페인은 릴리스를 끌어안은 채 아스를 돌아보았다. 아스는 자신과 눈이 마주치자마자 즉시 몸을 낮춰 예를 표했다.

아주 공손하고 우아하게.

"글쎄요, 이걸 어떻게 말씀드려야 할지…… 저도 정말 우연히 본 장면이라서요."

요하네스가 감옥에 끌려간 후, 케론드가 시종을 보내 모셔오라 한 증인이 도착했다. 아스는 손에 깃펜을 든 채 말했다.

"충격적인 것은 압니다. 하지만 당신의 증언이 꼭 필요합니다. 어려워할 것은 없습니다. 그날 본 것만 사실대로 차분하게 말씀해 주시면 그만입니다."

아스의 말에 맞은편에 앉아 있던 여인이 짐짓 곤란한 표정을 지었다. 꿀 같은 금발이 탐스럽게 흩날렸다. 아스와 여인사이에선 한 번도 만난 적이 없다는 듯 지극히 사무적인 분위기가 흐르고 있었다. 여인은 뒤편에 서 있는 클로드를 흘깃 쳐다보았다. 클로드는 창백한 낯빛을 한 채 우물거리고 있었다. 그런데 바로 그때 여인이 클로드의 손을 잡았다. 클로드는 그런 여인을 말없이 내려다보다가 푹 한숨을 쉬었다. 모든 것을 포기했다는 얼굴로 말이다. 클로드는 여인에게 말했다.

"이비, 너무 긴장하지 마. 내 사랑."

그제야 여인, 아니, 이비는 희미한 미소를 지었다. 이비는 클로드의 팔을 토닥이면서 말했다.

"걱정 마세요, 클로드."

"그래……."

클로드는 그 말을 끝으로 뒤로 물러났다. 아스는 다시 이비를 부드럽게 재촉했고, 이비는 짐짓 망설이다가 말했다.

"그날은 밤늦게까지 악기 연습을 하고 있었어요. 세 번째 파티 때 카나타 사절단을 위해 연주를 하기로 했었으니까. 모두가 알다시피, 저희 할머니는 정말 유명한 예술가시잖아요? 할머니에게 뒤처지기 싫어서 쉴 틈도 없이 연습을 했어요."

아스는 고개를 끄덕이면서 양피지에 이비가 한 말을 그대로 받아 적기 시작했다.

"클로드 전하에게 연습한 것을 보여 주고 어떠냐고 물었죠.

클로드 전하는 당연히 나무랄 데 없이 훌륭하다고 대답했고요. 전 그 말을 듣고 만족해서 연습은 그만하고 돌아가기로 했어요. 그런데…….”

“그런데?”

이비의 목소리가 확 낮아졌다.

“요하네스 전하가 누군가의 방 앞에서 몸을 숙인 채 무언가를 뒤지고 있는 거예요. 요하네스 전하가, 그것도 호위 없이 그러시는 모습은 처음 봐서 저절로 눈이 갈 수밖에 없었어요.”

이비와 아스 근처에 서 있던 기사들이 침음을 흘렸다.

“날이 어두워서 요하네스 전하가 정확히 뭘 뒤지고 있는지 도통 보이지 않았어요. 그래서 그날은 그냥 집으로 돌아갔어요. 그리고 날이 밝은 후에 다시 클로드 전하를 만나러 가면서 그 방이 무슨 방인지 확인했죠.”

그리고 이비는 보았다고 한다. 방에서 진찰 가방을 든 채 걸어 나오는 의사와 그 옆의 화분을. 마침 지나가던 시녀들이 의사에게 새로운 화분을 가져다주겠다고 했지만, 의사는 그것을 거절하고 황급히 어딘가로 향했다고 한다. 이비는 조금 더 자세히 화분을 관찰했다. 화분의 흙은 이리저리 파헤쳐져 있었고, 식물의 가지는 죄다 꺾여 있었다. 아무리 봐도 그냥 키우는 화분은 아닌 것 같았다. 게다가 요하네스는 의사와 친밀한 관계가 아니었다. 몸이 쇠약해진 황제 때문에 자주 보긴 했지만 데면데면한 사이였다.

아버지의 건강을 주기적으로 묻는 사람은 모두에게 미움받는 페인까지 걱정해 줄 정도로 상냥한 클로드밖에 없었다. 그래서 이비는 자연스레 그 모습에 의문을 갖게 됐고, 레베카에게 이 얘기를 털어놓았다.

"레베카 님과 저는 상당히 자주 마주치는 사이거든요. 레베카 님이 직접 주최하시는 티타임에 초대받기도 하고, 황후마마께서 여시는 다과회에서 마주치기도 해요. 게다가 레베카 님과 저는 누가 뭐래도 곧 한 식구가 될 예정이니까."

레베카는 요하네스의 약혼자였고, 이비는 클로드의 약혼자였다. 굳이 티타임에 초대받지 않아도 둘은 자연스레 마주칠 기회가 많았다. 그래서 이비는 별생각 없이 레베카에게 요하네스가 그날 밤에 벌였던 기행에 대해 얘기했다. 레베카는 어째선지 자신의 얘기를 매우 심각한 얼굴로 듣다가 당장 저택으로 돌아갔다고 한다.

"그리고 몇 시간 후엔 아르첸 가문의 시종이 제 저택으로 찾아왔어요. 증언이 필요하다면서요. 맞죠, 레베카 님?"

팔짱을 낀 채 주의 깊게 얘기를 듣고 있던 레베카가 동의한다는 뜻으로 고개를 끄덕였다. 그때 황궁에서 말했던 대로 레베카는 요하네스의 방에서 이상한 편지를 발견한 후로 쭉 요하네스를 의심하고 있던 상태였다고 한다. 그래서 그 편지를 들고 케론드에게 상의를 요청했다. 둘은 매우 심각하게 이 사태에 대해 의논했고, 이비의 말을 듣자마자 마음을 완전히 굳혔다고 한다. 황제에게 독을 주입한 사람이 '요하네스'란 것을. 아스는 한숨을 쉬면서 말했다.

"정말, 이제 완전히 빼도 박도 못하게 됐군요."

아스는 양피지를 기사에게 내밀었다. 기사는 즉시 그것을 돌돌 말아 손에 쥐었다. 증인이 다짜고짜 나타나 이 사단을 벌인 아르첸 가문의 소속 사람이라면 조금 의심이 들겠지만, 증인은 아르첸 가문과 관계없는 이비였다. 3황자의 약혼녀인 이비가 뭐가 부족해서 요하네스에게 불리한 증언을 하겠는가. 어차피 요하네스가 이번 일로 폐위당한다 해도, 2황자인 페인이 있는지라 의견이 갈릴 게 분명하다. 게다가 결정적으로 클로드는 권력에 전혀 관심이 없었다. 그를 닮아 소탈한 이비도 마찬가지였고 말이다.

"충격적이네요. 제가 봤던 요하네스 전하의 모습이 의사에게 받은 편지를 찾고 있던 것이었다니."

이비는 진심으로 충격이라는 얼굴로 입을 틀어막았다. 하지만 아스는 여전히 건조한 얼굴로 고개를 숙일 뿐이었다.

"증언해 주셔서 진심으로 감사합니다."

"……."

이비는 말없이 그런 아스를 응시하다가 클로드를 돌아보았다. 클로드의 낯빛은 아예 시체처럼 창백해져 있었다. 이비는 클로드의 어깨를 감싼 채 다 들리는 어조로 말했다.

"클로드 전하가 요하네스 전하의 배신이 너무 충격적인 모양이네요. 증언도 다 끝났으니 이제 돌아가 봐도 되나요?"

"네, 상관없습니다."

이비는 클로드의 어깨를 토닥이면서 다정하게 속삭였다.

"가엾은 클로드, 푹 쉬러 가요."

"응, 이비."

맥없이 고개를 끄덕인 클로드는 이비와 함께 방을 나섰다. 이제 슬슬 돌아가 봐야겠군, 조사가 얼추 끝났으니. 아스는 레베카에게 턱짓을 했다. 레베카는 즉시 자리에서 일어났다. 그때 누군가가 아스를 불렀다.

"아스 님."

아스가 뒤돌았다. 아까 양피지를 받아 들었던 기사가 머뭇거리면서 서 있었다. 아스는 의아한 눈으로 기사를 쳐다보았다. 기사는 머뭇거리다가 입을 열었다.

"정말, 요하네스 전하가 범인입니까?"

레베카의 고개가 휙 돌아갔다. 레베카 앞에 서 있던 아르첸 가문의 기사들도 마찬가지였다. 기사는 급히 자신의 입을 틀어막으며 식은땀을 흘렸다. 대놓고 위험한 발언을 하는군. 아스는 어이없다는 얼굴로 말했다.

"그럼 레베카 님이 거짓 증거를 들이미셨다는 건가? 아르첸 가문의 무남독녀께서?"

아르첸 가문은 나라를 위해서 졸개를 뜻하는 '폰Pawn'이란 미들 네임까지 받아들인 가문이다. 신하들이 단번에 레베카가 내민 증거를 믿은 이유기도 하다. 그런데 그런 가문이 거짓 증거를 내밀었다니. 분위기가 갈수록 무거워지자, 기사는 격하게 두 손을 내저으면서 외쳤다.

"아, 아니. 그게 저, 결코 아르첸 가문을 욕보이려는 발언은 아니었습니다. 그냥 조금 이상해서!"

"뭐가 말이지?"

"도저히 이해가 가지 않아서 말입니다. 아까 몇몇 신하분들도 말씀하시지 않겠습니다. 요하네스 전하가 도대체 왜 폐하에게 독을 주입한 걸까요? 뭐가 부족해서? 폐하도 누누이 말씀하셨습니다. 황위는 요하네스 전하 것이라고, 자신은 곧 물러나겠다고……."

아스는 찬찬히 기사의 얼굴을 살펴보았다. 앳된 얼굴을 보아, 척 봐도 황궁에 들어온 지 얼마 안 된 기사 같았다. 그런데 그런 기사가 아르첸 가문을 의심하는 발언으로도 모자라, 아스에게 주저 없이 의문을 제기하다니. 되도 않는 정의감과 의욕에 찌들어 있는 멍청한 기사였다. 하지만 그것을 굳이 티낼 필요는 없었다. 아스는 기사의 어깨를 짚으면서 말했다.

"동기야 조사를 하면 얼마든지 밝혀질 거다."

"하지만 그분들은 황족답지 않게 정말 사이가 좋았는데!"

아스는 기사의 말이 끝나기도 전에 말했다.

"권력이란 것이 얼마나 사람을 미치게 만드는지 아나?"

"네?"

"짜증 났던 거겠지. 황제가 말로만 물러난다, 물러난다, 이러면서 질기게 자리에서 버티고 있는 것이."

"……."

"물론 이것은 어디까지나 추측에 불과하다. 하지만 이곳이 황궁이라면 상당히 설득력 있는 얘기지."

이번 황자들이 상당히 특이한 케이스일 뿐이지, 역대 황족들은 황위를 두고 치열한 다툼을 벌여 왔다. 당장 도서관에 가서 역사책만 펼쳐 들어도 얼마든지 알 수 있는 사실이다. 아스의 말에 기사의 기가 눈에 띄게 죽었다. 아스는 계속해서 물었다.

"황궁에 들어온 지 얼마나 됐지?"

기사는 기어 들어가는 목소리로 대답했다.

"딱 1년 됐습니다."

"어쩐지."

그렇게 중얼거리면서 고개를 끄덕이는 아스의 모습에 기사는 더더욱 주눅이 들었다.

"워낙 제멋대로인 데다 자기만 아는 방탕한 인간이다. 툭하면 수업을 빼먹고 여자들과 놀기만 하고, 카낙타 사절단을 접대하는 중요 업무도 제 보좌관에게 떠맡겼다."

"……."

"잡혀 갔으니 하는 말인데, 애초부터 그 사람은 황태자답지 않았어. 너도 알고 있지 않았나? 황궁에 요즘 떠도는 소문들을."

기사의 어깨를 짚고 있던 아스의 손에 힘이 들어갔다. 아스는 더할 나위 없이 진지한 어조로 말했다.

"의욕적인 것은 나쁘지 않아. 하지만 좀 더 주의 깊게 상황을 살피고 발언을 했으면 좋겠다. 황궁에서 오래 버티고 싶다면."

멍하니 아스를 응시하던 기사의 눈에 서서히 생기가 사라져 갔다. 아스의 말을 계속 듣고 있으니 수치심이 몰려들어 왔다. 제국에서 제일 똑똑한 사람한테 의문을 제기한 것으로도 모자라, 건방진 발언까지 하고 말았다. 게다가 자신도 엄연한 귀족이었다. 당장 파티장에 한번 가도 사람의 겉과 속이 얼마나 다른지 알 수 있었다. 그런데 황궁의 기사가 됐다는 자부심에 취해 잠시 여기가 어느 곳인지 잊어버렸다. 때론 의문이 들어도 입을 닫아야 하는 곳이 바로 황궁이었다. 가만히 있으면 중간은 간다는 말이 괜히 생긴 게 아니다. 기사는 허리를 숙이면서 깊이깊이 사죄했다.

"죄송합니다, 아스 님. 제가 함부로 입을 놀렸습니다."

"그래, 이만 가 보도록."

기사는 레베카와 기사들에게도 허리를 숙인 후, 발걸음을 옮겼다. 레베카도 아스에게 고개를 까딱인 후, 방을 나섰다. 그렇게 방엔 아스밖에 남지 않았다. 아스는 다시 책상 앞에 앉아 이비의 증언을 적은 양피지를 들여다보았다. 시간이 얼마나 흘렀을까, 문이 소리 없이 열렸다.

"—오셨습니까."

하지만 아스는 당황하는 기색 없이 차분한 어조로 말했다. 사락. 장미꽃잎처럼 붉은 드레스 자락이 부드럽게 흔들렸다. 아스는 여전히 양피지에 시선을 고정한 채 물었다.

"맞은 곳은 괜찮습니까?"

"신경 쓸 필요 없잖아요."

지극히 무뚝뚝한 답변에 아스의 입꼬리가 올라갔다. 아스는 양피지를 접으며 말했다.

"그런가요. 어쨌든 정말 수고하셨습니다, 릴리스."

릴리스는 문간에 선 채 말없이 아스를 응시했다.

"페인 전하는 어디에 두고 오신 겁니까? 당신과 함께 있을 거라 생각했는데."

"카낙타인들이 찾아와서 자리를 비울 수 있었어요."

아스는 알 만하다는 얼굴로 고개를 끄덕였다. 보나마나 페인이 누명을 벗은 것을 축하하는 척 카낙타로 포섭하려는 걸 거다. 하지만 언제나 그랬듯이 페인은 그것을 거절할 것이다. 이 나라를 떠나기에 페인은 너무나도 선량하고 책임감이 깊은 사람이었다. 게다가 이젠 그를 옭아매던 황제와 요하네스마저 재기 불능이 되었다.

제국의 지배자가 쓰러진 걸로도 모자라, 계승 서열 1위가 그 지배자에게 독을 주입했다는 사실이 밝혀졌다. 요하네스와 다르게 어렸을 적부터 꾸준히 학문을 공부한 페인이라면 알 것이다. 지금이 다른 나라가 침입하기 딱 좋은 때라는 것을. 그러니 더더욱 스카웃 제의를 단칼에 거절할 것이다. 릴리스는 조심스레 물었다.

"이걸로 페인은 자유로워진 건가요?"

"당연하죠, 이제 황족과 귀족들은 좋든 싫든 페인 전하에게 충성할 수밖에 없습니다. 이제 그가 유일한 희망이니까요."

"……."

"덤으로 당신도 자유로워졌죠. 엔젤라도 함께 감옥으로 끌려갔으니."

하지만 릴리스의 낯빛은 여전히 어두웠다. 아스는 의아한 눈으로 물었다.

"왜 그러십니까? 기분이 안 좋아 보이네요."

"기분이 안 좋을 수밖에 없잖아요."

그를 이용한 거나 마찬가진데. 그 말은 생략한 릴리스는 푹 고개를 숙였다.

"게다가 일이 너무 쉽게 풀려서 기분이 너무 이상해요."

아스 말대로 따르니 일이 순식간에 정리되고 해결됐다. 그토록 무서웠던 엔젤라도 감옥에 갇혀 있으니 그냥 미친 여자에 불과했고, 자신을 향해 천박한 여자라고 손가락질하던 요하네스도 신분만 믿고 날뛰던 진상에 불과했다. 물론 어려운 것보단 쉬운 게 백배 천배 낫다. 하지만 막상 감옥에 갇힌 둘을 보니 너무나도 허무했다. 지금껏 자신은 아무리 반항해도 속절없이 당하기만 했는데 말이다. 새삼 권력의 힘이 얼마나 뛰어난 건지 알 수 있었다. 게다가 아스는 한술 더 떠 원한다면 알버트에게도 복수할 기회를 준다고 했다. 릴리스는 망설이다가 생각해 본다는 말을 남겼고 말이다. 페인한테 이 사실을 고백해야 할까, 말아야 할까. 릴리스가 망설이고 있을 때였다.

"글쎄요. 전 오히려 당신이 그를 구한 거나 마찬가지라고 생각하는데 말이죠."

아스가 안경을 올리면서 건조한 어조로 말했다.

"당신은 아무 잘못 없어요."

"아스."

"잘못은 모두 제게 있죠. 당신을 꼬드기고 조종한 제게. 그리고 이건 당신 말고도 모든 사람들에게도 해당되는 말입니다. 그러니 죄책감 가질 필요 없습니다."

릴리스는 문득 지금은 불타 버린 수첩에 적혀 있던 내용이 생각났다. 아스 클라인이란 이름 밑엔 원작에서 그가 아르첸 가문을 무너뜨리는 데 결정적인 역할을 했다고 적혀 있었다. 건국 초기 때부터 신뢰받고 있던 가문을 홀로 무너뜨릴 정도의 두뇌. 릴리스는 그간 아스가 얼마나 똑똑한지 실감할 수 없었다. 하지만 이젠 알 것 같았다. 아스는 계속해서 말했다.

"최악보단 차악을 택하란 말이 있습니다. 제 말을 따르지 않았더라면 페인 전하는 평생 전쟁터만 떠돌다 개죽음을 당했을 테고, 아틀란타도 방탕하고 무책임한 황제 때문에 멸망했을 겁니다."

"……."

"당신의 선택으로 많은 사람들이 목숨을 구한 거나 마찬가지입니다."

자신은 아스의 논리정연한 말에 넘어가 몇 가지 지시에 따른 것뿐이다. 그런데 정말 페인이 더 이상 참지 않고 속 시원하게 요하네스에게 따졌고 더 이상 미움받게 되지 않았다. 덤

으로 자신도 자유로워졌고 말이다. 릴리스가 더 이상 아무 말
도 하지 않자, 아스가 안경을 깨끗한 천으로 닦으면서 물었다.

"이젠 어떡하실 겁니까?"

"나온 김에 감옥에 들를 생각이에요."

아스는 그럴 줄 알았다는 얼굴이었다. 아스는 다시 안경을
쓰면서 말했다.

"혹시 모르니까 호위 몇 명을 데려가는 것을 추천합니다. 그
여자가 어떤 짓을 할지 모르니까."

"……저도 알아요."

릴리스는 그렇게 대답하면서 등을 돌렸다.

"당신도 이만 돌아가 보지그래요? 샤샤가 기다리고 있던 것
같던데."

"그래야죠."

"……"

그렇게 대답하는 아스의 표정은 여전히 무표정했다. 그 표
정에 릴리스는 이유 모를 위화감을 느꼈다. 과정이 어찌 됐든
결정적으로 도움받은 것은 사실이니 고맙다고 말해야 하는데,
이상하게 그 말이 입 밖으로 튀어나오지 않았다. 릴리스는 잠
시 어찌할지 망설이다가 고개만 숙이고 도망치듯이 방을 빠져
나갔다. 고맙다는 인사는 나중에 해야겠다. 마음이 조금 정리
되면, 이왕이면 샤샤가 함께 있을 때. 그땐 정말 고맙다고 하
는 거야. 릴리스는 그렇게 몇 번이고 다짐했다. 아스는 그런
릴리스의 뒷모습을 응시하다가 고개를 돌렸다. 그리고 책상
위에 이리저리 널려 있는 양피지를 정돈하고 서랍장에서 체스
판을 꺼냈다. 아무렇게나 집어넣은 탓에 검은색 말과 하얀색

말이 이리저리 흩어져 있었다. 아스는 턱을 괸 채 말을 체스판 위에 하나하나 올려 뒀다. 아, 물론 하얀색 말은 하나 뺐다. 아스는 왕관이 박힌 흰 말을 말없이 쳐다보다가 중얼거렸다.

"너무 쉽네요, 역시."

이미 예상하고 있었다는 어조였다. 아스는 들고 있던 말을 바닥에 내던졌다.

현 황제와 요하네스를 무너뜨리기로 결심한 것은 어디까지나 그 둘의 태도에 진절머리가 나서였다.

황제는 제법 괜찮은 정치를 펼쳤지만 과할 정도로 요하네스를 감쌌다. 어떤 짓을 하든 장하다면서 칭찬해 주고, 괜찮다면서 감싸 줬다. 아버지로선 좋은 행동일지 몰라도, 황제로선 좋지 못한 행동이었다. 황족으로 태어나 온갖 특혜를 누리며 살아왔으면 그에 맞는 자세를 취해야 했다. 하지만 그 둘의 태도는 황족에 걸맞지 않았다. 특히 황제가 누구 봐도 요하네스보다 황위에 몇 배는 더 어울리는 페인을 박해하는 꼴을 볼 때면 정말 기가 찼다.

─페인은 황제의 재목이 아냐. 지금 그 위치가 딱 적당하지. 그렇지 않느냐?

그 말을 듣고 충동적으로 결심했다. 이 두 사람에게 계속 이 나라를 맡긴다면 찬란한 역사를 자랑하는 아틀란타가 멸망할 게 분명하다고. 아무리 몇백 년에 걸쳐 업적을 쌓는다 해도, 지배자 한 명 잘못 모시면 순식간에 망하는 게 바로 나라였다. 물론 자신과 페인이 있으니 어찌어찌 유지는 되겠지만 아무도 자신들의 노력을 몰라 줄 것이다. 지금까지 그랬던 것처럼 말이다. 언제까지 요하네스의 뒷바라지만 하면서 썩어 갈 수 없었다. 애초에 자신이 황제의 제안을 받아들여 보좌관이 된 것도 출세를 위해서였다. 요하네스는 곧 황제가 될 사람이니 그의 옆에 있다 보면 분명 관직에 진출할 수 있을 거라 생각했다. 하지만 자신은 망해 가는 나라의 신하가 되긴 싫었다.

이왕이면 자신의 능력을 원 없이 펼칠 수 없는 거대한 나라의, 자신의 능력을 알아보는 지배자 밑에서 일하고 싶었다. 자신은 편리한 뒤처리 도구로 남아 있을 사람이 아니었다. 그래서 계획을 짜기 시작했다. 썩은 뿌리를 잘라 낼 방법을.

—지금은 무슨 책 읽고 있는데요?

—읽을 만한 책을 도저히 찾을 수 없어서 약초학을 공부하고 있습니다.

—약초학이요? 아스는 웬만한 약초 종류는 다 알고 있잖아요.

—좀 더 폭넓게 공부하고 싶어졌거든요.

아스는 그 방법으로 독살을 선택했다. 황후에게서 안 좋은 기억을 들춰낼 수 있는 가장 손쉬운 방법이었으니까. 그래서 아스는 약초학을 공부하면서 어떤 약초를 사용할지 고민하고 또 고민했다. 그리고 마침내 아스가 선택한 것은 약초학 사전 241쪽에 나오는 '마리포사'란 약초였다. 소량을 섭취하면 전혀 문제가 없지만, 주기적으로 섭취하면 사람을 무기력하게 만들고 몸에 울긋불긋한 반점이 생겼다. 그리고 마침내 최종적으론 사람의 목숨을 위험하게 만드는 약초였다. 특히 탕약과 먹으면 효과가 배가되고, 맛까지 좋은 편에 속했다. 그래서 아스는 그 약초를 선택했다. 먹이는 것은 어렵지 않았다.

—그건 뭐예요? 웬 편지 봉투들이…….

—별거 아니에요, 샤샤. 그나저나 전 다시 황궁으로 가 봐야

할 것 같네요.

　요하네스인 척 편지를 써서 의사에게 어떻게 행동할지 전달하기만 하면 그만이었으니까. 사람은 누구나 권력과 돈을 탐내는 법이다. 의사는 순진하게 자신의 명령에 따르면 돈과 권력을 주겠다는 편지 내용을 철석같이 믿고 편지에 동봉된 가루로 과자를 만들어 황제에게 갖다 바쳤다. 일부러 달콤한 과자로 선택한 것은 황후와 요하네스는 단 음식을 싫어했기 때문이다. 단 음식을 좋아하는 것은 황제뿐이었고, 마리포사는 약한 독이었으니 한두 번 먹는 것쯤이야 상관없었다. 단것을 싫어하는 두 사람이 황제와 과자를 나눠 먹을 리가 없었다. 그리고 실제로도 그 과자를 주기적으로 섭취한 것은 황제뿐이었다. 아스는 주기적으로 인장이 찍힌 편지를 보냈다.

　글씨체를 흉내 내는 것도 어렵지 않았고, 인장을 훔치는 것도 어렵지 않았다. 누가 뭐래도 자신은 어렸을 적부터 요하네스를 모셔 왔으니까. 하지만 자기 혼자만 움직이는 것은 무리였다. 그래서 함께 승부를 벌일 말들을 포섭했다. 처음 아스가 제의를 한 것은 레베카였다. 레베카만큼 요하네스에게 적의를 가진 사람은 없었고 신분이 고귀한 사람도 없었다. 요하네스로부터 자유로워지고 원하는 것을 줄 수 있다는 말에 레베카는 당장 아스의 제안을 받아들였고, 자주 만남을 가져 앞으로의 일들에 대해 의논했다. 레베카가 완전히 아스에게 협력하자 케론드도 자연스레 그들의 일에 협력했다. 그리고 그다음엔 페인이었다.

　샤샤를 만나고 싶어 하는 릴리스 덕분에 쉽게 만남을 가질 수 있었지만, 페인은 아스의 계획에 동의하지 않았다. 하지만 아스는 물러나지 않았다. 세 황자들 중에서 가장 황위에 적합한 인물은 페인이 유일했기 때문이다. 리더쉽과 경험도 풍부한 데다, 신분이나 성별을 떠나 인재들을 보는 눈도 탁월했다. 게다가 나라를 위해서라면 얼마든지 헌신할 수 있는 인물이었다. 물론 하도 전쟁터만 돌아다닌 탓에 투박한 부분이 있었지만 그건 잘 교육시키면 그만이었다.

그러나 페인은 계속 아스의 계획에 반대했다. 그래서 아스는 방법을 바꿔 주변 사람부터 공략하기로 결심했다. 아스는 페인의 눈을 피해 직접적으로 릴리스에게 연락을 취했다. 릴리스는 자신의 가문 사람, 특히 엔젤라가 언제 찾아올지 모른다는 불안감에 누구보다 절박한 상태였고, 페인을 어떻게든 자유롭게 해 주고 싶어 했다.

아스는 메어리가 엔젤라에게 편지를 보냈다는 사실을 알려 주면서 그녀에게 도움을 청했다. 릴리스는 페인을 속이는 일이라면서 자신을 돕기를 망설였지만, 그렇다고 아무것도 안 했다간 페인이 위험해진다는 것을 알고 있었다. 릴리스는 계속 페인이 미움받는 모습도 보기 싫었고, 그가 전쟁터에 나가 싸우는 것도 싫었다.

지금까지 운 좋게 살아남긴 했지만 앞으로도 그럴 거란 보장은 없었다. 당장 다음 전쟁터에서 비명횡사할 가능성도 존재했다. 게다가 메이 가문과도 하루라도 빨리 인연을 끊고 싶었다. 그래서 릴리스는 결국 아스의 제안을 받아들였다. 릴리스가 아스의 제안을 받아들인 후, 제일 먼저 한 것은 메어리가 눈에 띄는 곳에 카낙타 사절단을 맞이하는 파티 초대장을 놓아둔 것이다. 엔젤라의 건강 상태가 좋지 않아 메어리의 편지를 받고도 수도에 올라오지 못한다는 사실을 알고 있었기 때문이다. 메어리도 엔젤라에게서 답장이 오지 않아 초조한 상태였으니, 당장 초대장을 빼돌려 메이 가문에게로 보냈을 것이다.

황궁에 초대받는다는 것은 메이 가문처럼 보잘것없는 가문은 꿈도 못 꿀 만큼 커다란 영예였다. 이 초대장이라면 알버트도 엔젤라와 함께 올라올 수밖에 없었다. 아스가 요하네스 대신 카낙타 사절단의 접대를 준비하고 있어서 가능한 일이었다. 시기를 일부러 카낙타 사절단이 방문할 때로 정하길 잘했다. 그때라면 모든 것이 딱딱 맞아떨어지기 때문이다. 왜냐?

첫째, 요하네스의 무능함을 아틀란타의 신하들과 다른 나라 사람들 앞에서 보여 줄 수 있기 때문에.

둘째, 아무리 수치스러운 사건이 벌여져도 다른 나라 사람들도 그것을 목격한다면 묻어 버릴 수 없기 때문에.

그래서 아스는 카낙타 사절단이 방문할 때를 노려 계획을 짰다. 아스는 요하네스가 신하들 앞에서 멍청한 발언을 하도록 유도하고. 페인이 카낙타인들에게 찬양받는 모습을 보여 주면서 아틀란타의 귀족들이 두 사람을 다시 생각하도록 만들었다. 사실 귀족들은 카낙타 사절단이 방문하기 전부터 어느 정도 동요하고 있었다. 자신이 시종들을 시켜 의도적으로 페인에 대한 소문을 퍼뜨렸기 때문에, 현 황제에게 불만을 가지고 있는 사람들이 우후죽순 생겨나고 있었다. 그리고 결정적으로 모두가 있는 파티장에서 황제를 쓰러지게 만들고, 소리만 지를 뿐 아무것도 하지 못하는 요하네스의 모습을 보여 준다면?

귀족들의 신뢰는 땅으로 떨어질 것이다. 실제로 신하들은 요하네스를 한심하게 생각하고 아스나 페인에게 의지하기 시작했다. 아스는 계속 페인의 유능한 모습을 신하들과 귀족들에게 보여 주면서 샤샤에겐 카낙타인들과 친분을 가질 것을 부탁했다. 질질 끄는 것은 결코 좋지 않았다. 아스는 모든 일을 신속정확하게 처리했다. 수사가 어느 정도 진척될 때쯤, 아스는 샤샤를 시켜 페인을 어느 정도 동요하게 만들었다. 때마침 파티 초대장만 덜렁 든 엔젤라도 황궁에 도착한 상태였다. 엔젤라는 당장 페인의 궁으로 달려가 릴리스에게 온갖 행패를 부렸고, 건방진 페인의 시녀들은 당연히 그것을 방관했다.

나중에 도착한 페인은 그것을 보면서 분노했다. 시녀들의 태도는 페인이 회의감을 가지게 하기 충분했다. 아스는 그 틈을 타 샤샤를 시켜 평소 친분을 쌓았던 카낙타인들을 데려오게 했다. 이번에도 다른 사람들이 보는 앞에서 일을 벌여 묻어 버리지 못하게 하기 위해서였다. 황후는 예상했던 대로 제정신이 아니었다. 품위 따윈 다 집어 치운 채 페인이 페릴라와 닮았다는 이유 하나만으로 악마로 몰아갔으니 말이다. 신하들로도 모자라 카낙타인들까지 기가 차단 얼굴을 했었다. 그리고 바로 그때, 의사의 방을 뒤져 편지를 회수한 레베카가 등장했다.

신하들은 이번에도 예상대로 크게 반발하지 않았다. 어차피 평소 행실도 안 좋았고 카낙타인들 앞에서 망신당할 대로 망신당했으니, 이번 기회에 치워 버리자는 쪽이 대부분이었다. 게다가 증인으로 이비까지 나섰으니 요하네스의 편을 들려는 소수의 신하들마저 뭐라 반박할 수 없었을 것이다. 사실 처음부터 이비를 증인으로 쓸 예정은 없었다. 클로드에게 자신의 제안을 거절당한 후, 적당히 신빙성 있는 사람으로 구하려고 했다. 그런데 우연히 자신과 클로드와의 대화를 엿들은 이비가 나선 것이다.

이비는 평소 샤샤와의 친분을 생각해 아스를 돕겠다고 했다. 아스가 이 일을 실패하면 약혼 예정이었던 샤샤에게까지 분명 피해가 갈 거라면서 말이다. 꺼림칙한 것은 어쩔 수 없었지만 이비처럼 평판이 좋은 사람은 드물었기 때문에 거절할 수 없었다. 게다가 이비는 클로드의 족쇄가 되어 줄 것이다. 클로드와 이비는 평소 사이가 좋기로 유명했다. 이비가 이 일에 관계된 이상, 클로드는 양심의 가책을 겪으면서도 결국 이비를 지키기 위해서 절대 아무 말도 하지 않을 것이다. 아스는 체스 판을 내려다보다가 입꼬리를 올렸다.

자신의 계획은 정말 완벽하면서도 수월했다. 시간이 좀 걸렸을 뿐이지.

킹King이 잡히면 게임은 끝난다. 그리고 폰Pawn은 곧 체스 판 끝에 도달할 것이다. 모든 것이 자신의 예상대로였고 한 치의 어긋남도 없었다. 당연한 일이었다. 하늘은 자신에게 신분은 주지 않았지만, 뛰어난 머리와 남을 설득할 수 있는 혀를 주었다. 그 두 가지만 있으면 얼마든지 계획을 세울 수 있었다. 하지만 어디까지나 다른 사람들의 도움이 있었기에 가능한 일이었다. 앞서 말했듯이 하늘은 자신에게 머리와 혀를 줬지, 신분은 주지 않았으니까.

"……."

애초에 신분만 있었더라면 굳이 이렇게 행동하지 않아도 황제와 요하네스를 무너뜨릴 수 있었을 텐데. 아스의 얼굴은 어느 틈엔가 다시 굳어 있었다. 아까 자신을 향해 위화감 어린 표정을 짓던 릴리스가 떠올랐다. 릴리스는 페인과 마찬가지로 선량한 편에 속했다. 그런데도 그런 표정을 지었다는 건 자신이 그 정도로 소름 끼치게 행동했다는 뜻이다. 확실히 그렇지. 아스는 수긍했다.

주저 없이 사람을 이용하고 목숨을 위험하게 만들었으니.

어디까지나 나라를 위해서였다고 변명한다 해도, 자신이 한 짓이 결코 옳은 행동이 아니라는 것은 알고 있었다. 하지만 어쩔 수 없었다. 이런 시대니까, 이런 미친 곳에서 살아남으려면 어쩔 수 없으니까, 남들도 다 이렇게 행동하니까, 잡아먹지 않으면 먹힐 게 분명하니까. 아스는 중얼거렸다.

"정말, 경멸할 수밖에 없어."

권력, 돈, 명예, 이 셋 중에 아무것도 없으면 살아남지 못하는 세상이. 아스는 소파에 드러누웠다. 피로감이 몰려왔다. 아스가 와이셔츠 단추를 느슨하게 풀어 헤치고 눈을 감았을 때였다.

"뭐가 경멸스러워요?"

부드러운 것이 이마에 닿았다가 떨어졌다. 어느 틈에 왔는지, 샤샤가 몸을 낮춘 채 소파 팔걸이에 턱을 괴고 있었다. 아스의 표정이 저절로 부드럽게 풀어졌다. 아스는 두 손을 뻗어 샤샤의 얼굴을 감쌌다. 힘이 하나도 들어가지 않아 마음만 먹으면 얼마든지 뿌리칠 수 있을 정도로. 하지만 샤샤는 아스의 손을 뿌리치지 않았다. 아스는 상체를 일으키고 샤샤의 얼굴에 자신의 얼굴을 가까이 가져갔다. 그리고 속삭였다.

"당신 이외에 모든 것이."

샤샤의 두 팔이 아스의 등을 감쌌다. 샤샤는 피식 웃으면서 말했다.

"당연한 말을 왜 해요."

처음 만났을 때부터 그랬으면서. 아직도 선명하게 떠오른다. 자신의 무릎에 얼굴을 묻은 채 세상을 원망하던 아스의 모습이. 샤샤는 아스를 꼭 끌어안았다. 아스는 한참 동안 그 온기를 만끽하다가 샤샤의 입술에 입을 맞췄다.

둘의 얼굴은 겹쳐져 있었다. 아주 오랫동안.

"헤레이스, 몸은 좀 괜찮나?"

"제가 움직이지 못하고 있던 사이에 도대체 무슨 일이 벌어졌던 겁니까…… 띠는 또 얻다 팔아먹으셨고……."

헤레이스는 앓는 소리를 내면서 페인을 올려다보았다. 페인은 말없이 자신의 얼굴을 손바닥으로 쓸어내렸다. 손가락에 걸리는 게 하나도 없었다. 어떻게 보면 당연한 얘기였지만 무척이나 어색했다. 릴리스 앞에서도 잘 벗지 않았던 띠인데 이렇게 다른 사람들 앞에서 당당하게 벗고 있다니. 페인은 헤레이스 옆에서 물과 수건을 준비하고 있는 시녀를 흘깃 쳐다보았다. 자신의 궁 시녀들과 다르게 헤레이스의 전속 시녀는 무척이나 프로 의식이 투철했다. 띠를 벗은 페인의 모습에 조금 어색해하면서도 즉시 헤레이스의 간호에 집중했으니 말이다. 하지만 괜히 신경 쓰이는 것은 어쩔 수 없었다. 그래서 페인은 얼굴을 이리저리 매만지면서 헤레이스에게 꾸중하듯 말했다.

"그거 뛰었다고 죽어 나가나? 다시 한번 말하지만 넌 역시 체력을 기를 필요가 있다."

하지만 헤레이스는 강경했다. 헤레이스는 당장 차게 식은 눈으로 말했다.

"갑자기 화제 돌리지 마세요. 얻다 팔아먹었냐고요."

페인은 아무 대답도 하지 못했다. 헤레이스의 고개가 비스 듬히 기울어 졌다.

"혹시 폐하가 쓰러져서 쓰지 않는 겁니까? 하지만 아직 황후 마마가 있잖아요. 황후마마도 페인 님의 눈을 싫어하셨는데."

아까 자신에게 악마라고 소리 지르며 손가락질하던 황후의 모습이 생생하게 떠올랐다. 차라리 그때 제 성질에 못 이겨 기 절한 것이 다행이었다. 그렇게 아끼던 아들이 제 아비에게 독 을 주입한 범인으로 밝혀졌으니 말이다. 헤레이스는 계속 대 답을 미루는 페인의 모습에 아예 몸을 일으켰다. 시녀가 기겁 하면서 더 누워 있으라 했지만 헤레이스는 손짓을 해 시녀를 물러나게 했다.

"말씀해 주십시요, 페인 님. 제가 실신하고 있는 동안 정말 무슨 일이 있었습니까."

"……내가 릴리스의 어머니를 말리고 있을 때였다."

페인은 그동안 있었던 얘기를 간략하게 얘기했다. 얘기를 듣 는 내내 헤레이스의 표정은 시시각각 변해 갔다. 특히 레베카가 아르첸 가문의 기사들을 거느리고 요하네스를 범인으로 지목하 는 대목에선 완전히 넋이 나간 표정을 지었다. 페인이 얘기를 마친 후, 헤레이스는 도저히 믿을 수 없다는 어조로 말했다.

"그게 정말 모두 단 몇 시간 사이에 벌어졌던 일이랍니까?"

사실 자신도 그게 실감이 나지 않는다. 하지만 정말 한 치의 거짓도 없는 진실이었다. 릴리스의 어머니인 엔젤라가 다짜고짜 페인의 궁에 쳐들어와 릴리스에게 행패를 부리다가 감옥으로 끌려갔고, 그것을 방관한 시녀들도 마찬가지였다. 그래, 몇십 번 양보해서 그건 그렇다고 치자. 솔직히 엔젤라와 시녀들은 감옥으로 끌려가도 싸니까. 그런데…….

"황후마마가 다짜고짜 페인 전하를 범인으로 지목했다고요? 그런데 범인은 사실 요하네스 전하였다?"

이 얘기는 도저히 그냥 넘길 수가 없다. 헤레이스는 이마를 손가락으로 꾹꾹 눌렀다.

"요하네스 전하에겐 폐하께 독을 주입할 만한 동기가 전혀 없잖아요."

"그렇지."

"게다가 한낱 보좌관이 기사들에게 황태자를 끌고 가라 했는데, 아무도 무례하다고 말하지도 않았다고요?"

페인은 이번에도 고개를 끄덕였다. 황제가 독 때문에 쓰러진 것 자체가 엄청난 사건인데, 사실 그에게 독을 주입한 범인이 그의 아들 요하네스란 것은 더 엄청난 사건이다. 그런데 앞뒤가 너무 딱딱 맞아떨어지고 신속하게 정리됐다. 신하들은 모두 아스의 말에 수긍했고, 아르첸 가문이 내민 증거를 철석같이 믿었다. 조금 이상하다는 생각이 들 수밖에 없다. 그런데.

"왜 모두가 조금도 요하네스 전하를 보호하려 들지 않은 걸까요?"

헤레이스의 물음에 페인이 말했다.

"그야 이 모든 일이 카낙타 사람들 앞에서 벌어졌으니까. 묻지 못할 바엔 최대한 빨리 마무리 짓는 게 낫지. 게다가."

"게다가?"

아스 클라인은 평민 출신의 어머니를 둔 황태자의 보좌관에 불과하다. 하지만 그의 뛰어난 능력은 이미 예전부터 높게 평가되고 있었고, 황제의 두터운 신임까지 받고 있었다. 요하네스는 그를 좋게 생각하지 않았지만 어딜 가나 그를 데리고 다닐 수밖에 없었다. 그가 없으면 아무것도 못하니 말이다. 카낙타 사절단 접대 준비를 아스에게 떠맡긴 게 결정타였다.

"그동안 요하네스가 귀족들에게 지지받을 수 있었던 건 어디까지나 황제와 황후에게 제일 사랑받아서야. 그 둘이 있는 한 요하네스는 무적이나 마찬가지였지. 그런데."

황제는 지금 의식불명 상태고, 황후는 그 일 때문에 제정신이 아니다. 사람들이 요하네스에게 호의적이어야 할 이유가 사라진 것이다. 이쯤 되면 소름 끼칠 정도다. 페인은 자신을 향해 예를 갖추던 아스의 모습이 떠올랐다. 아마 아스는 이것까지 전부 다 파악하고 일을 벌인 것이다. 아주 예전부터 황실에서 생활해 온 사람이니, 황후와 요하네스의 행동 패턴쯤은 얼마든지 예측할 수 있었겠지. 페인은 저도 모르게 중얼거렸다.

"정말 무서운 자야."

헤레이스는 의아한 눈으로 페인을 응시했다. 헤레이스는 자신과 다르게 이번 일에 대해 아무것도 모른다. 페인은 아무것도 아니라는 듯 고개를 저었다.

"어쨌든, 페인 님은 앞으로 어떻게 하실 겁니까?"

"응?"

"지금 폐하와 요하네스 전하가 나랏일을 하실 상태가 아니잖습니까. 진상을 파헤치실 겁니까?"

페인은 즉시 정색하면서 말했다.

"폐하는 그렇다 쳐도 형님은 원래 나랏일을 하지 않았어."

헤레이스도 머쓱해하면서 말했다.

"아참, 그랬지. 죄송합니다."

"아니, 지금이라도 정정했으니 됐다. 확실히 나도 진상은 밝히고 싶다. 하지만."

페인은 잠시 말끝을 흐리다가 어깨를 으쓱였다.

"진상을 밝히라고 명령할 사람이 없지 않나. 나는 지금껏 폐하의 명령에 의해서만 움직여 왔는데."

헤레이스의 눈이 저절로 동그랗게 떠졌다. 옛날이었더라면 서슴없이 황궁을 위해 진상을 밝힌다고 노력했을 텐데. 헤레이스는 멍하니 페인을 응시했다. 도대체 그 짧은 시간에 무슨 일이 있었냐고 다시 한번 묻고 싶었지만, 한편으론 안심이 되기도 했다. 자신이 모시는 사람이지만 정말 호구 같아서 속이 몇 번이나 터졌었는데, 더 이상 황제에게 미련을 가지지 않아 다행이었다.

페인은 원래 이런 사람이었다. 참고 또 참다가 한번 선을 넘으면 가차 없어지는 사람. 그래서 헤레이스는 더 이상 황제에게 충성하지 않는 페인이 낯설면서도 이 변화를 긍정적으로 생각하기로 했다. 하지만 조금 걱정인 부분이 있었다.

요하네스가 감옥으로 끌려가고, 페인에게 호의적인 분위기가 형성된 지금 다음 대의 황제는 자연스레 페인이 지목될 가능성이 높았다. 물론 3황자인 클로드도 있었지만 그는 약혼녀

이비와 함께 소탈한 삶을 살겠다고 말한 적이 있다. 헤레이스는 페인의 눈치를 살폈다. 더 이상 황제에게 충성하지 않겠다고 말했지만, 아틀란타에 대한 사랑은 여전히 큰 것 같았다.

"저, 페인 님."

"왜 그러지?"

"지금이라도 다른 나라에—."

어. 신하들의 제의를 피해 다른 나라에서 들어온 스카웃 제의를 받아들이라고 말하려던 헤레이스는 멈칫했다. 페인이 황제가 되어 황좌에 앉은 모습이 떠올랐기 때문이다. 나라를 지키기 위해 수시로 파견을 나가 다른 나라 사정에 훤했다. 전쟁터에서 험하게 살아온 덕에 눈치와 경험도 풍부하고 말이다. 인재를 보는 눈도 탁월했다. 게다가 페인의 능력도 인정받고, 지금껏 그를 깔보던 사람들도 알아서 용서를 구할 것이다. 헤레이스는 생각하고 말았다. 괜찮은데? 완전 괜찮은데? 앞장서서 그를 멸시하던 황제와 황태자도 이제 없고 말이다.

"왜 말을 하다 마는 것이냐."

"아뇨, 아무것도 아닙니다, 전하."

페인 님도 이제 황금 길 걸으셔야지. 헤레이스는 두 손을 내저으며 히죽 웃었다. 더 이상 이 얘긴 하지 말아야겠다. 헤레이스는 물었다.

"릴리스 님은 어디 계십니까?"

페인은 즉시 대답했다.

"쉬라고 놔뒀다."

"릴리스 님을 모실 시녀들은?"

"아스가 당장 궁에서 입이 무거운 시녀들을 뽑아 보내 주기로 했다."

"다행이군요."

이젠 정말 한시름 놓아도 되겠어. 헤레이스는 풀썩 침대에 드러누웠다.

이젠 정말 한시름 놓아도 되겠지. 그 시각, 샤샤도 아스의 어깨에 기댄 채 그런 생각을 하고 있었다. 황제도 쓰러졌고 요하네스도 감옥으로 끌려갔으니까. 아스는 샤샤의 머리를 쓰다듬으면서 양피지를 들여다보고 있었다. 샤샤는 나른한 기분으로 물었다.

"릴리스는 어디 갔어요?"

"감옥으로 간다고 했습니다."

"아, 감옥에……. 잠깐, 감옥이요?!"

샤샤가 화들짝 놀란 순간 아스가 생긋 웃으면서 말했다.

"호위들을 데려가라 했으니 문제없을 겁니다. 그녀는 바보가 아니니까요."

"아."

호위들을 데려가면 안심이지. 샤샤는 그렇게 생각하면서 다시 아스의 어깨에 머리를 묻었다. 샤샤는 누가 뭐래도 그녀와 같은 빙의자였지만 굳이 엔젤라를 만나고 싶진 않았다. 게다가 릴리스도 엔젤라는 미친 여자니 아예 엮이지 않는 게 좋다고 말했다. 보통 다른 소설의 주인공들이었더라면 같은 빙의자란 말에 이끌려 주위 사람들의 제지에도 불구하고 만나러 갔겠지만, 샤샤는 남 말을 잘 들어도 너무 잘 듣는 사람이었다. 굳이 나서서 사망 플래그를 꽂을 이유는 없지. 샤샤는 고개를 끄덕였다. 물론 릴리스가 함께 그녀를 만나 달라 했더라면 기꺼이 만나 줬을 것이다. 하지만 릴리스는 샤샤에게 분명하게 말했다. 괜히 엮일 생각하지 말라고. 샤샤는 그렇게 생각하면서 아스가 먹여 주는 과자를 오물거렸다.

"맛이 어떻습니까?"

"아주 맛있네요."

그래도 궁금하긴 하다. 왜 릴리스에게 그런 짓을 했는지. 물론 집으로 돌아가기 위해 그런 짓을 했을 가능성이 높다. 샤샤가 특이한 거지, 보통 사람들이 이곳에 떨어졌더라면 다시 현대로 돌아가기 위해 기를 쓸 것이다. 물론 그렇다고 해서.

"하나 더 줄까요?"

"아스도 하나 먹어요."

릴리스가 엔젤라를 용서하길 바란다는 얘기는 아니지만. 오히려 릴리스가 엔젤라에게 따끔하게 복수해 줬으면 했다. 아니, 이미 복수는 한 건가? 그토록 엔젤라가 소원하던 원작을 산산이 부숴 버렸으니 말이다. 물론 자신의 책임이 크지만. 샤샤는 과자를 집어 아스의 입에 넣어 주면서 물었다.

"이제 앞으로 어떻게 할 생각이에요?"

"그야 당연히 페인 전하를 교육시켜야죠. 시간은 부족하고 가르칠 것들은 많습니다."

"엥? 그때 분명 황제 되는 거 싫다고 하지 않았어요?"

"그렇죠, 저도 싫다는 사람한테 강요할 생각은 없습니다."

"그럼 왜."

아스는 입꼬리를 올렸다.

"이젠 그때와 다르게 성가신 황제와 황태자가 없지 않습니까."

"확실히 그것도 그러네요."

"그리고 결정적으로 곧 믿음직한 기사도 생길 텐데."

역시 원작에 집착하는 대신 마음이 끌리는 대로 행동하길 잘했다. 샤샤는 아스의 품에 얼굴을 묻은 채 안도의 한숨을 쉬었다.

"여기가 맞나요?"

"네, 릴리스 님."

릴리스는 등불을 든 채 지하 계단을 내려갔다. 두어 명의 호위 기사가 그녀를 따라 걸음을 옮겼다. 계단을 내려갈수록 주변은 점점 더 어두워졌지만, 릴리스는 개의치 않았다. 아무리 어두워 봤자 자신의 과거만큼 어둡겠는가. 릴리스는 작게 한숨을 쉬었다.

"등불은 제가 들까요?"

"아뇨, 괜찮아요. 제가 들고 싶어요."

릴리스는 호위 기사의 제안을 거절하고 계속 계단을 내려갔다. 계단을 한 칸씩 내려갈수록 어렸을 적에 겪었던 일이 하나씩 떠올랐다. 엔젤라가 자신에게 휘둘렀던 폭력이.

—어머니, 잘못했어요! 다신 그러지 않을게요!

맞은 이유는 하나같이 사소했다. 예절 수업에서 실수를 했다던가, 식당에서 빵 한 조각을 더 달라고 했다던가, 흰 옷 대신 다른 색깔의 옷을 입고 싶다고 했다던가. 남들이 들으면

'겨우 그런 걸로 맞았다고?'라고 말할 이유였다. 하지만 메이가의 저택에선 당연한 일들이었다. 엔젤라는 자신이 말 한마디 잘못하면 바로 손을 들었고, 알버트는 그런 엔젤라를 말리지 않았다. 시녀들도 마찬가지였다.

　—네 어머니잖니. 그냥 네가 참아라.

　—마님이 다 아가씨 잘되라고 그러시는 거예요. 그러니까 참아요.

　그들은 한 번도 엔젤라가 한 행동을 지적하지 않았다. 엔젤라와 자신의 관계에 초점을 맞췄을 뿐이지. 어머니라면 딸을 때려도 된다는 건가? 게다가 결정적으로 자신은 엔젤라를 어머니라 생각하지 않았다. 알버트도 마찬가지였다. 그 둘에겐 아무리 생각해도 부모로서의 자격이 없었다. 둘 중 한 명이라도 자신을 사랑해 줬더라면 릴리스도 이런 짓까진 하지 않았을 것이다. 바보처럼 이를 악물고 견뎌 냈을 것이다. 하지만 둘 중 누구도 자신을 사랑해 주지 않았다.

　"릴리스 님, 도착했습니다."

　이제 더 이상 자신을 사랑해 주지 않고 학대하기까지 하는 사람과 살 이유가 없었다. 날 진심으로 사랑해 주는 사람이 생겼는데 뭐 하러 내가 그 미친 인간들과 살아야 하는 거지? 릴리스는 그렇게 생각하면서 발을 멈췄다. 초라한 감옥 한구석에 바싹 마른 여자가 몸을 웅크린 채 앉아 있었다. 릴리스는 차가운 눈으로 그 여자를 응시했다. 여자의 몰골은 무척이나 초라했다. 뼈가 보일 정도로 몸이 앙상한 데다, 눈엔 핏발까지 서 있었다. 게다가 머리칼은 무척이나 부스스했다. 하지만 릴리스는 조금도 동정심이 들지 않았다. 여자는 손톱을 딱딱거리며 깨물고 있다가 릴리스를 보자마자 자리에서 일어났다.

"이 배신자!"

철컹. 철창이 마구 흔들렸다. 호위 기사들이 급히 릴리스의 앞을 가로막았다. 릴리스는 기사들을 돌아보며 말했다.

"죄송하지만 잠깐 옆 감옥에서 기다려 주실래요?"

"네? 하지만."

"위험한 일이 있으면 주저 없이 소리를 지를게요."

기사들은 머뭇거리다가 고개를 끄덕였다. 기사들이 그렇게 자리를 비우자, 엔젤라의 기세는 더더욱 거세졌다. 엔젤라는 릴리스에게 온갖 폭언을 늘어놓기 시작했다. 미친년, 패륜아, 배신자 등등. 하지만 릴리스는 익숙하다는 얼굴로 그 폭언을 흘려 들었다.

"네가 누구 덕에 그렇게 아름다워졌는 줄 알아? 네가 누구 덕에 그 자리에 오를 수 있었겠냐고! 그런데 은혜도 모르고 감히!"

릴리스는 엔젤라의 말이 끝나기도 전에 말했다.

"몰골이 말이 아니시네요, 어머니. 그토록 귀한 약초들을 보내 드렸는데."

하긴, 아무리 좋은 약초를 쓴다 한들 소용없겠지. 속이 이렇게나 병들었는데. 릴리스는 몸을 숙인 채 엔젤라와 눈을 맞췄다. 엔젤라는 신경질적인 비명을 지르며 마구 철창을 손톱으로 긁어 댔다. 엔젤라는 외쳤다.

"입 닥쳐! 내가 누구 때문에 이렇게 됐는데! 앉으나 서나 네 걱정만 하느라 잠도 제대로 자지 못했어! 그런데 네년은! 키워 준 은혜도 모르고 제멋대로!"

"말은 바로 하세요, 어머니."

원작은 엔젤라의 오랜 숙원이었다. 엔젤라는 자신이 태어나기 전부터 원작이 진행되길 바랐다고 한다. 그래서 엔젤라는 노력했다. 릴리스를 '원작의 릴리스'처럼 완벽한 숙녀로 키울 수 있도록. 물론 그것은 처음부터 끝까지 릴리스의 의사를 무시한 채 진행됐다.

"제가 울 때마다 어머니, 아니, 당신은 말씀하셨죠. 어디까지나 절 위해서라고. 황태자와 결혼하면 비단길을 걷게 될 수 있을 거라고."

"그래! 차기 황제가 될 사람과 결혼하면 얼마나 행복해지는데! 넌 네 복을 네가 걷어찬 거나 마찬가지야! 내 말대로 하면 모두가 행복해질 수 있는데 왜 넌 그러지 않았냐고!"

릴리스는 망설임 없이 대답했다.

"그야 그 속에 제 행복은 없으니까요."

"왜 네 행복이 없어?! 원작에서 릴리스는 분명!"

"제발 그만 좀 하세요, 이제!"

릴리스는 비명을 지르며 철창을 주먹으로 후려쳤다. 엔젤라는 흠칫하면서 릴리스를 쳐다보았다. 릴리스는 씨근덕거리면서 외쳤다.

"절 위해서? 모두를 위해서? 아까도 말했지만 제발 말은 바로 하세요. 그건 새빨간 거짓말이잖아요. 지금까지 어머니가 한 짓은 오직 자기만을 위해 벌인 짓이잖아요. 세상에서 제일 이기적인 짓이라고요!"

어느 순간부터 릴리스의 눈에선 눈물이 쉴 새 없이 흘러나오고 있었다. 이제 정말 지긋지긋하다. 정말 자신을 위했더라면 자신의 의사부터 먼저 물어봤어야 했다. 샤샤가 말했다. 원작은 자신도 이미 파괴할 대로 파괴했으니 더 이상 마음 쓰지 말라고. 하지만 그것은 틀린 얘기였다. 원작을 파괴한 것은 샤샤가 아니었다. 릴리스 본인도 아니었다. 바로 자신을 낳은 사람이자 빙의자인 엔젤라였다. 엔젤라가 태어났을 때부터 원작은 이미 산산조각 난 상태였다. 그런데 뻔뻔하게 남 탓을 하다니, 정말 양심도 없었다. 릴리스는 두 손으로 얼굴을 감싼 채 말했다.

"더 이상 제 탓 하지 마세요! 아직도 모르시겠어요?! 원작을 부순 사람은 바로 엔젤라, 당신이라고요! 당신이 그토록 바라던 원작을 직접 손으로 부순 거라고요! 원작의 릴리스는 상냥한 부모님을 가지고 있었다고 했잖아요! 그런데 제겐 상냥한 부모님이 없어요! 괴물 같은 부모님이라면 모를까!"

엔젤라의 얼굴이 창백하게 질렸다. 원작의 릴리스를 겉으로만 흉내 내면 뭐 하는가. 속은 이미 썩을 대로 썩은 상태인데. 자신은 전혀 순수하지 않았다. 착하지도 않았다. 자신을 낳아 준 부모에게 이런 얘기나 지껄이고 사랑하는 남자를 속인 사람이었다. 원작의 릴리스와는 거리가 무척이나 멀었고, 그렇게 되고 싶다는 생각도 없었다.

누가 뭐래도 자신은 원작의 릴리스가 아니다. 그냥 '릴리스'였다.

엔젤라가 호구라고 깔보던 페인을 사랑하고, 천박하다고 손가락질받지만, 자신에게 망설임 없이 친구라고 해 주는 샤샤가 있다. 앞으로 누군가가 한 번이라도 자신의 앞에서 원작을 운운했다간 절대 용서하지 않을 것이다. 릴리스는 입술을 깨물며 자리에서 일어났다.

"그러니까 이제 그만해요."

릴리스의 어조는 매우 단호하고 거칠었다. 릴리스의 붉은 드레스 밑단이 꽃잎처럼 흔들렸다. 릴리스는 다시 한번 분명하게 말했다.

"절 그냥 내버려 두라고요."

엔젤라는 이제 완전히 다리의 힘이 풀렸는지 바닥에 주저앉아 있었다. 원작이 처음부터 깨졌다는 말이 충격이었던 모양이다. 하지만 릴리스는 여전히 가차 없었다.

"날이 밝자마자 아버지, 아니, 알버트에게 연락해서 당신을 데려가라 할 거예요. 물론 메어리도. 다신 제 앞에 나타나지 말아요."

릴리스는 등불을 든 채 뒤돌았다.

"참고로 이건 부탁이 아니라 명령이에요. 전 곧 페인과 결혼할 사이니까. 아무리 당신이 페인을 깔봐도 그 사람은 당신보다 신분이 높은 사람이에요. 게다가 세상에서 제일 용감하고 다정하기까지 하죠. 이게 바로 제가 선택한 행복이에요."

한 번만 더 황궁에 온다면 절대 용서하지 않을 것이다. 아, 이젠 아예 이곳에 오고 싶어도 오지 못하겠지. 메이 가문처럼 하잘것없는 가문이 초대장을 다시 받을 수 있을 리가 없으니까. 릴리스는 여전히 엔젤라를 외면한 채 말했다.

"그래도 당신이 한 말 중 이거 하나는 맞았네요."

릴리스는 부러 소리 내어 웃었다.

"신분 높은 사람이랑 결혼하니 정말 좋아요. 제 부모란 이유로 모든 죄를 용서받았던 사람도 이렇게 감옥에 가둘 수 있고."

멍하니 그런 릴리스를 응시하던 엔젤라가 몸을 둥글게 말고 아이처럼 울기 시작했다. 하지만 릴리스는 웃음을 멈추지 않았다. 릴리스는 호위 기사들과 함께 지하 계단을 올라갔다. 계단을 한 칸씩 올라갈수록 사방이 조금씩 밝아졌다. 릴리스는 웃음을 거두고 계속 계단을 올라갔다. 그리고 끝에 다다르고 나서야 보았다.

"―릴리스."

언젠가부터 복도에서 자신을 기다리고 있는 페인을. 릴리스는 멍하니 페인을 쳐다보았다.

"페인……?"

페인은 어색하게 변명했다.

"궁에 도착했는데 그대가 없어서, 왠지 이곳으로 올 것 같아서."

릴리스는 한참 동안 페인을 응시하다가, 몸에서 힘이 빠지는 것을 느끼며 쓰러졌다. 페인은 급히 릴리스를 끌어안았다. 릴리스는 페인의 품에 안긴 채 와락 울음을 터뜨렸다. 그리고 생각했다.

이젠 정말 끝이구나. 지긋지긋한 원작과.

황궁이 발칵 뒤집혔다. 대외적으로 수사 지휘자로 알려져 있던 페인이 공식적으로 요하네스가 범인임을 확정했기 때문이다. 페인은 따로 범인이 있다는 것을 알고 있음에도 불구하고 그것을 굳이 밝히지 않았다. 그 모습에 아스는 다시 한번 페인이 그동안 진심으로 황제에게 충성하지 않았다는 것을 알수 있었다.

"폐하가 의식불명이셔서 황위가 비었네요. 게다가 차기 황제인 요하네스 전하도 지금은 감옥에 갇혀 계시고요."

그가 지금까지 움직였던 이유는 누가 뭐래도 어머니인 페릴라와 나라를 위해서란 이유가 컸다. 헤레이스도 그렇게 말했다. 페인은 나라를 위해서라면 뭐든지 할 수 있다고.

"클로드 전하는 전혀 권력에 관심이 없다고 예전부터 밝히셨습니다. 하지만 페인 전하는 아니죠. 클로드 전하와 다르게 한 번도 남들 앞에서 황위에 관심이 없다고 말씀하신 적이 없으니까."

당연하지. 아무도 묻지 않았으니까. 예전의 페인은 황위는 꿈도 꾸지 못할 만큼 천시받고 있었다. 나라에 진득하게 붙어 있지도 못하는 사람이 황위는 무슨. 그때의 신하들이 자신을 두고 수군거렸던 말이 떠올랐다. 비참하진 않았다. 왜냐하면.

"권력에 관심 없는 것은 나도 마찬가지다."

탁. 아스는 페인 앞에 두꺼운 책 몇 권을 내려놓았다. 페인은 그 책을 멀뚱히 쳐다보았다. 아스는 생긋 웃으면서 말했다.

"하지만 나라는 지키고 싶으시죠. 그렇지 않습니까?"

"……."

정곡을 찔린 페인은 아무 말도 할 수 없었다. 아스는 여전히 웃는 낯으로 말했다.

"저도 웬만해선 이런 부탁을 하지 않으려고 했는데, 하필이면 카낙타인들이 머물고 있을 때라 아틀란타가 어떻게 돌아가는지 24시간 보고 있네요."

아니, 딱히 지켜보고 있지 않던데. 페인은 오늘 낮에 샤샤의 어깨에 팔을 두른 채 외출을 하던 칼리아의 모습을 떠올렸다. 칼리아는 샤샤에게 관심이 쏠려 아틀란타의 상황에 큰 관심을 두지 않았다. 침략 야심을 드러내지도 않았다. 새삼 샤샤가 대단하단 사실을 느낄 수 있었다. 귀신같이 남을 파악해 제 편으로 만들어 버리니 말이다. 샤샤가 '높으신 분들의 애완동물'이란 별명을 가지고 있다는 것은 알고 있었다. 분명 얼마 전에 레베카와 아스 덕분에 그 생활을 청산했다고 릴리스에게 들었는데, 그 솜씨가 어디 가지 않은 모양이었다. 혹시 이것도 아스가 일부러 샤샤에게 부탁한 일이 아닐까. 페인은 경계 어린 얼굴로 아스를 쳐다보았다. 하지만 아스는 천연덕스럽게 물을 뿐이었다.

"갑자기 왜 그렇게 쳐다보십니까?"

"아니, 아무것도."

무서운 녀석. 페인은 치를 떨면서 고개를 돌렸다. 다른 사람이라면 '그냥 우연이겠지' 하고 넘어갔겠지만 저 녀석이라면 충분히 가능성 있는 얘기였다. 하지만 샤샤 덕분에 위험을 면했다는 사실은 변치 않았다. 제멋대로인 성향이 강해서 그렇지, 카나타의 전사들은 하나같이 출중한 실력을 가지고 있었다. 그리고 칼리아는 그 전사들 중에서도 가장 강했고, 우두머리란 지위를 가지고 있었다. 성별을 이유로 파벌 싸움에서 밀리고 여러 사람들에게 무시도 당하지만 칼리아의 실력은 무시할 만한 게 아니었다. 칼리아는 한번 맞붙으면 절대 물러나지 않는 배짱의 소유자로, 결코 만만치 않은 상대였다.

"어쨌든 한시라도 빨리 황위에 누군가가 올라야 합니다."

계속 공석으로 비워 뒀다간 정말 전쟁이 벌어질 가능성이 컸다. 카낙타 말고도 아틀란타에게 허리를 조아리던 다른 나라들이 떼로 쳐들어올 가능성도 존재했다. 하루라도 빨리 새로운 황제가 즉위해 뒤숭숭한 나라를 안정시켜 아틀란타가 아직 건재하다는 것을 보여 줘야 한다. 그런데 바로 그때였다.

"정말 전쟁이 터진다면 릴리스 님과 생이별하게 되겠죠. 겨우 릴리스 님이 가문과의 인연을 끊었는데 말이죠."

"미안하지만 나는 황제로서의 자격이―."

아스는 다시 생긋 웃으면서 말했다.

"걱정 마십시오. 아무리 페인 전하가 못나도 요하네스 전하보다 몇백 배는 더 낫습니다."

"……아스."

"그 머저리는 할 줄 아는 게 하나도 없었죠. 클로드 전하는 조금 낫긴 하지만 다른 사람에게 쉽게 휘둘립니다. 누가 뭐래도 페인 전하가 제일 나으니, 안심해 주시길 바랍니다."

이제 요하네스가 감옥에 갇혀 있다고 대놓고 막말을 하는 아스였다. 하지만 더 비참한 것은.

"반박할 수 없다는 거야……."

페인은 마른세수를 하며 앓는 소리를 했다. 사람이 좀 잘난 구석이 있어야 감싸 주든지 말든지 하는데, 너무 무능력해서 편들어 주기도 싫었다. 클로드는 미움받던 자신도 감싸줄 만큼 착하고 상냥하긴 했지만, 말 그대로 개미 한 마리 죽이지 못할 사람이었다. 나라를 지키고 유지할 만큼 담이 크지 않았다. 그러니 자연스레 페인이 나설 수밖에 없었다.

"지금은 그때와 다르게 폐하와 요하네스 전하도 없으니 어쩔 수 없는 일입니다. 너무 망설이지 마세요."

"……."

페인은 말없이 아스가 내민 책을 내려다보았다. 책 표지엔 금빛으로 빛나는 황가의 문장이 박혀 있었다. 제왕학에 관한 책이 분명했다. 시간은 촉박하고 나라는 위험하다. 페인은 결국 책을 펼쳐 든 채 말했다.

"하지만 당장 나 혼자 나라를 이끄는 것은 불가능한 얘기다. 나는 전쟁터만 돌아다닌 군인이야."

"걱정 마십시오, 전하. 제가 있지 않습니까. 그리고 또."

"또?"

"든든한 뒷배도 곧 생길 겁니다."

페인은 영문을 모르겠단 얼굴로 아스를 응시했다.

"그러니 안심해 주시기 바랍니다. 지배자가 유능하면 저절로 주변에 사람이 모이는 법입니다."

"유능……?"

"네, 당신은 당신의 가치를 좀 더 높이 평가할 필요가 있어요."

하지만 페인은 아직도 영 찜찜하단 얼굴이었다. 아스는 말없이 페인의 눈을 응시했다. 저 붉은색 눈이 바로 악마라 손가락질받던 그 눈인가. 아스는 물었다.

"이제 눈은 계속 드러내고 다닐 생각입니까?"

페인의 고개가 작게 끄덕여졌다.

"그럴 생각이다."

"하긴, 이제 가리고 다닐 이유가 없군요."

"맞아. 무엇보다 릴리스가 붉은색을 가장 좋아하거든."

자신의 눈을 들여다볼 때마다 행복스레 미소 짓던 릴리스의 얼굴이 떠오르자 저절로 페인의 얼굴이 밝아졌다. 아스는 그 모습에 생각했다. 걱정했던 것과 다르게 좀 더 긍정적으로 생각하게 된 모양이었다.

"아, 그런데 말입니다, 페인 전하."

"또 무슨 일이지?"

"아까 요하네스 전하 얘기가 나와서 묻는 건데, 요하네스 전하의 재판 날짜는 어떻게 할까요? 언제까지 계속 감옥에 가둬 둘 수는 없습니다. 최대한 빨리 처리를 해야 페인 전하의 위치가 더 확고해집니다."

"굳이 잡을 필요가 있나?"

"네?"

페인은 말없이 아스를 쳐다보았다. 아스는 왜 그러냐는 듯 고개를 비스듬히 기울일 뿐이었다. 페인은 어이없다는 어조로 물었다.

"말 그대로다. 굳이 잡을 필요가 있냐고."

"당연하죠. 어차피 언제까지 방치할─."

"어차피 네가 알아서 처리할 생각이지 않나? 그러니 아예 날짜를 잡을 필요가 없지."

방 안에 잠시 침묵이 내려앉았다. 페인이 알고 있는 아스는 후환을 남겨 둘 정도로 만만한 사람이 아니었다. 아예 뿌리째로 뽑아내 불태우면 모를까. 페인이 그렇게 생각하면서 다시 책으로 눈을 돌렸을 때, 아스의 입꼬리가 올라갔다.

"역시 당신이야말로 진정한 황제의 재목입니다."

"그런 칭찬 들어 봤자 하나도 기쁘지 않아."

"앞으론 기뻐하시게 될 겁니다. 어쨌든 전 할 말도 다 끝났으니 이만 물러나 보겠습니다."

"그래. 이만 가 보도록."

아스는 페인에게 절을 올린 후 등을 돌렸다. 아스는 문을 향해 걸음을 옮겼다. 그리고 문고리로 손을 뻗었다.

"아, 그리고 제가 아까 말했죠?"

아스의 손이 문고리를 잡아당겼다. 페인은 또 뭐냐는 듯 아스를 쳐다보았다. 아스는 생글생글 웃는 낯으로 말했다.

"든든한 뒷배가 생길 거라고."

"……."

"그러니 기대해 주시기 바랍니다."

오늘 드디어 졸개Pawn가 체스 판 끝에 다다른다. 아스는 그 말을 끝으로 방을 나섰다. 문 앞에 서 있던 시종이 아스에게 즉시 고개를 숙이며 겉옷을 내밀었다. 아스는 겉옷을 걸치면서 물었다.

"내가 시키는 대로 했겠지?"

"네, 말씀하신 대로 황후마마의 궁 앞 호위들을 다른 곳에 배치시켰습니다."

"입단속은?"

"완벽합니다."

"좋아."

이걸로 내 역할은 끝인가. 이제 레베카가 잘해 내길 소원하면 된다. 아니, 굳이 소원할 필요도 없겠지. 레베카는 언제나 완벽했으니까. 아스는 그렇게 생각하면서 시종과 함께 걸음을 옮겼다.

"정말 상심이 크시겠어요. 어렸을 적부터 약혼한 사이였던 남자가 사실은 패륜아였다니……."

레베카는 말없이 맞은편에 앉아 있는 남자를 응시했다. 요하네스가 감옥에 끌려가자마자 아르첸 가문을 방문하겠다는 영식들이 급격하게 늘어났다. 당연한 일이었다. 요하네스가 정식으로 재판을 받으면 무조건 황태자로서의 지위가 박탈당한다. 그럼 자연스레 아르첸 가문에선 요하네스와 레베카와의 약혼을 파기할 것이다. 아르첸 가문의 무남독녀이자 제국 제일의 미녀가 혼자가 된다는 뜻이다.

"레베카 님이 직접 그 증거를 발견해 내셨다면서요? 이야, 역시 불합리한 대우를 받으면서도 이 나라에 남은 알렉산드로스 가주님의 후손답습니다. 그렇지 않아요?"

사람들 모두 레베카가 내민 증거를 철석같이 믿고 있었다. 하긴, 레베카의 성장 배경과 평소 행실을 생각하면 당연한 일이었다. 언젠가 아스도 말했다. 사람들을 속이기 가장 쉬운 방법은 그 누구보다 믿음직스러운 사람이 되는 거라고. 지금 우리들이 요하네스 전하를 공격한다면 사람들 모두 자신들의 말을 믿어 줄 것이라고. 깊게 생각하지도 않고 요하네스를 손가락질할 거라고. 뭔가 이상한 점을 눈치챈다 해도 '어차피 요하네스는 망나니이니까'라고 생각하면서 넘겨 버릴 거라고 했다. 그리고 아스의 예상은 적중했다.

"평소 이 여자 저 여자 만날 때부터 알아봤어야 했는데, 이제야 완전히 확신했습니다. 그 사람은 황태자의 자격이 없는 사람입니다."

참 웃기지 않나. 황제가 정정했을 땐 남자로선 당연한 일이라고 요하네스의 행실을 웃어 넘겼던 사람들이 이젠 한목소리로 요하네스를 욕하고 있다. 역시 사람만큼 웃기고 역겨운 것은 이 세상에 없다. 레베카는 '쿡' 작게 웃음을 터뜨렸다. 그 모습에 영식의 얼굴이 환해졌다. 좋은 징조라고 생각한 모양이었다.

"얼마나 상심이 크실까요. 제 약혼자의 잘못을 자기가 직접 밝혔으니."

영식은 다과를 집는 척 슬쩍 레베카의 손등을 스쳤다. 레베카의 이마가 미미하게 찡그렸지만, 영식은 무려 두 번이나 더 레베카의 손등을 손가락 끝으로 스쳤다.

"연약한 당신이 황궁에 쳐들어가기 전까지 얼마나 고민하고 또 고민했을지 짐작이 갑니다."

잠시 손바닥을 내려다보던 레베카의 입꼬리가 올라갔다. 레베카는 계속 말해 보라는 듯 턱을 괸 채 영식을 응시했다. 영식은 레베카의 고양이 같은 눈매에 얼굴을 붉히면서 말을 이었다.

"그래도 케론드 공작님이 옆에 계셔 주실 테니 불행 중 다행입니다. 하지만 그분도 슬슬 은퇴할 나이시니, 언제까지나 레베카 님의 곁에 있어 주신 못하실 겁니다."

영식의 얼굴이 더더욱 붉어졌다. 영식은 괜히 레베카를 흘깃거리면서 말을 이었다.

"믿음직스러운 사람으로 다시 약혼자를 구하는 게 어떠십니까? 그 사람이야말로 평생 레베카 님의 곁을 지켜 주실—."

"과연 그게 가능할까요?"

영식의 말이 끝나기도 전에 레베카가 갑작스레 질문했다. 영식의 눈이 동그랗게 떠졌다.

"네? 무슨 말씀이신지."

"말 그대로예요. 절 지켜 주려면 저보다 신분이 높거나 능력이 많아야 할 텐데, 정말 그런 남자가 이 제국에 존재할지 의문이에요."

"……."

"제 사랑스런 친우가 그랬죠. 결혼은 비슷한 사람끼리 해야 행복한 법이라고."

레베카의 눈초리가 휘어졌다. 레베카는 떼를 쓰는 아이를 달래듯 다정한 어조로 말했다.

"아쉽게 됐네요, 영식. 오늘은 그냥 돌아가 주시겠어요? 그리고 이왕이면 다른 영식들에게도 전해 주세요."

아르첸 가문의 무남독녀, 레베카 폰 아르첸은 자기와 비슷한 사람이 나타나기 전까지 누구도 만나지 않을 생각이라고. 그렇게 속삭이듯 말한 레베카는 자리에서 일어났다. 그리고 손수건을 꺼내 보란 듯이 손바닥을 문질러 닦은 후, 바닥에 손수건을 떨어뜨렸다. 영식의 얼굴이 분노로 얼룩졌지만, 레베카는 가소롭다는 듯 코웃음 칠 뿐이었다. 레베카는 방을 나서면서 시녀들에게 명령했다.

"손님을 문까지 배웅해 드려라."

시녀들은 고개를 끄덕이고 일제히 영식에게 다가갔다. 레베카는 복도를 가로질러 가면서 귀와 목에 착용하고 있던 액세서리를 하나하나 벗었다. 창문 앞에 앉아 있던 나스카가 고개를 들었다. 레베카는 걸음을 멈추지 않으면서 나스카에게 말했다.

"곧 나갈 거야. 준비해."

"……."

나스카는 손안에 쥐고 있던 분홍색 장미를 말없이 내려다보다가 몸을 일으켰다. 레베카는 두 팔로 문을 열어젖혔다. 이 방은 레베카만의 드레스 룸이었다. 방 안에는 각양각색의 드레스들이 고운 자태를 자랑하고 있었지만, 레베카는 그 옷들에게 눈길 하나 주지 않았다. 레베카는 손안에 쥐고 있던 액세서리를 내던지고 몸을 휘감고 있던 새하얀 드레스를 벗었다. 그리고 방 한가운데에 걸려 있던 제복으로 손을 뻗었다. 레베카는 품이 넉넉한 셔츠를 걸치고 조끼와 바지를 입었다. 어느 틈에 들어온 시녀가 겉옷을 든 채 대기하고 있었다. 레베카는 아르첸 가문의 문장이 선명하게 새겨진 브로치를 목깃에 착용하면서 물었다.

"기사들은?"

"홀에 대기시켜 놓았습니다."

"아주 좋아."

펄럭. 검은색의 겉옷이 레베카의 어깨에 걸쳐졌다. 레베카는 두 팔을 꿴 후 고개를 돌렸다. 가느다란 은빛의 검이 벽에 걸려 있었다. 레베카는 말없이 검을 응시하다 손을 뻗었다. 잠시 후, 레베카는 다시 두 팔로 문을 열면서 복도로 걸어 나왔다. 레베카는 가볍게 고개를 흔들었다. 하나로 묶은 머리채가 흔들렸다.

"레베카, 준비는 다 됐니?"

그때 시녀에게서 얘기를 전해 들었는지 케론드가 복도 건너편에서 나타났다. 레베카는 생긋 웃으면서 고개를 끄덕였다.

"네, 다 됐어요, 아버지."

케론드는 걱정 어린 얼굴이었다. 케론드는 레베카의 안색을 살피다가 조심스레 물었다.

"같이 가 줄까?"

레베카는 망설임 없이 그 제안을 거절했다.

"아뇨, 괜찮아요."

"……."

여자는 자유롭게 검을 배우지 못하고 가문을 잇지도 못한다. 그런 시대였다. 모두가 납득할 만한 공을 세우지 않는 한절대 불가능한 얘기였다. 레베카는 브로치를 쓰다듬으면서 말했다.

"전 더 이상 빼앗기고 싶지 않아요."

잠시 레베카를 응시하던 케론드의 입가에 미소가 지어졌다. 케론드는 자신만만한 표정의 레베카를 보면서 생각했다. 그래, 그 정도 욕심은 있어야지.

"다녀올게요, 아버지."

"그래, 조심해서 다녀오렴."

레베카는 케론드를 스쳐 지나갔다. 홀에서 레베카와 같은 제복 차림의 기사들이 대기하고 있었다. 레베카는 계단을 내려가면서 기사들을 내려다보았다. 기사들이 언젠가 자신을 두고 수군거렸던 말들이 지금도 생각났지만 상관없었다. 검술만 조금 미흡할 뿐이지, 자신이 완벽하단 사실은 변하지 않으니까. 레베카는 기사들 앞에 선 채 명령했다.

"가자, 황궁으로."

어두컴컴한 감옥 안, 한 남성이 바닥에 쓰러져 있었다. 감옥 안은 여기저기 곰팡이가 슬어 있고, 쥐가 찍찍거리면서 돌아다닐 정도로 초라했으나, 그 안에 있는 남성의 아름다움은 조금도 가려지지 않았다. 그도 그럴 것이 이 남성이 바로, 불과 얼마 전까지만 해도 제국의 '자유로운 바람'이자 차기 황제였던 '요하네스 르 카를로스'였기 때문이다. 얼굴 하나만큼은 제국에서 제일가는 미남이었던 그는, 아직도 상황을 파악하지 못하고 있었다. 자신을 그토록 사랑하던 아버지에게 독을 주입한 범인으로 몰아가고, 패륜아라 손가락질하던 사람들의 모습이 생생하게 떠올랐다. 특히 자신을 경멸 어린 눈으로 쳐다보던 레베카의 얼굴은 눈을 감자마자 떠올랐다. 요하네스는 입술을 깨물었다. 도대체 그 편지가 왜 자신의 방에서 발견됐는지 이해가 가지 않았다. 게다가 자신과 상의해 보지도 않고 다짜고짜 사람들에게 그 편지들을 보여 준 것도 원망스러웠다. 예전의 레베카는 무슨 짓을 저질러도 용서해 주고, 뒷수습해 줬는데.

─샤샤 타르트라고 합니다.

파티장에서 천진하게 절을 하며 수줍게 웃던 그 분홍색 머리칼의 소녀가 떠올랐다. 요하네스는 저도 모르게 감옥 바닥을 주먹으로 내리쳤다. 아마 그 소녀만 아니었더라면 레베카는 그대로였을 테고, 이런 일이 벌어져도 자신을 감싸 줬을 것이다. 아니, 다른 사람들에게 아예 밝히지도 않고 자신에게 먼저 그 일을 의논했을 것이다. 방에서 이런 편지들을 발견했는데 분명 누군가가 누명을 씌우려고 일을 꾸민 게 분명하다면서 편지들을 파기했을 것이다. 요하네스는 자신을 향해 환하게 웃어 주던 레베카의 얼굴을 떠올리면서 눈시울을 붉혔다. 예전의 레베카가 너무 그리웠다. 그리고 무엇보다 앞으로 어떻게 해야 할지 눈앞이 캄캄했다. 앞으로의 일을 의논할 상대가 아무도 없었다. 아스는 자신을 경멸 어린 눈으로 쳐다보며 당장 감옥에 처넣었고, 신하들도 자신의 편을 들어 주지 않았다. 아버지는 의식불명이고 말이다. 나는 도대체 어떻게 해야지? 이대로 꼼짝없이 폐위당해야 하는 걸까? 하지만 가만히 앉아서 당해 주기엔 너무 억울했다. 자신은 정말 아무 짓도 하지 않았다.

내가 도대체 뭐가 부족해서 아버지에게 독을 주입해? 날 그렇게 사랑해 주고 아껴 주신 분을!

요하네스가 눈물을 흘리며 다시 주먹으로 바닥을 내리쳤을 때였다. 어디선가 다급한 발자국 소리가 들려왔다. 요하네스는 저도 모르게 본능적으로 상체를 일으켰다. 혹시 레베카인가? 아님 아스? 요하네스는 그렇게 생각하면서 창살을 꼭 부여잡았다. 발걸음 소리는 조금씩 가까워졌고, 요하네스의 가슴도 덩달아 두근거렸다. 그리고 마침내, 로브를 푹 뒤집어쓴 여인이 나타났다. 여인은 요하네스를 발견하자마자 외쳤다.

"내 아들!"

요하네스의 얼굴에 경악이 어렸다. 여인은 바로 아스도 레베카도 아닌 황후였다. 요하네스는 벌떡 일어나 창살 사이로 손을 뻗었다.

"어머니, 어머니!"

"내 아들, 우리 예쁜 아들."

황후는 눈물을 흘리면서 요하네스의 까슬한 손을 잡았다. 요하네스도 덩달아 펑펑 울면서 황후의 손을 마주 잡았다.

"도대체 여긴 어떻게 오신 겁니까?"

"호위들이 잠시 자리를 비운 틈을 타 이곳으로 왔단다. 그런데 도대체 얼굴이 이게 뭐니."

황후는 요하네스의 손등을 연신 쓸어내리면서 말했다.

"네 아비를 닮아 잘생겼던 그 얼굴이…… 정말 가슴이 아프구나."

"어머니는 믿어 주시는 건가요? 제가 범인이 아니라는 걸?"

"당연하지. 이렇게 예쁜 우리 아들이 그런 끔찍한 짓을 저질렀을 리가 없잖아."

황후는 허겁지겁 품에서 열쇠를 꺼냈다. 그리고 그것으로 감옥 문을 열었다. 황후는 요하네스의 몸에 자신이 입고 왔던 로브를 걸쳐 주었다.

"그놈은 분명 우리 가족의 단란함을 시기해서 이런 일을 벌인 걸 거야."

요하네스는 멍청히 물었다.

"그놈이라뇨, 어머니?"

"페인 말이다, 페인!"

황후는 지하가 울리도록 고개를 팩 돌리면서 소리를 질렀다.

"그놈은 정말 악마가 분명하다니까! 네가 감옥에 끌려간 후 보란 듯이 그 빌어먹을 눈깔을 드러내고 다니고 있어! 벌써 황제가 된 것처럼 행동하고 있다고!"

요하네스는 그 말에 기가 막혔다. 어머니와 아버지가 그토록 싫어하는 새빨간 눈을 가리지 않는 것도 모자라 황제가 된 것처럼 행동하고 있다고?

"그게 정말입니까, 어머니? 그 악마놈이 정말?!"

"그래! 제 어미를 닮아 정말 극악무도한 놈이라니까!"

요하네스는 황후를 따라 이를 갈았다. 그 전쟁광이 드디어 일을 벌였구나. 천박한 여자와 함께 놀아났을 때부터 알아봤어야 했는데. 제깟 놈이 뭔 일을 벌일 수 있을까 싶어 무시한 게 문제였다. 진작 그놈의 본성을 알아보고 경계했어야 했는데……. 요하네스가 그렇게 생각한 순간이었다.

"황궁 문 앞에 시종을 대기시켜 놨으니 도망치렴. 시종에게 옷가지도 맡겨 놓았으니까."

황후는 다시 한번 요하네스가 걸친 로브를 점검해 주고, 작은 패물 주머니를 쥐어 주었다. 요하네스는 망설이다가 황후에게 말했다.

"어머니, 어머니도 함께 가요. 제가 도망치면 어머니도 무사하지 못할 거예요. 분명 페인이 어머니에게도 독을 먹일 가능성이 있다고요."

황후의 얼굴이 창백해졌다. 자신을 독살하려 했던 페릴라가 떠오른 모양이었다. 황후는 요하네스의 제안에 머뭇거리다가 고개를 저었다.

"안 돼, 네 아비를 이곳에 남겨 두고 갈 수는 없어."

"어머니."

요하네스는 물기 어린 눈으로 황후를 응시했다. 그러다가 조심스레 말했다.

"아버지의 상태는 어떠세요?"

"어의들이 한목소리로 말했단다. 갈수록 호흡이 느려지고 있다고. 몸이 너무 망가져서 마법사들에게 찾아가도 소용이 없대."

"……."

"근시일 내로 숨이 끊어질 것 같다는구나. 나라도 임종을 지켜야지."

요하네스는 입술을 깨물면서 고개를 푹 숙였다. 자신의 아버지가 목숨이 위급한 상황인데 도망치는 것 외엔 방법이 없다니. 그게 너무 분했지만 지금 자신이 할 수 있는 일은 없었다. 황후는 요하네스의 얼굴을 다정스레 쓰다듬으면서 말했다.

"꼭 다시 돌아와서 진실을 밝혀 주렴. 그리고 그 악마를 물리쳐 줘."

요하네스는 결연하게 고개를 끄덕였다. 지금은 어쩔 수 없이 물러나는 것뿐이다. 언젠가는 반드시 이곳으로 돌아와 진실을 밝히고 명예를 회복할 것이다. 그리고 한순간에 페인에게 빼앗긴 것들을 다시 되찾을 것이다. 그럼 레베카도 다시 자신을 봐주겠지. 요하네스는 그렇게 생각하면서 황후에게 절을 올렸다.

"그럼 전 가 보겠습니다, 어머니."

"그래, 조심해서 가렴, 요하네스."

황후는 눈물을 닦으며 요하네스를 향해 손을 흔들었다. 요하네스는 몇 번이고 황후를 돌아보다가 달리기 시작했다. 요하네스는 달리면서 아까 한 다짐을 하고 또 했다. 반드시 복수할 것이다. 반드시 다시 되돌아와 페인에게 당했던 것을 되돌려 줄 것이다. 그 천박한 여자를 그놈 앞에서 갈기갈기 찢어죽이는 것도 괜찮은 복수 방법이지. 요하네스가 그렇게 생각한 순간이었다.

"—어딜 그렇게 급히 가시나요, 요하네스?"

콱. 요하네스의 발에 무언가가 박혔다. 요하네스는 그게 뭔지도 파악하기도 전에 바닥에 꼬꾸라졌다. 요하네스는 숨을 헐떡이면서 고개를 들었다. 사방이 어두컴컴해서 보이지 않았지만 분명히 들렸다. 레베카의 목소리를. 요하네스는 다시 몸을 일으키려 했지만 발에 아무 감각도 없었다. 요하네스는 더듬더듬 발을 더듬었다. 차가운 무언가가 자신의 발에 박혀 있었다. 이게 뭐지? 요하네스가 그것을 잡아당긴 순간이었다.

"아아아아악!"

요하네스는 비명을 지르며 다시 바닥에 꼬꾸라졌다. 표현할 수 없을 정도로 엄청난 고통이 발에서 느껴졌다. 아파, 너무 아파. 요하네스는 신음을 흘리면서 흙바닥에 얼굴을 묻었다. 그때 어둠 속에서 또 누군가가 나직하게 말했다.

"역시 인간들은 참을성이 없군."

요하네스는 급히 고개를 들었다. 어둠 속에서 한 쌍의 금안이 형형하게 빛나고 있었다. 요하네스의 숨이 순간적으로 멎었다. 자신은 분명히 예전에 저 눈을 본 적이 있었다.

"이 정도면 되나?"

"응, 그 정도면 충분해, 나스카."

딱. 누군가가 손가락을 튕김과 동시에 눈부시게 빛나는 구체가 사방에서 튀어나왔다.

"이런 곳에서 만나다니 참 반갑네요, 요하네스."

요하네스는 어느 틈에 자신의 앞에 서 있는 레베카를 멍하니 응시했다. 레베카는 정말 즐겁다는 듯이 생글생글 웃고 있었다.

마치 자신을 처음 만났을 때처럼, 아직 자신을 사랑하고 있었던 그때처럼 아주 밝게.

이번에도 아스의 예측이 맞았다. 요하네스가 황제에게 독을 주입한 범인으로 공표되자, 황후는 그 자리에서 다시 기절했다. 아스는 발 빠르게 시녀들에게 황후의 감시를 지시했다. 아스가 알고 있는 황후는 아들에 대한 애착이 큰 사람이었다. 그녀가 요하네스를 믿어 주지 않을 리가 없다. 그녀는 자신의 가족에 대한 문제라면 이성적인 판단이 불가능했다. 그러니 무조건 요하네스를 믿고 어떤 수를 써서든 그를 탈출시킬 것이다. 그것이 요하네스를 더 위험하게 만든다는 것도 모른 채.

"레베카, 왜 그대가……."

그가 재판도 받지 않고 도망친다는 것은 정말 자신이 황제에게 독을 주입했다고 자백하는 꼴이나 마찬가지였다. 황후가 요하네스를 정말 안전하게 지키고 싶었더라면, 차라리 그를 탈출시키지 않고 그냥 궁에서 그의 무죄를 주장했어야 했다. 황후란 지위도 결코 낮은 위치가 아니었으니 말이다. 하지만 아스와 레베카에겐 잘된 일이었다. 요하네스로도 모자라 황후까지 처리할 수 있게 됐으니 말이다. 가족 모두가 어리석어서 다행이에요. 그렇게 말하는 아스가 어렵지 않게 상상됐다. 같은 편이기에 망정이지, 만약 적이었더라면 상상도 하기 싫다. 레베카는 진저리를 치면서 요하네스를 내려다보았다. 요하네스의 얼굴은 고통으로 흉하게 일그러져 있었다. 하지만 레베카는 아무 느낌도 들지 않았다. 오히려 진작 이랬어야 한다는 생각까지 들었다. 레베카는 담담한 어조로 말했다.

"제가 왜 여기에 왔냐고요? 그야 뻔하잖아요."

제 아비에게 독을 주입한 것으로도 모자라, 뻔뻔하게 도망치려고까지 하는 당신을 잡으러 온 거예요. 레베카는 그렇게 말한 후 쿡쿡 웃었다. 요하네스는 발을 꽉 부여잡았다. 발에선 점점 피가 더 흘러나오고 있었다. 요하네스는 레베카에게 호소했다.

"믿어 줘, 레베카! 난 정말 그런 짓을 하지 않았어……!"

하지만 레베카는 조금도 요하네스의 말을 귀담아듣지 않았다. 당연한 일이었다. 요하네스가 정말 그 일을 저질렀든 안저질렀든 그것은 레베카에게 중요하지 않았다. 애초에 일을 꾸민 것은 자신과 아스였다. 아스가 현 황제와 요하네스를 무너뜨리자고 했을 때, 자신은 한 치의 망설임도 없이 그 제안을 받아들였다. 레베카는 아무리 뛰어나도 아무것도 갖지 못하는 자신의 처지에 환멸이 난 상태였으니까.

"도대체 그런 편지가 왜 내 방에서 튀어나온 건지 모르겠지만! 이건 분명!"

레베카는 요하네스의 말이 끝나기도 전에 입을 열었다.

"있잖아요, 요하네스. 참 살기 힘든 세상이에요, 그렇지 않아요?"

갑자기 무슨 소리냐는 듯 요하네스의 얼굴에 의아함이 어렸다.

"전 아르첸 공작 가문의 무남독녀로 태어났어요. 그리고 그에 맞는 몸가짐을 익히기 위해 피 터지도록 교육받았죠."

물론 다른 귀족 영애들도 걸음마를 할 수 있게 되면 숙녀로서의 몸가짐을 익히기 위해 교육을 받는다. 하지만 레베카는 그보다 몇 배는 더 혹독했다. 레베카는 아르첸 가문의 무남독녀인 것으로도 모자라, 황태자의 약혼녀이기도 했기 때문이다. 매일매일 눈물 마를 날이 없었다. 잠자리에 들 때마다 내일이 오지 않기를 빌었다. 태양이 뜨면 다시 힘든 일과를 반복해야 했으니까.

"하지만 다른 사람들은 그런 저를 조금도 동정하지 않았죠. 오히려 당연한 일이라고 생각했어요. 제가 힘들다 호소해도 조금만 더 참으라고 꾸짖었어요. 황후만 된다면 제국의 그 어떤 여자들보다 호화롭게 살 수 있다면서."

하지만 레베카는 알고 있었다. 황후가 된다 해도 결코 편하게 살지 못한다는 것을. 요하네스는 무능력했다. 황제와 황후도 그것을 알고 있기에 레베카를 요하네스와 엮은 거였다. 그들은 레베카가 아스와 함께 요하네스의 뒷바라지를 해 주길 바랐다. 레베카도 아스보단 아니지만 아버지의 일을 도울 정도로 똑똑했으니 말이다.

"저는 남들보다 몇 배는 더 신중하게 행동해야 했어요. 사교계에서 사람들에게 얕보이지 않기 위해 머리부터 발끝까지 치장하고, 말 한마디 할 때도 신중하게 생각해야 했죠. 그리고 괜히 남자들과 지저분한 추문이 생길까 봐 늘 그들에게 날을 세웠죠."

인사 하나도 쉽게 받아 주지 않고, 어쩌다 말을 주고받을 때는 처음부터 끝까지 사무적인 태도로 임했다. 요하네스가 그 모습을 보고 애교 하나 없는 재미없는 여자라고 비난해도 상관없었다. 자칫 잘못해서 방탕한 여자로 찍힌다면 바로 약혼이 파기되고, 평생 다른 사람과 결혼하지 못할 확률이 높았으니까. 하지만 요하네스는 아니었다.

"당신은 수많은 영애들과 추문을 일으켜도 아무 문제도 생기지 않았죠. 오히려 남자로서 당연한 일이라고 부모님이 감싸 줬고, 다른 영식들도 능력 있다면서 당신을 추켜세웠어요."

처음엔 아무렇지 않았지만, 샤샤를 만나고 감정에 조금씩 솔직해지면서 얘기가 달라졌다. 레베카는 요하네스의 모든 행동에 조금씩 의문과 분노를 가지게 됐다. 요하네스는 무능력했다. 하지만 황태자로 태어났다는 이유로 모든 것을 용서받고, 가만히 앉아만 있어도 찬란한 미래가 알아서 굴러 들어왔다. 자신은 아무리 노력해도 무능력자 뒷바라지만 해야 하는 신세인데 말이다. 레베카가 저도 모르게 이빨을 깨물었을 때, 요하네스가 멍하니 물었다.

"레베카, 난 그대의 말이 도저히 이해가 가지 않아. 도대체 지금 무슨 말을 하는 거야……?"

그래, 당연히 이해가 되지 않겠지. 태어났을 때부터 남에게 의지하면서 편하게 살아온 요하네스는 절대 알지 못할 것이다. 타고나지 못한 사람들이 원하는 것을 갖기 위해서 얼마나 절박하고 잔인하게 행동하는지. 레베카는 다시 한번 요하네스에게 환멸을 느꼈다. 글러 먹은 인간. 레베카는 속으로 생각하다가 말했다.

"만약 당신이 제 말을 이해하고 과거를 되돌리고 싶다 해도 이미 늦었어요. 왜냐?"

자신은 이미 굳게 다짐했다. 사랑하지도 않는 사람과 결혼해서 황후로서 뒷바라지만 해야 하는 게 내 운명이라면, 내 손으로 모든 것을 부수겠다고. 그리고 내가 원하는 삶을 스스로 선택해서 살아가겠다고. 레베카는 요하네스의 머리칼을 다정스레 쓰다듬었다. 요하네스가 저도 모르게 긴장을 풀 만큼 아주 다정하게.

"예전에도 말했지만 저는 더 이상 당신을 사랑하지 않거든요. 지금의 당신은 그저……."

레베카는 요하네스의 귀에 대고 속삭였다.

"제 권력을 위한 제물일 뿐이죠."

그 말을 들은 순간 요하네스는 등골이 오싹해졌다. 요하네스는 저도 모르게 고개를 격하게 쳐들었다. 레베카는 어느 틈엔가 다시 생글생글 웃고 있었다.

"설마 이 모든 게!"

"어머, 눈치채셨나요? 하긴, 이렇게 티를 냈으니 아무리 눈치가 없어도 알아차릴 수밖에 없죠."

지금껏 자신은 모든 것을 빼앗겼다. 편한 삶도, '나'라는 존재 자체도, 내가 이어 받을 자리도. 빼앗기는 일은 이제 정말 지긋지긋하다. 이제 더 이상은 빼앗기지 않을 거야. 레베카의 눈이 표범처럼 번뜩였다. 레베카는 한쪽 입꼬리를 올리면서 말했다.

"말했잖아요. 살기 힘든 세상이라고. 저는 당신과 다르게 편한 삶을 타고나지 못했어요."

요하네스는 마구 몸부림치면서 레베카에게 달려들려고 했다. 하지만 발에 박힌 화살 때문에 몸을 일으키지도 못했다. 요하네스는 물 밖으로 나온 생선처럼 퍼덕거리면서 핏발 어린 눈으로 레베카를 노려보면서 악을 썼다.

"네가 어떻게! 내가 그동안 얼마나 잘해 줬는데!"

"잘해 줬다뇨. 일방적으로 만나자고 약속하고, 사탕발림 몇 마디 한 게 잘해 준 건가요?"

그게 잘해 준 거라면 전 간 쓸개 다 빼 준 꼴이에요. 레베카는 손가락으로 쿡 요하네스의 이마를 찔렀다.

"어쨌든 모든 것을 알아 차렸으니 이만 죽어 줘야겠어요. 어차피 당신은 죽을 운명이니까, 오늘 죽는다 해도 손해 보는 것은 없겠죠."

죽어 줘야겠다는 레베카의 말에 요하네스의 눈이 커질 대로 커졌다. 요하네스는 누가 뭐래도 황제에게 독을 주입한 죄인이었다. 폐위당하는 것은 물론이고, 사형까지 당할 확률이 높았다. 이럴 줄 알았더라면 그냥 황후의 말에 따르지 않고 감옥에 갇혀 있을 걸 그랬다. 하지만 죽어 달라니, 레베카에게 그럴 권한이 있었던가? 요하네스가 그렇게 생각한 순간, 레베카가 몸을 일으키면서 말했다.

"도주하다가 반항이 너무 세서 어쩔 수 없이 죽였다고 말하면 끝이에요. 누가 뭐래도 저는 아르첸 가문의 무남독녀니까요. 모두가 제 말을 믿어 줄 거예요. 게다가 아스도 기꺼이 손을 써 줄 거고요."

그렇게 말한 레베카는 기사들에게 손짓했다. 그런데 그들이

나서기도 전에 나스카가 앞으로 걸어 나왔다.

"아스? 아스의 이름은 왜 나와! 설마 아스까지 이 일을 꾸민 건가?! 그 괴물 녀석 따위가!"

콱. 요하네스의 말이 끊겼다. 기사들이 웅성거리면서 나스카를 쳐다보았다. 하지만 나스카는 평소와 같은 맹한 얼굴로 젖은 손을 털 뿐이었다. 비릿한 액체가 후드득 떨어졌다. 요하네스의 얼굴이 흙바닥에 처박혔다. 레베카는 말없이 순식간에 숨이 끊어진 요하네스를 응시하다 나스카에게 말했다.

"사람 죽이는 게 익숙해 보이네."

나스카는 흘깃 레베카를 곁눈질하고 덤덤하게 받아쳤다.

"그러는 너야말로 아무렇지 않아 보이는데."

잠시 아무 말도 하지 않던 레베카는 허리에 찬 검을 만지작거렸다. 혹시나 해서 차고 왔지만 역시 쓸 일이 없었다. 어떻게 보면 다행이었다. 아직 자신의 실력은 햇병아리 수준이니까. 나스카와 비교 자체가 불가능했다. 그래도 역시 비참한걸. 레베카는 요하네스의 몸뚱이를 내려다보다가 등을 돌렸다.

"말했잖아. 뺏기는 것은 정말 지긋지긋하다고."

저 무능력자 한 명 죽여서 권력을 얻을 수 있다면, 얼마든지 죽일 거야. 그렇게 말한 레베카는 등을 돌렸다. 나스카는 말없이 레베카의 뒷모습을 쳐다보다가 단춧구멍으로 손을 가져갔다. 분홍색 장미꽃이 단추 구멍에 꽂혀 있었다. 나스카는 장미꽃을 만지작거리다가 레베카를 따라 걸음을 옮겼다.

"지금쯤 레베카는 요하네스와 만났을까요?"

쪼륵. 샤샤는 아스의 찻잔에 차를 따라 주면서 물었다. 아스는 읽던 책에서 눈을 떼고 찻잔을 집어 들었다.

"시간상으론 만났을 겁니다. 그리고."

"그리고?"

다른 짓도 했겠죠. 아스는 뒷말은 생략하면서 차를 홀짝였다. 이걸로 레베카는 반역자를 사로잡은 사람으로서 완전히 사람들에게 인정받을 것이다. 페인도 일만 잘하면 누구든지 인정하는 사람이니 레베카를 받아들일 게 분명하다. 물론 몇몇 사람들은 여전히 레베카를 마땅찮게 여기겠지만, 별수 없을 것이다. 지금 레베카에게 부족한 것은 검술뿐이니, 몇 년 동안만 작정하고 수련하면 될 것이다. 케론드도 그때까지 후계자를 발표하지 않고 버티면 그만이다.

"그나저나, 낮에 칼리아와는 재밌게 놀았습니까? 곧 사절단들도 카낙타로 돌아갈 텐데."

이걸로 레베카에게 조금이나마 속죄하게 됐으니 잘된 일이지. 아스는 그렇게 생각하면서 샤샤를 쳐다보았다. 샤샤는 당장 고개를 끄덕였다.

"네, 정말 재밌게 놀았어요. 그런데 한 가지 거슬리는 게 있었어요."

"뭐가요?"

"오늘은 아베스타 씨도 함께 갔는데. 아, 아베스타 씨는 칼리아 씨가 소개시켜 주신 하급 신하예요. 하루 종일 풀죽은 얼굴로 뭐라 구시렁거려서 거슬렀어요."

아베스타라면……. 아스는 페인에게 찾아왔던 카나타 사신들을 떠올렸다. 페인에게 스카웃 제의를 했다가 단칼에 거절당하고 맥없이 돌아간 사신들 중 한 명이었다. 충분히 구시렁거릴 만하지. 아스는 그렇게 생각하면서 고개를 끄덕였다.

"그래서 어떻게 됐습니까?"

"결국 칼리아에게 한 대 얻어맞았어요."

곧 헤어질 사이인데 죽상으로 있지 말라고 하면서. 샤샤는 티격태격하던 둘의 모습을 떠올렸다. 칼리아는 아베스타를 하급 신하라고 소개했지만, 샤샤는 그가 하급 신하 같지 않다고 생각했다. 그런데 오늘 속수무책으로 칼리아에게 당하는 모습을 보고 고개를 갸웃거릴 수밖에 없었다. 정말 신분이 높다면 저런 대접을 받지 않을 텐데. 순간 연기하는 건가 싶었지만 실감 나도 너무 실감 났다. 참 이상한 일이다. 자신의 감은 지금까지 틀린 적이 없었는데. 뭐, 이젠 상관없나. 샤샤는 어깨를 으쓱이면서 말을 이었다.

"어쨌든 다음번엔 카나타의 사막으로 초대하고 싶대요. 남동생도 보여 주고 싶다면서."

"정말 친해졌나 보네요."

"칼리아에게 한없이 고마울 뿐이죠."

샤샤는 아스의 찻잔에 다시 차를 따라 주었다. 아스는 다시 차를 마시려다가 의아한 눈으로 샤샤를 쳐다보았다. 샤샤의 찻잔은 여전히 차가 가득 담겨 있었고, 쿠키 접시엔 아예 손도

대지 않은 상태였다. 아스는 물었다.

"쿠키 안 먹습니까?"

"응? 아, 지금은 별로 먹고 싶지 않아요."

그렇게 대답한 샤샤는 쿠키 접시를 밀어 버리고 슬금슬금 아스의 품에 파고들었다. 아스는 자연스레 팔을 살짝 들어 샤샤가 파고들 수 있는 틈을 만들어 주었다. 역시 이 자세가 제일 좋아. 샤샤는 아스의 품에 얼굴을 묻은 채 골골거리는 소리를 냈다. 아스는 자동적으로 샤샤의 머리칼을 쓰다듬으면서 다시 책으로 시선을 돌렸다. 샤샤는 한참 동안 아스의 품에서 온기를 만끽하다가 실눈을 뜬 채 물었다.

"무슨 책 읽어요?"

"그냥 소설입니다. 심심풀이 삼아 읽기 딱 좋아요."

심심풀이? 샤샤는 말없이 책 두께를 가늠했다. 척 봐도 보통 굵은 것이 아니었다. 샤샤는 책 표지를 살펴보면서 말했다.

"약초학에 관한 책이 아니네요? 요즘엔 그것만 읽으셨으면서."

"이제 읽을 필요가 없잖아요."

"아⋯⋯."

샤샤는 고개를 끄덕이다가 멈칫했다. 소설이란 말을 들으니 갑자기 엔젤라가 떠올랐다. 릴리스가 알아서 처리했다고 해서 아예 신경 쓸 필요가 없다고 생각했다. 하지만⋯⋯ 샤샤는 조심스레 아스를 살폈다. 걱정했던 것과 달리 아스는 엔젤라와 마주쳤음에도 불구하고 아무렇지 않아 보였다. 그래도 혹시 모르니까 살짝 떠볼까, 샤샤는 조심스레 아스의 이름을 불렀다.

"아스."

"네, 샤샤."

"릴리스한테 들었는데, 엔젤라랑 만났다면서요."

아스의 고개가 끄덕여졌다. 샤샤는 조마조마하면서 물었다.

"별일 없었죠?"

아스는 여전히 책에 시선을 고정한 채 어깨를 으쓱였다.

"네, 몸이 하도 쇠약해진 상태라 별로 위험하지 않았습니다. 영문 모를 소리를 지껄이긴 했지만."

"영문 모를 소리?"

"네, 원작이니 조연이니, 주인공이니, 뭐니, 도대체 무슨 소리인지는 알 수 없었지만 기분 나쁜 의도로 한 말이라는 것은 알 수 있었습니다."

역시 자신의 예상이 맞았다. 아무도 엔젤라의 말을 믿지 않았다. 하긴 도대체 누가 믿겠어, 그런 말을. 자신도 빙의자만 아니었더라면 그런 상상은 아예 하지도 못했을 것이다. 그래도…… 샤샤가 그렇게 생각했을 때 아스는 피식 웃으면서 말을 이었다.

"원작이라니, 지금 생각해도 웃기네요. 여기가 무슨 책 속이란 것도 아니고."

"……."

"그렇지 않아요, 샤샤?"

아스는 그렇게 물으면서 생긋 웃었다. 샤샤는 말없이 아스를 올려다보다가 입을 열었다.

"있잖아요, 아스."

"또 왜요?"

"정말 여기가 책 속이라면 어떨 것 같아요?"

아스는 갑작스런 질문에 샤샤를 의아한 눈으로 쳐다보았다.

하지만 샤샤의 얼굴은 한없이 진지했다. 샤샤는 아스의 팔을 꼭 잡은 채 생각했다. 자신은 엔젤라와 달리 여기가 모든 것이 정해져 있는 책 속이라고 생각하지 않는다. 생생하게 살아 숨 쉬고, 자신이 원하는 것을 스스로 결정할 수 있는 '사람'이 살고 있는 세상이라고 생각한다.

하지만 겁이 나는 것은 어쩔 수 없었다. 아스를 비롯한 모든 사람들이 아무리 치열하게 살아도, 엔젤라 같은 빙의자에겐 그저 책 속 인물이 정해진 경로를 이탈하고 멋대로 움직이는 것에 불과할까 봐. 그리고 결정적으로.

"글쎄요, 갑자기 왜 그것을 묻는지 알 수 없지만."

아스와 레베카가 그것을 알아채고 허탈해할까 봐. 다른 것도 걱정됐지만 역시 그게 제일 걱정됐다. 앞으로도 빙의자나 환생자가 나타날 가능성은 얼마든지 있으니까 말이다. 샤샤는 불안한 마음으로 아스의 다음 말을 기다렸다. 아스는 잠시 생각에 잠겨 있다가 말을 이었다.

"그다지 달라질 점은 없을 것 같네요."

……응? 샤샤의 눈이 동그랗게 떠졌다. 잠시 침묵이 흘렀다. 아스는 왜 그러냐는 듯 샤샤를 쳐다보았고, 샤샤는 멍하니 아스를 응시했다. 달라질 점은 없을 것 같다니, 전혀 예상치 못한 대답이었다.

"그게 무슨 뜻이에요?"

아스는 선선하게 대답했다.

"책 속 인물들은 보통 다 사연과 목표가 있잖아요?"

"그렇죠."

"그리고 우리들도 다 사연과 목표가 있죠. 그래서 비슷하다는 거예요."

그러네? 샤샤는 저도 모르게 수긍하고 말았다. 확실히 당장 자신과 아스만 해도 사연이 있었다. 자신은 현대에 있을 때 부잣집 고양이보다 처지가 못하다고 생각해서, 이 몸에 빙의한 후 귀족 영애들의 애완동물로 살아왔다. 그리고 아스는 술주정뱅이 아버지와 열등감이 많은 어머니 때문에 힘든 삶을 살아왔다.

"요즘 세상에 사연 없는 사람이 어디 있나요. 그렇지 않아요? 책 속이나 책 밖이나 힘든 것은 똑같습니다."

"그래도 어떻게 보면 책 속이 더 비참하지 않을까요?"

주인공이란 이유로 무조건 특혜받는 사람이 있고, 악역이란 이유로 모든 것을 빼앗기고 인생이 쓰레기통에 처박히는 사람이 있으니까. 『아틀란타의 연인』의 원작 내용을 떠올리면서 샤샤가 말하자, 아스는 즉시 대답했다.

"여기에서도 신분만 잘 타고나면 특혜받습니다."

아. 샤샤는 한 방에 납득했다. 아스는 샤샤의 머리칼을 쓰다듬으면서 말했다.

"그러니까 별 차이가 없다는 겁니다. 설령 정말 여기가 작품 속이라서 주인공이 있다 해도 그 사람은 자기가 주인공인 줄 알지 못할 겁니다. 악역도 마찬가지겠지요. 그저 자신의 목표를 쥐기 위해 필사적으로 행동할 뿐이지. 마치 저희들처럼 말이에요."

그 말을 듣고서야 샤샤는 완전히 깨달았다. 이들에겐 여기가 누군가의 작품을 바탕으로 만들어진 세상이란 사실이 중요하지 않다. 어디까지나 이들에게 중요한 것은 정해진 틀을 벗어나 원하는 것을 쥐는 삶이다. 이들은 그저 책 속의 '등장인물'이 아니라, 선택을 존중받아 마땅한 살아 숨 쉬는 '인간'이니까 말이다. 명쾌한 아스의 답변에 샤샤는 속으로 환호성을 지르면서 아스의 품에 폭 얼굴을 묻었다. 역시 아스란 생각이 드는 동시에, 앞으로 그들이 더 힘든 일을 겪게 될 수도 있다는 생각이 들었다. 빙의자나 환생자가 없어도, 살아가는 것 자체가 총성 없는 전쟁이니까. 아마 그들은 앞으로도 불합리함에 부딪쳐서 좌절하고 힘들어하고 눈물 흘릴 수도 있다. 하지만 괜찮을 것 같다는 생각이 들었다. 왜냐하면, 내가 곁에 있으니까.

샤샤는 아스의 손을 꽉 잡았다. 아스가 앞서 말했듯이 살아가는 모두가 각자의 사연과 목표를 가지고 있다. 모두가 제각각의 아픔을 가지면서도, 고통에 몸부림치면서도 삶을 놓지 않는 이유는 단 하나다. 고작 그거 가지고 힘드냐고 다그치는 사람 대신 아픔을 공감해 줄 사람이 옆에 있으니까.

자신은 여전히 좋지 않은 머리에, 신분도 낮으며 힘도 없다. 하지만 적어도 눈앞에 있는 이들을 위로해 줄 수 있고, 곁에 있어 줄 수 있다. 그리고 한없이 사랑해 줄 의향도 있다. 무척이나 쉬운 일이지만 아무도 나서서 하지 않았던 일을 자신이 해 보려고 한다. 그들도 그것을 원하고 있으니까 말이다. 샤샤의 입가에 저절로 미소가 떠오르자, 아스가 의아한 눈으로 물었다.

"무슨 생각하길래 그렇게 웃어요?"

행복해. 정말 행복해. 사랑받는 것도 좋지만, 역시 사랑을 주는 것도 좋은걸. 내 평생 이만큼 사랑하고, 마음을 주고 싶었던 이들이 있었던가. 샤샤는 배시시 웃으며 고개를 저었다.

"비밀이에요!"

그렇게 잔망스레 대답한 샤샤는 아스의 허리를 냉큼 두 팔로 끌어안았다. 아스는 그런 샤샤를 내려다보다가 마주 끌어안았다. 아스는 또 자동적으로 샤샤의 복슬복슬한 머리칼을 쓰다듬다가, 문득 아까 샤샤가 했던 물음이 떠올랐다. 아스는 중얼거렸다.

"만약 '여기가 책 속 세상이었다면'이라."

그것보단 차라리 '내가 없는 세상이었더라면'라고 묻지. 그랬더라면 완전히 다른 대답이 나왔을 텐데. 그게 몇 배는 더 끔찍하니까. 아스는 샤샤의 얼굴을 손바닥으로 감쌌다. 샤샤 덕분에 모든 것이 변한 거나 마찬가지니 말이다. 아스는 샤샤로 인해 변한 사람들을 하나하나 생각했다. 그리고 그 속엔 당연히 자신도 포함되어 있었다. 샤샤 덕분에 여기까지 도달할 수 있었던 거나 마찬가지였다. 샤샤에겐 머리가 좋은 자신도 가질 수 없는 것이 있었다. 그래서 아스는 자신보다 샤샤가 더 현명하고, 뛰어나다고 생각했다. 본인은 아직도 그것을 인정하지 않는 듯했지만, 앞으로 더 노력하면 되겠지. 다른 사람들과 함께.

아스는 그렇게 생각하면서 입꼬리를 올렸다. 우리가 샤샤 덕분에 스스로를 인정하게 된 것처럼, 샤샤도 우리 덕분에 자신을 인정하게 됐으면 좋겠다. 아스는 그렇게 결심하면서 샤샤의 손을 잡은 채 자리에서 일어났다.

슬슬 레베카와 나스카가 돌아올 시간이었다.

10. 언니, 행복해요

10. 언니, 행복해요

[사랑하는 샤샤에게.

안녕, 샤샤. 네가 저번에 날 위해 그랬던 것처럼 아침에 살금살금 편지를 써. 처음엔 네가 왜 말로 하지 않고 굳이 편지를 쓰는지 몰랐는데, 이젠 알 것 같아. 정말 때론 말보단 편지가 더 많은 것을 전해 주는 것 같아. 나도 조금 낯간지럽지만 시작할게. 내가 네게 해 주고 싶은 얘기들을.

있지, 샤샤. 난 지금도 널 처음 만났을 때가 생생하게 떠올라. 수많은 영애들이 널 둘러싼 채 일제히 네 머리칼을 쓰다듬고 있었지. 그땐 단순히 네가 사랑받고 있는 거라 생각했어. 하지만 너와 조금씩 친해지면서 얘기가 달라졌지.

너는 누구보다 환하게 웃고 있었지만, 사실 누구보다 속이 문드러져 있었어. 네가 다른 영애들에게 아양 떠는 것은 좋아서 하는 짓이 아니었어. 사교계에서 살아남기 위해, 늙은이한테 시집가지 않기 위해, 필사적으로 몸부림치는 거였지.

그래서 결심했지. 내가 힘들 때 유일하게 손을 내밀어 준 너를 보호해 주기로. 그래서 나는 당장 너를 아르첸 가문의 저택으로 데려왔어. 그리고 다른 사람들에게 보란 듯이 너와 나란히 거리를 누볐지. 나와 있을 때 환하게 웃는 널 볼 때마다 정말 기뻤어. 너는 내게 말했어. 안전하고, 행복하게 살고 싶다고. 그리고 나는 생각했지. 내가 그 소원을 이뤄 줄 수 있을 것 같다고.

하지만 나는 그 소원을 이뤄 주지 못했지. 내가 아무리 널 보호한다 한들, 근본적인 문제는 바뀌지 않았어. 모든 사람들이 네게 말했어. 넌 곧 버림받을 거라고, 아르첸 가문의 저택에서도 쫓겨날 거라고, 내가 요하네스와 결혼해서 황궁에 들어가면 남남이 될 거라고. 너는 내가 그럴 사람이 아니라는 것을 누구보다 잘 알고 있었어. 하지만 계속 사람들에게 시달리니 지칠 수밖에 없었을 거야. 게다가 영애들도 여전히 내 눈을 피해 널 괴롭혔지.

너와 내가 만난 지 많은 시간이 지났지만, 너와 내가 처한 상황은 변하지 않았어. 다른 사람들도 마찬가지였고. 하지만 너와 나는 바뀌었지.

나는 네가 편지에서 말했듯이 요하네스가 개자식이란 사실을 깨달았고, 스스로를 위해 노력하기 시작했어. 매일 아침저녁으로 연무장에서 달리고 검술을 연마했어. 네가 그런 나를 자랑스럽다고 말할 때마다 무척이나 기뻤어. 검술을 시작한 것도 어디까지나 네 덕분이었으니까. 처음엔 네게 잘 보이고 싶어서 시작한 거였지만, 계속할수록 재미가 생기고 욕심도 생기더라.

요하네스와의 약혼을 파기하고 아르첸 가문의 가주가 되고 싶었어. 난생처음으로 내 힘으로 일어나서, 내가 직접 원하는 것을 쥐고 싶었어. 태어났을 때부터 정해진 선이 있었지만, 그 것이라도 악착같이 긁어모아 쥐고 싶었어.

네가 말했지. 바뀌지 않을 사람은 무슨 일이 있어도 절대 바뀌지 않을 거라고. 하지만 바뀔 수 있는 사람은 계기만 있으면 얼마든지 바뀔 수 있다고. 그리고 나는 후자에 들어간다고. 하지만 너는 한 가지 간과한 게 있었어. 너도 후자에 들어간다는 것을 말이야.

내가 변하는 만큼, 너도 변해 갔지. 자신의 감정에 솔직해졌고, 남의 눈치를 덜 살피게 됐어. 안 좋은 버릇도 고치기 위해 노력하고 있고. 물론 넌 버릇이 완전히 사라지지 않는다고 울상을 짓지만, 넌 정말 잘하고 있어. 잘 자란 손톱만 봐도 그것을 알 수 있어. 네가 분명 이런 말도 했었지? 남 눈치 보지 말고 하고 싶은 대로 하라고. 그 말, 그대로 네게 돌려줄게.

네가 하고 싶은 일을 해. 한 번 사는 인생인데 그런 사람들 시선까지 신경 쓰면 시간이 너무 아깝잖아. 널 사랑해 주는 사람의 말만 들어. 예를 들면 나라든가, 아버지라든가, 아스라든가, 나스카라든가. 네 뒤에도 언제나 우리가 있다는 것을 잊지 마. 우린 네가 무엇을 하든 언제든지 널 지지해 주고 응원할 거야.

그러니까 너무 힘들 땐 언제든지 우리에게 찾아와. 두 팔 벌려서 널 꼭 안아 줄 테니까.

─널 언제나 생각하는 레베카가.]

편지를 펼쳐 들고 있는 작은 손이 파르르 떨렸다. 뒤편에 서서 분홍빛 머리칼을 매만지던 시녀가 조심스레 샤샤의 눈치를 살폈다. 샤샤의 어깨를 감싸 안고 있던 레베카가 조용히 말했다.

"약혼식 전부터 벌써 울면 어떡해."

"하지만 너무 감동적인데 어떡해."

샤샤는 시녀를 물리고 자리에서 일어났다. 주름 장식이 들어간 복숭아빛의 드레스가 물결치듯 흘러내렸다. 샤샤는 눈물 젖은 눈으로 레베카를 올려다보았다. 평소에도 사랑스러웠던 샤샤는 아침부터 공들여서 꾸민 덕에 몇 배는 더 사랑스러웠다. 레베카는 굳은살이 여기저기 박여 있는 손으로 조심스레 샤샤의 눈가를 닦아 주면서 말했다.

"울지 마."

"응."

페인과 신하들 앞으로 요하네스의 시체를 가져간 후, 레베카는 아르첸 가문의 후계자로 인정받을 수 있었다. 도주하려던 반역자를 붙잡고 처분한 것은 모두가 인정할 만큼 큰 공이었으니 말이다. 물론 몇몇 신하들이 아틀란타의 역사상 여자가 가주직을 맡은 일은 없었다며 반발했지만, 페인에겐 씨알도 먹히지 않았다. 레베카는 샤샤의 머리칼을 매만져 준 후, 등을 돌렸다.

"그럼 난 가 있을게."

"응."

샤샤는 레베카에게 고개를 끄덕이면서 손을 흔들었다. 레베카는 피식 웃은 후 방을 나섰다. 시녀들이 분주하게 움직이고 있는 것을 보니, 벌써 홀에 하객들이 도착한 모양이었다. 하긴,

일찍 올 수밖에 없지. 무려 즉위식을 앞두고 있는 차기 황제인 페인과 황후로서의 교육을 받고 있는 릴리스가 참석하는 약혼식이니 말이다. 게다가 샤샤의 약혼자인 아스는 찬란한 앞날이 보장되어 있었다. 페인의 교육을 담당하고 있는 데다 이미 국무까지 도와주고 있다고 소문이 자자하니 말이다. 그리고.

"레베카, 샤샤 상태는 어떠니?"

"조금 감성적인 것 같지만 괜찮아요."

아르첸 가문의 현 가주인 케론드와 차기 가주도 참석했다. 레베카는 케론드의 팔에 손을 얹은 채 하객들을 둘러보았다. 검은색 예복을 단정하게 차려입은 아스가 헤레이스와 뭐라 얘기를 나누고 있었다. 아니, 얘기라고 하기엔 분위기가 살짝 묘했다.

"제가, 아스 님께 큰 실례를, 죄송합니다, 정말."

"상관없습니다. 모르고 한 짓이지 않습니까."

"네, 그땐 정말 두 분이 약혼 예정인 줄 몰랐습니다. 정말 죄송합니다."

헤레이스가 연신 허리를 굽히면서 사과를 건네고 있었으니 말이다. 아무래도 아스에게 뭔가 실수를 저지른 모양이었다. 하필이면 실수를 해도 아스에게 하나. 레베카가 속으로 혀를 찬 순간이었다. 케론드가 레베카에게 소곤거리듯 물었다.

"그런데 그 녀석은 어디 갔냐?"

"네?"

"왜, 그, 샤샤에게 찰싹 붙어 다니던 마법사 녀석. 이름이 나스카라던."

"……."

나스카는 샤샤의 약혼식 날짜가 다가오자 말수가 급격히 줄어들었고, 샤샤를 따라 다니지도 않았다. 그저 방에 처박힌 채 멍하니 창밖만 쳐다보았다. 워낙 돌발 행동을 많이 하는 아이라 걱정했었는데, 어떻게 보면 다행이었다. 나스카는 오늘 샤샤의 약혼식에 갈 거냐는 물음에 답하지 않고 저택 밖으로 나가 버렸다. 어디로 가겠다는 말 한마디도 없이 말이다. 레베카는 문득 나스카가 이곳을 떠나 버렸을지도 모른다는 생각이 들었다. 나스카가 이 저택에 오기 전엔 여행 중이었다는 사실이 떠올랐기 때문이다. 마법사이니 안전이나 돈 같은 것은 걱정되지 않았다. 레베카가 그렇게 생각한 순간이었다.

"─아스, 레베카."

뒤편에서 분홍빛 머리칼이 꼬리처럼 살랑거렸다. 하객들 틈을 헤치며 대기실에 있어야 할 샤샤가 걸어 나왔다. 아스와 레베카는 놀란 눈으로 샤샤를 쳐다보았다.

"어떻게 된 거야? 식이 시작될 때까진 대기실에 있어야 하잖아."

"어, 나도 그러려고 했는데."

샤샤는 아스의 손을 꼭 잡은 채 생긋 웃었다.

"대기실에서 의미 없이 시간을 죽이는 것보단 그냥 너희들이랑 인사 나누는 게 더 의미 있을 것 같아."

샤샤다운 말이었다. 아스는 생긋 웃으면서 기꺼이 고개를 끄덕였다. 샤샤는 아스와 함께 하객들과 인사를 나누었다. 뒤늦게 페인과 함께 도착한 릴리스는 즉시 샤샤와 포옹을 나누었고, 헤레이스는 아스의 눈치를 살피면서 샤샤에게 축하 인사를 건넸다. 클로드의 팔짱을 낀 채 등장한 이비는 직접 샤샤에게 자수정으로 장식된 고급스런 선물 상자를 쥐여 주었다. 그것을 시작으로 다른 하객들도 시녀들에게 들고 온 선물을 주는 대신, 샤샤에게 직접 선물을 쥐여 주었다. 샤샤는 선물을 받을 때마다 진심으로 고마워하며 식이 끝나자마자 바로 열어 보겠다고 말했다. 하객들과의 인사가 어느 정도 끝난 후, 샤샤는 레베카에게 다가가 물었다.

"나스카는? 아까부터 안 보이네?"

어떡한다. 레베카는 망설이다가 입을 열었다.

"어, 그러니까―."

덜컹. 그때 문이 열렸다. 문이 열리면서 후드를 푹 뒤집어쓴 소년이 타박타박 걸어 들어왔다. 약혼식에 전혀 어울리지 않는 복장에 하객들은 일제히 의아한 눈으로 소년을 쳐다보았다. 가슴께까지 늘어뜨린 은빛 머리칼이 반짝였다. 샤샤의 얼굴이 즉시 환해졌다.

"나스카!"

"……."

나스카는 손에 무언가를 든 채 말없이 샤샤를 바라보았다. 레베카의 눈이 동그랗게 떠졌다. 나스카는 아스와 서 있는 샤샤에게 한 걸음씩 다가갔다. 레베카는 조마조마한 마음으로 그 모습을 지켜보았다. 은근히 제멋대로인 데다 다혈질이었던 나스카의 행동이 떠올랐기 때문이다. 엉뚱한 짓 하면 안 되는데. 레베카가 그렇게 생각한 순간이었다.

"축하한다."

나스카가 손에 들고 있던 것을 내밀며 작게, 그러나 분명하게 말했다. 레베카는 멍하니 나스카를 응시했다. 나스카가 내민 것은 다름 아닌 서툴게 만들어진 화관이었다. 새하얗고 올 망졸망한 은방울꽃으로 만들어진. 가뜩이나 환하던 샤샤의 얼굴이 몇 배는 더 환해졌다. 샤샤는 당장 머리에 달고 있던 꽃 장식을 빼고 화관을 쓴 채 행복스레 웃었다.

"고마워요, 나스카."

옆에 있던 아스도 부드럽게 웃으며 고개를 숙였다.

"축하해 주셔서 감사드립니다, 나스카."

"……."

나스카는 말없이 아스를 응시하다 고개를 돌렸다. 아스는 하객들을 둘러보며 가볍게 손뼉을 쳤다.

"이제 슬슬 식이 시작될 시간이니 모두 자리를 옮기죠."

그렇게 샤샤는 아스와 팔짱을 낀 채 하객들과 걸음을 옮겼다. 하지만 나스카는 그들을 따라가지 않았다. 그저 멀거니 서서 그 둘의 뒷모습을 지켜볼 뿐이었다. 레베카는 나스카의 어깨를 가볍게 잡으면서 생긋 웃었다.

"웬일이야? 하도 침울해 있어서 걱정했었는데."

"……."

나스카는 레베카를 올려다보다가, 중얼거리듯이 대꾸했다.

"계속 생각해 봤다."

"뭘?"

자신에겐 힘이 있고 재물도 있다. 권력도 마음만 먹으면 얼마든지 취할 수 있고 말이다. 샤샤 같은 존재는 나스카에게 처음이었다. 그래서 결코 놓치고 싶지 않았다. 하지만.

"억지로 붙들었다간 지금처럼 지낼 수 없겠지."

인간들은 무척이나 섬세하고 예민한 존재니까. 그렇게 말한 나스카는 고개를 숙였다. 나스카의 단춧구멍엔 여전히 장미꽃이 꽂혀 있었다. 레베카는 그런 나스카를 내려다보다가 어깨에 팔을 둘렀다. 그러고 보니 은방울꽃의 꽃말이 '다시 찾은 행복'이었다. 그래서 약혼식이나 결혼식에서 많이 쓰이는 꽃이라 들었다. 레베카는 나스카의 귀에 대고 속삭였다.

"철들었네."

"뭐냐, 그 말. 기분 나빠."

"무슨 소리야, 칭찬인데. 샤샤가 정말 기뻐하더라. 고마워. 샤샤를 그렇게 웃게 만들어 줘서."

은방울꽃 화관을 쓴 채 환하게 웃던 샤샤의 얼굴이 아직도 선명하게 떠올랐다. 그 얼굴을 떠올리자 나스카의 입가에도 저절로 희미한 미소가 지어졌다. 그래, 차라리 이게 낫지. 나스카가 장미꽃을 만지작거리고 있을 때였다. 레베카가 하객들이 들어간 방을 향해 턱짓을 하면서 말했다.

"우리도 슬슬 가자. 아, 그런데 그 후드 오늘도 쓰고 있을 거야?"

"당연하지."

"그 후드, 도대체 언제쯤 벗을 거야? 슬슬 벗어도 괜찮을 것 같은데."

나와 아스, 슬슬 뭔가 눈치챘으니까 괜찮다고. 샤샤는 원래 뭔가 알고 있었던 것 같고. 레베카는 생글생글 웃으면서 나스카를 쳐다보았다. 하지만 나스카는 고개를 저으면서 대답할 뿐이었다.

"내가 너희들 틈에 완전히 녹아들었을 때."

진짜 변했구나. 레베카는 그런 나스카를 말없이 쳐다보다가 중얼거렸다.

"이미 충분히 녹아든 것 같은데 말이지."

"뭐?"

나스카가 그렇게 되물은 순간, 누군가가 외쳤다.

"—나스카! 레베카! 너희 둘이 거기서 뭐 해!"

아, 깜빡했다. 둘은 급히 고개를 돌렸다. 열린 문틈으로, 샤샤와 아스가 서 있었다. 그리고 그 뒤편엔 릴리스와 페인도 서 있었다. 샤샤는 손나팔을 한 채 외쳤다.

"빨리 와!"

둘은 급히 샤샤에게 달려갔다. 그리고 샤샤는 그런 둘의 모습을 쳐다보면서 활짝 웃었다.

만약 누군가가 지금 내게 '행복해?'라고 묻는다면 주저 없이 대답할 거야.

응, 정말 행복해. 진심으로.

외전

외전 1 〈용과 장미〉

약혼식이 끝났다. 신관이 축복의 말을 마치자, 기다렸다는 듯 허공에서 색색의 꽃잎들이 흩날렸다. 샤샤와 아스는 그 꽃잎들을 맞으며 하객들을 향해 손을 흔들었다. 샹들리에 빛을 받아 손가락에 낀 약혼반지가 반짝거렸다. 하객들은 두 사람을 위해 일제히 박수를 쳤고, 나스카와 레베카는 그들을 따라 박수를 쳤다. 레베카가 작게 중얼거렸다.

"예쁘네, 우리 샤샤."

옆에 앉아 있던 나스카가 동의한다는 뜻으로 고개를 작게 끄덕였다. 복숭아빛 드레스를 곱게 차려 입은 샤샤는 정말 아름다웠다. 활짝 웃고 있어서 그런가, 나스카는 지그시 입술을 깨물었다. 샤샤가 행복해 보여서 다행이지만, 그만큼 기분이 착잡했다.

나스카는 울렁거리는 가슴팍을 손바닥으로 눌렀다. 일부러 어젯밤부터 아무것도 먹지 않았는데 헛수고였다. 샤샤는 아스와 팔짱을 낀 채 흰 카펫 위를 사뿐사뿐 걸었다. 드레스 자락이 꿈결처럼 흩날렸다.

나스카는 멍하니 샤샤를 응시했다. '저 인간이 저렇게 예뻤던가'란 생각이 저절로 들었다. 물론 평소에도 사랑스러웠지만 지금보다는 아니었다. 나스카는 중얼거렸다.

"저 인간이 아름다워 보인다."

레베카가 당연하다는 어조로 대꾸했다.

"샤샤는 원래 아름다웠어."

나스카는 계속해서 말했다.

"보통 아름다운 게 아니라 너만큼 아름다워 보이는데."

새파란 눈은 손가락에 낀 약혼반지보다 더 반짝거리고, 볼은 장미 꽃잎처럼 붉다. 지금껏 자신이 만난 인간들 중에서 가장 아름다운 사람은 바로 아틀란타의 최고 미녀로 칭송받는 레베카였다. 샤샤는 그저 눈에 띄는 정도에 불과했다. 그런데 오늘은 샤샤가 레베카만큼 아름다워 보였다. 나스카는 한숨을 쉬었다.

"아직도 미련이 남은 건지 내 눈이 잘못된 건지 잘 모르겠군."

물론 개인적으론 후자였으면 한다. 미련을 가져 봤자 변하는 것은 없을 테니 포기하기로 했다. 샤샤는 이미 아스를 사랑하고, 아스도 샤샤를 행복하게 만들어 줄 것이다.

나스카는 다시 고개를 돌려 흰 카펫 위를 걷고 있는 둘을 응시했다. 한 폭의 명화처럼 아름다운 광경인 동시에, 세상에서 제일 쓰라린 장면이었다.

나스카는 고개를 숙이면서 앓는 소리를 냈다. 갑자기 자신이 한심하게 느껴졌다. 결심한 지 얼마나 됐다고 이런 생각을 하는 거야. 나스카는 정신 차리자는 의미로 손을 들어 얼굴을 후려쳤다. 아니, 후려치려 했지만 그만두었다. 주변에 샤샤가 초대한 하객들이 있었기 때문이다. 괜히 눈에 띄는 행동을 해서 샤샤의 약혼식을 망칠 수는 없었다. 그때 레베카가 세상 한심하다는 어조로 말했다.

"진짜 아름다워졌다는 생각은 안 들어?"

"뭐?"

나스카의 눈이 동그랗게 떠졌다. 나스카는 멍하니 레베카를 응시하다가 물었다.

"단기간에 저렇게 아름다워질 수가 있나?"

"당연하지. 사람은 사랑을 받으면 누구나 아름다워져. 네가 멍하니 있는 동안 아스가 샤샤한테 애정 표현을 얼마나 했는지 알아?"

아스는 페인의 교육으로 아무리 바빠도 수시로 샤샤를 찾아왔다. 낮에는 샤샤가 좋아하는 케이크를 작게 잘라 하나하나 입에 넣어 주고, 저녁에는 샤샤와 팔짱을 낀 채 거리를 돌아다녔다. 밤에는 샤샤가 잠들 때까지 재미있는 민담 책을 읽어 주고 말이다.

"나날이 표정부터 달라지더라고. 봐, 지금만 해도 저렇게 웃고 있잖아."

"……."

"저 미소 덕분에, 안심할 수 있었어."

그렇게 말하는 레베카의 어조는 지독히도 평온했다. 그 차분한 모습에 나스카도 덩달아 울렁거림이 가라앉는 것을 느꼈다.

둘은 한동안 아무 말 없이 아스의 어깨에 머리를 기대고 있는 샤샤를 응시했다. 인정하기 싫지만 나란히 서 있는 둘은 한 송이의 장미꽃을 연상시켰다. 그 정도로 어울렸다.

얼마나 시간이 흘렀을까. 둘이 마침내 카페트 끝에 다다랐을 때 레베카가 젖은 눈시울을 문지르면서 재차 말했다.

"정말 예쁘다, 우리 샤샤."

나스카는 아무 대답도 하지 않았지만 이번에도 동의한다는 표정을 짓고 있었다. 레베카는 더더욱 힘주어 말했다.

"아틀란타 제국 내에서, 아니, 세상에서 제일 예뻐."

그 말에 나스카의 눈시울도 확 붉어졌다. 나스카는 입을 꾹 다문 채 다시 고개를 숙였다. 그렇게 말하면 내가 바보처럼 느껴지잖아. 나스카의 손가락 사이에서 장미꽃이 파르르 흔들렸다.

약혼식 후엔 옆 홀에서 화려한 축하연이 열렸다. 테이블 위엔 투명한 샴페인 잔들이 가득 놓여 있었고, 정갈한 복장을 한 시종 시녀들이 카나페 접시를 든 채 돌아다녔다. 나스카는 시녀들이 건넨 카나페를 우물거리면서 삼삼오오 모여 있는 귀족들을 물끄러미 응시했다.

"역시 사람 일은 어떻게 될지 모르네요."

"그러게 말이야. 참 신기해."

'쨍' 샴페인 잔을 가볍게 맞부딪친 귀족들이 일제히 웃음을 터뜨렸다. 한 영식이 올리브를 집어 먹으면서 말했다.

"'높으신 분들의 애완동물'이 출셋길이 보장된 아스와 약혼을 하다니. 도대체 어떻게 꼬드겼을까?"

"그걸 몰라서 묻나? 영애들에게 그런 것처럼 애교 떨었겠지."

"참나, 그 사람이 영애들처럼 단순한 줄 알아? 영애들과 다르게 그 사람은 머리가 좋잖아."

샴페인을 홀짝이던 영애들이 일제히 영식을 째려보았다. 영식은 흠칫하면서 급히 말을 고쳤다.

"내 말은 그만큼 속이 시커멓다는 거지. 도대체 무슨 생각을 하는지 모르겠어."

다른 영식도 고개를 끄덕이며 맞장구쳤다.

"맞아, 어렸을 적부터 유명하지 않았나? 표정 없는 천재로."

"정말 유명했지. 하루 종일 뚱한 표정만 짓고 있어서 따돌림도 당했다는데."

귀족들은 고개를 돌려 아스를 응시했다. 역시나 아스는 무표정한 얼굴로 어떤 남자와 대화를 나누고 있었다. 영식은 고개를 끄덕이면서 말했다.

"봐, 지금만 해도 저렇게 뚱하게 있잖아."

그때 샤샤가 드레스 자락을 쥔 채 다가왔다. 아스의 표정이 순식간에 부드럽게 풀어졌다. 아스는 곁에 있던 남자에게 가볍게 목례를 한 후 샤샤의 어깨를 감쌌다. 샤샤는 까르륵 웃으며 아스의 손을 잡았다. 그 모습에 잠자코 귀족들의 대화를 듣고 있던 이비가 입을 열었다.

"그냥 그 사람들 앞에선 웃을 필요를 느끼지 못한 거였네요."

"이비 영애?"

"확실히 자길 싫어하는 사람들 앞에서 웃기 싫겠죠. 그리고 무엇보다, 이젠 '애완동물'이란 표현은 자제해야 할 것 같네요."

당신들 말대로 출셋길이 보장된 그 '아스'와 약혼했잖아요.

이비는 그 말을 끝으로 자기 약혼자인 클로드 황자에게 가 버렸다. 그런 이비의 뒷모습을 멍하니 지켜보던 귀족들은 괜히 헛기침을 하면서 흩어졌다. 뭐야, 내가 나설 필요는 없었네. 나스카는 어깨를 으쓱였다.

"괜히 기다렸군."

"응? 뭘 기다려요?"

나스카는 고개를 돌렸다. 어느 틈에 왔는지 샤샤가 서 있었다. 나스카는 기겁하면서 옆으로 물러났다.

"뭐야, 아스는 어딨냐."

"아, 그게."

샤샤는 시무룩한 얼굴로 아스를 돌아보았다. 아스의 주변엔 그새 사람들로 바글바글했다.

"정말 쉴 틈도 없이 사람들이 인사를 하러 와서, 그냥 나중에 시간 보내기로 했어요."

"그러냐."

"레베카도 사람들이랑 인사 나누느라 정신이 없더라고요. 둘 다 인기가 정말 대단해요."

샤샤는 근처에 있는 의자에 털썩 주저앉았다. 나스카는 문득 예전이 떠올랐다. 그때도 아스와 레베카가 바쁜 탓에 이렇게 둘이서 시간을 보냈었다. 나스카는 물끄러미 샤샤의 옆얼굴을 응시했다. 아스와 레베카는 앞으로 더더욱 바빠질 것이다. 그러니까.

"카나페 하나만 주실래요?"

"그래."

앞으로도 함께 시간을 보낼 수 있다. 나스카는 샤샤에게 카나페를 건넸다. 둘은 카나페를 먹으면서 조용한 테라스로 향했다. 샤샤는 목덜미를 쓸어내리면서 신선한 공기를 들이마셨다. 분홍빛 머리칼에 씌어져 있는 은방울꽃 화관이 유독 하얗게 빛났다. 마음에 들어 해서 다행이야. 나스카는 그렇게 생각하면서 화관을 뚫어져라 응시했다. 샤샤도 그런 나스카의 시선을 느꼈는지 화관을 만지작거리면서 말했다.

"이 화관 정말 마음에 들어요. 솜씨가 많이 늘었네요."

나스카의 얼굴이 미미하게 붉어졌다. 나스카는 괜히 고개를 옆으로 돌렸다.

"그런데 은방울꽃은 어디서 구한 거예요? 꽃집에서 산 것 같지는 않은데."

"숲에서 따 왔다."

"숲이요? 혹시 나스카의 고향이라는?"

"응."

샤샤는 고개를 갸웃거렸다.

"어떻게 몇 시간 만에 돌아온 거예요? 거기 가는 데 며칠 걸린다면서요."

나스카는 고개를 끄덕이면서 말했다.

"그렇지, 인간에겐."

정체를 숨길 거면 제대로 숨겨라, 좀. 기껏 모른 척 해줬는데. 샤샤는 답답해하면서 나스카를 흘겨보았다. 그래도 궁금하긴 했다. 어떤 방법으로 숲으로 갔는지. 역시 본체화해서 날아갔겠지? 아님 마법을 이용해서 갔나? 샤샤는 궁금해하면서 물었다.

"어쨌든 오랜만에 간 숲은 어땠어요? 막 변한 점이라던가, 그런 것은 없었어요?"

"없었다. 거긴 언제나 지루해."

"아, 그러고 보니 예전부터 그러셨죠. 거긴 너무 지루한 곳이라고."

샤샤는 마침 문 앞을 지나가던 시종을 불러 세워 샴페인 잔을 두 개 가져왔다. 나스카는 고맙다는 뜻으로 고개를 까딱인 뒤 샴페인 잔을 받아 들었다.

"그럼 나스카는 태어났을 때부터 거기서 살았나요?"

"그런 셈이지."

"그런데 지루하면 이사를 가거나, 그러면 되지 않아요? 왜 굳이 거기에서 계속 살았던 거예요? 숲을 떠나 여행을 한 것도 이번이 처음이라 하셨잖아요."

"지루했지만 그만큼 싫었거든."

"인간이?"

매우 정확한 샤샤의 말에 나스카는 입을 다물었다. 샤샤는 끌끌 혀를 찼다. 여기 와서도 지루하다는 말을 달고 사는 양반이 더 지루한 숲에 처박혀 있었다니. 그것도 몇백 년 동안이나. 도대체 얼마나 인간을 싫어했던 거야, 샤샤는 지나가는 어투로 물었다.

"혹시 인간을 혐오하게 된 특별한 계기가 있나요? 막 돈을 훔쳤다든가, 집에 무단침입을 했다든가."

그리고 나스카는 뚱한 얼굴로 즉시 대답했다.

"아니, 특별한 계기 같은 것은 없다."

"뭐예요, 그게."

샤샤는 어이가 없었고, 나스카는 생각에 잠겼다. 그러고 보니 정말이었다. 특별한 계기 같은 것은 없었다. 물론 일부 인간들이 자신의 재물을 탐내고 영역에 발을 들인 것은 사실이었지만, 샤샤는 자신의 영역에 침입한 적이 없었다. 그런데도 처음의 자신은 샤샤를 건방진 인간, 주제도 모르는 인간이라 폄하하며 싫어했었다.

"……."

"표정이 갑자기 왜 그래요?"

샤샤를 잘 알지도 못하면서, 그녀도 탐욕스러울 거라고 생각했다. '인간'이라는 이유 하나만으로. 그걸 생각하면 자신도 인간과 다를 바가 없다. 아무 이유 없이 남을 헐뜯는 인간들을 가장 한심하게 여겼는데 말이다.

"난 정말, 인간들을 그냥 싫어했었던 것 같다. 인간이면 무조건 나쁘게 봤어."

안 그런 인간들도 있는데. 나스카는 그렇게 말하면서 샤샤를 돌아보았다. 샤샤는 여전히 발그레한 뺨에 생기 넘치는 눈빛을 하고 있었다. 그땐 정말 몰랐지. 이렇게 사랑스러운 인간이 있을 줄은. 나스카는 속삭였다.

"너랑 있으면 정말 새로운 사실들을 알게 되는군."

갑작스러운 나스카의 말에 샤샤는 조용히 웃으며 손가락에 낀 약혼반지를 만지작거렸다. 꽃봉오리 모양으로 세공된 핑크 다이아몬드와 잎사귀 모양의 페리도트가 박힌 화려한 반지였다. 그 반지를 본 순간 나스카는 급히 표정을 수습했다. 분명 옆에서 지켜보는 걸로 만족하기로 했었다. 그런데 왜 자꾸 욕심이 나는 건지 모르겠다. 나스카의 기색이 어두워졌다.

　역시 내가 인간이 아니라서 그런 걸까.

　샤샤와 피오르로 여행 갔을 때가 떠올랐다. 조각배 위에서 샤샤는 울면서 말했었다. 당신은 절대 날 이해하지 못할 거라고. 내가 당신을 완전히 이해하지 못하는 것처럼. 어떻게 보면 당연한 말이다. 자신과 샤샤는 태어났을 때부터 다른 삶을 살아왔으니. 나스카는 가물가물한 기억을, 샤샤와 만나기 전의 삶을 떠올랐다.

　날 때부터 인간을 혐오하고, 지루한 일상을 반복하던 그때를.

　나스카의 보금자리는 인간의 발이 닿지 않는 구석진 숲에 위치했다. 보금자리는 조용한 곳이 좋다는 아버지의 조언 때문이었다. 아버지라고 해 봤자 이제는 연락도 안 하고 살지만.

　단체 생활을 하는 인간들과 다르게 드래곤들은 지독한 개인주의였다. 가족? 친구? 그런 것들을 만들 필요를 아예 느끼지 못했다. 유일하게 관계를 맺을 때가 바로 알을 낳을 때인데, 정말 그것뿐이었다. 관계를 맺고 알을 낳자마자 드래곤들은 제 갈 길을 위해 헤어진다.

　보통 알과 육아를 맡는 쪽은 힘이 강한 쪽이다. 더 합리적인 방식으로 어린 드래곤을 보호할 수 있다는 게 이유였다. 그래서 나스카는 모친 밑에서 자랐고, 나이를 먹어 보금자리를 지을 때 부친의 도움을 받았다. 부친은 모친보다 약한 힘을 타고

났지만 재물욕이 많았다. 나스카의 보금자리에 있는 금은보화는 죄다 부친이 준 것들이다. 부친은 나스카의 보금자리를 금은보화로 채워 주면서 이렇게 말했다.

　—잘 살아라.

　나스카는 모친의 강한 힘과 부친의 많은 재물을 물려받았다. 못 살 이유가 없었다. 나스카는 순순히 고개를 끄덕였고, 부친은 뒤 한번 돌아보지 않고 떠났다.

　부친이 떠난 후, 나스카는 틈이 날 때마다 자신이 살게 된 숲을 돌아보았다. 숲은 맑은 호수가 있고 희귀한 동식물로 가득했다. 제법 괜찮은 환경이었기 때문에 나스카는 자신의 보금자리에 만족했다. 하지만 종종 '벌레'가 들어오는 것이 마음에 들지 않았다. 앞서 말했듯이 자신의 숲에는 희귀한 동식물로 가득했고, 인간들은 밀렵을 위해 숲에 침입했다.

　드래곤답게 소유욕이 강한 나스카가 자신의 숲을 훼손하는 인간을 가만 둘 리가 없었다. 나스카는 인간들을 발견할 때마다 발로 밟아 죽었다. 그러자 밀렵꾼들 사이에서 자신에 대한 소문이 돌기 시작했다.

　드래곤에 대한 정보가 적은 인간들도 그들이 많은 재물을 가지고 있다는 것쯤은 알았다. 인간들은 당장 토벌대를 꾸려 나스카의 숲으로 쳐들어 왔고.

　"겨우 이 정도 가지고 날 죽이려 한 거냐."

　역으로 토벌됐다. 나스카는 동굴 앞에 널브러진 시체들을 한심한 눈으로 내려다보았다. 그 일을 끝으로 밀렵꾼들은 나스카의 숲에 얼씬도 하지 않게 되었다. 나스카는 그제야 만족하고 마음대로 제 숲을 돌아다녔다. 모든 것이 마음에 들었다.

잠잠한 호수도, 고요한 들판도, 푸르른 녹음도. 나스카는 그 호수에서 꼬리로 물장구를 치고, 들판에서 햇빛을 받으며 늘어져라 낮잠을 잤다. 무척이나 여유로운 생활이었다. 나스카는 그 여유를 좋아했다. 그런데 언제부터인가, 그 여유가 무료함으로 변질됐다.

"지루해."

나스카의 일상은 지극히도 단조로웠다. 하루하루가 똑같았다. 아무 변화도 없었다. 이 숲은 처음부터 평화로웠지만, 인간들이 침입하지 않게 된 이후로 더 평화로워졌다. 그래서 나스카는 그토록 마음에 들어 했던 숲이 질리기 시작했다.

나스카는 호수를 내려다보면서 생각했다. 자신은 재물도 힘도 가지고 있었다. 없는 것은 단 하나, 바로 '신선한 자극'이었다. 나스카는 꼬리로 호수 표면을 휘저었다. 물결이 일어나면서 물고기들이 도망쳤다. 나스카는 재차 중얼거렸다.

"지루해."

어떻게 해야 무료함 대신 신선한 자극을 얻을 수 있을까. 나스카는 멍하니 호수를 내려다보았다. 드래곤들에게 삶이란 지루함의 연속이었다. 동족 간의 교류도 없는 데다, 인간들보다 몇 배나 긴 삶을 살아가니까. 나스카는 호수 표면을 꼬리로 철썩철썩 때렸다. 그냥 재물을 미끼로 인간들을 다시 이 숲으로 불러 모아야 하나. 아니, 그렇다고 여기를 더럽히는 것은 싫은데. 그때 나스카의 눈이 동그랗게 떠졌다.

"—잠깐, 인간?"

나스카는 휙 고개를 돌려 몸을 일으켰다. 호수 표면에 거대한 드래곤의 모습이 고스란히 비쳤다. 순백에 가까운 은빛 비늘은 눈부시게 빛나고, 두 날개는 신화 속 천사의 날개처럼 아름다운 곡선을 가지고 있었다. 인간은 절대 가지지 못할 몸이었다. 언제나 지배자의 입장이었던 나스카는 문득 궁금해졌다.

약한 인간의 시야로는 세상이 어떻게 보일까.

제법 신선하지 않을까. 그토록 혐오하던 인간의 몸으로 보는 세상이라니. 나스카는 눈을 감았다. 그러자 즉시 날개와 꼬리가 뭉툭해지면서 사라졌다. 우드득거리는 소리가 들리고 뼈가 이리저리 뒤틀렸다. 뼈가 뒤틀리는 것을 방관하던 나스카는 기지개를 켜듯 몸을 쭉 폈다.

그러자 집채만큼 커다란 몸이 순식간에 작아지며, 순백의 비늘이 흐물거리면서 녹아내렸다. 나스카는 막 생겨난 두 손으로 얼굴을 감쌌다. 손바닥이 얼굴에 닿은 순간, 전신이 보드라운 피부로 덮였다. 숲의 지배자인 은빛의 드래곤은 온데간데없었다. 그저 은빛 머리칼의 소년이 자리하고 있을 뿐이었다.

아아. 소년은 낮은 신음을 흘리며 눈을 떴다. 파충류 특유의 선명한 노란색 눈이 드러났다. 소년은 한동안 몸을 웅크리고 있다가 천천히 고개를 들었다. 새파란 하늘이 눈에 들어왔다. 아까와 변함없는 풍경이었다. 그러나 소년의 입에선 자동적으로 감탄사가 터져 나왔다.

인간의 눈으로 올려다 본 하늘은, 너무나 크고 넓었다.

인간의 몸으로 있으면 본체였을 땐 그냥 지나쳤던 것들도 완전히 새로운 것으로 인식할 수 있었다. 발을 집어넣으면 바로 바닥이 닿았던 호수가 얼마나 깊은지, 몇 발자국만 걸어도 끝이 났던 들판이 사실은 얼마나 넓은지. 그게 한없이 신기해서 틈나는 대로 인간의 모습을 한 채 숲을 배회했다. 게다가 마력과 살기를 최대한 숨기면 산짐승들도 겉모습에 속아 달려들었다. 드래곤의 몸으로는 절대 경험하지 못할 진귀한 경험이었다. 그래서 틈나는 대로 인간의 모습을 한 채 숲을 배회했다. 하지만 그것도 하루 이틀이지, 얼마 가지 않아 약발이 떨어져 버렸다. 그래서 충동적으로 여행을 떠났다. 지금 생각해 보면 그 결심이 신의 한 수였다. 그날 여행을 떠난 덕분에 샤샤와 만났으니까. 나스카는 입을 열었다.

"나는 정말 인간을 싫어하게 된 특별한 계기가 없다. 그냥 약해서 하찮게 여겼던 것 같아. 그러니 내게 싫어하는 이유를 묻는다 해도 나는 말해 줄 수 없어."

발길질 한 번에 죽어 버리고, 백 년도 살지 못하는 존재. 그게 바로 인간이다. 몇백 년 동안이나 하찮게 여겨 왔다. 그런데 1년도 되지 않아서 깨달아 버렸다. 강한 힘으론 웃는 얼굴을 만들어 낼 수 없고, 찬란한 금은보화는 솜사탕처럼 달콤하지 않다는 것을, 백 년도 살지 못하는 인간들이 드래곤들도 해내지 못한 것들을 해냈다는 것을. 나스카의 손이 단춧구멍에 꽂힌 장미꽃으로 향했다.

"하지만 이거 하나만큼은 말해 줄 수 있다."

분홍빛 꽃송이가 한없이 탐스러웠다. 나스카는 괜히 손가락으로 줄기를 툭툭 두드렸다. 줄기 없이 꽃송이만 있어도 충분히 아름다울 테지만, 이게 없으면 분명 시들어 버릴 것이다.

나스카는 손가락을 거두고 온전한 장미꽃을 내밀었다. 그리고 말을 이었다.

"인간을 좋아하게 된 특별한 계기를."

샤샤의 손바닥 위로 장미꽃이 춤추듯이 떨어졌다. 나스카는 조용히 속삭였다.

"이제야 쥔 행복을 절대 놓치지 마. 웃고 싶을 땐 웃고, 화내고 싶을 땐 화내고, 울고 싶을 땐 울어라. 어차피 백 년도 못 사는 인생이다. 그러니 네 마음대로 살아."

멍하니 나스카를 쳐다보던 샤샤는 애써 눈물을 삼켰다. 머리에는 은방울꽃 화관, 손바닥에는 장미꽃. 이건 정말 꽃길을 걸을 수밖에 없는 조합이다. 샤샤는 장미꽃을 꽉 움켜쥐면서 말했다.

"오늘따라 여러 번 우네요. 레베카 편지 때문에 울고, 아까 신관 앞에서 서약 맺을 때도 울고."

나스카는 피식 웃으면서 하늘을 올려다보았다. 하늘은 어느 틈에 완전히 어두워져 있었다. 까만 밤하늘 위에 샛노란 별들이 총총히 박혀 있었다. 참 이상한 일이다. 예전엔 아무리 봐도 무감각했는데 지금은 한없이 아름답게 느껴졌다. 나스카가 홀린 듯이 밤하늘을 올려다보고 있을 때, 뒤편에서 누군가가 말했다.

"여기서 뭐하고 있어? 파티 주인공이 사라지면 쓰나."

"아, 레베카."

"한참 찾았잖아요, 샤샤."

"아스도 왔네? 얘기 끝났어요?"

나스카는 아스 곁으로 다가가는 샤샤를 보면서 가슴팍 위에 손바닥을 올렸다. 아까처럼 심하게 울렁거리진 않았다. 그 저, 희미하게 울렁거릴 뿐이었다. 주의 깊게 느끼지 않으면 모르고 그냥 지나칠 만큼, 아주 희미하게. 아스는 샤샤의 어깨를 팔로 감싸면서 물었다.

"뭐 하고 있었나요?"

"밤하늘 보고 있었어요. 평소보다 감성적이라서 그런가, 하늘이 더 예쁘게 느껴져요."

"그렇구나. 우리도 봐도 될까?"

"당연하지."

넷은 나란히 서서 밤하늘을 구경했다. 레베카는 기지개를 쭉 켜면서 말했다.

"이렇게 여유 있게 하늘 구경하는 게 얼마만인지, 요즘 너무 바빴어. 가뜩이나 검술 훈련으로 바쁜데 일까지 몰아서 하느라."

"응? 왜 일을 몰아서 해?"

샤샤의 물음에 레베카는 고양이처럼 장난스러운 웃음을 지었다.

"너희들 약혼 기념으로 여행 다녀오자. 저번에 칼리아 편지 받고 카낙타 가고 싶다고 했잖아."

샤샤가 당장 화들짝 놀라며 물었다.

"뭐? 진짜? 진짜 카낙타 갈 수 있어?"

"아스는 진작 스케줄 조정해 뒀대. 참 대단하지?"

샤샤는 정말이냐는 뜻으로 아스를 돌아보았다. 아스는 고개를 끄덕이면서 대답했다.

"당신을 위해서라면 어떤 일도 가능케 할 수 있습니다."

"와, 아스랑 레베카 최고!"

샤샤는 당장 폴짝폴짝 뛰었고, 둘은 흐뭇한 눈빛을 했다. 나스카는 그런 셋을 멍하니 응시했다. 그때 레베카가 나스카를 돌아보면서 말했다.

"나스카, 너도 갈 거지?"

"......응?"

갑작스러운 레베카의 물음에 나스카가 흠칫했을 때, 샤샤와 아스도 말했다.

"맞아요, 나스카. 당신도 가요!"

"이미 4인용 마차로 준비해 뒀습니다. 당연히 가실 거죠?"

인간은 나약하다. 수명도 짧다. 하지만 그렇기에 더더욱 남을 이해하려고 노력하고, 더불어 살아가는 법을 배운다. 나스카는 입꼬리를 끌어 올렸다.

"응, 나야 좋지."

이것이야말로 내가 원하던 삶이 아닌가. 지루할 틈이 없고 하루하루가 새로운. 관계가 많아지면 많아질수록 그만큼 신선한 자극도 많아진다. 그걸 생각하면 굳이 단둘이 아니어도 괜찮을 것 같다. 나스카는 그렇게 생각하며 셋과 함께 파티장으로 돌아갔다.

외전 2 〈모래 위에 피는 연꽃〉

[선택하렴. 왕족으로서 안정적인 삶을 누릴지, 전사로서 자유로운 삶을 누릴지.]

달짝지근한 향기가 코끝에서 맴돌았다. 열어 놓은 창문 틈으로 후덥지근한 바람이 들어왔다. 모래가 바람에 흩날리면서 '파스스' 기묘한 소리를 냈다.

조용한 막사 안에 무릎을 꿇고 앉아 있던 남자의 얼굴이 미미하게 굳었다. 남자는 고개를 들고 맞은편에 놓여 있는 위패를 응시했다.

흰 돌판 위에 글씨를 새겨 만든 위패는 탐스러운 연꽃 몇 송이로 장식되어 있었다. 한참 동안 위패를 응시하던 남자의 눈이 가늘게 떠졌다. 남자는 작게 중얼거렸다.

"바보 같은 사람."

"어디서 배워 먹은 말버릇이야!"

빠악. 남자의 얼굴이 그대로 바닥에 처박혔다. 향불을 피우고 있던 칼리아가 어느 틈에 와서 남자의 뒤통수를 후려갈긴 것이다. 칼리아는 씩씩거리면서 새된 목소리로 외쳤다.

"이런 날까지 굳이 그런 말을 해야겠어? 내가 분명 그 불손한 태도 뜯어고치라 했을 텐데? 응?"

"그럼 좋게 말로 하든가! 다짜고짜 사람을 때리냐?"

"말로 하면 네가 알아듣냐? 알아듣지 못하니까 때리지!"

칼리아와 남자는 죽어라 서로를 노려보다가 동시에 고개를 돌렸다. 칼리아는 위패가 있는 탁자로 다가가 연꽃을 매만졌다. 남자는 여전히 부루퉁한 얼굴로 그 모습을 지켜보았다. 칼리아는 허리를 두 손으로 짚은 채 명령조로 말했다.

"그딴 태도로 임할 거면 가서 훈련이나 해. 이런 날까지 맞을 짓을 해야겠니?"

남자는 툴툴거렸다.

"솔직히 내가 틀린 말을 한 것도 아니잖아."

"손 말고 무기로 처맞고 싶니?"

"아뇨."

칼리아의 살벌한 말에 남자는 급히 자리에서 일어났다. 손으로 맞으면 그냥 멍드는 정도로 끝나지만 무기로 맞으면 최소 몇 주는 꼼짝 않고 자리에 누워 있어야 한다. 분하지만 칼리아는 자기보다 강하니까. 남자가 입술을 꽉 깨물면서 막사를 나서려던 순간, 칼리아가 낮은 목소리로 경고했다.

"다시 한번 말하지만 절대로 훈련 빼먹지 마. 이건 네 누나로서가 아니라, 이곳의 우두머리로서 내리는 명령이야."

"……."

"어서 대답해, 칼린."

전사들의 우두머리인 칼리아의 하나뿐인 남동생, 칼린은 말없이 칼리아를 응시하다가 휙 막사를 나섰다. 칼리아가 뒤편에서 신경질적으로 뭐라 뭐라 외쳤지만 칼린의 굳게 닫힌 입은 열리지 않았다. 칼린은 터덜터덜 발걸음을 옮겼다. 전사들이 수건으로 땀을 닦으며 훈련을 하고 있었다.

칼린은 말없이 하늘을 올려다보았다. 오늘도 날씨는 짜증스러울 정도로 더웠다. 이딴 날씨, 정말 싫어. 칼린이 그렇게 중얼거린 순간이었다.

"표정이 왜 또 그러세요, 칼린 님?"

훈련을 하다 말고 한 전사가 다가와 말을 걸었다. 칼린은 고개를 끄덕여 인사를 건넨 뒤, 입술을 삐쭉였다. 전사가 알 만하다는 얼굴로 말했다.

"또 칼리아 님과 다투셨군요."

"알게 뭐야."

"그래도 오늘은 좀 참으시는 게 좋아요. 칼리아 님이 틀린 말씀을 하신 것도 아니잖아요."

칼린의 인상이 팍 구겨졌다.

"그럼 내가 틀린 말을 했다는 거냐? 응? 나도 틀린 말 한 것은 아니거든?"

"알죠. 하지만 훈련 빼먹은 것은 사실이지 않습니까? 옛날엔 무슨 일이 있어도 죽어도 훈련에 참가하셨던 분이 어쩌다―."

전사의 말이 끝나기도 전에 날카로운 단도가 날아들어 왔다. 전사는 자신의 어깨를 스치고 울타리에 꽂힌 단도를 물끄러미 응시했다. 칼린은 거칠게 머리칼을 헤집으며 짜증을 냈다.

"쓸데없는 소리 하지 마."

칼린은 그 말을 끝으로 휙 야자수를 심어 놓은 마당으로 가 버렸다. 결국 오늘도 훈련을 빼먹고 낮잠을 자려는 모양이었 다. 전사는 망연자실한 얼굴로 칼린의 뒷모습을 응시했다. 그 때 뒤편에서 그 모습을 지켜보고 있던 붉은 머리칼의 전사가 말했다.

"역시 칼리아 님이나 칼린 님이나 똑같이 성격이 더럽네. 피 는 못 속인다더니."

"아서라, 그래도 칼리아 님이 그나마 낫지."

"맞아, 칼리아 님은 그냥 어머니 기일이라서 평소보다 예민 하신 것뿐이야."

품. 물을 마시고 있던 전사가 즉시 허공에 물을 뿜었다. 다 른 전사들도 일제히 검을 휘두르던 손을 멈출 만큼 그의 말은 충격적이었다.

"뭐? 어머니 기일?"

"어, 나도 바로 조금 전에 두 분 싸우는 거 보고 깨달았어. 날짜 헤아려 보니 벌써 오늘이 어머니 기일이시더라고."

그 말에 주변에 있던 전사들이 동시에 탄식을 터뜨렸다. 어 쩐지 요즘 사소한 일로 칼린과 다투는 일이 많아졌다 싶었는 데, 벌써 오늘이 그날이었나 보다. 전사들은 머리를 싸매고 비 명을 질렀다.

"나 꼴통인가 봐, 달력에 큼직하게 표시해 뒀는데 그걸 까먹 다니. 바보 같은 자식."

"아냐, 까먹은 게 당연해. 근처 마을에 도적 떼 습격해서 다들 정신없었잖아."

"미치겠다. 차라리 도적 떼를 한 번 더 상대하겠어."

"오늘 다들 쥐 죽은 듯이 있어야 해. 둘 중 한 명이라도 폭발했다간 최소 일주일은 불지옥이야."

전사들의 우두머리인 칼리아와 그녀의 남동생인 칼린은 둘 다 출중한 실력자였다. 그런데 문제는 그만큼 성격이 더럽다는 것이다. 둘은 정말 사소한 일로 싸웠는데, 어머니의 기일엔 특히 더 심해졌다. 저번 기일 땐 서로에게 못생겼다고 입을 털며 칼부림을 부렸다. 그리고 그 모습을 본 한 전사가 눈치 없이 '어차피 두 분 다 똑같이 생겼는데 왜 그러세요.'라고 했다가 기합을 받아야 했다. 전사들은 둥글게 모여 심각하게 의논했다.

"하아, 시기가 정말 안 좋아. 일주일 전엔 도적 떼 습격, 이틀 후엔 또 아틀란타에서 손님 방문. 엎친 데 덮친 격 아니냐."

"꼭 안 좋은 일은 한꺼번에 일어난다니까. 도적 떼는 무찔렀지만 손님맞이 어떻게 해? 우두머리인 칼리아 님이 제정신이 아닌데."

"그런데 손님으로 도대체 누가 온다는 거야? 술탄께서 손님맞을 사람들 보내 준다 했었잖아. 그럼 틀림없이 귀한 손님이라는 건데."

그렇다. 술탄은 카나타 전사들에게 전령을 보내 손님을 맞는 데 필요한 물건과 시종들을 지원해 준다고 했다. 하지만 칼리아는 거절하겠다는 서신을 써서 전령을 돌려보냈다. 전사들은 의아할 수밖에 없었다. 이곳은 손님을 맞을 수 있는 환경이 아닌 데다 물품도 부족했다. 왜 그 제안을 거절했냐는 물음에 칼리아는 대답했다.

—흑심이 너무 뻔히 보이잖아. 안 봐도 뻔해. 그 시종들 시켜서 카낙타로 올 생각 없냐고 손님들 살살 꼬드기겠지.

현 술탄은 나이가 젊은 만큼 패기가 넘쳤다. 그래서 인재라면 눈에 불을 켜고 달려들었다. 전사들은 골똘히 생각에 잠겼다. 도대체 그 손님이 누구일까. 술탄이 탐낼 만큼 귀하고 능력 있는 사람들인 것은 알겠는데, 감이 도통 잡히지 않았다. 한때 스카웃 1순위였던 페인은 대관식을 앞두고 있다. 2순위였던 케론드도 이미 페인에게 충성을 맹세했고 말이다. 1순위, 2순위가 전부 그림의 떡이 됐는데 아직도 탐나는 사람이 있다고?

그런데 바로 그때였다. '우르르' 무언가가 빠른 속도로 달려오는 소리가 들렸다. 잠시 그 소리에 귀를 기울이던 전사들의 눈빛이 일제히 날카로워졌다.

"무슨 소리야? 누구지?"

"왕실에서 물자는 다음 주에 배달된다고 들었는데."

한 전사가 재빠르게 밧줄을 타고 감시탑으로 올라갔다. 뿌연 흙먼지를 일으키며 마차 여러 대가 달려오고 있었다. 그리고 그 주변엔 검은색 제복을 입은 남자들이 마차를 호위하며 '차크'를 몰며 달려오고 있었다.

차크는 카낙타처럼 사막이 있는 나라에서 흔하게 볼 수 있는 짐승으로, 낙타와 비슷한 생김새를 가지고 있었지만 말처럼 빠르게 달릴 수 있었다. 전사는 새된 목소리로 외쳤다.

"칼리아 님 모셔 와, 어서! 칼린 님도 깨워서 데려오고!"

"이미 왔다."

"칼린 님?!"

전사는 기겁하면서 뒤를 돌아보았다. 언제 왔는지 칼린이 손가락 사이에 단검을 끼운 채 감시탑으로 휙 올라왔다.

"너희들이 갑자기 호들갑 떨어 대서 깼잖아."

칼린은 전사의 손에서 망원경을 빼앗아 들었다. 모래 위를 달리는 데 알맞게 개량된 마차는 아무 장식 없었지만 반짝반짝 윤이 나는 것이 고급스러운 태가 났다. 칼린이 중얼거렸다.

"손님은 분명 이틀 후에 온다 하지 않았나?"

"네?"

정문과 가까워질수록 마차의 속도는 점점 줄어들었다. 칼린은 망원경에 더욱 눈을 바짝 갖다 댔다. 그리고 이상한 점을 몇 가지 더 발견했다. 첫째, 마차에 아틀란타의 개국공신 가문인 '아르첸'을 상징하는 사자 문양이 새겨져 있다는 것. 둘째, 뙤약볕 아래에서 달리는 남자들은 긴 옷차림임에도 불구하고 땀한 방울 흘리지 않는다는 것. 짧고 통풍이 잘 되는 옷차림에도 불구하고 땀을 줄줄 흘리는 전사들과 대조되는 모습이었다.

칼린은 무기를 들고 정렬한 전사들에게 일단 대기하라는 지시를 내렸다. 마차만 봐도 신원을 파악할 수 있었다. 아르첸 가문은 아틀란타뿐만 아니라 다른 나라에도 명성이 자자했다. 섣불리 사칭했다간 바로 목이 날아가는 가문이다.

"칼리아 님이 이쪽으로 바로 오신답니다."

"흠, 그래."

"침입자는 아닙니까?"

"응, 침입자는 절대 아냐."

아무래도 손님들이 예상 날짜보다 일찍 도착한 모양이다.

확실히 아르첸 가문의 사람이 손님이라면 술탄이 호들갑을 떨 만했다. 저번에 사절단으로 아틀란타를 방문했을 때 인연이 생긴 건가? 칼린은 그 귀한 아르첸 가문의 사람이 왜 여기까지 왔는지를 유추하면서 망원경을 내려놓았다. 마차는 어느덧 정문 앞에 도달해 있었다. 남자들은 차크에서 내린 뒤 마차에 실린 물품을 하나하나 바깥으로 옮겼다. 그때 가장 커다란 마차 문이 열리면서 살구 빛 베일 자락이 흩날렸다. 분홍빛 머리칼의 여자가 모래 위로 폴짝 뛰어내렸다.

"여기가 바로 카낙타군요!"

오아시스처럼 새파란 눈동자가 반짝였다. 여자는 한눈에 보기에도 사랑받고 자란 티가 역력했다. 옆머리를 부분적으로 땋은 뒤 도톰하게 틀어 올리고, 목에는 붉은 루비가 박힌 목걸이를 걸고 있었다. 칼린은 여자를 향해 망원경을 들이밀었다. 여자는 주변에 서 있는 사람들보다 몇 배는 더 화려한 차림을 하고 있었다. 얇은 베일로 장식한 살구 빛 드레스는 걸음을 옮길 때마다 반짝반짝 윤이 났다. 칼린은 턱을 쓰다듬었다. 현 아르첸 가문의 가주, 케론드가 슬하에 딸 하나밖에 두지 않았다는 사실은 이미 알고 있었다. 혹시 저 여자가 바로? 칼린이 그렇게 생각한 순간이었다.

"그 드레스 정말 예쁘다, 샤샤."

마차에서 또 누군가가 내렸다. 분홍빛 머리칼의 여자는 베일 자락을 우아하게 들어 올리며 뽐내듯 말했다.

"그렇지? 예쁘지? 이 목걸이와 드레스 모두 릴리스가 선물해 준 거야. 카낙타는 더우니까 이런 드레스를 입는 게 좋대."

"어차피 나스카가 우리들 옷에 일일이 온도 조절 마법 걸어 줬잖아."

"에이, 모처럼 선물받은 건데 입어 봐야지."

날렵한 부츠를 신은 발이 자박자박 움직였다. 망원경에 고정하고 있던 칼린의 눈이 커질 대로 커졌다. 주변에 서 있는 남자들과 똑같은 제복 차림의 여자가 우아하게 머리칼을 넘기며 말했다. 붉은색 입술이 매혹적인 곡선을 그렸다.

"어쨌든 카낙타는 정말 햇빛이 강하구나. 조심해야겠어."

손대기 두려울 정도로 깨끗하고 하얀 피부.

사소한 몸짓 하나하나에서 뚝뚝 떨어지는 고결함.

예술가가 혼신을 다해 조각한 듯한 완벽한 이목구비.

그 여자를 본 순간, 칼린은 한 가지 생각밖에 할 수 없었다.

미쳤다.

칼리아가 두 팔을 활짝 벌리면서 외쳤다.

"일찍 왔구나, 귀염둥이야!"

분홍빛 머리칼의 여자, 샤샤도 두 팔을 활짝 벌리면서 칼리아의 품으로 뛰어들었다.

"정말 오랜만이에요, 칼리아!"

칼리아는 그 단단한 팔로 샤샤를 번쩍 안아 들고 빙글빙글 돌았다. 종달새가 지저귀듯 사랑스러운 웃음소리가 허공에 울려 퍼졌다. 전사들은 어머니의 기일임에도 불구하고 순식간에 기분이 좋아진 칼리아를 경악 어린 눈으로 쳐다보았다. 게다가 이 더운 날씨에 서슴없이 스킨십까지 하고 있다. 샤샤는 고양이처럼 칼리아의 품에 이마를 비볐다.

"예정일보다 이틀이나 일찍 와서 미안해요. 나스카가 우리들

옷에 온도 조절 마법을 걸어 줘서 다들 컨디션이 좋았거든요."

어쩐지 날씨에 맞지 않게 몸이 서늘하다 싶었다. 쓰다듬기 딱 좋아. 칼리아는 샤샤의 머리칼을 매만지면서 물었다.

"나스카라면 예전에 봤던 그 마법사 맞지? 아직도 네 곁에 있구나."

"맞아요. 나스카?"

샤샤의 부름에 금빛의 눈동자를 빛내며 한 소년이 빼꼼 고개를 내밀었다. 나스카는 칼리아를 향해 살짝 고개를 까딱였다. 오, 그새 분위기가 많이 부드러워졌다? 칼리아는 손을 흔들어 준 뒤 제복 차림의 남자들을 쭉 훑어보았다.

"역시 아르첸 가문의 무남독녀가 동행한 여행다워. 호위가 이렇게 많잖아."

아소는 겸손하게 대답했다.

"이것도 최소한으로 줄인 겁니다. 케론드 공작님이 워낙 레베카 님을 아끼시거든요."

"딸 바보 냄새가 나네. 아, 요즘 아틀란타는 어때? 샤샤가 편지에서 그랬어. 네가 차기 황제 가르치느라 하루 종일 황궁에 있다고."

칼리아는 제 주군에게조차 반말을 하는 사람이라고 들었다. 그래서 격식 없는 말을 들어도 기분이 별로 나쁘지 않았다. 아소는 생긋 웃었다.

"페인 전하는 정말 영특하신 분입니다. 하나를 가르쳐 주면 알아서 열을 깨우치시더군요. 가르칠 맛이 납니다."

"그래? 확실히 똑똑하겠지. 그 사람이 판을 뒤엎은 싸움만 해도 몇 갠데."

서슴없이 페인을 칭찬하는 칼리아의 모습에 아스는 턱을 쓰다듬었다. 성격이 시원시원하다는 것은 알고 있었지만 대놓고 아틀란타의 차기 황제를 칭찬할 정도일 줄은 몰랐다. 전쟁 영웅인 페인이 황제 자리에 오르면 불안할 법도 한데 말이다. 그런 아스의 마음을 꿰뚫어 본 듯 칼리아가 샤샤의 머리칼을 쓰다듬으며 말했다.

"그 사람은 전쟁 영웅이지만 평화를 사랑한다고 들었어."

"그렇죠."

"우리가 먼저 건드리지 않는 한, 그 사람이 움직이는 일은 없을 거야. 그렇지?"

아스는 고개를 작게 끄덕였다. 물론 지금의 아틀란타가 카낙타를 침략한다면 성공할 가능성이 크다. 하지만 그만큼 피해가 상당할 것이다. 카낙타는 누가 뭐래도 '전사들'이 버티고 있으니까.

페인은 다사다난한 삶을 살았던 만큼 백성들이 안정적인 삶을 살기를 바랐다. 아스는 지금쯤 황궁에서 제왕학 책을 정독하고 있을 페인을 생각했다. 페인은 대관식을 치르는 즉시 자신에게 새로운 작위를 부여해 주겠다고 약속했다. 드디어 보잘것없는 '클라인'이란 성을 버릴 수 있게 된 것이다. 역시 사람은 줄을 잘 서야 해. 아스가 그렇게 생각하고 있을 때였다.

"그런데 칼리아, 저분은 누구예요?"

"맞다, 깜빡하고 있었네. 이리 와, 칼린."

샤샤의 물음에 칼리아가 손짓을 했다. 그러자 한 남자가 걸어 나왔다. 칼리아와 회색빛 머리칼과 그을린 피부, 단련된 몸까지 똑같았다. 하지만 칼리아보다 약간 키가 작았다.

"내가 여러 번 소개해 준다고 했었지? 인사해, 내 남동생 칼린이야."

"와, 어쩐지 너무 닮으셨더라."

"하핫, 그런 소리 많이 들어."

우리가 그런 말 했을 땐 바로 성질냈으면서. 전사들은 불만 어린 눈으로 칼리아를 흘겨보았다.

"만나서 반가워요, 칼린. 칼리아 님께 얘기 많이 들었어요. 샤샤 타르트라고 합니다."

샤샤가 앙증맞게 인사를 건넸으나, 칼린의 눈은 다른 곳을 향해 있었다. 샤샤는 그쪽으로 고개를 돌렸다. 레베카가 익숙하다는 얼굴로 주변 전사들의 감탄을 받으며 검을 매만지고 있었다. 흠? 아스는 레베카와 칼린을 번갈아 쳐다보다가 차분한 어조로 말했다.

"정식으로 소개하겠습니다. 이쪽은 아르첸 가문의 무남독녀이자 차기 가주이신 레베카 폰 아르첸 영애이십니다."

전사들은 즉시 몸을 숙였다. 저번에 아틀란타 사절단에 포함됐었던 전사들은 덤덤한 얼굴로 예를 갖췄지만, 다른 사람들은 아니었다. 아직도 혼란과 호기심으로 가득 찬 표정이었다. 그도 그럴 것이 지금 대륙에서 그녀의 이름을 모르는 사람은 없기 때문이다. 칼리아는 배부른 고양이처럼 입꼬리를 올렸다.

"도주하려던 반역자 요하네스를 즉결 처분한 공으로 차기 가주로 임명받았다고 들었다."

레베카는 도도하게 말할 뿐이었다.

"모두가 납득할 만한 능력을 가졌으니 당연한 일이지."

칼리아는 레베카에게 다가가 손을 내밀었다. 마디마디에 굳은살이 박여 있고, 손등은 흉터로 가득한 일그러진 손이다. 레베카는 말없이 칼리아를 응시했다. 칼리아는 씨익 웃으면서 말했다.

"아틀란타에 나만 한 인재가 있을 줄은 몰랐는데. 그땐 몰라봐서 미안하다'요'."

잠시 칼리아가 아틀란타를 방문했을 때를 되짚던 레베카도 흉터투성이인 손을 내밀었다. 둘은 손을 마주잡고 흔들었다. 칼리아는 웃는 낯으로 말했다.

"차기 가주로 임명받은 거, 정말 축하한다'요'."

"그 이상한 말투는 좀 버리지?"

"왜? 난 댁이 시켰던 대로 한 것뿐인데'요'."

레베카는 어이없다는 어조로 말했다.

"여기까지 와서 예의범절 따지고 싶지 않으니까 그냥 편하게 말해."

"그래? 그럼 나야 좋지. 마음에 들었어, 아가씨."

레베카는 칼리아의 손을 놓고 흘깃 칼린을 쳐다보았다. 칼린은 레베카와 눈이 마주치자마자 눈에 띄게 허둥거렸다. 이것 봐라? 칼리아는 난생처음 보는 남동생의 모습에 미간을 좁혔다. 레베카는 머리칼을 넘기며 물었다.

"쉬고 싶은데, 숙소는 어디지?"

"내가 안내해 줄게. 샤샤, 너도 가자."

"네!"

샤샤는 나스카와 아스를 챙겨 칼리아를 졸졸 따라갔다. 일정한 간격을 두고 막사가 세워져 있었다. 벽돌을 쌓아 만든 집은 한 채도 보이지 않았다. 카낙타의 전사들은 왕족으로서의 삶을 포기하고 자유로운 삶을 사는 대신, 안락함을 완전히 포기해야 한다. 나태해진다는 게 이유였다.

카낙타를 수호하는 전사는 한시도 긴장을 풀어선 안 된다. 칼리아는 붉은 무늬를 수놓은 막사 두 개를 가리켰다.

"저기가 너희들이 묵을 숙소야. 편지로 미리 경고해 뒀지만, 너희들이 사는 집에 비하면 보잘것없을 거야."

"걱정 말아요. 그냥 누울 수 있기만 하면 돼요."

그렇게 말한 샤샤는 한쪽 눈을 찡긋하고 막사 안으로 들어갔다. 막사 안은 호화스런 아르첸 가문의 저택만큼은 아니었지만 안락했다. 바닥엔 푹신한 카펫이 깔려 있고, 푹신한 이부자리까지 구비되어 있었다. 언젠가 교과서에서 본 몽골의 '게르'가 생각났다.

"이건 뭐예요?"

달그락. 샤샤는 침대 머리맡에 놓여 있는 노란색의 동그란 돌을 집어 들었다. 아스가 즉시 설명해 주었다.

"월사석이라는 겁니다."

"월사석?"

"단어 그대로 달빛처럼 빛나는 모래가 굳어서 만들어진 돌이죠. 카낙타의 사막에선 흔히 볼 수 있는 돌입니다."

등불 대용인가. 샤샤는 그 돌을 두 손으로 감쌌다. 지금은 낮이라서 빛나지 않지만, 밤이 되면 빛난다고 한다. 밤에 이거 들고 산책 나가면 제법 낭만 있겠는데? 샤샤는 그렇게 생각하면서 미소 지었다.

"그럼 나중에 보자. 좀 쉬어."

레베카는 고개를 끄덕이며 즉시 이부자리 앞으로 걸어갔다.

겉으로 내색은 안 했지만 여행 도중에도 틈틈이 검술 연습을 했기 때문에 많이 지쳐 있었다. 아스와 나스카도 바로 옆 막사로 이동했다. 샤샤는 레베카에게 다가가 물었다.

"레베카, 자려고?"

레베카는 베개에 얼굴을 묻은 채 중얼거리듯이 답했다.

"응, 너무 피곤해. 너도 좀 자."

그 말을 끝으로 레베카는 완전히 곯아떨어졌다. 샤샤는 레베카의 매끄러운 검은 머리칼을 넘겨 주었다.

아스와의 약혼 기념으로 온 여행이라서 그런가, 설레서 잠이 오지 않았다. 좀 더 이곳을 구경하고 싶었다. 아틀란타와 다르게 온통 모래로 가득한 이곳을. 샤샤는 조심스레 휘장을 걷었다. 다행히 칼리아가 아직도 막사 근처에 있었다. 칼리아는 일렬로 서 있는 전사들에게 명령했다.

"너희들은 다시 연무장으로 돌아가."

전사들은 즉시 신속하게 흩어졌다. 칼리아의 안색은 그새 어두워져 있었다.

"칼린, 이 녀석은 또 땡땡이인가."

못난 자식. 칼리아는 어깨를 늘어뜨리며 이를 갈았다. 딱 봐도 기분이 나빠 보였다. 샤샤는 조심스레 칼리아에게 다가가 그녀의 어깨에 머리를 기댔다. 칼리아는 한숨을 쉬면서 샤샤의 머리를 손으로 감쌌다. 샤샤는 눈을 반쯤 감은 채 물었다.

"칼리아는 연무장으로 안 가도 돼요?"

"응, 매년마다 오늘은 쉬어."

칼리아의 손이 천천히 샤샤의 머리를 토닥였다. 온도 조절 마법 덕분에 서늘한 체온이 기분 좋았다. 이 마법이 아니었더라면 계속 스킨십을 하지 못했을 것이다. 카나타는 무척이나 더워서 타인과의 접촉을 꺼리는 나라니까. 칼리아는 제안했다.

"잠깐 내 막사에서 뭐 좀 마시자."

오랜만에 만난 칼리아와 마음껏 수다를 떨고 싶었던 샤샤는 흔쾌히 수락했다. 칼리아는 자신의 거처에 도착하자마자 창문을 활짝 열었다. 코끝을 찌르는 향냄새 때문이다.

샤샤는 입구 앞에 서서 서랍 위에 놓여 있는 위패와 연꽃송이를 의아한 얼굴로 쳐다보았다. 칼리아는 방을 간단히 정돈한 뒤, 작은 보따리를 풀어 헤쳤다.

"자, 연잎차와 연잎빵."

"와!"

샤샤는 테이블에 차려진 연잎차와 연잎빵을 보면서 물개 박수를 쳤다. 인근 마을의 특산품이라는 연잎차는 씁쓸한 맛이 났고, 연잎빵은 잘게 썬 호박이 잔뜩 들어 있었다. 칼리아는 차를 따라 주면서 말했다.

"약혼한 거 정말 축하한다. 차린 건 없지만 많이 먹어."

"에이, 아니에요. 먹을 게 이렇게 많은데. 저, 그런데 칼리아."

"응, 왜?"

샤샤는 위패를 가리키면서 물었다.

"저게 뭔지 여쭤 봐도 될까요?"

칼리아는 흔쾌히 고개를 끄덕였다.

"어, 당연하지. 어머니의 위패야."

"네?"

"오늘이 어머니의 기일이거든."

스스럼없는 칼리아의 대답에 샤샤는 급히 머리를 숙였다.

"죄송해요. 제가 쓸데없는 것을 물었네요."

"아냐, 괜찮아."

하지만 샤샤의 표정은 이미 우울해져 있었다. 이럴 줄 알았더라면 도착 전날에 어떻게든 미리 연락을 하거나, 근처 마을에 들러서 관광을 할걸 그랬다. 오늘 같은 날엔 조용히 쉬고 싶을 텐데. 샤샤가 괜히 손가락을 꼼지락거리고 있을 때였다.

"정말 괜찮다니까."

콕. 칼리아가 샤샤의 볼을 찌르며 생긋 웃었다.

"오히려 오늘 같은 날에 와 줘서 고마운걸."

응? 샤샤는 천천히 눈을 깜빡였다. 샤샤는 모르지만 어머니의 기일은 칼리아와 칼린이 1년 중 가장 예민한 날이었다. 별것 아닌 걸로 툭하면 치고받고 싸워서, 주변에 피해를 주곤 했다. 칼리아도 그걸 알고 있기에 조심하려 했지만, 칼린의 빈정거리는 면상만 봐도 열이 치솟았다. 칼리아는 샤샤의 손에 연잎빵을 한 조각 더 쥐여 주면서 말했다.

"오늘 아침에도 한바탕했어. 그 녀석은 내가 어머니 기일 챙기는 거 싫어하거든."

여전히 이해되지 않는 말에 샤샤는 다시 눈을 깜빡였다. 어디서부터 설명해야 하나. 칼리아는 애꿎은 테이블을 손가락으로 두드리다가 물었다.

"나도 정확한 이유는 몰라. 술탄의 제안을 받아들인 후부터 엄청나게 비뚤어졌다니까. 훈련도 수시로 빼먹고."

"제안이요?"

"응, 조금 복잡한데. 혹시 정치 얘기 좋아해?"

샤샤는 꽃받침을 한 채 헤헤 웃었다.

"칼리아가 해 주는 얘기라면 뭐든지 좋아요."

"어이구, 누굴 닮아서 이렇게 말을 예쁘게 하는지 몰라. 그런데 왜 빵 더 안 먹어, 예쁜아? 일부러 많이 내왔는데."

접시 위엔 아직도 연잎빵이 여러 조각 남아 있었다. 샤샤는 머쓱해하면서 배를 쓰다듬었다.

"그게, 요즘 간식 먹는 횟수가 확 줄었거든요. 정말 더 먹고 싶은데 배불러서 안 들어가네요."

"세상에, 어디 아픈 것은 아니지?"

"아뇨, 오히려 건강해졌어요."

"정말이지? 믿어도 돼?"

"그럼요. 믿어도 돼요."

칼리아가 한창 샤샤의 건강을 체크하고 있을 때 소리 없이 휘장이 걷어졌다. 누구지? 칼리아는 별생각 없이 고개를 돌렸다가 눈을 크게 떴다. 휘장을 걷은 사람이 다름 아닌 칼린이었기 때문이다. 칼린은 눈을 가늘게 뜬 채 샤샤와 칼리아를 번갈아 쳐다보았다. 칼리아는 괜히 퉁명스레 말했다.

"뭐야, 넌 또 여기 왜 왔냐! 잠깐, 내 말 안 끝났어!"

칼린은 귀를 막으며 등을 돌렸다. 칼리아는 바락바락 소리를 지르다가 이마를 감싸며 주저앉았다. 저걸 진짜 어떻게 해야 한담. 칼리아는 앓는 소리를 냈다.

카낙타의 왕족들은 타국의 왕족들과 다르게 나이를 어느 정도 먹으면 선택의 길에 놓인다. 변함없이 왕족으로 살아갈지, 전사로서 새로운 삶을 살아갈지. 왕족으로 살아갈 것을 선택하면 계속 궁에서 살아도 되지만, 전사의 삶을 선택하면 얘기가 달라진다.

카낙타는 왕족이 전사의 삶을 택한 순간, 왕실 계보도에서 바로 이름을 지워 버린다. 다시는 돌아오지 말라는 뜻이다. 그리고 무슨 일이 있어도 절대 왕족들과 사적인 연락을 취해선 안 된다.

전사의 삶을 선택한 이들은 사막에서 철저하게 왕실과 단절된 삶을 살았다. 왜냐? 정치 싸움에 휘말리는 것을 방지하기 위해서였다. 전사들이 존재하는 이유는 어디까지나 카낙타를 수호하기 위해서지, 정치적 도구로 쓰이기 위해서가 아니었다. 하지만 권력에 눈이 먼 탐욕스런 왕족들은 어떻게든 전사들을 제 편으로 끌어들이기 위해 애를 썼고, 이에 견디다 못한 전사들이 한 가지 규칙을 정했다.

무슨 일이 있어도 왕족들의 정치 싸움에 개입하지 않기로.

정식으로 정한 것은 아니었지만 전사들은 언제나 철저하게 규칙을 지켜왔다. 그리고 왕족들은 아무리 서신을 보내도 답장 한 통, 말 한마디 하지 않는 그들에게 지쳐 갔고, 마침내 포섭하는 것을 그만뒀다. 하지만 왕족들 중 지치지도 않고 유독 집요하게 전사들을 탐내는 사람이 있었다.

그자의 이름은 바로 아후라 카 마즈다. 전대 술탄의 수많은 자식들 중 한 명이었다.

아후라는 간 크게도 사막을 누비는 떠돌이 상인으로 변장해 전사들이 사는 곳으로 숨어 들어왔다. 그리고 막 우두머리로 임명된 상태였던 칼리아에게 자신의 정체를 드러냈다. 칼리아는 분노하면서 이 귀한 곳에 웬일이냐며 당장 아후라를 내쫓으려 했지만, 아후라가 품속에서 꺼낸 한 통의 서신에 멈칫하고 만다. 그 서신은 바로 칼리아와 칼린의 어머니가 보낸 서신이었기 때문이다. 칼리아는 그 서신을 보자마자 마음이 덜컥했다고 한다.

바보 같을 정도로 착해서 닮기 싫고 짜증 나는 사람이었지만 걱정되는 것은 어쩔 수 없었다. 차라리 어머니가 칼리아가 사막으로 떠나는 것을 반대했더라면 마음 놓고 살았을 것이다. 하지만 그녀는 칼리아가 원하는 대로 하라며 패물까지 쥐여 주었다. 그래서 칼리아는 내심 그녀의 소식을 알고 싶었다. 칼리아는 그 서신을 대가로 아후라의 방문을 30분 동안 허락했다. 전사들의 눈을 피해 막사 안에서 칼리아는 물었다.

―도대체 여긴 왜 온 거냐.

그러자 아후라는 망설임 없이 대답했다.

―신하들에게 휘둘리지 않는 지배자가 되고 싶어 너를 찾아왔다.

그때의 아후라는 이미 후계자 싸움의 승리자였다. 성격 좋은 척 생글생글 웃으면서 자신을 제외한 모든 형제들을 살해한 것이다. 최후의 1인으로 살아남은 아후라는 부친이 돌아가시는 대로 술탄 자리를 이어받게 되었지만, 신하들에게 인정받지 못했다. 후궁도 아닌 시녀의 배에서 태어났다는 게 이유였다. 그래서 궁리 끝에 칼리아를 찾아오게 된 것이다. 아후라는 칼리아 앞에서 주절주절 떠들어 댔다.

―나는 이 나라를 아틀란타만큼 강한 나라로 만들고 싶어.

그런데 신하들은 이런 내 마음을 몰라줘. 툭하면 아버지에게 나 말고 친척들 중 한 명을 후계자로 세우라고 하거든.

　—잡소리 그만하고 본론이나 말해.

　—알았어. 성격도 급하긴. 하여튼 그 사람들은 핏줄만 타고났지, 죄다 지배자감이 아냐. 분명 나라를 위해서가 아닌 제 욕심을 위해 정치를 할 거야. 나야말로 이 나라의 유일한 희망이야. 그러니까 네가 내 편을 들어 줘야겠어.

　칼리아는 솔직히 아후라의 말을 반쯤 흘려들었다. 처음부터 끝까지 자기 자랑이었기 때문이다. 자기 자랑을 그렇게 길게 할 수 있는 것도 능력이군. 칼리아는 그렇게 생각하면서 뚱한 표정을 지었다. 하지만 아후라가 이 정도는 예상했다는 듯 여유롭게 웃었다. 그리고 칼리아가 절대 거절하지 못할 제안을 했다.

　—내가 마음껏 힘을 휘두를 수 있도록 도와주면, 하렘을 없애 주겠어.

　그 말에 칼리아의 무표정이 산산조각 났다. 칼리아는 믿을 수 없다는 눈으로 아후라를 쳐다보았다. 하렘은 초대 술탄 때부터 내려오는 오랜 악제惡制였다. 아무것도 모르는 사람들은 철없이 이 제도를 부러워하지만, 칼리아는 이 제도를 무척이나 혐오했다. 그도 그럴 것이 이 제도 때문에 카낙타의 여인들은 개보다 못한 취급을 받았기 때문이다.

　술탄은 마음에 드는 여인들을 한곳에 모아 하렘을 차릴 수 있었다. 모든 술탄들이 즉위하자마자 제일 먼저 하는 일이 바로 '하렘 채우기'였다. 전대 술탄이 끌고 온 여인들을 죄다 갈아 치우고, 새로운 여인들을 끌고 오는 일이다.

하렘의 여인들은 술탄의 장난감이었다. 조금이라도 밉보이면 감옥으로 끌려가거나 거리로 쫓겨나는 일이 허다했다. 당장 칼리아의 어머니만 해도 큰 키가 거슬린다는 이유로 발목이 잘렸다. 게다가 문제는 그것뿐만이 아니었다. 모범을 보여야 할 자부터가 향락을 즐기니, 귀족들과 돈 많은 백성들도 술탄을 흉내 내 작게나마 하렘을 만들기 시작한 것이다.

옷이나 신발이 유행하듯 하렘이 유행하는 모습을 보면서 칼리아는 괴로워했다. 사막으로 떠나기 전, 왕궁에서 살았던 기억이 계속 떠올라서였다. 하렘의 여인들은 사육당하는 거나 마찬가지였다. 뭐가 잘못된 건지도 모르고, 술탄에게 선택받는 게 가장 큰 영광이라 세뇌받았다. 지금 생각해도 저절로 소름이 끼쳤다.

그런데 하렘을 없애겠다고? 다른 자도 아닌 차기 술탄이?

믿을 수 없다는 칼리아의 눈에 아후라는 정말이라는 뜻으로 고개를 끄덕였다. 어차피 권력욕밖에 없는 그에게 하렘은 있으나 마나였다. 게다가 예전부터 하렘에 대한 뒷말도 상당히 많았다. 시설을 유지하는 데 어마어마한 예산이 드는 데다 다른 나라에서 툭하면 비윤리적이란 말이 나왔다. 그래서 아후라는 궁리 끝에 칼리아를 찾아온 것이다. 애물단지인 패를 이용해 아군을 만들기 위해서. 아후라는 칼리아에게 총 세 가지 조건을 걸었다.

첫째, 즉위 기간 동안 어떻게든 하렘을 없애 주겠다.

둘째, 무기든 식량이든 전사들에게 지원을 아끼지 않겠다.

셋째, 강대국인 아틀란타도 무시 못하도록 카낙타를 발전시키겠다.

하나같이 솔깃한 조건들이었다. 칼리아는 고민에 빠졌다. 첫 번째 조건은 자신에게만 솔깃한 제안이었지만, 두 번째와 세 번째 조건은 다른 전사들에게도 이득이었다.

전사들은 왕족들과 단절된 이후 전혀 지원을 받지 못하고 있었다. 주변 마을에서 조금씩 물자를 받았지만 양이 턱없이 부족했다. 그래서 밤낮 가리지 않고 사냥을 나가야 했는데 모래 바람에 휘말려 실종되거나 죽는 이들이 수십 명이었다. 심할 땐 나무뿌리라도 캐먹어야 했는데 그걸 먹고 제대로 힘을 쓸 수 있을 리가 없다. 게다가 카낙타가 아틀란타도 무시 못할 만큼 발전한다면 주변 나라가 쳐들어오는 횟수도 줄어들 것이다.

그의 제안은 손해보다 이득이 훨씬 많았다. 결국 칼리아는 그의 제안을 수락했고, 날이 밝자마자 왕궁으로 떠났다. 공식적으로 아후라를 지지한다는 선언을 하기 위해서였다. 칼리아의 선언은 수많은 왕족들을 혼란에 빠뜨렸고, 같은 전사들도 충격을 받았다. 전사들은 자신들을 정치적 도구로 전락시켰다고 칼리아를 질타했다. 하지만 칼리아는 흔들리지 않았다. 끊임없이 전사들을 설득했다. 첫 번째 조건에 흔들린 것은 사실이었지만 결정적인 수락 이유는 두 번째와 세 번째 조건이었다.

도마뱀을 고기랍시고 씹어 먹으면서 나라를 지키는 것은 불가능하다. 무엇보다 아랫것들이 아무리 애써 봤자 윗대가리들이 무능하면 끝이다. 아후라는 욕심이 많은 만큼 능력도 많았다. 카낙타는 바뀌어야 한다. 칼리아는 쉴 새 없이 호소했고, 절반가량의 전사들은 이에 수긍했다.

하지만 그 나머지는 아니었다. 나머지 전사들은 죽어도 칼리아의 호소에 설득되지 않았다. 오히려 자신들을 정치적 도구로 전락시킨 그녀를 우두머리 자리에서 끌어내려야 한다고 주장했다. 그렇게 전사들은 찬성파와 반대파로 나뉘었고, 분위기는 갈수록 험악해졌다.

끝이 안 보이는 싸움에 모두가 지쳐 가던 중, 마침내 일이 터졌다. 더 이상 참지 못한 반대파가 떼거리로 칼리아에게 달려든 것이다. 다행히 어딜 가나 무기를 들고 다니는 습관 덕분에 목숨을 잃진 않았지만 큰 부상을 입었다. 치료가 조금이라도 늦었더라면 어깨를 못 쓰게 됐을 정도로 큰 부상이었다. 그리고 뒤늦게 그 소식을 전해 들은 칼린은 갑자기 칼리아에게 차갑게 굴기 시작했다. 가뜩이나 부상 때문에 예민했던 칼리아도 그런 칼린을 굳이 달래지 않았다.

아마 그때부터였을 것이다. 둘의 사이에 금이 간 것이.

"솔직히 그렇게 호들갑 떨 일도 아냐. 전사들에게 부상은 엄청 흔한 일이야. 걔도 훈련 초기 땐 수시로 다리를 부러뜨려 왔다고."

그러고 보니 페인이 칼리아를 보고 말한 적이 있다. 파벌 싸움에 휘말려서 곤욕을 치르고 있다 들었는데, 무사히 빠져나온 것 같아 다행이라고. 아니, 그전에 도대체 어떤 훈련을 하기에 다리가 수시로 부러져? 샤샤는 어이없다는 눈으로 칼리아를 응시했다. 칼리아는 계속해서 투덜거렸다.

"정말 미치겠어. 상처는 이미 깨끗하게 나은 지 오래야. 그런데 그놈은 아직도 내게 싸늘하게 굴어. 잘 지내보려 해도 나만 보면 신경질부터 내."

으음, 샤샤는 턱을 쓰다듬었다. 정치 얘기라고 할 때부터 어느 정도 직감했지만, 보통 복잡한 얘기가 아니었다. 그런데 그 제안이 어머니의 기일과 무슨 상관이 있을까? 칼리아는 얘기를 하기 전에 분명 말했다. 칼린은 자신이 어머니의 기일을 챙기는 것을 싫어한다고.

샤샤는 그 말에서 둘의 사이가 나빠진 원인을 파악하려고 애쓰다가, 문득 깨달았다. 아후라가 칼리아에게 내건 조건 중 하나가 바로 하렘을 없애는 거였고, 칼리아의 어머니는 바로 그 하렘에 거주하고 있었다. 그렇다는 것은 즉.

"혹시 그 제안이 모친께서 돌아가신 일과 관계가 있나요?"

"오, 제법 그럴듯한 추리인데?"

내 이름은 샤샤, 탐정이죠. 칼리아에게서 쓰다듬을 받으며 샤샤가 그렇게 생각한 순간이었다.

"하지만 틀렸어, 귀염둥이야."

내 이름은 샤샤, 그냥 귀요미죠. 샤샤는 잽싸게 아까 한 생각을 정정했다. 역시 탐정은 자신의 적성에 맞지 않았다. 그냥 귀요미로 만족해야겠다. 샤샤는 조용히 칼리아의 다음 말을 기다렸다. 칼리아는 손을 거두며 말을 이었다.

"어머니가 돌아가신 일은 아후라와 전혀 관계없어. 오히려 아후라는 어머니가 잘 살 수 있도록 도왔는걸."

제안과 별개로 그와 한 약속 중 하나였다. 하렘이 아무리 안 좋은 제도라 해도, 초대 술탄 때부터 내려오는 제도였다. 그래서 즉위하는 즉시 없애는 것은 무리였다. 그래서 '즉위 기간 동안'이란 조건을 달고, 일단 하렘에 있던 기존 여인들을 고향으로 돌려보내기로 약속한 것이다. 특히 발목이 잘린 칼리아의 어머니에겐 많은 보상금을 지급하기로 했다. 그런데 궁을 나가는 당일 아침, 칼리아의 어머니가 숨을 거둔 것이다. 칼린은 이 소식을 듣자마자 딱 한마디만 했다. 바보 같은 여자라고.

"처음엔 그냥 일시적으로 싫어하는 거라 생각했지. 그런데 그게 아니더라고. 아후라급으로 어머니를 싫어해."

샤샤의 눈이 동그랗게 떠졌다.

"잠깐만요, 아후라급? 술탄도 싫어해요?"

"어, 완전 싫어해."

그렇다면 칼린도 혹시 반대파였다는 건가. 그런 샤샤의 생각을 눈치챈 듯 칼리아가 말했다.

"아니, 반대파는 아니었어. 싫은 티는 냈지만 내 편은 들어 줬거든."

"그럼 술탄이 약속을 안 들어 줬어요?"

"그것도 아냐. 제안했던 대로 이 주마다 물자를 보내 줬어. 그래서 반대파도 많이 사라졌어. 하도 일 잘하고 물자도 아낌없이 보내 주니까."

하지만 칼린은 그 물자를 늘 탐탁지 않은 얼굴로 받았다. 어쩌다 아후라가 전령을 보내면 말 그대로 난리가 났다. 찾아올 때마다 칼리아의 이름을 사칭하고 겁을 줬으니까. 샤샤는 고개를 절레절레 저으면서 말했다.

"미워하는 사람이 한둘이 아니네요."

"응, 내 말이. 도대체 왜 우릴 싫어하는지 모르겠어.

샤샤는 진지하게 턱을 쓰다듬었다. 아무리 자신이 눈치가 빠르다 해도, 한쪽 얘기만 들으면 아무것도 알 수 없다. 칼린의 얘기도 들어 봐야 뭔가 알 것 같은데, 자신은 칼린과 친하지 않다. 그러니까.

"남동생분과 직접 대화를 해 보셔야 할 것 같아요. 아무리 이유를 추측해 보려 해도 모르겠네요."

이런 틀에 박힌 충고밖에 할 수 없다. 샤샤는 시무룩해하면서 칼리아의 손을 잡았다.

"기껏 힘든 얘기 해 주셨는데 아무 도움도 되지 않아서 죄송해요."

"아냐, 괜찮아. 들어 준 것만으로도 고마운걸."

"혹시 나중에 기회가 된다면 남동생분과 대화를 나눠 봐도 될까요?"

"물론이지."

칼리아는 쓸쓸하게 웃으며 샤샤의 손을 마주 잡았다. 샤샤는 한동안 칼리아와 손을 잡고 있다가, 조심스레 물었다.

"그런데 저한테 이런 얘기 해 주셔도 괜찮아요? 제가 칼리아와 아무리 친하다 해도 다른 나라 사람이잖아요."

"괜찮아, 너한테는."

"네?"

그렇다. 아무리 입이 무겁고 상냥한 사람이라 해도 사는 나라가 다르면 절대 이런 얘기를 하지 않을 것이다. 하지만 샤샤는 예외였다. 샤샤는 차기 황제를 가르치고 있는 아스와 약혼자인 것으로도 모자라, 아르첸 가문의 차기 후계자와 막역한 친구 사이다. 게다가 다른 사람에게 잘 공감해 주는 만큼, 감정적인 부분도 많다. 이렇게 미리 동정심을 사 두면 일이 생겨도 최대한 변호해 줄 것이다. 아틀란타에 갔을 때도 그렇고, 지금도 그렇고, 샤샤를 이용한다는 생각에 마음이 안 좋았지만 어쩔 수가 없었다. 어떻게든 전쟁을 일으킬 구실을 찾고 있는 아후라를 떠올리면 저절로 마음이 불편했다.

"그나저나, 현 술탄은 정말 대단한 사람이네요. 수백 년 동안 왕족들이 포섭하지 못한 전사들을 제 편으로 끌어들이다니."

"원래 협상 하나만큼은 기가 막히게 잘하는 애야. 타이밍도 기가 막히게 잘 맞추고."

"한번 만나 보고 싶네요. 그런데 칼리아, 술탄이랑 정말 친한 사이신가 보네요? 스스럼없이 이름을 부르시잖아요."

너도 이미 만나 봤어, 그땐 아베스타란 이름이었지만. 칼리아는 그 말이 목구멍까지 차올랐지만 애써 참았다. 아후라가 얼마나 샤샤를 만나고 싶어 했던가. 마침 티그리스와 회담이 잡혀 있는 탓에 오진 못했지만. 피눈물을 흘리며 아까워하던 아후라의 모습이 아직도 눈에 선했다. 솔직히 칼리아도 기회만 있으면 어떻게든 낚아채는 그가 싫지는 않았다. 가끔 도가 지나치다는 게 문제지.

"그 사람은 너무 욕심이 많아."

자기보다 잘난 사람이 있는 꼴을 못 본다. 어떻게든 그 사람을 짓밟고 위로 올라가야 적성이 풀리는 사람이다. 아틀란타에 열등감을 가지고 있는 것도 그 이유 때문이다. 칼리아는 아직도 눈앞에 선했다. 페인이 차기 황제로 임명됐을 때 미친 듯이 화를 내던 아후라의 모습이.

"사실 난 지금 상황에 그럭저럭 만족하거든. 다른 나라도 우리에게 함부로 하지 못하고, 카낙타 나름대로 평화롭게 살고 있고."

　아후라가 아틀란타를 짓밟겠다고 설치는 모습을 볼 때면, 굳이 전쟁을 해야 하냐는 생각이 들었다. 전사들의 존재 이유는 어디까지나 카낙타의 수호였다. 자주 변질된다는 게 문제지만. 일단 칼리아 본인부터가 규칙을 깨고 술탄의 편을 들었다. 아무리 다수를 위해서였다지만 그녀가 규칙을 깼다는 사실은 변하지 않았다. 그걸 생각하면 할 말은 없지만 역시 굳이 전쟁을 일으키긴 싫었다. 일반인들도 다친다는 게 결정적인 이유였다.

　"우리만 다치면 상관없지. 우리는 다치는 게 일상이니까. 하지만 일반인들은 아니잖아."

　"그렇죠."

　단순한 싸움이나 대련은 좋다. 하지만 전쟁은 싫다. 죄 없는 일반인들이 휘말려서 피해 입는 게 싫었다. 칼리아는 애꿎은 한숨만 푹푹 쉬었다. 그렇게 똑똑한 사람이 과유불급이라는 말도 모르나 보다. 당장 초대 술탄부터가 아틀란타의 땅을 탐내다가 목숨을 잃었는데 말이다. 샤샤도 고개를 끄덕이면서 맞장구쳤다.

　"저도 전쟁은 싫어요. 전쟁이 일어나면 일상이 사라지는 거잖아요."

　"걱정 마. 누가 감히 아틀란타를 건드리겠니. 무엇보다 넌 지켜 줄 사람들도 많잖아?"

　샤샤는 아스, 레베카, 나스카를 차례차례 떠올렸다. 아스와 레베카는 미친 스펙의 소유자였고 나스카는 아예 인간이 아니었다. 그때 칼리아가 일어나면서 말했다.

"그럼 얘기는 이 정도만 할까? 이제 훈련 끝날 시간이거든. 칼린 그 녀석도 다시 기어 나오겠다."

그 셋은 뭐하고 있으려나. 샤샤는 궁금해졌다.

"이제야 좀 살 것 같네."

그 시각, 레베카는 작게 하품을 하면서 기지개를 쭉 펴고 있었다. 레베카는 가볍게 스트레칭을 하면서 몸을 일으켰다. 30분만 자려고 했는데 너무 자 버렸다. 레베카는 창밖을 살펴보았다. 날이 제법 어두워져 있었다. 샤샤는 어디 갔지? 레베카는 의아해하면서 막사를 나섰다. 사방이 무척이나 조용했다. 주변이나 둘러볼까? 레베카가 재킷을 들고 걸음을 옮긴 순간이었다.

"대단해! 저 꼬마 벌써 여섯 명째야!"

"덩치는 작아도 대단한데?!"

막사 근처에 있는 연무장에 전사들이 삼삼오오 모여 있었다. 레베카는 설마 하면서 연무장으로 달려갔다. '쾅' 둔탁한 타격음이 연속으로 들려왔다.

"아, 레베카 님 오셨군요."

낯익은 녹색 머리칼과 은빛 머리칼이 눈에 띄었다. 아스는 읽고 있던 책에서 눈을 떼고 레베카에게 인사를 건넸다. 레베카는 멍하니 눈앞에 펼쳐져 있는 광경을 응시했다. 여섯 명의 전사들이 바닥에 널브러져 있었고, 나스카 홀로 서 있었다. 레베카는 아스에게 물었다.

"이게 무슨 일이야?"

"전사들이 나스카에게 대련을 신청했거든요."

"뭐? 나스카에게?"

어쩜 저렇게 겁이 없지. 레베카는 한심하단 눈초리로 전사들을 응시했다. 아르첸 가문의 기사들은 알아서 나스카를 피해 다녔는데 말이다. 그런데 왜 굳이 기절까지 시킨 거지? 그냥 제압만 시키면 그만 아닌가? 레베카의 머릿속에 의문이 떠올랐을 때 한 전사가 나스카에게 다가가면서 말했다.

"꼬마야, 너 정말 대단하다. 이번엔 나랑—."

퍽! 전사의 말이 끝나기도 전에 나스카가 주먹을 휘둘렀다. 전사는 맥없이 바닥에 쓰러졌고 나스카는 하찮다는 얼굴로 뒤돌았다. 아하, 레베카는 납득했다. 자꾸 꼬마라 불러 대는 게 거슬리는 모양이었다. 먼저 대련해 달라고 한 쪽은 저들이니 괜찮겠지.

"그런데 샤샤 못 봤어? 막사 안에서도 안 보였는데 여기서도 안 보이네."

"칼리아와 얘기하러 갔답니다."

"진짜? 누가 그래?"

아스는 대답 대신 손가락으로 옆을 가리켰다. 야자수 나무 밑에 칼린이 앉아 있었다. 칼린은 만사가 귀찮다는 표정으로 나스카의 대련, 아니, 학살을 지켜보고 있었다. 그때 한 전사가 다가가서 외쳤다.

"젠장, 칼린 님, 싸움이 안 되는데요? 아무래도 칼린 님이 직접 나서야 할 것 같습니다!"

그리고 칼린은 단칼에 거절했다.

"싫어. 꺼져."

"그, 그럼 칼리아 님이라도 모셔 올까요?"

"그냥 대련하는 건데 바쁜 사람은 왜 불러? 그냥 너희들끼리 해."

"하지만 계속 졌다간 저희들의 자존심이!"

칼린은 경멸 어린 눈으로 받아쳤다.

"지는 것은 부끄러운 일이 아니라고 했을 텐데."

호오, 레베카의 눈에 흥미가 어렸다. 다른 전사들과 다르게 승부욕은 없는 모양이었다. 아스가 안경을 올리면서 말했다.

"칼리아 바로 다음으로 강한 실력자라 하더군요. 단검을 다루는 솜씨가 수준급이라 합니다."

"어쩐지. 관찰력도 좋은 것 같던데."

"그리고 우연히 전사들에게 들었는데, 칼리아와 자주 싸운다는군요. 사이가 별로 좋지 않은 것 같습니다."

"아냐, 나쁘진 않은 것 같았어. 원래 남매들은 자주 싸운다고 들었거든."

아스의 눈이 동그랗게 떠졌다. 레베카는 계속해서 말했다.

"원래 형제자매 있는 사람들은 싸우는 게 일상이래. 무엇보다 정말 싫어하면 필요할 때 빼고 없는 사람 취급할걸. 나와 아버지가 그랬거든."

"확실히 예전엔 그러셨죠. 파티장에서도 정말 예의상 붙어 계셨고."

레베카는 피식 웃었다. 지극히 사무적인 태도로 아버지를 대하던 시절이 떠올랐던 탓이다.

"한번 말 걸어 볼까? 사람 제법 괜찮은 것 같던데."

"그럼 저도 같이 가죠."

그렇게 둘은 칼린에게 다가갔다. 칼린은 습관인지 손가락 사이에 단검을 끼운 채 손장난을 치다가 인기척에 고개를 들었다.

"거기, 이름이 칼린이라 했나?"

칼린과 레베카의 눈이 마주쳤다. 잠시 알 수 없는 침묵이 흘렀다. 레베카가 눈을 깜빡이면서 손을 뻗으려는 순간, 칼린이 기겁하면서 나무에 달라붙었다. 응? 레베카는 눈을 깜빡이다가, 이내 알 것 같다는 얼굴을 했다.

"나는 잠깐 샤샤 좀 찾아올게. 칼리아의 막사로 가면 되겠지?"

"네, 그러면 될 겁니다."

레베카가 눈치 빠르게 사라지자, 칼린은 살았다는 듯 자세를 바로 했다. 조금 창피했지만 어쩔 수 없었다. 가까이서 보니까 더 미친 외모였다. 같은 사람인지 의문이 들 정도였다. 그때 아스가 차분한 어조로 말했다.

"그렇게 당황하시는 것도 이해가 갑니다. 레베카 님은 아틀란타에서도 가장 아름다운 분으로 손꼽히시거든요."

칼린은 흠칫하면서 아스를 쳐다보았다. 지독히도 무표정한 얼굴이었다.

"레베카 님은 약혼자가 없습니다."

칼린의 눈이 화등잔만 하게 커졌다. 칼린은 저도 모르게 급히 물었다.

"뭐? 정말 없어?"

"네, 결혼에 아예 관심이 없으시거든요."

쾅. 보이지 않는 돌이 칼린의 머리 위로 떨어졌다. 아스는 여전히 무표정한 얼굴로 말했다.

"자기만큼 능력 있는 사람이 나타나면 결혼하신다 하는데, 그런 사람이 나타날 확률은 매우 희박합니다. 레베카 님은 제가 봐도 대단한 분이시거든요."

"……."

"페인 전하도 벌써부터 레베카 님을 아끼십니다. 미래가 아주 찬란하신 분이죠."

아스는 그 말을 끝으로 다시 나스카에게로 가 버렸다. 칼린은 조용히 나무에 얼굴을 박았다. 뭐지, 이 알 수 없는 비참함은. 출발점에 서기도 전에 실격당한 이 기분은 도대체. 물론 오늘 처음 만난 사람이지만, 제대로 얘기 한번 해 본 적 없지만 비참한 것은 어쩔 수 없었다. 칼린이 한창 나무에 머리를 박고 있을 때, 누군가가 물었다.

"안 아파요?"

"응, 마음이 아파."

"네?"

동글동글한 두 눈이 깜빡였다. 응? 칼린은 머리를 박는 것을 멈췄다. 칼리아와 샤샤가 의아한 얼굴로 서 있었다. 칼리아가 세상 한심하다는 어조로 말했다.

"손님 앞에서 그런 바보 같은 짓 하고 싶냐."

"신경 쓸 거 없잖아."

칼리아의 눈이 가늘어졌다.

"너, 오늘도 훈련 빼먹었지."

칼린은 입을 다물고 칼리아를 지나쳤다. 나도 몰라, 이제.

칼리아는 칼린의 뒷모습을 매섭게 흘겨보다가 팩 고개를 돌렸다. 곧 저녁 먹을 시간인데 어딜 가는 걸까. 샤샤는 칼린이 간 방향을 유심히 지켜보다가 칼리아의 눈치를 살폈다. 칼리아는 애써 웃고 있었다.

"저 녀석은 내버려 두고 저녁이나 먹으러 가자. 맛있는 거 준비해 뒀어."

"와, 정말요? 기대된다."

샤샤도 칼리아의 팔에 팔짱을 끼면서 활짝 웃었다. 하늘은 어느샌가 완전히 어두워져 있었다. 전사들은 하늘이 완전히 어두워지자 나스카와의 대련을 그만두고 식당으로 향했다. 식당 앞에선 손님이 온 기념으로 석쇠 위에서 고기와 야채를 굽는 중이었다. 그리고 근처에 놓인 긴 테이블엔 음료와 샐러드가 차려져 있었다. 오, 대박. 샤샤의 눈이 즉시 반짝거렸다.

"많이 먹어. 아후라가 공급해 주는 고기는 상당히 연하고 맛이 좋거든."

"와, 정말요? 맛있겠다."

노릇노릇 고기가 구워지면서 기름진 냄새가 났다. 당장 석쇠 앞으로 뛰어가려던 샤샤가 갑자기 멈칫했다. 칼리아는 물었다.

"왜 그래?"

샤무룩. 샤샤는 울상을 한 채 대답했다.

"저 밥 많이 못 먹어요. 저염식 다이어트 중이거든요."

"저염식 다이어트? 그게 뭔데?"

"아, 저염식 다이어트라는 것은."

그때 아스가 접시를 들고 다가와 물었다.

"고기 잘라 왔는데, 드실 분?"

"저염!"

레베카도 집게를 든 채 물었다.

"샐러드가 싱싱한데, 먹을 사람?"

"저염!"

나스카도 쿠키 봉지를 들면서 말했다.

"후식으로 쿠키 먹을 인간."

"저염!"

저게 바로 저염식 다이어트인가. 물어보는 족족 번쩍 손을 들며 대답하는 샤샤를 보면서 칼리아는 심각하게 턱을 쓰다듬었다. 샤샤는 '헤헤' 웃으면서 앞에 놓인 음식을 신나게 집어 먹었다. 아스는 다정하게 샤샤 옆에 앉아 잘게 자른 고기를 먹여 주다가 의아한 눈으로 물었다.

"동생분은 안 드십니까? 보이지가 않네요."

칼리아는 고기를 씹어 먹으면서 거칠게 대답했다.

"알게 뭐야, 보나마나 또 오아시스 앞에서 청승 떨고 있을걸."

"그렇습니까."

샤샤는 입을 오물거리다가 아스를 올려다보았다. 아스는 눈치 빠르게 몸을 바짝 붙였다. 샤샤는 아스의 귀에 대고 무언가를 소곤거렸고, 아스는 알겠다는 듯 고개를 주억거렸다. 칼리아가 술이나 마시겠다며 자리를 비우자, 아스는 즉시 다른 접시를 집어 들었다. 고기와 샐러드가 가득 든 접시였다. 아스는 샤샤에게 속삭였다.

"날이 어두우니까 같이 가 줄게요, 샤샤."

"네! 고마워요, 아스!"

아스는 접시를 든 채 자리에서 일어났다. 샤샤와 아스는 나란히 걸음을 옮겼다. 뒤늦게 술병을 들고 온 칼리아가 의아해하면서 물었다.

"응? 귀염둥이 어디 가는 거야?"

나스카는 쿠키 봉지 속에 손을 집어넣으면서 어깨를 으쓱였다.

"글쎄."

"아쉽다. 귀염둥이랑 한잔하려고 가져왔는데."

나스카는 멀뚱히 칼리아가 가져온 술병을 응시했다.

사방이 무척이나 어두웠지만 걱정했던 것과 달리 쉽게 오아시스를 찾을 수 있었다. 아까 칼린이 간 방향을 눈여겨봤던 덕분이다. 샤샤는 막사에 들러 가져온 월사석을 높이 들어 올렸다. 정말 아스의 말대로 월사석이 반짝반짝 빛이 났다. 꼭 보름달 같아. 샤샤는 월사석을 올려다보다가 외쳤다.

"빨리 와요, 아스!"

"뛰지 마세요, 넘어지면 안 되니까."

아스의 만류에도 불구하고 샤샤는 춤추듯 오아시스를 향해 달려갔다. 오아시스 근처는 다른 곳과 다르게 새파란 나무들과 수풀로 가득했다. 사막이 아름다운 이유는 오아시스 덕분이라더니, 그 말이 정말이었다. 샤샤는 단단히 홀린 얼굴로 중얼거렸다.

"너무 예쁘다."

아스는 잔잔하게 흔들리는 물을 내려다보다가 미소 지었다.

"이곳이 단단히 마음에 든 모양이군요."

"나스카 덕분이죠. 온도 조절 마법 덕분에 하나도 덥지가 않거든요. 그래서 사막이 너무 아름답게 보여요."

"그러게 말입니다. 나중에 한번 더 감사 인사를 해야겠어요."

샤샤와 아스가 동화책 속에서 갓 튀어나온 듯한 풍경을 바라보며 한창 얘기를 나누고 있을 때였다. 갑자기 수풀이 흔들리면서 그을린 얼굴이 튀어나왔다.

"뭐야, 어쩐지 시끄럽더라."

"안녕하세요, 칼린."

샤샤는 생긋 웃으면서 고개를 숙였다. 칼린은 찰싹 붙어 있는 둘을 바라보면서 턱을 쓰다듬었다. 분명 둘이 약혼한 사이라고 했지. 칼린이 이해한다는 듯 고개를 끄덕였다.

"오붓한 분위기 방해해서 미안하다. 자리 비켜 줄게."

"에이, 괜찮아요. 어차피 칼린 보러 온 거니까."

샤샤는 그렇게 말하면서 아스에게 눈짓했다. 아스는 들고 있던 접시를 칼린에게 내밀었다. 날 보러 왔다고? 칼린은 엉겁결에 접시를 받아 들었다.

"저녁 안 드셨잖아요. 그래서 음식 좀 챙겨 왔어요."

보통 처음 만난 사이에 이렇게 챙겨 주나. 칼린은 경계 어린 눈빛으로 샤샤를 응시했다. 하지만 샤샤는 개의치 않고 물었다.

"칼리아가 많이 걱정하고 있던데, 안 가는 건가요?"

참나, 칼린은 입술을 삐쭉였다.

"혹시 누나가 부탁했나? 나와 얘기해 보라고?"

"아뇨, 부탁하진 않았어요."

칼리아가 저 샤샤란 아이와 편지를 자주 주고받는 것은 알

고 있다. 편지를 받을 때마다 표정부터 달라졌으니까. 칼리아
는 그런 사람이었다. 겉으로만 툴툴거리지, 속은 엄청 단순해
빠진. 그래서 사소한 걸로도 감동하고 화내는 사람이었다. 다
른 전사들도 자주 말했다. 겉보기와 다르게 잔정이 많다고.

아까 막사에서 둘이 대화를 나눴던 모습이 떠올랐다. 보나
마나 할 말 안 할 말 구분 못하고 떠들어 댔을 것이다. 어머니
기일이 올 때마다 눈에 띄도록 심란해했으니까. 칼린은 슬쩍
샤샤를 훑어보았다. 역시 아무리 봐도 사랑받으면서 곱게 자
란 아가씨 같았다. 나이를 먹자마자 사막으로 도망친 칼리아
와는 정반대였다. 도대체 어떻게 친해졌는지 알 수가 없었다.
샤샤는 여전히 웃는 낯으로 말했다.

"꼭 말해 주고 싶은 게 있어서요."

"뭔 소리야, 난 그 여자랑 다르게 너랑 안 친하거든."

"맞아요. 제가 친한 사람은 칼리아죠. 전 오늘 칼린을 처음
만났고, 잘 알지도 못해요."

그러니 애매한 추측은 금물이었다. 적정선을 지켜서, 확실
하게 아는 것만을 말해야 한다. 지금 둘의 사이에서 유일하게
확신할 수 있고, 칼린의 기분을 나쁘게 하지 않는 것은 단 하
나뿐이었다. 바로.

"칼리아가 걱정을 많이 해요."

칼린이 멈칫했다.

"칼리아가 그랬어요. 칼린도 자기만큼 검술을 좋아한다고. 자
기 때문에 좋아하는 일을 하지 않는 게 너무 마음에 걸린대요."

칼린은 아무 말도 하지 않았다. 칼리아는 사막에서 주구장
창 훈련만 해서 말하는 게 서툴다. 행동이 거칠고 말투도 거칠

다. 하지만 샤샤는 그녀의 행동에서 칼린을 아끼는 마음을 읽을 수 있었다. 칼린이 반항할 때마다 화만 내지 말고, 이렇게 걱정한다고 말했더라면 사이가 악화되진 않았을 것이다. 물론 무작정 칼리아를 무시하는 칼린에게도 문제가 있지만.

"그냥 그걸 알려 주고 싶었어요."

"……."

"그럼 저흰 이만 가 볼게요."

샤샤는 뒤편에 서 있던 아스에게 손짓했다. 아스는 샤샤의 어깨에 팔을 두르고 뒤돌았다. 그 뒷모습을 멍청히 응시하던 칼린은 접시를 내려다보았다. 고기와 샐러드가 가득 담겨 있었다. 칼리아가 나를 걱정한다고? 한 번도 생각해 보지 못한 일이다. 그냥 우두머리라서 기계적으로 잔소리하는 것이라 생각했다. 그런데 화내는 이유가 그거였다니, 갑자기 마음이 허탈해졌다. 칼린은 털썩 바닥에 주저앉았다.

"정말 쓸데없이 잔정만 많아선."

칼린은 고기 한 점을 입속에 던져 넣었다. 안 좋은 기억이 떠오르려 했다. 칼린은 고기를 거칠게 씹다가 중얼거렸다.

"바보 같은 사람."

어렸을 적부터 칼리아는 자신이 존경하는 영웅이었다. 발이 무척이나 빠르고 힘이 세서, 후궁들의 아들들과 수시로 사고를 쳤다. 왕족들은 칼리아가 시집이나 가겠냐면서 걱정했지만, 칼린은 전혀 아니었다. 칼리아가 연못에서 물고기를 잡아 주고, 숲에서 재미있게 생긴 벌레도 잡아다 주는 게 너무 좋았다. 왕족들이 칼리아에게 제발 어머니 좀 닮으라고 잔소리를 할 때마다 칼린은 속으로 소원했다. 칼리아가 절대 어머니처럼 순종적인 사람이 되지 않게 해 달라고. 칼린은 칼리아가 왕족들에게 혼날 때마다 말했다.

　—누나, 난 누나가 자유롭게 살았으면 좋겠어. 절대 어머니처럼 살지 마.

　어머니는 정말 얌전했다. 전대 술탄이자 아버지였던 남자가 찾아와서 머리채를 휘어잡아도 소리 한번 안 지를 정도였다. 어렸을 적부터 그렇게 교육받은 탓이라고 했다.

　칼리아와 칼린은 발목이 잘린 것으로도 모자라 얻어맞기까지 하는 어머니를 볼 때마다 너무 안타까웠다. 그래서 여러 번 아버지를 말렸지만 죄다 헛수고였다. 어머니가 그때마다 소리 없이 울었기 때문이다. 자기들 때문에 아버지가 찾아오지 않을까 봐 말이다. 그 모습에 둘은 어린 나이임에도 불구하고 완전히 어머니에게 질려 버렸다. 특히 칼리아는 소름까지 끼쳤다고 한다. 자신도 나중에 팔려 가듯 시집가서 어머니 같은 삶을 살게 될까 봐.

　그날 이후로 칼리아는 평소보다 몇 배는 더 활발한 삶을 살았다. 어떻게든 어머니처럼 살기 싫다는 반항이었다. 그나마 다행인 점은 어머니가 칼리아에게 자신의 삶을 강요하지 않았다는 점이다.

　칼리아가 사막으로 도망친 이후, 왕족들은 어머니를 두고 안 좋은 말을 수군거렸지만 어머니는 묵묵히 그것을 견뎌 냈다. 칼린은 그 모습에서 조금 존경심을 느꼈지만 답답한 마음은 여전했다. 반항 한번 하지 않는 어머니도 싫었지만 어머니를 괴롭히는 왕족들과 아버지도 싫었다. 그래서 칼린도 일찌감치 칼리아를 따라 사막으로 떠나기로 했다. 사막으로 떠나기 전날, 칼린은 어머니에게 물었다.

　—어머니는 왜 아버지에게 반항 한번 하지 않는 건가요.

　그날도 어머니는 평소와 같이 방 한가운데에 앉아 바느질을 하고 있었다. 어머니는 꽃무늬를 수놓으면서 조용히 말했다.

　—그냥 나 하나만 참으면 되는데 뭐 하러 분란을 일으키니.

　—어머니.

　—그리고 반항한다 해도 변하는 것은 없어. 너와 네 누나는 평생 나를 이해하지 못할 거야.

　바보 같은 사람. 정말 바보 같은 사람이었다. 그리고 그런 바보 같은 사람을 두고 칼린은 말 한마디 할 수 없었다. 칼린은 날이 밝자마자 사막으로 떠났고, 칼리아와 재회했다. 오랜만에 만난 칼리아는 예전보다 활달한 표정으로 칼린을 반겼다. 사막에서의 생활이 몸에 맞는 모양이었다.

　칼리아는 어렸을 때처럼 칼린에게 많은 것을 가르쳐 주었다. 검을 효율적으로 다루는 법과 손목에 붕대를 감는 법, 사막에서 조심해야 할 맹수들에 대해. 칼린은 그런 칼리아가 진심으로 좋았다. 누나는 여전히 자신의 영웅이었다. 답답한 왕궁보단 불편하지만 자유로운 사막이 좋았다. 하지만 제일 좋은 점은 밤마다 장난감처럼 후궁들을 갖고 노는 아버지와 방에 앉아 홀로 우는 어머니의 모습을 보지 않는다는 점이다. 평생 이렇게 살았으면 좋겠다. 칼린은 매일매일 소원했다. 그 정도로 행복한 나날이었다.

　그러던 어느 날, 차기 술탄인 아후라가 찾아왔다.

　그의 등장으로 행복한 일상은 순식간에 깨졌다. 아후라는 어머니를 미끼로 칼리아를 위험한 길로 끌어들였다. 그가 한 제안 중 충분한 물자 공급도 끼어 있었기에 칼린은 겉으론 지지했지만 속으론 탐탁지 않았다. 반대가 거셌기 때문이다. 칼리아는 수차례 습격을 받았고 어깨까지 못 쓰게 될 뻔했다. 칼리아는 개의치 않아 했지만 칼린은 아니었다.

　―어차피 다치는 일은 우리에게 흔한 일 아닌가? 왜 이렇게 호들갑이야.

　―지금 그게 중요한 게 아니잖아!

　―시끄러워. 내 막사에서 소리 지르지 마.

　겨우 어머니를 잊고 잘 살고 있는 칼리아를 헤집어 놓은 술탄이 원망스러웠다. 어머니도 원망스러웠다. 아후라는 일부러 칼리아에게 자세한 설명을 해 주지 않았지만, 칼린은 어머니가 죽은 이유를 본능적으로 알 수 있었다. 칼리아가 떠난 후, 아버지는 자식 교육을 잘못시켰다는 이유로 어머니를 외면했다. 그러자 어머니는 이제 정말 살아갈 이유가 없다면서 허구한 날 끼니를 걸렀다. 밥도 먹지 않고 하루 종일 방 안에 처박혀 바느질만 했으니 몸이 쇠약해지는 게 당연했다.

　교활한 아후라가 원망스러웠다.

　바보 같은 어머니가 원망스러웠다.

　하지만 제일 원망스러운 것은 칼리아였다.

　그렇게 닮기 싫어했고 도망치고 싶어 했으면서 어머니를 위해 술탄의 제안을 받아들였다. 습격을 받으면서도 어떻게든 어머니를 하렘에서 빼내기 위해 노력했다. 주변 마을에서 손수 연꽃까지 따와 어머니의 기일도 꼬박꼬박 챙겼다. 아버지에게 외면받았다는 이유로 끼니까지 거른 바보 같은 여자인데 말이다. 하지만 이상하게, 정말 이상하게.

"왜 보고 싶은 거냐고, 젠장."

눈물이 바닥에 툭툭 떨어졌다. 칼린은 거칠게 눈시울을 훔쳤다. 칼리아가 연꽃송이로 장식한 위패가 떠올랐다. 입으론 그렇게 바보 같다, 바보 같다 말했지만 사실 그리웠다. 진심으로 원망할 수가 없었다. 허구한 날 사람 답답하게 만들고, 하나밖에 없는 누나를 위험하게 만들었는데 왜 보고 싶은 건지 알 수가 없었다.

마침 바람이 불면서 수풀이 흔들렸다. 칼린은 잠시 손에서 얼굴을 떼고 앞의 광경을 응시했다. 짙푸른 물결이 잔잔하게 흔들리고 있었다. 왕궁에선 절대 볼 수 없는 광경이었다. 하, 칼린은 헛웃음을 토해 냈다. 문득 이런 생각이 들었다.

우리는 어머니의 희생 덕분에 자유를 얻은 거나 마찬가지구나.

바보 같은 사람. 칼린은 손으로 얼굴을 가리고 울음을 토해 냈다.

"제가 한 말이 칼리아와 칼린에게 도움이 됐으면 좋겠어요."

"될 겁니다. 많이 동요하던 것 같았어요."

샤샤는 여전히 영롱하게 빛나고 있는 월사석을 내려다보았다. 아스와 샤샤는 칼린에게 음식 접시도 전해 줬으니 다시 식당으로 돌아가고 있었다. 한 거 없는데 되게 피곤하다. 샤샤는 월사석을 한 팔로 끌어안으며 입술을 깨물었다.

"가족이란 존재는 참 어려운 것 같아요."

오늘 칼리아의 얘기를 듣고 정말 많은 생각이 들었다. 자신도 어렸을 적부터 뼈저리게 느꼈지만, 역시 아이를 키울 땐 환경이 중요하다. 샤샤는 가슴 한편이 불편해지는 것을 느꼈다. 자신도 칼리아와 마찬가지로 가족에게 좋은 기억이 없었다. 하지만 '만약에'라는 생각이 자꾸 드는 것은 어쩔 수 없었다. 샤샤는 저도 모르게 아스의 옷자락을 꼭 부여잡았다.

"겁이 나요."

"뭐가요?"

"제가 만약에, 아주 아주 만약에 자식을 낳는다고 생각해 봐요."

아스는 말없이 샤샤를 내려다보았다. 샤샤는 절박한 어조로 말했다.

"사람은 좋든 싫든 무의식적으로 영향을 받는다잖아요? 제가 우리 부모님이 그랬던 것처럼 제 자식한테 그러면."

쉿. 아스가 샤샤의 머리에 이마를 기댄 채 조용히 속삭였다.

"너무 걱정하지 말아요, 내 사랑."

"아스, 하지만."

아스는 샤샤의 등을 부드럽게 토닥였다.

"그런 생각을 한다는 것 자체가 부모님과 다르다는 증거입니다. 그리고 저흰 아직 약혼한 사이예요. 고민하고 생각할 시간은 많아요."

그렇지, 아직 약혼한 사이지. 그걸 생각하니 마음이 편안해졌다. 샤샤는 아스의 품에 얼굴을 묻었다. 아스 특유의 상쾌한 향이 훅 끼쳐 왔다. 아스는 샤샤의 등을 토닥이면서 계속해서 말을 이었다.

"그리고 저도 가족에게 좋은 기억은 없습니다. 겁이 나는 것은 저도 마찬가지예요."

"정말요?"

"물론이죠. 제가 어떻게 당신에게 거짓말을 하겠습니까."

아스는 샤샤의 입술에 가볍게 입을 맞춘 뒤 꼭 끌어안았다.

"지금은 우리 둘이 행복하다는 것에 집중하기로 해요. 전 당신이 옆에 있어서 정말 행복해요."

샤샤의 눈에 감동이 어렸다. 샤샤는 눈물을 닦고 활짝 웃었다.

"저도 정말 행복해요, 아스."

"그거 정말 기쁘네요."

아스는 눈초리가 휘어지도록 환하게 웃었다. 그 수려한 미소에 샤샤의 얼굴이 저절로 붉어졌다. 뭔가 이거 키스할 타이밍 같은데. 샤샤는 조심스레 주변을 둘러보았다. 식당 근처였지만 아무도 보이지 않았다. 좋았어. 샤샤가 발돋움을 하려던 찰나였다.

"으아, 난 포기! 그만 마실래!"

왁자지껄한 웃음소리가 들려왔다. 샤샤의 키에 맞춰 허리를 숙이려던 아스가 멈칫했다. 이거 칼리아 목소리인데. 샤샤는 아스의 팔을 잡아끌었다. 식당 앞은 그새 완전히 난장판이 되어 있었다. 전사들은 술에 취해 제정신이 아니었고, 빈 술병들이 사방에 굴러다니고 있었다. 그리고.

"이 독한 자식, 내가 졌다!"

나스카 앞에 앉아 있는 칼리아가 항복 선언을 하고 있었다. 도대체 무슨 일이 있었던 거야. 샤샤는 바닥에 즐비한 술병들을 질린 눈으로 쳐다보았다. 칼리아가 꼬인 혀로 따지듯이 말했다.

"뭐야, 쪼끄만 게 주량이 장난 아니네."

나스카는 가소롭다는 표정으로 술을 물처럼 들이켜고 있었다. 설마 둘이 주량 대결한 거야? 샤샤는 월사석을 내려놓고 칼리아의 손에서 술병을 뺏어 들었다. 옆에 앉아 있던 레베카가 급히 변명했다.

"난 분명 말렸어. 그런데 내 말은 한 귀로 듣고 한 귀로 흘려버리더라고."

"알지, 둘 다 고집불통이니까. 칼리아, 이제 그만 마셔요. 나스카는 우리가 절대 못 이기는 존재라고요!"

칼리아는 당장 풀린 눈으로 샤샤에게 엉겨 붙었다. 칼리아는 샤샤의 어깨에 얼굴을 비비며 칭얼거렸다.

"뭐야, 왜 뺏어! 나 더 마시고 싶은데!"

술 취하면 어리광 부리는 타입이었구나. 샤샤는 칼리아의 이마를 단호하게 밀어냈다.

"안 돼요! 너무 많이 마셨어. 숙취가 걱정되지도 않아요?"

칼리아는 엄지손가락을 들면서 해맑게 외쳤다.

"괜찮아, 내가 숙취보다 더 강해!"

"어떻게 숙취보다 강하다는 거예요!"

"빨리 술 줘! 얼른!"

"안 돼요! 절대 안 돼!"

"술 내놔!"

그때 뒤편에서 아스가 칼리아를 밀어냈다. 아스는 낮은 어조로 말했다.

"안 된다고 했습니다."

칼리아의 칭얼거림이 뚝 멎었다. 이제 좀 진정된 건가. 샤샤가 한숨 돌린 순간이었다. 히끅, 칼리아의 눈에 눈물이 고였다.

"뭐야, 술도 내 마음대로 못 마시냐. 왜 내 마음대로 되는 일이 하나도 없는데!"

쾅. 칼리아가 주먹을 내리침과 동시에 테이블이 움푹 파였다. 샤샤와 아스는 즉시 뒤로 물러났다.

"우두머리면 좋을 것 같지? 아냐, 나도 힘들다고! 얻은 것만큼 잃은 것도 많아!"

거참, 위험한 술버릇일세. 둘은 어이없다는 눈으로 칼리아를 응시했다. 잠시 후, 칼리아는 마침내 지쳤는지 털썩 테이블에 얼굴을 묻었다. 칼리아는 흐느끼면서 중얼거렸다.

"순수하게 사람 만나고 싶은데 그럴 수가 없어. 나라를 지키기 위해서라지만 이건 아니잖아."

샤샤의 눈이 동그랗게 떠졌다. 칼리아는 흐느끼면서 중얼거렸다.

"귀염둥이야, 미안해. 하지만 내가 너 친구라 생각하는 것은 진심이야."

샤샤의 입꼬리가 올라갔다. 샤샤는 칼리아의 등을 토닥이면서 소곤거렸다.

"네, 저도 칼리아 진심으로 좋아해요. 그러니까 괜찮아요."

"……정말?"

"당연하죠. 너무 마음 아파하지 마세요."

흐느끼는 소리가 조금씩 잦아 들었다. 샤샤는 칼리아의 등을 토닥이면서 나스카에게 말했다.

"막사로 데려가야 할 것 같은데. 나스카, 좀 도와주실래요?"

"아냐, 내가 데려가면 돼."

단단한 두 팔이 칼리아를 일으켰다. 샤샤는 눈시울이 붉은 칼린을 의아한 눈으로 쳐다보았다. 언제 왔냐는 의문이 들면서도, 한편으론 다행이란 생각이 들었다.

"술을 도대체 얼마나 마신 거야."

"네가 신경 쓸 거 아냐."

"이 바보가."

칼린은 질책하면서도 칼리아를 부축했다. 샤샤와 아스, 레베카는 말없이 그 광경을 지켜보았다. 비틀비틀 걸어가면서도 결코 칼리아를 놓지 않는 칼린의 모습에 레베카가 짤막하게 말했다.

"고생해."

칼린이 눈에 띄게 멈칫하면서 뻣뻣하게 고개를 끄덕였다. 아씨, 봐도 봐도 적응이 안 되네. 저게 진짜 사람 외모인가. 칼린은 셋의 배웅을 받으면서 걸음을 옮겼다. 술 냄새가 코를 찔렀지만 참을 만했다. 칼린은 해롱거리는 칼리아를 쳐다보다가 입을 열었다.

"누나."

정말 오랜만에 불러 보는 호칭이었다. 싸운 이후로 이 호칭을 한 번도 사용하지 않았으니까. 칼린은 한참 동안 누나란 호칭을 발음하다가 고개를 숙였다.

"다음번엔 아틀란타로 우리가 여행 가자."

칼리아는 아무 대답도 하지 않았다. 술에 취해서 못 알아 듣는 건지, 아님 그냥 아무 대답도 안 하는 건지 알 수 없지만 상관없었다. 칼린은 계속해서 말했다.

"누나도 좀 쉬어야지."

못난 가족 때문에 고생 많이 했어, 누나. 칼린은 조용히 미소 지었다.

외전 3 〈스스로 끌어안은 가시꽃〉

온몸이 쑤시고 숨 쉬는 것도 벅차다. 더 고통스러워지기 전에 행복했던 기억을 조금이라도 떠올리고 싶어 머리를 쥐어짜 보지만, 이젠 기억나는 것도 몇 개 없다. 이 세계에 오랫동안 있었으니 당연한 일이다.

나는 차가운 물수건을 머리에 올린 채 천장을 올려다보았다. 쓸데없이 화려한 샹들리에가 거슬렸다. 내가 보고 싶은 것은 단 하나, 평범한 LED 형광등이었다. 하지만 전기도 없는 이곳에 그런 게 존재할 리가 없다. 나는 흘깃 선반 위에 놓여 있는 물병과 약봉지를 응시했다. 남편이란 작자가 사방팔방 뛰어 다니면서 구해 왔다고 하지만, 어차피 나는 알고 있다. 저걸 먹어 봤자 내 몸은 나아지지 않는다는 것을. 나는 낮게 중얼거렸다.

"이제 정말 지긋지긋해."

이불을 걷어차고 몸을 일으켰다. 다리가 저절로 후들거렸지만 나는 아랑곳하지 않고 물병과 약봉지를 집어 던졌다. 물병이 깨지면서 바닥이 물로 흥건해졌지만 상관없다. 시녀들이 알아서 치울 테니까. 나는 의자에 걸린 숄을 집어 들었다. 그리고 창가로 향했다.

"눈이네."

아침에 눈이 왔는지 온 세상이 새하얗다. 정원에서 시종들이 빗자루를 든 채 눈을 치우고 있었다. 나는 멍하니 창밖을 응시했다. 죽을 때가 되어서 그런가, 눈앞의 풍경이 그때랑 똑같아 보였다.

나는 멍하니 눈을 깜빡이다가 창문에 이마를 갖다 댔다. 창문 표면은 무척이나 차가웠다. 생각 같아선 당장 이 방을 나가 정원을 산책하고 싶었지만, 그건 불가능한 얘기였다. 방문이 굳게 잠겨 있었으니까.

바깥출입을 금지당한 지 얼마나 됐더라. 나는 날짜를 헤아리다가 그만두었다. 예전엔 몸이 아파도 모든 일에 완벽해지려고 애썼다. 하지만 지금은 아니었다. 그냥 모든 것이 귀찮고 힘들었다. 이제 그만 푹 쉬고 싶었다.

누군가가 만들어 낸 책 속 세상이 아닌, 모든 것이 온전하게 살아 있는 내 세상에서.

나는 '후' 입김을 불었다. 그리고 창문에 손가락으로 '대한민국'이란 단어를 적었다. 한글로 한 번, 아틀란타에서 사용하는 글자로 한 번. 첫 번째 단어는 삐뚤빼뚤 서투르기 짝이 없는데 두 번째 단어는 아주 깔끔하게 적혔다. 저절로 눈물이 나왔다. 앞서 말했던 듯이 머리를 쥐어짜도 그곳에서의 기억은 이

제 몇 개 없다. 하지만 나는 그 기억이라도 붙잡고 싶어 눈을
감았다.

내가 이 세계에 떨어지기 직전, 한국은 지독하게 추웠다. 가
을의 낭만을 제대로 느끼기도 전에 지독한 한파가 몰아닥친
것이다. 대한민국의 겨울은 이곳의 겨울보다 두 배는 더 추웠
다. 패딩 점퍼가 유행하기 시작했고, 나는 가격만 비싸지, 실
용성은 하나도 없는 우리 학교 교복 때문에 화가 머리끝까지
나 있었다.

─도대체 추우면 교복 재킷 입으라는 게 무슨 심보야? 얼
어 죽으라는 심보? 재킷 입어 봤자 불편하기만 하고 추워 죽
겠는데.

그때 내가 한 말은 수많은 아이들의 공감을 샀다. 특히 앞머
리를 1교시 때마다 헤어롤로 고정했던 짝꿍은 신경질적인 목
소리로 내 말에 열심히 맞장구를 쳤었다.

─내 말이. 자기들은 코트에 목도리까지 착용하면서. 패딩
좀 안 뺏었으면 좋겠어. 재킷은 불편하기만 하고 하나도 안 따
뜻해.

내가 다니는 학교는 쓸데없이 엄격한 학교였다. 보기 싫다
는 이유로 교내 체육복 착용도 금지되어 있었고, 등교할 땐 무
조건 패딩 대신 재킷을 착용해야 했다. 우리 학교 교복 재킷
은 원단이 부직포처럼 뻣뻣하기 그지없었다. 가만히 서 있어
도 불편한 데다, 어쩌다 어깨를 올릴 때면 저절로 욕지거리가
나왔다. 그래서 아이들은 선생님들의 엄격한 단속에도 불구하
고 재킷 대신 패딩을 착용하곤 했다. 유행 아이템이라는 이유

로 입는 아이들도 있었지만, 패딩이 재킷보다 따뜻하고 편한 것은 사실이었다.

내 친구들도 전부 패딩 점퍼를 입었다. 그 사이에서 유일하게 코트를 입고 있는 것은 나 하나뿐이었다. 처음에는 그런 내가 유니크하다고 느꼈지만, 날씨가 갈수록 추워지면서 패딩 점퍼가 갖고 싶어졌다. 나는 당장 부모님을 조르기 시작했다. 패딩 점퍼 한 벌만 사 달라고. 그리고 그때마다 부모님은 무뚝뚝하게 대답하셨다.

—성적 오르면.

—아, 치사하게!

—어차피 제대로 입지도 못할 걸 왜 사. 학교에서 금지한다며. 공부나 하서. 이상한 책만 붙들고 있지 말고.

아, 지금 생각해도 저절로 눈시울이 뜨거워진다. 그때는 몰랐지. 부모님이 뭐 사 달라고 할 때마다 성적 타령하는 것마저 그리워하게 될 줄은.

어렸을 적부터 나는 공부를 무척이나 싫어했다. 학교에서도 수업에 제대로 집중하지 않아 담임선생님의 걱정이 이만저만이 아니었다고 한다. 고등학생이 된 후엔 특히 더 심해졌는데, 정말 하루 종일 만화책과 장르 소설책만 붙들고 살았다. 입시 공부 대신 쉬는 시간마다 친구들과 만화책 정보를 공유하고, 야자 시간엔 로판로맨스 판타지 소설을 읽었다. 그러니 성적이 좋을 리가 없었다. 물론 덕질을 포기하면 성적이 올라가겠지만 덕질은 내 운명이었다. 패딩을 포기하는 게 나았다.

나는 규칙이 엄격한 학교에서도 친구들과 함께 덕질을 했다. 덕후 옆엔 같은 덕후들이 있다고 하던가, 공부에 관심 없는 것은 내 친구들도 마찬가지였다. 아이돌 덕후, 웹툰 덕후, 애니 덕후 등 파는 분야가 아주 다양했다. 나랑 가장 친한 친구인 슬기는 드라마 덕후였는데, 야자 시간마다 DMB를 들고 자신이 파는 장르를 영업하려고 했다. 문제의 소설책을 구입한 그날에도.

—민아야, 너도 이 드라마 봐. 남주가 완전 잘생겼어.

—싫어, 난 이거 읽을 거야. 얼마나 읽고 싶었는데.

차라리 그때 그 소설 말고 슬기가 추천해 준 드라마를 봤더라면 얘기가 달라졌을까. 저절로 주먹에 힘이 들어갔다. '아틀란타의 연인', 이제 발음하기도 싫은 제목이었다. 화제의 신간이란 광고 타이틀 때문에, 없는 용돈 다 털어서 구매했었다.

예쁜 표지와 깔끔한 필력, 인정하기 싫지만 아틀란타의 연인은 광고 값을 했다. 나는 어딜 가나 그 책을 들고 다니기 시작했다. 시간 날 때마다 틈틈이 읽기 위해서였다. 특히 난 여주인공인 릴리스가 너무 좋았다. 새하얀 드레스가 어울리는 천사 같은 외모와 상냥한 성격. 릴리스는 말 그대로 성녀 같은 여자였다. 사람들에게 사랑받을 자격이 있었다. 그런 릴리스가 좋아서 책을 몇 번이고 반복해서 읽었다. 책장이 너덜너덜해질 정도로 말이다. 그런데 어느 날, 일이 터졌다.

—엄마, 딸내미 치킨 먹고 싶어요.

—저녁 안 먹었냐.

—아니, 그래도 먹고 싶어.

그날도 어김없이 친구들과 덕질 얘기를 나누고, 야자 시간에 아틀란타의 연인을 정독했었다. 그리고 하교 후엔 엄마한테 치킨이 먹고 싶다고 했다. 엄마는 내 옆구리 살을 잡아당기며 가벼운 잔소리를 했지만, 결국 치킨을 시켜 주셨다. 마침 아빠도 회식했겠다, 닭다리를 두 개 다 차지할 수 있었다. 나는 부른 배를 쓰다듬으면서 잠자리에 들었다. '내일 단축 수업 하니까 친구들이랑 노래방 가야지'라는 생각을 하면서. 하지만 나는 친구들이랑 노래방을 갈 수 없었다. 눈을 떴더니 보인 것은, 평범한 LED 전등이 아니라 화려한 샹들리에였으니까.

그렇게 나는 대한민국의 '유민아'가 아니라 책 속 세상의 '엔젤라'가 되었다.

내가 주인공도 아닌 엔젤라에게 빙의한 이유 따윈 알 수 없었다. 릴리스가 내 최애캐였긴 하지만, 나는 내 세상을 사랑했다. 무뚝뚝하지만 손찌검 한 번 한 적 없었던 부모님도 좋았고, 취미를 공유할 수 있는 친구들도 좋았다. 학교도 규칙이 엄격하긴 했지만 급식이 맛있어서 참을 만했다. 나는 내 세상을 사랑했다. 그런데 다짜고짜 책 속 세상으로 떨어졌으니, 제정신을 유지할 수 있을 리가 없었다.

나는 하루에도 수십 번 발작을 일으켰다. 교복을 떠올리며 예쁜 드레스를 갈기갈기 찢어 버리고, 집 밥을 떠올리며 수프 그릇을 깨뜨렸다. 예절 백서? 그건 첫날에 벽난로로 던져 버렸다. 만화책과 장르 소설책만 읽어 왔던 내가 그런 것을 읽을 수 있을 리가 없었다. 나는 평범한 여고생인 유민아였다. 십 년이 넘는 세월 동안 그렇게 살아 왔는데, 이제 와서 원작의 엔젤라가 될 수 있을 리가 없었다.

원작의 엔젤라는 그 릴리스를 훌륭하게 키워 낸 상냥한 사람이었다. 자신보다 신분이 낮은 시녀들에게 스스럼없이 말을 걸고, 딸에게 손수 과자를 구워 줄 정도로 상냥한 사람이 어느 날부터 흉포하게 변했으니 주변 사람들이 걱정할 수밖에 없었다. 사람들은 수시로 엔젤라에게, 아니, 내게 물었다.

―도대체 왜 그렇게 변한 거야? 너 이런 사람 아니었잖아.

그리고 나는 그때마다 대답했다.

―당연하게 누려 왔던 것들이 모두 사라졌으니, 미칠 만하잖아.

이 세상엔 아무것도 없었다. 가족도 없었고 인터넷도 없었다. 차라리 내가 처음부터 엔젤라였더라면 괜찮았을 것이다. 하지만 나는 이미 유민아로서 살아가는 게 얼마나 즐거운지 알고 있었다. 내가 살던 세상이 얼마나 자유로운지도.

모든 것이 뒤떨어져 있는 이 세상에서 버틸 수가 없었다. 최소한 내 가족들과 친구들의 소식이라도 알고 싶었지만, 그것도 불가능했다. 여긴 휴대폰도 메일도 없으니까. 어떤 대가를 치르더라도 원래 세상으로 돌아가고 싶었다. 나는 머리를 쥐어뜯으며 돌아갈 방법을 연구했지만, 아무런 단서도 얻지 못했다.

내가 이 세상에 대해 알고 있는 것은 단 하나였다. 여기가 바로 책 속 세상이라는 것. 그것 외엔 아무 것도 없었다. 나는 너무 막막한 나머지 엉엉 울고 말았다. 원래 세계로 돌아가지 못하고, 영원히 이 세상에 살아야 한다면 어떡하지. 생각만 해도 끔찍했다. 나는 아직 내 세상에서 하지 못한 일들이 산더미였다. 친구들과 노래방도 가야 하고, 엄마 아빠에게 사랑한다는 말도 해야 한다. 아무것도 없는 이 세상에서 살고 싶지 않았다. 그러다가 문득, 이런 생각이 들었다.

내가 진짜 릴리스의 어머니가 되어서 원작을 진행한다면, 원래 세상으로 돌아갈 수 있지 않을까.

그러고 보니 다른 로판 속 여주인공들도 그랬었다. 원래 세상으로 돌아가기 위해 원작을 진행했다. 어차피 내겐 다른 선택지가 없었다. 원작이야말로 내 운명이자 유일한 희망이었다. 나는 그날부터 난동 부리는 것을 멈추고, 상냥한 엔젤라처럼 행동했다. 아무것도 모르는 사람들은 엔젤라가 드디어 원래대로 돌아왔다고 안심했지만, 나는 갈수록 초조해졌다. 하루라도 빨리 원작을 진행시켜야 한다는 강박증 때문이었다. 그리고 그러기 위해선 원작의 여주인공, 릴리스가 필요했다. 나는 당장 그녀의 아버지, 알버트를 찾아 헤맸다. 다행히 알버트는 그리 멀지 않은 영지에서 살고 있었다. 나는 이쪽 세계의 부모님께 부탁해 그와 선을 봤고, 나를 마음에 들어 한 알버트와 결혼식을 올릴 수 있었다.

여고생에 불과했던 내가 결혼을 하고 누군가의 아내가 되어야 한다니, 그것도 사랑 하나 없이. 스스로가 혐오스러웠지만 상관없었다. 어차피 여긴 진짜 세계가 아닌 책 속 세상에 불과했다. 작가가 인위적으로 만들어 낸 가짜 세상 말이다. 그걸 생각하니 모든 것이 쉽게 느껴졌다. 알버트와 결혼하는 것도, 그와 잠자리를 함께하는 것도 말이다. 나는 매일 밤 그와 잠자리를 함께했다. 여주인공인 릴리스를 탄생시키기 위해 말이다. 그리고 나는 오랜 노력 끝에 임신에 성공했다.

―아이 이름은 뭐로 할까?

　―릴리스. 무조건 릴리스로 해야 돼요.

　배가 조금씩 불러 오자 알버트는 상기된 얼굴로 이름을 정하자고 했다. 배를 쓰다듬으면서 내가 한 말에, 알버트는 곤란한 얼굴로 말했다.

　―음, 엔젤라. 예쁜 이름이긴 한데 아들일 수도 있지 않아? 아들일 때의 이름도 생각해 두자.

　―아뇨. 생각할 필요 없어요. 전 알아요. 무조건 딸이에요.

　아아, 원작이야말로 나의 마지막 운명이자 희망이었다. 그리고 그 확신은 원작대로 릴리스가 태어나자 더 굳어졌다. 눈부신 백금발과 녹색 눈, 릴리스는 인형처럼 어여쁜 아이였다. 하지만 하는 짓은 천박하기 그지없었다. 어느 정도 나이를 먹게 되자마자 온갖 사고를 쳐 댔으니까. 바닥과 벽에 크레용으로 낙서를 하는 것은 물론이고, 식사 시간 때마다 수저를 내던졌다. 밤이 됐음에도 불구하고 자기 싫다고 생떼를 부렸다. 하지만 제일 충격적이었던 것은 흰 원피스를 입은 채로 잔디밭에 뒹구는 거였다. 나는 그 모습에 충격을 받았다. 원작의 릴리스가 이렇게 천박한 캐릭터였던가? 전혀 아니었다. 원작의 릴리스는 숙녀 중의 숙녀였다. 그리고 남주인공들은 그런 릴리스의 모습에 사랑을 느꼈다. 충격은 곧 분노로 변했다. 나는 당장 잔디밭에서 뒹굴고 있는 릴리스를 일으켜 뺨을 때렸다. 어이가 없었다.

　내가 널 낳기 위해 얼마나 고생했는데, 너는 감히 이딴 짓이나 하고 있어?

　좋아하지도 않는 사람이랑 결혼하고, 구역질을 참으면서 남편과 잠자리를 함께했다. 출산 후유증 때문에 잠도 제대로 못 잔다. 그 고생을 하면서 겨우 낳아 줬는데, 철없게 잔디밭이나 뒹굴고 있다니. 절대 용서할 수 없었다. 나는 시녀들이 말릴 때까지 릴리스의 뺨을 내리쳤다. 그리고 그다음 날부터 당장 가정교사를 모집했다. 알버트가 옆에서 너무 이른 거 아니냐고 걱정했지만, 상관없었다. 지나칠 정도로 순해 빠진 남자였다. 조금만 강하게 몰아붙이면 바로 내 말에 따랐다. 식단도 엄격하게 제한했다. 이것도 원작의 릴리스처럼 키우기 위해서였다.

원작의 릴리스는 성녀 같은 성격뿐만 아니라 미모까지 갖추고 있었다. 흰 드레스가 어울리는 가녀린 사람, 그게 바로 원작의 릴리스였다. 나는 그 아이를 완벽한 사람으로 키우기 위해 온갖 애를 다 썼다. 가끔 아이가 날 원망했지만 개의치 않았다. 원작의 릴리스처럼 완벽한 여자가 되어야 한다. 이 세상에선 예쁜 외모로 좋은 남자 물어서 사는 것이 최고의 행복이었다. 릴리스가 원작대로 황태자와 결혼하면 릴리스뿐 아니라 모두에게 이득이다. 아틀란타는 드래곤의 수호를 받고, 황후가 된 릴리스는 평생 호화롭게 살 것이다. 덤으로 나도 원래 세상으로 돌아갈 수 있을 테고.

물론 마음 한구석이 불안한 것은 어쩔 수 없었다. 누군가가 쉴 새 없이 속삭였다. 원작을 진행시켜도 유민아로 돌아가지 못한다면, 그땐 어떡할 거냐고. 생각만 해도 막막했지만 내겐 다른 선택지가 없었다. 원작이야말로 내 유일한 운명이자 희망이었다. 나는 불안해질수록 릴리스의 교육에 전념했다. 회초리를 드는 것도 서슴지 않았다. 릴리스의 흰 드레스에 검붉은 얼룩이 생길 정도로 심하게 때렸지만, 죄책감은 하나도 느껴지지 않았다. 릴리스가 괴물 보듯 쳐다봐도 상관없었다. 여긴 작가가 만들어 낸 가짜 세상에 불과했다. 가짜 세상에선 무슨 짓을 해도 상관없었다.

나는 이중생활을 시작했다. 겉으론 원작의 엔젤라처럼 상냥한 아내이자 어머니로, 속으론 유민아가 빙의된 엔젤라로서 릴리스에게 폭력을 휘둘렀다. 계속되는 폭력에 지쳐 릴리스도 결국 내 말에 순순히 따랐다. 원작의 릴리스처럼 고분고분해진 그녀의 모습에, 나는 정말 기뻤다. 드디어 내 노력이 결실을 맺었다고 생각했다. 나는 2황자 페인이 돌아왔다는 소식을 듣자마자 원작 내용을 적은 수첩을 주고 그녀를 수도로 올려 보냈다. 드디어 집에 돌아갈 수 있다는 생각에 가슴이 두근거렸다. 그때의 나는 알지 못했다. 그토록 소원하던 원작이 처음부터 틀어져 있었다는 사실을.

—더 이상 제 탓 하지 마세요! 아직도 모르시겠어요?! 원작을 부순 사람은 바로 엔젤라, 당신이라고요! 당신이 그토록 바라던 원작을 직접 손으로 부순 거라고요! 원작의 릴리스는 상냥한 부모님을 가지고 있었다고 했잖아요! 그런데 제겐 상냥한 부모님이 없어요! 괴물 같은 부모님이라면 모를까!

황궁에서 릴리스는 내게 외쳤다. 그 말을 들은 순간, 나는 머리를 얻어맞은 것 같았다. 내가 그토록 소원했던 원작은 처음부터 완벽하게 틀어져 있었다. 릴리스가 아니라 나 때문에. 그녀의 말은 사실이었다. 원작의 엔젤라는 상냥한 사람이었다. 시녀들에게 스스럼없이 말을 걸고, 딸에게 손수 과자를 구워 줄 정도로. 나도 그렇게 행동했지만, 하루에 서너 번 씩은 꼭 폭력을 휘둘렀다. 알버트도 내 기세에 밀려 릴리스를 방치했고 말이다.

괴물이 되는 것도. 릴리스를 학대한 것도 전부 내가 한 짓이다. 원작은 처음부터 존재하지 않았다. 그런데 나는 돌아가고 싶다는 욕구에 눈이 멀어 있지도 않은 허상에 매달렸다. 나는 내 두 손을 들여다보았다. 주름으로 자글자글했다. 릴리스가 태어난 이후로 나는 발 뻗고 푹 잔 적이 없었다. 늘 몇 시간 동안 뒤척이다가 겨우 얕은 잠에 들곤 했다. 머리칼도 한 움큼씩 빠졌다. 주름도 서너 개씩 생겼다. 의사는 안정을 취하는 게 가장 중요하다고 했지만 엔젤라의 몸으로 안정을 취할 수 있을 리가 없었다. 차라리 빨리 죽어 버리는 게 나았다. 나는 천천히 감고 있던 눈을 떴다. 여전히 작가가 만들어 낸 가짜 세상이 눈에 들어왔다.

내가 지금까지 한 짓에 한 점의 후회는 없다. 내게 학대받은 릴리스에게 미안하지도, 내게 현실을 일깨워 준 그녀를 원망하지도 않는다. 여긴 어차피 책 속 세상이니까, 무슨 짓을 해도 상관없다. 내가 그렇게 생각한 순간, 저절로 다리에서 힘이 풀렸다. 나는 바닥에 쓰러진 채 천장을 올려다보았다. 여전히 형광등이 아닌 샹들리에가 빛나고 있었다. 너무 허탈한 나머지 저절로 웃음이 튀어 나왔다.

패딩은 이제 필요 없다. 부직포 같은 재킷을 입어도 좋으니까 등교하고 싶다. 친구들과 노래방도 가고, 엄마아빠와 소소한 대화를 나누고 싶다.

참 야속한 세상이다. 나도 지은 죄가 있으니 누구도 원망하지 않기로 했는데 그럴 수가 없다. 나는 숄을 움켜쥔 채 눈을 감았다. 다시 눈을 떴을 땐 가짜 세상이 아닌 내 세상이 보이길 소원하면서.

　창밖으로 쉴 새 없이 눈보라가 휘몰아쳤다. 날씨가 너무 추워서 바깥에 나갈 엄두가 나지 않았다. 릴리스는 창가에 앉아 부지런히 스푼으로 단팥죽을 떠먹었다. 샤샤는 정말 특이한 요리를 많이 안단 말이야. 릴리스는 고개를 끄덕이면서 입가에 묻은 팥죽을 닦았다.

　"페인."

　갑작스런 부름에 맞은편에 앉아 있던 페인이 고개를 들었다. 페인은 한창 레베카에게 줄 검을 마른 천으로 문지르고 있었다. 새까만 손잡이에 사자 문양이 새겨진 검은 고급스런 멋을 풍겼다. 내 신하가 마음에 들어 했으면 좋겠는데. 페인이 요모조모 검을 뜯어보고 있을 때였다.

　"오늘 아침, 부고가 왔어요."

　"부고?"

　페인의 손이 순간적으로 멈췄다. 페인은 검에서 눈을 떼고, 릴리스를 쳐다보았다. 릴리스는 계속 평온한 어조로 말했다.

　"엔젤라, 그녀가 죽었대요."

　페인은 말없이 릴리스의 손을 꼭 잡았다. 황제와 황후로서 교육을 완료한 둘은 대관식을 앞두고 있었다. 페인이야 별로 긴장되지 않았지만, 릴리스는 여러모로 예민해져 있었다. 샤샤가 수시로 찾아와 격려해 줬지만 대관식 날짜가 다가올수록 긴장하는 기색이 역력했다. 그래서 걱정되던 차였는데, 부고 소식까지 듣고 말았다. 페인은 조심스레 물었다.

"괜찮나?"

릴리스는 고개를 저으면서 단호하게 대답했다.

"걱정하지 않아도 돼요. 아주 멀쩡하니까. 어차피 인연 끊은 지 오래된 사람이잖아요?"

"그래?"

페인은 안심하면서 릴리스와 손을 꼭 마주 잡았다. 릴리스는 고개를 돌렸다. 여전히 눈보라가 몰아치고 있었다. 문득 어렸을 적에 있었던 일이 떠올랐다. 한겨울 날, 어린 릴리스는 부엌에서 음식을 훔쳐 먹었다는 이유로 얇은 원피스 차림으로 정원으로 내쫓겼다. 지금처럼 눈보라가 몰아치진 않았지만, 제법 바람이 거센 날이었다. 릴리스는 그때를 회상하다가 '픽' 웃음을 터뜨렸다.

역시 그 사람은 슬퍼해 줄 가치도 없다.

외전 4 〈늘 푸른 나무를 알고 있나요〉

대관식이 바로 하루 전으로 다가왔다. 샤샤는 커튼을 젖혔
다. 눈보라가 몰아치던 어제와 다르게 오늘은 햇빛이 아주 강
했다. 다행이다. 샤샤는 따뜻한 햇빛을 쬐면서 미소 지었다.
오늘까지 날씨가 험했더라면 대관식 날짜가 연기됐을 것이다.
샤샤는 한참 동안 햇빛을 쬐고 있다가, 고개를 돌렸다. 시녀가
연어 스테이크와 샐러드가 든 접시를 든 채 면목 없다는 얼굴
로 서 있었다. 샤샤는 어두운 얼굴로 말했다.

"이번에도 식사를 거부하셨다고?"

"네, 배가 고프지 않으시다고…….."

대관식이 다가올수록 아스를 포함한 모든 이들은 심한 긴장
을 느꼈다. 어떻게 보면 당연한 일이다. 공식적으로 페인이 황
위에 앉고 릴리스가 황후가 된다. 아스는 새로운 작위를 수여
받는다. 레베카는 반역자를 처리한 공으로 모든 사람들이 지

켜보는 가운데서 새로운 황제에게 검을 하사받는다. 뒤에서 자꾸 여자에게는 가문을 이어받을 자격이 없다고 구시렁거리는 신하들이 있기 때문이다. 대관식에서 레베카의 공을 인정해 아예 뒷말을 막아 버리겠다는 페인의 뜻이었다. 샤샤는 그새 땀으로 젖은 손가락을 손수건으로 닦으며 중얼거렸다.

"정말 어떡한다……."

내일 일어나는 일 하나하나가 역사적인 순간이다. 그래서 다들 제대로 먹지도 못하고 잠을 설친다고 했다.

릴리스는 딱딱한 음식은 넘어가지 않는다며 샤샤가 갖다 준 단팥죽과 호박죽만 먹었다. 야채와 과일 같은 것도 일일이 갈아 마신다고 했다. 페인은 새벽이 되도록 검을 닦으며 아스에게 배운 지식을 쉬지 않고 입으로 읊어 댔다. 헤레이스가 억지로 침실로 끌고 가야 겨우 눈을 붙인다고 했다. 레베카는 케론드와 틈만 나면 말을 타고 영지를 둘러보러 나갔는데, 한밤중에도 다짜고짜 저택을 뛰쳐나가서 셰스를 기겁하게 만든다. 그리고 아스는 여전히 무표정했지만 어제부터 갑자기 식사를 거부하고 서재에 틀어박혔다. 뭐 먹고 싶은 게 있냐고 물어도 고개를 저을 뿐이었다. 따뜻한 차와 빵 몇 조각만 겨우 입에 댔다. 시녀가 조심스레 말했다.

"아스 님도 긴장을 하시네요. 언제나 침착하셔서 이번에도 그러실 줄 알았는데."

"오랫동안 고대하던 미래니, 당연한 일이지."

샤샤는 아스가 지금까지 오늘을 위해 한 고생들을 생각했다. 빵 한 조각 제대로 먹지 못하던 유년기, 괴물이라 따돌림받았던 아카데미 시절, 등신 같은 요하네스의 뒷바라지. 생각만 해도 저절로 눈물이 나왔다. 아스 몸에서 나중에 사리 나오면 어떡하지? 샤샤는 눈물을 닦았다.

"이 음식은 어떻게 할까요? 주방장님께서 특별히 준비하신 건데."

"걱정 마, 내가 서재로 가 볼 테니까 이리 줘."

생각할 게 있다고 해서 일부러 찾아가지 않았는데 어쩔 수 없다. 샤샤는 접시를 든 채 걸음을 옮겼다. 시종 두 명이 대기하고 있는 서재는 무척이나 조용했다. 샤샤는 시종들을 물러나게 한 후 가볍게 문을 두드렸다.

"아스, 들어가도 돼요?"

하지만 아무 대답도 돌아오지 않았다. 샤샤는 고개를 갸웃거리면서 문을 좀 더 세게 두드렸다. 여전히 조용했다. 이상하다, 아스가 아무 대답도 하지 않을 리 없는데. 샤샤는 망설이다가 문을 열어젖혔다.

"아스, 저 들어갈게요."

서재 안은 무척이나 조용했다. 샤샤는 접시를 탁자에 올려놓고 주변을 둘러보았다. 책과 양피지 조각이 여기저기 널려 있었다. 아스는 어디 있지? 늘 책상 앞에 앉아 있었는데. 샤샤가 불안해질 즈음 소파 밑으로 늘어진 녹색 머리칼이 눈에 띄었다. 샤샤는 급히 소파로 다가갔다. 안경을 벗은 아스의 단정한 얼굴이 눈에 들어왔다.

"뭐야, 자고 있었구나."

아스는 눈을 감은 채 잠들어 있었다. 샤샤는 안도하면서 아스의 머리칼을 넘겨 주었다. 아스는 금욕적인 평소 모습과 다르게 흐트러진 모습이었다. 목까지 채운 단추를 풀어 헤치고,

하나로 묶고 다니던 머리칼도 이리저리 헝클어져 있었다. 샤샤는 물끄러미 아스의 자는 얼굴을 쳐다보았다. 역시 아스는 자는 모습도 잘생기기 짝이 없다.

밤마다 한 침대를 쓰지만 아스는 언제나 샤샤가 잠들 때까지 기다렸다가 눈을 붙였다. 그래서 샤샤는 아스의 자는 얼굴을 볼 기회가 별로 없었다. 샤샤는 아스의 머리칼을 어루만지다가 어깨를 축 늘어트렸다. 아스의 얼굴이 겨우 며칠 사이에 핼쑥해져 있었다. 그동안 혼자 얼마나 힘들었을까. 이젠 무슨 일이 있어도 곁에 있어 줘야겠다. 샤샤가 그렇게 다짐했을 때, 단단한 손바닥이 샤샤의 손 위로 겹쳐졌다. 샤샤는 당황하면서 아스의 이름을 불렀다.

"아스?"

언제 일어났는지 아스가 두 눈을 뜬 채 샤샤를 올려다보고 있었다. 아스는 샤샤의 손에 입을 맞추며 나른하게 속삭였다.

"안녕, 샤샤."

와, 미친. 샤샤의 얼굴이 확 달아올랐다. 심장이 쿵쾅쿵쾅 뛰었다. 아스는 상체를 일으키면서 머리칼을 쓸어 넘겼다.

"눈을 뜨자마자 보이는 사람이 당신이라니, 운도 좋네요."

"아스, 제 심장 생각 좀 해 줘요. 터지면 어떡하려고."

아스는 아무 대답 없이 샤샤의 가슴팍에 얼굴을 묻었다. 두근두근, 샤샤의 심장 소리가 고스란히 들려왔다. 아스는 한참 동안 그 소리에 귀를 기울였다. 샤샤는 피식 웃으면서 아스의 등을 토닥였다.

"시녀한테 밥 안 먹겠다고 했다면서요."

"네."

"왜 밥을 안 먹어요. 내일 대관식 중에 쓰러지면 어떡하려고."

"입맛이 없어요."

간결한 아스의 대답에 샤샤는 고민에 잠겼다. 주방에 들려서 입맛 돋우는 음식이라도 만들어야 하나, 아니면 기분 전환 삼아 서재 밖으로 끌고 나가야 하나. 지금 아스에게 필요한 것은 책이 아니었다. 계속 서재에 박혀 있다간 대관식 도중에 쓰러질 것이다. 샤샤는 열심히 아스를 달랬다.

"맑은 공기 쐬면 입맛도 돌아올 거예요. 저랑 도시락 싸서 가벼운 산책이라도 할까요? 햇빛이 무척이나 따뜻해요."

아스는 조용히 고개를 저었다.

"미안해요, 샤샤. 별로 내키지 않네요."

샤샤는 문득 빙의 전 세계에서 있었던 일이 떠올랐다. 오른손에는 새로 발급한 주민등록증을, 왼손에는 졸업 앨범을 든 채 거리를 하염없이 걷던 일이. 정말 오랫동안 고대하던 순간이었다. 대학교를 핑계로 집을 나가고, 부모님 동의서 없이 알바도 할 수 있는, 그런 순간. 드디어 성인이 됐다는 생각에 무척이나 설렜으나 그만큼 무섭기도 했다. 이젠 정말 모든 일을 혼자서 선택하고 책임져야 했으니까. 그냥 성인이 되는 것도 무서운데, 작위를 수여받는 것은 얼마나 무서울까. 샤샤는 아스의 두 손을 꼭 잡은 채 말했다.

"아스, 먹고 싶은 거 하나만 말해 줘요."

"정말 없어요, 샤샤."

일단 밥 먹이는 것은 포기하자. 강경한 아스의 대답에 샤샤는 고개를 끄덕이면서 다른 질문을 던졌다.

"그럼 가고 싶은 곳은요?"

"가고 싶은 곳?"

빙고. 그 질문에 아스가 갑자기 관심을 보였다. 샤샤는 열렬하게 고개를 끄덕였다.

"네, 어디 가고 싶은 곳 없어요? 추억이 어린 장소 같은 거요. 레베카가 영지를 둘러보는 이유가 바로 그거래요. 머리가 맑아진다나요?"

아스는 잠시 생각에 잠겼다. 추억이 어린 장소래 봤자 어렸을 적부터 단골들밖에 없었다. 갖고 싶었던 것도 책, 좋아했던 것도 책, 아스는 관심사가 책밖에 없었다. 고서점 외에 내가 좋아하는 장소가 있었던가? 아스는 기억을 되짚다가 중얼거렸다.

"아카데미."

"아카데미라면, 뮬란사 아카데미?"

아스는 고개를 끄덕였다. 그 아카데미에서 합격증이 날아온 덕분에 지긋지긋한 집에서 탈출할 수 있었다. 아카데미에선 풍족한 식사를 할 수 있었고 도서관에서 희귀한 책들도 마음껏 읽을 수 있었다. 물론 거기서도 아스를 괴롭히는 학생들이 있었지만 상관없었다. 적당히 당해 주다가 보상금을 청구하면 그만이었다. 학생들과 다르게 선생님들은 대부분 총명한 아스의 편이었는데, 그중에서도 유독 아스를 챙겨 주는 사람이 있었다.

"아카데미에 가서, 만나고 싶은 사람이 있습니다."

그 사람이 가르치는 과목은 역사학으로, 매우 수준이 높았다. 수업 진행 속도도 매우 빨라서 수업이 끝날 때마다 괴성을 질러 대는 학생들이 수십 명이었다. 그래도 과제는 별로 내주지 않아 듣는 학생들이 제법 많았다. 조기 졸업을 한 후에 편지를 보냈지만 연구가 바쁘다며 답장을 보내 주지 않았다. 찾아가도 잘 만나 주지 않아서 자연스레 연락이 끊겼는데, 왜 갑자기 생각나는지 모르겠다.

"당장 시종을 보낼게요. 거기 오늘도 수업하고 있을까요?"

"아뇨, 그럴 리가 없습니다. 학생들 대부분이 고위 귀족이거든요. 대관식 참석을 위해 자택으로 돌아갔을 겁니다."

"은사님의 성함이 어떻게 돼요?"

"베르드 알단테."

그는 아스가 요하네스의 보좌관으로 들어갈 때 유일하게 눈에 불을 켜고 말린 분이었다. 요하네스의 성격을 생각하면 그게 맞는 일이었지만, 아스는 황궁으로 진출하고 싶다는 욕심이 컸다. 그래서 선생님의 말씀을 듣지 않고 보좌관 자리를 받아들였다.

"가까운 곳이라 다행이에요. 당장 시종을 시켜서 허락을 구하라 할게요."

"고마워요, 샤샤."

"뭘요, 하루 정도는 제게 맡겨요. 나스카한테도 얼른 외출 준비하라 해야겠다."

그 말을 끝으로 샤샤는 후다닥 서재를 나섰다. 아스는 말없이 샤샤의 뒷모습을 응시하다가 자리에서 일어났다. 샤샤가 자리를 비울 동안 씻기라도 해야겠다.

뮬란사 아카데미는 최고의 아카데미인 만큼 황궁과 밀접한 관련이 있는 곳이다. 황족들은 자주 아카데미를 방문해 마음에 드는 인재들에게 눈도장을 찍고 갔다. 당장 아스만 해도 전대 황제가 손수 점찍은 아이였다. 그곳에 있는 아이들은 하나같이 영민한 데다 집안이 부유했다. 입학할 때부터 자기 시종을 다섯 명씩 데려오고 기숙사 방을 호화스럽게 꾸몄다. 그 학생들 중에 종종 아스처럼 평민의 피가 섞인 아이가 있었지만 그 아이들은 거의 중간에 학업을 포기하고 아카데미를 나갔다. 자신과 신분부터 다른 아이들과 섞여 들 수 없다는 게 첫 번째 이유였고, 시간이 흐를수록 차이가 난다는 게 두 번째 이유였다. 평민인 아이들은 교재값도 부담스러워서 책도 제대로 못 사는데, 귀족 아이들은 툭하면 개인 교습까지 받았다. 주어진 환경부터 다르니 차이 날 수밖에 없었다. 아스는 그렇게 생각하면서 고급스런 금장이 박힌 아카데미 정문을 올려다보았다. 샤샤가 옆에서 재잘거렸다.

"베르드 선생님이 만남을 허락해 주셔서 정말 다행이에요. 그렇죠, 아스?"

"네, 다행입니다."

샤샤와 나스카는 눈이 소복이 쌓인 학교가 신기한지 이리저리 둘러보았다. 아스는 겉옷 자락을 여미며 그런 둘을 뒤따라갔다. 졸업한 지 몇 년이나 됐지만 아카데미는 변한 것이 없었다. 소름 끼칠 정도로 예전과 똑같았다. 아스는 이곳에서 있었던 일들을 떠올렸다.

아스는 아버지가 귀족이었지만 어머니가 평민이었다. 완전히 평민인 아이들보다 사정이 나았지만 무시당하는 것은 마찬가지였다. 부모님과 연을 끊은 탓에 지원도 일절 받지 못했다. 그래서 아스는 자신을 괴롭힌 아이들에게 받은 보상금으로 생활을 하고, 공부를 하다가 의문점이 들 땐 적당한 시간에 선생님을 찾아가야 했다. 돌아갈 집이 없어 방학 때도 기숙사 방에 처박혀 공부만 했다. 멋모르는 어른들은 그런 아스가 기특하다고 했다. 하지만 아스에겐 기특한 행동이 아니었다. 절박한 행동이었다.

아스는 한 번도 가해 학생들이 처벌받기를 원한 적이 없었다. 웬만하면 보상금을 받고 용서해 주는 방향을 택했다. 다른 아이들은 그깟 푼돈 몇 푼에 넘어가냐고 아스를 조롱했지만, 아스에겐 그 선택이 일석이조였다. 그 보상금으로 책을 구입하고, 그 책 덕분에 성적이 올랐으니까. 성적표를 찢어발기며 자신을 괴물이라 손가락질하던 급우들의 모습이 지금도 눈앞에 선했다. 과제를 제출할 때도 칭찬받는 사람은 언제나 아스였다. 아무도 아스를 따라올 수 없었다.

2년 만에 조기 졸업 자격을 따냈을 때, 학생들은 단체로 아스에게 몰려왔다. 그리고 미친 듯이 그동안 가지고 있었던 열등감을 아스에게 표출했다. 2년 만에 조기 졸업 자격을 따낸 사람은 아스가 최초였기 때문이다. 학생들은 억울하다고 말했다. 많은 것을 타고난 아스가 너무나 밉다고 했다. 아스는 학생들의 모습을 보면서 생각했다. 당신들도 많은 것을 타고난 주제에, 왜 나한테 화를 내는 건지? 학생들이 아스에게 한 짓은 되도 않는 억지에 불과했다. 대꾸할 가치도 없었다. 그래서 아스는 이번에도 무시하려 했지만, 단단히 약이 오른 학생들은 아스를 놓아주지 않았다. 운 좋게 지나가던 선생님에 의해 구출됐지만, 비참했다.

내가 왜 이런 대접을 받아야 하지? 신분이 낮다는 이유 하나로, 이렇게 함부로 대해도 되나?

아스는 마지막으로 그들에게 갚아 주고 싶었다. 어차피 조기 졸업도 확정됐겠다, 그들에게 보상금을 받을 이유는 없었다. 그래서 아스는 선생님들에게 말했다. 그들의 징계를 원한다고. 그런데 전혀 예상치 못한 곳에서 문제가 튀어 나왔다. 자신을 총애한다고 생각한 선생님들이 곤란하다는 반응을 보인 것이다.

─지금까지 잘 참다가 갑자기 왜 그러지? 자네는 졸업하면 끝이지만, 그 아이들은 아니다. 가뜩이나 아주 좋은 집안 출신인데.

─너는 든든한 뒷배도 없잖니. 이 일로 높으신 분들께 미운털 박히면 어떡하려고.

결국 선생님들도 똑같았다. 겉으론 총애하는 척했지만 속으론 은근히 아스를 무시했다. 자신이 어려운 환경을 타고 났다는 이유 하나로 말이다.

─솔직히 나도 가끔 네가 질투 나기도 했다. 하하. 내가 학생 시절에 겨우 이해했던 책을 넌 몇 시간 만에 완벽하게 이해했잖니.

─그건 제가 그만큼 노력했기 때문입니다. 그 몇 시간 동안 제가 얼마나 집중했는지 선생님도 아시잖아요.

—알지. 하지만 네가 그 애들보다 많은 것을 타고난 것은 사실이야. 네가 제국에서 제일 좋은 머리를 타고났다는 것은 모두가 다 알고 있어.

—왜 자꾸 논점을 흐리시는 겁니까. 그것과 이건 다른 문제이지 않습니까!

—아니, 말이 그렇다는 거지, 말이. 제국 제일의 수재가 이 정도 일도 못 넘겨서 쓰나. 질투 좀 했다가 인생 망치는 것은 좀 그렇잖니. 그냥 이번에도 용서해 주자. 유종의 미란 말도 있잖아.

아스는 아무 말도 할 수 없었다. 수업 중에 토론이 열릴 때마다 언제나 이기는 쪽은 아스였는데 말이다. 아스는 아무 말 없이 고개를 숙였다. 계속 노력하다 보면 상황이 나아질 거라 믿었다. 하지만 그것은 되도 않는 착각에 불과했다. 나아진 것은 아무것도 없었다. 그런데 바로 그때였다.

—자네들이 드디어 미친 건가? 왜 가해자에게 감정이입을 하는지 모르겠군.

두꺼운 역사책들이 와르르 아스 앞에 쏟아졌다. 아스의 눈이 동그랗게 떠졌다.

—질투고 자시고 사람으로 태어났으면 절대 남을 괴롭혀선 안 돼. 말도 안 되는 핑계 대지 마.

그가 바로 베르드 알단테였다.

"오랜만입니다, 선생님."

방에 들어서자마자 퀴퀴한 종이 냄새가 훅 끼쳤다. 아스는 천장까지 위태롭게 쌓인 책들을 응시했다. 방 안은 아주 엉망이었다. 천장까지 쌓인 책 무더기가 다섯 개, 바닥에 너저분하게 흩어져 있는 편지들. 도대체 언제 청소를 했는지 알 수가 없었다. 책상 앞에 앉아 있던 호호백발의 노인이 몸을 일으켰다.

"대관식 전날에 왜 이곳에 왔는지 모르겠구나."

노인은 주름투성이 손으로 잉크를 닦으며 말을 이었다.

"내가 가르친 학생들 중에서 가장 영특했던 아스야."

가을 하늘을 연상시키는 하늘빛 눈동자가 온화하게 빛났다. 아스는 조용히 고개를 숙였다. 옆에 서 있던 샤샤도 나스카의 고개를 누르면서 인사를 했다. 노인의 눈에 흥미가 어렸다.

"옆에 있는 두 사람은 누구지?"

"제 약혼녀 샤샤 타르트입니다. 그리고 이쪽은 호위로 데려온 마법사죠."

"약혼녀?"

베르드의 표정이 이상해졌다. 샤샤는 다시 한번 고개를 숙인 후 편히 얘기 나누라며 나스카와 방을 나섰다. 눈치 빠른 행동이었다. 베르드는 한동안 얼빠져 있었으니까. 베르드는 몇 번이고 눈을 깜빡이다가 탄식하듯 말했다.

"너 같은 목석도 약혼을 하는구나."

베르드가 기억하는 아스는 언제나 책에 고개를 박고 있었다. 그때는 머리도 짧고 키도 작았지만, 지식에 대한 열망만큼은 누구보다 컸다. 그래서 베르드는 아스가 평생 결혼하지 않고 학문에 집중하면서 살 줄 알았다.

"저도 샤샤를 만나기 전에는 그럴 생각이었습니다."

허, 베르드는 헛웃음을 지었다. 무슨 일이 일어나도 무감각했던 아스의 눈에서 꿀이 뚝뚝 떨어지고 있었기 때문이다. 세상일은 어떻게 될지 모른다더니, 그 말이 정말이었다.

"그런데 왜 나한테는 약혼식 초대장을 보내지 않은 거냐. 나름 네게 잘해 줬다고 생각했는데."

"죄송합니다만, 전 분명 보냈습니다."

아스는 바닥에 널브러져 있던 편지 중 하나를 집어 들었다. 베르드는 즉시 꿀 먹은 벙어리가 되었다.

"선생님은 정말 변함이 없으시군요. 아무리 연구가 좋아도 그렇지, 이렇게 연락을 잘근잘근 씹어 드시다니. 참 섭섭합니다."

"미안하다. 나중에 결혼식 할 때는 오늘처럼 사람을 보내 주렴. 무슨 일이 있어도 참석할 테니까."

아스는 무표정으로 대꾸했다.

"참석뿐만 아니라 주례도 봐 주시면 용서해 드리겠습니다."

베르드는 기겁하면서 마구 손을 내저었다.

"뭐? 맡길 것을 맡겨라."

"오는 길에 이미 허락도 받았습니다. 샤샤가 정말 기뻐하더군요. 제 은사님이 주례를 봐주신다면 정말 뜻깊은 결혼식이 될 거라면서."

베르드는 앓는 소리를 냈다. 주례는 한 번도 본 적이 없지만 지은 죄가 있으니 거절할 수가 없었다.

"알았다, 알았다고. 그까짓 주례, 완벽하게 봐 주마."

"감사합니다."

주례는 어떻게 보는 거지. 관련 서적이라도 찾아 봐야 하나. 베르드는 거칠게 머리를 헤집었다.

"그런데 여기는 도대체 왜 온 거냐. 그것도 대관식 전날에. 주례 하나 때문에 여기까지 온 것은 아닌 것 같고."

"그냥, 여쭤 보고 싶은 게 있어서입니다."

"이미 옛날 옛적에 나를 뛰어 넘은 네가, 묻고 싶은 게 있다고?"

아스는 고개를 끄덕였다. 베르드는 턱을 쓰다듬다가 의자에 털썩 주저앉았다. 아스는 잠시 숨을 고르다 물었다.

"왜 제가 요하네스의 보좌관이 된다고 했을 때 말리셨습니까."

베르드는 거침없이 대답했다.

"네가 상처받을 게 뻔했으니까."

아카데미에서도 따돌림받았던 아스가 황궁에서 잘 지낼 리가 없었다. 선생님들도 겉으론 아껴 주는 척하지만 속으로는 아스를 다른 학생들 아래라고 생각했다. 아스가 학생들을 용서하는 것도 당연한 일, 피나는 노력을 하는 것도 당연한 일이었다.

"버틸 수 없다고 생각했지. 너는 정말 우수한 인재지만, 신분만큼은 타고나지 못했으니까."

지금도 생생히 떠오른다. 언제나 침착하고 논리적이었던 아스가 용서를 강요하는 선생님들 앞에서 입을 굳게 다물고 있는 모습이. 황궁은 아카데미보다 몇 배는 더 혈통을 따지는 곳이었다. 그런 곳에서 버틸 수 있을 리가 없다고 생각했다. 그런데.

"그것은 내 착각에 불과했지."

베르드는 눈앞에 서 있는 아스를 훑어보면서 고개를 절레절레 저었다. 똑똑한 것은 알았지만 이 정도로 똑똑할 줄은 몰랐다. 황궁의 신하들을 죄다 제 편으로 만든 것으로도 모자라 2

황자 페인을 황제로 만들어 버리다니. 지금 아카데미 내에선 아스에게 잘해 주지 못해 후회하는 선생들이 한둘이 아니었다. 같은 선생이지만 참 위선적인 인간들이다. 가해 학생에게 감정이입해서 '나라도 그럴 것 같아'라고 편들 때는 언제고, 이제 와서 후회하다니. 베르드는 입꼬리를 올렸다.

"난 네가 정말 대단하다고 생각한다."

"⋯⋯."

"상처받는 것을 두려워해 아무것도 하지 못한 우리들과 다르게, 넌 거침없이 지옥불 속으로 뛰어 들어갔잖니."

얘기를 듣지 않아도 알 수 있었다. 그동안 아스가 얼마나 힘들었을지. 결코 쉬운 길이 아니었을 거다. 하지만 그럼에도 불구하고 아스는 결국 모든 것을 이뤄 냈다. 이상적인 황제를 만들어 낸 것으로도 모자라 정당한 작위까지 수여받을 예정이니 말이다. 베르드는 고개를 비스듬히 기울였다. 그의 하늘빛 눈동자가 예리하게 빛났다.

"내 제자들 중에서 가장 현명한 아스야."

"네."

"나도 질문 하나 해도 되나?"

아스는 고개를 작게 끄덕였다.

"그렇게까지 고생하면서 높은 자리에 오르고 싶은 이유가 뭐지?"

높은 자리에 오르고 싶은 이유라. 아스는 어렸을 적을 떠올렸다. 반쪽짜리 신분 때문에 모든 것을 제한당했던 그때를 말이다. 아스는 조용히 입을 열었다.

"부로도 모자라 지식까지 세습되는 이 세상이 싫었습니다."

보상금으로 겨우 교재를 사는 자신과 다르게 방학 때마다 부모의 돈으로 개인 교습을 받는 귀족들의 모습이 떠올랐다.

"제 노력이 당연시되는 이 세상이 싫었습니다."

어려운 환경을 타고났다는 이유 하나로 자신이 한 노력을 순식간에 당연한 일로 만들어 버리는 선생님들의 모습도 떠올랐다.

"피해자임에도 불구하고 보호받지 못하는 이 세상이 싫었습니다."

졸업하기 전, 결국 가해 학생들에게서 처벌 대신 받은 보상금을 쥔 채 학교를 나서던 일도 떠올랐다. 그건 당연한 일이 아니었다. 잘못된 일이었다. 누군가가 나서서 바꿔야 하는.

"사실, 용서를 강요당할 때 선생님들께 이렇게 말씀드리고 싶었습니다."

아스의 녹빛 눈이 예리하게 빛났다. 베르드는 말없이 그런 아스의 눈을 응시했다. 아스는 경멸 어린 어조로 말했다.

"천한 피를 가진 사람도 아카데미에 입학할 수 있습니다. 뇌가 없는 당신들도 아카데미 교수를 하고 있는데, 도대체 뭐가 불가능하다는 거죠?"

황족들에게 오랫동안 박해당해 왔음에도 불구하고, 나라를 생각하는 페인이 떠올랐다. 능력이 있고 아픔을 아는 페인이야말로 모두가 꿈꾸는 이상적인 황제였다. 아스는 결연하게 말했다.

"전 이 세상을 바꿀 겁니다."

이 나라의 황제와 함께. 그렇게 말하는 아스의 눈은 그 어느 때보다 총명하게 빛나고 있었다.

이번에도 샤샤의 말이 옳았다. 답답한 서재를 나와 바깥으로 나오니 마음이 어느 정도 정리됐다. 긴장이 풀리니 허기도 밀려왔다. 샤샤에게 레스토랑에 들리자고 제안했다. 아스는 밝은 표정으로 베르드에게 작별 인사를 건넸다. 베르드는 아스에게 미소 지으면서 말했다.

　"그 마음가짐을 절대 잃지 말거라. 네가 역사에 어떻게 기록될지 벌써부터 기대되는구나."

　아스도 마주 웃으면서 말했다.

　"결혼식 때 뵙겠습니다, 선생님."

　"그래, 완벽하게 준비해서 참석하마."

　두려워할 이유는 처음부터 없었다. 어렸을 적부터 지금까지 쭉 고대하던 순간이었다. 아스는 문을 열어젖혔다.

　이제 앞으로 나아갈 시간이었다.

외전 5 〈꽃은 계속 지고 핀다〉

"레베카 폰 아르첸, 아틀란타에서 최초로 여성의 몸으로 가문을 이어 받았다. 아름다운 외모와 고귀한 혈통 때문에 수많은 남자들에게 구혼을 받았으나, 독신으로 살겠다고 선언했다."

통통하고 짧은 손가락이 종이에 적힌 글씨를 쓸어내렸다. 아이는 책에 눈을 박은 채 쉴 새 없이 중얼거렸다.

"레베카는 전대 가주이자 부친인 케론드에게 검술 실력을 그대로 물려받았다. 남들보다 늦게 검술을 시작했음에도 말이다. 현재는 황실 기사들과 검을 맞댈 정도로 출중한 실력을 뽐내고 있다."

레베카 공작님, 정말 대단하다. 아이의 토실한 두 뺨이 발갛게 달아올랐다.

페이지 속엔 아르첸 가문을 상징하는 사자와, 레베카가 황제에게 하사받았다는 검의 모양이 묘사되어 있었다. 아이는 초롱초롱 눈을 빛내다가 카페트에 얼굴을 묻었다. 어머니와 각별한 친구 사이라 거의 매일 만나 뵙는 분이지만, 이 부분을 읽을 때마다 저절로 존경심이 치밀어 올랐다.

아이는 책을 높이 들어 올렸다. 붉은색 표지에 '아틀란타의 살아 있는 전설들'이란 제목이 금박으로 입혀져 있었다. 아이는 서재에서 이 책을 가장 좋아했다. 아이가 존경하는 레베카 공작과 아버지에 관한 얘기가 수록되어 있으니까. 아이는 몇 번이고 레베카에 대한 부분을 읽은 후, 책장을 넘겼다. 다음 장은 드디어, 아버지에 관한 이야기였다. 아이는 페이지에 적힌 아버지의 이름을 또박또박 발음했다.

"아스 베르단디."

아스의 이름 옆엔 발톱으로 에메랄드를 움켜 쥔 올빼미가 그려져 있었다. 아이는 목깃에 장식된 브로치를 꽉 쥐었다. 브로치에도 페이지 속 그림과 똑같은 부엉이가 새겨져 있었다. 당연한 일이다. 올빼미는 아버지와 자신이 속한 '베르단디' 가문의 상징이다. 아이는 아까처럼 책에 눈을 박은 채 중얼거렸다.

"어렸을 적부터 제국에서 제일가는 천재로 이름 높았다. 비상한 머리와 날카로운 분석력으로 제국 최고 교육기관인 뮬란사 아카데미의 교육 과정을 단 2년 만에 끝냈다."

역시 아버지는 어렸을 적부터 비범하셨어. 아이는 침을 꿀꺽 삼켰다.

"페인 르 카롤로스가 황제 자리에 오르는 데 결정적인 역할을 했다. 페인 황제는 그 공을 인정해 '베르단디'란 성과 백작 작위를 내렸다. 어떤 상황이 닥쳐도 침착한 얼굴로 해결책을 제시한다. 레베카와 더불어 황제에게 가장 큰 신임을 받고 있다."

아이는 그제 아침에 아스가 지었던 표정을 떠올렸다. 아버지는 자신과 어머니 앞에서는 언제나 웃는 얼굴이었다. 다른 사람들은 아스의 웃는 얼굴을 한 번이라도 보고 싶어 안달이었지만, 아이는 오히려 아버지의 무표정한 얼굴이 보고 싶었다. 그 정도로 아스는 다정한 아버지였다. 아이는 늘 자신이 잠들 때까지 머리를 쓰다듬어 주는 아스를 떠올리면서 미소 지었다.

"나도 아버지 같은 사람이 되고 싶어."

그러기 위해선 나도 뮬란사 아카데미를 2년 만에 졸업해야겠지. 아이는 한숨을 푹 쉬었다. 또 하고 싶은 일이 늘고 말았다. 더 이상 적을 곳도 없는데. 아이는 입술을 삐쭉이다가 늘 가지고 다니는 수첩을 주머니에서 꺼냈다. 아이는 몸을 일으켜 책상을 더듬었다. 늘 쓰던 깃펜이 여기 어디쯤에 있을 텐데. 아이가 손을 움직일 때마다 단정하게 놓여 있던 그림 도구와 악기가 흐트러졌다. 아, 내일은 꼭 책상 정돈해야지. 아이가 눈살을 찌푸렸을 때였다. 문이 덜컥 열리면서 시종이 호들갑스럽게 외쳤다.

"세상에, 아샤 도련님!"

이크, 아이의 어깨가 즉시 움츠러들었다. 시종은 짐짓 엄한 얼굴로 외쳤다.

"책만 읽지 말고 식사도 하셔야죠! 한참 찾아 다녔습니다!"

식사란 말에 아이가 즉시 부루퉁한 표정을 지었다. 한창 재미있을 때 방해받은 이 기분이란. 아이는 손가락으로 괜히 머리칼을 헤집었다. 양털처럼 부드러운 분홍색 머리칼이 엉망으로 흐트러졌다. 배도 고프지 않은데 억지로 먹어야 하나. 아직 책도 다 읽지 못했고. 아이는 고민하다가 어제 연습한 것을 써 먹기로 했다. 아이는 손에 든 물건들을 다시 책상에 내려놓고, 시종에게 걸어갔다. 그리고 진지한 어조로 말했다.

"'밥 먹기 시져'입니다."

시종은 표정 하나 바뀌지 않고 받아쳤다.

"무표정으로 그런 말씀하셔 봤자 아무 소용없어요!"

역시 난 아직도 멀었군. 아스와 샤샤의 단 하나뿐인 아들, '아샤 베르단디'는 시무룩한 얼굴로 중얼거렸다.

"'힝'입니다."

"도련님!"

철푸덕. 그 말을 끝으로 아샤는 카페트에 드러누웠다.

아샤 베르단디.

아버지의 녹빛 눈과 어머니의 분홍색 머리칼을 물려받은 이 아이는 나이를 먹을수록 장미꽃으로 비유됐다. 장미꽃밭에 서 있으면 누가 꽃인지 구분이 안 간다는 게 이유였다. 요정으로도 자주 비유됐는데, 그것은 통통한 볼 살과 작은 몸집 때문이었다. 아이는 말 그대로 사랑스러움의 결정체였다. 그뿐만이 아니었다. 아버지를 닮아 머리도 현자처럼 총명하기 그지없었다. 태어날 때부터 모든 것을 타고난 아이, 그게 바로 아샤였다.

"아샤 도련님! 저 말고 다른 시종들도 애타게 도련님을 기다리고 있습니다!"

아스는 아샤가 하고 싶은 일에 지원을 아끼지 않았다. 샤샤도 아샤가 하고 싶은 일이라면 뭐든지 허락하는 편이었다. 그런 부모님 때문인지 아샤는 수시로 끼니를 거르고 서재에 틀어박혔다. 서재는 아샤만의 작은 왕국이었다.

아샤는 그곳에서 뭐든지 해냈다. 독서든, 그림이든, 연주든.

"빨리 식사하러 가시지요. 식사는 제때 챙겨 먹는 게 중요합니다."

"'히잉'입니다."

밥 먹을 시간에 책 한 줄이라도 더 읽는 게 이득이야. 아샤는 그렇게 결론 내리면서 도리질을 쳤다.

"애교 부려도 소용없습니다. 아침에 마님과 약속하셨잖아요."

아샤는 오늘 아침에 있었던 일을 떠올렸다. 상냥한 어머니는 산더미처럼 쌓인 짐 앞에 서서 새끼손가락을 내밀었다.

―내가 없어도 밥 잘 먹어야 한다.

아샤는 애써 눈물을 참으면서 고개를 끄덕였다. 그런 아샤의 모습에 어머니는 부드럽게 웃으면서 아샤를 끌어안았다. 혼자 있기 싫으면 같이 가자고 했지만 아샤가 거부했다. 가뜩이나 바쁜 어머니를 귀찮게 하기 싫어서였다. 오늘 하루 종일 집을 비워야 한다 했지? 아샤는 더 울적해졌다.

"도련님, 제발 부탁입니다. 마님도 없으신데 이렇게 억지 부리면 안 됩니다."

"'히이잉'입니다."

아샤의 계속되는 고집에 시종이 당황한 순간, 누군가가 시종의 어깨에 손을 얹었다. 시종의 눈이 동그랗게 떠졌다.

"또 밥을 안 먹는 거냐."

"나스카 님!"

시종의 놀란 목소리에 아샤의 눈이 동그랗게 떠졌다. 아샤는 급히 상체를 일으켰다. 언제 왔는지 시종 뒤편에 은빛의 머리칼을 목덜미까지 늘어트린 남자가 서 있었다. 귀 대신 박혀 있는 은빛의 비늘이 눈부시게 빛났다.

"샤샤가 속상해할 거다."

나스카는 고급스러운 사자 문양이 수놓아진 검은색 제복 차림이었다. 아샤는 괜히 손가락을 꼼지락거렸다. 그 모습에 나스카는 머리칼을 쓸어내리며 시종에게 가 보라는 눈짓을 했다. 시종은 안도의 한숨을 쉬면서 즉시 방을 나섰다.

"샤샤도 어쩔 수 없이 자리를 비운 거다."

아샤는 아무 말도 하지 않았다. 나스카는 무릎을 굽혀 아샤와 시선을 맞췄다.

"샤샤가 왜 자리를 비웠는지, 알고 있나?"

아샤의 고개가 작게 끄덕여졌다. 아샤는 샤샤가 했던 말을 그대로 옮겼다.

"릴리스 황후 마마께서, 진통이 오셨다고."

"맞아."

오늘이 바로 릴리스의 출산 예정일이다. 릴리스는 첫 번째도 아닌 두 번째 출산이니 안 와도 된다고 했지만 샤샤는 고개를 저었다. 릴리스의 진통이 시작했다는 소식을 듣자마자 짐을 싸서 페인이 보낸 마차에 올라탔다. 아스는 이미 황궁에 있었다. 지금이 유독 일이 많은 시기였기 때문이다. 어제부터 잠도 안 자고 페인, 레베카와 나랏일을 의논하고 있다. 어떻게든 일을 빨리 끝내고 릴리스에게 가 봐야 한다는 페인 때문이다. 그래서 지금 아샤를 돌볼 수 있는 자는 나스카뿐이었다. 나스카는 아샤에게 손을 뻗었다. 아샤도 망설이다가 나스카와 손을 마주 잡았다.

"가자."

아샤와 나스카는 나란히 걸음을 옮겼다. 아샤는 계단을 내려가면서 조그맣게 부탁했다.

"제가 투정 부린 거, 부모님께 말하지 마세요."

여전히 어두운 아샤의 얼굴에 나스카의 입꼬리가 올라갔다. 나스카는 아샤의 머리를 쓰다듬었다.

"벌써 부모님이 보고 싶은 거냐."

"인정하기 싫지만, 그렇습니다."

아무리 바빠도 항상 같이 있어 주시는 분들인데, 겨우 하루 보지 못한다고 투정 부리다니. 아샤는 착잡해졌다.

"저도 아직 어리네요."

당연하지, 너 이제 여덟 살이야. 나스카는 말없이 아샤를 응시했다. 인간들이 특이한 것은 진작 알고 있었지만 이 아이는 유독 특이했다. 나스카는 물었다.

"지금까지 뭐 하고 있었냐."

"책을 읽고 있었습니다."

책이란 말에 나스카는 곧바로 붉은색 표지의 책을 떠올렸다. '아틀란타의 살아 있는 전설들' 이랬나. 아샤가 제일 좋아하는 책이라 들었다. 나스카는 턱을 쓰다듬었다.

"이미 그 책 내용은 다 외웠다고 들었는데."

아샤는 무덤덤하게 대꾸했다.

"좋은 책은 언제 읽어도 좋은 법입니다."

그 말에 나스카는 저절로 웃음이 나왔다. 아샤가 했던 말은 언젠가 아스가 했던 말이기도 했다. 아스도 심심할 때는 이미 수십 번은 읽은 책을 다시 정독했다. 그걸 왜 자꾸 읽냐는 샤샤의 물음에 아스도 대답했다. 좋은 책은 계속 읽어도 질리지 않는 법이라고. 누가 그 사람 아들 아니랄까 봐. 나스카는 속삭였다.

"넌 정말 그와 똑같구나."

"네?"

"아스도 언젠가 그런 말을 했었거든."

"정말요?!"

아버지를 닮았다는 말이 그렇게 좋을까. 아샤는 제 아버지를 정말 존경했다. 나중에 아버지 같은 사람이 되고 싶다는 말도 여러 번 했다. 식당으로 들어가자 주스를 컵에 따르고 있던 시녀가 반갑게 그 둘을 맞이했다.

"감사해요, 나스카 님. 아샤 도련님을 데리고 와 주셔서. 자, 도련님, 이쪽에 앉으세요."

식탁 위에는 아샤가 제일 잘 먹는 새우 샌드위치와 당근 주스가 차려져 있었다. 나스카는 아샤를 식탁 앞에 앉혔다. 아샤는 볼을 부풀리다가 샌드위치를 한 입 가득 베어 물었다. 나스카는 그 옆에 앉아 아샤가 먹는 모습을 지켜보았다. 아샤는 열심히 샌드위치를 베어 물었다.

"주스도 마셔, 목 막히니까."

아샤는 고개를 끄덕이면서 꿀꺽꿀꺽 주스를 마셨다. 아샤는 식성마저도 아스를 닮았다. 기름진 음식을 싫어하고 담백한 요리를 좋아했다. 나스카는 컵에 주스 한 잔을 더 따라 주었다.

"이렇게 잘 먹으면서 왜 도망 다녔냐."

"당장 하고 싶은 일이 너무 많아서요. 밥 먹을 시간도 아깝습니다."

아샤는 그렇게 말하면서 품에서 수첩을 꺼내 주었다. 나스카는 그 수첩을 받아 펼쳤다. 수첩엔 아샤가 하고 싶은 일들이 가득 기록되어 있었다. 책에만 집착하는 아스와 다르게 아샤는 모든 것을 두루두루 좋아했다. 가정교사들은 아샤가 못하는 게 없다며 극찬을 했다. 하지만 그만큼 변덕도 심했다. 어느 날은 하루 종일 책만 읽다가, 갑자기 정원으로 뛰쳐나가 그림을 그렸다. 새 악보가 생겼다며 일주일 내내 나스카 앞에서 바이올린을 연주하기도 했다. 또 어떤 날에는 검술에 관심이 생겼다며 갑자기 레베카에게 매달렸다. 그래서 샤샤는 변덕스러운 아샤에게 수첩 한 권을 선물했다. 하고 싶은 일이 생길 때마다 차근차근 기록하라고 말이다. 나스카는 너덜너덜한 수첩을 손가락으로 쓰다듬다가 나직하게 말했다.

"벌써 다 썼군."

"맞아요. 금방 쓰더라고요."

나스카는 양 볼 가득 샌드위치를 우물거리는 아샤와 너덜거리는 수첩을 번갈아 쳐다보았다. 요람에 누워서 울기만 했던 아기가 언제 저렇게 자랐는지 모르겠다. 수첩을 쥔 나스카의 손에 힘이 들어갔다.

"새 수첩, 사 줄까?"

"네, 감사해요!"

인간은, 특히 어린 인간은 너무 빠르게 자란다. 나스카는 아샤의 머리를 쓰다듬으면서 나직하게 말했다.

"아주 두꺼운 걸로 사 줄게. 그것도 금방 다 쓰겠지만."

나스카는 아샤를 볼 때마다 복잡한 감정을 느꼈다. 아샤가 아스와 똑같은 녹빛 눈으로 물었다.

"나스카, 갑자기 표정이 안 좋네요. 무슨 일이에요?"

나스카는 아샤가 태어나기 전이 떠올랐다. 샤샤가 이제 아이를 가질 준비가 됐다고 선언했을 때, 나스카는 축하한다는 말밖에 나오지 않았다. 참 이상한 일이었다. 난생처음으로 사랑하게 된 인간이 다른 남자와 아이를 낳아서 가정을 꾸린다고 하는데, 화가 나지 않았다. 슬프지도 않았다. '그냥 시간이 벌써 이렇게 흘렀구나'라는 생각밖에 들지 않았다. 레베카가 공작 자리에 올랐을 때처럼 말이다. 아직도 길거리에서 샤샤를 만난 게 엊그제 일 같은데, 레베카는 공작위를 이어받고 아스와 샤샤는 본격적으로 가정을 꾸릴 준비를 하고 있었다. 나스카는 앞으로 나아가는 셋을 뒤에서 지켜보면서 탄식했다.

저 셋의 시간은 흘러가고 있는데, 내 시간만 멈춰 있네.

드래곤과 인간의 시간은 달랐다. 인간은 100년도 살지 못하고, 드래곤은 그보다 몇십 배는 더 긴 시간을 살아간다. 흐름이 같을 리가 없었다. 하지만 나스카는 어떻게든 그 세 명을 붙잡고 싶었다. 셋과 같은 시간을 보내고 싶었다. 그래서 충동적으로 정체를 밝혔다. 그들과 비슷한 나이대로 모습을 바꾸기 위해서였다. 어차피 자신은 이미 인간들 사이에 녹아든 상태였다. 더 이상 미적거릴 이유가 없었다. 마침 시기도 적절했다. 페인이 황제에 즉위한 지 얼마 안 된 상태였으니.

황궁의 정원에서 화려한 파티가 열리던 날, 나스카는 모든 인간들이 보는 앞에서 본체화한 모습을 드러냈다. 페인의 옆에서 와인을 마시고 있던 아스와 레베카는 큰 충격에 빠졌다. 둘은 심각한 얼굴로 말했다.

—인간이 아닌 것은 알고 있었지만, 드래곤이었다니. 책에

서 읽은 내용과 전혀 달라요. 저택으로 돌아가면 당장 그 책들을 갖다 버려야겠습니다.

—진정해. 모두가 우러러보는 드래곤이 사실은 솜사탕도 모르는 귀여운 존재일 줄 누가 알았겠어.

뭔가 놀라는 부분이 예상과 달랐지만 그럭저럭 괜찮은 반응이었다. 그리고 샤샤는.

—너무 아름다워요, 나스카.

말 그대로 꿈을 꾸는 듯한 얼굴을 하고 있었다. 샤샤는 나스카를 올려다보면서 말했다. 은빛의 비늘로 덮인 날개가 너무 찬란하고 눈부셔서 마치 하늘에서 내려온 천사 같다고. 나스카는 어이가 없었다. 당장 '이렇게 큰 천사가 어딨어'라고 비웃고 싶었다. 그런데 웃음이 나오지 않았다. 이상하게, 정말 이상하게 눈시울이 뜨거웠다. 본체화한 상태로 내려다본 샤샤가 너무 작아서였다.

나스카는 파티장에서 아틀란타의 수호를 맹세한 후, 그 셋과 나이대가 비슷한 성인 남자로 모습을 바꿨다. 물론 본체화한 모습이 충격적인 탓에 나스카와 눈이 마주치기만 해도 벌벌 떠는 인간들이 있었지만, 샤샤는 안심하라고 했다. 아무리 큰일이 닥쳐도 곧 적응하는 게 인간이라면서. 게다가 나스카는 나쁜 드래곤도 아니고 무려 나라를 지켜 주는 드래곤이니 사람들이 금방 경계를 풀 거라 했다.

"쿠키 좀 드실래요?"

"아, 고마워."

그 말을 들을 때 나스카는 긴가민가했으나, 그 말은 사실이었다. 정말 사람들은 빠르게 경계를 풀고 나스카에게 고마움을 표현했다. 샤샤가 아샤를 낳았을 즈음에는 베르단디 저택의 시종들도 나스카를 친근하게 대하고 있었다.

　─이름은 아샤로 했어요. 아스와 제 이름에서 한 글자씩 딴 이름이에요.

　샤샤는 품속에 안은 아이를 쓰다듬으면서 정말 행복하다는 얼굴로 말했다. 레베카와 케론드는 샤샤를 닮아 정말 예쁜 아이라고 호들갑을 떨었다. 나스카는 그 사이에 선 채, 멍하니 꼬물거리는 아이를 내려다보았다.

　─나스카, 한번 안아 보실래요?

　나스카는 손가락으로 요람에 누운 아기의 볼을 쓰다듬었다. 그때는 분명 이렇게 생각했었다. '이렇게 작은 인간이 어떻게 세상을 살아가겠어. 내가 곁에 있어 줘야지.' 나스카는 샤샤의 도움을 받아 아이를 품에 안으면서 다짐했다. 아스를 닮았다는 게 조금 마음에 들지 않았지만 아샤는 샤샤의 소중한 아이였다. 그녀의 웃는 얼굴을 위해서라면 얼마든지 지켜 줄 수 있었다. 나스카는 매일같이 베르단디 저택으로 찾아와 아샤와 시간을 보냈다. 그러던 어느 날이었다.

　─나스카, 이것 봐요. 아샤가 벌써 걷기 시작했어요!

　샤샤가 아샤의 두 손을 잡은 채 외쳤다. 나스카는 멍하니 눈앞의 광경을 봤다. 샤샤의 말대로 아샤가 뒤뚱뒤뚱 걸음을 옮기고 있었다. 요람에 누워서 꼼짝도 못하던 그 갓난아기가 말이다. 자신이 했던 다짐이 물거품이 되는 순간이었다. 샤샤는 아이의 볼에 얼굴을 비비면서 말했다.

　─체중도 많이 늘고, 키도 컸어요. 우리 아들, 엄마보다 더 커지겠네.

나스카는 다시 한번 인간과 자신이 다르다는 것을 실감했다. 그는 인간의 성장 속도가 얼마나 빠른지 알지 못했다. 지금 자신이 하고 있는 짓은 어디까지나 어설픈 흉내에 불과했다. 걸음마를 하게 된 아샤는 금방 말을 하고, 글까지 읽었다. 시간을 도저히 멈출 수가 없었다. 나스카는 고개를 들고 눈앞의 아이, 아샤를 응시했다. 아샤는 그새 샌드위치를 다 먹어 치운 상태였다. 나스카는 너덜거리는 수첩을 아샤에게 밀어 주면서 중얼거렸다.

"넌 하고 싶은 일이 정말 많구나."

조금만 천천히 자라 주면 안 될까. 이번에도 나만 멈춰 있기 싫어. 나스카가 충동적으로 그렇게 소원한 순간 냅킨으로 입을 닦던 아샤의 손이 멈췄다. 아샤는 말없이 나스카를 올려다보았다. 아샤는 두 손을 뻗어 수첩을 쥐었다.

"처음으로 하고 싶었던 일이 있었는데, 실패했어요."

나스카는 이해가 되지 않았다. 처음 듣는 얘기였다. 아샤는 무슨 일이든 성공했다. 공부든, 악기 연주든, 그림이든, 뭐든 다 실패한 적이 없었다. 그런데 실패한 일이 있었다고?

"그 충격이 너무 커서 어떤 일이든 잘하고 싶어졌어요. 아버지처럼 대단한 사람이 되고 싶은 것도, 다시 그 일에 도전하기 위해서예요."

아샤는 너덜거리는 수첩의 맨 첫 장을 펼쳤다. 작은 글씨로 빽빽한 다른 페이지와 다르게 첫 페이지는 단 한 문장만이 적혀 있었다. 아샤는 그 문장을 소리 내어 읽었다.

"어머니 같은 사람 되기."

대다수의 아이들은 엄마나 아빠란 말을 제일 먼저 배우지만, 아샤가 제일 먼저 배운 말은 '사랑해'라는 말이었다. 샤샤가 아샤에게 제일 많이 해 준 말이 그거였기 때문이다. 아기였던 아샤는 그 말이 정확하게 무슨 뜻인지 알지 못했지만 그 말을 들을 때마다 깊은 안정감을 느꼈다.

"사실 지금도 사랑이란 말이 정확히 무엇을 뜻하는지 모르겠어요."

아무리 책을 뒤져도, 가정교사들에게 물어 봐도 사랑의 정확한 뜻은 나오지 않았다. 전부 두루뭉술하고 엉뚱한 대답이 돌아왔다. 어느 대답도 아샤를 만족시키지 못했지만, 한 가지 소득은 있었다. 바로 모든 대답엔 한 가지 공통점이 있다는 것을 말이다.

"참 신기하지 않아요, 나스카?"

누구도 정확한 뜻을 알지 못하는데, 누구나 그게 좋은 감정이란 것을 알고 있다는 게. 아샤는 그제야 깨달았다. 사랑은 책으로 배울 수 있는 게 아니었다. 그냥, 본능적으로 느끼는 거였다. 아샤는 목깃에 찬 브로치를 꼭 쥐었다. 난생처음으로 저택을 구경하며 아버지와 나눴던 대화가 지금도 생생히 기억난다.

─폐하께선 내게 '베르단디'란 성을 내리셨지. 베르단디가 무슨 뜻인지 알고 있니?

─네, 현재를 뜻한다고 들었습니다.

페인은 아스 덕분에 지금의 나라가 존재한다고 자주 말했다. 현재를 만들었기 때문에 현재를 뜻하는 성을 내린다. 참 간단하면서도 명확한 얘기였다. 아샤는 아스의 다리를 꼭 끌어안으면서 감탄했다.

—역시 아버지는 대단하세요.

아스는 피식 웃으면서 고개를 저었다.

—아니, 진정으로 대단한 사람은 네 어머니란다.

—네?

—지금의 나를 만든 사람이 바로 네 어머니거든.

아스는 아샤를 번쩍 안아 올렸다. 순식간에 높아진 시야에 아샤의 볼이 붉게 상기됐다. 아스는 아샤를 끌어안은 채 부드럽게 말을 이었다.

—네 어머니가 없었더라면 지금의 나도 없었을 테고, 지금의 아틀란타도 없었을 거야. 자, 이게 무슨 뜻일까?

아샤는 팔을 번쩍 들면서 외쳤다.

—이 나라에서 제일 대단한 사람은 어머니라는 뜻이요!

—그렇지. 역시 우리 아들이야.

아스는 아샤의 이마에 입을 맞췄다. 아샤는 까르륵 웃으면서 이마를 감싸 쥐었다. 방으로 돌아가는 길에, 아샤는 아버지에게 선물받은 브로치를 꼭 쥔 채 물었다.

—도대체 어머니는 어떻게 지금의 아버지를 만드신 건가요.

아스는 망설임 없이 대답했다.

—사랑으로 만들었지.

—사랑이요?

—그래, 네 어머니는 사랑으로 충만한 사람이야. 네 어머니만큼 사람들을 위로하고 변화시키는 사람은 없단다.

사랑은 정확한 실체도, 뜻도 없다. 그러나 사랑만큼 사람을 변화시키고, 일으키는 것은 없다. 아샤는 브로치를 풀어서 수첩 옆에 내려놓았다.

"어머니는 사랑으로 주변 사람들을 옳은 길로 이끄신 분이에요. 그리고 그것은 아무리 똑똑한 사람도 해내지 못하는 일이에요. 때론 지식보다 진심 어린 애정이 필요할 때가 있어요. 그래서 저는 어머니 같은 사람이 되고 싶어요. 주변 사람들을 옳은 길로 이끌어 주고 싶거든요."

그렇게 말하는 아샤의 눈동자는 아스처럼 총명하고, 샤샤처럼 올곧았다. 멍하니 있던 나스카가 혼잣말을 했다.

"누가 그녀의 아들 아니랄까 봐."

나스카의 손이 아샤의 분홍색 머리칼 위에 얹어졌다.

"아스를 닮았다고 한 말 취소하마."

"아니, 잠깐. 그 말은 왜 또 취소하시는 겁니까? 드래곤씩이나 되시는 분이 한 입으로 두말하시면."

아샤의 항의가 끝나기도 전에 나스카가 말했다.

"넌 샤샤를 더 닮았어."

아샤는 어리둥절해졌다. 나스카는 한 번도 아샤한테 샤샤를 닮았다고 한 적이 없었다. 아스를 닮았다는 말밖에 하지 않았다. 그런데 왜 갑자기 이런 말을 하는 거지. 아샤는 애꿎은 볼만 긁적였다.

"그렇게 말해 줘서 고맙다. 덕분에 비참함이 덜해졌어. 욕심도 덜해졌고."

아무리 위대한 드래곤이라 해도 시간의 흐름을 멈출 수는 없다. 그냥 받아들이는 수밖에 없다. 나스카는 너덜거리는 수첩과 브로치를 보면서 생각했다.

과거의 나를 변화시킨 것은 인간이고, 현재의 나를 머무르게 하는 것도 인간이다. 그러니 아마 미래의 나를 꿈꾸게 하는 것도 인간일 것이다. 눈앞에 있는 이 아이부터 그녀의 영향을 받아 사랑스럽지 않은가. 나스카는 탄식했다.

"나는 평생 이 나라에 묶여 살 팔자인가 보다."

그래도 어쩌겠는가. 이미 사랑받는 행복이 얼마나 달콤한지 알아 버렸는데. 나스카는 아샤의 머리칼을 쓰다듬으며 미소 지었다.

—악녀의 애완동물 완결—

악녀의 애완동물 2

1판 1쇄 발행 2018년 4월 16일
1판 3쇄 발행 2019년 9월 6일

지은이 하르넨
펴낸이 신현호
편집부장 예숙영
편집 박상희
편집디자인 한방울
영업·관리 김민원 조은걸 조인희
물류 이순우 최준혁 박찬수

펴낸곳 ㈜디앤씨미디어
출판등록 2002년 5월 1일 제117-90-51792호
주소 서울시 구로구 디지털로 26길 111 JnK디지털타워 503호
대표전화 (02)333-2513 팩스 (02)333-2514
전자우편 dncbooks@dncmedia.co.kr
디앤씨북스 블로그 http://blog.naver.com/dncbooks

ISBN 979-11-264-4288-1 (04810)
    979-11-264-4286-7 (SET)